香山梦

胡雪松 著

四川文艺出版社

图书在版编目（CIP）数据

香山梦 / 胡雪松著. — 2版. — 成都：四川文艺
出版社, 2019.3
ISBN 978-7-5411-5266-5

Ⅰ.①香… Ⅱ.①胡… Ⅲ.①长篇小说－中国－当代
Ⅳ.①I247.5

中国版本图书馆CIP数据核字（2019）第027035号

XIANG SHAN MENG

香山梦

胡雪松　著

责任编辑　周　轶　祝子民
封面设计　刘　亮
版式设计　史小燕
责任校对　蓝　海
责任印制　崔　娜

出版发行　四川文艺出版社（成都市槐树街2号）
网　　址　www.scwys.com
电　　话　028-86259285（发行部）　028-86259303（编辑部）
传　　真　028-86259306

邮购地址　成都市槐树街2号四川文艺出版社邮购部　610031
印　　刷　三河市华东印刷有限公司
成品尺寸　146mm×210mm　　　开　本　32开
印　　张　18.5　　　　　　　　字　数　590千
版　　次　2019年3月第二版　　印　次　2019年3月第一次印刷
书　　号　ISBN 978-7-5411-5266-5
定　　价　68.00元

目录 /

上卷

第一章　白莲还乡

1

一九九九年初秋，一个衣着入时的女人缓缓朝山口走来。她没有行装，好像是专为观山望景而来。碧谷中的飞瀑流泉不时使她流连住脚，岩边灿然早开的野菊花把她引了过去，她摘下一枝野菊，一路忘情地闻着。

这女人名叫白莲，三十多岁，风姿绰约。她十年前遭遇一场横祸投江自杀，被人救起，从此隐姓埋名，孤身一人流落南方；十年挣扎打拼，而今在海南已经有了两家规模不小的公司，成了一名成功的商人。她下了好大的决心，终于决定重返阔别十年的故乡香山古镇。

白莲来到山口，突然举步迟疑了。飞珠溅玉的香河穿峡出谷，横卧眼前。对岸是巍峨绵延的香山，梯田层层，莽莽苍苍。香山下的江边，坐落着一座古旧的小镇，这就是白莲阔别多年的故乡——香山镇。渡口那高高的石级，镇上苍古的黄桷树掩映的香姑祠、关帝庙，镇外残破的贞节牌坊，以及浓密的树缝中露出的镇江寺古刹的殿宇阁塔，都给小镇增添了浓厚的古朴韵味。

长空，划过一声长长的雁唳。

白莲收回目光，仰头看去：高天，白云，一只孤雁倦飞。

白莲浅浅叹息："唉，十年了，我这飘零的孤雁回来了，终于回来了。"她眼里噙着泪花，朝着山口下水声哗哗的香河扑去。

白莲来到香河边，迫不及待地捧起一捧江水，举到嘴边，忘情地品着。香河的水还是那样香，那样甜。故乡的山山水水一直使她梦绕魂牵。为了回乡，她一年多以前就派她的得力助手唐甜甜，来香山镇办了一家"盘丝洞"酒楼——了解香山镇的情况，关注她放心不下的人们。唐甜甜返回的情况，香山镇还是那么贫穷，还是那么闭塞，至今连通到县上的班车都还没有。

白莲正捧着江水洗尘的时候，一曲熟悉的山歌从对岸传来——这是她的邻居、儿时的玩伴、同学、最好的姐妹李红的歌声。她不由得一怔，站起来向着对岸歌声处望去，喃喃道："李红姐，是李红姐"。眼里顿时浮起一片雾岚。

歌声把白莲的思绪带回了那难忘的学生时代。

中学礼堂的舞台上：学生时代的白莲和章明传正在联袂演唱《幺妹幺》，李红和同学们为他们伴舞。

热烈的掌声中，章明传拉着白莲和李红造型谢幕。

白莲沉浸在"就爱你香河小辣椒"的歌声的甜蜜中，倒向章明传的怀抱，一惊，回到现实。

白莲兀立江边，江水哗哗，水中孤影摇摇。

2

香山镇的山歌远近闻名，秋收季节，四乡八里，山歌此起彼伏。不知从哪块辣椒地里传来一曲清越的山歌：

> 香河长哟，香山高，
> 一只凤凰落了毛。
> 山清水秀人不富哟，
> 用钱只靠种辣椒。

这歌声越过田野，越过小院。田野里一片片硕果累累的辣椒田，一张张忙碌喜悦的笑脸。小院中人们从篱笆上、屋檐下，取下一串串风干的辣椒。一担担一筐筐鲜红的辣椒，流动在弯弯曲曲的山道上，流动在香山镇古旧的街巷中，一直流向辣椒收购站。

镇外田坝中，一条失修的石板古道，穿过贞节牌坊，向山里延伸。两个明艳的妙龄女郎并肩从山里走来。她们都从同一所师范大学毕业。年龄大些叫唐甜甜，学的是中文专业，她就是白莲派回来办盘丝洞酒楼的经理。年纪小一些的叫林可儿，学的是美术专业，在香河中学当美术教师。

林可儿两年前分配来这偏僻的山乡，感到非常落寞和孤独。唐甜甜比林可儿高几个年级，一年前突然出现在香山镇。这女人很有点神秘，财大气粗，来到这里很快就办起了香山镇最豪华的酒楼盘丝洞。她给自己取了一个很俗气的绰号叫泡泡糖，一帮服务员真如盘丝洞的妖精般俊俏艳丽。

落寞中的林可儿认识了泡泡糖，知道她居然是自己的师姐。他乡遇校友，两个现代女性，一对师姐妹，在这偏远的山乡自然成了好朋友。她们的衣着和谈吐，跟这古朴封闭的山乡很不协调，处处都显得那么惹眼。她们和盘丝洞的那帮"妖精"，简直成了这香山古镇一道亮丽的风景。

秋天是四川最美好的季节。唐甜甜和林可儿，都不愿辜负了香山镇秋天的美景。一早林可儿便背着画板，挎了相机，来邀约唐甜甜进山秋游。二人在风景如画的山间写生、照相、野餐，玩得十分开心。二人尽了游兴此时回镇。林可儿听见刚才那一曲山歌，立即蹲在路边把山歌记了下来，歪着头问唐甜甜道："甜甜姐，这香山镇不但山清水秀，宜诗宜画，而且山歌也很美。你说是吧？"

唐甜甜点头道："嗯，这山歌的旋律的确很美。"

可儿瞪大了眼睛："难道只是旋律才美吗？那歌声、那歌词……"

唐甜甜微笑道："歌词也美，不过不是你所感受到的那种美。"

可儿："这美有什么不同吗？"

此时她们已经随着卖辣椒的人流进了香山镇，正路过辣椒收购站。收购站外堆着小山一样的辣椒堆。交售辣椒的椒农在收购站前排着长长的队伍。疲惫、愤怒的椒农们，倚着辣椒筐，或站或坐，或诓哄着哭叫的小孩，不时焦急地向站内张望。

各个路口交售辣椒的人们还在陆陆续续地涌来，队伍越排越长。椒农们越来越烦躁不安。怨骂声此起彼伏。

"到底收不收购啊？"

"怎么还不开称啊？"

"狗日的些躲到哪里去了？"

"黄狗黑狗，支一条出来叫一声嘛！"

收购站仍然大门紧闭。唐甜甜一声叹息，拉着可儿走进一条小巷，感慨地问道："可儿，看见了吗？你不是问那山歌的美，跟你感觉的美有什么不同吗？这就是不同啊。须知，诗人和画家都喜欢山清水秀，可山清水秀也是穷山恶水的代名词啊。当你也和他们一样，终日为填饱肚子劳碌奔波时，你还有闲情逸致去歌唱青山，描绘绿水吗？你描绘出的青山绿水有灵魂吗?"

可儿:"这……"

唐甜甜:"你先前记下的那曲山歌,明显是借老山歌的旋律填的新词,'山清水秀人不富哟,用钱只靠种辣椒',你听出了其中的苦涩和无奈吗?歌词的作者说不定就是这里一个卖辣椒的农民,他随口而出,却是眼下香山镇的真实写照啊。同样身处仙境般的香河古镇,这位高人所表达的爱和美,和衣食无忧的你所感到的美相同吗?"

林可儿的父亲是全市最有名的画家,她也希望自己在艺术道路上有所建树,听罢唐甜甜一番关于艺术审美的议论,真如醍醐灌顶,茅塞顿开,惊喜得一下跳起来抱住唐甜甜的脖子:"甜甜姐,你好渊博、好深刻啊,你真不愧是我们学院的高才生,未来的大作家啊。以后呀,我不叫你甜甜姐,我叫你甜老师了。"

唐甜甜大姐姐似的拍了一下林可儿:"鬼丫头,谁是你的老师,生活才是你的老师。"

"嗯,甜甜姐,你来香山镇办酒楼,不只是为了给你的董事长当坐探,更重要的是为了体验生活,完成你的大作品吧?这里肯定是个能够产生大作品的地方,你的素材搜集得不少了吧?愿你的大作早日问世,我好当第一个读者。"

"哈哈哈,要出大作品,你是香山镇的第一美女,就把你跟焦秘书的故事多给我讲些吧。保证你成为我作品中最亮丽的角色。"

"甜甜姐真坏,不准取笑我。你的主人公不是你追随的董事长吗?呃,她真的很漂亮吗?"

"你很快就能见到的。"

"你都那样恭维她,肯定不同凡响。啊,她知道你的底细吗?"

"她还有许多秘密我不知道,我干吗让她知道我的全部底细?目前,她只晓得我是中文系毕业的大学生,当过乡镇干部。这跟你在香山镇出卖我的情况差不多吧。"

"怎么是我出卖你啊,是你自己出卖的自己啊。"

"我给别人都说我是靠卖泡泡糖起家的暴发户,因此才得了泡泡糖这个绰号。难道我表演小市民女人,还演得不像吗?"

"像,开头确实像,不少人信以为真。就连焦点都质问我,为什么和你混在一起。可是你骨子里的文化贵族禀性难移，一不小心，就露出了你的狐狸尾巴。特别是你要赞助街一村修一所现代化小学，这是小市民女人干的事吗？你跟香山镇没有任何关系，这是为什么呢？"

"这？哈哈哈，可儿，世人都说学坏容易学好难，我看呀，要学坏也难啊。"

"甜甜姐，你不是学坏，你是演坏人演穿了帮。我可不希望你扮演坏人，更不喜欢你用泡泡糖那绰号。我怕一些人狗眼看人低，把你当成不三不四的女人小瞧了你，不尊重你，才有限暴露的。不过，到目前为止，也只说你是本科中文大学生，当过乡镇干部。"

"啊，还有限暴露？你是怕我这个俗气的大师姐，有损你的玉女形象啊？"

"甜甜姐，你别损我了，你都俗气，这世上就没有高雅可言了。"

泡泡糖一本正经地说："好了，我的小师妹，我们别互相吹捧，到此为止吧。今天再次定个君子协议吧，我的其他底细，继续给我保密吧，包括对我的董事长。"

林可儿："好，保证给你保密，拉钩。"

3

镇外通向牌坊的那条路上，一个四十岁上下的汉子推着一辆破自行车，心情沉重地走来。这汉子就是白莲的同学，现在香山镇镇长章明传。

挑辣椒的人们热情地招呼迎面而来的章明传：

"章镇长，上哪去呀？"

"章镇长，去帮李红摘辣椒吗？"

"章镇长，收购站今天开秤了没有呀……"

丰收的景象和乡亲们的热情，没能扫去章明传脸上的愁云。他强颜应酬着，朝贞节牌坊下的辣椒田走去。

青灰色的贞节牌坊布满苍苔，几茎青草从牌坊的石缝中垂挂下来，显得有些残破，但雕工精美，"白香姑贞烈坊"字迹清晰可见。两边巨大的青石柱上有一副对联，上联是"魂归天上星辰朗"，下联是"骨葬青山草木香"。

牌坊一侧的一块辣椒地里，章明传的妻子李红和女儿小敏，正在田里摘辣椒。

李红也是三十多岁，看得出年轻时也是个美人儿。可惜在镇办加工厂工伤瘸了腿，被人叫作拐棍西施。她扶着挟杖刚摘完一畦辣椒，在女儿的帮助下，艰难地朝前移动着小凳。她坐在小凳上正要摘辣椒，远处的山歌余音刚息，邻近摘辣椒的姑娘小伙子们又喊了起来："李红姐，你来一首，把那些破喉咙盖了！"

李红抬起头："人老了，该你们年轻人唱了啊！"

青年们："你唱《幺妹幺》，只有你才唱得出那鲜味道呀！"

李红："好嘛。"

小敏拍手："妈妈，老师说你唱《幺妹幺》最好听了！你再唱一遍吧，我也要学"。说着，把挟杖送到李红手上。

李红拄着挟杖站起来，清了清嗓子，又放声唱起来：

> 幺妹幺哟，幺妹幺，
> 香河幺妹哟摘辣椒……

李红正忘情地唱着，章明传向辣椒地走来。他似乎有很深的触动，望了望茫茫高天，长长地叹了一口气："唉！"

牌坊侧的辣椒地里，小伙子们还在调侃地唱着"就爱你香河小辣椒"。

姑娘们："嗨呀，你们别唱了，章镇长来了。李红姐这个小辣椒呀，是镇长的专利品啊！你们不怕镇长吃醋呀？哈哈哈！"

牌坊下，章明传支好自行车，朝李红走去。

小敏兴高采烈地扑上去："爸爸，爸爸！"

章明传抱起女儿，强笑着吻了一下，又是满脸冰霜。

李红："啊，谁惹着你了呀？是不是一唱《幺妹幺》就戳到你的旧伤疤了呀？我说你呀，白莲都死了十多年了，还这样丢不下。"

这确实戳到了章明传的伤疤，但他绝不会承认。他放下小敏："李红，你！你这不是找些话来说嘛。"于是便埋头麻利地收拾辣椒。

李红："我，我怎么是找话说啊？我是提醒你，今天都农历七月十四了，是给亡人烧纸的最后一个晚上，早点回家给白莲烧纸，好让她拿到钱，早点到丰都城去赶鬼节。"

所有的节日都是给活人定的，只有农历七月十五中元节属于死人。节前几天的傍晚，活着的人们都要给祖宗和死去的亲人烧钱化纸，表示孝道和哀思，祈求保佑。所以中元节又称鬼节。这一方又叫"烧月半"。烧月半的仪式虽然很简单，但却十分慎重，即使在破四旧最彻底的时候，这个习俗也没有被破掉，哪怕是"左"得出奇的造反派和最革命的官员，都要在这个节前给祖宗烧纸磕头。只有断了香烟后代，农民骂的"断子绝孙"的人，才没有人烧纸——谁也不愿接受这样的唾骂和诅咒。

　　章明传再忙也不会忘记烧月半的："纸钱和香烛都是现成的，你早点回去准备吧。"

　　李红："这么早就回家，辣椒不摘啦？未必让它烂在地里？"

　　章明传："不摘了，收购站停止收购了。快点收拾，我顺便捎回家。"

　　李红："停止收购？！我去找黄站长。"

　　章明传："你千万不能去找黄站长。群众的辣椒卖不脱，镇长去开后门，安心让人说闲话呀？"

　　李红："种辣椒时，我说家里缺劳力，随便种点啥，承包地不抛荒就行了。你说是党委的号召，你当镇长的要带头。我跛起个脚脚，辛辛苦苦地把辣椒种出来，你又不准我想办法卖。你再挣表现，还是个招聘干部，老婆娃儿农转非的资格都没有……"

　　章明传虽然混成了镇长，但确实还是一个招聘干部，奋斗好几年了还没转正。李红的梦想，就是章明传转正，挣两个农转非指标，自己和女儿吃上商品粮，好脱农袍。

　　章明传瞪了李红一眼，严厉地说："李红，你……"看看周围，又和缓下来，"你呀，你那嘴巴呀，少说点吧。走，我还忙着回去给唐书记汇报。"

　　李红："唉，这辈子瞎了眼，跟着你倒霉。"

　　他们一家人向镇上走去。

第二章　辣椒丰收

1

一道残破、断损的石级通向香山镇人民政府。

镇政府大院，尚残存着古贞烈祠香姑祠的痕迹。院中，一株苍古的黄桷树有如巨伞撑天。残破的古戏楼改成了镇政府的办公室。两厢的房间，钉着各种室、站、所的小牌。

镇办公室里，挤着几张破办公桌和木条椅。戏台口一方用木板封闭为墙。墙上醒目地挂着一张《香山镇小城镇建设规划图》。

镇党委书记唐立行四十多岁，面皮白净，正异常烦躁地绕着办公桌抽烟踱步。他突然走到电话机旁，抓起话筒拨了一串号码，拨通了县多种经营办公室："喂，张主任吗？我唐立行呀。总算把你们找到了。你们'多经办'那么大一个衙门，怎么连电话都没人守啊……啥？辣椒电话把你们吓得到处躲？那都躲藏得了呀……我找你么，当然也是辣椒销路的事啊……喂，老兄啊，别人我不管，你无论如何要拉兄弟一把啊……喂，你莫推，喂喂……"

对方压了电话，唐立行一声叹气："唉……"又拨了一串号码。

伴着楼梯响，章明传拿着正在鸣叫的呼机匆匆走进办公室。

章明传："唐书记，你在传我？"

唐立行："嗨，是啊，老章，可把你等回来了。情况怎么样？有点希望吗？"

章明传摇头："唉，省上，市上，邻近几个县的土产公司都求遍了，都没办法啊！"

唐立行："啊！这一来怎么办，这一来怎么办啊？"

副镇长杜中德，五十多岁，此时也垂头丧气地走进办公室。

唐立行："老杜，你有好消息吗？"

杜中德："没有，供销社派出去的几路人马都无功而返。"

三人默默地抽烟。

唐立行："章镇长、杜镇长，香山辣椒是这一方的特产，名声很远，我们无论如何，都要给它找到出路。力争把农民的损失降到最低限度才行，不然，谨防农民闹事啊！"

杜中德："特产又怎样？市场无情，有啥办法呀？"

章明传看了看杜中德，掏出烟盒选了一支好烟，鼓起勇气走到杜中德面前："老镇长，你在这一方德高望重，县土产公司邓经理是你的老表，是不是请老镇长再……"

杜中德对章明传是一腔怨气，他推开烟挖苦地说："章大镇长，纠正一下，我是老副镇长。你们党政一把手多次出面求过他，别人都不买账，我一个老吼爷，有多大的面子？"

拆乡建镇时副乡长章明传，争了乡长杜中德梦寐以求的镇长位置，从此两人成了冤家。

唐立行是从县委宣传部派下来的，他对杜中德这样基层工作经验丰富，在这一方德高望重的老同志一向是很尊重的，可是眼下火烧眉毛，他也顾不了许多："嗨，我说老杜啊，撤乡建镇快两年了，老章当镇长是组织的安排，你那点怨气也该消了嘛。眼下火炭已经落到脚背上了，不要闹意气行不行？"

杜中德霍地站起来："呃，唐书记，话说清楚。我杜中德跑了一辈子田坎，就那么一个机会了，求他这一回让我，他是点了头的，可是结果还是让我给他垫背。我对他有意见，那是早就摆在桌面子上了的，可是工作上我杜中德啥时候闹过意气？就说为辣椒找我那龟儿老表吧，你晓得我请过多少次客，我老婆进城送过多少回嫩南瓜、干豇豆？就连我那不争气的外甥漆天棒，也进城送过多少回猪下水、猪尾巴。我到你那里来报过一分钱的车旅费、招待费没有？你要是不信，我立即给他龟儿子拨电话，我们大家当面说！"

章明传："杜镇长，唐书记不是那个意思，不是那个意思……"

杜中德气冲冲地拨通电话，并按下免提键："我杜中德嘛！"

电话里立即传来杜中德的老表县土产公司邓经理叫苦的声音："我的大老表哩，你就饶了我吧，你别让大表嫂和漆天棒往我那里跑了。我要是有丁点儿缝隙，都优先考虑你，可是市场走不动。我进库的几十万斤辣椒都还没找到销路，没进库的十几万斤辣椒，连堆处都还没找到。我也逼得要上吊啊……"

杜中德："你别叫苦了，如果你还认我们几辈人的老亲，还认我这个大老表，你就看着办！我还要告诉你，我们动员种辣椒，是根据你们预测的市场行情决定的，到时候打起官司来，可别怪我这个大老表绝情！"说罢，重重压下电话。

2

盘丝洞酒楼——一座别致漂亮的小洋楼，在古朴的小镇上显得高标独秀，格外惹眼。

二村村长黄爬海，陪着将近五十岁的镇党委副书记毕西朝盘丝洞走去。

毕西："谁的面子这么大呀，不到我的办公室，还要我亲自去茶楼见面？"

黄爬海故意卖关子："走拢就知道了。"

二楼一间雅致的茶室里，坐着"牛魔王"和马老板。

牛魔王闻声出门相迎："哟，毕所长，啊，现在该叫毕书记了。你好，好久没有朝拜你老兄了。"

毕西："啊，牛魔王，原来是你龟儿？架子大哩！"

牛魔王："毕书记莫多心。我家就住在二村，二十五岁那年帮朋友打架，打伤了人，坐了几年牢，大家都知道我是劳改释放犯，怕碰见熟人，所以请黄村长来劳你的大驾。"

毕西："劳改释放犯怎么啦？孙悟空都是劳改释放犯哩。你那是哪辈子的事了，而且已经改邪归正，而今是衣锦还乡，还怕啥啊。"

牛魔王："唉，改邪还没归正，衣锦也不敢还乡啊……"

毕西："哈哈哈，衣锦不敢还乡，是你们大多数牛鬼蛇神暴发户的隐痛吧。"

黄爬海："啊，毕书记，你们早就认识？"

马老板："毕书记当县政府招待所所长时，牛老板是他的常客。大主顾啊。"

黄爬海："啊，是这么一回事。毕书记，我硬是想不通，你当招待所所长，肯定比你到这穷地方来当一个副书记的油水大得多啊！你为什么……"

牛魔王："黄村长，你懂个屁，当官的这叫进入主渠道。在城里结了人缘，要下来镀金才升得快。"

黄爬海："啊，懂了，懂了。毕书记前程无量啊！"

毕西："升他妈个屁，把老子骗下来两年多了，都还没消息。"

牛魔王："肯定是你的投入不到位。听说现在升官名码实价，我们这些地方，一个副县级至少要二十万。你投了多少，要不要我来入个股，投资十万怎么样？"

毕西："你龟儿三句话不离本行。"

牛魔王："市场经济嘛，啥子好赚钱就投资啥。而今大老板们投资买官而获暴利的还少了呀。"

牛魔王虽然是开玩笑，但是说到了点子上。毕西也懂得这一点，联络感情他也花了一些钱，但是真要他拿钱买官他是不会干的；因此也半开玩笑地说："你娃找错合伙人了，老子没那种风险意识，也没那捞回投资的胆量。到时候偷鸡不着蚀把米，懒得跟你娃扯筋。"

几个人走进茶室依礼入座后，开始码麻将。

服务员上茶时每人面前摆了一包大中华香烟。

毕西："牛魔王，你娃回来又有啥阴谋诡计啊？"

牛魔王："当然是无事不登三宝殿啊。"

蜀中无大将，廖化作先锋。精壮劳动力都出去打工去了，黄爬海当上了村长。他成天在香山镇茶馆进酒馆出，是一个啥钱都想吃的角色。牛魔王找他牵线，正是一个傍大款吃中介费的好机会，为了显示他在这个交易中的作用，黄爬海故意把嗓门提得很高："毕书记，牛魔王是我们二村的大能人，也是我的好朋友。我这个当村长的给你要人情了，请你多关照些。"

毕西并不给黄爬海面子，他跟牛魔王更熟："牛魔王，你龟儿是怎么啦，有屁就放啊！"

牛魔王："县电信局的办公楼工程正在招标，你跟杨局长是铁哥们，今天专门从城里赶来，求你这把金钥匙了。"

毕西："你怎么知道我跟杨局长是哥们?"

牛魔王："你当那么多年招待所所长,你的神通谁不知道?"说着拿出一沓钞票,分别放在毕西和黄爬海面前。

毕西满脸怒色道："这是干啥?你把我毕西当成啥人了?"

牛魔王："啊,毕书记误会了,事情办不办,我们绝不给领导为难。我们今天请领导与民同乐,规矩都不要呀?先铺点水,在牌桌子上才好意思逗硬嘛。"

马老板："毕书记,莫推,莫推。"

黄爬海赶快帮毕西收下钱："毕书记,拿倒,拿倒。"

毕西半推半就地："嗨,这些破规矩呀,都是你们这些钻政策空子的奸商兴的。"从那一沓钱里拈了几张。

牛魔王也不好勉强："这些破规矩好哇,我们发财不忘共产党嘛。该慰劳你这个党委大书记呀。"

毕西："啥慰问书记啊,就说牌桌子上救济我们这些'贫下中干'吧。"

众人大笑："哈哈哈,只听说过贫下中农,哪听说过'贫下中干',又是毕书记的发明吧。"

毕西："笑什么,小干部办不了大事,没人请吃,没人请喝,没人请剪彩,更没人发红包,就靠几个死工资,还常常不按时,还没完没了的捐赠献爱心,穷得不如贫下中农啊。"

牛魔王："这倒是真话,就算救济'贫下中干'吧。来搓几圈。"

毕西扬了扬那几百块钱："这几百块钱,违不了纪。"说着掏出手机拨电话,"喂,杨老兄吗,我毕西呀,你那工程还没定吧……喂,老战友啊,牛魔王是我的哥们儿,你给点面子如何……争的人再多,还不是你老兄拍板拴船,给谁做不一样……对哟,好,他们明天来找你。喂,好久来吃我们的香河鲤鱼呀?啥?一斤七八两的红嘴壳,哈哈哈,老兄风流,不怕嫂夫人扯耳朵呀……"关了手机:"说好了,你们明天去找他吧。"

牛魔王："谢谢毕书记,事情成功了,我们晓得按规矩办。"

毕西："少来你们的破规矩。我毕家八辈子没人做过官,我好不容易才混个正科级,我的纱帽要紧。下来镀金都是为了混个副县级,让纱帽上长个翅翅,别让我修道千年,到头来毁在几文臭钱上。"

马老板："我们总不能让毕书记白帮忙吧？"

毕西："皇帝老倌死了娘，都要向老百姓借抬丧棒，人活世上，哪个敢说大话不求人？到我求你们的时候，跑快点就行了。再说，我帮忙也有原则，我管的事公事公办，朋友管的事，只要我说得起话，面子要够。但是，工程必须质量逗硬，谁害了我的朋友，我绝不善罢甘休。"

牛魔王："毕书记，我牛魔王其他名声都不好，就一个好名声，讲义气，做老实活路。工程质量，你一百个放心。好，我们打牌吧。"

众人刚打了一圈，一个丰满明艳的女郎进来续水。

黄爬海是这里的常客："'方便面'，晚上我们订一桌酒席。要高档的，整好！"

方便面："哟！黄村长，今晚又请客呀？你们二村欠起好几千了，今天要结账吧？"

黄爬海："村上的账欠倒。今晚是牛老板请客，现钱。"

方便面："哟！牛老板是稀客……不凑巧呀，我们今晚有重大庆祝活动，酒楼停业……实在对不起啊。"

牛魔王一双色眯眯的眼睛盯着方便面："唔，那就不勉强了。小姐这么漂亮，请教贵姓？"

方便面："免贵姓方，就叫我方便面吧。"为毕西续水，"毕书记，手气好呀。"

牛魔王："方便面，好名字。方小姐订桌席不给方便，一定会给其他方便吧？"

方便面："先生想方便吗，可以呀。"笑盈盈地走过去，倚在牛魔王椅靠上，假意看牌。

牛魔王："哈哈哈，方小姐真是善解人意。"说着，把两张百元大钞插进方便面毕露的乳沟，轻佻地在方便面的脸上揪了一下。

方便面就势在牛魔王脸上一吻，留下一圈鲜艳的唇红。哈哈哈，引得众人朗声大笑。

方便面大方地说："笑什么呀，我盖章，可没黄村长那么刁难人，还要高价啊。要不，给你们都盖一个。"

黄爬海脸唰地红了："方便面，你哪里听来的谣言啊，别坏我的好名声啊。"

方便面不理黄爬海："牛老板出牌呀！"

牛魔王拿出一牌。

方便面："不对，该出这一张。"

牛魔王："好，美人当后台，肯定会赢牌。就出这一张，三圆！"

毕西："好！搁了。我就等这个金三圆了。"

牛魔王递过两张百元大钞。

方便面："牛老板看清楚，别人是清一色带根儿，叫极品。满贯要翻一番！"

牛魔王："啊，极品？"又递上一沓钞票，"原来方小姐是毕书记的……嘿嘿，嘿嘿。"

方便面："你不是要方便吗？帮你把业务麻将打成功呀！"说罢，媚笑着走出茶室。

3

辣椒收购站，卖辣椒的人们的骂声越来越高。骂声中收购站的大门终于开了，黄站长拿着一张墨迹淋漓的《紧急通知》出来，人们立即围了上去。

"黄站长，你们搞啥去了？"

"为啥还不开秤？我们从早上等到现在，肠儿都饿巴背了！"

黄站长一脸苦笑："乡亲们，对不起，实在对不起。"说着把《紧急通知》贴上墙去。

有人高声念："紧急通知，接上级指示，我站收购辣椒，早已超过合同规定计划。因资金有限，销路有限，仓容和运输能力有限，决定从即日起，停止收购辣椒！"

人们立即喧闹起来。

"啥？停止收购？！"

"我们种那么多辣椒怎么办？"

黄站长："乡亲们，别等了，都挑回去吧。"

椒农们一片愤怒的骂声：

"挑回去干啥？喂不得猪，肥不得田，当不得饭吃！"

"我们就靠卖辣椒用钱啊！"

"不行，你狗日的些，想要弄我们办不到！发动种辣椒时，你们作了保证要收购的。"

"你们为啥说话不算数？"

"骗子，骗子！"

"到底收不收？不收，捶他狗日些的肉！"

"捶！捶！捶肉！捶扁这些狗杂种……"

黄站长仓皇逃进门去，关上了大门。

愤怒的人群，挥舞着扁担冲上前去，砸门、砸窗、掀翻台秤、掀掉院子里的辣椒堆……

一片混乱，一片狼藉，碎玻璃和红辣椒遍地横飞。

混乱中有人高声呐喊：

"种辣椒是镇干部发动的，走，找镇干部算账去！"

"对，找唐立行、章明传、找杜中德、找毕西……"

椒农们倒掉筐里的辣椒，拖着扁担，提着背筐、箩筐，气势汹汹地涌出收购站场院，涌上街巷。

愤怒的人群穿街走巷。路人驻足，不自觉地加入闹事的队伍。

盘丝洞酒楼前，泡泡糖在检查服务员们的着装，闹事的队伍，突然呐喊着冲了过来，朝镇政府涌去。泡泡糖从众人的骂喊声中听出了点眉目，她曾经当过乡镇干部，预料着将会出大事，不由得皱紧了眉头。此时，酒楼门口正好有一个青年拿着烧酒和卤菜在看热闹。

泡泡糖便对那青年喊道："猴主任，过来一下。"

猴主任是街一村的治保主任兼村会计。他不姓猴，因为一只手有残疾伸不直，常抓着，像个猴子，说他一天到晚都在练猴拳。这一方的人都喜欢给人取诨名，小时候都叫他猴三。猴三高中毕业，人虽然机灵，但手有残疾，不好出去混世界，当了村上的会计。他对村上的事情很热心，群众又选他当了村治保主任，后来大家就叫他猴主任了。

盘丝洞酒楼不知道有什么背景，财大气粗不求人，依法经营不怕人，要打架，一个传奇般的"红桃K"就够了。她们把任何权势都不放在眼里，唯独对街一村的支部书记熊三爷却十二分地尊敬。猴主任是熊三爷管理街一村的得力助手和跟班。癞子跟着月亮走，自然要沾熊三爷的光，盘丝洞要孝敬熊三爷什么，只要他在场，都有一份。因此他跟盘丝洞的妖精们都很熟。

猴主任来到泡泡糖跟前："唐姐，啥事呀？"

泡泡糖："你这个街一村的治保主任，在你地盘上发生这么大的治安事件，还稳起干啥？"

猴主任为难地："我一个抓手，能干什么呀？"

泡泡糖："你赶快去报告熊三爷，椒农闹事要砸镇政府。在他街一村地面上出这么大的事，他当支书的还要不要面子？"

猴主任听出了泡泡糖这句话的分量，连说："好，好，唐经理，我马上就去告诉三爷！"说着跑出了盘丝洞酒楼。

第三章　椒农闹事

1

都说小赌怡情，男人们小赌最怡情的灵丹妙药就是说女人。似乎给朋友说点花花事在身上，更能抬高哥们儿的身份地位，也更显得哥们儿的亲密。方便面刚才帮了毕西赢牌，牛魔王便有了献媚的话题。

"喂，毕书记，你老兄艳福不浅啊！小弟不知方便面是你的人，刚才失礼了，请原谅，莫吃老弟的醋啊。"

毕西知道牛魔王误会了，也不辩驳，笑道："哈哈哈！黄爬海，你说呢。"

黄爬海："老弟，毕书记在这方面呀，操得正得很啊，就是借二十四个胆子给他，他都不敢啊！"

牛魔王："嗨呀，老兄，你那观念也该转变一下了，而今是男人不坏，没有能耐。几个朋友在一起，又不是开党员会，你帮毕哥遮盖啥呀？"

毕西："没啥可遮盖的。而今这个'眼球经济'时代，大小传媒和商品广告都对男人进行性轰炸，女人巴不得把全身脱光，对男人进行赤裸裸的性攻击。男人们的防线都一样脆弱，我也不是君子，非礼要言，非礼要视。但是到底也是有那贼心没那贼胆啊。对这一伙妖精呀，别人那样有文化品味，我就更不敢有半点非分之想了。"

牛魔王："嗨呀，可惜，可惜，这么迷人的妖精，成天都在眼皮底下，你忍受得了呀?"

毕西："忍不了也得忍啊。一首打油诗说得好：'说我风流也风流，爱跟小姐吹点牛。顾着小小乌纱帽，胀死眼睛饿死毬。'"

那首打油诗把大家逗得哈哈大笑："哈哈哈，好个'胀死眼睛饿死毬'啊。"

马老板："哎，可惜这地方交通不便。"

牛魔王："对，毕书记不是外人，说句实话，要是交通方便，老子恐怕每天都要到这里来过夜。"

毕西："你娃想为富不仁?"

牛魔王："不玩女人，像啥老板？用你们的话说，我这也叫与时俱进，开发闲置的优质性资产，曲线扶贫啊。"

毕西："牛魔王，我给你娃说清楚，在其他地方，任你胡作非为，我管不了你。这几个女子是到这里来投资办企业的，在我们镇上，算得上纳税大户。你娃敢碰她们，我立即通知派出所所长李正齐，叫你娃走不了干路。"

牛魔王："毕书记，我先就给你坦白了的，我过去在这一方是出了名的混世魔王，这些年给自己立了规矩'兔子不吃窝边草'，可是她们是外地来卖肉的啊，你又何必……"

黄爬海："牛老弟，这地方啥都想得，就是想不得那个。前次城里一伙耍家和混混提着票子慕名而来，软的吃了亏，拿刀弄杖想来硬的，结果，让她们的小师妹红桃K三拳两脚，打得一个个鼻青脸肿，跪地求饶。"

牛魔王："屁，老子嫖遍五湖四海，没见过不要钱的鸡。"

毕西："鸡？你看她们那气质，那装束打扮，那眉眼谈吐，像鸡吗？告诉你，那几个服务员都是市川剧团的演员。剧团不景气，停薪留职来打工的。刚才那个方便面就是川剧团有名的摇旦，红桃K是川剧团武功最好的刀马旦。别人是正派人。"

黄爬海："嗯，对对对，毕书记，你这一说就想起来了，市川剧团来这里演过戏，方便面演的就是那个骂镇长的泼妇摇旦啊。怪不得，好几回早晨碰见她们在大河滩上练武功，练嗓子啊。"

牛魔王："演员！怪不得这伙妖精都这么迷人。"

马老板："那他们的绰号为啥都取得那么叫人想入非非的呢？"

牛魔王："是呀，啥泡泡糖、方便面、红桃K、可乐的。"

黄爬海："听说，唱戏的人都兴取艺名。"

毕西："也对也不对。她们的经理泡泡糖说是用的'偷不着定律'。"

众人："偷不着定律，稀奇，没听说过。"

毕西："男人们常说，妻不如妾，妾不如偷，偷得着不如偷不着。也就是说，想得到的东西得不到才最吊胃口，最值价。"

众人："高，高，实在是高！"

牛魔王："我服了，明知偷不着，我肯定都还会来送票子。"

马老板："唱戏的泡泡糖会有这种见识？"

毕西："只有泡泡糖不是唱戏的。这个女人很有点神秘，据说是中文系毕业的大学生，当过副镇长，还会看相。"

牛魔王："哟，一个年轻女人，还会看相？"

黄爬海："难说，现在的大学生，啥人都有。"

马老板："毕书记，这样的高人，为啥要到这样的穷山沟里来埋没自己啊？"

毕西："我也一直没解开这个谜，如果说不是为了钱吧，生意又做得那么精，如果说是为了钱吧，又无偿捐资为街一村修一所现代化小学，单电脑设备一项就是二十多万。"

众人："真的呀？"

毕西拉开公文包，从包里拿出一份协议："这是他们跟街一村的协议，我分管教育，请我后天出席他们的签字仪式。"

众人看罢协议面面相觑："啊！硬是有这种事？！"

这时方便面又提着水壶进来续水。

毕西："刚才外面闹哄哄的，出了啥事呀？"

方便面："农民卖不脱辣椒，去围攻镇政府去了。"

众人一惊："啊！围攻镇政府？"

毕西："真的？"

方便面："我哄你干啥。农民还喊着要找你算账哩。"说着走出了茶室。

毕西站起来欲走。

牛魔王："毕书记要回去看热闹?"

黄爬海一把按下毕西："毕书记,你去赶那些热闹干啥? 发动种辣椒你也给我们下了死命令的。农民找你算账你说得清吗? 这种事躲得越远越好啊。"

毕西："黄爬海,你龟儿弄清楚,老子是香山镇的党委副书记!"

黄爬海："你不是在我们二村跑基层检查工作吗? 这些麻烦,躲远点好些。"

毕西毅然地说："你莫害我,我晓得我的身份,知道这种时候该干啥。"说罢匆匆跑下了茶楼。

2

愤怒的椒农过去后,盘丝洞的服务员们都想跟去看热闹,泡泡糖厉声吼住大家："你们也想去参加围攻政府,给我们酒楼添乱吗? 都给我回来。董事长今日荣归故里,准备工作都做得怎么样了?"

方便面："标语、横幅都准备好了,你一接到董事长,我们就挂出来。"

红桃 K 拿着一沓打印账单："经理,酒楼的全部账目都出来了。"

泡泡糖接过账单翻了翻："啊,镇政府欠账两万多了?"

红桃 K："焦秘书说,经费紧得很,要求继续赊倒。暂时还收不起来。"

泡泡糖："好吧,等董事长回来处理。喂,红桃 K,你过去一直在董事长身边,知道她的生活习惯,为她准备的卧室和小佛堂,你再去检查一下。"

红桃 K："好。"说罢,朝楼上走去。

泡泡糖："方便面,董事长荣归故里,是我们盘丝洞酒楼最佳的广告题材。一定要办得隆重些。叫大家打扮得尽量漂亮点,别让董事长说我泡泡糖不会选人。我先去镇上看看情况,四点过我要到渡口上去接董事长。今天的晚宴,你亲自过问,店里的一切准备工作由你负责。出了问题,拿你是问!"

方便面："好,经理放心,几起来订酒席的,我都婉言谢绝了。晚上的活动我全都安排好了。"

泡泡糖："好,不知熊三爷那里通知到了没有?"

方便面："要不要再派人去看看？"

泡泡糖："算了，相信猴主任不会误事，你就镇守在店里吧。"

泡泡糖说罢，出了酒楼，直奔镇政府而去。

再说猴主任提着酒菜，奔向一片茫茫的芦荡，飞快地穿越芦荡中的小径，来到大河边。芦荡外边滚滚而来的香河中，泊着一条运沙船。

香河水流急，河沙粗，质量好，销得远。街一村的支部书记熊三爷便在大河滩上办了一个沙石厂。

五十多岁的熊三爷，当了街一村十多年支部书记，他性格豪爽、为人正直，办事公道，在街一村的威望很高。他正指挥河滩上十几个精壮的赤膊汉子，从河滩上往船上运河沙。

他见猴主任跑来，笑骂道："猴主任，你龟儿怎么这么久才回来？是给你妈看对象去了呀？"

熊三爷的笑骂，引得喜欢说荤话的汉子们一阵哈哈大笑。

猴主任气喘吁吁地跑上船："三爷，你还有心思开玩笑。出……出大事了哟！"

熊三爷见的世面多，没把猴主任的着急当回事。他接过酒瓶招呼运沙汉子们："都放下，来整几口。"说着拧开瓶盖，嘴对嘴地喝了一口，把酒瓶传给汉子们。这才慢条斯理地说："有啥不得了的事，喝了酒慢慢说。"

猴主任急切道："三爷，砸辣椒收购站了，又去砸镇政府去了。"

熊三爷一惊，一块卤菜举到嘴边停住了："啥？砸镇政府！哪个龟儿子那么大的狗胆呀？"

猴主任："农民卖不脱辣椒，就……"

众汉子一愣："啊，敢砸镇政府！"

大家都知道辣椒的事很严重，但没想到现在还有人敢如此胆大妄为。

熊三爷是个很爱面子的人，香山镇除了机关事业单位和少数吃商品粮的居民外，其余都是他街一村的农民。他当支部书记，香山镇可以说是"道不拾遗，夜不闭户"，乡下人从不敢在香山镇惹事，香山镇年年都是治安先进场镇。此时一听说椒农要砸镇政府，霍地站了起来："这还了得，在我街一村的地盘上，居然出这种事，走！都跟我走！"

众人一口气喝完了那瓶酒，拿着家伙，就跟着熊三爷飞快地朝镇上跑去。

熊三爷带着十几个运沙汉子，拖着棍棒一口气跑回镇上，边跑边喊："街一村的村民，赶快到镇政府集中，有坏人冲击镇政府啊！"

汉子们也助威呐喊："带上家伙，保卫镇政府啊！"

听到熊三爷和汉子们的呐喊，沿途便有不少人拿着棍棒，加入了熊三爷的队伍，飞快地朝镇政府涌去。

3

泡泡糖来到镇政府外，在这里她还没什么熟人，跟乡下来的椒农根本搭不上话，没法劝解和开导，只能站得远远地观看。

镇政府门口，镇党委委员、党政办秘书焦点和部分镇干部，以及派出所所长李正齐等干警，组成了一道人墙，堵在政府门前，阻挡着椒农们的汹涌的冲击。劝解声和怒骂声嚷成一片。

焦点声嘶力竭地喊着："乡亲们，冷静些，冷静些……"

愤怒的椒农们哪里肯听——

"你们说话不算数！"

"你们是骗子！"

"你们发动种辣椒时，说得天花乱坠。现在就不管了！"

焦点："同志们，镇政府正在想办法，大家别着急，大家别着急！"

椒农们："你们吃皇粮，旱涝保收，当然不着急！"

"贪官污吏，白吃干饭！"

"走！冲进去，找他们算账！找他们说清楚！"

派出所所长李正齐厉声吼道："不要挤，冲击政府机关是犯法的。你们有事派代表去反映嘛！"

椒农知道人多才势众："我们都是代表！冲进去。"说着一齐发力，冲击镇干部组成的人墙。

此时不知是谁高喊："政府不为老百姓办事，要来干啥？"

"对，要来干啥？砸！"

"冲啊！冲啊……"

混乱中，"哐啷"两声，两条扁担先后砍在镇政府吊牌上，吊牌被砍断，落下。镇干部去护吊牌，人们乘机冲进政府大院。

唐立行和章明传从办公室走下楼来，被汹涌的人潮堵回了办公室。

镇政府院内。镇干部和干警们声嘶力竭地劝阻。椒农们不由分说地吵闹。砸门窗，砸玻璃，砸桌椅，砸水瓶，砸水杯，砸电话机……

杜中德高喊："别砸东西，别砸东西，这是国家财产啊！"

两个青年农民冲向教育办公室。

老校长把在门口："你们要干啥？"

老校长过去一直是香河中学的校长。现在是香山镇教育办公室的主任。在这一方，走到哪里都有他的学生。可以说没有人不认识他，没有人不尊重他。

一个青年："啊，是老校长，我们……"

另一个青年："这，不干老校长的事，我们去找唐立行！"

愤怒的农民朝戏楼上办公室涌去。

毕西出了盘丝洞，伪装成在下村的样子，绕了个弯，此时才匆匆赶回。他想上楼，被堵在了楼梯上。上不得，下不得，只有高喊：别挤了，办公室是危险建筑。椒农们哪里肯听，还是一个劲地往楼上挤。

戏楼上的办公室里，章明传被挤到一角，直不起身。

章明传："同志们，别挤，别挤！"

戏楼台口一面板壁上，挂着《香山镇小城镇建设规划图》。板壁前，焦点拼命护着唐立行，被紧紧地贴墙挤着，板壁发出"扎扎"的响声。

焦点："挤不得了，挤不得了！墙壁要倒……"

楼梯上，人们还在往上挤。

"轰隆"一声，楼口一面的板壁倒下。被贴墙壁挤着的唐立行，随板壁栽下戏楼，淹没在一片腾起的尘灰之中。

焦点惊叫："唐书记栽倒了！唐书记栽下楼了……"

院里的人们怔了一下，立即朝前围去。

"砰砰！"两声枪响。

李正齐再也忍不住了，朝天鸣了两枪，举着冒烟的手枪高喊道："把领头闹事的，给我抓起来！"

枪声使人们一下静了下来，派出所的干警很快铐上了两个闹事的青年农民。

戏楼台口下是一条深沟，唐立行上半身压在板壁上的规划图上，下半身被紧紧地卡在水沟里。

章明传等人去扶唐立行，人们紧张地呼喊着："唐书记，唐书记……"

唐立行推开众人，想自己爬起来。他使劲撑起双臂，头上的鲜血一滴一滴地砸在规划图上，鲜血溅成的图形，像一个个鲜红的红辣椒。

章明传和焦点等人，使劲取开卡住唐立行的木块和石头，把他抬到院中黄桷树下。他想站起来，几次努力都没成功："让我休息一下再看。"

一阵喧闹声传来，人们向院外看去，熊三爷一行人气势汹汹地冲进院内。

熊三爷："狗日的些吃饱了！敢冲击人民政府，想造反了！街一村的，把大门看好，不让这些'反革命'跑脱一个！"

几个赤膊汉子守住了大门，院内的人也握紧了手中的武器。双方虎视眈眈，步步逼近，气氛顿时紧张起来。

熊三爷对着李正齐喊："李公安，你还愣着干啥？人手不够，街一村的全归你调遣。手铐不够哇？猴主任，快去买几捆麻绳来……"

唐立行："熊三爷，你过来一下。"

熊三爷走近唐立行："唐书记，我们来迟了一步，让你……"

唐立行："老支书，你这是干啥啊？快把你的人带回去。"

熊三爷："不！镇政府在我街一村的地盘上被砸，我这个共产党的支部书记失职了。等李公安把人抓了后，我的人再撤！"

唐立行："李所长，谁叫你抓人的？乱弹琴，放了！快放了。"

李正齐："破坏治安，我有权依法拘留。把人带走！"

民警欲带走被锁的两个青年农民，先是老年和妇女上前阻挡，接着其他椒农也起哄："我们也闹了的，要抓，把我们都抓起走！"

气氛又紧张起来。

章明传："李所长，听唐书记的，放人！"

李正齐犹豫着。

唐立行："李所长，我们动员群众种辣椒，他们指望着辣椒卖钱，可是现在辣椒卖不掉，运不走，责任在我们，是我们对不起他们呀。"

毕西上前："李所长，唐书记的话都不听吗？按唐书记的指示办，放人！"

李正齐很不情愿地说："哼！放。"

民警给被拷的青年农民开了手铐。

老校长走到两个青年农民面前："你们胡闹，我过去是这样教你们的吗？"

熊三爷："便宜你狗日些了。敢再来胡闹，打断你狗日些的腿杆！"

被开锁的农民瞪着熊三爷，走到唐立行面前："唐书记，我们不是有意的，你……"

唐立行："我们理解你们，我不怪罪你们，也请你们理解党委和政府，好吗？"

章明传："乡亲们，你们回去吧。镇政府正在想办法。我们会尽最大努力，给你们的辣椒找到出路的。"

章明传说罢背起唐立行，众人簇拥着向大门外走去。

老校长对着那两个青年农民："还愣着干啥？"

院中，被锁的那两个青年农民愧疚地相互望了望，分开人群，来到章明传面前："镇长，让我们背吧。"不由分说地背起唐立行朝前走去。

镇干部和部分农民在后面跟着。

唐立行："杜镇长，你们别来了，把这乱摊子收拾一下吧。"

第四章　乡官号子

1

白莲沿着香河边的机耕道而下，来到镇对岸的渡口。

汛期已经过去，现在的香河河面不太宽，渡口一带水流也不太急。一条铁索横跨两岸。铁索系着渡船，白莲坐在船上。头戴破草帽的船工拔着铁索，把渡船拉过河去。没卖掉辣椒的一部分农民们正聚在码头上等船。他们怨气冲天，满嘴脏话。

渡船靠岸后，白莲款款走下船，她惊人的美丽，迎来一片热辣辣的目光。她不好意思地走过人丛。

人们争先恐后地上船。

岸上，一个中年汉子挑起辣椒担子走了两步，又重重放下："他妈的，硬是想不下，老子要转去跟他们一起闹！闹他妈个天翻地覆。"

一个中年妇女，显然是那汉子的老婆，拉着汉子哭道："老先人，求你做点好事，别去闹，闹有啥作用吗？各人回去，少惹事。"

中年汉子："你少管！"挣脱妇人欲走。

中年妇女："好，你去闹，你去闹，你去坐牢，你去砍脑壳，我两口子马上砍草帘子！"

中年汉子："你……"

众人相劝："算了！算了！舍财免灾，就当拿给贼偷了，水冲了。别为了这点辣椒，一家人伤了和气。"

中年汉子："唉！真是婆娘家，头发长，见识短。老子懒得挑了，要挑你挑回去。"

中年妇女："挑回去也没用，把它倒了算了。"说着，把一担辣椒倒进了江里。

白莲不由得瞪大了眼睛。

一老年农民："这么好的辣椒，倒了多可惜。"

中年农民："可惜？挑回去能做个啥？"

船上船下的人七嘴八舌：

"是啊，挑回去能干啥？送人都送不脱。"

船上一青年农民也把辣椒倒进江里。

"对，弄回去反而把屋占倒，难得收拾。"

一妇女也把一背筐辣椒倒进江里。

"好，倒了它，都倒了它，这么远弄回家，可惜了老子的力气。"

一筐筐辣椒倒进江里，江水哗哗，辣椒顺水漂流。

老年农民坐在船沿，看着红艳艳的辣椒，犹豫了一下，长长地叹了一口气："唉！"也把辣椒倒进江里。

白莲一个人留在了码头上，望着载着一船怨气和叹息的渡船，缓缓拨过江去。她走到水边，痛惜地捞起一把鲜红的辣椒，不解地凝望着远去的渡船。

"白莲姐，白莲姐！"

身后传来几声清脆圆润的呼喊。白莲回头，泡泡糖飞也似的向她扑来。白莲忙张开双臂，迎接向她扑来的泡泡糖。

泡泡糖像孩子见了娘一般，搂着白莲的脖子："白莲姐，我想死你了，想死你了啊。"

白莲也紧紧地搂着泡泡糖："小唐，大姐也想你，也想你啊！"

泡泡糖委屈地说："还说想，想啥啊！把别人发配到这么个鬼地方来，表面是开酒楼，暗地里是给你当特务，派出来快一年了，都不来管人家，呜呜……"说着竟像孩子般地哭了。

白莲疼爱地说："别哭，别哭，我们不是经常通电话吗？我这不是回来了吗？"说着自己也流出了眼泪。

泡泡糖："白莲姐，你捡一把辣椒来干什么啊？"

白莲看着满江漂流的椒辣："小唐，这是怎么回事啊？"

泡泡糖："镇政府发动农民种辣椒，辣椒丰收了却卖不脱，今天下午，农民还砸了镇政府。"

白莲："啥?! 还砸了镇政府?! 伤着人了吗？"

泡泡糖："唐书记伤得很重，送进医院了！"

白莲："明传哥呢？"

泡泡糖："你呀，就是忘不了旧情人。放心吧，他没事！"

白莲："鬼丫头，别胡说。"

泡泡糖："我们回家吧，好多员工们还不知道他们的董事长是啥样儿的天仙美女，都想跑到渡口上来接你哩！"

白莲和泡泡糖朝码头走去。

2

唐立行的鲜血，浇灭了椒农们的怒火。不少人愧疚地跟着来到香山镇医院。部分农民在院内围着熊三爷，一边向熊三爷解释，一边紧张地向内张望。熊三爷在指指点点地斥责着他们，自知有错的农民愧疚地自责着，叹息着。

急救室里。唐立行头上捆着绷带。医生们正在为他会诊下肢。章明传和焦点，紧张地关注着医生们的脸色。医生们的脸色都很沉重。

其他镇干部挤在门口，向内引颈观望，等候诊断消息。

毕西挤进急救室，似乎心有愧疚地自言自语："嗨，村上的鬼事情多得很，一下去就走不脱，没想到发生这种事，这些无法无天的刁民呀，非好好治一下不可……"

章明传打断毕西的话，焦急地问："院长，唐书记的伤问题不大吧？"

院长："唉，准备担架吧，立即送县医院！"

众人都瞪大了眼睛："送县医院？"

唐立行："不！我这点外伤，没必要去住县医院！"

院长："唐书记，你要是只是头上的外伤，问题是不大，可是你的下肢已经完全失去知觉，你的尾椎骨……"

唐立行："尾椎骨？我的尾椎骨怎么啦？"

院长："你的尾椎骨断了，更确切地说，是脊髓神经严重损伤，预后不佳，很可能是，是下——肢——瘫——痪！"

急诊室内外的人无不震惊："啊！下肢瘫痪！"

毕西吃惊的同时，眼里闪出一丝高深莫测的光芒。

唐立行惊呆了，良久，喃喃地自语："下肢瘫痪，下肢瘫痪……"

"下肢瘫痪"四个字在他头脑里轰轰炸响，仿佛沉闷的雷声滚过天边，仿佛雄伟的大厦轰然塌于眼前……

唐立行眼前一黑，天旋地转，发出了歇斯底里的呐喊："不！不！我不会瘫痪，我不能瘫痪……"

唐立行昏过去了。

人们紧张地呼喊："唐书记，唐书记……"

呐喊声中，天旋地转似乎化作一辆无比巨大的轮椅在飞速旋转，向唐立行兜头压来。唐立行惊恐地后退着，逃跑着，最后被牢牢地捆在轮椅上挣扎着，呐喊着……

急救室里。人们紧张地呼喊着："唐书记，唐书记……"

院长紧紧地掐住唐立行的人中。

医生们熟练地打针抢救。

章明传等轻呼着："唐书记，唐书记……"

良久，唐立行才苏醒过来，他无声地淌着眼泪。

人们舒了一口气："好了，醒过来了，醒过来了……"

章明传："院长，需要输血吗？"

焦点和毕西都挽起胳膊："输我的！输我的！""我是O型，O型……"

院长摇摇头。

章明传握着唐立行的手："唐书记，你放心吧，会治好的，会治好的……"

唐立行绝望地望着院长："院长，一点希望都没有了吗?"

毕西也道："院长，你能不能再检查一下?"

章明传："对，院长，请你再检查一下吧，或许……"

院长："章镇长，请你们相信我们的诊断吧，现在，最好是立即送县医院施行手术，看会不会出现奇迹。"

章明传："好吧，立即送县医院！毕书记，县城里你熟人多，是不是请你……"

毕西："好，我这就跟县人民医院李院长打招呼，叫他们做好准备。我亲自送唐书记进城住院，保证没问题。"说着掏手机走出急救室。

唐立行："唉，想不到，想不到啊！我到香山镇才两年多，多少该做的事还没开头啊！"

章明传："唐书记，你会康复的，你会很快重返香山镇的。"

焦点附和着："对，现在医疗技术好多了。你会重返香山镇的。"

院长："唐书记，担架已经准备好了。"

章明传："抬进来吧！"

唐立行："慢！老章，老杜，临走时，我想在这里召开一次临时党委会，请你们通知一下其他党委成员，务必请到人大刘主任。"

章明传："唐书记，党委会等你康复后再开吧，有啥安排，你就在这里讲一下就行了。"

众人："对，别耽误了手术。"

唐立行："你们别安慰我了，奇迹毕竟是奇迹，希望渺茫啊！焦秘书，你通知人时，把我的公文包和那张规划图取来。老章，扶我到会议室吧。"

唐立行在香山镇的口碑很好，闯了祸的农民都很内疚，他们没有逃跑，一直守在急救室外等候消息。熊三爷走出急救室，农民们便围上去问长问短：

"三爷，唐书记伤得重吗?"

"三爷，唐书记有危险吗?"

"三爷，要不要我们输血……"

熊三爷："唐书记尾椎骨断了，可能下肢瘫痪！你们这些刁民呀，准备坐班房吧！"

众人惊呆了，顿足叹息："唉！"

熊三爷："唉个毬！选几个力气大的准备抬唐书记进城！"

众人："要送县医院?"

熊三爷："快去准备嘛，唐书记要是有个三长两短……"

几个农民争着："没啥准备的。我去，我们几个都去。"

3

唐立行和许多乡镇干部一样，也是教师出生，好舞文弄墨，在报纸上发表了些诗歌、散文和小说，在县内的文坛上，很有点名气。后来调到县委宣传部，几年熬成了宣传部副部长，公认他脑瓜灵、笔头硬，是一个前途无量的人才。在全县后备干部中，他是很显眼的重点培养对象，但却迟迟提不起来。究其原因，是他没有乡镇基层工作的经历。撤乡建镇时，镇升格为正科级，他便主动争取到香山镇来当党委书记。

应该说填补基层工作经历，扫清仕途升迁障碍，这并不是唐立行的主要目的。他从一个普通教师进入官场后，一直雄心勃勃，很想有一番作为。这些年乡镇干部的名声越来越坏，他在县委机关听到的全是对乡镇干部的骂声，欺上瞒下，胡作非为，吃喝嫖赌，无恶不作。老百姓怨声载道，党群关系十分紧张。他相信自己有能力开创乡镇工作的新局面，能够带领一方群众脱贫致富。他认为重塑党在群众中的形象，是每一个有起码觉悟的共产党员义不容辞的责任。

香山镇由四个乡合并而成，八万多人口。在全县的二十多个乡镇中算得上是个大镇，但是这里离县城百里之遥，山高沟狭，交通极为不便，也是全县最穷的一个大镇。

唐立行不怕基础差，他信心十足地来到香山镇，短时间内跑遍了香山镇方圆几十里的山山水水。详细认真的摸底调查之后，他很快地理清了工作思路，明白要办好香山镇的事情实在太难。最大的困难就是交通不便。离省道公路干线太远，而且被一条香河隔着，使这里十分封闭。人们的观念落后，无法汇入市场经济的时代潮流。乡镇干部看不见前途，情绪十分低落。

唐立行知道，自己浑身是铁也打不了几颗钉，要彻底改变香山镇的面貌，首先必须转变人们的观念，振奋全体镇干部的精神。他是宣传部副部长出身，宣传鼓动是他的特长，到香山镇不久，就写下了那首叫人热血沸腾的镇歌《乡官号子》：

1
是龙，就云中走，
是虎，就山上吼。
乡官再小也是官呀，
轰轰烈烈在山沟。
有劲，就使出来哟，
有能，就露一手。
当放胆时就放胆，
莫失良机恨千秋！

2
有路，就大步走，
有船，就争上游。
乡官再小也是官呀，
号令一方显身手。
山挡，就劈山岭哟，
水隔，就造船舟。
不等不靠不叹气，
坐等馅饼空白头！

附歌

嗨……
心想事成靠实干呀，
君子动口又动手。
山沟沟里天地大哟，

任我乡官逞风流。

这首歌很有气势，很提劲，很有鼓动力，参加全县歌咏比赛得了大奖，也成了香山镇广播站天天必播的保留节目。香山镇的干部人人会唱。

修建香河大桥，解决交通问题，可以说是香山人的春秋大梦，也是改变香山镇面貌的关键，但是要修起香河大桥，修通连接省道干线的十多公里公路，需要好大一笔资金，这不是想干就能干成的事情。因此，唐立行上任后，在统一认识，振奋干部精神的同时，下大力气抓的第一件事就是劳务输出。

唐立行知道巧妇难为无米之炊，手中无钱，什么事都难办。他认为只有劳动力才是香山镇可以直接动用的一份资源。他的当务之急，就是解决发展的钱从哪里来，农村的剩余劳动力往哪里去的问题。但是由于这里比较封闭，人们的观念落后，劳务输出比全县其他乡镇差得多。必须把这些人赶出去，既能挣回现钱，又在外面长见识、学本事，转变观念。

唐立行把劳务输出戏称为"人贩子工程"。迅速成立了劳务输出的服务机构后，乡镇干部们的工作重点立即从催粮催款转向跑劳务市场。他把劳务输出作为考评乡镇干部的第一硬指标。老实淳朴的乡民们过去不少人不敢出远门，现在有镇干部给他们领队，他们就胆壮起来。这一招很灵，第一年通过邮局汇回来的劳务收入，就从过去的一年四五千万，一下增加到一亿多。

唐立行抓的第二件大事是发展高效农业，香河辣椒是这一方很有名的特产。去年镇政府动员大家种辣椒，种了的果然卖了个好价钱，不少人因此发了点小财。这两件事都抓在了点子上，农民得到了实实在在的好处，再加上整顿村社财务，减轻农民负担等措施，他很快赢得了农民的好评，老百姓都说他是好官。

唐立行在香山镇工作得心应手，踌躇满志，他决心进行必要的民力培养之后，在他的任期内一定要修起香河大桥，为香山镇的招商引资，发展腾飞打下坚实的基础。今年再动员农民种辣椒，大家都积极响应，没费多少力，全镇一下就种了好几千亩，而且长势喜人，丰收在望。正当他把大部分精力集中到香河大桥的规划筹建上时，没想到辣椒市场突然发生了巨大变化，造成眼前这样无法收场的局面。

第五章 党委会

1

医院院中一角，毕西正用手机打电话。

毕西四十多岁，在部队临转业时提了副营职。转业军官回到地方，享受的职级不变，一般降级安排使用。他很会活动，重点走了冷副县长的门路，安排在县招待所当副所长。招待所是一个科级单位，不但没有降他的职级，而且还是一个不少人垂涎的肥缺。道理很简单，而今啥事都靠关系，讲勾兑。招待所进出的多是有头脸的长字号，天天在领导们眼前转，为领导吃喝玩服务。即使要重点联络感情，不但可以提供最好的场所和服务，而且用不着自己掏钱。

毕西很快又当上了所长，但是好几年都没有再爬一步。毕家祖辈没有人当过官，他的梦想是能爬上副县级，那也叫上了品，给家族争点光。他又去找冷县长，冷县长开诚布公地点拨他，招待所是事业单位，要想提拔很困难，而且他没有文凭，没有基层工作的经历，这两条现在提干时很强调。党政干部要混个文凭这很容易，党校办得有党函班，只要交几百块钱的学费，象征性考下试，便能拿到一张专科文凭。另外就是必须尽快补上基层工作经历这一课，迅速进入晋升的主渠道，早走下去，才能早爬上去。毕西想也是，这些年升到县一级的差不多都是乡镇的书记或镇长。撤乡建镇时，他便怀着镀金的目的，要求到最大的镇香山镇来当镇长。没想到镇长一职却落到了章明传的头上。

毕西最不服气的就是章明传。章明传不但在部队上没提上干，而且他的身份至今还是招聘干部，撤乡建镇时章明传也仅只是香河乡的招聘副乡长。无论从身份和资历上来说，章明传都不能跟他相比。他去找领导，领导的解释是章明传有基层工作的经验，懂农业。对他鼓励加承诺，他便只好屈居香山镇的第三把交椅，当了副书记。

唐立行可能下肢瘫痪，毕西想，这是领导对他兑现承诺的极好机会。他走到院子中立即拨通了冷县长的电话，简单地汇报完今天情况后便直奔主题："冷县长，唐书记受伤后事态暂时平息了……唐书记尾椎骨断了，脊髓神经严重损伤，肯定要成废人。冷县长啊，我下来已经两年多了，你看，无论从年龄、从资历上说，都应该给我考虑考虑了。唐书记住院后，主持党委工作这个机会是不是……"

　　毕西在电话上似乎得到了满意的答复，连声说："好，谢谢，谢谢，我绝不会忘记老领导的……好，好，我等你的好消息。"

　　毕西收线后又立即给县人民医院院长打电话，很快联系好了唐立行住院治疗之事。

2

　　香山医院会议室里，党委成员已经陆续到齐。毕西抱来一床被子，扶起唐立行，垫在唐立行身后坐下。

　　毕西："唐书记，县人民医院已经联系好了，李院长一再招呼，不要拖久了。他们的救护车马上开到岔路口来接。"

　　章明传："唐书记，开始吧。"

　　唐立行雄心勃勃来到香山镇，这两年费尽心血拼搏奋斗，各方面都很有起色，他对香山镇是很有希望很有感情的。现在尾椎骨断了，意味着他的政治生命的生长点已经被掐断。他知道他的班子成员都各有想法，在他进城疗伤尚未免职的时候，香山镇权力的角逐很可能造成一时的混乱。他不愿意给香山镇留下一个烂摊子，更希望自己开创的局面能够延续下去。因此，他必须做好后事安排。

　　在大家的催促下唐立行很感伤地开口了："同志们，我怕是没多少指望了。召开这个临时党委会，是想宣布一个决定，跟大家商量一件事。"

　　毕西总是显得过分殷勤："唐书记，有啥吩咐，我这个党委副书记绝不含糊，坚决按唐书记的指示办……"

　　毕西提示自己的身份用意，大家心知肚明，但是都不买他的账，不客气地打断他的表白："唐书记，你快说吧。"

　　唐立行："第一件事，我住院后，委托章明传同志代我主持党委工作……"

毕西没想到唐立行来这一招，急忙说："这个……唐书记，由谁主持党委工作，是不是……是不是暂缓一下，到医院确诊后再议，或者……或者由上级组织决定好些。"

人大刘主任立即反驳："唐书记说的是宣布决定，这用不着讨论。"

焦点立即支持："对，唐书记是住院治疗，又不是撤职，委托党委副书记兼镇长主持党委工作，这名正言顺嘛！"

众人："对，我们支持明传同志的工作。"

毕西只得哑口无言了。

杜中德："唐书记，快说第二件事吧，别耽误了治伤。"

唐立行："同志们，我唐立行也是个热血汉子，常对大家讲，我们乡镇干部，是共和国大厦的基石，应当有所作为……早就筹备好了要开这次党委会，因为辣椒的事搁下了。此刻叫我怎么说呢？我……我从宣传部来到香山镇，寸功未建却成伤兵，空怀激烈、徒留纸上，一个将要离开火线的战士，请、请战友们……"他哽咽着说不下去了，痛苦的眼泪突眶而出，把一页稿纸推给了章明传。

章明传接过稿纸："这是唐书记刚才写的，为早就准备好的讲话稿补写的前言。"

章明传朗诵：

> 壮心常作基石梦，
> 身残不许再称雄。
> 空怀激烈留纸上，
> 请议旧题望求同。

唐立行不愧文人本色，几句话表达了他此时英雄末路的心情。

众人："请议旧题，什么旧题？"

章明传征询的目光望着唐立行，唐立行点了点头。

章明传："焦秘书，开始吧，请大家先看看唐书记的讲话稿吧。"

焦点发讲话稿。

党委成员在看唐立行的发言稿。章明传在桌上展开了那张带血的《香山镇小城镇建设规划图》。焦点准备记录。

章明传："大家都看完了吗？发言吧。"

人们开始发言。

"现在讨论小城镇建设问题？扯得清吗？"

"讨论过多次了，总是议而不决。"

"是该做个结论，该做个决定了。"

章明传："同志们，这张规划图大家已经不陌生了，唐书记通过深入调查和广泛征求意见，起草了这个实施方案：第一步，建成香河大桥，连接省道公路，同时招商引资；第二步，建设三十米宽的香河大街，开发大街两边，补偿大街中间；第三步，开发镇江寺以及贞节牌群等丰厚的旅游资源……三步走的核心是第一步，修建香河大桥。"

刘主任："修建香河大桥，可以说是我们香山人世世代代的梦想。每当看到那屹立在田坝中的白香姑贞节牌坊，看到镇府大院香姑祠，我就感到惭愧。白香姑因为她的未婚夫过香河时翻船落水，才投河殉情的。香河每年要淹死多少人啊。香山人闹香河大桥闹了多少年啊。我当几年党委书记，跑那么多路，也没完成，惭愧啊。"

杜中德："要说修香河大桥，那确实是香山人的大梦，我比所有人都更愿意梦想成真啊。你们知道吗，我的姐姐和姐夫，就是那年端午过香河时翻了船被洪水冲走淹死的。可是数百年来想建香河大桥的人少了吗？那只是一个不可能实现的春秋梦啊。"

焦点："春秋大梦应该是最美丽的梦，最伟大的梦。"

毕西："香河把我们和外界隔绝开来，严重制约香山镇的经济发展，修建香河大桥，不单是为圆香山人的春秋大梦，也是香山镇求发展的当务之急。我赞成这个方案，坚决按唐书记的指示办。"

唐立行："刘主任。人大的具体意见是什么，是修，还是等？"

刘主任："修，香山人等了几百年了，还等什么？我是前任党委书记，我的前任就请有关部门做过勘探设计及论证工作。目前，国家对小城镇建设有很多优惠政策，是我们圆梦的时候了。唐书记这个方案，以不增加农民负担为前提，我们人大完全赞成这个方案。"

纪委书记杨玉清："筹资方案合乎政策，实施方案切实具体，我看完全可行。"

杜中德埋头抽烟。

唐立行："老杜，你的意见呢？"

杜中德："唐书记，春秋大梦是不切实际的梦，不可能实现的梦，眼前火烧眉毛的事，是解决辣椒问题。"

唐立行："辣椒问题，由章明传同志组织专门班子一抓到底，其他工作也不能松懈。今天，就是想对修大桥这个长期议而不决的事，统一认识，誓圆香山人的春秋大梦。"

杜中德："唐书记，我还是那句老话，麻雀子吃豌豆，要跟屁股眼商量。有多少钱，办多少事，少捉虱子往自己头上放。"

章明传："杜镇长，中西部是国家的发展重点，我们的打工仔出外挣了钱、练了胆、学了经验，也急于回乡发展。小城镇是发展乡镇经济的依托，要改善投资条件，必须闯建大桥这头道难关。目前，国家对小城镇建设有许多优惠政策，机会难得啊！"

众人："对！确实机会难得啊！"

杜中德："可是我们不属于以县城为中心的第一经济辐射圈，近期根本纳不进全县发展的总体规划。没有上头的实际支持，你有啥法？"

章明传："正因为如此，我们才不能等，不能靠，干起来再争取。只要修通香河大桥，就能把省道公路那根大血管接通，给香山镇的经济供血，否则，失去机遇，我们将再次成为香河人民的罪人。"

焦点："不栽梧桐树，引不来凤凰鸟，不修香河大桥，香山镇就无法搞发展。小平同志说'发展才是硬道理'，干，我举双手赞成！"

杜中德："大道理谁都会讲，可修桥要的是钱、钱、钱啦。单香河大桥就要三百多万，我们三年内人平集资二十块钱和挪挤其他资金才一百多万。后续资金怎么办？"

众人点头："钱，确实是个大问题！"

章明传："钱的压力是很大，但上级不会把钱送到我们手上来，要靠我们干起来后去争取、去组织、去筹集。同志们不是都说唐书记把我们比作共和国大厦的基石比喻得好吗！当基石就应当不怕压力，应当有使命感，敢把大梁大柱往自己身上压！"

杨书记："杜镇长，看到这规划图上唐书记的鲜血，我感到很惭愧，我们再不能当那种只顾催粮催款、刮宫引产的没出息的乡官了。"

焦点："是啊，我们应当有所作为了。"

刘主任："老杜，老伙计，你我共事多年，一辈子谨小慎微、一事无成，愧做乡官啊！人生难得几回搏，都是快到点的人了，为了圆香山人的春秋大梦，咱就拼一回吧！"

众人都说："杜镇长，咱就拼一回吧！"

此时镇广播站的晚间广播开始，好像是有意配合这里的争论似的，《乡官号子》的歌声磅礴而起，激荡着人们的情怀，焦点甚至跟着广播唱起来："心想事成靠实干呀，君子动口又动手……"

在昂扬的歌声中，杜中德看着规划图，看着规划图上那鲜艳的血迹，再回头看看唐立行，在唐立行那期待的目光下，他"唉！"了一声低下了头。

章明传："现在表决吧！"自己举起了手。

党委成员们果断地举起了手。

杜中德犹豫了一下，半举起了手。

章明传："好，全体通过。第一步，明年国庆前建成香河大桥。现在请唐书记讲话。"

唐立行热泪盈眶，哽咽道："谢谢大家，谢谢大家。"

唐立行被扶上担架。

党委成员们与唐立行握手告别。站在医院门口，目送着担架远去。

第六章　白莲自哭坟

1

码头，高高的石级，几株古老的黄桷树。上岸不远处便是古旧的香山镇，沿江边是一排参差错落的吊脚楼。

泡泡糖和白莲离开岸边，走上码头的石级。白莲不时回头，恋恋不舍地望着江里的辣椒："小唐，他们到底有多少辣椒卖不脱呀？"

泡泡糖："据说全镇有几十万斤。"

白莲："几十万斤？我们香山辣椒可是很出名的四川特产啊！"

泡泡糖："特产？老百姓辛辛苦苦种辣椒，卖不脱往河里倒，看到银子化成水，这才是真正的特惨，惨不忍睹的惨。你那老恋人章明传是镇长，如果找不到辣椒的销路，恐怕他的日子还要特惨哩！"

白莲："销路，找到了吗？"

泡泡糖："一群抱鸡婆样的土包子，只知道在屋周围刨，除了找上级，找土产公司之类的本地官商，其他还有啥法？"

白莲："小唐，那你，你为什么不帮他们……"

泡泡糖："帮他们，我敢吗？用什么身份，什么名义？你不是给我严格规定过，只摸情况，不露真像？要是露了底怎么办？何况这事儿近几天才暴露出来，你又马上要还乡。"

白莲："唉，小唐啊，十年来，你大姐漂泊在外，故园情深，家乡样样都好，最令人忘不了的就是这美名远扬的香山辣椒啊。常言道，一方特产是一方宝，看见它白白顺水漂走，我能不痛心吗？而今乡亲们种下希望，收获烦恼，正是我这归来的思乡游子，报效乡亲们的时候啊，我怎么会怨你呢？你就尽心尽力地帮我办好这件事吧！"

泡泡糖夸张地说："啊哟，我的董事长大人哩，你这观音菩萨降了法旨，还愁我这散财童子显不了神通吗？"

她们登上石级，站在黄桷树下。泡泡糖在白莲身边干了几年，是白莲最得力的助手，对白莲的所有业务关系都了如指掌。她掏出了手机问白莲："白莲姐，辣椒的事，你看是联系广州肖老板，温州佘老板，还是深圳的陈老板？"

白莲："我看，最好是找一个外贸渠道上专业一些、稳定一些的长期合作伙伴吧。"

泡泡糖："温州佘老板如何？他跟韩国有长期稳定的土产业务。"

白莲："这……你看着办吧！"

泡泡糖拨通了电话："喂，佘老板吗？唔，我是泡泡糖嘛……泡泡糖是谁，唐甜甜呀，怎么，才一年时间，连你唐阿姨的声音都听不出来了呀……嗯，那几张越剧光碟我收到了，会办事，还不错……你问你的财神菩萨白总呀，她回四川来了……业务吗？她手上正有一笔较大的土产业务……四川第一品牌，香山辣椒……我们董事长看的项目，那还有错，不过争的人多啊……我呀，看在那几张光碟的份上，只能给你敲敲边鼓，你直接找她吧，再见。"

白莲手机立即响起来，她掏出手机接电话："喂，佘老板呀……香山辣椒嘛，有那事，你有好大的胃口呀……先吃二十万斤，好啊。不过，要按新规矩办……新规矩吗？赚钱你得，亏本我赔，条件是在这里赚了钱，必须在这里投资……好吧，三天内在香山镇盘丝洞酒楼看货、定价、跟小唐签约……其他客户吗？那是小唐骗你的。现在只告诉了你。不过三日内不到，我就过时不候了。"说罢关机。

泡泡糖："白莲姐，你又出卖我了！"

白莲："业务不是你做成的吗？"

泡泡糖："是你正神有灵，我小鬼才沾光呀。白莲姐，我真服你啊，你看，回来一出手就给家乡这么重的见面礼，还是信手拈来，不费吹灰之力。我呀，这辈子遇上你这样的老板，恐怕也是我前世修来的福啊。从现在起，我也像你那样，天天给菩萨烧香磕头了。"

白莲："小唐，别那么说，你要是经过我那么多的磨难呀，会比我更强的……喂，我问你，你一个堂堂的文科大学生，知识分子家庭出身的妹仔，怎么给自己取'泡泡糖'这么个绰号啊？"

泡泡糖爽朗地大笑道："哈哈哈，白莲姐，你们这一方有句土话，'装个舅子，要像个舅子'，你叫我到这野蛮的山沟沟里当酒店老板，面对的是粗野的三教九流，老样子混得下去吗？我呀，不像你本性难移，早已不是你海南办公大楼里的白领丽人了，早被这里的山风民俗熏陶成一个地地道道的小辣椒了。你等天领教了我的野味，准把你吓一跳。"

白莲爱抚地："鬼妹仔。"

一条路通向小镇，另外芦苇荡中还有一条路通向下游的香山嘴。

她们朝小镇方向走了几步，白莲迟疑却步。

泡泡糖："白莲姐，走吧，你又怎么啦？盘丝洞的妖精们都等着见她们的董事长啊。"

白莲："这，哎，近乡情更怯。小唐，我这还魂鬼，此时更怕见故人啊。"

泡泡糖："怕见故人，那怎么办？"

白莲："还是等天黑后再回去，这会儿先去香山嘴看看吧。"

泡泡糖："啥，你要去香山嘴？白莲姐，那可是你的伤心之地啊，不怕坏了你的好心情吗？"

白莲叹了一口气："唉，回来了，还是先祭奠一下自己吧。"

泡泡糖只好依了她。她们折转身，沿着江边芦苇荡中的小径，朝下游香山嘴走去。

2

白莲派泡泡糖到香山镇办酒楼，除了了解香山镇现在的情况外，特别关照她留心香姑祠。如果香姑祠还在，务必要保下来。她猜香姑祠跟白莲一定有特殊关系，因此来到香山镇之后，发现香姑祠而今仍然是镇政府，基本框架没变，就放了心。泡泡糖是学中文的，对地方的名胜古迹本来就感兴趣，于是立即就到县上去查阅了大量的史志资料。

据《香河县志》和《白氏族谱》记载："明代崇祯年间，白家有个姑娘名叫香姑，自幼许配给下游一个名叫黄谦的公子。两家都是当地的名门望族，通好世家。二人虽未见面，却书信往返频频，诗文唱和不断，笔下明心见性，心中自是爱笃情深。黄公子只说进京赶考前来拜辞岳父，谁知被香河突然暴涨的山溪竹筒水打翻渡船。黄公子落水身亡后，香姑痛不欲生，穿好嫁妆来到香山嘴，一番祭奠之后，举身跳下香河，随亡夫而去。香姑死后就葬在香山嘴。以后，这香山嘴就成了这一方专门埋葬烈女的地方。后来地方官把此事奏报到朝廷，崇祯皇帝敕令建贞节牌坊和香姑祠褒扬，并且亲自为香姑写了一首诗：

> 未亲夫面继夫亡，
> 不比寻常烈女行。
> 白发尚难坚晚节，
> 青年谁肯负春光。
> 魂归天上星辰朗，
> 骨葬青山草木香。
> 朕泪等闲不轻洒，
> 女为千古正纲常。

泡泡糖这才明白，田坝中那座贞节牌坊是为白香姑建的：那副"魂归天上星辰朗，骨葬青山草木香"的对联，原来出自崇祯皇帝的手笔。随着实地考察的深入，自然要看香姑坟，她便来到了香山嘴。

泡泡糖已经不止一次来过香山嘴。香山嘴，半入江心，林木葱茏，悬岩欲坠，山嘴上布满了大大小小的坟包。正中的古树下有一座壮观的古坟，这就是远近闻名的香姑坟。坟前有一座破旧石亭——观星亭，亭侧一座小小的旧坟。墓碑上赫然刻着："未婚妻白莲衣衫之墓。"落款是："章明传敬立。"

尽管泡泡糖知道章明传是白莲的旧恋人，但是一见到章明传为白莲修的衣衫之墓，她还是震惊了。她不知道自己美丽的女主人，到底有怎样惊心动魄的故事。她把衣衫墓照片发给白莲后，电话里便传来白莲嘤嘤的哭声，她急问白莲是怎么回事，白莲叫她别追根问底，回到香山镇后，会亲口告诉她。

白莲和泡泡糖来到香山嘴。二人并立白莲的坟前，坟周围山花灿然，碑前烛梗丛丛，烧残的纸钱零零落落。

白莲眼里包满了泪花，一声长长地叹息："唉，太感谢明传哥和李红姐了，他们给我选了个好地方。要不是看到你发给我这座坟头的照片，这次还下不了回乡的最后决心。

白莲在坟周围采来一束山菊，编成一个花环，放在碑前，抚碑嘤嘤啜泣，自我祭奠。

此情此景让泡泡糖顿生感慨："哎，自己给自己哭坟，真是千古荒唐，闻所未闻啊！要不是亲眼所见呀，我准会以为只有那些无聊的电视剧，才能瞎编出这样荒唐的故事。"她向白莲递上了手绢。

白莲拭着泪，拾起那片片烧残的纸钱，放进精巧的坤包。

泡泡糖："白莲姐，这是伤心物啊，我猜得出你心灵上的负担已经够沉重了，你还留下它干啥呀！"

白莲："小唐，他们还在给我烧纸，他们还没有忘记我，这可是明传哥和李红姐的一片真情，也是故乡的一片厚重的深情啊。"说着，她折下一脉树枝，小心翼翼地清扫墓碑上的泥迹和苔痕。

泡泡糖也蹲身拔除碑前的杂草："白莲姐，我原打算，等你回来后就派人来把这坟平了，免得你看见它伤心，现在看来……"

白莲摇头："小唐，过去那个白莲已经死了，明传哥给她选了这么个好地方，这是她难得的归宿。现在这个白莲，我死后也好重归这片净土啊！"

泡泡糖从来没见过白莲这么悲观和气短，不认识似的望着白莲："白莲姐，你才好多岁啊，你说些啥啊？"

白莲："唉……"她们站起来缓缓走向观星亭，伫立亭前，观赏亭柱上的对联，和贞节牌坊上的对联一模一样。

泡泡糖念："'魂归天上星辰朗，骨葬青山草木香'。白莲姐，你叫我关心香姑祠，来这里我查阅了《香河县志》，和你们的《白氏族谱》，才知道香姑的故事，才知道这副对联的出处。"

白莲感激地道："没想到让你那么上心，那么认真。还去查阅县志和族谱。真辛苦你了。"

泡泡糖："白莲姐忘记了我是学中文的吗？这一查呀，我才知道，香山镇的好多地名和民俗，都跟白香姑有关，跟崇祯皇帝的那首诗有关。就因为崇祯皇帝诗中有'骨葬青山草木香'之句，所以这山叫了香山，这山嘴叫也叫了香山嘴，这河也改名叫香河。香山嘴上的亭子本该叫'望江亭'，因为有'魂归天上星辰朗'却叫了'观星亭'。是吧？"

白莲："是啊，因为是皇帝老倌敕封过的，所以这一方的老百姓，特别是白姓族人，都有一种自豪感。"

泡泡糖："这我能理解。不过白莲姐如此看重这些，恐怕不只是对皇帝敕封过白香姑的自豪感吧。"

白莲没有直接回答，泡泡糖随白莲缓缓走上观星亭，向着江中凝望。

香山嘴悬崖下的河中，是一个巨大的回水沱，漩涡汹涌。下游是一道长长的险滩，夕阳下水声哗哗，浪花飞溅。

泡泡糖掸掉石槛上的灰尘，垫上手绢，扶白莲坐下："白莲姐，这个地方这样使你伤感，是你和章明传经历那段生死之恋的地方吧？"

白莲眼里又盈满了泪花，无语地凝望着远去的香河。

泡泡糖："白莲姐，我们回吧，免得你触景伤情。"

白莲："小唐，你说得对，这些年来，我的心灵负担确实太沉重了。在海南你曾经几次问过我的过去。我们几年相处，成了心灵相通的姐妹。我也一直想找个机会向你痛痛快快地倾吐一回，可是都没那勇气，看了你发回明传哥为我立的坟墓照片后，我就决意回乡了，答应向你倾吐我的一切……"

泡泡糖："我这人最喜欢听故事，白莲姐，原谅我的好奇吧。"

白莲："现在总算回来了，我该告诉你一些我的过去了。"

泡泡糖："白莲姐，如果信得过小妹，就别把苦水闷在肚子里折磨自己，吐一吐吧，吐了松快些。"

第七章　情断香山嘴

1

白莲的父母都是中学教师，因为祖父是国民党军队的上校医官，临解放去了台湾，她父亲就成了那场浩劫批斗的重点。后来又从他们家里抄出了那部《白氏族谱》，罪上加罪，造反派去香姑祠的御碑亭，他又去阻挡，被打得吐血。他熬不过折磨就自杀了。她妈妈被下放到街一村当农民。熊三爷是支书，他很敬重白莲的父亲，对白莲的妈妈很关照，想办法让她妈妈当了街一村的民办小学教师。后来章明传和李红就成了白莲形影不离的小伙伴。

白莲娓娓讲起了她的身世。尘封的往事一幕一幕的活现在她眼前。

小溪边，小白莲、小章明传、小李红，三个孩子在一起放竹叶折成的小船。小船在湍急的溪流中摇摇晃晃，被卷进下游的漩涡。

绿草如茵的河滩上，三个小孩在一起捉蝴蝶。

破烂的街一村小学教室里，白莲病弱的妈妈在黑板上写下了 3＋2＝5；3＋3＝6……她拿起教鞭刚要教读，一阵猛烈的咳嗽，咳得她喘不过气来。

小白莲："妈妈，妈妈！"

小章明传和小李红跑上讲台："赵老师，你歇会儿吧，让白莲教我们。"他们扶赵老师坐下，又在黑板前安上一根条凳。

小白莲比学生们都小些，她拿着教鞭，站在条凳上，稚声稚气地领读："3＋2＝5……"

小河沟里，小章明传混在一群光屁股的孩子中摸鱼，不时把捉住的小鱼扔上岸。

河岸上，小李红把鱼用草茎穿成一串。小白莲在一旁专心地玩着一只拴住脚的大螃蟹，突然惊叫："哎哟，明传哥，李红姐……"

小明传："李红快看看，白莲怎么啦！"

李红捡起块石头："白莲让螃蟹钳住了！"说罢砸死螃蟹。"真没出息。"托起白莲冒着血珠的小手吮吸着。

湿漉漉的香山嘴树林中，三个孩子提着小竹篮拾蘑菇。一个岩沿下，小白莲惊奇地用手指着岩沿："红蘑菇，红蘑菇！"

小李红："我去摘，我去摘。"

小白莲："不嘛，我看见的，我摘！"

小章明传："你们谁也摘不着！"

小李红："我们抱着白莲摘！"

小章明传和小李红抱着小白莲的腿往岩沿上送，他们脚下一滑，三个孩子滚成一堆，银铃般的笑声响满小树林。

中学教室里，章明传、李红、白莲讨论着练习题，他们相互核对着答案。

章明传："你们做错了。"

李红："你错了。"

章明传："我没错。"

白莲指着章明传的练习簿："你看，这里。"

章明传抓着脑袋："啊！"

浅草黄沙的香河岸边，高中时的章明传、李红、白莲三人缓缓而行，热烈地讨论着什么。

朝霞满天，白莲和章明传站在香山嘴上，遥望江天，指指点点。李红从林中小径上走来，见状却步，眼里闪过一种难言的哀怨，知趣地退回小径。

小学校的那座小院里，白莲提着药罐倒药。已经长成一个精壮汉子的章明传，举着一张纸喊着："白莲、白莲……"兴冲冲地跑来。

白莲："啥事呀！看你高兴的……"

章明传："我录取了。录取了。"

白莲："录取啥了？"

章明传递上那一张纸："你看！"

白莲接过一看："啊！入伍通知书？"表情十分复杂。

章明传一怔："你，怎么啦？我跟你商量时，你不是说好男儿志在四方，当兵是农村青年的唯一前途和出路吗？"

白莲言不由衷地："我，我祝贺你。"

章明传端起药碗："赵老师的病好些了吗？"

白莲眼里涌出了泪花："妈妈，怕是……怕是好不了啦。"

章明传："我去看看赵老师。"端着药朝室内走去。白莲跟在后面。

白莲沉浸在往事的回忆中，岁月的苦难没有冲淡年轻人所固有的欢乐。特别是那时，她已经和章明传确定了恋爱关系，使这一对农村青年对未来充满了更多更美好的憧憬。她想到了章明传应征入伍前的那个永远令她难忘的夜晚：

月色如银，涛声震耳，白莲和章明传坐在香山嘴观星亭上，相拥相偎，甜蜜絮语。

章明传终于拿出一只玉镯："白莲，你知道我们家穷，母亲就留下这一只玉镯了，你不嫌没配成对吧？"

白莲："一只玉镯好，这叫一心一意。只要你不后悔，有这一只玉镯，我就心满意足了。"

章明传："我怎么会后悔呢？白莲，能得到你，是我祖上修来的福啊！那就让我用这只玉镯，套住你这朵圣洁的白莲吧。"

白莲伸出手："你不后悔，就套吧。"

章明传激动地把玉镯戴在白莲手上。

白莲掏出一只旧式的金壳怀表，她的父亲除了给她留下了那一代知识分子的情操和品格之外，还留下了这件珍贵的遗物："这是爸爸给我留下的，虽然古旧，放在胸前，它那不停跳动的声音，就是我在你怀里永远甜蜜的歌唱和祝愿！"

章明传打开怀表，白莲的玉照在对着他笑。

章明传把白莲紧紧地搂在怀里，眼里闪着热辣辣的光，嘴缓缓向白莲递去。

白莲幸福地等待着，两张嘴唇就要接触的时候，章明传却突然停住了，一声长长地叹息："唉！"

白莲一惊："你怎么了？你后悔了？"

章明传："不，白莲，你爸爸平反了，你妈妈恢复了公办教师，你的户口又是城镇户口了，我不知道当兵是个啥前途，我是怕配不上你，玷污了你啊，更何况……"

白莲："何况什么？"

章明传："何况、何况你这样漂亮，追你的男人那样多……"

白莲惊呆了："你，你，你把我当成啥人了？"她挣脱章明传的怀抱，退下手腕上的玉镯还给章明传，把头埋在膝间，伤心地"呜呜"哭了。

章明传怔住了："白莲，我，我不是有意伤害你。我不能那样自私。我怕你一时冲动，提醒你慎重些，免得以后后悔啊！"

白莲："你不该那样侮辱人，你难道不知道我们姓白的女子有多贞烈？"

章明传："我知道，眼前这座古坟和那座最古老的贞节牌坊，都是为你们白家的那个贞节女子立的……"

章明传很歉疚，他为白莲揩着眼泪，把玉镯重新戴在了白莲的手腕上。

白莲："明传哥，在香姑老祖宗的坟前起誓，我是绝不后悔的。你放心去吧，如果我为你保不住一个冰清玉洁的女儿身，就像香姑那样，从这里跳下去……'"

2

白莲陷入了长久的沉思，那以后发生在香山嘴上的一切，是她记忆最深刻的部分，也是她最说不出口和最紧要的秘密，哪怕是对她这个唯一可以交流的对象泡泡糖。

白莲与其说是来给自己哭坟，不如说她是迫不及待地故地重游，旧梦重温。她此时就坐在当年坐的地方。她的内心深处，恐怕更多的还是为寻那旧梦而来的。

作为一个出类拔萃风华正茂的正常女人，白莲也和其他女人一样，有情与欲的需求和渴望。当年她的投江和毅然出走，无疑更多出于少女的羞愧和冲动，一当日子逐渐安定下来，旧情就成了梦魇中那个驱赶不走的魔鬼，无时无刻不来纠缠。尽管她强迫自己抛开他，忘记他，拼命地压抑和撕碎章明传那不时在眼前晃动的身影，然而他却是那样顽强，那样无孔不入，就像压在石块下边的竹鞭，那情感的竹笋总是那样不顾一切地要拼命拱出地面。特别是夜深人静独守空房之时，校园里的欢声笑语和争论，小树林里的追逐和嬉闹，香河边上的执手絮语，一幕又一幕地总在眼前浮现。最难忘的当然是在香山嘴上那个定情的月夜……

当然，那首先得感谢那些描写艳情的书籍。和许多年轻人一样，那是他们青春时期最上瘾的精神食粮。本来就是无师自通的事，加上书上的教诲和诱导，让他们把那个定情的夜晚发挥得淋漓尽致。

那天晚上她发过毒誓之后，章明传一阵自责，她宽恕了章明传的担忧和失口。当章明传重新把那只玉镯戴在她的手腕上时，她终于倒进了章明传那强壮的怀抱。她就像一只飞倦了的鸟儿，宿进了温暖结实的窝里，人生从此有了归宿，一切感觉都那么美好。他那厚嘴唇那么疯狂，那么热烈，不密的胡茬斯摩着她那敏感的嫩脸，有茧疤的大手搓揉着她那不知为什么突然挺硬起来的乳头，两条舌头像溜滑的泥鳅相互追逐着，纠缠着。她迫不及待地吞下那些摩擦出来的甘甜后，她全身那些向来最规矩的部位，一下全都不老实了，赤裸裸地暴露出本能来。她的泉眼热烈地膨胀着，欢快地跳动着，汩汩地喷流出澎湃的滑腻和芬芳。他那只大手，不失时机地从乳房上慢慢往下游弋，游到了那沸腾的泉边，试探着拨开那还不茂密的芳草时，她曾本能地拒绝过，但不知为什么那泉眼却勇敢地迎上去，鼓励着那根手指进入。进入了，确实进入禁区了。那一刻她紧紧地搂着他的脖子，疯狂地吮吸着他那甜蜜温润的舌头，她放肆地战栗着，呻吟着。她的下体不自觉地拼命地扭动着，迎合着那根指头的舞蹈。她窒息了，全身酥了，麻了，软了，她完全被幸福融化了，记忆的屏幕上从此便永远刻下了那一刻的羞涩和销魂……

白莲的思绪走进当年时，胯下又复活了，洇湿了好大的一片，脸上不由得泛起一阵羞涩的红潮。她回来之前，曾经决定把一切都告诉泡泡糖，让她走进自己心灵的深处。用她的年轻和爽直，来分担她的孤独，帮她来驱赶内心的寂寞，但是此时却又没了那个勇气，这到底太淫邪，太肮脏。她犹豫了好一阵，话到唇边，还是忍住了。

泡泡糖看出了白莲的为难，不好深究，只得改了话题："白莲姐，当初你特别交代我关心香姑祠，是它对你特别重要？还是你有什么打算？"

　　白莲道："香姑祠从明朝开始建祠，经过历代的扩建和培修，是这一方规模最大的古建筑群。祠内原来有座御碑亭。碑上刻的也是崇祯皇帝的那首诗。爸爸是学历史的，常宣传那些东西都是珍贵的文物。当年我们家不但珍藏了《白氏族谱》，还珍藏了御碑上的拓片和香姑的诗文集。"文化大革命"中，造反派冲进乡政府砸了御碑后，又去砸贞节牌坊。民间都说到入贞节牌坊，是对一姓人最大的侮辱，白姓群众怒不可遏，把造反派打得鼻青脸肿，狼狈而逃。后来，我家搜出的那些白氏文物，就成了爸爸利用封建迷信挑动群众斗群众的钢鞭罪证。可以说爸爸的死，跟这些东西和香姑祠有很大关系。那些文物早毁掉了，你说香姑祠的遗迹对我该有多重要？"

　　泡泡糖："章明传知道这些吗？"

　　白莲："香姑的故事他知道，爸爸的遭遇他也知道，这一方姓白的女子烈性是出了名的。"

　　泡泡糖愤然道："章明传这个笨蛋，那他当年为啥还逼你发那样的毒誓？"

　　白莲道："不是他逼我发誓。就要分别，我也该让他放心去奔他的前程。"

　　话题又这样引了回来。

　　章明传当兵后不久，白莲的母亲便去世了，她的户口问题也解决了，没找到工作，成了场镇待业青年，就帮熊三爷的沙石场管账。有好长一段时间没收到章明传的信，她天天跑邮局，那心情是可想而知的。后来才知道他在越南前线负了重伤。白莲的思绪又回到了那个可怕的夏天……

　　夏天，烈日当空，香河岸边沙石场，白莲混在一群光膀子的人中间，戴着遮阳帽，拿着卷尺收方计量。

　　熊三爷拿着一纸，喜滋滋地走来："白莲，武装部通知你，明传伤愈出院，光荣转业，叫你进城，到县武装部招待所去接你的英雄。白莲，这下该请三爷喝喜酒了吧？"

　　在一旁铲沙的李红，脸色很难堪，旋即也讪笑道："白莲，好久发请帖啊，跑腿算我的！"

白莲接过通知，羞涩地搔了一下李红胳肢窝跑了。

沉雷隐隐，黑云乱翻。

无边的芦花荡，打扮一新的白莲，在芦荡中的小径上疾行。突然一个壮汉窜出芦丛拦住去路，白莲惊惧后退，终被壮汉拦腰挟住，拖入芦苇丛中。

一道光鞭，一声霹雳，挟着白莲一声惨叫。

雷鸣电闪中，狂风卷地而来，暴雨倾盆而下。

雨瀑击打芦丛，芦苇低头。

雨瀑击打娇花，花瓣零落。

香山嘴上，白莲泣血悲叹："唉，横祸从天而降，冰清玉洁毁于转瞬。天不容我形秽，地不掩我羞惭，情不容我失身，名不堪遭流言，我还有啥选择呢？"

披头散发的白莲，迎着电闪和雨瀑，踉踉跄跄地走出芦荡。

暗夜如磐，闪电中白莲鬼魂般窜到香山嘴，把一包衣物压在观星亭上，兀立香山嘴的悬崖边，木然地注视着咆哮奔腾的江水，一声凄厉的呐喊："天啦！"举身跳下悬崖，没入了奔腾咆哮的香河。

香山嘴上，白莲和泡泡糖都泪流满面。

泡泡糖："白莲姐，想不到啊，想不到你曾经有过这样叫人撕肝裂肺的经历。你才真正像个香河红辣椒啊！外表那样美丽莹洁，内里却是那样满腔烈性。不过，白莲姐，香姑只不过是旧礼教的牺牲品，你爸爸已经为她殉了葬，都这个时代了，你这样聪明的人，怎么还会以他们为榜样，去给自己立贞节牌坊啊！"

白莲："小唐，你错了。香姑不是普通的烈女节妇，你没看过她的诗稿，她跟黄公子是两情相悦，一往情深，她殉的是真正的情；爸爸为保护文物，殉的是义。我更没有以他们为榜样，也绝不是你想象中的贞女，只不过……"

泡泡糖："只不过为了那个一时冲动的誓言？"

白莲："小唐，誓言都是神圣的啊！"白莲说完，看了一眼泡泡糖，她知道自己这话言不由衷，心虚地低下了头。

泡泡糖："誓言是神圣的，你履行了自己的誓言，已经不属于章明传了，那么，这些年那么多出色的男人追求你，你为啥都无动于衷，难道你还想跟章明传破镜重圆?"

白莲:"破镜重圆还是镜吗?贾宝玉说得好,天缺一块有女娲,心缺一块难再补啊!何况,我至于那么卑鄙地去当第三者吗?"

应对得多么圆满和得体。白莲说完自己都感到惊奇,为什么撒谎这么容易?她的内心真的就那么高尚和纯洁吗?她回来的动机到底是什么呢?

泡泡糖没有看出白莲此时的真情:"你呀,你们这代人真叫人难于理解。"

"嘎嘎……"香山嘴古树上,乌鸦争巢乱飞。

白莲和泡泡糖抬头望去,已是暮霭沉沉,大地上腾起团团白雾。在这坟场里,乌鸦的叫声实在叫人有些毛骨悚然。

泡泡糖:"怎么不知不觉天就黑了,白莲姐,我们回家吧!"

二人站起,拍拍屁股,没入了林间小径。

第八章 白莲"还魂"

1

秋虫唧唧,暮霭沉沉。晚烟薄雾笼罩着整个静谧的山乡。小镇周围的阡陌上,或聚或散,燃起了一个个招魂的烟堆,闪烁着嘭嘭跳跃的火光,这更给一年一度人鬼际会的中元节增添了一层神秘肃杀的氛围。

贞节牌坊下那条石板路上烟堆格外密集,家长们带着儿孙跪在路边烟堆旁,同心协力地摆贡品,燃香烛,烧纸钱,一边低声地向亡灵通白孝心,祈求保佑,一边高声地安抚孤魂野鬼。

朦胧的夜雾中,白莲和泡泡糖从香山嘴缓缓走来。

牌坊下的一个火堆旁聚着"落地糍粑"和"幺吵吵"一家。

幺吵吵拿着一沓散装的纸钱,边撕边烧边喊:"断了香火的孤魂野鬼,莫去争抢我们给老人烧的钱,到这边来拿救济。你们生前作了恶,这辈子断了香火,死后冷清,拿了救济钱早点到丰都去请鬼官们喝酒打牌耍酒吧，送礼行贿搞勾兑，好早点投生，下辈子当好人，才免得又……"

幺吵吵跟走过来的白莲目光一碰，惊恐地一颤，张着嘴巴怔住了。

白莲欲招呼幺吵吵，见她惊慌的模样，尴尬地低下了头。拉了一下泡泡糖，二人匆匆穿过牌坊，朝小镇走去。

埋头烧纸的人们纷纷侧目，晚风中两个白衣女子，衣袂飘飘，似飞似滑，很快融入了晚烟之中，融入女人们漠然的目光，男人们艳羡的目光，老人们疑惧的目光之中。

落地糍粑收回目光，见幺吵吵傻愣愣的样子吼道："嘿，还愣住干啥，快泼水饭呀，哪见过婆娘家看婆娘，都看得你这么饿痨的啊！"

幺吵吵打了一个寒战，抖抖索索地："那，那不是……不是婆娘，是……是鬼，女……女鬼！女鬼！"

落地糍粑："鬼，哪来有鬼？你才是鬼！惊风火扯的。"

幺吵吵："那是……是白莲，是跳河死了的那个白莲！"

落地糍粑大惊："啊，像白莲，是她！就是她！"

众人也大惊："啊，对，是白莲，就是在香山嘴跳河死了的那个白莲！"

落地糍粑："都怪你龟儿婆娘那臭嘴招鬼，烧几张草纸，还挖苦死人耍酒吧。"一把按下幺吵吵，"还不快跪下给死人磕头通白。"说着自己赶快跪下："白莲，我们无冤无仇啊，婆娘家嘴臭，千万莫计较啊……"

这样的时候，两个女人从那片埋葬烈女的坟场中走出来，自然发酵了人们对鬼的联想。众人慌慌张张地泼了水饭，收拾贡品，乱作一团，恐惧地朝牌坊下挤去，七嘴八舌地议论起来。

"那个女人是有点像白莲！"

"就是白莲，先觉得有点面熟……"

"白莲是谁呀？"

"死了十多年了吧！"

"那不就成鬼了吗？"

"七月半，鬼乱窜嘛！"众人更紧张了。

"我看不像鬼，她不是和盘丝洞酒楼的老板泡泡糖在一起吗？"

"泡泡糖，一个没根没底的外来户，那么妖精，谁知她是人是鬼？"

"嗯，越说越像，偏在烧纸的时候，她们从香山嘴出来，香山嘴埋的不都是些投河的烈女吗?"

"嗨呀! 怪不得盘丝洞酒楼那伙妖精，经常爱跑到香山嘴去耍。"

"啊! 对了，你们还记得不，那回城里一伙二杆子想到盘丝洞占便宜的事?"

"怎么不记得，一伙精壮马汉的二杆子，拿着刀，带着棒，结果让赤手空拳的小服务员红桃 K 一个人打得鼻青脸肿，磕头作揖。"

"你们想想，凡人有那么大的本事?"

"可是，可是别人在这里开酒楼好几个月了，不是好多人都去玩过格，说档次高，口味好吗?"

"妖魔鬼怪神通大，那白蛇、青蛇和许仙开生药铺，不是生意就很好吗? 盘丝洞酒楼生意那么好，说不定卖的就是鬼饮食!"

"谁是许仙呀?"

"白莲不是章明传的未婚妻吗? 章明传不就成了许仙了?!"

"噫! 白莲是凶死的，这一方怕不安宁了。"

"怕啥? 你跟她无冤无仇的!"

"李红肯定要遭殃了!"

"可怜，可怜!"

"听说镇江寺的了然大师的法力很高，中央首长都请他去算过命哩，不如我们大家凑点钱请他……"

"嗨，其实收鬼很简单，鬼怕白狗血，在他周围一洒，他就……"

"鬼怕红鸡公!"

"鬼怕秽物，屎罐子、尿罐子都降得住!"

"其实呀，鬼最怕女人的骑马布!"

"啥叫骑马布呀!"

"就是你妈的月经带!"

"哈哈哈!"众人一阵大笑!

"笑你妈个屁!"一老者断吼，"大祸临头了，还笑得出来!"说罢往小镇走去!

众人恍然，都惊惊惶惶往回跑。

2

街口上，熊三爷提着香烛纸钱及祭品的竹篮，牵着孙儿们朝牌坊走来，迎面碰上慌慌张张地往镇上跑的烧纸的人群。

熊三爷有些诧异，笑问道："你们跑啥呀？末必然鬼撵起来了？"

众人见了熊三爷，仿佛一下有了主心骨。

"嗨呀，三爷哩，不得了啦，真的有鬼撵起来了啊。"

熊三爷不由得一阵大笑："哈哈哈，你几爷子想捉弄三爷，开啥玩笑啊，末必然你们还不晓得我熊三爷从来就不信鬼、不信神吗？"说着牵着孙儿要往前走。

幺吵吵："三爷，你不信鬼神，你这去干啥？"

熊三爷："烧纸祭祖呀，教这些娃儿不忘祖宗，懂得孝道，跟迷信鬼神是两码事嘛。"

落地糍粑："三爷，我们没跟你开玩笑，真的活见鬼了，白莲现身了。"

众人都说："三爷，真的是白莲的鬼魂刚才现身了！"

熊三爷大惊："啥！你们说啥？白莲回来了？"

众人："不，是白莲的鬼魂回来了！"

幺吵吵："刚才我们都亲眼看见的，她从香山嘴坟里走出来，从这里经过时还想跟我打招呼，可把我吓昏了！"

众人："对，我们都亲眼看见她从香山嘴坟场里走出来。从这里经过的时候还不觉得，说起是她，都吓傻了！"

熊三爷："人呢？"

幺吵吵："跟泡泡糖一起，一股香风过后，朝镇上飘去了。泡泡糖肯定也是个女鬼。"

熊三爷并不惊慌，反而长长地舒了一口气，喃喃地道："嗨！这下好了，白莲回来了，白莲总算回来了……"

"三爷，快想个办法吧！"

"老支书，快想办法收鬼吧，要花多少钱，我们大家凑……"

熊三爷："乱弹琴，哪来有鬼，是真正的白莲回来了，是大活人白莲回来了！"

众人不解地望着熊三爷，发出一连串的疑问。

"啥，乱弹琴？这么多人亲眼所见啊。"

"三爷，不是你和李公安亲眼看见她被洪水卷走的吗？"

"对，你们在观星亭上拣到她的衣物和遗书，交给章明传时怕他想不开，还派我们轮流守着，防章明传轻生哩！"

"是啊，章明传修衣衫墓时，还是我们挖的坑哩！"

熊三爷："唉，那些都是骗你们的。"

众人惊惧地望着熊三爷："是不是鬼魂已经把熊三爷迷住了啊。"

"对，熊三爷定是让鬼迷住了，说胡话。"说着有人后退。

"你们退什么，快救熊三爷噻！"

"活人让鬼迷住了，怎么救啊，这个时候又找不到收鬼的端公。"

一老者："这种时候，只有扇他几耳光，退鬼，把他的阳神招回来。"

"扇他几耳光，这香山镇敢打熊三爷耳光的人恐怕还没生出来。"

老者："管不了那么多啦，这个时候救熊支书要紧！"说着挺身上前，挽起衣袖，甩开胳臂就要向熊三爷扇去。

熊三爷一把捏着老者的手，一声断吼："陈老汉，你疯了，你们才让鬼迷住了。你们都给我听着，谁再说白莲是从坟里走出来的就是造谣，就是犯法！"

众人又愣住了："熊三爷清醒得很，不像是被鬼迷住了样。"

"三爷，这，这到底是怎么回事啊？"

熊三爷："唉！这个秘密埋在心头十年了，今天给你们说实话吧，白莲根本没死。那天晚上我跟李公安趁着香河涨水，提着马灯在香山嘴下捕鱼救了她，她说无脸见人，寻死觅活，我跟李公安给她赌血咒为她保密，她这才隐姓埋名出去跑滩的。"

熊三爷泪流满面，众人有的抹泪慨叹，多数人仍然似信非信。

众人："啊！这样说来她没有死？"

熊三爷："她没有死，唉，十年了，她总算想开了。今天总算回来了。怪不得，泡泡糖叫我和李公安今晚一定去喝酒。走，大家都去看看吧，这会儿她肯定回盘丝洞了。"

熊三爷说罢，抹着眼泪，牵着孙儿，朝盘丝洞酒楼走去。

众人犹自疑惑地议论："泡泡糖来香山镇快一年了，肯定不是鬼。一个不明不白的外地人，一直对三爷很恭敬，这是为啥呢？"

"嗨，别管那么多，鬼怕恶人，三爷煞气重，怕啥？"

"对，跟熊三爷去看看吧。"

众人跟着熊三爷朝盘丝洞酒楼走去。

盘丝洞酒楼霓虹灯闪烁，在死气沉沉的小镇上显得格外耀眼。

酒楼门口悬挂着"热烈欢迎董事长荣归故里"的巨幅横标。

酒楼前，一边一根竹竿，都挂着一串长长的鞭炮。衣着整齐的员工们恭立大门两边，可乐等四位姑娘身着旗袍，手捧鲜花立于门前石阶之上。周围已经聚了不少看热闹的人。

泡泡糖挽着白莲朝酒楼款款走来。

泡泡糖："白莲姐，到了，大家在门口欢迎你！"

白莲却步："啥，我当是谁家办喜事，原来是……嗨，小唐，你给我弄这排场干啥，乡亲们已经把我当成鬼了呀！"

泡泡糖："走吧，咱就来个鬼闹派，让我们的董事长闪亮登场，这不更好吗？"

白莲犹自迟疑，方便面已经笑盈盈地迎上来，朗声道："董事长，我是盘丝洞酒楼大堂领班小方，带领酒楼全体员工，热烈欢迎董事长荣归故里！"

众员工："热烈欢迎董事长荣归故里！"

方便面："鸣放鞭炮！"

鞭炮齐鸣。

鞭炮声中，四位姑娘上前献花，簇拥着白莲。

白莲捧着鲜花热泪盈眶，与员工们握手致意。

看热闹的人群中传出议论。

"那不是白莲吗？"

"是白莲，她不是死了有十多年了吗？"

"怪事，怪事……"

熊三爷一群人已经赶到。

熊三爷望着横标，且惊、且喜、且悟，喃喃地说："董事长、董事长，我怎么就没想到是她啊！"

众人："董事长，她是董事长？"

众员工拥着白莲就要跨进酒楼的时候，泡泡糖扯了一下白莲："白莲姐，三爷来了。"

白莲回头一怔："啊！三爷，是三爷……"

熊三爷不仅是她母女的大恩人，也是她的救命恩人。她快步跑到熊三爷面前，扑通一声跪下，一声撕心裂肺的哭喊："三爷……"

熊三爷弯腰扶住白莲，禁不住老泪横流："白——莲——我，我的好闺女，你，你可回来了……"

熊三爷把白莲紧紧搂在怀里，白莲纵情地号啕痛哭。

熊三爷："小唐，三爷真笨，一直想不通你们为啥对三爷那么好，为啥对我们街一村那么好。你，你该早点给三爷透个信呀！"

泡泡糖："三爷，董事长不准我惊动你们，她回来后要亲自到你、李公安和李红家里谢恩，我不能违抗她的指示啊！"

熊三爷慈父般地："闺女，别哭，别哭了，回来了就好了……李公安那里，我已经派人去请去了。"说着扶起白莲。

众人抹泪，慨叹唏嘘。

泡泡糖："好了，熊三爷，董事长的各位高邻，都请入席，共同为董事长接风洗尘吧！"

人们拥着白莲走进盘丝洞酒楼。

3

当天晚上，镇政府大院内，木工们正在叮叮咚咚地修理被砸坏的办公室。被挤倒的那面墙尚未修复。

黄桷树上吊着一盏电灯，镇干部和各单位的头头们围坐在黄桷树下开会。出了那么大的事，临时党委会又做出了那样重大的决策，万斤重担都落到了章明传的身上。他一点也不敢怠慢，送走唐立行后，就立即召集了这次全体镇干部会议，就怎样贯彻党委会的决议，进行了认真讨论和安排。

会议即将结束，章明传做简短的总结："关于大桥的事，今天就研究到这里，总之，按刚才的分工，各部门各司其职，力争一个月内做好准备工作，务必在明年洪水到来之前，完成大桥水下基础工程。另外，大桥修通，河对岸那十多公里连接省道公路的乡村公路必须改造，我们镇境内这一段争取今年冬天动工。白马镇境内那一段，我想请人大刘主任出面，去跟他们商量一下。"

刘主任没有推托："这事很难，过去跟他们商量过，他们只有过境的两个村才受益，没有积极性，等着我们去修。不过现在要修大桥了，我可以再去试一试。"

章明传："好，散会。"

人们端着各自的椅子陆续离去。焦点收拾记录本，也准备离去。

章明传："焦秘书，你留一下。"

杜中德提起椅子犹豫了一下，又毅然坐下。

章明传不由得一惊，心想，杜中德莫不是又要给他出啥难题。

杜中德在香河当了几十年乡干部，撤乡建镇前，是香河乡的乡长，撤乡建镇时他只想当上镇长，能混上一个正科级，退休后能参加老干部局的活动。在所撤的四个乡中，无论水平、声望以及上面的印象，都是他和章明传最好。他想，自己向来待章明传不薄，便特意买了一瓶好酒请章明传，开诚布公，明说要个人情，自己年届五十，这是唯一的机会了，看在这些年的情分上，求章明传别跟他争镇长这个位置。

章明传答应得很爽快。他从一个转业军人当上招聘干部，很快进步为副乡长，这绝对少不了杜中德的扶持和关心。也从来就没想过镇长的位置。事情却偏偏和他想的相反。当时乡干部中的招聘干部不少，为了调动这部分人的积极性，县上把他作为提拔招聘干部的代表，让他做了镇长。

李红在章明传最困难时嫁给了他，他当副乡长管乡镇企业时，李红在乡办砖瓦厂砸断了腿，为了给十分困难的砖瓦厂节约，没有得到彻底医治，断腿发展成了骨髓炎，至今伤口流脓流水，成了一个跛子。那时的农转非控制得很严，要有相当的级别和资格。李红为了小敏的前途，只希望他早点挣到农转非指标，让她和女儿吃上商品粮。

领导找章明传谈话时，他也推辞过，但为了那个农转非指标，表态不太坚决。更重要的是他不当镇长，镇长这个位置也不一定会是杜中德，因此就成了后来的结果。

杜中德想不通的是你既然答应了不争，领导找你谈话时你就应该坚决推辞，不该要了他，从此跟章明传公开成了冤家对头。

章明传多次主动找杜中德和解，但总是热脸碰了冷屁股，无论怎样也化解不了杜中德心中的疙瘩。过去有唐书记在上面顶着，现在主持全面工作，毕西护理唐书记去了，两个主要领导，许多事情必须面对面。他正不知道怎样来跟杜中德协调关系时，杜中德会后偏偏留下来了，他怀着忐忑不安的心情问："杜镇长，你还有事情要谈吗？"

杜中德对章明传个人有气，但对工作还是一点也不含糊的。他仍然硬头冰棒地说："我这老脸皮厚。叫我管集资，党委的决定，这个最烫手的炭丸我抓。不过有两件事骨鲠在喉，会上要保持一致不便开口，这个时候想提醒你一下。"

章明传很激动，这是这两年来杜中德第一次主动找他谈工作，连声说："好，好，老领导，你说，你说。"

杜中德："一是资金问题，全镇只有七八万人口，三年内人平集资二十元，加上能够挪、挤、占用的钱，总额也就一百多万，而且，大部分集资款要到下半年才能到位。动工之后，后续资金怎么办？二是辣椒问题，抓修桥可别忘了寻找辣椒的出路啊。"

章明传异常感动地："杜镇长，我的老领导啊，我，我章明传谢谢你，谢谢你啊！"

杜中德："谢我干啥？"

章明传："说句心里话，你我原来是甘苦与共的同事，撤乡建镇，你下我上，从此隔阂，冷眼相对，小事顶牛，大事沉默，路上碰面，绕道而走，实在绕不过去的事托人传话。那件事没办法为你分忧解愁，我也很抱歉。今天我危难受命，想求助于你，又怕你……杜镇长，我感谢你，感谢你啊"

杜中德："别说那些了，我杜中德是为共产党工作，又不是为你章明传打工。没啥值得感谢的。"

章明传："感谢你今天解开心中扣子，为工作捐弃前嫌，坦诚相见。从今后，你我之间要商量事情，再不用求人传话沟通。今天你提出的两件事，我正愁怎样跟你商量哩。老镇长，来，抽烟，现在该抽我的烟了吧。"

杜中德犹豫了一下，终于接过烟，就着章明传打燃的火机点燃烟，悠然地吸着。

焦点："哈哈哈……这下我下岗了，总算下成岗了。"

杜中德："你下岗，下啥岗？"

焦点："今天你们两位主要领导演了《将相和》，再也用不着我在中间传话，我这个传声筒自觉下岗呀。别人下岗愁眉苦脸，我下岗是求之不得。今天我办招待，为你们庆贺！"

杜中德："鬼蛋子。"

焦点也喜欢舞文弄墨，卖弄才情，开口吟道："香河两头牛，恩怨一笔勾，今日重携手，这个……创业逞风流。怎么样？"

杜中德："少奚落我杜老头。"

章明传："我们的大才子说得好，实在该庆贺一下。你们等等，我去买酒买菜。"

杜中德："老章，酒就以后喝吧，今天是七月十四了，是给老人烧纸的最后一天了，都忙。有啥想法就说出来商量一下吧。"

章明传："这两个问题，在会上不便讨论，怕动摇大家的决心，其实最使人着急。我想毕书记回来后，请他拿几千块钱进城去勾兑勾兑，摸摸门路，只有争取到工程立项，才能从根本上解决资金问题，同时，也顺便找找辣椒的出路。"

焦点："拿钱给他去操，你的钱多了。"

章明传："他毕竟是党委副书记，修桥这么大的事，应该请他分管一方面的工作嘛。"

焦点："副书记？别人是职业学员，专业户。"

章明传知道，干部们对毕西的议论确实不少，而且毕西把他这个镇长也从没放在眼里，但毕西也确实有许多人所不及的长处，便很诚恳地解释道："说实话，他从营长转业到县招待所当所长，战友多，县上领导和各机关都熟悉，又进过党校，党校的好多同学都在要害部门掌权。现在办啥事都离不开熟人，而且要勾兑事情，除了吃喝，最讲究的是玩好和送红包。你我几个土包子，除了陪几杯酒外，耍酒吧、洗桑拿、打业务麻将都一窍不通。即使会，有那贼心，也没那贼胆。你我敢去陪着玩女人、赌钱吗？再说，要是人不熟，别人不放心你，你请客请不到，红包送不脱，还想办啥事？"

焦点："啊，妙，妙，镇长真会用人。"

章明传："别挖苦我，而今世风如此，真要办成点事情，少不了邪门歪道，没有这种能耐还真不行。这是不得已而为之。你我这些人，都不是反潮流的英雄，当乡镇干部，能做到同流不合污就很不错了。"

焦点："镇长，你误会我们了。"

杜中德："这一点大家都理解，要是毕副书记能真心给公家办事，花点钱也值得，只怕他……"

章明传："毕书记办事还是很认真的。我们应该相信他。"

第九章　李红"打鬼"

1

派出所所长李正齐在香山镇干了十多年，香山镇的人们都亲热地叫他李公安，他的本名仿佛被忘记了。盘丝洞经常请他和熊三爷喝酒，而且没有任何目的。今天上午泡泡糖又亲自到派出所来请他晚上一定到盘丝洞喝酒。泡泡糖亲自来请这还是第一次，他更不好推辞。世上没有白吃的晚餐，他和熊三爷一样，一直弄不清这几个小妖精对他们格外亲近的理由。直到熊三爷派人告诉他白莲回来的消息后，他才恍然大悟。

章明传召集的干部会刚散会，他就匆匆赶到盘丝洞。

泡泡糖为白莲准备的接风宴会很隆重。服务员忙碌地往内厅传菜。乡亲们济济一堂，厅内一片敬酒之声。

李正齐刚刚走进酒楼，白莲和熊三爷便从内厅迎出来。

白莲激动地："李公安，恩人，白莲给你磕头了。"

李正齐扶住白莲："白莲，别这样，你不知道我跟三爷好想念你啊，又不好托人打听你的消息。你总算回来了，这下就好了。"

熊三爷："李公安，你怎么这个时候才来啊。"

李正齐："在镇上开会，一散会就来了。"

白莲内心急于见到她朝思暮想的章明传，但嘴里却说："李红姐和明传哥怎么没来？"

李正齐："章明传在主持会议，散会后又留下焦点在说事情。"

熊三爷："你没告诉他白莲回来了？"

李正齐："我怎么告诉他，我都是才知道白莲回来啊。"

熊三爷："也是。"

白莲："小唐，我这个时候亲自去请他们，你单独再给我准备一席。"

泡泡糖没有安排今天晚上请章明传和李红。她怕章明传接受不了这个现实，搅了白莲回乡的喜气。莫想到白莲这么迫不及待，她想了一下说："你们说话吧，我这就去请。"

白莲："不，李红姐我要亲自去请。这里你把乡亲们照顾好。"

熊三爷："小唐，放心吧，我和李公安陪白莲去。"

泡泡糖只好依了他们。

白莲跟他们走到街口上，李正齐停住了。

李正齐："三爷，散会后章明传还留下人说事情，这会儿肯定还没回家。"

熊三爷："那你到办公室去找章明传。"

李正齐："三爷，他一直以为白莲死了，现在骤然知道白莲还活着，恐怕受不了呀。当初，骗他是我们两个，给他保媒也是我们两个。是不是我们两个一起先去给他做点解释和劝说工作啊？"

熊三爷："对，有道理。白莲，你等着我们。"

白莲："这样，你们去请明传哥，我去请李红姐。我好想看看我的小侄女儿小敏啊。"

李正齐："好吧，你小心些啊。"

他们在街口分手，朝不同的方向走去。

2

章明传家那个小院，就在镇政府后面，白莲对这个小院再熟悉不过了，这是他们儿时的乐园。矮矮的泥墙，围着几间老屋，院内一棵高大的杏树。白莲和李红常跑到章明传家来玩，不只是章明传的妈妈很喜欢她们，更有诱惑力的是那棵杏树，小娃娃都嘴馋，青杏儿还只有指头大时，章明传就像猴子一样爬上树去给她们摘青杏儿了。白莲来到院外，一看到那枝繁叶茂的杏树，嘴里顿时就涌起一阵阵令人陶醉的酸酸甜甜。

白莲走进小院，老房子没有改观，宽阶沿上停着一辆流动小烟摊推车。看得出章明传的日子过得并不宽裕。夏天蚊子多，门关着，屋里亮着灯。

借着屋内透出的惨淡的灯光，白莲踽踽走到堂屋门口，举手正欲敲门，堂屋内传出小敏稚嫩的声音："白莲姑姑正魂收用，侄女章小敏奉上。"

白莲一惊，敲门的手立即缩回，移身到窗口朝屋内望去。一眼看见墙上显著的位置挂着她青年时代的黑白放大照片的相框，照片周围的黑边是那样的扎眼锥心。白莲不由得为之心悸。再细看，堂屋中央摆了一张小圆桌，桌上码着一堆福纸（冥钱封），竹篮里放着几支装着祭品的碟子。李红拄着挟杖，把着手教女儿小敏写福纸，她们一字一句地念着："故显妣白莲姑姑……"

小敏偏着头稚声稚气地问："妈妈，啥叫故显妣呀？"

李红："照着写吧，这是对你爸爸那一辈死了的女人的称呼。"

小敏："妈妈，我的字儿写得好吗？"

李红："好，好，你白莲姑姑的字儿写得最好，她看见你的字儿写得这么好，一定会很高兴的。"

小敏："妈妈，怎么单要我给姑姑写福纸呢？"

李红："小敏啊，你都读二年级了，妈妈该教你了。你姑姑跟你妈妈从小就是最好最好的朋友，她又是你爸爸的未婚妻……"

小敏："妈妈，啥叫未婚妻呀？"

李红："这个，你长大了就知道。她年纪轻轻遭横祸死了，在阴间孤孤单单的，好可怜啊。你是姑姑的小侄女儿，该你尽孝道亲自动笔，以后年头岁节，你要记得给姑姑敬刀头、泼水饭、烧纸钱啊。"

小敏："烧纸钱干啥呀？"

李红："纸钱烧了，就变成阴间用的钱了。"

小敏："啊，白莲姑姑就会有好多好多钱，就能买好多好多好东西了。"

李红："对，对。你姑姑从小爱打扮，就有钱买新衣裳、买高跟鞋、买化妆品了。"

小敏："啊，妈妈，要是纸钱不变成真钱怎么办呀？我把那两元钱新票儿压岁钱，给姑姑装在福纸里一起烧。"说着从文具盒里拿出了那一张崭新的贰元钞票。

李红："傻女儿，活人用的钱，鬼是不能用的。"

小敏："不嘛，不嘛。姑姑那么漂亮，不是鬼，不是鬼。她能用的，我要给姑姑烧真钱嘛……"

李红："好，好，烧真钱，烧真钱。乖女儿呀，看见你对姑姑这样有孝心，娘高兴，你爸爸也会很高兴啊。"

白莲站在窗前眼泪长流，堂屋内李红母女的那一幕，使她再也不能自持。她禁不住呜呜哭出声来。

李红听见哭声一惊，以为是哪个女人受了欺负来找章明传告状，拉开门："谁呀？老章还在镇上，有事明天再找他吧。"

白莲踉跄进屋："李红姐，是，是我。"

李红："你，你是……"

小敏："嘿！白莲姑姑，是白莲姑姑！"

李红惊恐地："不，不，不是白莲，不是白莲！"

白莲："李红姐，我、我是白莲，我是白莲啊。我是，我来请你，请你跟我去……"

在人鬼际会的中元节，白莲突然出现，李红完全把她当成了鬼魂。她又迷糊，又清醒，拉着小敏惊恐地后退着。

小敏："妈妈，你怎么啦？"

李红："鬼！鬼！她是鬼……"

李红退至屋角，扑通一声跪下："白、白、白莲，我、我没对不起你哟，饶了我吧。我不跟你去，小敏还小，我不跟你去。哪个害你，你去找哪个吧……"

白莲："李红姐，我，我没有死，我不是鬼，不是鬼啊！"

李红："你死了，你死了，你饶了我吧，饶了我吧。我多给你泼水饭，烧，烧纸。"

白莲： "李红姐，你、你……唉，小敏，来，来，姑姑的乖侄女儿……"说着，欲上前去拉小敏。

李红霍地站起，护住小敏，疯狂地嚷道："死鬼！不准害我小敏，我跟你、跟你拼了，拼了！"说着，一手撑墙，一手挥起拐杖，朝白莲当头打去。

"嘭"的一声，白莲捂头，"啊！"身子一歪，栽倒在地。

小敏急去拉白莲，哭喊着："姑姑，姑姑……"

李红仍然迷狂地："我跟你拼了，拼了！"朝白莲挥起挟杖，碍着小敏的身子护着白莲，挟杖打不下去。

小敏哭喊着："妈妈，姑姑出血了，姑姑出血了！"

李红半惊半迷地："血?！鬼没有血，鬼没有血呀！"

泡泡糖应酬了一阵乡亲们，实在放心不下，便匆匆朝章明传家走来。在院子外碰上了章明传等三人，却不见白莲，顿时急了："李公安，董事长呢?"

李正齐："她一个人先去请李红去了！"

泡泡糖顿时来了火："李公安，你糊涂啊，三爷，你也老糊涂了吗?你们不是说和董事长一起来请他们两口子嘛? 怎么让董事长一个人往这儿走啊?"

李正齐："出门后才想起章明传还没回家，担心他听了这消息受不了，叫白莲等着，我们先去劝劝他，谁知白莲……"

章明传一直不相信，到了家门口，都还以为大家在跟他演戏开玩笑："你们别骗我了，都十多年了，还来跟我开这种伤心玩笑。"

泡泡糖："谁有闲工夫跟你开玩笑?"

这时已经听到屋里传出小敏不断的哭喊，众人不由得一口气跑进了堂屋。

堂屋内，李红仍呆呆地举着挟杖，喃喃地："鬼也有血呀? 鬼也有血呀?"

泡泡糖见状急忙奔向白莲，俯下身去抱住白莲，急切地呼喊："董事长，董事长，白莲姐! 你，你怎么啦?"

章明传亦急忙奔向白莲俯身细看："啊，白莲! 白莲，真是白莲啦!"

李正齐："这下该相信了吧。"

章明传："天啦，这是怎么回事? 怎么回事啊?"蹲下身去呼喊着："白莲，白莲……"

泡泡糖按着白莲的人中："别喊了，董事长满头是血，昏过去了。"

章明传："啊，血!"

李正齐："怎么回事，怎么回事?"

熊三爷："李红，这是怎么回事啊?"

李红呆呆地张大着嘴巴。

小敏："妈妈说姑姑是鬼，打、打姑姑了。"

熊三爷："混账，简直混账！"

李正齐："快，快送医院嘛！"

章明传仍木然地坐在地上。

熊三爷抱起白莲，向门外走去。

泡泡糖护着白莲，咬牙切齿地："李红，疯婆娘，董事长要是有个三长两短。我要跟你拼命！"说着跟着熊三爷走出门去。

李正齐见章明传失神的样子，住脚回头："老章，你怎么啦？"

章明传呆坐着，良久，突然爆发地："白莲！"站起来，踉踉跄跄地跟着冲出门去。

李正齐："老章，老章！"也跟着冲出门去。

李红无力地靠在墙上，缓缓地放下拐杖。

小敏懂事地把凳子端到李红身边："妈妈，你坐下吧。"扶李红坐下。

李红呆坐着，好像突然想起了什么，在自己手臂上狠咬了一口。手臂冒着血珠，她不能不接受眼前的现实，惊喊道："不是梦，不是梦，天啦，这不是梦啊！"

3

众人送走白莲后，李红在家里发了一会儿愣。白莲没有死，她终于承认了这个现实，便从箱子底下找出了一张发黄的纸条，那纸条是当年白莲投河时的绝命书，白莲那娟秀的字迹至今还清晰可见。

"明传哥，苍天不佑，血誓不忘，那块怀表再也不能在你的怀里歌唱了，请不要为我难过，今生有情无缘，永别了！

"李红姐，明传哥是个好男人，我知道你也很爱他，愿你和他结成夫妻，恩恩爱爱，白头到老，祝你们幸福。小妹白莲绝笔。"

这张纸条把李红带回十年前那个悲惨的夏天。当年的情景又一幕一幕地浮现在眼前：

大街上章明传蓬首垢面，军装又破又脏，摇摇晃晃地走着，手中拿着那块怀表，看着白莲的照片："白莲，我回来了，我从部队回来了……"伸着嘴唇向照片吻去，一头撞在墙上，栽倒地下。

跟在后面的孩子们，学着他的样子笑闹着："白莲，我回来了，回来了……"

李红走过去扶起章明传："明传哥，回家吧。"

章明传一下揽住李红："白莲，我们回家吧。"

李红："明传哥，我是李红，白莲死了。"

"啊，你是李红。"他甩开李红："白莲在前面，白莲在给我笑。白莲没有死，白莲没有死!"又摇摇晃晃地朝前跑去。

章明传被熊三爷和李红扶回家，躺在病床上，口中犹自喃喃地道："白莲没有死，白莲没有死。"

章明传看着怀表里的白莲照片嘻嘻傻笑。

李红坐在床沿上，拿着那张纸条，泪眼模糊地望着章明传发愣。

李正齐拿着白莲放大的遗像跟着熊三爷走进来。

熊三爷："李红，明传今天好些吗?"

李红："还是那样。时好时坏。"

李正齐要把遗像挂上墙去。

李红："李公安，不要挂。"

李正齐："李红，我跟三爷商量过，想办法让章明传断了念想，看他能不能好得快一点啊。"

熊三爷看着李红手中的纸条："李红，三爷看着你们三个一起长大的。晓得你跟白莲都喜欢明传。白莲死的时候把明传托付给了你，明传现在都还是半疯半傻的。你究竟是啷个想的啊?"

李正齐也语重心长地："李红，心病只有心药医，章明传的心病，只有靠你了啊。我们这些当朋友的是没办法的。"

李红知道章明传爱的是白莲，她很矛盾，只是哭泣不语。

熊三爷："唉，李红，你别哭了，明传很穷，婚姻大事，我们也不勉强你。"

李正齐："对，三爷，这一个多月来也多亏了李红啊，她已经尽力了。章明传是死是活，就随他吧，我们这些都是当朋友的，问心无愧就行了。"

李红又泪眼模糊了："三爷，李公安，白莲真的死了吗?"

三爷："我和李公安亲眼看见的呀!怎么，你还信不过我们两个。"

李红："你们只看见她投河啊。"

熊三爷："涨那么大的水呀，何况她是诚心寻死，能活吗?"

李正齐："派那么多人去找，一个多月了都没音信啊。"

李红看了看床上睡着了的章明传，轻轻摘下了那块怀表，把遗像挂上墙去。

十年后的李红，抹了抹泪，揣好那张纸条，拄着拐杖，艰难地取下了白莲的遗像。

当年李红跟白莲的姐妹之情很深，她也很爱章明传，但为了不伤害这个可爱又可怜的小妹妹，就只好把那份爱深藏心底。白莲投河后她一样悲痛欲绝，她很感激白莲遗言促成她和心上人的结合。她精心收藏着白莲的遗物，来表达她对白莲真诚的怀念和哀思。白莲的突然出现，使她失去理智，打伤了白莲。冷静下来的她很自责，她应该立即去看望白莲。白莲留下的遗物还有那块怀表，当年为了断掉章明传的念想，她把那块怀表藏了起来，现在应该是物归原主的时候。她又从箱子底下找出了那块怀表，怀表依然是那样金光闪闪，揭开表盖，白莲的小照还是那样楚楚动人。

李红猜想，此时的白莲肯定已经回了盘丝洞，可是她对盘丝洞那伙妖精很反感。她本来是个性格开朗随和的人，和街坊邻居都相处得很好，可是自从跛了脚后，她便一下变得十分敏感和自卑，一直陷入一种莫名的担忧和恐慌之中，总怕别的女人把章明传从她手里抢走。盘丝洞那伙妖精，一个个那样年轻漂亮，而且又很张扬，绝不是好货。她不但自己从没去过盘丝洞，而且章明传每到一次盘丝洞，她都要盘问和理抹。

李红坐在床沿上看着怀表里白莲的小照，失神地流着泪。她很不愿看到那伙小妖精，可是此时又不能不去。她犹豫了一阵，看了看床上已经睡熟的小敏，只好关好蚊帐，揣上怀表，拿起拐杖，毅然轻轻地出了门。

夜已渐深，喧闹的小镇已经寂静下来。远处，偶尔传来一两声犬吠。昏暗的灯影中，李红拄着拐杖，拐杖清晰地敲打着小镇街巷的石板路，她艰难地向盘丝洞走去。

第十章 尘封的秘密

1

白莲被李红打伤，额角上缝了六针。消息传回盘丝洞酒楼，全体员工都很着急。众乡邻都很感慨。幺吵吵和五百元的家都在一村小学旁边，曾经跟白莲算得上是近邻。

幺吵吵："嗨，这个李红呀，怎么下得了手啊！"

方便面："她把董事长当成鬼了。"

五百元："啊，可能是吓昏了，就拼命打。啊，幺嫂，你原来看到过白莲吧？"

幺吵吵："我嫁过来的时候，她才十四五岁，我们跟小学门挨门，看到她长成一个大姑娘的呀。白莲从小就又斯文，又亲热人，跟她妈妈一样。她妈妈赵老师谦和得很，是个好人啊。白莲这么能干，赵老师要是活到现在也能享点福嘛。"

五百元："唉，硬是，祸害千年在，好人命不长啊。"

幺吵吵："五百元，啥子命不长，你龟儿婆娘硬是乌鸦嘴。白莲只是受了伤，好人、菩萨都要保佑她。小方她们要去照顾白莲，大家都走吧。小方，给白莲说，我们道谢她了，等天再来看她。"

众人都说："对，道谢白莲了，等天来看她。"说罢纷纷离去

白莲头上发际间被打了长长一条口子，在医院里缝了六针，当晚被送回盘丝洞时，众乡亲们已经散去。杯盘狼藉的大客厅已经打扫得干干净净，重新摆了一席。红桃K等人扶白莲上楼去了。

泡泡糖便招呼熊三爷、章明传、李正齐入席。

泡泡糖代白莲敬了开杯酒。

章明传始终木然地捧着大酒杯往口中灌酒。他喝得很猛，众人望着狂喝的章明传都紧张起来。

熊三爷："明传，你别喝了，别喝了！"

章明传又把手伸向酒瓶，李正齐赶紧捂住酒瓶。

李正齐："老章，别喝闷酒了。要哭，要骂，你就发泄吧。"

章明传一把推倒李正齐，夺过酒瓶猛喝。

泡泡糖没有阻止章明传，她很理解章明传此时的心情，她知道这种时候要阻止章明传喝酒根本是不可能的，章明传今晚不醉倒在盘丝洞，休想平安渡过这个夜晚。此时她更不放心的是白莲，便丢下众人朝楼上走去。

泡泡糖走进白莲卧室。白莲头上缠着绷带躺在床上。红桃 K 等人侍候在床前。

泡泡糖："白莲姐，好些了吗?"

白莲："好些了。就是头昏得厉害。客人呢?"

泡泡糖："都安排好了。章明传一个劲地喝酒，谁都劝不住。"

白莲："唉，没想到这么多年了，对他的刺激还这么大。"她想挣扎起来，又一阵头昏倒了下去。

泡泡糖："白莲姐，白莲姐……"

白莲醒来："小唐，你别管我，我这会儿还不能去陪他们，你代我招待好他们，别让明传喝多了……如果李红姐来了，你一定来叫我。"

泡泡糖："你安心休息吧。她肯定不好意思来这里。再说这么大一夜了，她就是想来也不会来了。我这就下去看看。"

泡泡糖来到酒桌上，章明传又举起了一瓶酒。

熊三爷："明传，你冷静些，冷静些！"

李正齐霍地站起，夺过章明传手中的酒瓶，砰的一声砸得粉碎，一声断吼："章明传，你今天要干啥? 你今天想干啥?"

此时李红来到了门外，举起手来想敲门，听到李正齐这一声断吼便停住了。

客堂内，章明传歇斯底里地："我，我，我今天想，想跟你们拼命！李正齐，你真不是个东西，枉自人称你我是生死之交；熊三爷，你，你也老糊涂了，老癫冬了！你们两个打打伙伙瞒我、骗我、害我，你们知不知道是害我一辈子，铸成终身大错啊！你们当初要是露半点真情，我就是找遍天涯海角，也要找到白莲啊！"

门外李红为之一震，瘫坐在阶梯上。

李正齐："你他妈的是狗咬吕洞宾，不识好人心！"

熊三爷："明传，你怨我们，恨我们，我们不跟你计较，你呀，你是错怪我们了，你根本不了解当时的情况……"

这时熊三爷只好说出当年的真实情况：

当年，风雨中香山嘴下回水处的岸边，派出所干警李正齐裹着雨衣，举着马灯；熊三爷披着蓑衣，戴着斗笠，吃力地搬起渔网，鱼儿在网中乱跳——二人正在乐呵呵地捉鱼。

突然传来一声凄厉的呐喊："天啦！"

二人闻声抬头，闪电中一个黑影从香山嘴上跳下香河。

熊三爷："不好，有人投河！"

李正齐："快，快救人！"

熊三爷和李正齐甩下渔网和马灯，双双跃进奔腾咆哮的河水。

河滩上，李正齐背着白莲，白莲呼天抢地地呐喊挣扎："放开我，放开我，我无颜去见章明传！让我去死，让我死吧，我无脸再活人了啊！"

李正齐和熊三爷好不容易才把白莲背回派出所，他们苦口婆心地开导。

死志已定的白莲不言不动，木然地坐在椅子上流着眼泪。

李正齐和熊三爷劝不转白莲，急得不知所措。良久，李正齐恳求地："白莲，求你了，就这样吧，我们宁愿犯错误，都证明你投河自杀，被洪水冲走失踪。你远走高飞吧。"他推了推办公桌上放的那个旅行包，"行李和证明都给你准备好了！"又掏出一沓钱，"这点钱拿去当路费，收下吧！"

熊三爷："白莲，你这是何苦啊，你要轻生，不就是怕辱没明传吗？谁说一定要死呢？三爷都给你发过毒誓了啊，三爷和李公安保证给你保密一辈子。你还年轻啊！隐姓埋名都要活下来，也算对得起明传了！好闺女，听话些，趁天黑远走高飞吧！"说着也拿出一沓钱。

白莲始终无动于衷，木然流泪。

李正齐急了："白莲，你是个知书达理的人，我是个公安干部，不能阻止一个无辜青年自杀那是我的失职。我也有妻儿老小呀，你忍心砸我的饭碗吗？如果硬要逼我采取强制措施，你是这样爱脸面的烈性女子，那后果你想过吗？"

熊三爷："是啊，白莲，你不能只为自己着想啊。三爷如果不能阻挡你自杀，对得起你母亲临终时的托付吗？你死了，以后，哪个给你的爹妈烧纸啊？"

白莲不由一怔："三爷，李公安，这……这……"终于又呜呜哭出了声。

是的，李公安说的是真话，熊三爷说的也是真话。妈妈临终前把白莲托付给了熊三爷，白莲心地善良，她不能为保自己的名节而让李公安丢掉饭碗。她是个很有孝心的人，也不愿爹妈坟前无人烧纸，成为让人鄙薄的孤魂野鬼啊。

白莲低头饮泣了好一阵，终于平静下来。她揩干了眼泪，长跪地下："三爷，李公安，如果让白莲苟活下来，只求你们答应白莲一件事。"

二人齐道："说吧，说吧，啥事？"

白莲："我遗书里已经拜托李红姐了，求你们促成明传哥和李红姐结成夫妻，让李红姐代我、代我……"

熊三爷："嗨呀，傻丫头，李红对明传那片心三爷还不知道吗？李红要不是心疼着你这个小妹妹，怕早跟你争得头破血流了。这件事三爷现在就给你打包票。"

李正齐："章明传那里，我也敢打包票。"

二人扶起白莲。

白莲感激地接过钱和行李包，披上李公安递上来的雨衣，走出门外，消失在无边黑暗的雨夜之中。

2

熊三爷和李公安终于把隐瞒了十年的真情说出来，章明传和李红都接受不了。门外阶梯上李红抹着泪，正想进门找熊三爷和李正齐论理，厅堂内的章明传开口了："于是，你们两个就打打伙伙制造假象，瞒我、骗我，你们跟我有九仇十恶呀？"

李正齐也火了，桌子上一巴掌："我们不瞒你，你是嫌香山镇的贞节牌坊少了，你是想香山嘴的衣衫墓真正埋葬白莲？我们不骗你，恐怕你的骨头早敲得鼓响了！你还记不记得你当时那疯疯癫癫、寻死觅活、半痴半傻的样子？要不是李红呀，章明传，你、你还有今天吗？"

熊三爷："明传，你以为我们想瞒你，想骗你吗？我们明明知道你最喜欢白莲，还硬来促成你和李红的婚事，你以为我们的心里就好受吗？你知不知道你跟李红结婚那天，我们两个大媒人为啥不来喝你们的喜酒？"

两个媒人不参加他们的婚礼，一直是李红解不开的谜。

当年，他们简朴的农村婚礼已经结束，章明传始终是木木的没有表情。李红却显得很兴奋，她挽着新郎章明传双双在院坝边送走了最后一个客人，不无遗憾地问："明传，今天是你我的好日子，熊三爷和李公安是我们的介绍人，怎么不来吃喜酒呢？你得罪了他们吗？"

章明传摇摇头。

李红："明传，还在想白莲吧。"

章明传："唉，别说了。"

李红："走，我们还是到白莲坟上去烧一炷香，给她报个喜吧，也让她为我们高兴高兴。"

章明传和李红提着贡品篮一起来到香山嘴，原来熊三爷和李公安在白莲的衣冠墓前席地而坐。坟前没有香烛和贡品，只有几个空酒瓶。他们已经喝得醉眼迷糊。

李红以为他们是在悼念白莲，感动地扑上去："三爷，李公安，你们……"

厅堂内响起熊三爷的声音："那一天我们不是在祭奠白莲，而是在为白莲担忧，在想主意打听她的下落啊。"

熊三爷和李正齐说得在理，章明传还能指责啥呢，只好说："你们为我好，可是，可是你们想到而今没有？而今叫我怎么办呀？"

熊三爷："这……"

李正齐："现在，你还想怎么办？"

章明传："我，我是在问你们呀，白莲跟我的情那么深，现在，现在她，她回来了，我，我是人，我能那么无情吗？李红对我的恩那么重，她，她又残废了，我，我能抛弃她吗？我要不就是无情，要不就是无义，你们叫我怎么办呀？"

门外李红一怔，感情复杂，也不由得自问："是呀！他怎么办，我怎么办啊？"

泡泡糖一直嗑着瓜子，在一旁静观。此时她才极其油滑，极其夸张地搭话："啊哟哟，章大镇长，章哥们儿哩，而今呀，啥事都难办，不请客送礼，就不得行，唯有男人女人之间那丁点儿事情嘛，好办得很嘛！"

熊三爷和李正齐都不解地望着她。

门外的李红愤怒了，她站起来想砸门闯进去。只听泡泡糖继续说道："你们看着我干啥？我说的是真话呀。他是党员，他是镇长，有头有脸，有威有权，只要不讲党纪国法，不讲道德良心，要想有情又有义，就来个脚踩两只船，屋头的老婆不下岗，外头的小蜜莫夺权。这不就行了。"

李正齐听出泡泡糖用的是激将法，说的是反话，连声道："说得好，说得好。只要你不要党纪国法，不要道德良心，就这么办嘛。"

熊三爷："对，你就这么办嘛。"

章明传："你们，你们把我章明传当成啥人了！"

泡泡糖："当成重情重义的大好人呀。不过章哥们儿哩，人对了，给你提供点小信息，你呀，怕是自作多情单相思啊。据我所知，董事长那蠢人呀，儿女痴情早已断了，这次回乡，只是想给家乡做点贡献。你要想好事么，就忍耐一下嘛。目前又无商机，你这样按捺不住，她怎么立脚，你逼她拜拜，你的相思旧梦怎么能圆呀？"

章明传："不，不，你别瞎、瞎说，我，我不、不是这个意思……"

泡泡糖："啊，你还不是这个意思呀？哥们儿哩，那就更好办啦。只要你少生妄想，不自作多情，还有啥烦恼？常言说得好，'吹冷各人那碗稀稀饭，种好自己的包产田。多想正事绝邪念，抱紧老婆心自安嘛'。哈哈哈，哥们儿，怎么样？"

"你，你，嗨！真……急人，真急人。"已经醉得一塌糊涂的章明传结结巴巴地抗辩着。

门外李红也听出了泡泡糖说的是反话，终于松了一口气。她没想到这个最讨厌的妖精也有正经的时候。

泡泡糖的反话将了章明传一军，章明传的情绪开始冷却。李正齐和熊三爷这才放了心。

李正齐不无夸奖地笑道："小唐啊，李哥真服你了。"

熊三爷也轻松地："鬼女娃子，你这张嘴呀好厉害。"

泡泡糖："好了，说点正事，章大镇长如果听劝，回家去就各人巴心巴肝地勾兑好自己的跛老婆。明天晚上，全家人欢欢喜喜地和熊三爷李公安一道，来这里赴宴。董事长想跟她的救命恩人好好敬一杯酒，跟李红叙她们的姐妹之情。同时，也给乡亲们一个小小的见面礼……"

章明传："哎，还要她啥……见面礼啊。"

泡泡糖："你不要这个见面礼呀，准备去跳河吧。"

熊三爷："啥见面礼啊，那么严重？"

泡泡糖："董事长叫我跟章镇长签二十万斤辣椒的包销合同。"

"啥！她能包销二十万斤辣椒？"众人吃惊地瞪大了眼睛。

泡泡糖："怎么，不相信，你们也太小瞧人了。这对于我们董事长，不过一个电话而已。"

众人惊喜万分："天呀，太好了，这太好了，这太感谢她了！"

李正齐："章明传，你还不快去向白莲……"

泡泡糖拦住众人："老先人些，求你们了，董事长流了那么多血，头上缝了六七针，刚刚躺下，你们于心何忍啊。"

章明传再醉也没忘记辣椒事情的重大，他打起精神说："走，去、去，感谢，感谢她……"站起来摇摇摆摆地走了两步，便栽倒在地爬不起来了。

第十一章　李红等宣判

1

李正齐送走章明传后，熊三爷上楼去看白莲。白莲要下床，被三爷拦住了。"

熊三爷："别起来，躺着吧。"

白莲："三爷，我一回来就惹这么大的风波，给你老人家添麻烦了。"

熊三爷："你回来得这么突然，大家都没想到，一时回不过神来，也难免。你别往心里去，好好养伤吧。"

白莲："我是点皮肉伤，不碍事，只担心明传哥和李红姐……"

熊三爷："我们晓得去劝他们。白莲，先前小唐说你能包销二十万斤辣椒，这是真的吗？"

白莲："三爷，这是真的。"

泡泡糖："怎么，三爷不相信，你太小瞧你的白莲闺女了。我先就给你们说过，对于我们董事长这不过是小菜一碟。"

熊三爷感慨万分："白莲，你出息了啊！我这就立即去告诉明传。"说着起身要走。

泡泡糖："三爷，章明传醉得一塌糊涂，这会儿就别去了。董事长还叫我明天跟章镇长签包销合同后，再跟你谈合作协议。如果你老人家也出面，我保证帮你们街一村挣几万块钱。"

熊三爷："我出面，我能干啥呀？"

泡泡糖："三爷，二十万斤辣椒的收购、仓储、打包、运输等等，有许多事情啊。你们街一村，有所需要的人力、场地等现成的资源。你老人家有这方面的号召力和组织能力，就可以在这一单业务中发挥很大作用。同时也可以学一些做生意的经验啊。"

熊三爷："好啊，你说怎么办？"

泡泡糖："明天再说吧，你忙了这么大一夜，早点回去休息吧。"

熊三爷："好，你们也早点休息吧。"

泡泡糖送熊三爷下楼："三爷，别忘记提醒章明传，董事长要专为你们几个人设谢恩宴，叫他们明天晚上要早点来啊。"

熊三爷："好，我们一定早点来。"

2

章明传被李正齐送回家，闹了一夜，吐得一地狼藉，满屋酒气。章明传经常陪酒，胃痛病本来就严重，李红看着他那痛苦的样子，也很心疼，再大的气也得忍着。想方设法让他把酒吐掉，给他灌糖水，擦身子，折腾了好大一夜，他才沉沉睡去。

李红收拾完满屋的污秽时已经是鸡叫头遍了。她根本没法入睡，命运给她出的难题太大了，谁遇上这样的事情都一样，只有独坐床边流泪。无意识中就跟章明传保持着一定的距离，仿佛章明传已经不是她的男人，她跟章明传挨得太近，有什么男女嫌疑似的。

鸡叫了，梦呓中的章明传抓着胸口，痛苦地呼喊着："白莲，等等我，等等我……"

李红拧了一把湿毛巾盖在章明传的头上，又把电风扇对着章明传，试了试，又担心章明传着凉，把风速拧小了一些。

章明传始终忘不了白莲，李红一直很理解，很宽容，甚至有意把怀念他们跟白莲在一起的那些美好回忆，作为她巩固跟章明传夫妻感情的一种方式。可是一当白莲死而复生，重新出现在眼前，这是她无论怎样也无法接受的现实。

李红已经十分清楚，白莲的复活是千真万确的事实。

李红不知道白莲的现状，也不知道白莲回乡的目的。

直觉告诉李红，白莲在外面肯定是发迹了，要不，能办盘丝洞那样大的酒楼？而且她的手下人，泡泡糖那一伙妖精个个都像贵妇人似的，而且还听三爷说泡泡糖要花一百多万赞助街一村一所小学……她很希望白莲只是回乡探亲夸富，这是好多在外面发达了的人的共同想法，都希望有朝一日能在乡亲们面前显示一下自己的成功。

李红不知道白莲结婚没有？她想：白莲应该结婚了。她那样有钱，又那样漂亮，那么能干，还愁找不到好老公？可是，可是衣锦还乡，为什么不跟老公一起回来呢？再说，结婚了就没理由说儿女私情了，为啥泡泡糖说她儿女私情已断呢？如果白莲还没结婚，那她回来要干什么？只是探亲，摆一下阔就走吗？派人来办酒楼干啥？盘丝洞可是搬不走的啊！要是她真正像泡泡糖说的回乡来为家乡做好事，那么一时不会离开，丈夫对白莲的旧情那么深啊，这……

婚姻危机，对任何一个女人来说，都是一种沉重的打击。农村有句俗话："翘扁担配长箩纤，大肚汉喝稀稀饭。"她知道一个镇长在地方上的八面威风，她在农村虽然是个很有主见的女人，但是现在已经成了一个残疾人，一个年老色衰的黄脸婆，一个走路不稳的跛子婆娘，支撑婚姻大厦的硬件已经严重破损。现在时兴换教（换老婆），她本来就一直担心配不上镇长老公，怕章明传踢了她，白莲突然"还魂"，这个威胁就更大了。强烈的自卑感更加重了她对婚姻危机的恐惧。别说现在白莲各方面的条件比她优越，她绝对不能与之抗衡，更重要的是白莲跟章明传那份刻骨铭心的旧情，那是任何力量都不能战胜的啊。

李红想到这里，仿佛一下跌进了黑森森的地狱。初一十五她都要到镇江寺去烧香，镇江寺的地狱塑得最恐怖。她看过一次就永生难忘，做了好长一段时间的噩梦，再也不敢去看第二次。她不知道自己前世作了什么恶，今生得到如此报应。此时她头疼得好厉害，仿佛被恶鬼叉着，倒插进铁磨的磨眼，看见自己的鲜血和脑浆随着磨扇飞溅……

头痛欲裂的李红，仍在不断地痛苦地分析和假设。

如果白莲要和章明传重续旧情，那结局是不言而喻的。她能怎么样呢？笼中鸟，砧上肉，一切都只有任人宰割，她充其量扑腾几下，争取点经济上的补偿。她需要钱么？她能那么贱开口要钱么？她不要钱，后半辈子怎么过活？和谁过活？

古时有钱人兴讨小（纳妾），而今有能耐的人时兴包二奶，如果章明传真的不忘她的恩，真如泡泡糖所说，来一个"家中老婆不下岗，外头小蜜不夺权"她又该怎么办呢？她容忍得了吗？白莲愿意吗？小蜜真的不夺权吗？

……

李红在种种假设中煎熬，她想不出个头绪。她最后把一切都归结到命，人们常说"不是冤家不聚头"，或许真是前世作恶的报应吧。她知道一切都因为白莲，一切都取决于白莲。但是她没有理由去恨白莲，要恨也恨不起来。除了她不该"还魂"之外，她想不出这个过去的小妹妹有啥对不起她的地方。她甚至对白莲有种感激之情，她已经得到的那份爱情，毕竟曾经是属于白莲的，是白莲给了她机会，成全了她人生的那一点企求和渴盼。

想到命运，李红坦然多了。命运是躲不过的，该受惩罚就只有接受了。天快亮的时候，她又拿出了那块怀表，用包裹怀表的红绸精心地擦了一遍，重新上了发条。旧怀表又金光闪闪，发出了均匀的响声。她把怀表放在梳妆台上，章明传起来时一眼就能看到，自己也是堂堂正正的一个人，不能那么小气，那是属于他的定情物，现在就让它物归原主。她想章明传看到这块怀表，说不定很快就会跟她摊牌。与其在战战兢兢中煎熬，不如早点明砍，好寻对策。凭他的良心，他想怎么办就怎么办吧。如果章明传要让这块怀表重新在自己怀里歌唱，那么她也无可奈何，一切只有认命了。

李红想，从一般人情上说，她应该立即去看望白莲。她跟白莲有这段姐妹之情，这也是今生一种缘分。白莲又没有其他亲人，他们两口子和熊三爷就是白莲最亲的亲人了。白莲回乡，她理所当然地应该当好主人家，热情接待，何况她那一挟杖打得那么重，她应该去道歉。同时她也和所有面临绝境的人一样，她在绝望中还怀着一线希望。要是白莲没有她想象的那么危险呢？她相信见到白莲后就什么都清楚了。

要去看白莲不能空着手去，可家里没有什么拿得出手的礼物，李红想起了小时候跟白莲一起上山采蘑菇的情景，想起了白莲和她妈妈都最喜欢吃鲜蘑菇。对，正是采野蘑菇的季节，便提着竹篮出了门。

秋天的山乡，早晨的雾气很重。一早就在大河滩上练武和练嗓的盘丝洞的妖精们，那呵呵的喊嗓声，透过浓重的雾幛传到了香山嘴。香山嘴上李红提着一篮鲜艳的红蘑菇，走出雾气腾腾的树林。她来到盘丝洞门口时，和昨天晚上一样，又没有勇气敲门了。

3

喔喔的鸡鸣声打破黎明前的寂静，泡泡糖卧室还亮着灯光。

泡泡糖有一个习惯，每天都要坚持写日记。白莲是她特别关注的研究对象，可是两年多的相处，对白莲知之甚少，今天白莲第一次向她讲起了那不堪回首的往事，而且接着在白莲身上又发生了这么多极不平常的事情。送走章明传等人之后，她就坐在电脑前飞快地敲击着键盘。白莲的故事那样撕心裂肺，夜深人静独自一人重新进入那些故事时，她纵情地放任情感，又一次泪流满面。

记完当天的见闻，小镇已从清晨的薄雾中醒来，晨练的妖精们，已经从大河滩上回来了，开始整理店堂。她揩了眼泪，推开窗子，深深地吸了一口山野里飘来的清新空气，稍微梳理了一下思绪，又写下了当天的所感：

"在海南那些朝夕相处的日子里，我只知道白莲姐是商战中一个十分成功的女人。她把自己的情感世界包藏得很紧。我甚至怀疑，商战已经使她冷血和变态，直到给我特殊任务回乡时，我才预感到她可能是一个故事性很强，是我苦苦寻找的人物，但无论怎样，也没想到她的故事如此使人震撼！人生啊，太无常了。她的故事会怎样演绎下去呢？我进入了她的故事吗？在她的故事里，我将扮演一个什么样的角色呢？"

第十二章 欲说当年

1

小镇在朦胧的薄雾中醒来。

盘丝洞酒楼门前，"热烈欢迎董事长荣归故里"的横标在晨风中飘扬，满地是爆竹纸屑，过往的人们都好奇地向盘丝洞酒楼张望。

服务员们晨练后从河滩上回到盘丝洞，门前放着一篮鲜艳的红蘑菇。

方便面："哟，蘑菇，好新鲜的蘑菇啊。"

可乐："这么早，谁放在这里的呀？"

方便面："可能是乡亲们给董事长送的礼啊。"

可乐："对，肯定是，我给董事长送去。"

她们提着蘑菇兴冲冲地走进白莲雅致的卧室。白莲头上缠着绷带躺在床上，泡泡糖已经守候在床边。

可乐："董事长，蘑菇，你看好新鲜的蘑菇啊。"

白莲接过竹篮："啊，蘑菇，红蘑菇！"拿起一朵忘情地闻着。

泡泡糖："啊，这么好的蘑菇，哪里来的？"

可乐："篮子放在门外阶沿上，可能是乡亲们给董事长送的礼物吧？"

泡泡糖："这会是谁送的呢？"

可乐："不知道。"

白莲看了看篮子："是李红姐，肯定是李红姐，我认得这个篮子。她在哪里？快请她上楼来，不！我这就下去。"说着就要下床。

可乐："董事长，蘑菇放在门口的，没有人。你躺着吧！"

泡泡糖："还真看不出来，那么一个泼辣货，想得这么周到。这礼物呀，真送到白莲姐心坎上了啊！怪难为她的。"

白莲："小唐，今天你跟我一定抽个时间去看看李红姐。"

泡泡糖："你不是请了她晚上来吗？"

白莲："她会来吗？"

章明传从沉醉中醒来，太阳已经升得老高。先以为夜里做了一个怪梦，他只觉得口里很苦，浑身瘫软无力，头上像顶着个石碓窝，昏昏沉沉地疼得好厉害，不想下床。他知道已经睡过了头。乡镇上上班，虽然不怎么强调准时，但他是镇长，那么多事情等着他，也不能太出格，因此一般都起得比较早。往常遇到这样醉了酒的情况，有紧要事时李红会来叫醒他。没紧要事，李红会让他多睡一会儿，醒来时李红会把两粒保肝平胃的药丸和一碗荷包蛋端到床边，公文包给他送到手上。今天却一点动静都没有。

章明传挣扎着想起来，身子骨却软得像一摊稀泥，只好闭目养神。他隐隐约约地记得好像发生过什么事，但是模模糊糊地理不出个头绪，便使劲地揉着太阳穴，倚在床头闭目养神。

嘀嗒的怀表声，那样均匀，那样清脆，那久违的熟悉而美妙的天音使他一下睁开眼睛。梳妆台上，那块金壳怀表赫然入目。这块怀表失踪十多年了，当年对自己疯疯癫癫时丢失这块怀表的说法，他曾经似信非信。十多年后的今天怀表突然出现在他的眼前，他很快明白了当年是李红把怀表给他藏了。李红藏怀表的动机他能够理解，能够原谅。他触电般跳下床拿起怀表，打开表盖，白莲在冲着他笑。他习惯地把嘴唇伸向白莲的小照，尘封的往事清晰如昨，白莲赠表时的情景又立即出现在眼前："这是爸爸给我留下的，虽然古旧，放在胸前，它那不停跳动的声音，就是我在你怀里永远甜蜜的歌唱和祝愿！"

这时章明传一下想起了昨天晚上发生的事。他的白莲复活了，白莲从冥冥天国突然回到了他的身边。梦境已经成了现实，无法更改。他记得自己已经为这事冲动过、疯狂过，现在应该强迫自己冷静下来，思考应该怎样去面对眼前的尴尬。他心里问自己，这块怀表还能在自己怀里歌唱吗？

现实给章明传也出了太大的难题，他不知道自己该怎么办。他无力地走出卧室，走到井边打了一桶水，把头伸进水桶里泡了一会儿，清爽多了。小敏上学去了，李红不在家，他独自坐在小圆桌前，桌上凉着一碗稀粥，摆着一碟泡菜，一个咸鸭蛋，这是他家早餐的常例。喝完可口的稀粥，他也理出了头绪，他懂得白莲的复活对李红有多大的刺激。爱吵爱闹的李红，居然能够平静地保持一切如常，这平静预示着一场巨大的风暴。

这是在看他的态度。那块怀表就是她非常明确地要他立即回答那个不能回避的实质问题。

和白莲重归旧好，那是不用思考就可以做出的最佳选择，但是他有那个选择权力吗？他现在对白莲的现状一无所知，更不了解白莲此行回乡的目的。探清白莲的底细是他眼前的当务之急，如果白莲也有那个愿望，那么怎样向李红交代，那是以后的事了。李红都能够那样平静地等待命运的判决，他一个大男人就更应该处变不惊了。

小院里传来熊三爷的说话声和李红的挟杖声。章明传立即把怀表放回梳妆台，走到院中。熊三爷帮李红背着一背篓豇豆、南瓜回来。显然她是一个人在菜地里忙碌了一早晨。

李红早上把蘑菇放到盘丝洞门口后，不知该往哪里去，便一个人独自往镇外走去摘豇豆、南瓜。熊三爷从菜地里摘了南瓜回来，路上碰上了，见她气色很不好，知道她心里有疙瘩便硬把她劝送回家。

章明传接下熊三爷肩上的背篓，递上毛巾："你出门怎么不叫我一声？一个人去忙，去麻烦三爷。不好意思，三爷，揩把汗吧。"

熊三爷："顺便，这有啥麻烦的。另外来提醒你，白莲愿包销二十万斤辣椒的事，昨晚上你醉倒后，小唐叫你们今天去跟他们签一个协议。"

章明传："啊，我是记得还有一件重要的事情，可怎么也想不起来。"

熊三爷："小唐还说要帮我们街一村发财，邀我们跟她们合手，我要去跟她商量合作的事去了。啊，明传，李红，今天晚上你们一家子要早点去啊，不要冷了白莲的面子哟。"

章明传："这……"他望着李红。李红不语。

章明传送走熊三爷后对李红说："李红，你今天别去卖烟了，休息一天吧，先去陪白莲摆摆龙门阵嘛。"

李红不搭理章明传，默默整理烟摊车。

章明传："李红，我说，你……你今天不去卖烟了，你跟白莲这么多年没见面了，去陪她摆摆龙门阵吧。"

李红："人家请的是今天晚上。我没那么等不得。"

章明传："你把人家打得那么重，该去看看呀。"

李红："你想去看她，你就去。"

章明传："这，你这会儿真不去，那我……我先代你去看看她吧？"

李红："脚长在你身上的，又没给你拴住。"说着便推着烟摊车出了小院。

2

章明传出门朝盘丝洞走去，街上的人们虽然还是一样地热情招呼他，却都带着异样的目光，而且背后还不时传来议论和叹息。他知道自己和白莲的事，已经成了香山镇的头号新闻，近段时间他将会成为人们关注和议论的热点。人们都睁大眼睛看着他，稍有不慎，便会招惹是非，因此走到半路上他又犹豫了。

章明传尽管不知道白莲这些年的情况，也不知道白莲此行回乡的打算，但有一点可以肯定，白莲回来是长住。他跟李红想的理由差不多一样。要不，绝对不会兴师动众派泡泡糖来办酒楼，详细了解香山镇的情况。说不定她回来后还有一些大的举动。如果白莲只是探亲，只挑一挑他已经愈合的旧伤疤，尴尬和难堪很快就会过去。如果白莲长住下来，在这样狭小的地方，怎样和众所周知的旧情人、未婚妻相处，就成了他最头痛的难题。章明传明白，既然当年白莲要为他舍命尽节，现在要想和白莲重续旧情，已经不大可能。何况自己已经是有家室的人了，更何况李红对自己恩重如山。他绝不敢存有任何非分之想。但是人到底是感情动物，活生生的白莲就在面前，往事历历，那段刻骨铭心的恋情丢得下吗？他实在不知道该怎样面对白莲。

章明传转身朝镇政府走去。他想目前解决辣椒问题是头等大事，不如拉一个人同路去签包销辣椒协议，找个挡箭牌，顺便好看望白莲。

章明传走进办公室，杜中德已经等在那里。

杜中德："听说白莲回来了？"

章明传点点头："嗯，回来了，唉……"

"回来了就好……"

两年多来，这是杜中德第一次主动招呼章明传，而且还给章明传扔了一支烟去，这让章明传很感动。他毫不掩饰地叹了口气："唉，这都是命运捉弄啊。"

"明传，啥都是缘分，想开些。看你气色不好，你休息一天吧。"

"没啥。昨天晚上多喝了点。唐书记的情况现在怎么样？"

"情况很不妙，好在县委和县政府对唐书记的伤都很重视，已经请了省上的知名专家前来会诊。省上的专家今天中午赶到。"

"好，我们尽快抽个时间进城去看看唐书记。"

"这，唐书记电话说，叫我们不要分心，全力以赴解决辣椒问题。我们都去看他，怕他……"

章明传："白莲愿包销二十万斤辣椒，叫我们派人去跟唐甜甜签协助收购辣椒的协议。"

杜中德一听白莲包销二十万斤辣椒，惊得瞪大了眼睛："啊，包销二十万斤辣椒，有这种好事？老章，你是在做梦吧？"

章明传："开始我也不大相信。但是昨晚小唐亲口说过，是他们的董事长白莲回乡来的见面礼。"

杜中德："白莲现在是啥来头啊？"

章明传："小唐是白莲的员工……"

杜中德不知道白莲的来头，但对泡泡糖略知一二："嗯，泡泡糖的能耐大家是知道的，她都给白莲打工，这事说不定还真有些门儿。要是白莲真能包销二十万斤辣椒呀，这见面礼就重啊！那你就赶快去吧。"

章明传为难地："老领导，我一个人去恐怕不大方便，是不是请你也去一下。"

杜中德道："我？算了，泡泡糖那鬼女子的嘴巴厉害，我适应不了，再说，这个烂摊子还没收拾好，办公室也要有人啊。还是请焦秘书去好些，他们都是年轻人，在一起很说得来。"

章明传跟焦点处得亲如兄弟，和焦点同去更好。此时焦点正在香河中学跟林可儿一起加班，赶制《香山镇小城镇建设规划图》的巨幅广告画。于是，章明传便到香河中学去通知焦点。

焦点原来也是教师，写写画画都会几下子。他在报上发表了点小文章，就被选拔进了党政干部队伍。人们说他是秀才，他也自诩为才子。要讲文章和学问，在香山镇除了唐立行和中学的个别教师之外，没有几个人能让他看得上。他尤其瞧不起的是漂亮的女人。他认为漂亮女人多半都是绣花枕头，凭着脸蛋和撒娇打天下。官场中那些女人，都是能干的没几个漂亮，漂亮的没几个能干；官运亨通的，也多半是官儿们的太太，夫荣妻贵，地道的中国特色。泡泡糖来到香山镇后，他才真正知道天地之大，什么叫学海无涯，在泡泡糖这个漂亮的女人面前，自己连当学生的资格都还不够。从此狂气顿收，对泡泡糖崇拜得五体投地。但同时泡泡糖也成了他一个解不开的谜。那样渊博敏锐和深刻，怎么可以那么漂亮，怎么舍得把自己伪装得那么野俗？

焦点在和泡泡糖接触的过程中，增多了对中学女教师、泡泡糖的小师妹林可儿的接触，林可儿不但漂亮，而且也是个才女。半年多来他追求林可儿追得如痴如狂。功夫不负有心人，他终于赢得了少女的芳心。镇政府把绘制香山镇规划图巨幅广告画的任务交给中学，这任务自然就落到了美术老师林可儿的身上。因此焦点自然要来陪他的林妹妹加班。

章明传来到香山镇中学，走廊上架一块大广告牌，广告牌一角贴着那张溅血的《香山镇小城镇建设规划图》，焦点和林可儿正在广告牌前，把规划图放大到广告牌上。广告画上的香河大桥格外壮观显眼。他们画完最后一笔站起来，一边端详着画面，一边打着哈欠。

章明传拿着烟走来："好，来抽支烟，提提神。你们苦战一个通宵，辛苦了，实在辛苦了。"

焦点："你催得那么急，给你加班加点，一支烟就打发了呀，怕没那么容易吧。"

林可儿："你还得了一支香烟，我呢？"

章明传："小林老师，你跟我们的焦秘书办喜事的时候，我给你们跑快点。"

焦点："好，说话算数。"

林可儿："还早得很。"

焦点："哟，考验期又延长了呀，不是说好今年……"

林可儿："笨蛋，闭嘴。"

章明传："哟，还跟我保密呀。"

林可儿："章镇长，你看还有哪些地方需要修改吗？"

章明传："很好，不改了，动员大会后就把它立到渡口上去。先把宣传攻势拉开。"

焦点："另外，请你抽空画一张小一些的，来挂办公室。"

章明传："不必了，办公室就挂这张溅了唐书记鲜血的规划图。"

焦点："好，好，不忘血的警示和期望。"说着，帮着林可儿收拾画具。

章明传："焦秘书，今天你就陪你的林妹妹吧。"

焦点："那就感谢镇长大人开恩啊。"

章明传："不过，得请你先办一件急事。"

焦点："啥事呀？"

章明传："白莲回来了，她要跟我们签订包销二十万斤辣椒合同。请你代表镇政府去跟小唐签订一个协助收购辣椒的协议。"

焦点："包销二十万斤辣椒？你那旧情人会有这么大的神通？"

章明传："别瞎说，快跟我去找唐甜甜吧。具体协议由你签。"

焦点："条件呢？"

章明传："只要能销二十万斤辣椒，条件苛刻点都答应。"

焦点："好，我们走吧。"

焦点和章明传走出了校门。

<h2 style="text-align:center">3</h2>

所谓的包销辣椒协议，其实没有什么具体条款。泡泡糖保证不压级压价，坑害椒农；政府负责通知，负责维持治安和组织运输，保证收购工作能够顺利进行。双方都是头面人物，几句话说了就算数。

在泡泡糖的办公室里谈完工作后，焦点要起身告辞。章明传才像突然想起似的问："白总伤好些了吗？"对现在的白莲怎样称呼，章明传颇费踌躇，再像当年那样叫白莲，太亲切了怕招来不必要的麻烦，想来想去，还是跟着时尚叫白总好些。

泡泡糖瞟了章明传一眼："能好得那么快吗？你不去看看她？"

曾经爱得那样刻骨铭心，十年来多少回梦中呼唤，满以为已是阴阳相隔，而今活脱脱就在眼前，能不想见吗？他今天来签约，不就是为见他的白莲吗？他假意犹豫了一下："这，焦秘书，我们一起去看看白总吧。"

焦点当然懂得章明传的心思，他假意打了个哈欠："唉，我一夜没合眼，困得慌。镇长，你先去看望一下白总，我等天抽时间再来拜访她。"

章明传："这，好吧，你回去睡一觉吧。"

第十三章 十年流浪

1

送走焦点后，泡泡糖引着章明传走进白莲的卧室。斜倚病床半寐半醒的白莲听见响动睁开眼睛，一眼看见章明传，不由战栗了一下。二人四目相对，空气似乎凝固，只有心鼓咚咚作响的声音。良久，白莲终于回过神来，坐起来："你，你来了？请，请坐。"

章明传接过红桃K送上的茶，手有些颤抖，茶水洒到了腿上，泡泡糖和红桃K都禁不住抿嘴笑了。

章明传："好些了吗？你躺着吧。"

白莲："好多了，不碍事。"

章明传没话了，伸手摸烟，掩饰尴尬。等他抖索着点燃烟后，终于找到了一句合适的话："李红说她晚上再来看你，要我给你道歉……"

泡泡糖："章镇长，别编了，你看这是啥？"她把蘑菇篮子移到章明传面前。向红桃K做了一个鬼脸，二人飘然而去。

两人都很尴尬，万千言语无从开口。默默对视着，对视着。

章明传把目光移到蘑菇篮子上，无话找话地说："这是我家的篮子，她，她来过了吗？"

白莲点点头："来过了，只到过门前，没上来，没见着面。"

又没话可说了。

白莲终于找到了话题："小敏真乖。"

章明传："小敏真乖。"

白莲："都会写福纸了。昨天晚上，我去正碰上她给我写福纸。"

章明传："不知道你还活着，年年都给你烧福纸。"说完，他顿了一下又补充了一句，"李红要小敏亲自给你写，永远记得孝顺你。"

白莲："李红姐对我那份情，我会永远记得的。"

章明传实在想知道白莲这些年是怎么过来的，便不再转弯抹角了："唉……白莲，这些年吃了不少苦吧?"

白莲也长长地叹息了一声，目光散乱地望着窗外。两行清泪顿时流到腮边。

这是章明传不能不问的话，也是不该问的话："我，我不该提这伤心事，不该……"

白莲不是祥林嫂，从来没向任何人展示过自己的伤疤，但是章明传到底是她朝思暮想的人啊。似乎是这次回乡前早就下定了决心，她揩了揩眼泪坚决地说："不! 十多年了，埋在心里十多年了，我能向谁诉说啊?"

度过相见时的尴尬，他们都平静多了，总算有了话题，但这又是个十分沉重的话题。

十多年了，十多年来那份郁积心头的沉重，压得白莲喘不过气来，让她活得很累，活得很苦，她多么想卸下那沉重的负担，做一次痛快淋漓地倾吐啊，可谁是她倾吐的对象呢? 小唐虽然很贴己，也多次想知道她的过去，可她活得那样无忧无虑，那样潇洒滋润，她能够去戳开那已经结痂的伤疤，换取那年轻的眼泪吗? 多少次话到嘴边又忍住了。她之所以一心一意想回乡，从个人来说，既是为了挣脱独自亡命天涯的孤独和苦闷，更为了……她警告自己，千万小心，别说走了嘴，制造麻烦。

白莲下床来，坐进那张宽大的单人沙发里。她知道自己和章明传的关系敏感，不宜独处，泡泡糖亲自进来续水，她呷了一口茶，拉泡泡糖坐在身边："小唐，你们不是一直想知道我的过去吗? 陪镇长坐坐吧。"

泡泡糖顺从地坐下来。

现在，白莲朝思夜梦的亲人，亲人般信赖的助手就在眼前，她静静地流了一会儿眼泪，终于打开了她蓄积苦难的闸门，娓娓地讲起了那尘封的往事。

"为了那个誓言，在我们应该见面那天那个雷电交加的晚上，我从香山嘴上跳下了香河。三爷和李公安把我救回来后，我哪里还有脸活人? 可是，可是正如他们所说，一个支书，一个派出所的干部，不能阻止一个无辜青年自杀，会给他们带来很大的麻烦。我确实不能给他们招祸啊，只好接受了他们的建议，隐姓埋名，连夜去了广州。"

"明传哥"，她内心犹豫了好久，回乡后第一次恢复了他们热恋时对章明传的称呼，"你知道我从未出过远门。你还记得我们小时候玩的竹叶小船吗？当时我就像一支竹叶折成的小船放进激荡奔腾的溪流中一样，从山谷里冲进汪洋大海，到处都是恐怖的漩涡啊！"

白莲的娓娓讲述，把章明传和泡泡糖带进那些令人心惊齿寒的褪了色的画面。

一支竹叶折成的小船在溪流中游荡着，颠簸着。

小船被卷进巨大的漩涡，淹没在波浪翻天的大海。

波浪翻天的大海化作火车站广场茫茫的人海。孤单弱小的白莲，在人海中凄惶地望着那陌生的世界。

白莲在人海中无目的地游着、游着。

夜，白莲蜷缩在车站的一角。一把大扫帚无情地拍在她那肮脏的身上。白莲睁开眼，面前是神色鄙夷的清洁工。

立交桥下，两个歹徒调戏蓬首垢面的白莲。撕破了她的衣衫，抢走了她的小包。

白莲失神地坐在算命摊前。算命人望了望白莲，掐了一阵指头，摇头叹息。白莲递上命金，算命的不但不收，反而添上十块钱相送。白莲流下了绝望的眼泪。

栅栏边，白莲绝望地望着车流，突然横心一抹眼泪，脱下破鞋脏袜，从袜底下拿出一沓钱来，大步朝前走去。

焕然一新的白莲坐在酒店里，猛喝着烈性白酒。

林立的大楼，滚滚的珠江。

白莲踉踉跄跄地走上海珠大桥。望着奔腾的珠江闭紧了眼睛。

白莲就要投江时，耳边响起熊三爷的声音："白莲，你死了，谁给你的爹妈烧纸啊！"

"谁给你爹妈烧纸"的声音，使白莲依着桥槛前瘫坐下来。

"白莲姐，你别说了！别说了，我受不了啦。"

泡泡糖伏在白莲肩膀上呜呜哭了。章明传努力控制着眼泪，泪水还是禁不住突眶而出。

2

白莲坐在沙发里，眼里也包孕着泪花。她仍然是那么平静，只是歉然地望着章明传和泡泡糖，良久才说道："哎，对不起。陈谷子烂芝麻的事了……"

泡泡糖已经揩干了眼泪，又为二人续上水："白莲姐，是我不好，我太脆弱了。如果你觉得苦水吐了松快些的话，当着……"她小心地选择着用语，"当着亲人面，你想说就一吐为快，想哭就痛痛快快地哭一场吧。"

章明传也道："对，白莲，沤在心里难受，你就……"

白莲深情地望了一眼章明传："是啊，明传哥，我好想痛痛快快地哭一场啊。"

泡泡糖："白莲姐，那以后呢？"

白莲揩干了眼泪声音平静多了："其实，人只要想活下来，办法总是有的。当然，所有求生的办法都是逼出来的。"

章明传大有所悟地："所有求生的办法都是逼出来的？"

白莲："是的。"

白莲又开始了往事的回忆："那时改革开放不久，南方也还处于起步阶段，不像现在，到处都有招工信息和用人单位，好在时尚的衣物和用品，都是从沿海和南方销往内地。那些在码头叫卖的小贩启发了我，可惜算命后去洗理打扮和吃饭，几乎把钱用光了，没有起手的本钱。我就先给那些小贩们当帮手，后来渐渐入了门，也就学着做起小买卖来——

火车站：白莲举着连裤袜叫卖，惊惶地躲避着工商、税务人员。

码头上：白莲举着针织品叫卖。

汽车站：白莲举着电子表、计算器叫卖。

一个长头发的中年人走过来："计算器多少钱一个？"

白莲："四十五元。"

长头发递上五十元钞票，白莲找钱。

长头发气派地："不用找。"

长头发走了几步回头打量白莲，彬彬有礼地："请问小姐对歌舞感兴趣吗？"

白莲："歌舞？"

长头发掏出名片："我是天涯歌舞团的团长。你的艺术气质很不错。我们团在郊县巡回演出。如果小姐感兴趣的话，欢迎你投考我们歌舞团。"

白莲迷惘地："天涯歌舞团？"

泡泡糖:"你去了吗?"

白莲:"流浪不是人过的日子,尤其对于一个有教养有人格尊严的少女,那就是难以忍受的炼狱。我不知那人是不是骗子,但我希望能在一个固定一些的人群中生活,我已经在火坑之中,无非从一个火坑跳进另一个火坑。我犹豫了一阵,跟着那人到了广州的一个郊县。"

广州郊县,简陋的舞台上白莲歌舞考试已毕,穿上衣服。

团长:"就这样定了。马上跟我到照相馆去拍照,下一个台口就上台。"

泡泡糖:"没排练,没合乐,没进行舞台组合,就让你登台?"

白莲:"对,下一个台口就让我登台,团长是个跑滩的内行,很会造声势,到下一个演出场地,天涯歌舞团在全城打出广告:'特邀上海著名红歌星、红舞星白莲花小姐联台演出'。同时在剧场前挂出了我各种歌舞巨幅彩色照片。"

章明传担心地:"这不是骗人吗?白莲,你行吗?"

白莲解释道:"那时人们刚从文化禁锢中解放出来,对文化如饥似渴,观众一点也不挑剔,全国各地歌舞演出十分盛行,歌舞团遍地都是。天涯歌舞团和那时所有到处跑滩的歌舞团一样,也是一个招牌很大,设备很差,阵容不齐,临时拼凑的草台班子。只要热闹疯狂,只要能把观众骗进场就算数。

"那些广告和宣传照片很起作用,看着售票处拥挤的人群,我有些害怕地望着团长:团长,我……"

团长鼓励地:"别怕,大胆些,你这么漂亮,舞台上一站,就会把观众镇住。而且,我们的节目主持人很会调动气氛,会给你帮大忙的。"

剧场前摆着白莲的各种歌舞巨幅彩色照片。

演出前,团长和一群袒胸露背的女演员,簇拥着焕然一新的白莲走出剧场亮相。白莲惊愕地看着那些剧照,胆怯地:"团长,这,这不是骗人吗?"

团长:"悄悄地,白小姐,干我们这一行的都这样。"

白莲登台的第一个节目就是《幺妹幺》。

一曲未了,台下掌声雷动。

主持人趁机大肆渲染。

观众一次又一次掌声夹着疯狂呐喊。

白莲的回忆把章明传的思绪带回了学校礼堂舞台上他跟白莲联袂演唱《幺妹幺》的情景：同学们的掌声，章明传、白莲、李红一次又一次的谢幕。

泡泡糖终于松了一口气："白莲姐，你真行！"

白莲摇头："小唐，不是我行，应该感谢那个时代给我带来幸运，我总算暂时有了一个落脚的地方。那时歌舞演出火爆，草台班子到处都是，观众一点也不挑剔。我那业余水平也将就应付得过去。一曲《幺妹幺》成了天涯歌舞团的保留节目，我成了他们的台柱子，摇钱树。谁都知道，歌舞团里人渣多，而且是个草台班子，漂亮点的女孩，要想在那样污浊的环境里洁身自爱，可以想象要受多少难，犯多少险。好在老板为了钱，尽力保护我，不敢亏待我。从那以后，我就待在了天涯歌舞团。在那里干了两年多，挣了几万块钱，也长了不少见识。

"可惜好景不长，后来社会治安越来越乱，观众口味越来越高，越来越挑剔，也越来越野蛮，哄演员、闹退票、砸场子的事时有发生。草台班子混日子越来越艰难。天涯歌舞团好几次被观众砸了台子。那时我不但是歌舞团的台柱子，而且是节目主持人。直到有一天我们演到一个大镇上，由于没有打点好几个当地的混混，那天晚上我们的一个女歌手上场，一首歌还没唱完，混混们就开始起哄，顿时满场嘘声，果皮、瓜子、空烟盒、砖头、瓦块，扔得满台都是。我立即出台救场，不幸踩在一块香蕉皮上，一下甩下舞台，折断了左臂，我因此住进了医院。

"团长虽然一直护着我，但他早就对我怀有野心，我住院后，更是他大献殷勤的时候。那时我实在厌倦了草台班子的流浪生活，为了避开那里的污浊，也为了避开团长的纠缠，而且手中已经有了几万块钱，于是我毅然趁机离开了天涯歌舞团。我到深圳一边上大学，一边炒股。最早进入股市的人没有不赚钱的，很快就赚到了好大一笔钱。后来我就到海南办了一家公司。"

泡泡糖："哎，白莲姐，你总算熬过来了。"

章明传："白莲，你，当初为啥那样不信任我啊？你为啥一直不给我通个音信啊？"

白莲："明传哥，一切都成过去了，别提它了。"

章明传："可我，我现在该怎么办呀？"

白莲沉默了好久："明传哥，我回来只是想看看你们，只想能给你的事业有点帮助，能给家乡父老做点事情。看在我们过去的情分上，求你待好李红姐，能让小敏常来我这里玩，我就满足了。"说罢低下了头。

章明传似乎听出白莲话中的勉强，心底升起了一点希冀。

第十四章　盘丝洞常客

1

盘丝洞酒楼门外停着一辆摩托车。一个黑壮的汉子把猪肉、猪杂从车上卸下来，服务员们在往店里搬。

这个汉子叫漆天棒，是香山镇上的杀猪匠。泡泡糖看重他做生意实在，就固定他长期给盘丝洞供货。盘丝洞是镇上最大最红火的餐厅，用货量大，是他的大财神，他跟盘丝洞的妖精们都很熟识。

方便面取下车上一只野鸡："天棒哥，以后多给我们店里收点野味吧。"

漆天棒："好，没问题，香山镇的几个打枪客，都是哥们。"

方便面："这只野鸡卖多少钱呀？"

漆天棒："今天不卖。就送给你们几个小妹儿尝鲜吧。"

方便面："我们怎么好意思白要你的东西啊。"

众姑娘都说："对，我们不能白要天棒哥的东西，你开个价吧，要多少钱呀？"

漆天棒："说送你们，你们又不领情，那就给你换一样东西吧。"

方便面："啥东西？只要我们有。"

漆天棒："就把小方演的骂镇长那段川剧的磁带换给我吧。"

方便面在市川剧团是演摇旦的，她演的一个骂乡镇干部的农村泼妇，在省上得过大奖，那是她的一份骄傲，当然没忘记把录音磁带带到香山镇来。漆天棒在盘丝洞常来常往，对这个唱段特别感兴趣。

众姑娘听漆天棒要川剧磁带，都以为是川剧的知音："天棒哥，你也喜欢川剧呀？"

漆天棒："说不上好喜欢，但特别喜欢小方唱的那一段。"

众姑娘："哈哈哈，天棒哥到底是喜欢方便面，还是喜欢那盒磁带呀。"

漆天棒从不敢跟这些姑娘开玩笑，闹了个大红脸，结结巴巴地道："我，我，嘿嘿，都喜欢，都喜欢。"

方便面："哈哈哈，天棒哥那么给我方便面捧场，我把这盒磁带送给你。"说着马上从柜台里拿出一盒磁带。

可乐："方便面，你别自作多情啊，天棒哥呀，是喜欢那段戏骂镇长骂得痛快，想学了去骂章镇长的。"

方便面："天棒哥，我那段戏，那表面是骂镇长，实际是给镇长叫苦，歌颂镇长啊。"

漆天棒："我不管，我觉得骂得痛快，解气就行。"

红桃K："天棒哥，你为啥跟章镇长那样过不去啊？"

漆天棒："那个狗日的，把我的舅舅害得惨。老子哪里见到他，就要在哪里给他'发财'！"

原来，漆天棒是杜中德的亲外甥。那年端午节，杜中德陪姐姐和姐夫带着漆天棒到香山镇赶节，突遇山洪，香河暴涨，渡船被打翻，无情的洪水夺去了一船人的生命。杜中德一手抱着漆天棒，眼睁睁地望着姐姐姐夫被咆哮的洪水吞没，幸亏他的水性好，奋力冲出漩涡，抓住岸边的树根，郎舅二人才保住了性命。

漆天棒失去父母，杜中德夫妻把他当作亲生儿子一样疼爱，抚养成人，也把他娇惯成了一个天不怕地不怕的天棒。天棒性格的人大多都像李逵样，特别有孝心，漆天棒也不例外。章明传夺了杜中德的镇长位置，杜中德气不平，漆天棒就要帮舅舅出恶气。我是天棒我怕谁？总是一见到章明传就要奚落和谩骂，这是全镇人都知道的。

这时章明传正好跟着泡泡糖从楼上下来。可乐喊了一声天棒哥，忙用目光示意。

漆天棒看了一眼章明传："来得好，妹儿们，听哥子的。"朝着章明传便扯起破喉咙唱起来：

> 麻雀子歇牌坊架子倒硬，
> 小镇长你算得哪路大神？
> 说是官纱帽太小不上品，
> 穿草鞋打领带跟我一样是农民……

"哟！又是怎么唱的？"漆天棒忘了词儿，直抓头皮。

秀才遇到兵，有理说不清，章明传他已经习惯了漆天棒找茬子，不理睬就是最大的回敬。他几步走出了盘丝洞，大步朝镇政府走去。

漆天棒抓了一阵头皮，终于想起最后几句，望着章明传去的方向又唱起来：

> 你陪客才能解酒瘾，
> 开会才能见荤腥，
> 抽烟只有抽劣等，
> 全凭骚话提精神！

李红说是要认命，其实真要做到消极认命却很难，哪怕有一丝希望，谁也不愿意放弃的。她没有理由反对章明传去白莲，但章明传出门后，李红却始终注视着他的行踪，她看到章明传去了镇政府和香河中学。后来她把烟摊车推到街口拐角处，那里能看见盘丝洞酒楼。

李红见章明传和焦点一齐走进盘丝洞时，她心里有一丝宽慰，当焦点独自一人走出盘丝洞，她便有些紧张，一直目不转睛地向那个方向张望着。

章明传终于走出了盘丝洞。她看了看手表，正准备推车离开街口，却传来漆天棒骂镇长的歌声。过去只是语言奚落，而今居然当成山歌唱："小镇长你算得哪路大神？"这不等于批指着章明传的鼻梁骂了吗？

李红虽然正对章明传有气，但现在毕竟还是自己的老公，自己还是名正言顺的镇长夫人，这口恶气她可受不了。章明传让你，老娘可不怕你，自己的气还没地方出，她今天偏要来惹一下香山镇无人敢惹的漆天棒，于是便推着小烟摊车，偏向盘丝洞那边走去。

天下事真是一物降一物。天不怕地不怕的漆天棒，在香山镇就怕李红。李红虽然是个泼辣货，但却是香山镇街上有名的热心人。前些年杜中德还没跟章明传闹矛盾的时候，两家的关系非常好。漆天棒的舅妈眼睛不大方便，杜家补补连连的针线活，几乎是李红包下了。漆天棒穿的布鞋，都是李红做的，漆天棒把李红当成亲姐姐一样亲热。后来，即使他百般欺负章明传，也总是拣李红不在场的时候。

漆天棒正唱得得意忘形的时候，红桃K说："天棒哥，你骂镇长，就不怕镇长娘子吗？"说着嘴巴向街口那边一努。

漆天棒向街口那边望去，见李红推车向这边走来，赶快跨上摩托车："好了，我要去市场忙生意了。"

方便面笑道："哈哈哈，天棒哥那么英雄，怎么就怕一个女人啊。"

漆天棒："你们晓得啥，这叫好男不和女斗。"说罢，发动摩托车一溜烟跑了。

2

林可儿加了一夜班，圆满完成了镇政府交办的任务，心里很踏实，章明传叫走焦点之后，很想踏踏实实地睡一觉，但是泡泡糖把白莲吹得天仙似的神乎其神，她似信非信，甚至怀疑她的大师姐有些过分渲染。但是一听到章明传说白莲包销二十万斤辣椒，轻而易举地为香山镇化解了这天大的难题，肯定这女人不简单，这到底是一个怎样的女人呢？在好奇心的驱使下，她想尽快去看看白莲。她给自己冲了一杯浓浓的咖啡，草草地梳洗后便带上礼品，朝盘丝洞走来。

"秀才人情纸半张"，林可儿给白莲的礼品是根据白莲的照片精心绘制的一幅水墨肖像画。

林可儿走进泡泡糖的卧室。泡泡糖不在，送走章明传后她便去找熊三爷落实收购辣椒的样品去了。

泡泡糖的卧室简朴整洁，书架上塞满了书，没有她同龄女孩的居室那种脂粉气。林可儿在这间小室里有绝对的自由。她为自己泡了茶后，便打开桌子上的电脑，专注地看起来。

泡泡糖把昨天和今天从白莲那里听来的故事，已经完全装在了电脑里。泡泡糖回来看见电脑前的林可儿已经两眼红肿，泪水长流。她知道是她最新的日记震撼了小师妹，自己也汪着泪，递上手绢。

林可儿疑惑地："甜甜姐，是你搜集的素材，还是瞎编的故事?"

泡泡糖一反过去喜乐："原原本本的素材记录。"

林可儿："感天动地，感天动地啊。"

泡泡糖："我听过那么多故事，看过那么多故事，也编过那么多故事，可从来没有流过这么多眼泪啊。"

林可儿："甜甜姐，为什么出类拔萃的女人都这么命苦?"

泡泡糖："大概应了那句古老的箴言'红颜薄命'吧。"

林可儿："是啊，白总太不幸了。"

泡泡糖："章明传也是一个苦人儿啊。"

林可儿："好在他们已经不是一个文化层面上的人了。"

泡泡糖："人心同然，刻骨铭心的真情，谁都一样。拿不起，放不下啊。何况章明传也不是你想象的那样没有层次。"

林可儿："你估计他们的故事会怎样发展?"

泡泡糖："不知道。"

林可儿："你希望怎样发展?"

泡泡糖："小林，你希望怎样发展呢?"

林可儿："我? 我愿天下有情人都成眷属!"

泡泡糖："那么李红呢?"

林可儿沉默了。

盘丝洞三楼，白莲的书房兼小佛堂。案上供一樽精美的玉石观音，香炉内香烟缭绕。壁上挂着高雅的文人字画。

白莲吐了多年来郁积在心中的苦水后，心情舒畅多了。她在玉佛前敬了香之后，便饶有兴致地欣赏起室内的字画来。

泡泡糖拿着一轴画走进来："白莲姐有心情看字画了。"

白莲："心情好多了，读字画是一种享受。"

泡泡糖："这些字画怎么样?"

白莲："不错，很不错。特别是这幅《佛祖舍身饲虎图》太好了，不知你是从哪里弄来这样的大家手笔?"

泡泡糖："你再看看这幅画。"

红桃 K 接过画展开，挂上墙壁。那是白莲的一幅水墨肖像画。

白莲看画大惊："啊，太传神了，太好了。"细看题款，"可儿？小唐，这位可儿大师认识我？"

泡泡糖："大师？嘿嘿，她不认识你，只是知道你，不过她很想认识你。"

白莲诧异了："她想认识我？"

泡泡糖诡秘地笑着："对，她很想认识白总。"说罢，朝着她的书房喊道："可儿，过来呀。"

白莲疑惑地望着泡泡糖："她在这里？"

泡泡糖："就在我的卧室里。"

白莲嗔怪道："小唐，你怎么啦，对大画家这么不礼貌？"欲起身去迎画家。

泡泡糖把白莲按在椅子上："她不是已经来了吗？"

林可儿怯生生地出现在门口："白总，你好。"

泡泡糖："白莲姐，这就是可儿大师。"

白莲更为惊诧："什么，你说这姑娘是大师。"

泡泡糖："你不相信？"

白莲怀疑地："这真是你画的？"

林可儿："白总，大师不敢当，涂鸦之作，见笑了。"

泡泡糖介绍道："这位就是我的小师妹，林可儿小姐。她父亲是我们市有名的老画家。她自幼习画，师大美院高才生，香河中学美术老师。她在师大比我低几个年级，没想到在这里我们聚首了。"

白莲看看画，又看看林可儿，感慨地："天呀，又是一个才女，小林老师，认识你好高兴，请坐，请坐。"

林可儿坐下。

白莲："啊，小林老师，谁欺负你了？你的眼睛？"

林可儿："我的眼睛？"她看看泡泡糖，"都是大师姐欺负我。"说完，不好意思地笑了。

送走林可儿后，泡泡糖让红桃 K 在白莲书房的书案上摆好账册和图纸，便开始向白莲汇报盘丝洞的工作。

泡泡糖："董事长，资料全在这里，这是投资酒楼和酒楼几个月来的经营账册。"工作时，泡泡糖不叫白莲姐，而叫董事长。

白莲："不看账了，经营情况很不错，太难为你们了。小红，我们这里的微机迅速入网，对海南总部的财务，实行远程电算化管理。"

红桃K："好，我马上就办。"

泡泡糖："董事长，镇政府的欠的招待费两万多了，他们的经费很困难，一时收不起来，怎么办？"

白莲："小唐，我叫你来办酒楼的目的不是为了赚钱，能收则收，收不起来，就算了。"

泡泡糖："好，不过要免，现在也不能说，不然，谨防别人把你当成唐僧肉。"

白莲："好吧。"她随手打开了那卷工程图纸：她早就让泡泡糖跟熊三爷联系过，要为街一村捐建一所现代化的小学。熊三爷不相信有这样的好事，泡泡糖就编了一些理由，已经跟街一村草拟了协议。

"改建街一村小学，村上和镇上还有些啥意见？"

泡泡糖："天上掉馅饼，还能有啥意见。不过，他们以前一直找不到我们捐建一所小学的理由，半信半疑。现在，就等你回来审查图纸后签字实施了。"

白莲皱了一下眉："小唐，你怎么能说是天上掉馅饼？香河人虽穷，自尊心都很强，我们千万不能流露出半点居高临下的施舍情绪啊，你不但要告诫员工，尤其要给员工们当好榜样。"

泡泡糖舌头一伸："董事长，我、我错了。你看这图纸……"

白莲看罢效果图："不错，只是学生活动场地还太小了。"

泡泡糖解释道："原址改建，受场地限制，如果扩大活动场地，就要拆迁居民，增加投资啊。"

白莲："现代化的小学，起点应该高些，该用就用吧。你去给三爷说，我们抽个时间，一起到现场看看。"说着卷起了图纸。

泡泡糖点头，随后立即安排："好。小红，你抽时间去摸一下砖石河沙等本地的建筑材料价格，到城里去做个预算方案，顺便考察一下施工队伍。重点摸一下香山镇在城里的建筑老板们的情况。"

红桃K不解地问："经理，为啥重点考察香山镇的老板呢？"

泡泡糖："你以后就知道了。"

红桃 K："好，我明天就进城。"

方便面提着香烛篮进来："董事长，给你父母上坟用的香烛纸钱和贡果都准备好了。"

白莲很满意地点头："好。"

泡泡糖："方便面，晚上董事长请章明传、熊三爷们的家宴，都安排好了吗?"

方便面："都安排好了。"说完退了出去。

白莲："小唐，这些服务员也是从剧团招来的吗?"

泡泡糖："是，怎么，董事长如果不满意，可以随时炒她们。"

白莲："不，她们的素质很好，我很满意。我不明白，你原来是乡镇干部，怎么会和剧团的人这么密切?"

泡泡糖："这，她们都是艺术学校毕业的，我是学中文的，可能是兴趣相投吧。"

白莲很惋惜："唉，川剧团的艺术人才来干服务工作，实在太可惜了。"

泡泡糖："电视等现代传播手段的发展，人们文化消费多元化，剧团普遍不景气，为了生存，有啥法。"

白莲叹了口气："传统艺术会有前途的，你要好好待她们。"

泡泡糖："好。董事长，别看她们成天嘻嘻哈哈的，一个个都很上进，现在都在读自修大学。"

白莲赞道："好，好。你要多给她们创造学习机会。给她们报了学费没有?"

泡泡糖："现在她们是零时用工，没报。"

白莲："把学费给她们报了吧。从这个月开始，她们的工资翻一番，另外你还告诉大家，拿到文凭后，我们企业还要重奖她们。"

泡泡糖："白莲姐，这合适吗? 企业的盈亏平衡……"

白莲："小唐，我曾经告诉过你，回来办酒楼的目的不是为赚钱，我回乡也不是为赚钱。我没有家庭，没有后顾之忧。至亲中只有一个舅舅在海外，比我有钱。你说过我是一台挣钱的机器，我这台机器挣的钱十辈子也花不完，公司每年还不断给我增加不小的积累，我积累那么多钱来干什么? 我的钱是员工给我挣的，多花点在她们身上不好吗?"

泡泡糖理解地："好，白莲姐，那我就代她们感谢董事长了。"

白莲："感谢啥！啊，等会儿太阳下山了，你陪我去给爸爸妈妈扫墓吧。"

泡泡糖："好，我一定多磕几个头，好让伯父伯母保佑我。"

第十五章　接待大记者

1

章明传走出盘丝洞时，又让漆天棒奚落了一顿，心里很不是滋味。好在他终于见到了初恋情人，而且一回香山镇，就包销二十万斤辣椒，这个见面礼太厚重，太及时了，使他心中的一块石头落了地。他现在集中思考的问题是如何贯彻唐书记主持召开的党委会的决议。镇上在广播和电视上的宣传，昨天晚上就开始了。下一步该怎么办，还需要跟大家进一步商量。于是便赶回了镇政府。

镇办公室已经赶修好。杜中德在整理办公室。章明传走进办公室。焦点也打着哈欠走进来。

杜中德见章明传进来，一惊："老章，你跑回来干啥呀，快找个地方躲躲。"

章明传莫明其妙地："躲？躲什么呀，躲谁呀？"

杜中德道："防火防盗防记者，县电视台那个姓任的女记者又来了，一定要见你。你快去躲躲吧！"

或许这也叫中国特色吧。这些年，每个县除了办电视台外都办了一份县报，记者多数都是招聘来的，有的人素质很差。这些人虽然是招聘来的，可成天在领导身边转，一个个都有通天的本事，特别是女记者们都神通广大，千万不能得罪。与他们勾兑得好，就可以在县电视台上经常露脸，在县报上经常出经验扬名，炮制出骄人的政绩，成为先进典型；还可以通过县上的这些记者们这条天线密切联系领导，成为经营仕途的通道。

如果怠慢了这些人，那就得当心给你找麻烦了，小事情给你小题大做，在电视和县报上给你曝光，让你吃不了兜着走。

县电视台和县报主要靠拉赞助和广告生存。对于一个农业县来说，支撑电视台和报纸开销的主要对象，就是各乡镇和效益好一点的企业了。现在中心工作又多，他们一年至少要到各乡镇扫荡好几次，条件好一点的乡镇倒无所谓，穷一些的乡镇可就招灾了，可是对他们再穷也得咬着牙巴装笑脸，让人很头痛，这就有了防火防盗防记者的说法。

杜中德说的女记者，跟毕西很熟识，来香山镇好多次了。那天他给冷县长打完电话，正满怀希望等待县上传来消息让他主持香山镇全面工作的时候，谁知唐立行却在临时党委会上宣布，由章明传主持全面工作，事先也没跟他这个党委副书记通气。毕西心中陡然升起一腔恶气，于是心里顿时冒出一个恶毒的念头。

毕西立即拨通了任水妹的电话："喂，水妹吗，你毕哥呀，这里正发生轰动性的新闻，你这个大记者不会不感兴趣吧……农民卖不脱辣椒，砸了镇政府……你来以后，可千万别找我呀。好，再见。"

任水妹一听到有这样轰动性的新闻，又有了发财的机会，第二天一早就带着摄像记者一道，匆匆赶到了香山镇，指明要见现在的临时一把手章明传镇长。

章明传一听说任水妹来了，知道绝不是好事，不由得一愣："她又来干什么？"

杜中德："要找你调查昨天椒农砸镇政府那件事，这会儿我把她支到镇江寺去了。"

章明传："啊，来得这么快，她的消息真灵通啊。"

焦点："妈的，这个臭女人又想干啥？"

杜中德："她的口气很大，说已经通知了省报和省电视台，要大做文章，肯定是又想重重敲一家伙。"

章明传一下皱紧了眉头："这回她可是有文章可做，麻痹不得啊。这一来怎么办？"他燃起烟在办公室里踱了一圈，"我不能躲，若怠慢了她，更会小题大做找麻烦，看来只有硬着头皮去应付了。"

杜中德："我看还是焦秘书出面好些，你们都是县上的作家，文友之间好说话。"

焦点爱舞文弄墨，根本瞧不起那些所谓的小报记者："文友？小报上写点小新闻，也配称文友吗？"

杜中德是老粗，最怕秀才杀人不用刀："可她是记者，谁敢惹报纸和电视台啊，千万怠慢不得呀。"

焦点："依我说呀，敬得神，敬不得鬼。那样的小人，你越怕她，她越找你麻烦，这回，我们索性来个借钟馗打鬼。"

章明传不解："借钟馗打鬼？"

焦点："对，借钟馗打鬼！我们是县纪委的联系点，县纪委方主任具体联系我们香山镇，他查账时发现这个臭女人在我们这里搞的那几笔有偿新闻，早就想理抹她。今天，方主任正要从城里赶到这里来，请他出马，说不定……"

杜中德："好，还是年轻人的脑瓜子灵活。不过，省报、省电视台真要来了怎么办？"

焦点："放心，那是吓人的。他们那点鬼把戏我知道。就像摸鱼样，自己不先捞够，是不会轻易告诉别人这个水凼里有鱼的。即使省上的记者们来了，相信那些真正的无冕之王有起码的职业道德，会客观得多。再说，我们不是已经卖出去二十万斤辣椒了吗？正好请他们为我们做一下香河辣椒的宣传哩。"

章明传点头道："焦老弟说得有道理。老镇长，这一摊子事情就麻烦你应付一下吧。收购辣椒是大事，我对小唐有承诺，三爷那里我还不大放心，还得去看看。修桥的事我们回头再商量。"

杜中德："好吧，我出面，事情办砸了，你们还有回旋的余地，你们都快去吧。"

2

镇江寺要算香山镇一景，杜中德先派了干部，去陪任水妹和摄像记者游镇江寺。章明传和焦点走后，杜中德便按焦点的办法出面去应付任水妹。

杜中德在镇江寺山门外石级上，迎着从寺内走出来的任水妹和一个扛录像机的青年。

杜中德夸张地："哟，任记者，你们游尽兴了吗？实在对不起，让你久等了。你看，上半年宣传我们种植辣椒，发展高效农业，你出了那么大的力。下半年这倒霉的辣椒，又劳你的大驾来给我们曝光，督促我们改进工作，我们该怎么感谢你啊！"

任水妹明显地听出了不受欢迎的口气，但是她是来曝光的，底气很足，用不着讨好谁，充满威胁地回敬杜中德："杜镇长，曝光不曝光，曝光到什么程度，这就看你们的啦！"

杜中德："对对对，秀才杀人不用刀嘛。到时候还是我们的大记者说了算。"

任水妹根本没把这样跑基层的镇干部放在眼里，何况是个老不进步的老头，冷冷地道："明白就好。怎么？章镇长这回都不肯接见我们这些小记者了？"

杜中德："嗨，今天高矮请任记者原谅一下。他跟焦秘书进城去看望唐书记去了，要我负责接待好你们。这会儿，我是来请你先到方主任那里去一下，他在镇政府等你。"

任水妹："方主任？哪个方主任呀？"

杜中德也有农民的狡狯，晓得恭维死人不抵命："县纪委执法室方主任呀！怎么，你这个香河县的头牌大记者，会不认识方主任？"

任水妹一惊："不认识，纪委方主任？！他找我干啥？"

杜中德一本正经地："我们是县纪委的联系点，他在这里蹲点，把我们这两年的账本翻了个遍，几个问题我们至今还没说清楚！"

任水妹松了口气："你们没说清楚，找我干啥？"

"这……"他把任水妹拉到一边，故作神秘地，"上半年你来宣传我们的辣椒生产，你不是在我们这里收过几千块钱吗，那是我签的字呀。"

任水妹一下惊了："收的钱我都交到台里了呀！"

杜中德："方主任说，县纪委和县委宣传部联合发过文，严禁有偿新闻，必须立即清退。否则要处分人。"

县纪委是专门收拾违规、违纪的人的，吃公事饭的人谁都怕。纪委和宣传部，确实联合出过文。任水妹脑壳一转，推脱道："这，这，有偿新闻那也是台里的事，我不怕。"

杜中德："可是有五千块钱你是打的白条哟。"

任水妹大惊："这……"

"我是说你们年轻人前途还远大，怕、怕……唉，还是你自己跟他说吧。"杜中德说着要走。

任水妹这下更慌了："老镇长，我、我……"

杜中德："你，你怎么啦？你是不是把那五千块钱用了啊？"

任水妹："我……啊，不！我、我是说不到镇政府去了。"

杜中德知道任水妹虚了，便强硬了起来："那怎么行？参加座谈会的人已经通知了，闹事的现场也在那里，你不去怎么拍摄啊？而且方主任……"

任水妹知道纪委的厉害，纠正行业不正之风，弄不好要丢饭碗，便软了下来："老镇长，我、我想请你帮个忙，帮我用一张台里的正规收据把那张白条换出来一下。"

杜中德："这、这，那张白条早入账了，而且这是违反纪律的事呀！我不敢，我不敢！"

任水妹只有下炮蛋了："老镇长，小任求你了。你就说我早把正式收据补给你了，你忘记换了吧。"

杜中德："这，那你的曝光采访任务怎么完成呀？"

任水妹："不曝光了，我给你们写一篇正面宣传报道，算是我对你的感谢吧。"

杜中德为难地："这……"

任水妹："老镇长，小任求你了。"

杜中德大获全胜，还趁机卖个乖："好！好！小任也不是外人。这个责任我担了。其实呀，辣椒的事镇政府也想尽了办法。昨天晚上一下子就卖出去了二十万斤。"

任水妹："好，太好了，你给我具体说说。"

他们说着朝镇内走去。

杜中德原以为被鬼找到了，至少也要泼一碗水饭才能消灾。没想到鬼也欺软怕硬，只要把司刀令牌搬出来，鬼也怕得打抖。他今天一抬出县纪委的招牌，任水妹着实吓得不轻，生怕杜中德不收她补开的电视台正式发票，把她那张白条子给换出来，一再告饶。不但不敢吃镇政府的招待，而且还自己掏钱请杜中德喝酒。

杜中德不图柴开，只求斧脱，任水妹保证不曝光香山镇群众闹事，这已经是万幸了，而且还白白地赚了一顿酒喝。再说，他也没心思去追究任水妹打白条子捞钱的事。那也是他们行业的潜规则，真把任水妹弄亮了相，得罪了报社和电视台所有的人，那也是给自己找麻烦。因此席间他痛痛快快地收下任水妹的正式发票，并且按任水妹的要求写了情况说明。

任水妹怕香山镇不认真帮她遮掩，又讨好地说，她要免费为香山镇做一次宣传。

杜中德一听要给香山镇做免费宣传，好生高兴，就把香山镇如何重视辣椒销售，减少农民损失的事大吹特吹了一番。而且说白莲一个人就包销了二十万斤辣椒，使香山镇的辣椒问题，得到圆满解决。

辣椒问题不只是香山镇的问题，也是困扰着全县各级领导的大问题，这种时候香山镇传出这样的大好消息，绝对是一条极好的新闻。任水妹便立即决定采访白莲。

3

浅薄的女人总把漂亮作为征服世界的资本，任水妹以为自己很漂亮，在香山镇这样的小地方，跟在她身后那台摄像机，更显示她高贵的身份。她便怀着极大的成功把握和无冕之王的优越感，带着摄像师，大摇大摆地走进盘丝洞。

方便面在门厅里迎客，见这二人走来，挂着职业笑容道："欢迎光临。请问，二位是吃茶吗？"

趾高气扬的任水妹根本没把眼前这个乡镇餐厅服务员放在眼里，似乎不屑于跟这样的下人啰唆似的，也不正眼看人，冷冷地崩出两个字："找人。"

方便面："找人，你们找谁？"

任水妹："找你们董事长白莲小姐。"她用高贵的目光指了一下身后的摄像机。

女人的漂亮对女人没有征服力，何况任水妹并不是她自我感觉的那么漂亮，她的傲慢大大地伤害了方便面的自尊心。

方便面是市川剧团的当家花旦，要嘴脸有嘴脸，要身材有身材，要口才，戏文里为她准备了太多的尖酸刻薄，还加上她那点小名气，在市上的时尚界也是顶尖儿的角色。她是见过大世面的，聚光灯下讨生活，也见过了太多的摄像机，心中不由得暗骂道：哪里来这么个胖冬瓜，像个学徒泥水匠，脸上的粉都抹不匀，卖弄什么风骚？一台破录像机，只不过一根讨口棍，玩什么高贵？不是菩萨装菩萨，只有去吓唬乡巴佬。老娘舞台上面卖过骚，歌厅舞池耍过刀，大官面前撒过娇，流氓面前玩过刀，难道还虚了你不成。她诚心要戏弄一下这个不知天高地厚的女记者，便不凉不热地问："你找我们董事长，你认识她吗？"

任水妹依然脸向一边："不认识。"

方便面："你是谁？"

任水妹不耐烦地："别管我是谁？给我请一下吧。"

方便面夸张地上上下下打量了一番任水妹："哟，口气好大，别管你是谁，你以为我们的董事长，是随便啥人都可以见的呀，你要是坏人怎么办。小姐，如果你们来讨口要饭，门外候着，叫厨师给你做来；如果你想来打工当服务员，也用不着找董事长，就是我说了算……"

任水妹没想到受到这样的欺负，气得一时说不出话来。

可乐和樱桃露正在整理内堂，早把这一切看在眼里，也被任水妹的趾高气扬激怒了。二人见方便面收拾任水妹，也跑到门厅来凑热闹。

可乐："方姐，要扩大业务吗，还招服务员？"

樱桃露："经理教导我们，办企业随时都要注重人才储备，别人看得起我们才，快去拿皮尺来。"

可乐："拿皮尺来干啥呀？"

樱桃露："量身高和腰围噻。"

可乐看了看任水妹："啧啧，明显长度不足，宽度有余，这还用量吗？"

方便面："啊，既然长度不足，宽度有余，看来我们这里用不上。小姐去别家试试！"

任水妹气得结巴了："你们，你们怎么这么不讲礼貌！"

可乐："啧啧，你这种人还配说礼貌两个字？"

方便面："可乐，别跟她计较。小姐，对不起，我们忙！"说着坐在板凳上跷着二郎腿，嗑起瓜子来。

录像师是个血气方刚的小伙子。这二年跟着他的任姐，可以说是逢乡吃乡，过镇吃镇，书记镇长都要请他们坐上把位，哪里受过这样的侮辱。

见他的任姐被欺负，顿时火了，随手掏出记者证，往吧台上重重地一拍道："我们是记者！"

樱桃露夸张地："哇，方姐，你闯祸了，闯大祸了啊，别人是记者，叫啥子无冕之王的嘛。记者你都惹得起呀，赶快给大记者赔礼道歉吧！"

可乐："莫忙啊，现在的冒牌货多得很，那天电视里才报道，有人冒充记者行骗。谁知他们那摄像机，是不是像我们演戏用的道具，是个空壳壳。"

樱桃露假装好人："看人家摄像机干啥嘛，只要那记者本本是真的，你就要给别人道歉。"说着把吧台上的记者证递给方便面，"方姐，你见多识广，看看是不是真的。"

方便面接过记者证一看："香河县广播局制？假的，冒牌货。记者证都是国家新闻署颁发。立即通知派出所来抓骗子。先把他们摄像机挡下来，这是作案工具。"

听说抓骗子，厨师们拿刀弄杖地拥了出来，可乐和樱桃露立即就要去夺摄像机。任水妹和摄像师，从没遇到过这种事，真是哭笑不得。别人人多势众，既不敢来蛮的，遇到这些乡下土包子，也解释不清。

这时泡泡糖走下楼来："什么事呀？"

方便面："经理，这两个男女冒充记者来行骗，说要见我们董事长。"说着把记者证递给泡泡糖。

泡泡糖一看记者证："哟，县电视台记者，市报特约通讯员，无冕之王啊。任小姐，失敬，失敬！刚才我们的员工误会了，对不起，对不起。"

方便面："啥对不起，你那记者证，不是国家新闻署发的吗，他们那是啥玩意儿？"

泡泡糖："方便面，这你就不懂了，这叫地方粮票，改革开放，权宜之计嘛。"

众姑娘不屑地："呸，地方粮票，还来这里威风。"

泡泡糖："任小姐，你找董事长有事吗？"

任水妹听泡泡糖出语不凡，知道这地方不可小觑，一下收敛了许多："我想采访一下她。"

泡泡糖完全知道地方小报是怎么一回事："哎，任小姐，很对不起。你采访你们的县长书记都很容易，要采访我们的董事长就难啊。我们董事长拒绝记者采访。"

任水妹："我是诚心为了宣传她呀。"

泡泡糖："她呀，脑壳有毛病，讨厌宣传，讨厌记者，特别讨厌像任小姐这样年轻漂亮的女记者。"

任水妹："为什么?"

泡泡糖故作神秘地："任小姐，女人的嫉妒心啊，我们的董事长是个丑八怪!"

任水妹似信非信地："不会吧?"

这时红桃 K 提着香烛篮，扶着白莲从楼上走下楼来。哪里是什么丑八怪，简直就是一对下凡的仙女款款而来。

泡泡糖："董事长，我们这就出发吗?"

白莲："出发吧。"

任水妹被戏弄了，恼怒地瞪了泡泡糖一眼，迎上去拦住白莲："白董事长，我们是县电视台的记者，你帮家乡销售了大量辣椒，为家乡做了巨大贡献，我们想采访你一下……"

白莲礼貌地："记者小姐，我是香山人，销售香山辣椒责无旁贷。没有什么好宣传的。谢谢你的好意，对不起，再见。"

白莲和泡泡糖、红桃 K 走出盘丝洞。

任水妹跟在后面纠缠着："白小姐，白小姐……"

红桃 K 挡住任水妹："任小姐，别强人所难吧。"

任水妹："这……"

方便面、可乐和樱桃露，见任水妹的狼狈相，还不肯罢休，用香河山歌调唱道：

> 不是神仙装神仙，
> 不是菩萨装菩萨。
> 分明是株狗尾草，
> 硬要冒充牡丹花……

第十六章　感恩宴

1

促使白莲下定决心回乡，最原始的动力，最能说得出口的理由便是感恩。报答章明传和李红的深情厚谊，报答熊三爷和李正齐的救命之恩，报答香山山水对她的养育之恩。在香山镇她没有血缘亲人了。章明传、李红、熊三爷、李正齐，就是她最亲的亲人了。这次感恩宴，从她产生回乡的念头时就定了。

善解人意的泡泡糖，理解白莲的心情。把感恩宴安排在他们最豪华的包间方圆堂里，给予最高规格的服务。当晚酒楼对外息了业，所有员工都为这一席服务，让恩人们好好享受一下。

熊三爷和李正齐早来了，白莲最担心的是李红不来。还好，最后李红带着小敏和章明传也来了。白莲自然是候在门外，老远就迎上去，要想拥抱李红，李红却似乎自惭形秽似的退缩着，白莲只得就势蹲身抱起小敏，脸上亲了又亲，一起步进方圆堂。

方圆堂的豪华考究，不亚于五星级酒店。盘丝洞两个最漂亮的姑娘专门伺茶、伺烟、伺水果。今晚的客人，都没进过这样高档的场所，就是平日最随便的熊三爷和李正齐，都不习惯这样的排场和服务的讲究，感觉手脚都没放处，更别说李红见的世面更少，更是拘谨。宴前吃茶，没有想象中亲人相聚时的热烈气氛。好在很快就开宴了。

白莲一直抱着小敏，拉李红挨着自己就座。泡泡糖作为白莲的好姐妹，也末座相陪。每人身后都站着一个服务员。客人看着一席精美得像艺术品一样的美味佳肴，不知是什么，也不知道怎样下筷，非常拘谨。

泡泡糖为了活跃气氛，站起来道："咄，熊三爷、章哥们儿、李哥们儿，今天是对小唐操办得不好有意见吗？你们这些大男人的豪气哪里去了。怎么一下都变得像个大姑娘似的，忸忸怩怩地干啥啊？"为了不冷落李红，又拍了拍李红道："李红姐，你说三爷老辈子，今天是不是故意带头装处，等会儿我们多罚他几杯酒，好不？"

站在身后服务的服务员，立即上前敬烟敬火敬糖果。

熊三爷抽着烟笑道："小唐，晓得三爷是土包子，你弄这么大的礼节，叫人不自在得很啊。"

一向会办事的泡泡糖，立即意识到自己这回办了傻事，都说礼多人不怪，其实礼重最压人。礼节过大了，人与人之间就无形中有了一层厚厚的隔膜，拉开了距离，怎么不拘谨？便爽朗地笑道："哈哈哈，小唐今天弄巧成拙了啊。"说罢向站堂的服务员挥了挥手："你们都下去吧，这里由我服务，有事叫你们再来。"

服务员下去后泡泡糖又道："熊三爷。你们都是白莲姐的亲人、恩人，相别十年，今日重逢，大家都随便些啊。白莲姐叫我操办这个感恩宴，小唐不会办事，你们多原谅啊。白莲姐，你先发话开宴吧。"

白莲举着酒杯站了起来道："三爷、李红姐、明传哥、李所长，十年了，你们对我的恩情，十年来白莲……"白莲说到这里禁不住眼泪突眶而出，哽咽得说不下去了。

泡泡糖立即为白莲擦了眼泪，替白莲表白道："十年来，白莲姐无时无刻不想念你们这些亲人、恩人，她不知道怎样报答你们和家乡父老。她的一切感恩之心都在这一杯酒中，是吧？白莲姐！"

撤去了站堂小姐，熊三爷自在多了，不等泡泡糖说完，便道："坐下，都坐下。白莲，我们也想你啊，好在你现在出息了，回来了，我们很高兴啊。说啥感恩不感恩的，总算跟亲人团聚了，我们就喝一杯团圆酒吧，你们说要得不？"

李正齐立即附和："要得，要得，我们就一起喝一杯团圆酒吧。"于是大家一起碰了杯。

总算打破了僵局，但是这种场合，大家都知道不宜提过去那些伤心事，又找不着什么好话题。白莲抱着小敏，不时给李红奉菜。熊三爷和李正齐则不断说酒，章明传始终默默喝酒，一言不发。李正齐不时用脚碰碰章明传，提醒他注意情绪。

晚宴上最尴尬的莫过于李红，别说出席这样的宴会像刘姥姥进大观园那样局促。白莲那天大人物一样的气质和前呼后拥的排场，就使她强烈感到自惭形秽和无地自容。白莲对她的特别亲热，又更加重了她的不安。她不知道白莲回乡的目的，她最关心的是白莲结婚没有。几次想开口，又不便直接相问。

李红看看发愣的章明传，又看看白莲，白莲则专注地给小敏选爱吃的菜，心里似乎充满了慈爱和幸福。

小敏很亲热她的白莲姑姑："姑姑，你住的海南很远吗？"

白莲点点头："嗯，远啊，很远很远。那儿有很高很高的楼房，有很宽很宽的大海。"

小敏："姑姑，我长大了跟你到海南去，好吗？"

白莲："好，小敏努力学习吧，学好外语，学好电脑，学会开小汽车，当个大专家，大学者，不但可以到海南去，还可以到全国各地去，到全世界去。"

小敏："姑姑，我的学习成绩可好啦。我的字儿写得特棒。啊，姑姑，我还给你写过福纸哩。"

李红一听小敏说写福纸，立即制止道："小敏，你乱说啥？"

白莲不以为然地："李红姐，童言无忌啊。再说，那也是你我姐妹的情谊啊，有啥好忌讳的。那福纸肯定还没烧吧，你就送给我做个纪念吧。"

李红："白莲，你说些啥啊，哪有把福纸送给大活人的？那不是在咒你吗？"

泡泡糖笑道："李红姐，我们那里的老年人说，被人家说死了能免灾。白莲姐的生意那么顺手，我看，说不定就是因为你们年年给她烧纸钱祈福的缘故哩。"

熊三爷："这有啥奇怪，有钱人新中国成立前还兴做活人道场，禳灾祈福。相当于现在的人活着的时候就开追悼会哩。"

……

晚宴总算结束了。

泡泡糖："好，大家吃好了，请到外间吃茶吧。"

李正齐道："算了，白莲回来了，打堆的时间还多，今天就散了吧。她的伤还没好，该早点休息。"

小敏挣脱白莲的怀抱，赶紧去拿起放在一边的挟杖送到李红的手上："妈妈，我牵你。"

众人都夸："从小看大，小敏好孝顺她妈妈啊。"

白莲地羡慕："李红姐，我要是有个这么懂事的女儿多好啊。"

李正齐笑道："小敏，给你白莲姑姑当女儿吧，干不干呀？"

李红一懔，这是她最敏感的事。

小敏调地皮："不嘛，我是姑姑的侄女儿。不是很好吗？"

众人说着走出雅室。

白莲真诚地："李红姐，你今天晚上就在这里住吧，我们两姐妹好好摆摆龙门阵。"

章明传今晚第一次开口说话了："好吧，李红，白莲才回来，你跟小敏都留下来，你们两姐妹好好摆摆龙门阵吧。"

李红原本打算好好跟白莲摆摆龙门阵，但今天晚上跟白莲近距离接触，才知道她们的地位和见识已经那么悬殊，她们已经没有了共同语言。她用不着那么贱，白了章明传一眼："白莲，你早点休息吧，等天你伤好了以后。我专门来陪你。"

白莲："这，好吧。你们也累了。"

泡泡糖一招手，服务员们把早就准备好的烟酒礼品袋送到众人手上。

泡泡糖："章镇长，董事长还给小敏买了一台电脑。明天，我叫人给你们送过来。"

电脑在小镇上还是绝对奢侈品和稀罕物，李红一惊："电脑？！那么贵重的东西，小娃娃要来干啥？不要，不要。"

泡泡糖解释道："李红姐，给小敏学习用啊。"说着，又从柜台里拿出几个特制的小礼品袋来分发给大家。

白莲歉意地："我没啥报答大家的，这是我的一点心意……"

众人一看小礼品袋，每个袋里都装着几万块钱，章明传和李红得的更是双份，更重些。众人一见这么多钱，大惊："钱？！"像捧着火炭似的，赶快把礼品袋放回柜台，"不行，不行。坚决不行！"

白莲乞求地："三爷……"

熊三爷正色道："白莲，你这是干啥？这钱，我们肯定不会要。你回来了就是最大的人情啊。"

李正齐："是呀，白莲，这些年我们一直没找着你，让你一个人在外面吃苦，还问心有愧啊。这钱，我们是绝对不会要的。回来后有啥要我们帮忙的，你尽管开口就是。"

李红内心更把这钱看成是白莲夸富的施舍，很受伤害："白莲，你的心意我们领了。这钱，你收回去吧。"

这是白莲今天晚上摆这次宴会的真正用意，她要认真感谢一次她的恩人们。众人坚决推辞，负了她的一片苦心，她知道熊三爷在这些人中的威望，眼眶里蓄满了泪水，乞求地望着熊三爷："三爷，白莲求你说句话。他们都听你的。"

熊三爷很理解这个苦命姑娘的心情，他想了一阵对大家说："这样吧，这烟酒，我们收下。这钱我们绝对不收。"

白莲："三爷……"

熊三爷："白莲，别说了，再说，你就是小瞧我们了。"

熊三爷已经把话说得很绝，白莲只好拉住李红："李红姐，你收下吧，你那腿……"

李红："没事，我这腿早就习惯了，白莲，你休息吧。"

白莲无可奈何，只好作罢。她和泡泡糖一起，站在门口目送着大家离去。

2

这次晚宴无论对章明传和李红都是极其尴尬和沉重的。李红平时伶牙俐齿，怀着愧疚和自卑也更找不着词儿。回到家里，小敏很快甜甜入睡了，已经窝着一肚子火气的她想对章明传尽情发泄一通。要是平日，李红拿章明传发火出气，那是不需要理由的，因为章明传是她相濡以沫的老公，章明传是深爱自己的，能够包容她的一切。可是现在白莲突然回来了。他还爱自己吗，还是过去的老公吗，她还有放肆的权力吗？

李红好像一下没有了放肆发火的勇气，而且也没有发火的理由，只是一直坐在床沿上抹泪。

章明传上午已经知道了白莲的情况，经过半天冷静的思索，他明白一切都只能取决于白莲。他虽然一时割不断旧情，希望白莲不是说的心里话，但是，如果白莲真要跟他重圆旧梦，他能接受吗？道德与良心过得去吗？白莲既然已经那样表态，他也无可奈何，只有维持现状。当务之急是怎样应付李红。

此时章明传知道李红为什么流泪，李红要说什么？但他不能问。他陪坐在床前的马架子上，埋着头，床前扔了一地的烟蒂。他想，李红已经够苦了，日子还得过下去，自己是男人，还得多担待些，她要发泄，就让她发泄吧，最后长长地叹了一口气道："唉！睡吧，李红。"

　　李红揩了眼泪道："睡，你叫我今晚哪里睡，跟谁睡？"

　　章明传："李红，你这话是什么意思？"

　　李红："章明传，你打算怎么办？"

　　章明传："你说啥子怎么办？"

　　李红："你跟白莲的事。"

　　章明传："我跟白莲有啥子事？"

　　李红："都是明白人，装什么糊涂？她至今没结婚，不是一直等着你吗？现在她回来了，又有钱，又年轻又漂亮，你们正好……"

　　章明传："你尽胡说些啥，她在外面发展得好，是想回来给家乡做点事情。她上午一直关心你那腿，叫我好好给你医治，好好待你。你把别人对你一片好心，都当成驴肝肺了。"

　　李红哪里肯信："我又不是瞎子，吃饭的时候，看见她对你那含情脉脉的样子，你连看都不敢看她一眼。你心中没冷病，一晚上为啥腔都不开，闷起干啥？"

　　章明传："她现在的情况，上午我就知道了，回家给你说了，我还说什么。我不开腔你都来拿掐过错，你叫我还能说啥？"

　　李红："你不是后悔吗？后悔当年不知道她还活着？"

　　章明传："是后悔，后悔已经晚了。老天爷已经注定了。后悔又有什么办法？"

　　李红："不晚，都还不满四十岁，现在你们破镜重圆，都还有大半辈子恩爱。"

　　章明传："李红，我是啥样的人，你还不知道吗？"

　　李红："我知道，又要想吃鱼，又要想避腥臭。你不好说，我就替你说了吧，我李红不是那种没自知之明的人，我不会赖着你，昨天晚上不是把藏了十多年的怀表都还你了吗。我晓得我这个跛子婆娘，又老又丑又残，配不上你，明天就去办离婚手续，好聚好散，成全你们。只是小敏……呜……"

李红呜呜的哭声惊醒了小敏。

小敏揉着眼："妈妈，你们在干啥呀？"

李红赶快止住哭。

章明传："没啥，蚊子钻进妈妈眼睛了。睡吧，小敏，你明天还要上学。"

小敏听话地："唔。"

章明传扔了手中最后一个烟蒂，站起来凑到李红耳边："看在小敏的份上，求你了，我们睡吧。"说着拉灭了灯。

第十七章　白莲初理事

1

焦点走进林可儿画室。案头上堆满了画稿，墙上挂满了主人得意的画作。林老师正挥毫书写泡泡糖为盘丝洞方圆堂作的《方圆说》。

焦点进来要想拥抱林可儿，被林可儿推开："这个时候，你来干什么？"

尽管焦点对这个中学的美术教师热得像一团火，但是林可儿总是像一个情窦未开的古典少女，缺少这个时代的那些少女的疯狂和浪漫。林可儿也觉得恋爱应该浪漫点，可是不知为什么总是激不起对焦点的热情。有时她也觉得应该对焦点的热情给予回应，可是见面之后，往往又是依然故我。

焦点没有泄气，故作夸张地："来陪我的林妹妹啊。"

林可儿："油腔滑调，俗气。"

焦点在女人们面前，一直保持着一种处男的拘谨。他知道林可儿非常推崇泡泡糖，要讨好他的林妹妹，只好学着泡泡糖的做派投其所好。谁知这在林可儿看来，又认为太做作，太俗气。

焦点："小林，你帅姐泡泡糖用俗气打天下，你说是大雅。我一个大男人，却要我强装温文尔雅。你对人太不公平了吧？"

林可儿："你能跟我师姐比吗？你看看她这篇《方圆说》吧，自己不羞死才怪。"

焦点："《方圆说》，这是她写的？"

林可儿："这是她为布置大客厅方圆堂专门写的。"

焦点细看，大惊。惊叹之余，不禁念出声来：

> 方圆囊括儒释道三教至道，蕴涵人生行为哲学真谛。君子立身以方，处事求圆。方即方正刚直，圆即圆融圆通。愚者只方不圆，智者且方且圆。方为刚，圆为柔，刚柔相济，万事如意。至刚者易折，至柔者无成，至洁者易污，至察者无朋。方正敢于存异，圆通志在求同。战场上杀人三千，勿忘自损八百。商场中精通让利，方能互惠双赢。知进知退真君子，能伸能屈大丈夫；不关是非大原则，大智若愚装糊涂！

林可儿："怎么样？"

焦点："字字珠玑，句句哲理，好文章！绝妙文章！"

林可儿："服了吧，不狂了吧？"

焦点："服了，服得五体投地了。我一向自称文人，实在不知天高地厚。可儿，我只知道唐姐精明能干，不知道还是大才女啊！"

林可儿："我师姐是满壶全不响，你呀，是半壶响叮当。你能跟她比，那就是我的福分了。"

这时泡泡糖领着白莲出现在门口。

泡泡糖："啊，看来我们来得不巧，成了多余的第三者啊。"

林可儿："啊，白总，稀客，真正的稀客。请坐，请坐。"

泡泡糖："啊，稀客请坐，我这常客请站是不是？"

林可儿："甜甜姐……"

泡泡糖："好好好。今天董事长登门回访可儿大师，我来介绍，这位英俊小生是香山镇党委成员、党政办大秘书、可儿大师的白马王子焦点焦先生。这位是……"

焦点："白总，你好。希望今后能有机会经常向你请教。"

白莲跟焦点握手："请多关照。"

泡泡糖："你们用词是不是太外交了啊！"

林可儿对焦点："你还有事吗？"

焦点："一会儿我跟章镇长进城去看望唐书记，我来问你带不带啥东西。"

林可儿想了想："啊，我的矿物颜料快用完了，你顺便到县文化馆陈老师那里去，把爸爸给我买的矿物颜料带回来一下。"

焦点："好，你们玩。"说着与众人握别后走出画室。

白莲伫立墙前，墙上是一幅巨幅水墨壁画，层层云海中，一头蛟龙破云而出，口吐江河，她愣了一阵之后赞叹道："啊，好气势，这不是镇江寺的壁画《天龙播雨图》吗？"

林可儿："对，父亲说镇江寺的壁画，在中国绘画史上有极高的地位，叫我要像张大千先生当年临摹敦煌壁画那样，临摹一套保存下来。现在最麻烦的是矿物颜料的配方。"

白莲："好！这真是一件功德无量的大事啊。"

林可儿："白总，你对书画艺术感兴趣？"

白莲："我对艺术是门外汉。小林老师……"

林可儿："白总，你就叫我小林吧。"

白莲："行，小林，我在海南见的各种名号的大师不少。有你这样造诣的还不多。如果你要到海南办画展，我可以助你一臂之力。"

林可儿："白总过誉了，爸爸说，三十岁之前，只准我练功，不准办画展。"

白莲："好。小唐，改天，请小林跟我们一道去游镇江寺吧。"

2

小镇上，熊三爷、白莲、泡泡糖、红桃Ｋ等一行人穿街走巷，朝小学校走去。行人们虽然都热情招呼，但是，目光里仍然掩饰不住探询和疑虑。

街一村小学校，依旧是白莲的母亲当年教书时的模样，显得破破烂烂。

熊三爷愧疚地："唉！白莲，三爷无能，当了这么多年的支部书记，至今没有改变学校的面貌。"

白莲："三爷，小唐给我说了，街一村的事情难办，这也不能怪你，你就别自责了。"

熊三爷解释道："现在独生子女多，学生生源少，如果不收其他村的学生，学校就要垮，收了其他村的学生，本村的群众就不愿意集资建校。现在是村务公开，一切讲民主，不能搞命令服从，改建学校这件实在该办的事不能办，我也没法啊。前不久小唐说要捐资建校，我说天下哪有这样的好事，她一个外地人，生意也做得不大，跟我们街一村又不沾亲带故，谈协议时我根本没当成一回事。哪里想到会是你呀……"

白莲："是三爷看照我们，我和母亲才在这里熬过了一生中最艰难的日子。我在这里长大，改建这所学校是我的心愿，感谢三爷成全我。图纸我已经看过了，三爷和乡亲们还有些啥要求，尽管说，能满足的我一定尽量满足。"

熊三爷："好得很了，好得很了，我还提啥要求啊？要提要求就一个，就是用你的名字给学校命名，把街一村小改名叫白莲小学吧。"

白莲诚恳地："三爷，我求你，千万不能这样，千万不能这样。我算个啥，那要折我的福，短我的寿啊。"

熊三爷："那、那，你花这么多钱图个啥呀？"

泡泡糖："三爷，别费唇舌了，董事长这个人是一般人难于理解的。她今天请你来，是想跟你商量一下学校改建方案的。"

熊三爷："这个方案已经很完美了。"

白莲直接说出自己的意见："三爷，学生活动场地太小了。"

熊三爷："修操场要搬迁两户人，那又要多花多少钱啊。"

白莲："修就要像个样子，不要考虑钱的问题，地方上该办的事就拜托三爷了。"

熊三爷："说啥拜托，这是我分内之事。"

泡泡糖来了半年多了，对不少人都有了解，提醒道："三爷，我知道落地糍粑和幺吵吵两口子难缠啊。"

熊三爷："没问题，落地糍粑两口子的事我包了。"

泡泡糖："好，等毕书记回来，我们签了协议就动工。"

落地糍粑家的小院就在一村小学侧边。矮房破旧，房前屋后瓜蔓青青。此时，幺吵吵和五百元正隔着矮墙，看着熊三爷在小学里跟白莲等人拉话。

五百元："幺嫂，你看，白莲到小学来干啥呀？"

幺吵吵："她妈原来就在这里教书，她没出事前就一直住在这里的。发财了，回来么，是要来看看老地方嘛。"

五百元："那你跟她算老邻居啊？肯定要来看望你。你要准备烧开水啊。"

这一方所说的烧开水，就是给客人煮现成的小吃，最讲究的就是煮几个荷包蛋。

五百元姓黄，农闲时卖豆花，有时人们又把她叫黄豆花，亲昵些的时候，就直接叫豆花了。幺吵吵很有把握地说："豆花啊，我们是那么好的邻居，这么多年没见面了，她肯定要来坐一会儿。鸡蛋、白糖都是现成的。她来了我当然要给她烧个开水，这点见识你幺嫂还是懂得的嘛。"

白莲的母亲赵老师，心地善良，为人十分谦和，跟周围邻居的关系都处得很不错。幺吵吵虽然有些嘴巴长，还是一个热心人。那时大家的日子都过得很艰难，隔壁邻舍的，居家度日不分彼此。幺吵吵没钱买盐打煤油了，常常一元或伍角钱向赵老师借，借了当然是不还的。可幺吵吵的南瓜、豇豆等时鲜蔬菜出来，也总是先送来请赵老师尝鲜。赵老师身体多病，请医买药，也是落地糍粑和幺吵吵跑腿。两家人既然是这样的关系，按这一方农村的习俗，外出归来的人，都要带上礼物拜访邻居的，特别是发了财的，还要给小孩发糖果和喜钱。幺吵吵甚至心中暗自盘算，白莲那么有钱，打发几个娃儿的喜钱不会太少，这下就可以把娃儿们欠的学费缴上。

幺吵吵满以为白莲要过来看望老邻居，没想到白莲出了校门后竟然走了。

五百元："嗯，幺嫂，才说她要来看你，咹个就这样走了呢？"

幺吵吵当面打嘴，感到很丢面子："哼，人家现在发财了，瞧不起穷邻居了啊。"

五百元火上浇油地："啧啧，没见识，真没见识！"

白莲回乡的一切都是泡泡糖在安排，精明透顶的泡泡糖从小在城里长大，哪里知道乡下这些规矩？白莲虽然懂得这个规矩，可是这些年当惯了大老板，事事有人操持，竟然忘记了这个小礼节。她和熊三爷看完学校后，招呼都没打就走了。乡下人很重礼节，泡泡糖这个小小的疏忽，后来给白莲带来不少的麻烦。

<h1 style="text-align:center">3</h1>

白莲等人走出小学校，路上泡泡糖的手机响了。

泡泡糖："喂，佘老板吗，你好……啊，再过二十分钟上飞机……好啊，哥们儿讲信用，你到成都后直接坐车到县城，住广寒宾馆东楼518房。红桃 K 进城来接你，……哪个红桃 K 呀？就是小红呀，对，就是原来在海南给董事长开车兼保镖那个小红噻……好，你们也是老熟人了，香山镇见。"

红桃 K："经理，我今天下午就进城吗？"

泡泡糖："当然，你和可乐一起去，接到佘老板后，明天让可乐带他来香山镇。你留在城里搞工程预算和考察施工队伍。记住，重点要考察香山镇在城里发展的建筑老板。"

熊三爷担心地问："小唐，明天佘老板来，谈得成生意吗？"

泡泡糖："三爷放心吧。昨天我们说好跟你们街一村打伙做这个辣椒生意的，现在就看你的了。"

熊三爷一愣："小唐，昨天我以为你说来耍的啊，怎么当真了。"

泡泡糖："三爷哩，我虽然爱开玩笑，怎么敢跟你老人家开玩笑啊，说正事，我们都是认真的。"

熊三爷："呃，不行，做生意我们是外行啊，又没本钱，又没经验，不敢跟你们打伙。"

泡泡糖："喂，三爷，这生意不是跟你个人做，是跟你们街一村做。不要你们出资金，不要你们担风险，你们只负责组织人力收购和运输。赚了平分，给你们街一村赚点钱，亏了我们贴，你怕啥？"

熊三爷摇头："哪有这种合伙的啊？要合伙就风险共担。"

泡泡糖："你们出力多啊，特别是运输是个大问题，要组织大量人力把辣椒运到二三十里外省道公路边装车，这任务不小啊。"

熊三爷："劳动力有的是，放心。"

红桃 K 打气道："三爷，这个生意百分之百要赚，经理给你个空头人情，让你还觉得占了她的便宜似的。你就赶快跟她成交吧，她叫我把起动资金都给你带来了。"

白莲："三爷，你就依她吧。"

熊三爷："哈哈哈，好啊。真是强将手下无弱兵，白莲，你手下这批小妖精妹仔，硬是不得了啊。"

白莲："三爷别夸他们。小唐，把你的具体想法都告诉三爷吧。"

泡泡糖："收购价格，要略高于收购站的价格，不要亏了农民。等级标准要清，质量规格要严。今天立即动手收购，准备好样品，明天和我一起跟佘老板谈协议，签合同。"

红桃 K 掏出钱："三爷点钱吧，十万启动现金。其他货款已经在信用社开了账户了。"

熊三爷接过钱就往怀里揣："点啥，我还信不过你们？"

泡泡糖："不！三爷，经济往来上我们要求非常严格。这一点请你一定要理解我们。"

熊三爷："对对对。"掏出钱来清点。

第十八章　看望唐立行

1

昨晚章明传用小敏的名义，浇灭了李红的怒火。李红一夜思前想后，白莲回来可能对章明传还有意，但是章明传也如他表白一样知恩。现在并没有说要甩自己，自己又何苦把章明传往那条路上逼。那么就只有走一步看一步了。

章明传要进城去看唐立行，早晨出门，帮李红把烟摊车推到大街上。分手时他又对李红说："白莲一个人在外面闯荡不容易，现在回来了，今天你还是去陪白莲耍一天吧。"

李红嘴里说不用你管，章明传走后，她也想毕竟跟白莲姐妹一场，心中有事，不应该挂在脸上，无论怎样都应该做出大人大量的样子，应该去陪白莲耍半天，这也是她这个当大姐应该有的礼数。

李红拄着拐杖，推着流动烟摊小推车，蹒跚地朝盘丝洞酒楼走来。到了酒楼前，她望了望酒楼，方便面那伙妖精正在嘻嘻哈哈地擦抹窗子。看她们指指戳戳地好像在说她什么。她立即如芒在背，欲进盘丝洞却又迟疑了。她知道那伙妖精瞧不起她，怕遭人白眼，终于没有勇气走进盘丝洞。转过车头，她朝另外一条街走去。

香山镇穷，只有一部公用摩托车。焦点早已经等候在渡口，他用摩托车载着章明传进城看望唐立行。章明传来到码头上，渡船还在河对岸。二人只好坐在码头上等船。

焦点很感慨地："镇长，这回做梦都没想到，白莲姐会突然出现，辣椒问题会解决得这么顺利啊。"

章明传叹了一口气："唉，是啊，一切都像梦，我现在都还感觉到好像不真实。老弟，你说人生就这样不可捉摸吗?"

焦点点点头："是啊，我们局外人都感到十分突然，何况你是当事人。不过佛家讲究缘，你当了香山镇的代理总老板，白莲姐就回来给你救苦救难。好多事情都出现了转机，一盘棋很快活了，说不定这也是一种缘分吧。"

章明传摇头："难说，我跟她偏偏是那样一种关系。敢和她共谋更多的事情吗?"

焦点试探地："镇长，昨天我看见你在她面前那么不自然，你是不是很在乎你们之间的那层关系啊?"

焦点不像有的学历高一点的年轻人，那么目空一切，夸夸其谈。他不但工作能力强，而且遇事有见解，敢说敢当。章明传很喜欢他，两人的关系好得像兄弟。有啥心里话，在香山镇就只有跟焦点讲了。

章明传坦诚地："老弟，我没有你文化水平高，但毕竟曾经是那样刻骨铭心，而今她突然出现，再豁达的人，也会拿不起，放不下啊!"

焦点："放不下? 你是不是有啥想法?"

章明传："想法? 什么想法?"

焦点："而今时兴换教。如果你也来个优质资产重组，那就是宝马金鞍，珠联璧合，前程似锦，风光无限啊!"

这个小老弟把话说得很到位，这也是章明传所希望的，他用不着对焦点掩饰，只是无可奈何地叹气："哎，优质资产重组，说实话，能不想吗？可是，这可能吗？李红怎么办？我做得出来那种事吗？老弟，人生啊，太捉弄人了。你以后就别再跟我开这种玩笑吧。"

焦点："白莲姐至今不结婚，是不是她有这个意思？"

章明传："她如果是那种人，当初就不会投河了。"

焦点："又倒是。不过话又说回来，此一时也，彼一时也，说不定……"

章明传喃喃地重复着："此一时也，彼一时也"。心里似乎又挤进一丝光亮。

渡船靠岸，二人准备上船。

熊三爷在岸边边跑边喊："明传！等一下，等一下。"

章明传："三爷，啥事呀？"

熊三爷跑到船边："白莲要捐资改建街一村小学……"

二人又是一惊："啊！她还要捐资改建街一村小学？！"

熊三爷："是啊，原来是小唐给我们联系的，草签的协议在毕书记那里。当时平白无故的不敢相信，没当回事。只报告了分管教育的毕书记，还没来得及向你们汇报。这回当真了，这是我们重新签的协议，请你们批一下，我们好去办手续，尽快动手。"

焦点激动地："哟，太好了，太好了。又是一桩大喜事，应该好好宣传一下。"

熊三爷："不，白莲不同意宣传！"

章明传："嗯，好，我们尊重她的意见。这件事是毕书记分管，我把协议带进城去让他签字。三爷，你们不必等了，随时都可以动工，有困难就找我们。"

熊三爷："好。我就是那个意思。"

三人把摩托车抬上船。

2

县人民医院外科大楼。唐立行病房里，摆满了水果和鲜花。

唐立行在县城里的人缘极好，知道他出了事，朋友们都来看望他。县委、县政府的领导们也很重视，指示医院从省城请来专家会诊，用药后留在县人民医院观察。

今天是对治疗方案作结论的时候，李院长领着县委常委、县纪委书记吴云走进唐立行的病房时，几个医生对照照片，询问病情，在给唐立行会诊。

李院长："唐书记，吴书记看你来了。"

吴云是县委的重要领导，又是香山镇联系点的单位负责人，对唐立行的治疗十分重视，他首先传达县委县政府的指示："李院长，今天我是代表县委县政府来看望唐立行同志的，同时也向你们传达县委和政府的指示。今天这次会诊后，请你们尽快拿出最佳的治疗方案，要不惜代价，争取最佳的治疗效果。"

李院长："吴书记，我们会尽力的。"

会诊结束，吴云和医生们一一握手："辛苦各位专家了。"

医生们寒暄着面色沉重地退出病房。

唐立行："吴书记，我在香山镇的工作没做好，还给县委和政府添这么多麻烦，真让人惭愧。"

毕西本来是个三脚猫，坐不住的，但这次却一直守在病房里："吴书记，主要是我们当助手的工作没做好。"

吴云："唉，都别说了，该检讨的是我。香山镇是我们县纪委的联系点。年初你们提出搞特产农业，发展辣椒生产，我也是投了赞成票的。给辣椒找出路却没帮上忙啊。老唐，现在你的主要任务是养伤，工作上的事情，相信同志们会顶得起来的。"

唐立行："我知道，谢谢领导关心。"

章明传和焦点提着水果走进唐立行病房。

章明传与吴云握手："吴书记，你好。"

吴云与章明传和焦点握手："好，老章，你们先看望病人，待会儿和毕西同志一道到李院长办公室来一下。"吴云说完，走出病房，把时间留给了章明传和焦点。

章明传："唐书记，好些了吗？感觉怎么样？"

唐立行："好多了。老章，这么忙，你们来干啥？"

焦点："唐书记，大家都很关心你，要我们代表大家来看望你，请你一定放心养伤。"

唐立行："请大家放心。啊，现在群众的情绪怎么样？给辣椒找出路的事，有点眉目没有啊？"

章明传："唐书记的鲜血把大家的情绪都稳定下来了，有两个意想不到的好消息，我们今天也是来给你报喜的啊。"

唐立行不解地望着章明传："两个意想不到的好消息？是啥好消息啊？"

章明传："盘丝洞酒楼包销二十万斤辣椒，协议都签了。"

毕西："啥？盘丝洞酒楼包销二十万斤辣椒？"

在镇干部中，善于交际的毕西和盘丝洞交道最多。他知道泡泡糖是个很不简单的人，但一听说盘丝洞一下包销二十万斤辣椒，还是吃了一惊。

唐立行："这不可能，这不可能！"

章明传认真地："唐书记，这是真的。这是真的。"

唐立行跟盘丝洞交道最少，对她们了解也最少，他根本不相信盘丝洞有这本事："唉，老章啊，谢谢你的好心啊，别宽慰我了，你编故事的水平不如我高啊。"

焦点立即帮腔："唐书记，镇长给你说的是真话。"

唐立行还是不相信："是不是泡泡糖跟你们开玩笑哟？老章，别闹笑话啊。如果我们再次在群众中说了话不算数，那乱子就更大了。"

毕西："唐书记，泡泡糖不是一个简单角色，她不会拿这样的事来开玩笑。但是二十万斤辣椒不是一个小事情，老章，她们有那个能力消化吗？"

章明传："她们和做土产国际贸易的温州佘老板有长期的业务关系。佘老板今天就到。"

焦点又补充："盘丝洞把货款都存进信用社了。今天已经开称收购样品了。"

毕西和唐立行都惊异地张大了嘴巴。

毕西有些生气地："泡泡糖这个奸商，她们以前不出手，是在等待时机好压价。是吧？"

焦点："毕书记，你小看她们了。她们不是奸商，她们的收购价格还高于收购站的价格。如果她们计较价格，就不会给我们另外一个惊喜了。"

唐立行又一惊："什么，另外还有一个惊喜？"

章明传递上协议："这件事毕书记你最先知道。"

毕西看协议："啊，还要扩大操场，这投资不是更大了吗？这可能吗？"

"你们说的啥呀？"唐立行接过协议，"关于捐资改建街一村小学的协议。盘丝洞酒楼？又是盘丝洞，这盘丝洞到底是啥背景啊？"

章明传："唉，说来话长哟。"

焦点得意地看了看毕西，煞有介事地道："这些事情，主要是靠章镇长的面子。"

唐立行不解了："老章的面子？老章哪来这么大的面子啊。"

章明传也不解释，长叹了一声道："唉，别说了，你们以后慢慢地就知道了。"

唐立行："好，好，你们早点回去，一定要把温州的客人接待好，一定代我感谢盘丝洞的老板。"

焦点："唐书记放心，我们早已经做好了安排。"

3

县人民医院李院长办公室里，李院长向大家介绍完唐立行的伤情后，心情沉重地说："吴书记，会诊结论就是这样。我们县医院绝对无能为力了，你们趁早决策吧。"

章明传、毕西、焦点的脸色都十分沉重，吴云抽着烟来回踱步。

章明传："李院长，唐书记才四十岁出头啊。"

李院长："章镇长，我理解你们的心情，可是，科学是无情的啊！"

沉默，办公室里久久地沉默。

李院长："吴书记，你说怎么办？"

吴云又踱了一圈："哪怕有万分之一的希望，都绝不放弃。立即送成都，再做最后一次努力。你们医院，一定要派出得力的医护人员护送，你们镇上，还是辛苦一下毕西同志吧。我知道毕西同志办这类事情有经验，他在成都的朋友也很多，办起事来方便一些。"

外科大楼门前，停着救护车。

护士抬着唐立行来到救护车前。吴云、章明传等一行人站在车前为唐立行送行。人们含泪宽慰着唐立行。

唐立行眼里噙满了泪花："吴书记，领导和同志们的心情我理解，没希望了，去成都也是浪费，我看还是别去了吧。"

吴云："立行同志，要有信心。服从组织决定吧。"

唐立行被抬上救护车。

吴云："毕西同志，华西医院的朋友们那里我已经通过电话了。他们会给你帮忙的。到成都后，有困难随时打电话跟我联系。"

第十九章　好邻居

1

熊三爷办事，一向是说干就干，雷厉风行。他回去后很快就落实了收购场地，组织好了收购人员。村会计兼治安主任猴主任，负责辣椒收购的具体工作。猴主任虽然一只手有残疾，但办起事来，十分麻利，立即制作了辣椒收购的海报。

街口围着一堆人在看海报，幺吵吵提着菜篮子凑了过去。

猴主任提着糨糊，拿着一叠海报，从人丛中挤出来："幺嫂，你早啊，你也来看海报？"

幺吵吵："哟，猴主任，你拿的啥呀？"

猴主任："海报。"

幺吵吵戏谑地："哈哈哈，海报，你贴的啥海报啊？猴主任成天都在练猴拳，是功夫练到家了，要演猴戏了吧。"

猴主任："去去去，幺嫂又取笑人。我贴的是收购辣椒的海报，你快回去准备辣椒吧，价格比收购站的还高。"

幺吵吵："你是拿我开心啊，哪有这样的好事啊？"

猴主任："哄你都是龟儿子。是白莲姐给我们找的销路。不信你看海报。"说着指了指海报。

幺吵吵看海报："啊，真的哩，好久开始收购啊。"

猴主任："上面写得有时间地点，今天只收样品。"

任水妹和摄像的小伙子诚心采访白莲，吃了闭门羹不说，还受了一肚子的气，但是又实在舍不得这个好新闻，只好去采访群众。刚好贴出了收购辣椒的海报，群众反映很热烈，便把摄像机对准了群众。看海报的人群一下围住了她们，七嘴八舌议论开了。

"莫想到盘丝洞几个嘻嘻哈哈的女子，能干成这么大的事！"

"是啊，更想不到是白莲在后面掌教。"

"大家都盼着辣椒出钱。白莲这回做了大好事啊。"

"她要是早几天回来么，唐书记也不会受那么重的伤嘛。"

"人啦，好心就有好报。每年清明节上坟，大家都要到白莲的坟上烧几张纸。这不……"

任水妹很诧异："你们说什么，到她坟上去烧纸？别人活得好好的，你们不是诅咒别人吗？"

幺吵吵："谁不晓得呀，她都死了十多年了。前天晚上回来呀，可把我们吓惨了。"

任水妹大吃一惊："这是怎么回事？"

幺吵吵："你们外乡人不知道，说来话长啊！"

任水妹把幺吵吵拉到一边："大嫂，请你给我讲讲。"

幺吵吵："这……我说不来啥啊"说罢转身要走。

任水妹哪里肯放，硬把幺吵吵拉到一边，把白莲的情况说了个大概，才走脱。

幺吵吵回到家里，落地糍粑一边往背篓里装东西，一边骂道："你龟儿婆娘，去会野男人去了吗？这半天才回来。"

"糍粑，你龟儿今天吃火药了呀？我还没审问你，你到审问我了？"

"我又没做亏心事，你审问我啥？"

幺吵吵仿佛已经拿住了落地糍粑的把柄："哼，你还鸭子下汤锅，嘴巴硬。糍粑，你今天非给我说清楚不可，三爷喊你跟五百元去说啥？你成天贼眉贼眼盯住五百元胸口子上挺起那两坨泡子肉流口水，是不是又跟她做出了见不得人的事，让三爷逮着了，今天把你们两个弄去理抹交代啊？"

五百元本名黄秀玉，跟幺吵吵是邻居。黄秀玉人虽然漂亮，但娘家很穷，又没文化。火哑巴接不到女人，又是个独丁儿子，他父亲怕断了香火，东挪西借，凑了五百元钱作彩礼，把黄秀玉娶过门来当儿媳妇。那时五百元可是个天大的数目，这新闻很快传遍十乡八里，五百元这个浑名儿就代替了黄秀玉。现在要不看身份证，几乎没人知道她的本名了。

五百元才嫁给火哑巴时又黄又瘦。火哑巴是做豆花的，街上的人都说五百元豆渣吃得多，营养好。五百元几年后就长得又白又嫩，脸蛋上总像贴着两瓣瓣鲜荷花，特别是那对高挺的乳峰一步一颤，颤得男人们心荡神摇，想入非非。落地糍粑也曾经打过他这位邻居的主意，让五百元给幺吵吵告了状，要她把自己的男人管紧点，少在外头当馋嘴猫。

幺吵吵不相信五百元那个骚样儿不偷人，怕是在给她撒烟幕，自然而然就对落地糍粑很不放心。后来幺吵吵想，要拴住男人必须自己也像五百元那样有实力，就向五百元要豆渣吃。豆渣是最不值钱的猪食，她要多少五百元就给多少，但是不管她吃多少豆渣都不起作用。脸皮还是那样黄，胸口始终鼓不起来。落地糍粑一听到隔壁有响动，目光就不自觉地向隔壁看，幺吵吵也就对男人的疑心更重。审问男人和应付审问，就成了这两口子家庭生活中的主要节目。

糍粑点燃一根烟："老子的肠儿还没吃那么胀。一个幺吵吵都用不完，哪里还有骚劲去伙五百元哟。"

幺吵吵："那为啥熊三爷偏叫你和她去呢？"

糍粑："叫我们两家人搬家。"

幺吵吵："搬家？说得怪，为啥要我们搬家？"

糍粑："我们两家的地基要来扩建学校。"

幺吵吵："扩建学校，钱从哪里来，他熊三老汉不是说起来香嘴！"

糍粑："白莲出钱！"

幺吵吵："白莲出钱？她哪来那么多钱？不搬！"

糍粑："哪个不搬？龟儿傻婆娘，不搬未必然一辈子住这烂房子。"

幺吵吵："往哪里搬呀，要我们搬，总还得有个条件嘛？"

糍粑："他们的条件，是在新修的三十米大街上，按我们的房子面积，还一座带店面的小洋楼。竹木果树按十年收入折价，一次付清。"

幺吵吵："哟，这么好呀，那就赶快答应吧！"

糍粑不屑地："答应个屁，你跟五百元那龟儿婆娘一个样，甩一根骨头给你，含起就跑。"

幺吵吵："这么好了你还不干呀，你是不是想敲他一棒棒？"

糍粑老谋深算地愣了幺吵吵一眼："你晓得个屁，白莲在外头发了洋财，有的是钱，不敲白不敲。"

幺吵吵："对，就是该敲她一棒！昨天她跟三老汉到学校来，过去对她那么好，招呼都不过来打一个。那你……"

糍粑："这些事情，男人在外面要懂道理，讲觉悟，支持教育事业的光面子话要说。讨价还价，你们女人才是挡箭牌。老子在人面前一辈子装粑耳朵，还不是为了占点小便宜。我推说回家跟你商量，你就不晓得漫天要价呀！"

幺吵吵："嘿嘿，你呀，硬是个落地糍粑，落在地上，灰都要粘一层跑。"

糍粑："老子不占便宜，你龟儿婆娘去喝西北风。"

幺吵吵："就你能干，那么会占便宜，哪个还是穷得这样叮当响哇？呃，万一五百元……"

糍粑："五百元比你心眼活得多……"

幺吵吵又吃醋了："我不如她，你去跟她过。"

糍粑："你看，你又来了。这个时候给你说正经事。五百元听我说要回家跟你商量，就赶紧说她也做不了主，要回去跟她的男人火哑巴商量。火哑巴晓得个屁。一会儿肯定她要来找我们商量。你就跟她统一一下口径嘛。"

幺吵吵："你跟她商量了就是嘛。"

糍粑："我跟她商量，你又要说我跟她扯不清。这些事情，要是出了岔子，推说是你们两个婆娘家商量的，哪个会把你们婆娘家怎么样？你没看见我在收拾东西了呀，这几天我去赶几天跑跑场，躲得远远的。到时候有啥事出来，要收摊么，有个退路嘛。"

幺吵吵："那你说哪个弄？"

糍粑："按旧房面积换新房，不添钱，竹木果树按十年的收入一次性赔偿，这没啥说头了。你就说……"对幺吵吵一阵耳语。

幺吵吵亲昵地扯了一下糍粑的耳朵："你呀，硬是一个耗子精死了变的。穿起草鞋到你肚皮里来跑一转，连油星星都捞不到一个。"

2

熊三爷叼着烟，又一次走进落地糍粑家小院。他为落实这两户人搬迁的事跑了好几趟了，他知道真正能够主事的人是落地糍粑，可是落地糍粑始终避而不见。这一天吃过早饭他就来了，他希望把糍粑堵在家里，一进院门就喊："糍粑！糍粑！你龟儿躲啥，老子又不吃人，出来啊！"

幺吵吵用围裙揩着手从厨房里出来："哟，三爷，你老人家这么早就来了，请坐，请坐。我给你倒水。"

熊三爷："老子着急嘛，跑了这么多趟了。幺吵吵，糍粑呢？他躲着我干啥呀？"

幺吵吵："三爷，他真的有事，出去几天了，还没回来。你晓得这个家里是我当家。你还是说拆迁的事吗？就跟我说吧。"

熊三爷："不说拆迁的事说啥？明知故问？"

幺吵吵朝邻家喊："五百元，三爷来了，你过来一下嘛！"

五百元端着饭碗走进小院来："三爷，吃过了？"

熊三爷："你们到底是怎么商量的嘛？"

幺吵吵："三爷，我还是那个话。你老人家也要为我们着想啊。"

熊三爷："还要怎么才算为你们着想？按旧房子的面积，在新建的三十米宽的香河大街上还你带店面的小洋楼，一文钱不添，竹木果树还按十年的收入一次补偿到位，哪里去找这样的好事。傻子都算得来这个账，你们要占多大的便宜啊。要不然，你们一辈子都只有住这个烂房子。"

幺吵吵本来就是个伶牙俐齿的角色，事前落地糍粑又仔细调教过，歪歪道理很长："三爷哩，金窝银窝，不抵旧窝。这房子虽然破旧，可是祖辈留下来的，风水好呀。"

五百元赶紧附和："就是嘛，三爷，哪个算命子都说，占了这个风水，肯定人兴财发，子孙要出大人物，我们哪个舍得哟？"

五百元自己没文化，男人是哑巴说不出来话，要在香山镇上撑持一个家不容易。她的妈妈教她，遇事随大流，不会吃大亏。周围的人都比你能干，人家怎么说你就怎么说，人家怎么做你就怎么做。幺吵吵两口子精明透顶，又是她的邻居，因此幺吵吵说啥她就说啥。两人经常走在一起，人们都说她成了幺吵吵的应声虫，真像城隍庙的鼓槌，是半斤八两的一对活宝贝。

幺吵吵进一步提出要求："三爷，就说支持教育事业做点牺牲，我们一家多要五万块钱风水补偿费，再请你老人家支持一个超生指标，这也不算贪心嘛。"

五百元："就是嘛，这也不算贪心嘛。"

熊三爷："风水补偿费？亏你龟儿些想得出来。风水好，你们为啥还是这个穷样？"

幺吵吵："三爷哩，自古贵人落难多的是啊，运气来得有迟有早嘛，运气来了我就不会这么穷了。你都说白莲见多识广，为啥白莲那样信佛？为啥白莲偏要在这个地方积德？她还不是看起了这个地方的风水好。她要是没有在这里住过，能像现在这样发达呀？"

五百元："对啊，肯定是她看起了这个地方的风水好。"

熊三爷："幺吵吵，你晓得白莲是个孝子，这是她母亲生前工作过的地方啊。"

幺吵吵："借口啊，她要尽孝心，多出点钱就是嘛。"

五百元："对啊，答应我们的条件就是嘛。"

幺吵吵："不然，就把学校搬个地方。"

熊三爷火了："你两个是不是不进油盐，老子没那么多闲工夫跟你们磨嘴皮，今天告诉你，莫后悔哟！"

熊三爷说罢愤然离去。

幺吵吵得意地："三爷，慢走哈！"

五百元心虚了："幺嫂哩，你嘟个喊他们另外搬个地方嘛，那样我们啥都得不到。"

幺吵吵："放心，他肯定还要来求我们的。"

第二十章 爆炸新闻

1

杜中德、镇纪委杨书记、妇女主任张主任等镇干部们正在镇办公室里看报。

小报上印着醒目的大标题:《女郎投河十载,"还魂"报答家乡》《"还魂女"神通广大,一举销售辣椒二十万斤》。

任水妹前几天来香山镇曝光,被焦点逮了尾巴,没捞到好处,反倒捞倒一场虚惊,但是却意外地得了白莲回乡做贡献的好新闻。如果做好了这个文章,不光是在本行中名利双收,还有希望因此而傍上白莲这样的大款。人又有谁不喜欢出名呢?别看白莲现在拒绝采访,真到了出名之后,还不感谢她吗?

任水妹在镇干部及么吵吵等群众那里得了点支离破碎的材料,回去后赶写了这两篇稿子,挖空心思想了这两个视觉冲击力很强的标题,为以后继续经营好这个题材留下了广阔的空间。这两篇稿子都发表在县报和市报头版的重要位置,果然产生了轰动效果。而且省上的报纸也如获至宝,纷纷来电要求转载。

杜中德草草看完两篇报道,连声叫好:"好,好,还是焦秘书的点子高。这回那个女记者不但没敲到我们一分钱。还免费给我们做了两篇大文章。"

张主任也道:"对,我们香山镇这回可出名了。"

杨书记不以为然地:"照焦秘书的说法,这种人沾了手,未必就是好事啊。"

杜中德不以为然地:"杨书记,你这个纪委书记,别戴有色眼镜啊。这怎么不是好事呀?过去在报纸屁股上给你登一个豆腐干文章,都要收几千块,这回这么大的文章可是分文不取啊。"

张主任也附和道："是呀，我看啦，一定是焦秘书对女记者有成见，文人相轻。"

杨书记为焦点开脱道："张主任，焦秘书的话有道理，那个任水妹我也打过交道，不信走着瞧吧。"

张主任爱跟老镇长开玩笑，故意岔开话题："嗨，瞧啥，我看呀，只要杜镇长防倒点就行了。"

杜中德不解地："我防她干啥？"

张主任一阵哈哈哈笑道："杜镇长哩，你看电视剧里那些大清官，每个清官都跟了一个女记者。这些女记者不但年轻漂亮，而且差不多都是清官的领导的女儿，或者是领导的老师什么教授的女儿。一个个本事通天，把清官帮成救世主的时候，就帮出了缠绵和暧昧。都说戏上有就世上有，我们的杜镇长可是大清官啊！那个女记者这么支持你，要是……"

杜中德也笑道："哈哈哈，张主任哩，你怎么拿我杜老头来开这种玩笑啊。"

向来不苟言笑的杨书记："哈哈哈，杜镇长，张主任说得好。你没听唐书记说，老少恋是那些编电视剧的绝招，最有滋味的花椒面。谨防二天唐书记给你编一出哈。"

张主任："对，让我们的老嫂子扯你的耳朵。"

杜中德："哈哈哈，我杜老头要是有这种好事，我请客。"

众人正说笑着的时候，任水妹和一个长发记者走进了办公室。杨书记和张主任相视一笑，像躲避瘟疫似的立即走出了办公室。张主任接着也跟了出去。

杜中德急了："呃，杨书记，张主任，你们别走哇。"

杨书记："你们谈吧。"

张主任做了个鬼脸："杜镇长，刚才说的请客的事，说话要算数啊，哈哈哈。"

任水妹："杜镇长，你好？这是省上来的孙记者。"

长发送上名片："请杜镇长多多关照。"

杜中德看着名片："欢迎，欢迎。"热情握手。

任水妹："杜镇长，你们刚才笑啥呀？"

杜中德："刚才笑啥？这个，这个。啊，刚才大家说你这两篇文章写得好。"说着指着报上的文章。

任水妹："杜镇长,这两篇文章还满意吗?多提意见啊。"

杜中德："满意满意,写得好,写得好。"

长头发："杜镇长,小任这两篇文章确实写得很好,我们报纸原文转登,明天见报,全省都能看到。"

任水妹："省上的总编们对这个题材非常重视,特别派我们省内最有名的资深记者小孙老师,来对白莲小姐进行追踪采访,连续报道。这可是你们香山镇的大好事,请杜镇长多支持啊。"

杜中德："省报也重视呀?好好好,不过……这样吧,我先给党委汇报一下再说吧。"

任水妹："我们是对白莲小姐个人进行采访,还用得着吗?"

杜中德："你们是对个人采访,那我们就用不着干扰你们的采访活动了,那你们直接去跟白莲联系吧。怎么样?"

2

泡泡糖跟白莲正在书房里说事。红桃 K 送来当天一沓报纸。红桃 K 知道白莲回乡后,为了更多了解当地的情况,很留心当地的报纸,便把香河县那份小报也递到白莲手上:"董事长,你看,你一回来就上报了,还这么两大版。"

白莲接过小报,一看标题,就怔怔地望着泡泡糖:"小唐,这,这,这是怎么回事?"

泡泡糖接过小报,草草扫了一遍:"《女郎投河十载,"还魂"报答家乡》《"还魂女"神通广大,一举销售辣椒二十万斤》。这么刺激的标题,还配发了你衣衫之墓的巨幅照片。还有后续追踪报道。白莲姐,这下你在家乡可就出名了啊。"

白莲不由得紧张了:"这,小唐,我不是没接受她的采访吗?"

泡泡糖对报纸的事情很在行,解释道:"白莲姐,这没什么好奇怪的,记者无孔不入,报纸上说你的这些事情谁都知道,你没接受采访,他们可以采访镇干部和当地知情的群众啊。大家或者出于好心,或者出于无意,一篇文章就出来了。"

白莲忧虑地:"小唐,我可不愿张扬啊。"

泡泡糖安慰道："白莲姐，莫着急，好在这两篇文章都是正面报道，说的基本都是事实。"

白莲："可是什么还魂呀，衣冠冢呀，这不是诚心煽动读者好奇心，给人造乱，制造麻烦吗？"

泡泡糖深有同感地："是的，白莲姐，要说麻烦，真正的麻烦恐怕还在后头。今天早上已经接到省城几家大报和电视台的电话，有的核实情况，有的要求转载，有的要求前来采访。他们纷纷询问你的衣冠之墓、神秘经历和旧恋人。"

白莲叹了一口气："嗨，没想到内地人还这么小题大做。"

泡泡糖不以为然地："白莲姐，你知道我才到海南时，也干过一段时间报纸，而且还是副刊部主任。别说内地，就是在南方，你的故事都是媒体炒作的热点和绝佳的赚钱卖点。我要是愿意出卖你，凭你这个题材，准能发财。"

白莲："怎么发财，吹啥牛，瞎说。"

泡泡糖笑道："白莲姐，我没吹牛，首先你是个女人，而且是个最容易使人产生联想的漂亮的单身女人。你神秘而传奇的经历，你富姐的大款作为，你的种种义举，这些都是人们关注和议论的焦点。假如我用《"还魂美女"自哭坟》为标题，把你那天讲的亲身经历，再加上合理想象，绘声绘色写成文艺通讯来连载，你说可以赚多少眼泪，该引起多大的轰动效应？"

白莲叹气道："这，唉，幸好那些陈年旧事一直烂在我的肚子里。小唐，你说现在应该怎么办？"

泡泡糖故意给白莲出难题："唉，难啦。那你就准备接受那些像绿头苍蝇一样的记者们，没完没了地纠缠吧。"

泡泡糖这个智多星都说难，白莲有些沉不住气了。正在这时，红桃 K 又走了进来："董事长，县电视台那个女人带着省城一家大报的一个长头发记者，硬要见你。"

泡泡糖得意地："看，看吧，鬼找上门来了啊。"

白莲很生气："你去告诉他们，就说我不见记者。"

红桃 K："说了，他们赖着不走！"

"赖着不走，这……"白莲这下无策了，只有望着泡泡糖。

泡泡糖见白莲为难，宽慰道："白莲姐，别着急，应付死缠烂打的人办法多得很。就让红桃K打发了他们就是啊。"

红桃K不解："我，我怎么打发他们哟？"

泡泡糖点了一下红桃K的额头："红桃K，你怎么这样笨啊，就想不出办法啦，你的助手呢，叫它出面吧。"

红桃K连声叫好："好主意，好主意!"说罢跑下楼去。

白莲不解地："小红的助手？小红还有助手吗？我怎么没看见。"

泡泡糖把白莲拉到窗口，指着后院，后院里有一条大狼狗。原来泡泡糖要带一批如花似玉的妖精来香山镇这样的地方打天下，为了姑娘们的安全，她不能不考虑对付地痞流氓。红桃K负责酒楼安保，就让她去买了这条大狼狗。

红桃K打开后院门，朝院子里吹了一声口哨，"汪汪"两声，那条大狼狗在院中向着红桃K跳跃。红桃K做了一个手势。大狼狗直朝客厅奔去。

盘丝洞客厅里。任水妹和长发记者正在跟方便面磨蹭。

"汪汪汪!"几声犬嚎，大狼狗拖着铁链冲进来，直扑任水妹和长发记者。二人吓得"哇呀呀"怪叫，狼狈逃出盘丝洞。出门后长发记者跌倒在街上，眼镜甩得老远。

3

这二人逃出门，恨恨地回头望着盘丝洞。盘丝洞门口，几张明艳淘气的笑脸，响起一串银铃般的笑声。

任水妹和长发记者，向来被采访对象恭维惯了，没想到盘丝洞的人这样不给面子。但是这个题材的油水确实很大，只好走街串巷，采访路人。

他们走到江边黄桷树下，这里是个露天茶馆，看来长发接近采访对象很有经验。常言道，烟搭桥，酒开路，他买了一包红塔山香烟，进茶馆就给几个茶客发烟，并递上自己的名片。那时的红塔山，可不是普通人抽得起的，茶客们看在好烟、大记者和笑脸的面子上，热情地给他们让座。他们便趁机采访，了解有关白莲的故事。茶客们不能白抽别人的好烟，尽其所知相告，其中当然不乏道听途说。

茶馆采访末了，一茶客说："白莲从小跟她妈住在小学里，我们离得远，说的都是听来的。幺吵吵她们就住在小学隔壁，你们去问她吧。"

另一个茶客说："还有熊三爷，他一直在当村干部，很关照白莲母女，好像当年白莲失踪的事，他知道得最清楚。"

长发又散了一轮烟，谢过众人，便和任水妹直奔幺吵吵家。此时幺吵吵和五百元正要出门摘辣椒。

任水妹吸取教训，赔上笑脸上前，甜甜地叫了一声大嫂道："大嫂是白莲小姐的邻居吧，我们是报社的记者，想向你们了解点白莲小姐的过去的情况，好吗？"

幺吵吵不耐烦地："我们没那闲工夫，你们去找当官的吧。"

长发自有对付农民的办法，立即上前道："大嫂，就请你们摆会儿龙门阵，我们会付你们采访费的。"

任水妹对五百元："还有这位大姐，也来一起摆谈吧，耽误了你们的时间，我们会给你们付钱的。"

一听说要给钱，幺吵吵眼珠子一亮，便不再推了："这……好吧，五百元，你也过来一起摆吧。"说着，把几张小凳摆在小院中。

要说白莲过去的事，幺吵吵也只知道白莲章明传是相好，后来不明不白地就投了河，其他也说不出些什么。又怕说少了别人不给钱，难免不添油加醋，胡编一些。五百元根本不知道，只有当幺吵吵的应声虫。两个记者似乎对白莲跟章明传相恋特别感兴趣，问得很多很细，幺吵吵也知道祸从口出，不敢乱说。她不怕得罪白莲，却怕得罪镇长章明传，只有打哈哈应付。

采访结束。长发给幺吵吵和五百元每人发二十元采访费。两个女人乐得眉开眼笑。

幺吵吵假意地："摆会儿龙门阵，这怎么好意思要这么多钱啊。"

五百元把钱已经揣在包里："是呀，我们不好意思要钱啊。"

长发："你们给我们提供的材料很好，太谢谢你们了，这是你们应该得到的劳务费。"

幺吵吵觉得就这样得别人的钱有点坑人似的，接过钱后又补充了一句："李红原来跟白莲是好朋友，她才是真正的知情人，你们最好去问问她吧。"

五百元赶紧指路："穿过这条巷子往东，街口拐角处那个卖烟的跛子女人就是李红。"

看着任水妹和长发走出小院，五百元拿出钞票："幺嫂，今天沾你的光啊，一会儿就得这么多钱！要当几十斤辣椒钱啊。"

幺吵吵道："两个傻龟儿。每天来一回都要得。"

任水妹和长发记者，搅得白莲心绪不宁。天下本无事，那些唯恐天下不乱的不良记者，最善于捕风捉影，就像发酵粉一样，总爱把小事无限发酵放大，给当事人带来莫大的伤害。特别是那些持地方粮票的小报记者们，更谈不上职业道德。他们在地方上能量又很大，常言小鬼难缠，对这些人还是不惹为好。

白莲把自己的担忧告诉泡泡糖："小唐，小人得罪不得啊。小报的记者更不好得罪啊。"

泡泡糖解释道："白莲姐，真正的记者是有职业道德的，是有社会责任感的，他们应该受到信任和尊重。记者群中也有败类，特别是一些不良的小报记者，胡作非为，影响记者的声誉。对他们就用不着客气，客气了就赶不走这些讨厌的苍蝇。"

白莲："唉，话虽然这么说，还是少惹麻烦为好。"

泡泡糖立即转到另一个严肃的话题："白莲姐，你今天能交个底吗？你对香山镇的长远打算到底是啥呀？"

白莲："你怎么突然问这个问题。"

泡泡糖："白莲姐，传媒也是为经济活动服务的，我在想我们对地方媒体，到底采取什么态度。"

白莲想了想："啊，还是你想得远些。目前，只能说我这次回乡的初步打算。近期，一是捐建街一村小学，尽快了却我孝敬父母，报答街一村乡亲的心愿。二是深感这次辣椒事件是吃了信息不通的亏，香山镇太闭塞了，我们能不能在这里投资一个比较现代化的综合市场，沟通市场信息，至少，我海南的企业可以作为家乡对外的一个窗口吧。这个市场最好和街一村联办，我们投资办市场的目的不是赚钱，重点在于培养乡亲们的市场意识，方便他们就近就业，使他们得到更多发展机会。这个事情最好和三爷商量了再定。"

泡泡糖立即支持："好，这个主意好，把综合市场办成香山镇一个沟通外界的好平台。这就是对家乡最好的报答。"

白莲又道："另外，我还想做点公益性的投资，等时机成熟，看能不能买下镇政府大院，修复香姑贞烈祠，保护这一方宝贵文化古迹。既是继承父亲亲热爱本土文化的遗志，也给乡亲们做点有益的事情，同时还为以后古镇发展旅游产业，打下良好的硬件基础。至于远期营利性大项目的投资，这要进一步考察，也要看地方上的规划和政策。"

泡泡糖想了想："白莲姐，我给你算命，你有根深蒂固的香山梦结，你有做大项目投资的实力，远期你是非投资不可的。办实业也离不开媒体宣传，现在的关键是看你想不想利用他们？如果你想利用他们，现在我们就可以做收编工作。刚才被红桃K赶走的那两只苍蝇就会立即飞回来，而且你越是傲慢，她们越是认为你的来头大，成功了油水大，越是拼命地让你利用。当然，你利用他们也要让他们得利才行。如果你确实不想利用他们，那又另当别论了。"

白莲："这，小唐，你知道我很低调，绝不愿惹那些麻烦。"

泡泡糖知道白莲向来低调的原因，她相信白莲说的完全是真话，告诫白莲说："好吧。不过你要有思想准备，麻烦是避免不了的。你捐资建校，办综合市场，买镇政府大院，又会是最佳的新闻题目。现在先不理他们，到时候再看情况吧。"

第二十一章　　淘金处女地

1

温州佘老板，三十多岁，操一口浓重吴语方言的普通话，西装革履，一副成功人士派头。其实佘老板也和大多数成功的温州人一样，初中没毕业就跟着别人一起贩卖纽扣，后来做小电器生意，谁知生意刚有点起色时，遭受了一次毁灭性的打击，是白莲在危难中解救了他，他就干脆给白莲打工。在白莲那里，他学到了不少经商的本事，也在商场中交了不少朋友。几年后，在白莲的支持下，自立门户，开始做土产生意。他脑瓜灵活，又有白莲当后盾，生意做得很顺手，很快从白莲的打工仔变成了白莲商场中业务伙伴。

佘老板做生意很诚实，也很感白莲的恩。他跟白莲的合作从来没有失败过。因此他们合作一直都很默契，不分彼此，利益均沾。这一次是白莲直接找他，他更是不敢怠慢。他来到香山镇一看到泡泡糖为他准备的辣椒样品就激动了，这香河辣椒果然名不虚传，根本不用谈判就立即跟泡泡糖和熊三爷签订了协议。他们开出的收购价格每斤比土产公司还高两三角，按国内市场的价格都有较大的盈利空间，如果符合出口标准，那利润就更可观了。香山镇的土质和气候特别适宜辣椒生长，山高沟狭，病虫害少，农民为了降低生产成本，很少使用化肥和农药，那检验结果可想而知。

白莲和泡泡糖陪着佘老板朝收购站走来，关心辣椒收购情况。

猴主任办实事是一把好手，而且加上镇政府的号令和熊三爷的威风，他不费吹灰之力，就把整个辣椒收购运输工作安排得井井有条。椒农们的辣椒比原来卖上了更好的价钱，也很知足，没有任何人捣乱。

临时收购站一片欢腾和忙碌。有的指导分类，有的忙着验级，有的过秤，有的结算，有的打包，有的装车，秩序井然。

熊三爷一有空就叼着烟来收购现场巡视。他很喜欢到这里来接受人们的尊敬和恭维。他走到辣椒分类的人群中抓起一把辣椒来，挑剔地寻找着毛病，没找出任何毛病，还是板着脸说："喂，大家比着样品，该选的认真选一下。这可是白莲给我们牵的线，也是我们香山镇第一批出口辣椒啊。千万别给白莲丢脸，莫要砸了我们香山特产辣椒的招牌啊。"

"三爷，你老人家放心吧。人都是吃盐米的。香山辣椒要漂洋过海，我们心中有数。"

熊三爷："心中有数就好。"

已经卖了辣椒的椒农们，喜滋滋地数着一沓沓钞票，都说是托了白莲的福。有的还邀约着到盘丝洞去操一回，照顾一回白莲的生意。

人们见佘老板和白莲、泡泡糖走来，都热情地打招呼。

熊三爷："佘老板，你好，你亲自来检查收购辣椒？"

佘老板："不、不、不，我是来看望乡亲们的。乡亲们辛苦了。熊支书，辛苦你了。"

熊三爷："佘老板辛苦，你看，这规格质量怎么样？"

佘老板："好，好！这香山辣椒本身就名不虚传，有你熊支书把关，还能有问题？"

熊三爷笑道："佘老板，你以后就喊三爷吧。我听着人喊支书怪别扭的。"

佘老板："这行吗？"

泡泡糖："怎么不行？这里老老少少都把他喊三爷。"

佘老板："好，好，就喊三爷。"

泡泡糖："三爷，你们忙吧，我们陪佘老板游游香山镇。"

这时，幺吵吵和五百元挑着辣椒走，排在队伍后面，一脸媚笑，讨好地迎着走上前来的熊三爷。

幺吵吵："三爷，你看，我这辣椒该选得好哇？"

五百元："三爷，你看我这辣椒肯定合格！"

熊三爷看也不看一眼，虎着脸："不合格！挑走！"

白莲不解地望着泡泡糖："三爷这是怎么啦？"

泡泡糖悄声地："你不知道，三爷是要收拾怪物了。"

幺吵吵涎着脸："三爷，我这辣椒都不合格呀？！"

五百元也卖乖："三爷，我可是一个一个精挑细选的啊！比比你的样品，哪点不合格。"

熊三爷："明说，你两个的辣椒，再合格都不收。"

幺吵吵："再合格都不收，为啥？"

五百元："是呀，为啥呀？"

熊三爷不理，慢条斯理地掏出烟来，旁边立即就有人上前给他点烟，他悠然地吸了一口烟，才道："为啥？你们各人明白！"

幺吵吵："我们又没有得罪你老人家哟。"

五百元："是呀，我们又没得罪你老人家。"

熊三爷："你们得罪我熊三爷，我还没那么小气，你们得罪全村人民，我就要给你们过不去。各人把辣椒挑走，别在这里挡住大家。"

幺吵吵："你不收，我们一家人种几亩辣椒怎么办呀？"

五百元："是呀，我们怎么办呀？难道弄去倒河呀？"

熊三爷："你们怎么办，老子管不着。滚！"说着一脚踢翻二人的椒筐。辣椒撒了一地。

幺吵吵和五百元二人大吵大闹：

"熊三爷，你不公道！你欺负我们这些妇道人家呀！"

"把辣椒给我捡起来，不给我捡起来，我俩要拉你下河去吃水……"二人欲上前拉扯熊三爷。

熊三爷把烟头往地上一扔，挺身逼上前去："走呀，老子陪你们下河去吃水！"

幺吵吵和五百元都被镇住了，只得惊惶后退。

白莲不理解熊三爷，对泡泡糖道："这！小唐，你叫三爷给她们收了，别为难她们，都是乡里乡亲的。"

泡泡糖道："白莲姐，你不懂农村基层工作的方法，恶鬼害怕蛮端公，幺吵吵这种人只有让三爷毛收拾。走，少管闲事。"

熊三爷吼道："幺吵吵、五百元，你两个龟儿婆娘弄清楚，在这香山镇上，我熊三爷啥时候怕过泼妇？少给老子来这一套。赶快滚蛋，再胡搅蛮缠，老子马上收缴你两家的计划生育超生款，交不出钱，立即派人拆房子，掀你狗窝。我说到做到。狗日的些，好不要脸，还想要挟我要超生指标。"

二人白了白眼，泄气地咕噜着收拾辣椒。

椒农们议论纷纷：

"熊三爷说她们得罪全村人民。是啥事呀？"

"听说白莲捐献几十万扩建小学，要占她们的屋基，她们漫天要价，按旧房面积换新房。"边说边比画，"她们还另外要这个数，把三爷惹火了。"

"哟，那么心黑呀？"

"修学校么，是做好事嘛，怎么想在这些事情上发财啊。"

"惹火了熊三爷，有她们的好果子吃。"

"活该！"

2

白莲等一行人朝镇外走去。他们驻足于贞节牌坊下。佘老板兴趣盎然地欣赏着古贞节牌坊："小镇真美，文化底蕴丰厚啊！"茂林，修竹，池塘，崖边一眼清泉汩汩喷涌。他们一行人来到泉边，情不自禁地掬起山泉。

佘老板："啊，这泉水好甜。"

泡泡糖："你看这泉叫啥子泉？"

佘老板随泡泡糖手指望去。山岩上"香妃泉"几个字掩映在藤萝中若隐若现。

佘老板惊异地："香妃泉，好名字，好名字。"

泡泡糖炫耀道："你知道吗，香山镇之所以出美女，就是因为香妃泉泉水的缘故。"

佘老板又掬起一捧水喝下："嗯，这水确实好，既然叫香妃泉，这里肯定有一个关于香妃的美丽动人的故事。"

白莲笑道："美女的故事都很动人，但却不一定都很美丽。"

泡泡糖求道："白莲姐，你是土生土长的香河人，肯定知道香妃的故事，你给我们讲讲吧。"

白莲简单地讲了关于香妃的传说，让佘老板十分感动："白总，这故事太凄婉了。唉，美丽的女人为什么总是这么不幸？"

泡泡糖："佘老板，这方好山好水好故事，不虚此行吧？"

佘老板感慨地："不虚此行，值得，值得。这里山清水秀，古风犹存，不是江南，胜似江南啊！"

白莲笑问道："就这些吗？佘老板，你可是个商人，不是普通游客啊。"

白莲给泡泡糖说过她的想法，她不只想做好佘老板这一单生意，更希望佘老板能到香山镇来投资，因此二人说话，总带着启发佘老板的弦外之音。

佘老板一本正经地道："如果用商人的眼光来么么？这里遍地是黄金，没有污染，土产资源丰富，商品经济意识淡薄，真是一块淘金的处女地啊。只可惜……"

泡泡糖赶紧问："可惜什么？"

佘老板："只可惜太闭塞，交通不便。这回的辣椒生意，要不是你们负责运到省道公路边，我还不敢做哩。"

泡泡糖："你在码头上不是已经看见了小城镇建设规划图了吗？只要大桥一修，省道公路一连过来。不就行了吗？"

佘老板笑道："那只是规划，八字没一撇，遥远着哩。"

泡泡糖："鲁哥们，别以为内地领导都是胀干饭的，他们也知道香山镇发展的症结所在。告诉你吧，香山镇小城镇建设即将全面启动，香河大桥月底就要破土动工了。"

佘老板："真的吗？"

泡泡糖不屑地："哄你干啥？你不是住在这里发货吗？奠基典礼的主席台上还少得了你这个远方贵客？喂，今天本小姐先给你打个招呼，到时候你可多少得有点贺礼遮手啊。我知道你们下江人吝啬，可是你是董事长的朋友，到时候可别让我们董事长在乡亲们面前丢脸啊。"

佘老板笑道："哈哈哈，小唐，你太小瞧鲁哥们儿了。我就是把这一单生意赚的零头拿出来送礼，都够你有面子的啊。"

泡泡糖借机直奔主题："说话算数。那你打不打算到这里来投资，到这里来发展淘金呢？"

佘老板还从来没想过此事，泡泡糖问得很突然，他不知怎样回答，为难地望着白莲："到这里来投资……"

泡泡糖嗔怪地："喂，你怎么忘了，董事长把这一单生意给你时有个条件，到这里赚的钱，就在这里投资啊。"

佘老板："这，没忘。白总，你也打算回乡发展吗？"

泡泡糖："笨蛋，董事长不是已经回来了吗？"

佘老板听说白莲要回香山镇发展，他认定白莲是他这一生的贵人，跟着白莲走，不会吃亏的，顿时动心了："我到这里发展，搞什么项目好呢？"

白莲似乎早已经替他想好了："土产国际贸易是你的长项，难道你就只满足于当一个国际辣椒贩子吗？"

佘老板一惊："国际辣椒贩子？！白总是说办一个香料厂，就地精加工，终端产品直销国外？"

白莲反问道："怎么？不可以吗？"

佘老板顿时心领神会："好，好啊！金点子，金点子！这个项目太好了！"

泡泡糖得意地："鲁哥们儿，怎么样？董事长金口一开，看把你乐的。哥们儿，好好地跟你的老师学几招吧。"

佘老板笑道："嘻嘻，那是，那是。"

泡泡糖进一步问道："如果你要在这里投资办厂，你打算把厂址选在哪里？"

　　佘老板马上征求白莲的意见："白总，你看，如果办厂，厂址选在哪里？"

　　泡泡糖立即道："我看，这一片地就是绝佳的风水宝地。用这绝佳的香妃泉水，办个香河香料厂，生产香妃牌香料，怎么样？"

　　白莲连声赞道："好，好啊。"

　　佘老板立即点头道："妙啊！水源好，厂名好。品牌的名字也好，就选在这里吧。"

　　白莲伸出手道："佘老板，我祝你成功！"

3

　　佘老板已经下定了办厂的决心，在南方打拼过的人，信奉时间就是金钱，立即便跟泡泡糖探讨一些办厂的具体问题。

　　佘老板不无担心地问："小唐，这里征地麻烦吗？"

　　泡泡糖在乡镇干过，知道征地的规律："鲁哥们儿，哪里征地都麻烦。首先要立项，手续多，分管部门多，是有个过程的。不过现在内地都重视招商引资，许多工作，地方政府会全力协助你。麻烦点的，是协调被占土地的村社。这片土地是街一村的，你要征地，首先就要去找熊三爷协商。"

　　佘老板请求道："小唐，三爷很信任你，办厂用地是大事，到时候请你给我帮忙啊。"

　　泡泡糖笑道："请我帮忙，这就要看你这次来香山的表现了。"

　　佘老板："没问题，包你满意。走，我们这就去找熊三爷。"

　　白莲用手一指："用不着去找，你们看，三爷来了。"

　　熊三爷收拾了幺吵吵和五百元，要亲自来陪他们的贵客佘老板，果然这时从田埂上走了过来。

　　熊三爷："几位大老板好兴致，怎么样，我们这里景色还好吧？"

　　佘老板道："好，香山古镇美极了。"

　　泡泡糖笑道："哟，三爷，你给我们当导游来了吗？"

　　熊三爷道："这里的山山水水，白莲哪里不知道，还用得着我当啥导游？我是来给白莲道歉的。"

白莲诧异地："三爷，啥事呀？给我道什么歉啊？"

熊三爷叹气道："唉，白莲，三爷没本事啊，扩建小学，拆迁那两家人的事至今都还没摆平。"

白莲知道幺吵吵和五百元提出了苛刻条件，那些条件，多给十万块钱，对她来说是小事一桩，便劝三爷道："三爷，就答应她们的要求吧，学校才好尽快动工。"

熊三爷眉毛一扬："那怎么能依她们无理取闹啊？"

泡泡糖也道："是啊，白莲姐，凡事得有规矩。你答应她们一家多给五万块钱的要求，对你来说是小事，可是许多涉及政策的事情，对基层领导来说，就不是小事啊。"

白莲根本没想到这一层："这……"

泡泡糖进一步解释道："董事长大人，商场中你是我的老师。可这处理农民问题，我毕竟还当过两年副镇长，办事必须讲政策，讲原则，许多政策红线是不能突破的。"

熊三爷："对，对，对。"

白莲不解："我多给他们一点钱，这也违背政策？"

泡泡糖："建设用地，拆迁补偿有严格的政策规定，各地也有具体的补偿标准。我们承诺的，已经是政策规定的上限了。她们提出的纯属无理要求。你多出十万块钱不打紧，可是香山镇的小城镇建设一拉开，征地拆迁很多，比如佘老板办厂要用地怎么办？人人都以她们为榜样，提出无理要求，吓跑客商，镇政府怎样来招商引资？你不是给镇政府出难题了吗？"

佘老板点头赞成："对，是这个道理，是这个道理。"

泡泡糖："再说，她们提出要两个超生指标，计划生育是基本国策，熊三爷能给吗？"

泡泡糖一下点醒了白莲，她确实没想到过那样做的负面影响："不过，不满足她们的要求，学校啥时候才能动工？"

泡泡糖道："白莲姐，你放心，别说镇政府会很快成立专门机构来协调处理这类问题。这香山镇，哪里有熊三爷办不到的事？"

熊三爷笑骂道："这个鬼女娃子，你想将三爷的军？啊，小唐，刚才你说佘老板办厂用地，是什么意思？他要到哪里办厂呀？"

泡泡糖："是啊，佘老板要到香山镇来办厂啊。你不欢迎吗？"

熊三爷："欢迎啊，佘老板，真的吗？"

佘老板："真的，三爷，我想用这香妃泉的好水，在这块地上办一个香料厂，正说来求你支持哩。"

泡泡糖玩笑地："三爷，听到了吗？佘老板求你了，你狠狠敲他一回吧。"

熊三爷喜出望外，激动地握住佘老板的手："太好了，太好了！佘老板，我熊三爷给你拍胸口了，我们热烈欢迎，我保证给你提供最优惠的条件，大力支持，给你服好务！"

佘老板："好，谢谢，谢谢。"

这时猴主任急急忙忙走来："三爷，李红姐来给幺吵吵和五百元说情，叫把她们两家的辣椒收购了，你看……"

原来幺吵吵和五百元遭熊三爷赶走后，一路骂着"老不死的"熊三爷，垂头丧气地把辣椒挑回家。这两个女人眼看红艳艳的辣椒不能变钱，好生着急。

五百元问："幺嫂，我们这么多辣椒，三老汉不准收，这来怎么办啊？"

幺吵吵比五百元主意多，想了想道："而今看来，这事只有去求李红了。三老汉总会给李红面子吧。"

李红虽然是一个地地道道的农村妇女，但到底是个高中毕业生，而且很注意镇长夫人的形象。她本来就是一个热心人，一般农民也没有多少大事，一般小事只要找到她，她总是尽心尽力。因此，在小镇上的女人中人缘极好。女人们遇到啥子作难的事都喜欢来找她帮忙。

李红正在牌坊外的辣椒地里忙着摘辣椒。幺吵吵和五百元匆匆走来，老远就惊诧地喊：

"李红，你一个人在忙呀，你们镇长呢？晓得要卖辣椒，也不来帮忙，怎么不晓得心疼人啊。"

"李红姐，你腿脚不方便，镇长不空，要摘辣椒么，你打个招呼，我们好来帮忙嘛。"

二人说着，就麻利地帮忙摘辣椒。

李红道："我快摘完了。不劳烦你们了，你们也忙。"

幺吵吵："看你说些啥。远亲不如近邻嘛。"

李红关心地问："你们的辣椒都卖完了吗？"

幺吵吵叫苦道："唉，再莫说啊，三爷不准收我们的辣椒，把我们整得惨啊。"

五百元也跟着叫苦："李红姐哩，那么多辣椒，不准收购我们的，我们怎么办啊。好多事情都等着卖了辣椒用钱呀。"

李红诧异地："三爷为啥不准收购你们的辣椒呀？"

幺吵吵很委屈的样子："嗨，他要估倒我们搬家，挪地方出来给白莲扩建小学。我们给他提了点要求，他就……"

李红跟幺吵吵和五百元都处得不错，有空都要在一起说一会儿家长里短："白莲拿钱出来扩建小学是好事。你们是该支持啊。"

五百元："我们也支持啊，可是条件没谈好，就来卡我们。"

幺吵吵："李红哩，生意么，是讲成的嘛。桥归桥，路归路嘛。"

李红点头道："又倒是，生意是谈成的，大家打拢说，都让点步，就谈成了。"

幺吵吵："李红，求你帮我们在三爷那里要个人情吧。"

李红为难地："这，三爷的脾气你们都是知道的。我怕说不准啊。"

五百元："李红姐，莫推啊，你镇长娘子都说不准，叫我们平头百姓去抓天啦。"

李红一听到"镇长娘子"这几个字心里就很受用。熊三爷又不是外人，乡亲们要卖点辣椒，也不是啥原则问题，只好答应了："唉，挨邻宅近的，我试试看吧。"

她们立即收拾起辣椒向收购站走去。收购站是猴主任在负责，李红找到猴主任。镇长娘子的面子该给，熊三爷的命令又不敢违抗，猴主任就跑来请示熊三爷了。

熊三爷听完猴主任汇报，笑骂道："你狗日的想坏我的规矩吗？老子从来都是说一不二，不行，坚决不行！"

白莲求情道："三爷，乡里乡亲的，你看……"

熊三爷笑道："白莲，别为她们着急，不管怎么说，她们也是我街一村的村民啊。"

白莲："可是，你不准收购站收她们的辣椒，这……"

熊三爷诡秘地笑道："猴主任私人可以收购她们的呀。"

猴主任糊涂了："我，三爷，我收来干啥？"

熊三爷："傻东西，你收来交到收购站卖给佘老板赚钱呀。你每斤赚他角把钱，她们还要把你当成大恩人，她们以后给你介绍婆娘，都要跑得快些啊。"

猴主任直摇头："使不得，使不得。我是村会计，乡里乡亲的，我怎么好去赚她们的钱啊！"

熊三爷："猴主任，这个钱你娃非赚不可，不然怎么能让这种人吸取教训？这是三爷给你的任务。你怕良心上过不去的话，赚的钱来请大家喝酒都行。"

泡泡糖笑道："猴主任，这是三爷早就策划好了的阴谋，你别怕，这也是支持三爷的工作。"

猴主任："这……李红姐那里呢？"

熊三爷："放心，我晓得去点化她。让你和李红都得人情。喂，你跟李红都要假装背着我干的这事啊。"

泡泡糖："三爷呀，你坏得真有水平啊！"

众人都相视而笑。

第二十二章　白莲献策

1

那个时代，吃商品粮还是吃农村粮，是区别贵与贱、穿皮鞋还是穿草鞋的重要标志。李红一心想章明传升官，家属才有农转非的资格，自己和女儿小敏都能脱农袍，吃上商品粮，就是这个道理。熊三爷并不满足于只当街一村的支书，他还有一个很朴素的梦想，就是希望小城镇建设规划早日实现，街一村的农民都农转非，农民变成城镇居民，他好当几年居委会主任风光风光。

香山镇偏僻，没条件招商引资，熊三爷的梦很遥远。一听佘老板要来他街一村办厂，真是乐癫了。佘老板办厂要征地，但是征地这样的大事，他是无权做主的，何况白莲扩建学校的土地问题都还没解决，他便急急忙忙到镇政府汇报。路上被任水妹和长发记者拦住要采访他关于白莲的情况。他只说了一句："你们要问白莲呀，她可是我们香山镇的仙女啊，这不，才回来，又给我们引了一个温州大老板来投资。"说罢，甩下二人不管，就直朝镇政府跑去。

杜中德听完熊三爷的汇报先也不信，这么偏僻的地方，能够招商引资，这不是痴人说梦吗？待熊三爷说明原委，是白莲动员的，辣椒那样不得了的大事，白莲一出面就办得那样轻而易举，那样圆满得出人意料，他很相信白莲的神通，这才信了。他当了几十年的乡镇干部，遇到这样的好事还是头一回，别提有多激动，连说："三老汉，佘老板真的来投资办厂，是我们香山镇时来运转了，也是你三老汉时来运转了。我要为你庆贺，为香山镇庆贺。等倒，今天我办招待，我这就去打酒。"

杜中德立即给章明传和焦点发了传呼，并且在后面加上了特急的"119"，马上又去买了酒和菜回来。

镇政府办公室灯光明亮。桌子上几只塑料袋里装着卤菜，一堆花生，顿一瓶香河大曲，几个杯子。熊三爷和杜中德满脸喜色地坐在桌前。

章明传和焦点不知又出了什么急事，匆匆走来，见是这个场面，松了一口气道："老镇长，喝酒发什么加急啊，我以为又出了什么大事，把我吓一跳。"

杜中德站起来，少有的激动道："大事，大好事，快点坐倒！"

章明传："啥大好事呀？看你高兴的。"

熊三爷笑道："就因为这件大好事，杜镇长今晚才请客。"

焦点笑道："哟！大好事，这两年难得看到老镇长一个笑脸。今天突然满面春风地请客，是不是摸到大奖了啊？"

杜中德倒酒："今天呀，比中了大奖还高兴。来，怕把你们高兴疯了，先干一杯再说。"众人一饮而尽。

章明传："杜镇长，别卖关子啊，到底是啥大好事啊？"

杜中德道："三老汉，这下该你给他们报喜了。"

熊三爷虽然性格粗豪，但是他也很知道为人的礼数和规矩，杜镇长这样高兴，这样的好消息应该让杜中德宣布，便说："杜镇长，还是你说吧。"

杜中德："客啥气，你带来的好消息，你说！"

章明传："三爷，说呀，别吊我们的胃口了。"

熊三爷："佘老板要征我们香妃泉外面那块地，在我们这里投资办一个厂……"

章明传大惊："什么，你说什么，佘老板要在这里办厂?!"

焦点也急问："办厂? 办什么厂?"

熊三爷解释道："用我们这里的特产辣椒和香妃泉水，办一个香河香料厂。"

章明传似乎不敢相信自己的耳朵，连问："真的吗? 真的吗?"

熊三爷："真的，他还想帮他河南一个朋友，承包二村外面那块荒河滩来种西瓜……"

焦点："那卵石荒滩也能种西瓜?"

熊三爷："他说种西瓜好得很啊。我就是为这两件事来给杜镇长汇报，让杜镇长留下的呀。"

焦点激动地："哇噻! 香山镇要翻橇了！"

章明传也很激动："嗨! 喜事，喜事! 这确实是香山镇的大喜事啊! 来，我们为香山镇的希望干一杯！"

众人举杯："干！"

熊三爷："可是，这征地的事难办啊，好多人都想趁机敲竹杠捞一把，白莲扩建小学用地，至今都还没落实哟。"

章明传道："三爷，你老放心，镇政府马上采取措施。杜镇长，白莲和佘老板为我们的小城镇建设开了好头，可是冒出来不少新问题，形势逼人，必须立即解决。我建议立即召开党委扩大会议。"

杜中德："行，我完全赞成。来! 干一杯，我们就分头去通知人。"

众人举杯："好，连夜召开党委会，干！"

当晚的党委会重点研究迫在眉睫的小城镇建设用地问题，主要涉及街一村，熊三爷被留下列席会议。会上做出决定，立即组织相关镇干部到招商引资搞得好的乡镇取经学习。了解相关政策和规定，及别人的处理经验。熊三爷也和镇干部一道参加考察。

熊三爷领受了新任务，征地拆迁是项新工作，他心中没底。党委会议结束后，熊三爷直接来到白莲书房讨教。泡泡糖立即为熊三爷泡茶。

白莲："三爷，这么晚了还没睡，找我有事吗？"

熊三爷："白莲呀，你一回来，喜事不断，三爷的心头热了，明天我们要随镇干部去参观学习小城镇建设的经验。这个时候睡不着啊。我晓得你这些年在外面操出来了，诚心来向你请教啊。"

白莲不好意思地："三爷，别那么说，我也想跟你老人家摆摆龙门阵，回来后还一直没抽出时间来。"

熊三爷："白莲，你说这小城镇建设肯定搞得起来吗？"

白莲："搞得起来，我们国家这些年发展得这么快，随着经济的发展，城市化步伐加快，这是必然的。我们这里只要香河大桥一动工，小城镇建设也会很快搞起来的。"

熊三爷："镇上的小城镇建设规划，几条新大街都规划在我们街一村范围内，我们这近水楼台，现在该怎么办？"

泡泡糖："哟，三爷，你是想请我们董事长给你当参谋呀？"

熊三爷："说实话吧，我今天不但要代表党支部请白莲给我们村当参谋，而且还想请她出任街一村一社社长。"

泡泡糖："白莲姐，祝贺你荣升社长啊。"

白莲："小唐，别乱说。三爷，我既然回来了，为家乡的发展出点主意是应该的。至于说当社长，我感谢你对我的信任。我的事业主要还在海南。"

熊三爷："白莲，你是街一村出去的，这件事你推也推不掉，只要你掌教，具体事情有人给你跑。"

白莲："这……三爷，这事就只有请你老人家原谅了。"

熊三爷："那么，你先说我们村眼前该怎么办？"

白莲："村民们是什么想法？"

熊三爷想了想道："我看，多数人都跟我一样，巴不得早点当居民啊，但是大家又担心，镇政府修大桥的钱都还没找到，连接大桥的三十米宽的香河大街占地肯定要白占。老百姓种地没了田，经商没本钱，干啥呀？"

白莲笑道："三爷，你就叫大家放心吧，大桥一修，香山镇发展路子宽得很，特别是街一村，农耕土地变成经商口岸，价值大变。投资者蜂拥而来。土地转让费就是村民的本钱，或办企业，或是经商，或搞旅游三产，到时候，海阔天空，任你有多大的本事都可以尽情施展哟。"

熊三爷："我们这样的小地方也可以搞旅游？"

白莲："怎么不行？不论地方大小，只要有特色，能聚拢人气就行。我们这里，不但民风古朴，山清水秀，这镇江寺、香姑祠，以及那古贞节牌坊，都远近闻名啊。"

熊三爷："对对对，镇江寺和贞节牌坊都很有名，参观回来后我去跟了然大师商量，联手开发这镇江寺的旅游。"

泡泡糖："三爷，你们打算怎样使用佘老板办厂征地的第一笔土地款？"

熊三爷："当然是谁的承包地就给谁啊。"

泡泡糖："哈哈哈，三爷哩，你这样搞，那还叫集体耕地吗？你街一村又怎样来求发展呢？"

白莲："对，三爷，农民把土地款吃完了怎么办？"

熊三爷："这……白莲，那就是一社的土地，假如你上任当社长，你说该怎么办？"

白莲："当然用于小城镇建设开发啊。"

熊三爷："啊！我明白了，我回去就立即召开支委会研究。"

2

章明传临危受命，白莲没想到自己回来得正是时候，还能给章明传帮上不少忙。为章明传化解了辣椒危机之后，又成功地说服了佘老板前来投资，为香山镇招商引资填补了空白，她因此心情很愉快。这天下午在太阳快下山的时候，在泡泡糖和红桃 K 的陪同下，她们走出了盘丝洞，来到了挂着《香山镇小城镇建设规划图》广告牌的街口。规划图引起了白莲极大的兴趣，三人便驻足观看，品评起来。

那时招聘干部吃的是农村粮，家中还有包产地，农忙季节都要给他们安排时间回家种地。章明传是镇长，总是难得安排到他头上，好在他离家很近，只能忙里偷闲回家帮忙。这一次镇干部都出去考察了，章明传和个别镇干部留下守家。

虽然已是初秋，正是秋老虎发威的时候，太阳还是很毒，人们一般都要等到太阳下山的时候才出门干活。章明传在办公室看看时间差不多了，给留守的干部打了个招呼，就扛着锄头出门去给李红挖地，以便在辣椒收了之后，把地翻挖出来种植蔬菜、葱蒜或者小春粮食。

泡泡糖见章明传来到街口："哟，大镇长扛起锄头过街，给老婆种包产田，你不怕有损镇长形象呀？"

章明传笑道："吃农村粮的招聘干部，家里都有份包产地，有几个不给老婆种包产田的啊？这几天其他同志都去考察去了，我抽空轮休去挖地，提醒自己还没脱农皮啊……"

泡泡糖笑道："汇报到此结束，快去给你老婆挖地吧。我们陪董事长去香山嘴观赏香山镇的黄昏美景去了。"

章明传欲走又回头："呃，白莲，你对香山镇很有感情，读书时就有很多想法，这些年你在外面见多识广，看了我们的规划图，给我们提点意见吧。"

白莲又看了看规划图："这，明传哥如果想听真话，作为近期规划很不错了。但是作为一个规划，应该高瞻远瞩，有长远的打算，总体来说，这份规划缺少超前性。这个图最好加上近期两个字。"

章明传一惊："啊，你是说还应该有远期打算？"

白莲道："明传哥，你想想，大桥修起后，香山镇的面貌立即改观，为你招商引资创造了良好条件，但是规划图上还看不出你有哪些有吸引力的招商项目呀？"

章明传是个纸糊的灯笼，一点就亮，顿时如梦初醒："嗨，对对对，真是与君一席话，胜读十年书啊。"

泡泡糖笑道："镇长真会拍，会拍老、老、老同学的马屁啊。"

章明传尴尬地："嘿嘿，我是心里话。白莲，你还有些啥好点子啊，多贡献点给我们吧。"

白莲想了想道："明传哥，若论开发，必须研究自己的资源优势。香山镇的地理环境，决定了水能资源丰富。香河落差大，修一座扎坝式电站肯定效益会很好，而且我们还在读高中的时候，就听说县上做过测量和规划。二是国土资源，香河两岸大量的河滩地都是只能季节性耕种的土地，如果科学规划筑堤造地，会增加大量的良田沃土。就拿我们一村来说，如果造一段几百米的堤，你说会增加多少土地呀？三是这里虽然闭塞，但原生态保留得好，在这青山绿水中，还完整地保留下了这样一座文化底蕴十分丰厚的古镇，这也是搞旅游开发的一份最宝贵的资源啊。"

章明传叹息了一声："唉，白莲，你说得很好，可是我们现在两手空空，没有钱，还不敢做那样的美梦啊。"

泡泡糖："这里说的是规划，难道做梦也需要钱吗？"

章明传："可是圆梦要钱啊。"

泡泡糖点拨道："笨蛋，你招商引资不就是请人帮你圆梦吗？"

章明传恍然大悟："对呀，招商引资，就是请人帮忙圆自己的发展之梦嘛。这么简单的道理，我们怎么就没有想到呢？你们在外面闯荡过的人是不同啊，眼界宽，观念新啊。真应该虚心向你们请教。今天我受益不浅，看来我们的规划图还太保守了，仅有近期规划不够，必须迅速再搞个远期规划出来。"

泡泡糖又道："尊敬的镇长大人呀，人们常说'心想事成'，你心不想，事怎么成？再说圆梦也未必就有你说那么艰难和遥远。佘老板决定建香料厂，不就是董事长一个点子就搞成了吗？董事长本人也是一个财神菩萨啊。你有好项目，还怕她不投资？"

章明传不大信任地："她？投资？"

白莲道："不一定是我，只要你项目好，不愁没人投资的。"

章明传："好，白莲，你提的那些建议，我们这就到现场去看看。"

白莲："这……"

泡泡糖："你急啥？白莲姐葫芦里的灵丹妙药还多哩。"

章明传迫不及待地："走吧，我们现在就去。你们不是要去香山嘴吗，走大河滩，一举两得。"

此时幺吵吵和五百元扛着锄头走来。

幺吵吵热情地："哟，白莲，散步呀，好久到幺嫂家来坐坐啊。"

白莲："空了一定来看望幺嫂。"

五百元："镇长，白莲才回来，多陪白莲到处看看啊。"

章明传："幺嫂，请你把锄头给我带到牌坊地里去一下。给李红说，我陪白莲到河滩上去走走就来。"

幺吵吵和五百元看着章明传等人走出街口，没入芦丛。

幺吵吵："好亲热啊。"

五百元："旧情难断嘛。"

3

　　李红在镇外牌坊侧边辣椒地里，艰难地拔着辣椒秆。她已经累得满头是汗，不时揉揉她那条不争气的残腿，望着小镇方向，始终不见章明传出现。这时幺吵吵和五百元却扛着锄头来了。

　　幺吵吵喊："李红，你坐下休息，我们帮你拔。"

　　她们地挨着地，两个女人都是热心人，也不吝惜力气，说着就帮李红拔起辣椒秆来。

　　李红连声道："使不得，使不得，怎么好劳驾你们啊。"

　　五百元："李红姐，看你说的，左邻右舍的，你帮我们那么大的忙。我们还没来感谢你哩。"

　　李红关切地："感谢个啥？你们的辣椒都卖完了吗？"

　　幺吵吵："都卖完了。要不是你的面子，猴主任敢给我们帮忙呀？"

　　五百元："就是，我们那么多辣椒卖不脱，损失就惨啦。"

　　李红受了三爷点化，就要帮着熊三爷把戏演像，故意说："呃，这事可别让三爷知道了啊。"

　　幺吵吵："他不是出去考察去了吗？"

　　五百元："对，李红姐放心，这件事只有你跟猴主任知道。主意又是你出的，就是他知道了，他还敢把你怎么样？"

　　李红："他老人家虽然不会把我怎么样，他在街一村从来都是说一不二的，我这总算坏了他老人家的规矩，虽然帮了你们的忙，却对不起他啊。"

　　幺吵吵难为情地："让你为难，我们晓得欠了你的大人情啊。"

　　李红："说啥欠人情啊，猴主任没赚你们的黑心钱吧？"

　　幺吵吵："没有，猴主任心不黑。你打的招呼他能不听？一斤才赚一毛钱，我们得的都还比原来卖收购站的价钱高。那一点点钱也该人家赚嘛。"

　　五百元："李红姐，你跟白莲是好朋友，她在外面发了，这回回来一定给了你一大坨吧。"

　　李红："白莲倒大方，给了我们不少，我们都没要。"

　　说起白莲，幺吵吵心中就有气。在外面发了大财回老家，走到院坝边了，连老邻居都不看望一下。知道者，说白莲不懂规矩，不知道者，会说她幺吵吵得罪过老邻居，让她在五百元面前很丢面子。这次卖辣椒熊三爷跟她过不去，还不是因为白莲要扩建学校引起的。白莲回来对李红构成了极大的威胁，现在是她们讨好李红的时候，因此便很自然地傍着李红说："对，穷得新鲜，饿得干净，李红不是那种没志气的人。"

五百元："李红姐，你跟白莲那么好，她要给你么，你就拿倒嘛。"

李红："她挣钱也辛苦，我要她的钱干啥？"

幺吵吵："李红，你这话就说错了，白莲挣钱辛苦，舍得拿那么多钱出来修学校？"

五百元："就是，我看她的钱呀，肯定来得松活。"

说女人的钱来得松活，那意思就是挣了不干净的钱，李红无论从哪个角度都该维护白莲："你们莫乱说啊，白莲的为人我晓得。"

幺吵吵哈哈笑道："李红哩，漂亮的女人跑南方，难说啊。你没听说吗，而今是男人有了钱就变坏，女人变坏了就有钱啊！"

李红默然，她很信奉这句话，也因此把章明传的钱管得很紧。

她们拔完了辣椒秆，又拿起锄头挖地。

李红过意不去："这地你们就不挖了，明传说他来挖。"

幺吵吵："镇长辛苦啊，别等他了。他在陪白莲转河滩。"

李红一惊："啊！他陪白莲转河滩？"

幺吵吵："是呀，他叫我把锄头给你带来。"

五百元赶紧帮腔："李红姐，从大河滩到香山嘴，够转啊。一时来不了的。我们帮你，一会儿就挖完了。"

三个女人手忙嘴不闲，说着女人之间的贴己话。李红的脸色已经阴沉下来。

幺吵吵："李红，虽说你跟白莲是老朋友，还是防倒点啊。"

李红掩饰地："防啥，青天白日的，陪老朋友转转河滩，有啥奇怪的？"

幺吵吵："哟，李红呀，男人都是馋嘴猫啊！"

李红心里不是滋味，但不能显得那样小气，故作轻松地："你们糍粑哥是馋嘴猫还差不多，我们章明传呀，就只有这一点叫人放心。他那样儿，哪个女人瞧得起他，要是他偷得到婆娘呀，我给他发奖金。"

幺吵吵："对对对，会想。人家都说，只要不荒包产田，不管男人外头馋嘛。"

"哈哈哈……"

两个长舌妇人，只管按她们的恩怨和见识想事情和看事情，说这些话时未必就怀着恶意，也不知道那些话会产生多么严重的后果，因为她们本来就没把那当成好不得了的事。可是她们却不知道这对李红来说，每一句话都如一把尖刀，戳到了她那根最敏感的神经上。

李红苦涩地笑着，脸上罩满阴云，不时紧张地朝河滩上张望着。

夕阳下，河滩上，一片迷蒙的芦荡。远处，一片迷蒙的群山。

第二十三章　难堪旧梦

1

夕阳下，夹岸青山，一江碧水，香河里泊着几只小船，长长的大河滩，一片茂密的芦荡，乳白色的芦絮映着晚霞，那么温柔，那么馨香。没人高的芦荡中有一条弯弯曲曲的人行小径。小径上，白莲和章明传在前面并肩缓行，泡泡糖和红桃 K 远远地跟在后面。当年这条小径，曾经留下了白莲和章明传多少漫步的脚印和甜蜜的絮语。这幅绝妙的山乡秋景图画，是白莲漂泊他乡时多少回魂牵梦绕的旧景。今日故地重游，风物如昨，旧梦依稀，却人事沧桑，心境已然迥异。他们都沉浸在旧梦之中，一时却找不到合适的话题。

他们好容易走完那漫长的芦荡，登上了香山嘴。章明传站在白莲的衣衫墓前，好像想说什么，白莲怕提起不愉快的事，快步走上了观星亭前。章明传只好跟了上去。

白莲："明传哥，要是在这里修一座电站，筑坝蓄水，香山镇就会更美了。"

章明传："是啊，要是在这里修电站，香山镇就更美了。"

他们并肩站在观星亭前，望着就要落山的夕阳，听着悬崖下震耳的涛声，看着田畴间慢慢升起的雾岚，这环境使章明传忘记了此行的目的。但是一离开讨论香山镇的发展，他们又找不到话说了。

林中传来野鸡"咯咯"的叫声。

泡泡糖有意要给这对旧恋人留下空间，向红桃K使了个眼色："红桃K，我们去捡野鸡蛋。"

红桃K会意："好，去找野鸡蛋。"

白莲想制止泡泡糖，但是她犹豫了一下，二人已经钻进了茂密的树林。

白莲和章明传在观星亭上坐下来，差不多各自坐在当年那个月夜坐的位置上。他们挨得那样近，章明传一双热辣辣的眼睛定定地望着白莲。白莲赶快低头避开章明传的目光。她听到了章明传急促的呼吸，闻着了他那略带汗酸味的好闻的气息，这久违了的气息一下使她心慌，情不自已，心跳加剧。现在，她已经不是当年那只可以依人的小鸟，怕在此情此景中控制不住自己的冲动，倒向章明传的怀抱，给章明传错误的暗示。理智又一次使她做出了一个将会再次遗憾的决定，她赶快挪开了身子。

十年前那个月夜，她接受了章明传的手。那是她人生第一次对性的体验，那种美好的回味，后来成了孤独的她度过那无数漫漫长夜的伴侣。她并不认为那是淫邪和越轨，因为她已经接受了章明传那只定情的玉镯，她便是他的人了，她的一切都属于章明传了。她有时甚至为当时的一念之差而后悔，后悔当时为什么要据守那最后的一道防线，不让章明传彻底地占有了她。她也恨章明传，恨他为什么不坚持纠缠到底，哪怕是强奸了她都行。要是能够那样，她的人生或许会是另外一道风景。

2

白莲知道要戒那梦会像戒毒那么困难，但她到底还没丧失理性，她给自己开出了强制戒梦的处方。

她从此收起了那只玉镯。

她知道只有用现实来满足生理的需求，只有结婚才能釜底抽薪。

对，结婚。而今，婚姻观念已经发生了本质的变化，何必还把结婚看得那么神秘呢？

她不止一次听人说过，现在什么都不缺，只有二十岁以上的处女难寻。特别是在那开放的南方，她经常出入那些豪华的宾馆酒楼，看惯了那些从内地赶来拍卖肉体的妙龄女郎们，其中不乏女大学生和研究生之类的精英之辈。她们一排排一队队地候在霓虹灯闪烁的大雅之堂，巴不得一丝不挂。她们弄尽风骚，充分展示女人那些对男人们最具有侵略性和征服性的部位，去挑逗和勾引买主。

而今的白莲不能不承认，性在这个时代已经既不神秘，也不神圣。不少年轻女人把青春的肉体作为搭建未来成功之路的资本，"我以青春赌明天"成了她们愉快的选择。一个赌字，把一切都变成为赤裸裸的交换。谈婚论嫁，也一样在追求速度和效率，从见面握手到拥抱、亲吻和上床，须臾即可完成。所有漫长的过程，都是对生命的浪费。

活生生的现实，使白莲不得不对自己的性观念进行反思。她有时责问自己，同处一个时代的年轻女人，为什么别人可以那样，而自己却不能随潮流而动，她不知道是自己保守和僵化，还是时代进步了？但有一点她是明白的，从一而终的贞女已经被时代淘汰，自己既不贞也不洁，何苦要把自己死死困在那个幻梦中？她甚至骂自己真蠢，在歌舞团的那些日子里，一听到那些歇斯底里呐喊"爱"的歌曲就想作呕，一接触到男人的肌肤，就感到浑身像触电般地发麻和难受。这真是自寻烦恼，自讨苦吃。现在，更使她能够自我安慰的是她用不着为了金钱去出卖肉体，她只需要正大光明地重新恋爱结婚，就能满足她的饥渴。于是她下定决心行动，雷厉风行地行动，强迫自己迅速恋爱，迅速结婚。

白莲在商场中已经成了一个成功的女人，围在她身边成功的男人并不少。于是在那些疯狂的追求者中，她接受了香港一家大公司的总裁助理的求婚。那是一个算得上很成功的男人，事业、金钱、地位，应有尽有，气质高雅，风流倜傥。不用犹豫，没有什么仪式，也没有惊动朋友，她简化了所有过程，就闪电式地跟那男人结了婚。

正当白莲以全部热情和如饥似渴来迎接梦寐以求的新婚之夜的欢娱之时，那男人仍是那般彬彬有礼，竟然在上床的时候当着她的面服用壮阳药物。她想不到自己如花似玉，竟然激不起他的激情和欲望，这实在叫人恶心，简直是她的奇耻大辱。更让白莲不能容忍的是性药发作之后，那男人跪在她面前苦苦哀求时的那一番奇谈怪论：

"这能怪我吗？这个时代全世界的男人都阳痿，成功的男人们不能不阳痿啊，香港的成功男人们更是阳痿。所有广告和传媒都无休止对男人进行性轰炸，他们的性反射早已麻木和迟钝。内地来的娘们儿又那么廉价，那么热情地投怀送抱，给他们准备了那么多婚外之家，虽然满足了他们的虚荣，装点了他们的成功，但是也早就掏空了他们的一切啊……"

那男人真诚的诉苦，没有得到她的同情，得到的是一记响亮的耳光。他被赶出了新房。

毁灭性的打击有时似乎也可以成为一剂医治心病的良药。白莲并不后悔那次婚姻，她甚至感谢这次婚姻游戏，对她告别那场春梦的纠缠起了很大的作用。要彻底走出那个梦境，她知道心病还需心药医，从此便虔诚地把自己交给了佛祖，她把观音菩萨永远安放在自己的心中，当作医治心灵创伤的灵药。另外就是拼命挣钱。她觉得清点钞票的感觉真好。她用生意上的成功来填补心灵的空虚，打发那无边的孤独和寂寞。

白莲承认自己是一个虚伪的两面人，也很得意自己的表演天才。表面是一个淑女，那样文静和清纯，骨子里却是一个荡妇，那样淫邪和想入非非。她把自己包裹得很严，封闭得很紧，一直没有真正的朋友，直至泡泡糖成了她的员工，好像才有了可以交流的对象，但是她也没有让泡泡糖看到她那荡妇的内心，把那作为了自己永远的秘密。因此她在员工们面前，永远都显得那么平静，那样冷面冷心，仿佛只是一台会赚钱的机器。她拥有太多的秘密，甚至她的结婚人们都不知道，她的离婚人们也不知道。

淑女和荡妇，两个白莲在她心里惨烈地搏杀着，往往是此消彼长，此长彼消，没完没了，无休无止，扰得她好累，扰得她好苦。好在虔心向佛之后，菩萨神通慈爱的大手终于帮她抵挡住了心魔的不时来犯，两个白莲的搏杀才渐渐分出了些高下，淑女白莲才开始占了上风。但是菩萨似乎也有瞌睡的时候，一年总有那么几次，那只被菩萨驱赶了的虱子又会爬进她的被窝，唤醒那场旧梦。有时时间久了，她甚至希望重温那个旧梦。事实上这一次她就是带着一种对旧梦的依恋，和一种朦胧的期望回到香山镇，回到章明传身边的。

白莲的期望除了那些冠冕堂皇之外到底还有什么，白莲自己也说不清。章明传的情况早已知道，章明传想的什么她也知道，但是那可能吗？除非……她不能去想那些除非，菩萨仿佛就站在面前，想一想那些除非都是罪过。

3

　　长久的沉默中两人好容易调匀了呼吸，章明传终于开口了："白莲，怎么不说话了？"

　　十年的思念，万语千言，那天盘丝洞的见面都说了那么多了。难道她回来仅仅只是为了向他诉苦么？她知道机遇不是随时都有的，勇气也不是随时都有的，说那说不清的朦胧期望？她即使敢说，但是她能说吗？片刻的犹豫，淑女白莲战胜了。阿弥陀佛，菩萨的奴仆白莲，章明传记忆里那个淑女白莲，此时还能说什么呢？

　　白莲望着章明传只苦涩地一笑。

　　章明传忍不住了："还记得十多年前那个夜晚吗？"

　　对于他们二人，那是忘得了的吗？

　　白莲又沉默了好一阵终于开口了："明传哥，我记得，永远记得我的誓言。我做到了。"

　　章明传："白莲，别说誓言了，都怪我糊涂，混蛋！当初为啥不冲动些占了你。为啥要逼你发出那样的毒誓。为了那个誓言，毁了你的一生，也毁了我们的一生啊！"

　　能有这种追悔已经使白莲满足了："明传哥，别后悔了，誓言都是神圣的。"她很现成地重复了那天在这里跟泡泡糖说过的那一句话，尽管自己也知道那句话言不由衷。

　　章明传看了看自己亲自为白莲建的衣衫之墓："我明天就派人来平了这坟。"

　　白莲道："明传哥，难道那个为你投河的女子不配埋在这里吗？这里埋的可是你对当年完美无瑕的未婚妻的情和义啊。你知道吗，我回乡来的第一件事就是来给自己哭坟啊！"

　　章明传始终觉得跟白莲见面那天，她最后的表白中那几分犹豫和勉强还给他留有余地，焦点在船上说的"此一时也，彼一时也"也加强了他的幻想和希冀。他想趁今天这个机会，让白莲明确表态，让希望得到印证。他几乎是呐喊一样："可是埋葬在这里的那个人复活了，我的完美无瑕的未婚妻复活了，那份情也复活了啊！"

　　白莲知道章明传想的什么，心里也不由得一阵发热，但她最终还是冷静下来，告诫自己，不能对章明传的热望给一丝回应。她叹了一口气："唉，明传哥，认命吧，我相信命运。我敬重你是个有头脑，有责任感的男人。对于我，已经承受得起命运的折磨了。可是对于善良的李红姐，她承受不起啊。现在你不应该提出这样的问题了，我再说一遍，我回来只是想看看你们，只想能给你的事业有点帮助，能给家乡做点事情。看在我们过去的情分上，求你待好李红姐，能让小敏常来我这里玩，我就满足了。"

章明传："那你为啥至今还没结婚？"

白莲："你……"良久的沉默，淡淡地，"我信佛，佛就是我的精神家园。"

夜幕降临，"找野鸡蛋"的泡泡糖和红桃K回来了，四人走出香山嘴，走上牌坊路，向古镇走去。

暮色中，章明传挑着一担辣椒秆走回家，把辣椒秆倾倒在院子里。

章明传进屋开灯："李红，李红！"没人应声。

章明传看了看小饭桌，空的。走进厨房揭开锅盖，空的。他皱了皱眉，倒了一杯水，走进卧室。李红面朝里躺在床上。

章明传小声地："李红，病了吗？起来喝口水吧。"

李红不应声。

章明传："是中了暑吧？就那么一点活儿，我叫你迟点出门，你偏要顶着太阳去做。来，喝一管藿香正气水吧。"

李红依然不应声。

章明传："请不请医生呀？"他伸手去摸她的头。李红一掌打开他的手。

章明传依旧低声地："你？李红，哪个又惹到你了吗？"

李红仍是不吭声。

章明传坐在床沿上无计可施。叹了一口气，走进厨房生火做饭。

小敏背着书包，拿着一张纸，蹦蹦跳跳地跑进屋来。那天晚宴上李红曾经答应小敏跟红桃K学习使用电脑，这几天晚上放学后，小敏就到盘丝洞去了。孩子不知道妈妈的心事，得意地拿着自己的电脑处女作，满心欢喜地回来向妈妈报喜："妈妈，你看，我会用电脑打字了。"

没人应声，她跑进厨房："爸爸，我会用电脑打字了。"

章明传接过那张纸看了看，高兴地亲了小敏一下："唔，我小敏能干。认真跟小红阿姨学，长大了好当大专家。"

小敏："妈妈呢？"

章明传又希望小敏这润滑剂发挥作用："妈妈累了，在睡觉。快去给妈妈看吧。"

小敏听话地跑到床边："妈妈，你看，这是我用电脑打的字。"

李红不理。

小敏懂事地："妈妈，你怎么啦？你累了吧，我给你捶腿吧。"

小敏说罢上床为李红捶腿。

李红一下坐起来："滚开些，放学那么早，跑到哪里去了？"

小敏："我，我到白莲姑姑那里，跟小红阿姨学电脑去了，这是我今天学打的字……"

李红给小敏一耳光："学你妈个屁，哪个准你去的？再去，看我不打断你的脚杆！"她骂着，把小敏打的字撕得粉碎。

小敏很委屈，"哇"地大哭起来。

章明传冲进卧室，抱起小敏："李红，你，你啥子疯又发了？今天哪个又惹到你了？"

李红伤心地哭起来："呜……我的老公拿给别人抢走了。我就这么个小敏呀，把小敏给我抢走了，我这个跛子婆娘靠哪个啊？呜……"

章明传："哎，你又来那一套。你现在连小敏都不放过了，你叫我，叫我……"

章明传抱着小敏，只有任李红泼闹，无可奈何地叹气。

第二十四章　毕西蓉城"换脑"

1

毕西虽然始终不忘记钻营自己的前程，而且是一个有名的爱跑的三脚猫，要他钉在哪里干什么事，这有如叫他坐牢，但是这次去成都护理唐立行，他却是十分尽心尽力，终日守在病房寸步不离。唐立行要求出院，他找出种种理由劝阻和反对。唐立行说镇上人手紧，只留下自己的妻子护理，让他回香山镇去抓工作，他更是不容商量，一口回绝，说这是县委给他的特殊任务，不能打半点折扣。

毕西的变化，多半是出于对闹事那天自己行为的负罪感，特别是当专家们判定唐立行只有在轮椅上度过余生之后，那种负罪感就更为强烈。

毕西从来都不认为自己有多么高尚，自己只是芸芸众生中的大凡人一个。"人不为己，天诛地灭"，他不想天诛地灭，也就做不到"不为己"了。他的最高精神境界，最大的人格追求能够做到"利己不损人"就行了。因此他在不损害自己利益的前提下，是个肯做好事的人。他到香山镇后，凭着他的人缘，曾经帮过不少群众的小忙。在镇干部中，他虽然影响很不好，但在群众中，他却是一个平易近人的热心人。

毕西在强烈的负罪感中反省自己时，更多地想到的是唐立行的好处。现在，像唐立行那样有能力而又能真心为老百姓办点实事的干部实在太少了。他知道唐立行比自己还小十岁，正前途无量，可是现在基本上成了一个废人。他想，如果闹事那天自己能早点赶到现场，说不定多少还能起到一些缓解矛盾的作用，唐立行或许不致如此下场。可是那天听到闹事的消息后他不但不急着去救火，内心反倒有些幸灾乐祸，当唐立行宣布章明传主持全面工作后，甚至还鬼使神差地打电话去通知那个唯恐天下不乱的搅屎棒任水妹。这实在太缺德了，太下作了。

问心有愧的毕西常常暗骂自己真他妈的不是人。这次他便怀着一种补过的心理精心地护理着唐立行。其实护理工作也出不了多少力，吴书记早已请了医院方面的朋友关照，一切都安排得十分妥帖。治疗已经没有多大希望，只有姑息疗养。他所能出力的地方只有协助唐立行的家属一起照顾唐立行的汤药和起居，和跟唐立行摆龙门阵散心。

毕西本来讨厌文人们无病呻吟，咬文嚼字，但唐立行那天在临时党委会上那几句开场白却永远铭刻在他的心上。他懂得唐立行这样的人，那"满腔激烈留纸上，身残不许再称雄"的心灵痛苦，远远胜于身体上的痛苦。那么分担他这份心灵上的折磨，就是他现在最应该做的事了。

唐立行不需要安慰，一般的安慰对他也没有任何作用。过去，他们之间是没有共同语言的，会场上除了扯工作之外，大家说的都是得体的套话，会场下彼此防着，骚话掩盖假话。现在终日守在病床前，彼此都增加了理解和信任。说工作、说人生、说世事，都能进行坦诚的心灵交流。在交流过程中他才发现其实他们的许多认识都是共通的。只不过各人在同样的认识下，对自我行为把握有所区别而已。

唐立行的心态其实调整得很快，他知道自己属于脑力劳动类型的人，很庆幸他那个好用的脑袋没有受到重创，肢体行动不便反倒为他开发脑瓜的潜能创造了条件，因此他很快走出了下肢瘫痪带来的阴影。现在他最关心的还是香山镇的发展。他跟毕西摆谈得最多的仍然是他在香山镇留下的那一纸规划。镇上派教办老校长和妇联张主任来看望他，除了带来大家的慰问外，还给他带来了不少好消息，特别是听到温州佘老板要投资办厂，河南王老板要承包荒河滩种西瓜后，十分高兴，对香山镇的前途充满了希望。

唐立行对自己未来的打算很简单，那就是写作。写作本身就是他的业余爱好，而且有充分的生活体验和写作基础，他相信自己能够在写作上做出成就来。他想现在就应该做准备，借这机会多读些书，了解文坛最新动向，研究文学发展趋势。毕西当然很支持他这个想法。他想应该尽快去帮他弄些书来。

2

毕西在成都有很多朋友，多数都是他的战友和部下，而且不少人还曾经得到过他的帮助。这些人现在多数都混得很不错，常常请他到成都来玩。他至今都还没领过他们的情。这次到成都来护理唐立行是一个好机会，可是为了不分心，来成都后他一直没告诉任何人。现在唐立行的情况好多了，他便告诉唐立行，想去会会老朋友。

朋友们知道毕西来了成都，立即开车来华西医院把他接到成都一家有名的大酒楼。毕西是见过不少大场面的人，那排场、那气氛、那份真挚的战友情谊还是让他十分感动。他看得出朋友们确实今非昔比，自己跟朋友们已经拉下了很大的距离。

豪华的小筵席厅里，朋友及家属们轮流给毕西敬酒。

丁老板："老连长，来，我再敬你一杯。"

毕西提成了营职干部后没到任就立即转了业，因此朋友们不叫他营长，也不叫他书记，还是习惯叫他老连长。

毕西："丁老板，喝不得了。实在喝不得了。"

丁老板："老连长，别叫我老板了，我们只不过是跟着我们杨总风光罢了。"

众人都道："对，老连长，杨总才算真正的大老板，为我们县在成都混的人争了光。丁哥，你说话，我们全体老兵再敬老连长一杯!"

丁老板："好! 老连长，当年在部队的时候，你关照我们，转业回乡后，又全靠你关照。那时我们这些土包子一个个穷得叮当响，又没有一点门道，到处瞎碰。就你才在县城里当官。我们每次进县城，吃住都在你家，全靠你给我们出点子、找门路，帮我们筹路费，帮我们找便车，给我们引荐朋友，支持我们出来闯，我们才有今天。你对我们的恩情太大了。我们全体老兵和家属再敬你一杯。"

丁老板说的也是实话，"苟富贵，勿相忘"。这令毕西很感动。他似乎又找到了当年在军营里那种感觉，很豪爽地："好! 干一杯!"

丁老板："好! 我们共祝老连长万事如意，干!"

毕西干了酒长长地叹了一口气："唉，什么万事如意啊。我他妈的活得窝囊。小姐，换大杯来，我敬大家一杯。"

小姐换了大杯，都斟满了酒。

众人都来了劲："好，要不是老连长来成都出差，很难得见上一面。今天喝个一醉方休。"

毕西站起来举起杯："弟兄们，早就想跟大家痛痛快快喝一杯，这次到成都十多天了，一直还没抽出时间。今天我感谢大家的盛情，我毕西一个营级干部转业，到地方降级安排，混到快五十岁了，还是一个科级干部，要权没权，要钱没钱，过去对你们关照不够，很不够。我今天向你们表示歉意。好在几年不见，你们一个个都成了腰缠万贯的富翁。我祝贺你们的成功。干!"

众："干!" 又举杯一饮而尽。

众："好，痛快。"

丁老板："我们的老连长还是那样豪爽。"

毕西摇头叹息："啥豪爽啊，这是在你们这些老战友面前。给你们说实话吧，这几年在官场中点头哈腰，你们那个豪爽的老连长，早已经变成他妈一条哈巴狗了。哪有你们活得扬眉吐气啊!"

丁老板："老连长，我们几个是啥本事，你还不知道吗？我们经常都在说，你要是下海，我们来给你打工，你都嫌我们不够格。"

众："老连长，我们就是想拉你下海，我们给你扎起！"

毕西："哈哈哈，你们是在开啥玩笑啊。"

丁老板："老连长，我们敢跟你开玩笑吗？"

众："我们说的都是实话。"

丁老板："好，现在该进入主题了。老连长，你知道今天这客是谁请的吗？"

毕西："谁？"

丁老板："我们'明天集团'的杨总啊。"

毕西很诧异："杨总在省内实业界是那样赫赫有名的大老板，会请我这样的小小乡官？"

丁老板："我们杨总很仁义，他不止一次给我们讲起你。"

毕西诧异了："杨总认识我吗，他讲我啥？"

丁老板介绍道："你们认识的，只不过你忘记了他，他可没忘记你的恩德啊。"

毕西更奇了："是吗？我连人都不认识，对他会有什么恩德？"

丁老板："据杨总说，你们是远房表亲，原来他家很穷，高中毕业当民办教师时没有一件像样的衣服，有次你回家探亲的时候，送过他一套的确良军装是不是？"

毕西摇头："这……记不得了。"

丁老板："那时的的确良军装很珍贵，你记不得，他却永远记得啊。他听说你来了，今天这杯酒，就是他专门设宴向你谢恩，要我邀几个战友把你陪好。他把几起重要客人应付了后，一会儿亲自来陪你。我先代我们杨总敬你一杯。啊，你看，杨总来了。"

杨总果然走进来了，众人起身相迎。

杨总爽朗地："哈哈哈，我刚把那边应酬完，毕书记，据老辈人说，我们是转弯抹角的表亲，论辈分我该把你叫表叔，请表叔原谅小侄失礼。来，我敬家乡父母官和表叔喝一杯。下午，我把其他事都推了，专门陪你吃茶！来，干！"

毕西："这，谢谢杨总，干！"

第二十五章 唐立行成都治伤

1

妇联张主任和老校长，代表香山镇的干部和群众，专程到成都看望唐立行。他们见毕西不在病房看护病人，口中对毕西都颇有微词。唐立行一再解释，十多天来毕书记一直守在病房，今天一直等我输完液，才被他在成都的战友们接走的。

唐立行正解释的时候，丁老板等人提着水果及各种营养品走了进来。"请问，这是香山镇唐立行书记的病房吗？"

张主任："是呀，请问你们是——"

丁老板："太好了，我们是老乡，也是毕书记当年在部队的老部下，现在在成都混饭吃。今天听毕书记说唐书记是好官，我们是来看望唐书记的。"

唐立行一听说毕西的老部下来看望他，连说："这怎么要得啊？"

丁老板等众都说："唐书记，有啥要不得，亲不亲，故乡人啊。"

"像唐书记这样的好领导，人人都很敬重的。"

"唐书记，你要安心养病啊。"

"唐书记，我们在成都的老乡多，有啥子事打个招呼就行了。"

"对，毕书记那里有我们的电话。"

张主任和老校长："我们香山镇的干部和群众，也感谢你们对唐书记的爱戴和关心。"

唐立行问："啊，毕书记呢，他不是说今天出去与你们这些老战友聚会吗？"

丁老板解释道："今天下午，我们杨总专门陪他吃茶，跟他商谈重要事情。"

唐立行："哪个杨总呀！"

丁老板："明天集团杨总啊。"

唐立行吃惊地："什么，明天集团杨总，专门请毕书记吃茶！"

丁老板："是呀，我们的老连长是杨总的表叔，杨总落难时，他还帮助过杨总哩。"

唐立行："啊！原来是这样。"

唐立行并不认识这些人和杨总，他们说是从毕西那里知道了唐立行的人品，一齐来看望老乡。这种浓烈的乡情，使客居省城治病的唐立行心里热乎乎的。

客人们同时还给毕西带来一大捆当代国内外走红作家的小说，和一捆近期出刊的大型文学期刊，另外还有一部崭新的手提电脑。

丁老板："唐书记，毕书记要的书和杂志，我们给他捎来了。你养病吧，我们不打扰你休息了。"

唐立行："好，谢谢大家了。张主任，请你帮我送送老乡们吧。"

其实真正的大老板，并没有人们所想象的那么张扬和不可一世。杨总的业务做得很大，在成都实业界是屈指可数的人物。喝酒时说下午要陪毕西吃茶，毕西只当是酒席上对他这个老乡说的客套话。没想到杨总下午果然丢下所有事情，来陪他吃了一下午茶。

过去人们常说"与君一席话，胜读十年书"。毕西本身就是个脑瓜很灵活的人，他们吹牛的范围很广，海阔天空之后，他才知道这些年自己多么闭塞，多么迟钝，多么落伍。朋友们的恭维和杨总对他的看重，使他重新认识了自己，真后悔这些年白活了人，窝在小县城里，在那千军万马拥挤的官场独木桥上提心吊胆，真他妈的笨蛋！

杨总也熟悉香山镇，他通过省上的专家朋友，对香河电站项目关注很久了，只是一直没有合适的人来为他实施这个事情。今天见到了毕西，他知道毕西是个大能人，现在又是香山镇的党委副书记，便打起毕西的主意来。下午天南地北地聊天之后，杨总就集中了解香山镇现在的情况，并且具体询问了镇政府对香河电站的打算。

毕西一眼就看出了杨总有投资电站的意向，于是便详细介绍了情况，热情欢迎杨总到香山镇投资。

杨总当即表态："我来投资可以，除非表叔亲自来为我主持这个项目。我给你的年薪不会低于二十万。"

那时二十万可是个天文数字，毕西不相信自己的耳朵："杨总，二十万，你是开玩笑吧？"

杨总道："我能跟表叔开玩笑吗？"

毕西："可我对水电一窍不通，不是这方面的专家啊。"

杨总："可你是个通天彻地的杂家，是一个管理专家的专家。专家好找，能独当一面的杂家难求。"

毕西："对，专家好找，我先给你介绍一个专家，我们县水电局的退休老局长汪局长。"

杨总："这个人我知道，'文革'前毕业的老牌大学生，水电专家，人品也不错。省水电厅有几个朋友都尊他为师父啊。"

毕西："是啊，他对香河县贡献很大，当了多年水电局局长，带出过不少人才，在地方上威信很高啊，身体也还健朗，你请他不是更好吗？"

杨总："表叔，我更需要的是管理专家的专家，更看重表叔你通天彻地的本事。"

毕西长长地叹了一口气道："感谢杨总对我的高看，给我这么好的差事，可是我现在身不由己啊。"

毕西只好说了自己现在的处境和为难。

毕西本来打算在官场中尽快再升一级，现在看来很难了。好在前不久传出一条干部分流离岗的新政策：年龄五十以上，工龄三十年以上的干部，可以申请分流离岗待退，行政级别相应提升一级。不少地市已经执行了。只是香河县所在市还没出台实施文件，据可靠渠道的消息要等到明年。毕西想等到明年分流离岗，哪怕头上加了个（享受副县级待遇）的括弧，名声也要好听些，到那时再出来混也不迟。

杨总想了一阵，最后提了个折中方案，让毕西现在先暗中给他做香河电站兼职总经理，月薪一万，由他组织工作团队。像汪局长这样的人，就可以立即进入他的团队，做项目前期地方上的准备工作。

毕西推辞了一阵，最后半推半就地接受了杨总的建议。答应暗中牵头，准备工作中目前要出头露面的事，请汪局长出面。

杨总道："只是不知道汪局长肯不肯出山。"

毕西道："杨总知道表叔家里过去很穷，这辈子书读得少，才影响了在部队的发展。没文化的人最敬重的就是读书人了。跟汪局长算得上忘年交。更何况修香河电站，就是他提出的，所有论证和准备工作，都是他做的。他在任上没完成这件事，一直是他的遗憾。只要我请他，一个电话就能搞定。"

杨总连说："好，好！这就是表叔你这个杂家的长处和价值，请汪局长立即来成都，我们再仔细商量。"

毕西立即拨通了汪局长的电话，请汪局长到成都一聚，汪局长答应得很爽快："明天就来。"

2

晚上毕西回到病房。老校长和张主任已经走了。毕西解开了那些书，打开了那台未开封的电脑。这些都是唐立行近来盘算得最多的东西，羡慕的眼光不由得为之一亮。

毕西道："唐书记，这些书和这台手提电脑现在都归你使用了。"

唐立行不相信自己的耳朵："你说啥？"

毕西："这些东西都是杨总买的，现在送给你，他知道你目前最需要这些东西……"

唐立行一听这话很生气："毕书记，这是你的主意？"

毕西很坦白地："是我的主意，也是杨总的主意。"

唐立行："我跟杨总非亲非故，凭啥要接受他的礼物？不错，这些书和电脑我确实很需要，而且梦寐以求，但是我唐立行再穷也用不着你去帮我化缘讨口。在乡亲面前丢脸啊，请你帮我退回去吧！"

毕西："唐书记，你先别生气。你出事这么久了，我没给你买一束花，没给你买一分钱的糖，我今天出去的目的就是想买这些书来送给你，让它们陪伴你度过病床上的寂寞。如果我送你这几本书，你给不给我毕西面子？"

唐立行："你，你。我们是同事，另当别论。"

毕西："唐书记，你应该知道，我毕西不是缺几百块钱花的人吧？我要送礼，丢得起脸面去化缘讨口吗？"

唐立行知道毕西是乡镇干部中的富翁，不少人都向他借过钱，而且是个出手大方，很爱面子的人："可是，这，这并不是你送我的呀。还有这台电脑，这么贵重，这是什么性质的问题，你不是不知道啊？"

毕西哈哈笑道："不，现在这些书还是我送给你的，你必须接受。这台电脑，是我借给你的，你也必须接受。"

唐立行："你把我说糊涂了。"

毕西："唐书记，给你说实话吧。我不认识杨总，他认识我，还说我们是远房表亲。在困难年月，大概是父母用我这个表叔的名义对他做过一件好事。他很敬重好官，知道你的情况后很感动，一心想帮助你，问你需要什么，我告诉了他。我知道你不会接受他的礼物，他就用还我人情的名义买了这些书送我。书我收下了，你知道我不喜欢读书，现在我毕西转送给你，你可以放心收下了吧？"

唐立行："毕老兄呀，你的鬼点子真多，我拿你真没办法。那就谢谢你的盛情，这些书我收下吧。"

毕西："这台电脑你也得收下。"

唐立行一脸严肃地："电脑那么贵重，你尽快给他送回去。我是无论如何都不会接受的。"

毕西："你还是必须接受！"

唐立行生气了："你要我受贿吗？"

毕西哈哈笑道："唐书记，这你更应该放心了，我毕西觉悟是低，就一条，怕犯大错误丢饭碗，对于党纪条规比好多人都熟。杨总比我们更懂得官场的规矩。受贿的必要条件是利用权力为他人谋取不正当利益。你现在有多大的权？你今后会有多大的权？即使你有权力，杨总的事业在成都，你帮得上忙吗？如果他要回家乡发展，县上老爷们把他奉若神明，每年都要登门给他拜年，轮得上你帮忙吗？事情是通过我干的，以前你是我领导，难免有受贿之嫌，前几天我已经跟你交过心，现在我对官场已经冷了心肠，不去争镇长当，也不去争书记当，何况这台电脑不是他送给你的，只是我一定要借给你，你有什么可怕的？"

唐立行："你借给我？你接受了他这么贵重的礼物？"

毕西："不，这是他给我配备的工作电脑。"

唐立行："你没为他工作，怎么会给你配备电脑？"

毕西当即撒了个谎："我答应他分流离岗后给他打工，企业都注重人才投资，他要我现在必须学会电脑。唐书记，电脑不用，会放坏的，浪费了太可惜，我请你先学会，以后给我当老师，算我求你了，行吧？"

唐立行知道这一切都是借口，这个他过去不大喜欢的助手，现在这一份真诚的苦心实在让他感动，眼眶里禁不住蓄满了泪水。他握住毕西的手咽喉哽哽地说："毕书记，你叫我说什么好呢？"

第二十六章　招标游戏

1

　　这些年来，小城镇建设在基础较好的乡镇早已启动，不少地方已经积累了一定的经验。但对于过日子都很艰难的香山镇来说，集体组织干部出去参观考察，这还是第一次。由人大刘主任和副镇长杜中德带队的十多人组成的考察队伍，几天来在县内外考察了好几个很有特色的乡镇。乡镇干部之间本来就有一种特殊的感情，加上周边乡镇的辣椒收购有麻烦来求香山镇的领导帮忙时，他们尽心尽力地出面跟佘老板协商，使佘老板很通情地扩大了辣椒收购数量，帮了兄弟乡镇的大忙，因此，他们这次所到之处都受到了热情的接待。

　　镇政府会议室里，杜中德汇报完参观学习小城镇建设的经验后总结道："总之。这次我们参观考察，所到之处都受到热情的接待，我们学到了很多东西。当然有的经验还需要我们好好消化，还要根据我们的实际，做些调整和修改。"

　　焦点举着一沓文件："这些文件和资料，是我们这次取到的真经，很值得我们学习和借鉴。"

　　章明传："请人大刘主任和焦秘书加点班，各部门密切配合，抓紧时间，尽快把我们镇的实施方案和相关规定搞出来。最急的是用地的相关文件。街一村小学用地和佘老板办厂用地，都等着急用。"

　　刘主任："没问题，我们在参观时已经形成了一些共同意见。"

　　章明传："那好，有关小城镇建设的实施文件制定出来后，利用广播、电视、专栏、宣传队等形式，立即开始大张旗鼓地宣传。焦秘书是抓宣传造舆论的行家里手，这件事情就落到你的头上。"

焦点愉快地接受任务："好，那我就当仁不让了。"

纪委杨书记负责的是大桥招标工作，章明传问："我们大桥招标公告发出去后，报名情况怎么样？"

杨书记："已经有十三家报名，还有人打电话来问我们的资金到位情况。"

章明传："我提议立即开始对投标单位进行考察和筛选。这件事仍然由纪委杨书记和人大刘主任负责，相关部门派员参加。"

大家都一致同意。

散会之后，章明传留下了杜中德和焦点。

杜中德："老章，还有啥事吗？"

章明传："前几天白莲给我们提了几条建议，我看很好。除了再制定个长远发展规划外，特别是香河电站、旅游业和观光农业的发展思路，非常切实可行。我想跟你们商量一下，看能不能纳入我们的长远规划一并宣传，并把近期工作做些调整。"

杜中德："好啊，这次出去，不少人都说我们的古镇很有味道，镇江寺的菩萨很灵。交通问题解决后，说不定还可以在旅游上做出好文章来。"

焦点拿出笔记本："镇长你说说，白总有些啥建议？"

章明传："你最好亲自去请教一下白莲，跟她好好探讨一下。"

几天之后，纪委杨书记和人大刘主任，带着招标考察队伍回到香山镇。考察人员带着大包小包随杨书记直接进了纪委办公室。大包小包都是这次考察收受的礼品。各种精装的名烟、名酒、名茶、衬衣、被套之类的礼品和红包堆了一地。每一件礼品上都贴了一张纸条。上面写上了送礼者和上交礼品者的姓名。

镇纪委杨书记请来焦点帮忙清点，焦点正在往上交礼品登记簿上登记造册。

焦点："杨书记，这回出去考查施工队伍，要不是你这个镇纪委书记亲自带队呀，我们还真怕说不清楚哩。"

杨书记："我这个纪委书记亲自带队，别人还是照样请客送礼塞红包，推得发火都推不掉。你看登记簿上，我名下不是也收了几家的礼品和红包吗？"

焦点问道："这些礼品和红包怎样处理呀？"

杨书记："按制度，礼品礼金应该如数上缴归公。这次带队考查施工队伍，我算长了见识，学到了很多东西。特别是县桥梁公司陈经理介绍的那些情况，算给我上了生动的一课。那些包工头呀，虽说害人不浅，其实呀世风不好，他们也难，送礼塞红包也是不得已而为之。我看礼品礼金最好还是退还他们，让他们少受点损失，如果实在退不掉再充公。"

焦点："对，我也有同感。"

"杨书记，杨书记……"

李红拄着挟杖，气咻咻地出现在门口："你们那烂桥别修了。莫害人啊！"

焦点赶忙让座："嫂子，请坐，请坐。"

杨书记："嫂子，啥事啊？看把你急成这样。"

李红坐下，掏出一个胀鼓鼓的牛皮信封，啪地掷在桌子上："你看嘛，包工头给章明传塞的包袱，见面礼两万元。"

焦点："见面礼就是两万元啦？！"

杨书记："出手这么大方，是谁呀？"

李红道："刚才我正推着烟摊摊要出门的时候，不晓得从哪里冒出来一个野物，冒充章明传的战友。说哪个龟儿县长是他的老表，靠山硬得很，保证事成之后还酬谢好多万。气得我火星直溅，训了他一顿，他反而涎皮奪脸地说这是通行规矩，无人过问；说我是假装正经，丢下钱就跑了。杨书记，你说气不气人啊。章明传一辈子走霉运，现在还有人用这种下作手段来害他。你要给我们作证啊！"

焦点想了想道："肯定是牛魔王了，牛魔王扯的是冷县长旗号，冷县长也给我们打过招呼。"

杨书记："对，很可能是他。"

焦点对李红道："嫂子，别着急。你看我们也遇到了这种事情的。"说罢，打开信封清点钞票登记。

杨书记："是啊，不用急。身正不怕影子斜嘛。你把钱及时上交了就没事了。"

李红始终把握一条，就是家丑不可外扬。她在家里跟章明传整事，在外面始终还是维护章明传的，说道："杨书记，你是纪委书记，哪个敢整你嘛，你当然不怕，我们可怕啊。人倒霉喝凉水都要卡牙齿。人家成心要整你，如果硬要歪起牙巴子乱说，你有啥法？到时候黄泥巴滚裤裆，是屎也是屎，不是屎也是屎。跳进黄河都洗不清啊。不过，虽然我们章明传老实好欺负，到时候要是有哪个狗日的敢害他，我这个跛子婆娘可不是好惹的！"

焦点由衷地伸出了大拇指："嫂子，你真是镇长的贤内助啊。"

李红："啥贤内助啊，连自己的家门都没守住，羞人啊。"

杨书记："这怎么能怪你呢？"

李红自有一番道理："嗨呀，杨书记哩，绿头苍蝇叮臭肉，人家是把我当成臭肉了。未必我就那么不值价呀？不是吹牛，我李红再穷，穷得有志气。就是讨口叫花唱莲花落，凭我这大嗓门，圈圈都要比别人扯得圆些。吃孬些，穿孬些，瞌睡都要睡得安稳些。"

杨书记："对，嫂子这点最令人敬佩。"

焦点："嫂子，你唱莲花乐呀，我第一个给你捧场。"

李红："好哇，说话算数。我走了。"

焦点："呃，这是收据，收好。"

李红接过收据走出办公室。

杨书记望着李红的背影感慨地："唉，章镇长虽说在家里受点气呀，也值得。"

焦点："妻贤夫祸少嘛。值得，值得。"

2

牛魔王对香河大桥工程项目是志在必得。他这个劳改释放犯，在城里云里雾里，却无颜见家乡父老。他好想在家乡显露一下能耐，获得尊敬，为了拿下这个项目，他这次是不惜血本。他先给常务副县长冷县长送去五万，请冷县长帮他说话。冷县长曾经给他帮过类似的忙，很成功的。

冷县长愉快地接了招，叫他还要做好基层业主的工作。他派人分别去打点镇上的几个关键人物，却都吃了闭门羹。好在章明传那里总算交到了李红的手上。毕西虽然在成都，但他这一票也很关键。因此，他和马老板亲自到成都来打点毕西。

繁华的成都大街一家高档的茶楼上，牛魔王恭恭敬敬地把毕西迎进雅室。牛魔王行贿已经很有经验了，因为要做的事不正大光明，知道的人越少越好。见毕西之前，他已经让马老板隐身了。毕西进门后，他随即关上了门。

毕西："牛魔王，你龟儿跑到成都来干啥？要请我喝酒，明说。这也错不到哪里去，别做得这么神神秘秘，鬼鬼祟祟的。"

牛魔王为毕西点燃烟："我是专门来看望毕哥子的。好好喝一台酒，这是自然的。我晓得你在成都护理唐书记，成都是个好花钱的地方，肯定你手边紧。我给你送钱来的，把我们的旧账了结了。"

毕西不解："你我除了赌酒的输赢外，还有什么旧账？"

牛魔王："有啊，你帮我拿的电信局那个项目，我还没兑现啊。"

牛魔王说着把一个密码箱推到毕西面前，啪的一声打开，里边整整齐齐地放着几扎钞票。

毕西一惊："这么多钱？"

牛魔王："这里一共有八万，电信局那个工程先给你六万，其余等结账后再付给你。这里另外两万，想请毕哥在香河大桥工程上帮忙投我一票……"

牛魔王话没说完，毕西愤怒地拍案而起："牛魔王，你龟儿是啥意思？你想害老子是不是？是知趣的，各人收倒！"

牛魔王："毕书记，你帮我拿到工程，这是我们的规矩，何况你我弟兄处，未必你对我这张嘴巴还不放心？"说着又把钱箱推给毕西。

毕西推开钱箱："牛魔王，你弄清楚，我毕西虽然胡吃胡喝，却不是你想象的那种容易收买的对象！"

牛魔王："毕书记，朋友之间，我是真诚的，你这点面子都不给？"

毕西："老子给你面子大了。如果不给你面子，我把钱拿去交给纪委。八万，影响够大了，曝你狗日的光，老子挣表扬，好吗？"

牛魔王没趣地把钱箱放到桌下："那么香河大桥工程……"

毕西："大桥工程，你趁早闭嘴。"

牛魔王："电信局的工程要去求人，你都肯给我帮忙，你们自己的工程……"

毕西："电信局那是朋友管辖的普通建筑，你能够做。这是修大桥，你有那能耐吗？"

牛魔王："我和别人联手啊，冷县长都……"

毕西霍地站起："冷县长又怎么啦？你想用他来压我？牛魔王，我再给你说一遍，冷县长那里，我比你的面子大得多。我管的事情，绝对公事公办。香河大桥工程，你就别痴心妄想了。你若去投标，我第一个投反对票！"

毕西说罢扬长而去。

牛魔王跌坐在椅子上，喃喃地："他这是怎么啦？"

马老板走进雅室："他接招了吗？"

牛魔王起身："走！他妈的，都说有钱能使鬼推磨，这香山镇的小鬼怎么不推磨了呢？"

3

镇政府会议室。党委成员正在听杨书记汇报对大桥投标队伍的考查情况。

杨书记："……我们考察报名的十三家建筑企业，绝大多数都是包工头挂靠建筑公司承揽业务。来头最大，活动得最凶的是挂靠县八建公司的牛魔王。"

杜中德："是不是二村那个一直在城里搞建筑的包工头牛魔王？"

焦点："就是他，这次考察，数他们的接待规格最高，许诺最多。我们还荣幸地得到了冷副县长出陪敬酒拍肩膀，他夸我们年轻有为，前途无量，并叫我们代问章镇长好。他还请章镇长一定到他家去做客。"

章明传："昨天往我家送钱的也是那一家吗？"

杨书记："已经核实了，就是他派人送。听说他还是毕书记的朋友，可是毕书记并没有打过任何招呼。"

章明传："毕书记没打招呼，这就好，你们的意见呢？"

杨书记："他们没有专业人才和专业设备，也没有成功的桥梁作品，恐怕只有得罪冷副县长了。"

杜中德："对！修桥是千秋大业，把稳点，得罪冷县长都不怕。"

焦点："如果冷县长卡我们怎么办？"

杜中德："冷县长的觉悟不会那么低吧。"

章明传："对，那你们认为哪一家好些呢？"

杨书记："刘主任，你说吧。"

刘主任："这次考察，只有县桥梁公司这一家既不办招待，也不送礼。但我们考察组一致认为只有这一家才合格。"

章明传："只有这一家才合格?!"

刘主任："只有他们才是国营专业桥梁施工企业。技术力量强，设备先进，香河上几座大桥都是他们修的，施工经验丰富。"

众人议论："香河下游那几座桥修得都不错，都比我们的桥大……"

刘主任："但是他们只同意垫支四十万元，而且拒绝参加投标，如果邀请议标，他们可以一谈。"

杜中德："为什么?"

杨书记："建设工程公开招投标，这是必须执行的硬政策。本来是为了杜绝腐败现象，可是现在，嗨……这话我就不好说了。"

焦点："这次考察我们才知道招标交易中的肮脏。刘主任，还是你说吧。"

刘主任："你们年轻人怕说了真话，跟现行政策抵触，我不怕，我说。"于是讲起了那天到县桥梁公司的情况。

那天，县桥梁公司的陈经理在办公室里接待了他们。

陈经理："我们的资质、技术、设备实力，各位领导已经看了，我们的桥梁作品中，远的不说，香河上的几座大桥摆在那里。你们的资金困难，我们只能垫支四十万，多了，我们就没那能力了。如果议标，我们可以谈。但是我们不愿参加投标。"

杨书记："这么大的工程，怎么可以不公开招标呢?"

陈经理："再参加几次投标，我们桥梁公司就破产了。"

刘主任不解地："为什么?"

陈经理叹了一口气道："公开招投标本来是好事，可是现在完全搞成招标游戏了。我们怕那些暗箱操作啊。"

焦点："你是担心我们……"

陈经理："不只是你们，环节多得很。而今的事情，多一个管理环节就多剥一层皮。过去揽工程，只需打点甲方一两个当权者，现在多出招投标管理一个庙子。除了明文规定的管理费、服务费、公证费几个点子外，招待费要翻几番，大小菩萨的打点费，买单费，这些隐形开支更是无底洞。"

杨书记："啥叫买单费啊?"

刘主任："这是招标的新行话,就是投标单位拿钱去买甲方的标底。或从编标人手中买,或从甲方手中买。"

刘主任："有这种事?"

陈经理："你们想,投标一个工程,打点费、招待费、编标费,动辄花几万,几十万。如果中了标就到工程中去克扣直接费,不中标,那些钱就白花了。包工头们舍得花钱打点,低价竞标揽到工程后,要不偷工减料,要不和甲方扯皮。我们是国有企业,行贿之类出格的事不敢做,也没有开销渠道;偷工减料负不起法律责任;要和甲方扯皮,赢了官司照样输票子;更有说不清的抬标、陪标、串标等花招。因此我们投标,屡投屡败,赔钱赔怕了。"

焦点："啊,这么复杂?"

陈经理："是呀。如果甲方领导敢出以公心议标,像你们这样三百余万的工程,我少花那几十万的冤枉钱,就完全可以用到工程上。"

刘主任："那你们能保证最低价格吗?"

陈经理："我们不保证最低价格,我们只保证最低利润,只要请国家权威的预算机构核算,哪怕零利润都行。"

刘主任："为什么?"

陈经理："零利润我不白丢去投标那几十万;我的设备不闲置,能折旧;我的职工不白养,能挣到工资。现在我们国有企业,不亏就是大赢家了。"

杨书记："有道理,有道理。"

陈经理："唉,这只不过是我们一厢情愿罢了。杨书记,你是纪委书记,哪怕你们都出以公心,你们谁敢承担这个责任啊?"

听完刘主任的介绍,杜中德很是感慨："唉,想不到这么复杂!"

章明传："杨书记,你们考察组的意见呢? 你们认为该怎么办?"

杨书记："不好办。按招标管理规定,必须有立项批文和开工许可证,并且禁止施工方垫资。我们既没立项批文,也没有开工许可证,资金也不到位,我们连招标的资格都还没有。"

杜中德："那就只有跟桥梁公司议标了。"

杨书记："县纪委负责工程招投标的执法监督,执法室方主任就住在我们这里。这么大的工程不公开招标，追查起来谁负责？"

杜中德："招标没资格，议标不合法。那怎么办？这大桥不修了？"

焦点："大桥不动工，佘老板几百万的投资协议就不生效。其他几个老板也等着大桥动工才谈协议。"

章明传："唯一的选择只有议标了。杨书记，县纪委方主任对我们的工作很支持。那天那个记者来出难题，全靠他给我们抵挡下来。他对我们修桥的事也很热心。私下也听见他对工程招标很有看法。议标的事能不能跟他商量一下？"

杨书记："个人看法归个人看法，组织原则归组织原则。他毕竟在负责这方面的监督工作，敢明知故犯吗？"

杜中德："对，不能给他出难题，年轻人前程要紧。我看能争取他睁只眼闭只眼就不错了。"

焦点突然醒悟道："呃，方主任昨天突然回城了，说要耽搁一段时间。这哥们是不是有意给我们创造先斩后奏的机会啊？"

众人若有所悟，探询地望着杨书记，杨书记不置可否地笑了笑。

众人也会意地笑了："肯定是这样。方主任真是个好同志。"

杨书记："莫乱猜，他真的有事。"

章明传："好！就这样定了。立即议标。杨书记是镇纪委书记，你也回避一下。写一张休息十天的假条来。但必须和人大刘主任一道，暗中把好造价关和质量监督关。议标工作请杜镇长牵头，由焦点同志组织相关部门实施。"

焦点："那我给谁准备检讨书呢？大家都明知要犯错误，我们可是明明白白犯错误啊。"

章明传："对，明明白白犯错误。我是法人代表，我签字，如果追查，当然是我去检讨啊。"

杜中德："不，你年轻些，去犯错误划不着，我是老头，政治生命不长了，如果遭了，损失小些。你最好还是全权委托我，包括授权签字。焦秘书就给我准备检讨吧。"

章明传想了一阵："好吧，老镇长，那就谢谢你了。另外还请你给毕西同志通通气。"

第二十七章　古镇风物

1

白莲回来后，虽然主要精力都集中在研究如何在家乡发展，如何支持章明传的事业上，但她个人的主要事业还在海南，她一刻也没忘记那边的业务。好在海南的那班人都很可靠，而且电脑联网后，遥控管理和指挥都非常方便。此时她正跟泡泡糖坐在电脑前，指点着屏幕上显示的资料分析着，研究如何处理海南传过来的两单大业务资料。

白莲："小唐，你对海南这两单业务怎么看？"

泡泡糖沉吟了一阵："董事长，你回来这么久了，也考察了不少项目，现在关键是看投资环境和你的资金投入方向。"

白莲回来之后，已经对香山镇有个基本判断："通过各方面了解，香山镇的情况和发展前景，比我回来预想的要好。"

泡泡糖："如果你想在香山镇做大文章，我看那一单地产业务可以暂缓，一是资金占用量大，二是周转期太长。这边的情况又暂时还不清楚，如果出现了好的投资项目，就会被动，有违你这次回乡的初衷。"

白莲："对，这边目前比较成熟的大项目就只有香河电站，需要的资金量稍大一点。县水电局早就搞过香河电站的勘测和设计，你能不能派人先去把资料买回来。"

泡泡糖："这还须董事长费心吗？我已经叫红桃 K 把全套资料，包括设计图纸和论证报告都买回来了，我刚看完，正说呈给你。"

白莲感慨地："小唐啊，你真精啊，我关注的事，你都事先做好了准备。"

泡泡糖："董事长，跟了你这几年，学到了不少东西，了解你关心什么，和你的思想方式啊。我这就去把资料给你拿来吧。"

白莲："别忙，你先说说大体情况吧。"

泡泡糖："很不错。水头高程可以达到十七米，总装机容量二万千瓦，年发电一亿多度，总投资一亿七千万左右，每千瓦投资才七八千元，七八年可收回投资。运营成本低，投资的回报率相当高，何况香河县电力供应十分紧张，基本没有投资风险。"

白莲："好，很有吸引力。给我接通总部，叫苏总听电话。"

泡泡糖接通电话："喂，苏总吗？你好？……我是甜甜呀，啊，我也很想念大家……我在这边很习惯，董事长的家乡啊棒极了。你们肯定有机会来的，啊，董事长请你听电话。"

白莲："苏总啊，你好。我很好。辛苦你们了。你传过来的报表和业务资料我都认真看了。这次董事会，我不能参加，委托你代我主持。请转告大家，上季度海南总部的业务运行情况很不错，比我预料的还好，我感谢大家。那单外贸业务，我看可行，可以迅速操作。至于那一单地产业务，我的意思暂时不做决定，但可以继续跟踪……其他事情，按制度办就行了……年底前我有可能要回一次海南。好，再见。"

白莲姐："香河大桥很快要开工了，送礼我们送多少？"

白莲："小唐，我不是回乡来夸富的，这种场面上捐资影响太大，我既不能送少了，也不能送得最高。"

泡泡糖："对，你改建小学和出资修葺大悲殿，已经很引人注目了。"

白莲："地方上送礼，一般是多少？"

泡泡糖："这地方穷，大款少，各单位和友邻乡镇，一般就一两千。最多的恐怕就是佘老板，他送的两万。"

白莲："我们也送两万太少了。"她想了想："修桥补路，自古都是善行善举，这是我最该做贡献的时候。这样吧……"她对泡泡糖一阵耳语。

泡泡糖点头："好，我抽时间去办。"

白莲又道："小唐，回来这么多天了，我该去镇江寺还愿了，顺便把几件公益事情理一理。今天天气这么好，你派人去把林老师请来，我们今天就到镇江寺走一趟，你看怎么样？"

泡泡糖连连说好，叫红桃 K 立即去请林可儿，来跟董事长同游镇江寺。

这一方的民间普遍传说，观音菩萨三姐妹在这一方出生，在这一方得道，在这一方升天，观音菩萨在这一方显灵显圣的故事特别多。到处大大小小的寺庙，都有观音菩萨的殿堂。

镇江寺大悲殿里的观音菩萨还有更为神奇的传说。据说蟒蛇在深山修炼成蛟，要归大海龙宫。香河两岸都是崇山峻岭，自然是蟒蛇出没修炼之处。每到夏秋，一遇大雨，因河床狭窄而河水暴涨暴落，农民们便说是在走蛟。暴涨的洪水给沿岸造成很大的危害，他们便认为是蛟龙跟河妖水怪为害。于是便在香山镇外一座小山上修建了这座镇江寺，把观音菩萨作为镇江寺的主神，在临江的悬崖上修了一座高大雄伟的供奉观音菩萨的大悲殿。因为观音出生在这一方，保护家乡自会尽心尽力，而且她又住在南海，跟龙王爷是老邻居，收妖降魔神通广大，那蛟龙水怪就自然不敢在她的莲花宝座下造次。

大悲殿落成给菩萨开光那天，正是菩萨的生日六月十九，龙王率龙子龙孙前来朝贺。大水漫过大殿里的观音菩萨的脚板，给菩萨洗脚，观音见洪水汹涌，冲毁两岸良田和房舍，立即现身，朝殿前一指，殿前便出现一个月形大石池，汹涌的洪水全都汇入石池之中。石池从此化作一眼清泉，不盈不涸。几茎白莲花亭亭玉立于水面。这便是最有名的镇江寺观音浴脚盆"白莲池"。从此香河的洪水就再也没高过白莲池了。

观音菩萨一年有三个生日，出生日是二月十九，得道日是六月十九，升天日是九月十九。三个生日镇江寺都要举办非常非常隆重的庙会。观音菩萨的信众本来就很多，观音洗脚的故事又流传很广，菩萨浴过脚的白莲池中的水成了可以医治百病的灵丹妙药。因此镇江寺每年六月十九的庙会就更是远近闻名，与众不同，除了其他观音庙会的一般仪式之外，还多了一个争相在白莲池浴脚的活动。特别是那些过去饱受缠脚之苦的老太太和虔诚信佛的妇女们，对浴脚活动更是趋之若鹜。

山不在高，有仙则名，镇江寺本来因为观音洗脚的故事名气不小，近年国家又把这里的弥勒佛殿的壁画定为"省级重点文物保护单位"，加上现任住持了然大师是一位学识广博的高僧，信众们把他传得神乎其神，简直就是菩萨下凡，罗汉在世，因此这镇江寺的名声就更响更大了。

镇江寺也是白莲跟李红、章明传等儿时经常捉迷藏的地方。章明传跟白莲谈恋爱时，曾经说白莲就是那白莲池中修炼成仙的白莲花仙女，因此白莲对镇江寺也就有了别样的情感。

白莲虔心向佛，崇拜观音，除了对章明传那点不该有的缠绵外，她不自觉地把自己当成了观音普度众生的使女。因此，哪怕远在天涯海角，似乎也能常常听见这里的晨钟暮鼓。精神别无所寄，这里就成了她的灵魂栖息之所。她在书房里供奉的也是玉石观音。她派泡泡糖来香山镇的第一件事，就是来这里代她在观音菩萨前敬香许愿，培修大悲殿，为菩萨穿金。从那时起，她就成了镇江寺最大的施主。这次回来，她要亲自到这里敬香还愿。她把这次朝拜镇江寺看得很神圣，一定要等到没有俗事牵挂，心静无烦之时。

2

镇江寺虽然名气很大，但是到底藏在深山，贫穷的信众们还没来得及医治那场浩劫留下的伤疤。除了白莲培修的大悲殿富丽堂皇之外，远看古树森森，近看则墙垣半损。庙门上"镇江寺"挂匾色彩斑驳，只是一侧门边多了一块"四川省重点文物保护单位"的小小石碑。

众人陪着白莲缓缓登上林荫下那道高高的石级。了然大师早已得知白莲来访，破例来到山门口迎接。

泡泡糖："白莲姐，你看，了然大师亲自到山门口来迎接你来了。"

白莲："小唐，你怎么惊动了然大师啊。"

了然大师双手合十施礼："白施主，贫僧恭候大驾光临。"

白莲赶快上前："弟子来宝刹还愿，惊动大师大驾，罪过，罪过。"

庙宇规模宏大，曲折的回廊，打扫得干干净净，只是殿宇显得十分破旧。他们走过数重殿宇，随了然大师走进弥勒殿，这里更为冷清破败。但是护栏围住的古壁画却灿然生辉。白莲面对破损的弥勒佛虔诚跪拜进香后，便跟大家一起欣赏起壁画来。那幅水墨《天龙播雨图》独占一堵墙，气势磅礴，十分显眼。据说是吴道子的手迹，十分珍贵。

林可儿："这些壁画就是省级重点保护文物，在中国美术史上，有很高的地位。"

了然大师介绍道："林施主和她的父亲林老先生，为宣传和保护这些壁画，费了不少心血啊。"

白莲点头道："林老父女真是功德无量啊。"

林可儿道："跟白莲姐比，我们是心有余而力不足啊。"

白莲："小时候我们常常来这里玩。请教大师，为啥这大殿而今这样破旧啊？"

了然大师："虽然是省级重点文物，但这几年国家很少拨款维修。"

白莲："太可惜了，大师，把维修弥勒殿的事，作为弟子来还愿的功德，可以吗？"

了然大师："阿弥陀佛。白施主功德无量。我们立即向上级文物管理部门呈文报告。"

白莲："大师，需要多少钱？预算做出来后，小唐会给你送来的。"

了然大师："阿弥陀佛，请白施主到大悲殿进香。"

他们沿半山悬崖上的栈道来到大悲殿，这里倚山临江，大好山川尽收眼底。本来香火一直就很旺，去年泡泡糖又代白莲捐了好几十万香资，已经维修得富丽堂皇。到大悲殿还愿是白莲此行最重要的仪式，她烧了高香后，在值殿僧人徐疾有致的木鱼声中，便虔诚地跪在了观音菩萨的莲花宝座之前。

白莲在大悲殿烧了香还了愿，正在了然大师禅房里吃茶谈天。三爷乐哈哈地来到了然大师禅房。

泡泡糖："哟，三爷，捡到金元宝了呀，看你这么高兴。"

熊三爷："白莲回来后，我们街一村喜事不断，我比捡到金元宝还高兴啊。"

熊三爷说的是真话，自从白莲回来后，他和他的街一村确实是好事接二连三。他在街一村当了多年的支部书记，还从来没有像现在这么得意过。小学破破烂烂，他一直没能力改造，这件事让他在支部书记中说不起硬话，抬不起头，现在不但马上可以动工，而且比哪个村的小学都要排场和漂亮；佘老板马上要来他们村投资办厂，不但银水流进街一村，而且也为香山镇招商引资开了个好头；小城镇建设主要在街一村；下一步开发镇江寺的旅游，估计了然大师也会很支持。桩桩件件，万事如意，怎么能不高兴？这次参加镇上外出考察很开眼界，受到很大的启发，许多问题有了新的想法。他现在最急需办的事是使小学开工。他来找白莲就是想商量修小学的事情。

泡泡糖："你不是在跟佘老板谈判征地的事吗？谈判得顺利吗？"

熊三爷："别人拿钱来办厂，条件优厚，我们只有尽力给别人创造条件，坚决支持。规划区范围内的土地又是镇政府统征了的，谈判怎么会不顺利？这会儿焦秘书正跟佘老板起草协议。我就来找白莲来了。"

白莲："找我，啥事呀？三爷。"

熊三爷："白莲，在外头参观的时候我一直在想，小学可不可以南移几百米？"

白莲："南移几百米？"

泡泡糖："是因为幺吵吵和五百元那里谈判不成吗？"

熊三爷："如果我们一定在原地方修，幺吵吵和五百元想挡也挡不住。我是想我们街一村多半在小城镇建设规划区范围内，那里现在是农田，镇上已经决定统征了，新修的三十米宽的大街从那里经过，那里以后就是香山镇的中心了。方便小学生就近上学。"

白莲："可以，那更好啊。"

熊三爷："你同意，好！马上就向上面打报告。"

泡泡糖："好，三爷这一招呀实在是高，幺吵吵和五百元什么便宜都占不到，只怕要后悔得上吊。"

熊三爷："活该。这让我们也有个反面教材了，好让那些打小算盘的人知道什么叫抓住机遇。"

了然大师送走白莲后，回到禅房陪熊三爷品茶。

熊三爷受到白莲的启发和鼓励，决心开发镇江寺的旅游。小城镇建设很快就要全面启动，这事必须尽快行动，他把想法给了然大师一说，了然大师果然对这件事情也很热心。二人一拍即合，只是谁来承头，二人尚在互相推让。

了然大师道："修葺寺庙，开发镇江寺的旅游资源，实为一桩善举，盛世无量功德。熊施主热心公益，德高望重，名满一方。只要你肯承头，振臂一呼，肯定会响应风从。老衲住持敝寺，感激不尽，定会全力支持。"

熊三爷："大师，我是粗人，说话直来直去。承头肯定应该是你了然大师，我来跑好龙套就行了。"

了然大师："熊施主，你看古时培修庙宇的碑记，都是地方名流贤达当会首。这培修镇江寺的会首自然非熊施主莫属了。"

熊三爷无言以对，不过"会首"两个字提醒了他："这，大师，你是说成立一个培修镇江寺的募捐机构，搞个什么会？"

了然大师："对，就叫维修镇江寺募捐委员会吧。就可以团聚善男信女，募化香资了。"

熊三爷："好，就这么办。大师，你说培修从哪里开始？"

了然大师："大悲殿已经整修好了，培修弥勒殿白施主愿再次出资，很快就动工了。当务之急，一是整治道路，再就是培修药王殿和地藏殿。"

熊三爷："对，现在的老百姓一般都不愁吃穿，就怕三灾六病，就怕死了过后阎王刁难。我这就去找那些信佛的老大爷和老太婆，募捐香钱来培修药王殿和地藏殿吧。"

熊三爷说完辞别了然大师后，就去忙他的事了。

<h1 style="text-align:center">3</h1>

落实了小学用地和镇江寺捐赠的事，白莲放下了两桩心事。想把收购镇政府，培修香姑祠的事提到日程上来，几个女人便一齐朝镇政府走来。她们几个走在一起，真成了小镇上一道亮丽的风景。街上碰到的人们除了热情的问候之外，都是一片艳羡的目光。

焦点走出镇政府大院，迎面碰上四个女人："哟，白总，今天你还有闲心出来走走，这是上哪儿去呀？"

泡泡糖开口不离调笑："来慰问你啊。"

焦点不解地："慰问我？"

泡泡糖把林可儿推到前面："我们当送亲客，陪同你的心上人，火线慰问建设香山镇的前线将士嘛。"

林可儿揪住泡泡糖："不正经，我撕你的臭嘴。"

焦点笑道："那我就谢谢你们了。白总无事不登三宝殿，有事只管吩咐啊。"

白莲笑道："没事，没事，就是想到镇政府来看看。"

焦点："要找镇长吗？我马上去给你叫。"

泡泡糖："不找镇长就不能到你们镇政府来呀？"

焦点："哪里哪里，请都请不来的贵客呀。那我陪你们吧。"

泡泡糖："别那么口是心非好不好，想陪你的林妹妹才是真的吧。"

林可儿："谁要他陪？"

焦点："都陪，都陪。"

四人说笑着随焦点走进镇政府大院。

焦点："请，到办公室坐坐。"

泡泡糖："不用了，董事长是来参观古香姑祠的。"

焦点："参观香姑祠？啊……对，这里原来是香姑祠。可惜啊，这么好的文物给毁坏成这个样了。好在现在列为县级文物保护单位，不许轻易改动，对保护还起了些作用。"

白莲知道，这里当年曾经是雕梁画栋，金碧辉煌。各种瓷雕、砖雕和木雕应有尽有。彩绘的人物和飞禽走兽栩栩如生。贞烈祠改乡政府时破坏过一次，"文化大革命"又破坏过一次。好在香山镇的造反派很马虎，破四旧不大彻底；好在镇上很穷，还没来得及彻底改造。而今大院虽然显得破旧，但是整个大院仍然是飞檐翘角，古树荫茏，不少建筑物上木雕装饰仍然保存得十分完好。

白莲看后颇为欣慰："还好，主体结构没遭大的破坏，不少雕刻作品也还保留着。"

林可儿："那些彩绘的壁画，只是用石灰粉刷过一次。如果用特殊工艺去掉表层的石灰，壁画还可以得到抢救。"

泡泡糖专注地观赏着戏台口精美的木雕戏剧故事，赞美着："啊，太美了。真是太美了，可儿，你好久帮我拍一套资料吧。"

林可儿："我早就拍了，你又不搞美术，要来做啥？"

泡泡糖："这个古戏台，是研究戏曲艺术的宝贵资料啊。"

林可儿："我有现成的，送你一套就是。"

泡泡糖："一会儿就上你那里去拿。喂，焦大秘书，这个院子有多大的面积呀？"

焦点："总面积六亩多，建筑面积三千多平方米。怎么，白总是不是打算……"

因为事情未最后决定，泡泡糖不想过早走漏风声："什么打算，看一看都不行吗？"

焦点："行行行？我给你们当导游。"

泡泡糖接过焦点的话头："导游？哟，焦先生这倒是个不错的主意啊。白莲姐，如果有那种热心人，掏钱买下这香姑祠复原，倒是个很好的旅游景点啊，你说是吧？"

林可儿知道泡泡糖的用意，也附和道："我跟父亲走过很多地方，见到的贞节牌坊不少，但是像这样的有皇帝题过诗的贞烈祠还从来没见过。要是能搞成旅游景点，不但有学术价值，而且对地方也很有纪念价值啊。只是这么大的地方，不知要多少钱才买得下来？"

焦点："小林好天真，除了白莲姐这样有乡土情结、有品位的大款，谁会把钱甩在这样偏僻的地方？这类建筑在这样的地方能管得到几文钱？我看，充其量花一两百万修一座镇政府，把镇政府置换出去就行了。"

林可儿："白莲姐，跟他们成交吧，我以后来给你打工当导游，好不？"

泡泡糖的目的已经达到，便转了话题："看这小两口，都争着当导游了。白莲姐，怎么没看见你说的崇祯皇帝的御碑亭呢？"

白莲："这前面只是戏园，后面才是贞烈祠纪念性的主体建筑，御碑亭在后院，碑早被砸了，不知道碑亭还在不在？"

焦点："碑亭也拆了，不过整个内院依旧是平房老格局，还一直没找到钱改造。要是能把它恢复旧貌，像可儿说的那样，肯定能成为一个很有价值的旅游景点的。"

泡泡糖："那你们为什么没列入小城镇建设规划呢？"

焦点："没钱呀，白总你来投资吧。"

白莲笑了笑不置可否："走，我们到后院去看看。"

他们说着朝后院走去。

第二十八章　小镇轻喜剧

1

李红成天愁眉苦脸。幺吵吵和五百元都很同情，一有空就来给李红散心。

这一天不逢场，半晌午时街上的人很少，李红的烟摊摊生意很清淡。两个女人手中带着女人们做不完的针线活，又来到街口陪李红说话。农村里耍得投机的女人们见面难得正经，见面总是一串哈哈加上你偷人我偷人之类的骚话，然后才说家长里短。李红本来是个很说得出口的女人，但现在她没那心情。她的唉声叹气，两个女人的话题自然就转到她身上。于是又用她们的好心和全部聪明才智给李红出谋划策起来。

幺吵吵："李红啊，当官的啥事都喜欢说两手都要硬，我说呀，管男人也要两手都要硬。一手硬在眼睛和嘴巴，看紧和说够，另一手就是硬在床上。"

五百元笑道："幺嫂，你说错了，床上那不叫硬，那叫软，老年人常说软索能套猛虎啊。"

幺吵吵："软硬都一样，反正管男人就像管吃饭一样，在家里有盐有味的饭吃饱了，他就不会在外面去进馆子和找零食。"

五百元说得更露骨："对对对，就是这个意思。男人肠儿里就那么几滴水水，你在家里妖艳点，在床上把那点水水给他吸干，他就没那骚劲到外面去馋嘴打野了。"

幺吵吵："对，你看别人五百元，胸口子上那两坨儿甩，把火哑巴烧得焦干，走路都偏偏倒倒的，火哑巴就从来没嫖过婆娘。"

五百元："幺嫂哩，我火哑巴要是有嫖婆娘的本事呀，我睡着了都要笑醒啊。"

幺吵吵："唉，又倒是，嫖不到婆娘的男人没本事，有本事的男人又要嫖婆娘。李红啊，你算命好啊，嫁给那么能干的镇长，别让人家抢走了，就是你前世修来的福了。女人那东西长得都一样，盐是那么咸，醋是那么酸，要拴住男人的心，不就是靠嘴脸和穿着打扮？你人又长得这么好看，就是不如别人白莲会穿着打扮。依我说呀，你一天别只守你这个烟摊摊，也该像盘丝洞那些妖精样，胸口上垫几圈布片片，脸上抹几把汤圆面，弄好你自己这碗家常饭，饿不倒你家中大肚汉啊！"

幺吵吵和五百元话丑理端。李红何尝不知道这个道理。这一方的俗话说："男人没有金刚钻，女人难免不偷汉；女人没有迷魂汤，谨防老公嫖婆娘。"这是老辈人维持婚姻和家庭的经典。对待章明传，她当然没有忘记"两手都要硬"，或者用她自己的话说叫软硬兼施。这段时间她跟章明传吵过闹过之后，也在迷魂汤上下过功夫，可是章明传总是早出晚归，倒床便睡，她这碗家常饭和迷魂汤总是被晾在了一边，打不开章明传的胃

194 ·

口。她并不甘心失败,以前在体贴入微上做的文章多些,那些不新鲜了。幺吵吵说得对,白莲不就是会穿着打扮吗?自己确实显得太土气了。她想,好在这几天没有大闹,要想男人低头认错太难,不如主动示意求和,用迷魂汤给他换换口味试试。

两个女人走后,李红便推着烟摊车回了家。小圆桌上摆上各种化妆品,坐在桌前对着镜子笨手笨脚地化起妆来。化了好久,化得一塌糊涂。白莲那高雅的倩影,始终在她眼前晃动。她对镜自顾,忍不住流泪叹息,又擦掉重化。

章明传虽然对白莲还没完全死心,但家庭关系还得暂时维持下去。好在这几天暂时休战,工作理得很顺。难得有这样的好心情,他兴冲冲地吹着口哨回家,一进门见李红正在化妆,心想这是打破僵局,缓和气氛的好时机:"哟,你怎么也想起要化妆了啊,打扮给哪个看呀?"

李红:"没人看算了,我给自己看!"

章明传本来想开玩笑,没想到讨了个没趣,便赶快岔开话题:"请你把那件新衬衣和领带给我找出来一下。"

李红一怔,仍埋头改妆:"新衬衣,领带?"

章明传把热水倒进盆里,一边浸泡胡须抹香皂,一边说:"唔,今天我要到……"

李红敏感地:"到盘丝洞去?"

章明传:"对对对。签协议。"

李红又是一惊,不冷不热地:"都商量好啦?怪不得你这么高兴。"

章明传:"大喜事嘛,能不高兴?"

李红冷冷地:"那……我,我恭喜你们嘛。"

章明传嘴上一圈皂泡,手里拿着剃须刀,拿过李红面前的镜子:"恭喜啥呀,这喜事也有你一份,只要事情成功了,肯定会给你个很好的安排的。"

李红大惊,抬头看着章明传:"啥?你们把我都安排好了?"

章明传刮着胡须:"能不给你个好安排吗……"回头看见李红那夸张的化妆,本想叹气皱眉头,但他知道开玩笑是两口子搞好关系的润滑油,便夸张地哈哈大笑:"哈哈哈,李红啊,你今天要去演戏呀?"

李红:"演戏?"

章明传："是呀，演媒婆子呀，你看你嘛……"

李红："我怎么啦？"

章明传即兴来了一段顺口溜："你呀，哈哈哈……眼睛两个黑圈圈，鼻梁白得像蒜瓣瓣，脸上扑满汤圆面，腮帮子皱巴巴红得像橘柑。嘴唇红得像火炭，耳环像一对呼拉圈。要是在嘴唇边再画一颗黑痣呀，硬是活灵活现是一个戏台子上的媒婆子啊。哈哈哈……"

"你，你……"气急，欲爆发又忍住，李红冷冷地，"我即使想当媒人，现在看来都用不着了。"

章明传只顾刮脸，未留心李红的情绪，继续玩笑地："用得着，用得着。现在多少自由恋爱结婚的，结婚时都还要安一个媒人哩。"

李红大怒："啥？你给我做的好安排，就是给你们当媒婆呀？"

章明传丈二和尚摸不着头脑："啥，你说啥？给我们两个当媒婆？"旋即恍然大悟，"嗨，李红呀，你想到哪里去了啊？我不是都给你说了好多回了吗？你跟白莲从小是那样好的姐妹，十多年来你从没忘记过她。现在别人回来了，你又醋劲十足，疑神疑鬼的干啥呀？"

李红："我疑神疑鬼？你平时衣帽不整的，白莲一回来，今天去盘丝洞，又要刮胡子，又要穿新衬衣，还要打领带。你收拾打扮，不就是为了去跟她签你们的协议吗？"

章明传："李红，我今天是去跟佘老板签投资办厂的协议。我这个堂堂镇长去见显客，能像平时那样穷愁潦倒，猥猥琐琐的吗？这生意场中，嫌贫爱富是通病。太寒酸了被人小看要吃亏呀！"

李红："啥？你跟佘老板签协议？"

章明传："是呀，你的辣椒不是都卖成现钱了吗？佘老板可是个正经生意人啊。"

李红："这地方能办啥厂哟，啥都没有。"

章明传："有特产辣椒呀，白莲建议他在这里办一个现代化的香料厂。焦秘书正在跟他谈判，今天中午要草签投资协议。厂办成了，你可以进厂工作，这算不算给你做了好安排呀？"

李红半信半疑地："谁知道你又是不是在撒谎，我让你哄怕了。"

章明传发誓："哪个龟儿哄你。"

"章镇长，章镇长。"焦点喊着走进屋来，"今天你怎么这样拿架子啊？

客人都坐在桌子上等了好久了。"

章明传："好，马上走。喂，最后谈得怎么样?"

焦点："啥都谈好了，只是佘老板坚持要写上一条，大桥不开工，合同不生效。现在等你去拍板。"

章明传："大桥肯定在月底开工，写上。"

焦点："好嘛，走吧!"

章明传和焦点刚走到门外。李红拿着衬衣和领带赶出来："等倒，白衬衣，领带!"为章明传扎好衬衣。

焦点："哟，嫂夫人好贤惠啊!"

章明传始终系不好领带："算了，不拴这油壶绳绳。拴起也别扭。"扔下领带。

李红目送着章明传和焦点走出院外。

2

落地糍粑很精明，他那几天外出，并没有去赶跑跑场做小生意。受到高人指点，就在熊三爷考察那几天，他也几乎走了同样的路线进行考察，只不过他取的真经是搬迁户如何对付政府，获取最大利益。

落地糍粑还真取到了真经，很快就弄了一梱果树苗潜回家里，晚上种在他家的小院里，为果木折价做好准备。另外准备在院中再搭两间猪圈房，增加白莲给他还房的面积。

这一天落地糍粑在院子里一边安砌搭建猪圈房的地基，一边打着他的如意算盘。他要超生指标，熊三爷绝不会干违反政策的事，那也并不是他的目的，只不过给三爷出道难题，抬高价码，到时候作为让步条件，保那五万元的风水补偿费顺利到手，在还房和果木作价时，好顺利地多占点便宜。他想，而今白莲大发了，多出几万块钱肯定没问题，如果全都天遂人意，那么他这次就大发了。

落地糍粑畅想，当一辈子男人，就抱着个干巴巴女人幺吵吵真吃亏，老子发财后也去玩一回格，先去耍一回酒吧尝一回鲜。酒吧小姐一个个狐媚妖艳任你挑，就找一个像五百元那么撩人的女人过一回瘾。不过，据说酒吧女人敲人没商量，长久一些的话，还是花点钱把五百元搞到手。他想，原来想白占五百元的便宜碰了壁，等发财了，哪个女人不是见钱眼开，五百元未必还想立贞节牌坊？

落地糍粑做着他的发财美梦，心里好畅快，情不自禁地吹起了轻快的口哨来。

幺吵吵在一旁切猪饲料，没好气地："糍粑，你龟儿又想到哪个野婆娘了吗，那么开心。"

"老子要发财了，怎么不开心。"

隔院小学校里传来琅琅的读书声。幺吵吵向学校望了望，不安地问："糍粑，我们的如意算盘会不会落空啊。"

落地糍粑蛮有把握地："没问题，老子的算盘哪回落过空。根据其他地方的经验看，这回十拿九稳，老子发财发定了。"

幺吵吵不无担忧地道："噫，难说。前段时间三爷天天来动员我们搬迁，他自从出去考察回来，镇上开过动员大会后，就再也没来说过这件事了。我们会不会把好事搞黄了啊。"

糍粑："放心，黄不了。熊三爷开过口的事，他就一定要办成，我今天露面了，说不定一会儿他就来给我们下炮蛋签协议了。"

幺吵吵："这几天广播上天天都在讲政策，他原先答应的条件，比政策规定高得多啊，还是小心点好些。"

矮墙那边的五百元，始终注视着落地糍粑的行动，见她的邻居夜里种果树，也让火哑巴种果树，今天见糍粑搭猪圈房，也让火哑巴安地基。此时听到矮墙那边两口子的对话，也禁不住搭话。

五百元："糍粑哥，幺嫂说得对啊，镇上的文件说得那么硬，我也很担心……"

落地糍粑不屑地："你们这些婆娘家呀，真是头发长，见识短。中央的红头子文件那么多，都没几个逗得了硬哩！县上、镇上的红头文件，有中央文件硬吗？"

五百元："糍粑哥，人家都说，文件逗硬不逗硬，就看下边执行的人认真不认真，展劲不展劲。熊三爷积极得很，这回恐怕要逗硬啊。我们是不是去答应三爷算了，如果俏过了头，那我们的损失就大了。"

火哑巴不管旁人说话，见不少人都朝镇外走去，便哇哇地提醒五百元。五百元不知那些人去镇外干啥，生怕有啥好事落下了自己，赶紧跟了出去。

不一会儿，五百元便风风火火地跑了回来，急哇哇地呐喊："糟了，糍粑哥哩，我们糟了！糟惨了啊！你们哪个还稳起啊？快想办法吧，快想办法吧。"

幺吵吵："豆花，啥事糟了呀，你这样惊惊慌慌的？"

五百元："啥事！还有啥事？都怪你，我早就说，多得不如现得，没俏过了头，你还不信。现在怎么办？好事沾不上边，卖辣椒受卡，还背个落后名声！"

幺吵吵："五百元，你泼啥！到底出了啥事吗？"

五百元："小学搬到田坝头去了，这个时候都在划地基了。"

幺吵吵："你说啥，小学搬到田坝头去了，都在划地基了？"

落地糍粑一听这话，顿时也懵了，千算万算，可没算到熊三爷来这一招，喃喃地道："小学搬到田坝头去，怎么会呢，怎么会呢？"

五百元："不信，你去看嘛。糍粑哥，我们赶快去给三爷下话，答应他们的条件，马上搬迁吧。"

幺吵吵："往天我们把三爷为难惨了。这个时候去求他，这坡上推石头行吗？"

五百元："三爷是个面恶心善的人。我们多说点好话，死马当成活马医嘛！"

幺吵吵："这……糍粑，你龟儿哑巴啦，放个屁嚏，你不是说到时候你出来收摊摊吗？"

落地糍粑站起来愣了一阵，他那轴承般灵活的脑瓜飞快地运转着，顿时得了一条妙计。他很为自己的高明而得意，放下手中的活计，走向幺吵吵，冷不防对着幺吵吵的面门就是一拳头，打得幺吵吵回不过神来，一旁的五百元也莫名其妙。

幺吵吵："你……"

五百元："糍粑哥，你怎么打人啊？"

落地糍粑又是两拳，打得幺吵吵鼻青脸肿，鼻血横流，而且还把鼻血往幺吵吵脸上乱抹，一边高声骂道："狗日的婆娘，老子早就给你说，要支持教育事业。才走几天，你就这么自私，这么给我丢人……老子今天宰了你。"

幺吵吵扭住糍粑又抓又咬："糍粑，你狗日的这么狠心，不都是你龟儿出的主意吗？现在来怪我。老娘今天要跟你拼命！"

糍粑摸着脸上被抓的血痕："疯婆娘，你跟我拼命干啥？你懂不起呀。原来不是说好我出来收摊摊吗？"

幺吵吵还是不明白糍粑的意图："收摊摊你打我干啥？"

落地糍粑："瓜婆娘些，苦肉计，演双簧，我不装好人，怎么收摊摊嘛？这都懂不起呀，五百元，你配合下子嘛！"

幺吵吵明白了落地糍粑的计策，放开糍粑，立即进入了角色，干号着向院外跑去，边跑边喊："打死人啊，落地糍粑打死人啊，熊三爷救命啊……"

五百元似乎也明白了落地糍粑的意图，也进入了角色，大声呐喊："不得了呀！落地糍粑要杀人呀……"一起朝院外田坝跑去。

3

熊三爷得到白莲的同意，连夜召开村委会，把学校搬到田坝头的事，很快就定了下来，今天和泡泡糖等人到田坝里做具体规划。大家正在有说有笑地丈量土地，不少村民都来围观看热闹，帮忙拉皮尺、挖坑、打桩、画灰线。

幺吵吵满脸血污，披头散发地在前面跑，糍粑拿着一把大菜刀在后面追，五百元假意去拉糍粑劝架。他们朝着熊三爷边跑边喊。

幺吵吵哭着喊："三爷哩，救命啊，救命啊！糍粑要杀人啊……"

糍粑高喊："狗日的婆娘，你跑，你跑不脱……"

五百元高声劝架："糍粑哥哩，要不得哟，杀人要填命啊！幺嫂错都错了，叫她给三爷下跪认错就是嘛……"

熊三爷看了看，对泡泡糖道："小唐，今天有好戏看了。"

泡泡糖见怪不惊地："三爷，这种戏我过去在农村看得多了，不新鲜了。倒是你当心些啊，小城镇建设还没真正拉开，以后新花样还多哩，你肯定在这种戏中少不了要当主角的，够你招架啊。"

熊三爷嘿嘿笑道："小唐，放心吧，三爷这辈子就是专门收拾怪物的。"又对看热闹的人们说："喂，先给大家打个招呼，你们如果想看热闹，就不准去劝架哟。"

幺吵吵等人叫喊着来到熊三爷面前。

幺吵吵："三爷救命呀，救命呀！糍粑要杀我哟。"扑通一声跪在三爷面前，又往三爷背后躲。

糍粑终于被五百元拉着了："五百元，你放放，放开，你再不松手，老子连你一起杀！都是你跟她干的好事。"

五百元："你杀哇，我不怕你，你才是狗咬吕洞宾，不识好人心。你杀了她，你那一窝娃儿哪个办？"

糍粑表白地："狗日的婆娘急人啊，老子才走几天，她就这样给我丢人。老子再不当耙耳朵了，今天非要她的命不可……"

看热闹的人们讪笑着：

"糍粑，幺吵吵啥事给你丢人了呀？"

"肯定是幺吵吵偷人，给他戴了绿帽子嘛。"

"谁敢呀？他们家的大黄狗那么凶。"

"糍粑，别怀疑我啊，我比你还怕老婆。"

"噫！我们都没那胆量，莫非是熊三爷啊，不然的话，幺吵吵为啥抱着三爷的大腿喊救命？"

熊三爷躲开幺吵吵："呃！幺吵吵，别冤枉我，三爷可是个正派人啊。你如果真的做了丑事，三爷保了你，就要背黑锅啊！"

众人爆发出一阵哈哈大笑。

幺吵吵："三爷，我还做得出来啥子丑事吗……"

熊三爷："那糍粑为啥要杀你呀？"

幺吵吵："你问他嘛。"

糍粑："三爷哩，这个龟儿婆娘不是人。那天我出门前给她说，白莲掏钱扩建学校是功德无量的大好事，我们也应该出点力，坚决支持，而且条件那么优厚，就不要跟三爷讨价还价了。她答应得多好。谁知我一出门，她就变卦了……"

落地糍粑好要小奸小滑，村民都不大瞧得起他，一听落地糍粑这番漂亮话，都爆发出一串轻蔑的哈哈大笑：

"糍粑哩，你麻哪个啊！"

"你那脸皮硬是比城墙倒拐还厚啊，硬是说假话不交税吗？"

"你的如意算盘，这回恐怕又要失算了啊。"

……

糍粑被人们奚落惯了的，也不去计较，只眼巴巴地望着熊三爷。

熊三爷也哈哈笑道："糍粑哩，你娃儿肚子里有几条蛔虫，三爷都一清二楚。你安的啥子心，大家都明白，你就别演戏了，有啥话就直说吧。"

落地糍粑："我还有啥好说的。婆娘家错都错了，你大人别见小人之过，就求你老人家别跟婆娘家一般见识了。"

熊三爷："糍粑，真的是婆娘家错了吗?"

幺吵吵："是啊，三爷哩，我错了，我们立即搬家，支持学校扩建，支持教育事业。"

五百元："三爷，我们啥条件都不提了。请你老人家宽宏大量些。原谅我们吧。我们搬家的房子早都联系好了。"

熊三爷故作惊异地："啊，豆花，你不是做不了主吗? 去叫你们火哑巴来给大家说吧。"

众人起哄："好，我们都想听哑巴说话。"

五百元："天哩，哑巴怎么能说话啊。三爷，那是我的借口，我错了。是我错了。"

熊三爷："好，能认错就是好同志。村民同志们，我们的幺吵吵和五百元同志进步这么快，思想觉悟这么高，大家都要向她们学习啊。那我们还是在原地扩建学校吧。怎么样?"

众人起哄：

"不行! 不行! 他们明明是想占便宜。"

"不行! 三十米大街已经规划好了，我们要用白莲给的土地款修街道。我们才能在街道两边修店面，才好脱农皮当城镇居民。"

"对，让他们两家把便宜占了，我们就迟迟不能修街房了。"

……

熊三爷："哎呀，幺吵吵，五百元，涉及全村人的利益，三爷不能让八个孕妇坐一桌，搞高肚（度）集中! 群众不答应，对不起哟。"

众人又是一阵哈哈大笑。

"啊……"幺吵吵一下从地上爬起来，揪住糍粑的耳朵，"都怪你这砍脑壳的出的馊主意啊!"

五百元："天哩，这回损失好大啊!"一屁股坐在地上抱住糍粑的腿杆哭号，"落地糍粑，你赔我的损失! 赔我的损失……"

熊三爷："糍粑，老子是腊肉下锅，给你有盐（言）在先，吃饱了晓得放碗，你不信，怎么样？这回你这坨糍粑落到了清石板上了吧？没粘着一点便宜，反倒偷鸡不着蚀把米，活该！"

众人大笑："哈哈哈，聪明反被聪明误，活该！"

落地糍粑三人被大家讥笑，无地自容，只好灰溜溜地走了。

五百元回家之后，硬是想不下去，过去她一直遵循她老妈传授给她的经验，自己不精明，跟个能干人，别人怎样你怎样，永远不会上大当。谁知这一回跟着她一直认为最精明的邻居落地糍粑和幺吵吵去胡搅蛮缠，却上了大当，吃了大亏。小家小户，眼看到手的数万钞票眨眼不翼而飞，这口恶气怎么咽得下去，便带着男人火哑巴冲进落地糍粑家去评理，要落地糍粑赔偿损失。她也知道理由不充分，落地糍粑又是个铁公鸡，要他赔偿损失是与虎谋皮，但是她的人缘比落地糍粑好，说不定大家帮她说话，让落地糍粑多少出点血，给她顺一口气，也可以补一点儿虚。

五百元两口子闹得落地糍粑家鸡飞狗跳，桌翻凳倒，一片狼藉。

五百元扭住落地糍粑又哭又闹："你赔我损失，你赔我损失，不赔我损失不得行……"

落地糍粑脸上被抓出了血痕："你自己不长脑壳，有我屁相干……"

火哑巴拉着一条大肥猪，脸红筋胀，"哇哇哇"叫着往院外赶。

幺吵吵拉着猪绳拼命往院里拖，嘴里喊着："火哑巴抢人啊，火哑巴抢人啊……"

田坝里划完土地的人回来，听到这边两家在打架，都围在院外看热闹。他们不但不劝架，反而进一步奚落：

"幺吵吵，你怎么不顾男人，只顾肥猪啊？"

"男人哪有肥猪管钱啊。"

"五百元把男人给她抢走了，哪个陪她睡瞌睡呀？"

"你去呀。"

"要得！幺吵吵，我们当倒大家马上签合同如何？"

猴主任既是村会计，又兼治安主任，听见吵闹，立即赶了过来冲进院去，用他那一只很不方便的抓手，费了好大的劲才分开五百元和落地糍粑："不准闹了，有事坐下来说。"随即又对围观的人吼道："左邻右舍的，你们不劝架，瞎起哄干啥？"

"他们还在打假叉。"

"精彩，当看免费电影啊。"

猴主任："放屁，这回是真的纠纷了，闹出人命来，你们谁负责?"

火哑巴仍拉着猪绳，对着猴主任"哇哇"地叫个不停。

五百元："猴主任，你给我们评个理。他落地糍粑喊我跟他一起闹……"

落地糍粑："你放屁，我好久给你说过叫你跟我一起闹？哪个见证?"

幺吵吵："是你跑到我家来，叫我跟你一起闹!"

五百元："你们赖账! 不得行，我跟你们拼命!"

四个人又扭闹在一起。

熊三爷站在院外咳了一声嗽。院内四人立即耷拉下脑袋，顿时风平浪静。

第二十九章　大桥开工

1

香河大桥工程，虽然经过权威设计机构设计，有完备的地探资料，也有可行性论证报告，但是没有得到计委等相关部门的立项批准，没有得到建设和交通等相关主管部门的许可，这样大的工程，严重违反相关法规，这不能不说是一件大事。镇上通过种种方式探听上头的意思，好在香河大桥闹了多少年，县上不少领导都曾经奔走呼吁过。县上又拿不出钱来，别人要自力更生，谁也不好明确反对，谁也不明确表态支持。当时喊得很响的一句口号是"干起来再争取"，这口号给大家壮了胆。于是集体决议，很快跟县桥梁公司议标成功，并且签订了施工协议。

大桥开工在即。章明传又召开了一次党委会。

章明传："大桥明天就要举行开工典礼。一是再商量一次，我们明天到底请不请领导。"

杨书记："我们是私生子工程，请领导的事一定要慎重。"

刘主任："我仍然坚持不请，不是我们不懂礼数。县上有两位领导都是从我们这里出去的，从他们开始，不但多次向县上打过报告，而且勘测和设计图纸都是他们在任时亲手完成的。我私下也向他们汇报过。我们手续不健全去请他们，肯定会使他们为难。"

杜中德："我同意刘主任的意见。但是刘主任是我们这里的老书记，要请你过后帮我们向领导们解释一下，避免领导发生误会，说我们心中没有他们。"

众："对，就这么办，这也是保护他们啊。"

章明传："杜镇长，你是指挥长，还有些啥问题？"

杜中德："第一笔款已经划拨，施工队伍吃住问题都解决得很好。陈经理非常感动，这是他们没花一分钱拿到的工程，赌咒发誓要做好，无论如何要请我们吃一次饭。"

章明传："吃饭就免了。工程质量，施工工人也很重要，我们钱不多，感情可以多投入点。他们今天刚来，焦秘书，你去买两条烟，两瓶酒，晚上，我们班子全体成员一起去看望一下工人。"

众人都道："应该的，应该的。"

散会后焦点立即跑回镇办公室，这些天他忙得简直不可开交，便拉林可儿帮忙写写画画。林可儿在写大桥开工典礼主席台上的嘉宾座位牌。泡泡糖走了进来。

林可儿放下笔，热情地迎上去："哟，甜甜姐，怎么有空到这里来啊，请坐。"

焦点也立即递上水："哟，唐姐来了，我正说把这里忙松了来拜访你哩。"

泡泡糖："你是贵人事多嘛，还要忙着陪你的林妹妹呀。"

林可儿："他还有时间来陪我？你没看见，还抓我的差哩。"

泡泡糖调笑道："他不陪你，你就跟他吹。"

焦点笑道："吹不脱，吹不脱啊，我脸皮可厚啊。呃，唐姐，你们漂亮女人为啥都这么折磨人啊？"

泡泡糖："你要享受女人的漂亮，当然要付出代价啊！小林，你一定要把他折磨个死去活来。"

林可儿："好，到时候我来向唐姐讨教几招，也学会折磨人。"

"还是我先向唐姐讨教吧。"焦点拿出一沓材料，"白莲姐和你给我们镇长出了好主意，镇长叫我草拟了这份《关于香山镇发展的远景规划》，要我请你跟白总帮忙斟酌一下，看行不行？"

泡泡糖接过材料看了一眼："好，我带回去请董事长给你们看看吧。"

焦点："唐姐，你是大忙人，今天大驾光临，有要事吧。"

泡泡糖："你不是把我们董事长的座位牌都写好了吗？她要坐嘉宾席，我来给她买单啊。两万，不嫌少吧？"说着拿出钱递上。

焦点："改建小学她要出一百多万，修大桥还送这么多呀？"

泡泡糖："这样说你们能原谅她了。"

焦点："怎么说原谅啊？还要拜托你给她说一下，请她和佘老板务必代表嘉宾讲一下话。"

泡泡糖："他们有一个人讲话就行了嘛。"

焦点："反正都得请你帮我落实。"

泡泡糖拿起桌子上写好座位牌："喂，你给我唐甜甜写座位牌干啥呀？"

焦点："香河大桥的开工典礼的嘉宾席上，怎么能没有你盘丝洞大经理的座位啊？"

泡泡糖："免了吧。我找得到自己的位置。"她撕掉那张座位牌。

焦点："好，等天空了，再专门来向你求教。"

泡泡糖出门后走进了纪委办公室。

傍晚，焦点备办好了烟和酒。党委成员都聚在办公室，正准备一起去看望施工队伍。桥梁公司陈经理兴冲冲地闯了进来。

陈经理做梦也没想到，香山镇的领导居然有胆量跟他们议标。没有任何额外开销，就拿到这样大的工程，他对香山镇的领导自是十二分的感谢。尽管他也知道乡镇上的工程普遍都存在难于收款的问题，但职工耍了很久了，设备闲置生锈，偌大一家县级建筑企业找不到事情做，那日子更难过。何况他只同意四十万的垫资，要拿到这么大的工程花销也要几十万，相比之下，风险不算太大。而且打了几回交道后，他相信香山镇的领导是干实事的。因此，他决心尽最大的努力，跟业主好好合作，一定要把大桥修好。

设备和人马很快到位，明天就要举行开工典礼，他要认真做一次动员。

"香河大桥指挥部"工棚内，挂着"战前动员会"的横标。

职工们有了事做，个个精神抖擞，整齐地坐在地铺上。

陈经理："弟兄们，几年来我们很少接到工程，大家在家里闲着，只发生活费，都骂我这个当头儿的无能。说实话，建筑市场僧多粥少，我们没有胆量去送礼行贿，也不敢去参加那些暗箱操作的招标游戏。这一次，我们终于接到了香河大桥这个项目，但是大家要知道，香山镇的领导们是担着极大的政治风险才同意议标的。保证工期和质量，我是给他们拍了胸口的。请大家一定要为我们桥梁公司争气，要对得起人。"

众："没问题！"

"老板放心！"

"我们一定争气！"

陈经理："今天晚上我给大家敬酒。吃了晚饭早点睡觉，明天六点半起床准备，开工典礼上大家都精神些，做出个样儿来。大家先到盘丝洞去等倒，我这就去请客。"

陈经理走进镇办公室，大家都热情地跟他握手。

杜中德："啊，陈经理来了，给你介绍一下。这位就是我们的章镇长。"

陈经理与章明传握手："章镇长，各位领导，我从内心感谢你们对我们公司的信任和支持，给了我们这样大的工程，今天一定要请大家喝一杯酒，认识认识，以便以后联系工作。"

章明传："陈经理，感谢你的盛情。我们党委做了决议：所有的镇干部，一律不接受施工单位宴请和馈赠，作为一条铁的纪律，请你们原谅。"

杨书记："陈经理，我们是老熟人了，我在负责执行监督，请你支持大姐的工作。"

陈经理："哎，要是共产党的干部都像你们就好了。"

章明传："职工们都在工棚里吗？"

陈经理："这会儿往盘丝洞去了。"

章明传："那就请陈经理转告大家，晚饭后，我们全体党委成员去看望大家。"

2

盘丝洞二楼雅室里。一桌丰盛的菜肴基本未动，几个空酒瓶摆在一边。牛魔王和马老板默默地抽着烟。

香山镇在城里混的建筑老板，就数牛魔王的名气最大，实力最强。别看他粗鲁，搞建筑这么多年，在这个行当里他已经修炼成精。这些年反腐败百分之七十的贪官都是栽在建筑工程上。贪官们也吸取了教训，现在县城里稍微有点油水的工程都交给了外地的包工头，因为纪委办案经费少，涉及本地老板，容易抓着包工头调查取证；涉及外地老板，别人合法的借口多，而且离得远，找证人难，躲一段时间，案子就拖化了。

牛魔王虽然在城里混了很久，但是到底出生卑微，在官场中缺少过硬的靠山。现在正搞小城镇建设，因此他想尽快把发展的重点向乡镇转移。他也知道乡镇上的工程最难收款，但他不怕，现在好多工程都一样不好收款，把钱垫在别的地方，还不如垫在家乡。更重要的是人都思落叶归根，他希望借干这样体面的工程好在乡亲们面前露脸。说不定还要把他这个承建人的大名刻在桥头碑上，子孙后代就都会知道他的大名。"

牛魔王这次对香河大桥的工程是志在必得。他也很有把握。这次他下的赌注最大，对考察团除了接待规格高，每人还发了两千块钱的红包，还请动了冷副县长出面说话。乡镇干部有几个不怕常务副县长的？而且香山镇毕竟是他的家乡，毕西一个电话就帮他搞定了电信局的工程，借此机会重重地感谢他一下，让他得到实惠后肯定会帮他说话。

牛魔王费尽心机，没想到结果竟是这样。亲自出马勾兑毕西，热脸贴了冷屁股，平时称兄道弟，这次却狠狠地挨了一顿训。送其他人的钱，包括红包都如数退了回来。

牛魔王面对一桌子酒菜毫无胃口，只是抽烟灌酒。

马老板："牛哥，想不到这回输给陈经理。你说，我们的问题到底出在哪里？"

牛魔王："老子也想不通，实在想不通。城里送钱，别人嫌少，香山镇这么一个小地方，送钱没人要。"

马老板："别生气，除了姓冷的那个大嘴老鸹吃了那几万外，其他人把钱都退回来了，这回没办成事吃亏也不大。"

牛魔王："过去送出去的钱有退回来的吗？"

马老板："那些狗日的，办不办得成事都给你通吃了。"

牛魔王教训马老板道："你懂个屁，给你吃了，也叫领了情，给了面子。姓冷的这回也出了面，说了话，尽了力的。事情没办成，他永远也欠着老子的人情。像这里这样把钱退你，是瞧不起你，信不过你，人活得没份，丢人！"

马老板："牛哥啊，想那么多干啥，我看你呀，就是太看重面子了。而且乡镇上的工程，本身风险也很大。"

牛魔王："搞工程也要研究政策，国家对小城镇建设有许多优惠政策，不但投标成本低，各种费用少，劳动力便宜，而且好多老板都还没醒起，不趁早战略转移，以后怎么发展？"

马老板如梦初醒："对，是这个理，还是牛哥想得远。呃，那天王瞎子给你算命，不是说你该在这方发财吗？"

牛魔王："是啊，没想到却偏偏走麦城。不说了，拿酒来！"

马老板："牛哥，喝了这么多了，差不多了。"

牛魔王："老子今天就喝他妈个昏天黑地！"

方便面拿酒走进来："牛老板，酒来了。还要啥吗？"

牛魔王："不要了。啊，方小姐，听说你们经理会看相？"

方便面点头道："嗯，都说她是个巫婆，神啊，神得很啊！"

牛魔王："老子这回栽了，想请她帮我看看相。"

方便面不相信地看了看牛魔王："请我们经理给你看相？你请得起吗？"

牛魔王一下被激怒了，昂着头："啥，老子请不起？要多少钱？"

方便面嘿嘿笑着："不多，三五千就够了。"

牛魔王拿出一扎钱往桌子一拍："你他妈的太小瞧人了！"

方便面嬉皮笑脸的："呃，叫本小姐给你白跑呀，先给中介费。"

牛魔王递上几张百元大钞。方便面拈了一张，唇边一吻，飘然而去。

泡泡糖正在白莲书房里跟白莲和佘老板说话。

泡泡糖："佘老板，明天大桥开工仪式上，贵宾代表讲话，你们两个到底谁讲？赶快定下来吧。焦秘书等着我回话。"

佘老板："白总衣锦还乡，正好借这个机会闪亮登场。当然是她讲啊。"

白莲推辞道:"你知道我向来低调。你是远方贵客,又是香山镇招商引资进来的第一家企业老板,你就别推了。"

方便面走进白莲书房:"经理,生意来了。"

泡泡糖:"这会儿还有啥生意?"

方便面笑道:"牛魔王请你看相算命,看准了,三至五千。"

泡泡糖也笑道:"好!果然是好生意,他的命我早给他算准了。"

佘老板奇怪地问:"唐小姐还会看相算命?!"

泡泡糖道:"哼,佘老板,你要小心些,我能掐会算。你的小秘密我全知道。喂,你们谁去当代表讲话,赶快定下来,我去寻一会儿开心就来。"

泡泡糖走出白莲书房。

白莲也不解地问:"小方,小唐啥时候又学会看相算命了?"

方便面笑道:"董事长,你信她的,不过是蒙人吧。"

白莲担心地问:"真收人家那么多钱呀?"

方便面:"董事长,你放心吧。我也去看热闹去了。"

3

泡泡糖走进雅室,立即给牛魔王看相。她凝视了一会儿牛魔王,又煞有介事地掐着指头,方便面接着走进雅室。

牛魔王虽然已经带酒意,但还是郑重表态:"唐小姐,在你面前,我保证不说脏话。现在该开始了吧!"

泡泡糖点点头:"请伸出你的右手。"

牛魔王不解:"右手?!男左女右,唐小姐是黄的啊?"

方便面:"你懂个屁,那是土算命子的方法。左手只代表先天,右手才代表你的后天。"

牛魔王:"啊,你学的洋算命啊?"

泡泡糖看了一阵手相,又看了看面相,煞有介事地沉思了一会儿,突然开口:"要我说真话吗?"

牛魔王:"说准了,这一万就是你的了。"

方便面:"牛魔王,牛老板,你也要算是人物了,莫后悔啊。"

泡泡糖:"请莫多心,我直说了。"

牛魔王："说!"

泡泡糖："苦命! 穷命!"

牛魔王一惊："苦命? 穷命?"

马老板不依："唐小姐,他是大老板,你搞错没有啊?"

牛魔王："听她说。"

泡泡糖："你二十五岁时遇牢狱之灾,三十二岁开始发迹。打官司和吃官司不少,现在还有两件官司缠身……"

牛魔王惊得眼睛都直了："等一下,你是从哪里打听到这些的?"

方便面不屑地:"啧啧,打听,她以前认识你吗? 你值得她打听吗? 打听你那些干啥?"

牛魔王也觉是理:"是啊,她以前根本不认识我,用不着打听我呀! 唐小姐是蒙的吧?"

泡泡糖:"怎么能蒙? 这不全都写在你的脸上和手上吗? 你看,这是命运线,从这里到这里是九十岁的运程,二十五岁在这里……"

牛魔王看自己的手:"啊,神了,神了。"

马老板:"可是,你说他是穷命就不准啊,他可是大老板呀。"

泡泡糖哈哈大笑道:"哈哈哈,什么大老板,他不过是一个小小的暴发户罢了,除了手头有时有几文钱,注意,我是说的有时,牛老板,你还有啥? 你虽然为人仗义,结交的却多是小人;你有小聪明,却聪明多被聪明误;你挣钱不少,却有钱不多;你想混出个人样儿来,受人尊敬,可你没有知识,没有教养,一个包工头谁尊敬你了? 你有真正的朋友吗,有钱时别人把你当成猪,哥们儿吃喝你,官们儿傍你敲诈你,没有钱时,有几个理睬你? 你有真正的爱情吗? 睡的女人不少,掏你腰包时甜言蜜语,离开床边谁认得你? 谁记得你? 你……"

牛魔王桌子上一巴掌:"你,别说了。你活得不耐烦了!"

泡泡糖又一阵大笑:"哈哈哈,牛老板,你不会跳楼吧?"

牛魔王激怒之后平静下来,推过那一扎钱:"对不起,唐小姐,这些钱你拿走吧。"

泡泡糖拿起钱在手上拍了拍:"牛老板,你这样的命还值得这么多钱吗? 钱呀,是个好东西,牛老板就别跟我使小性儿摆阔了。劝你把钱当钱用,你尊重它,它才肯跟着你。"丢下钱起身要走。

牛魔王呆了一瞬："等等，唐小姐，我看出来了，你是真正的高人。我服你了，请你指点迷津。"

泡泡糖："只有诚实能够自救。啊，还有一点忘了告诉你，眼前有贵人相助，出生地可以发财。不要忘了多多修桥铺路，积德行善。"

方便面："这是在点化你，记住，多多修桥铺路，积德行善！"

牛魔王："多多修桥铺路，积德行善？"

第二天，高音喇叭播放着欢快的乐曲，山路上游动的人群，嘻嘻哈哈地向大河滩上的"香河大桥开工典礼"会场涌去。

会场上彩旗飘扬。

学校的鼓号队在开工典礼台前演奏。

台前排着桥梁公司的职工方阵。职工们头戴安全帽，身穿整齐的工装，个个精神抖擞。他们身后是油漆一新的整齐的施工机械。周围挤满了看热闹的人群，牛魔王和马老板努力挤向台前。

台上坐着胸佩红花的香山镇政要和部分乡镇的来宾。白莲和佘老板及捐资单位的领导坐在嘉宾席上。

桥梁公司的陈经理激情洋溢地发言："……我们感谢香山镇领导对我们的信任，决不辜负香山镇父老乡亲的期望，我们面对香河庄严宣誓：'保证以最优的质量、最快的速度、最精诚的合作精神，如期建成香河大桥！塑造企业形象，报答香河人民！'"

一片热烈的掌声。

主持人席上，杜中德穿着皱巴巴的西服，他显得很兴奋，站起来习惯地拍了拍话筒："欢迎来宾代表温州佘老板讲话！"

牛魔王："杜镇长，请等一下。我先说几句。"

牛魔王说着，跳上了台子，身后跟着马老板抱着一捆现金，他也不管杜中德同意不同意，抓过话筒便喊开了："乡亲们，这几年我一直在城里混饭吃，好多人都不认识我了。我是二村的包工头牛远光，外号叫牛魔王，坐过班房。这回想回家乡修这座桥给自己挣点面子，我给章镇长和毕书记一人送两万行贿，被他们训了一顿退回来了。我牛魔王不是人，做了孬事，心中有愧得很。今天，我再加上一万，凑成五万捐给大桥，向乡亲们请罪！"他向台上台下深深地鞠躬后又道，"以后乡亲们有事找我，如果我挣了冤枉钱，天杀五雷轰！"

台上台下全都懵了，片刻沉寂之后，响起了雷鸣般的掌声。

牛魔王把钱捧给杜中德，又深深地鞠了一躬。

杜中德激动地与牛魔王紧紧握手："感谢了，太感谢了！"

台上的人们热情地与牛魔王紧紧握手，把他请到贵宾席就座。

等余老板也讲完话后，杜中德："请香山镇镇长章明传同志，宣布开工！"

章明传："修建香河大桥是世世代代香山人的美梦，香山人多年来的愿望就要实现了！就要圆梦了！现在，我宣布：香河大桥正式开工！"

热烈的掌声。

杜中德："鸣放鞭炮！"

热烈的鞭炮声中，施工机器一齐开动。

第三十章　降伏牛魔王

1

杜中德任大桥工程项目指挥长。大桥开工后，镇上的领导都集中在镇政府办公室里研究下一步工作。

章明传直接点名："杜镇长，工程下一步怎样抓？你发话吧。"

杜中德："陈经理一再提醒我们准备好后续资金。"

资金问题一直是大问题，一致决议，相信车到山前必有路，先动起来再想办法。而今已经动起来了，现在章明传心中还无数。

章明传："后续资金是大问题。焦秘书，收礼情况怎么样？"

焦点汇报："白莲和余老板各送两万，牛魔王送五万。这是几笔大的。各单位和兄弟乡镇送礼就少得可怜。"

章明传："这回真想不到牛魔王还大出手，爆一个冷门。"

刘主任："对，这确实没想到啊。看来我们还真得用发展的眼光看问题。"

章明传："更重要的是牛魔王跟白莲一样，也是在外面发了财，回乡后慷慨解囊。这是一个信号。我们镇在外面发了财的应该还有不少人。我们求发展过程中，如何用好这部分资源，应该多下一些工夫。"

杜中德："对，老章想得很深，提醒得好。"

杨书记："另外再告诉大家一个好消息，还有个匿名"香山人"的人捐资二十万。捐资人通过我的手，已经把钱交到财政所了!"

众："啊! 二十万?! 这个香山人是谁啊? 这么大的人情?"

杨书记："对不起，捐资人不愿留下姓名，也不准对外透露捐资之事。我对捐资人承诺过，绝对为她保密。"

章明传："对党委成员也保密?"

杨书记："别人都知道，现在党内也很难做到保密了。"

焦点敏感地："杨书记，是不是贪官的赃款啊?"

刘主任："如果钱的来路违法，我们再穷，这钱也不能要。"

杜中德："杨书记，如果你信得过在场的几个人，你就说出来，也让大家放心。"

杨书记望着大家为难地："这……这钱的来路大家尽可放心。我对别人承诺了保密，不能失言。请大家相信我一个共产党员，香山镇的纪委书记，有这种判断能力吧。"

"不是不相信杨书记。"不过大家感到，目前所知，跟香山镇有密切关系、又有这样经济实力的只有白莲，都不约而同地说道，"会不会是白莲呢?"

章明传估计，肯定是白莲，只好道："既然杨书记说了为人家保密，大家就别乱猜了，知道是香山人就行了。"

刘主任："做这样的大好事，这个香山人为啥要求保密呢?"

杨书记："别人或许有自己的顾虑和苦衷，接受这笔钱吧。只求大家以后绝口不提这件事就是了。"

杜中德："有了匿名人二十万捐资，第一笔后续资金问题不太大了，第二、三笔还没着落。双提款要到年底才能出来一部分，等不到那个时候。"

章明传："刘主任，能不能请你出面号召，认真搞一次募捐活动，让教办老校长协助你。"

刘主任："好，我尽力嘛。"

章明传："焦秘书，你把情况在电话上给唐书记汇报一下。现在我们重点研究，怎样借大桥开工，推动小城镇建设的启动工作。另外，焦秘书目前暂时负责小城镇建设工作，你有什么打算？"

焦点："街一村小学和佘老板香料厂的土地已经落实，请他们迅速动工，可能问题不大。如果这两个项目开工，小城镇建设就算启动了，如果能再动员一些买了土地的群众动工修街房，就更好了。"

大家都异口同声地说："好，就这么办。"

小城镇建设工作一直由焦点兼管。焦点名如其人，很会办事，看问题很有眼光，找得到焦点，抓得准关键。街道大的规划已经做出，建筑红线基本划定。他知道泡泡糖是他启动小城镇建设的一把最好的钥匙，因为小学迁建何时开工，佘老板的香料厂何时动工，泡泡糖都会发生很好的影响。他跟泡泡糖的关系又很不错。有了这两个大项目开工，再请熊三爷带头修建街房，那么就能形成一定的声势。

焦点去找泡泡糖，泡泡糖很爽快地答应小学工程立即动工。

2

这天佘老板走进白莲书房。辣椒生意结束，他要回温州去，特来向白莲辞行。

白莲笑问道："这次到四川来感觉怎么样？"

佘老板："不虚此行，不虚此行。收获太大了，可以说是满载而归。这次不但辣椒生意赢了，而且又一次受惠于白总，寻找到了更好的投资项目。"

一旁的泡泡糖受焦点所托，借机单刀直入："喂，佘老板，你买土地办厂的协议早签了，现在大桥工程已经开工了。你的协议该生效了吧？"

佘老板："没问题，肯定生效。我回去稍做安排，准备一下办厂的事，就立即赶过来，筹备开工。"

泡泡糖："别忘了，还要引荐你河南那位朋友来种西瓜。"

佘老板："他还没下定决心，他邀我回温州时，拐道河南去做客，见了面再谈。喂，小唐，这边的事还要请你和白总多帮忙啊。"

白莲："放心吧，你早去早回就行了。"

佘老板："好，喂，小唐经理，昨天你对牛老板施了啥魔法啊？"

白莲："对，小唐，牛老板今天一个劲地夸你，说你是给他指点迷津的观音菩萨。说要不是你指点，他今天绝不会去捐那五万块钱。"

佘老板："唐小姐，你一席话就骗别人五万，别人还把你当圣人，当菩萨，还说以后还要多向你请教。"

泡泡糖："佘老板，你小心点，我骗术高明着哩。"

佘老板："如果你骗得人愉快，我也很乐意受你的骗。"

方便面这时走了进来："经理，牛魔王要定宴席请客感谢你。还请董事长和佘老板一道赴宴。"

白莲笑道："啊，你看，我们都跟着这个小骗子沾光了。"

方便面："经理，你昨天晚上把我都麻倒了，你怎么知道他二十五岁时坐过牢啊？真的手相上有记号吗？"

泡泡糖神秘地："天机不可泄漏。"

佘老板："她真的说准了吗？"

方便面："是啊，一开口就把别人震住了。经理，是怎么回事，教我一招吧，我以后失业了，也好去当巫婆赚钱。"

泡泡糖："笨蛋，你去问红桃K吧。"

白莲："啊，你派小红考察建筑队伍时就摸了别人的底了？"

泡泡糖："我给他看手相是假，是想降伏他，让他乖乖地给我们修学校是真。我敢保证他不敢耍花招。白莲姐，红桃K考察回来后，我已经跟三爷商量过这事，你看……"

白莲："只要三爷没意见，你定了就行了。"

佘老板："甜甜，你太厉害了，真是一石二鸟。既帮大桥拉到了五万捐资，又为建修学校找到了可靠的施工队伍。"

泡泡糖："笨蛋，你唐阿姨是一石三鸟，还有一只最大的鸟你没看见？"

众人不解地问："还有一只最大的鸟？"

泡泡糖："是啊，董事长回乡是想为香山镇做点事，她一个人的力量够吗？牛魔王也是香山镇的人啊，只要给这头壮牛穿上鼻子，就是一头能为家乡出大力的好牛啊。"

众人恍然大悟："啊，高，实在是高。"

佘老板："小唐，你哪里是白总的经理。你简直就是香山镇的间谍，不，就是香山镇的书记或镇长。"

白莲："小唐当过乡镇干部，应该多为乡镇着想。她在这方面比我强，想得很深，想得很远，提醒得好，我们应该团结更多的老乡为香山镇出力！"

泡泡糖："唉，白莲姐，遇到你这样的主子，我能不尽心竭力吗？方便面，去请牛魔王到我的办公室。"

泡泡糖回到自己的办公室。一改平日的油腔滑调，俨然一副领导的样子，正襟危坐地在看街一村小学设计图纸。

方便面引着牛魔王走进来。

方便面："经理，牛老板来了。"泡好茶随即离去。

泡泡糖微微点头："请坐。"

牛魔王："唐小姐，方小姐告诉你了吗？我想敬你一杯酒，请你一定给个面子。"

泡泡糖："她已经告诉我了，用得着吗，值得吗？"

牛魔王连声道："值！值！唐小姐，给你说实话吧，这一方年纪大点的都知道我过去是个混世魔王，人人瞧不起的劳改犯。这些年在外面云里雾里，就是没脸面回乡见家乡父老啊。这回诚心想借修大桥挣点表现，可是……昨晚上你每一句话都戳到了我的疮疤上，硬是恨不得杀了你。昨晚我没睡着，一直在想你点拨的话，过去把大坨大坨的票子送给那些贪官污吏都舍得，这回就把在香山镇没送出去的钱捐给大桥吧，谁知道……啊呀，你今天没看到乡亲们对我的热情啊！我牛魔王现在是个人了，可以到大街上去走了，唐小姐，我该谢你啊！"

泡泡糖故弄玄虚地："阿弥陀佛，苦海无边，回头是岸嘛。"

牛魔王："唐小姐，你找我有啥事？"

泡泡糖递过图纸："想请你修街一村小学。"

牛魔王一惊："啊！让我修建街一村小学？"

泡泡糖："是的，不愿接这个小工程吗？"

牛魔王："愿意，愿意啊。呃，唐小姐，你说的我有贵人相助，原来这贵人就是你啊？"

泡泡糖："我算什么贵人，一个打工仔罢了。"

牛魔王："贵人，你是真正的贵人啊。呃，你信得过我吗？"

泡泡糖反问道："你信得过自己吗？"

牛魔王："唐小姐，我他妈的做不好这件功德活就不是人。你一个外乡人都这么卖力，我只要成本，不取分文利润。"

泡泡糖摇头："不！按三级资质定额预算，给百分之五的利润。你没忘记我说的诚实才能自救吧。"

牛魔王："没忘！就是奇怪，你说的话我怎么也不敢忘。这样的话要是出自别人的口，说不定我早就当成了耳旁风了。"

泡泡糖："好，我相信你不会骗我，你也骗不了我。"

3

一切如焦点所愿，小学迁建工程很快开工，佘老板的香料厂在征地，熊三爷首先在新规划的三十米大街上买了宅基地，带头修建街房。街一村的人要修街房，旧宅基换新宅基，多用的土地只需补差，一户人万把块钱就够了。因此熊三爷动工之后，为了先选好口岸，有好几户人都缴款占了地。李红也选了一个好口岸。

那次吵架之后，五百元和幺吵吵两家成了仇人。幺吵吵没有了五百元这个应声虫很不习惯，再说，那件事确实让五百元损失太大。老邻居了，关门不见开门见。成天扯鸡骂狗，黑脸上黑脸下的真没意思，于是便主动来跟五百元修好关系。同时看见李红都买了地，也想来探五百元的口风。

这一天幺吵吵提着一篮子梨子走进五百元家。五百元和火哑巴正在磨豆浆。

幺吵吵要套近乎，不好再叫五百元，亲热地："豆花，豆花妹呀！"

五百元冷冷地："坐嘛！"仍自推磨。

幺吵吵："哟，事情都过去这么久了，你都还在生你糍粑哥的气呀？幺嫂今天再来给你赔个不是吧。"

五百元："我才没那闲工夫生气哩！"

幺吵吵："唉，你糍粑哥呀，本来也是一片好心，谁知道……啊！你们家黑狗呢，还没放学呀？你看，我们家的香梨下树了，他糍粑叔叫我给黑狗送一筐来，放哪里呀？"

雷公不打笑脸人，再说那事也怪自己不长脑壳，五百元看了一眼梨子，脸上只好由阴转晴，边找篮子边说："哟，这么好的梨子，你们留着吧，明天逢场，好卖钱。"

幺吵吵："哟，看你说些啥，娃娃家嘴馋，尝个鲜嘛。"

五百元："那就多谢他糍粑叔了。"

幺吵吵："豆花呀，人家都说我们两个像姐妹，到哪里都是鸭子脚板一连，这回要不是为那鬼学校，我们两家人怎么会搞得这样仇深孽重的啊？"

五百元："就是。白莲不回来，我们两家人哪会这么多坡坡坎坎，这回硬是把脸都丢尽了。"

幺吵吵："我看呀，啥子都是命，肯定是白莲的命硬，我们遇到克星了。"

五百元："那你说怎么办？"

幺吵吵："怕啥，还有李红哩。她呀，简直是遇到了灾星了，以后她那日子呀，肯定比我们更难过。"

五百元："对，天塌下来有长汉子顶着。呃，幺嫂，大桥动工后，这几天好多人都在报名修街房了，你们打算怎么办啊？"

幺吵吵："豆花呀，头回你听我们的吃了大亏，今天呀，我就是为这事来听你的打算的。"

五百元："幺嫂，你晓得我没主见，有啥打算啊？村上规定起码要准备一万块钱的动工款才能划地基，说报名吧，钱又不够，不报名吧，好口岸让别人占完了，就只有守着这个烂房子背时。"

幺吵吵："你多少还有几千块钱嘛，我们还背起一身债啊！"

五百元："幺嫂，我说呀，还是借点钱去报个名好些。你说呢？"

幺吵吵："我也是那么想。可你糍粑哥说，要是大桥修不起，街房修起没用，就等于贷起债来修房子，坐倒背时。"

五百元："大桥都动工了，怎么会修不起呢？"

幺吵吵："镇上那么穷，开了工再去找钱，几百万容易找吗？"

五百元："可是李红都买地了呀。常言道，村看村，户看户，社员群众看干部啊。"

幺吵吵："话是那么说，可是除了三爷之外，谁也没动工啊。"

五百元："又倒是。"

幺吵吵无意中一句话。五百元买地的决心又动摇了。

第三十一章 爱情保证书

1

不出泡泡糖所料，任水妹和那个长头发记者确实能量不小，白莲很快成了几家报纸爆炒的对象，追踪报道接二连三，捕风捉影加想象发挥，爆炸性的标题再加上煽情的渲染，白莲一时之间成为人们议论的热门话题和谈笑之资。

办公室里的人们闲得慌，自然要争抢着报纸，对最有兴趣的事情，发表高见。

"抢啥呀？"

"看'还魂女'的追踪报道呀。"

"几种报纸都有。"

"《香河'还魂女'，镇长旧恋人——白莲投河大揭秘》"

"为啥投河？"

"遭坏人强奸了。"

"啊，还是个烈性女人哩。"

"看《镇长病残妻，棒打'还魂女'》。"

"看这篇《旧恋靓且富，发妻病又残——镇长情归何处》"

"这还用得着问，肯定换教呗！"

"那李红实在太冤了？"

"而今是竞争年代。"

"最好是家中红旗不倒，外头彩旗飘飘。"

"对对对，好主意，叫章明传也向你老公学习，在外面多飘几面彩旗。"

"只要不把我这正宫娘娘打入冷宫，他在外头飘的彩旗越多越好。老娘好当排长。"

"哈哈哈，会想，会想。"

麻将室里，激战正酣，但也挡不住那些开心故事和诱惑，卖报的走来："看报看报，香河'还魂女'连续追踪报道。"

《白莲捐巨资重建母校》。

"有钱真好，可以多做多少好事。"

"她哪来那么多钱啊?"

"看这里:《'还魂女'暴富还乡，发迹史众说纷纭》。"

"这里还有，《靓女流浪暴富，谜底讳莫如深》。"

"哟，讳莫如深，说不出口哈?"

"那些记者吃饱了，别人拿钱出来做好事，管人家钱是怎样来的。来，打牌啊。"

"看完了再打。"

那些报道对香山镇的震动就更大了，一群女人在小河边上洗被褥。她们手忙嘴不闲地也在叽叽喳喳地议论:

"白莲修学校要用多少钱啊。"

"听说要花一百多万啊。"

"听说培修大悲殿就花了不少钱啊。"

"听说还要征好几亩地修大市场哩。"

"哪来那么多钱啊?"

幺吵吵:"卖肉呗。"

女人们惊异地:"卖肉，未必然女人家还去当杀猪匠呀?"

五百元突然聪明起来:"杀啥猪啊，幺嫂是说卖下面那肉。漂亮的女人，那肉可值钱啦。"

众女人调侃起五百元:

"哟，五百元，你那么漂亮，也卖过肉吧? 卖的啥价钱呀?"

"你装糊涂啊，谁不晓得卖的五百元啊。"

"好吃亏啊，才卖五百元。"

"呃，五百元，现在行情涨了啊，再卖几回噻。"

五百元:"我五百元那时可是天价。卖一回就够了，再穷也不卖第二回。"

众女人:"你不卖第二回，未必穷一辈子呀?"

一老年女人骂道："狗日的婆娘些，你们那嘴巴上积点德，莫要那么损人要得不，别人白莲又没得罪你们，回来做了那么多好事。你们何苦要给人家泼脏水啊。你们也是女人，要当心报应啊。"

幺吵吵嘴臭："哎呀，三妈嘞，我损她十啥？而今人家都说：男人有了钱就变坏，女人变坏了就有钱嘛。"

有的女人站在三妈一边："白莲绝不是那种人。"

五百元给幺吵吵帮腔："报纸上都问，她空起一双手出门，肩不能挑，手不能提，不干那个，哪来那么多钱？"

一女人："真的报纸上都那么说呀？"

一女人："报纸上倒是那么说的，可是……"

众女人："真要是那样呀，给香山人丢脸啊。"

一女人："一个牛尾巴遮个牛屁股，关香山人屁事。"

幺吵吵："老年人都说熊三爷太没志气，答应用那么脏的钱来修学校？不怕辱没斯文，得罪了文昌菩萨，误一村人的子弟。"

众女人："要误人子弟？"

幺吵吵："那么脏的钱霉人呀，娃儿考不起大学，不是误人子弟是啥？二天我的娃儿就坚决不读她那个学校。"

众女人："对，转学，都转到镇小学去！"

白莲还不知道报纸给她引来铺天盖地的脏水。她在书房里问泡泡糖："小唐，小敏怎么好几天没来学电脑了？"

泡泡糖："小敏对你那么亲热，拐棍西施怕你抢走了她的宝贝女儿，不让她来。"

白莲叹气道："唉，看来李红姐对我的误会越来越深了。"

泡泡糖："在你面前，她本来就很自卑，那些报纸又火上浇油，她能不提防吗？"

白莲心中有数，李红的担心不是多余的，但是当着员工们的面只好说："事久见人心，总有一天她会理解我的。"她说这话的时候，没有一点底气。

泡泡糖："难啊，白莲姐，我们今天是到工地，还是……"

白莲："小唐，我们今天去找焦秘书，透露一下我们想购买镇政府大院香姑祠的想法。探探他们的口风如何？"

红桃 K 进来把一沓报纸放在桌子上，怒不可遏地："他妈的，简直是造谣，放屁！无聊，可耻！"

白莲："小红，什么事呀，生这么大的气？"

红桃 K："董事长，你看吗。这篇文章更恶毒！"

白莲拿起报纸，醒目的标题：《靓女缠绵意，镇长不了情——香山嘴重温旧梦》。白莲看完这标题，脸色铁青，一下跌坐到椅子上。

泡泡糖接过那迭报纸，翻了一下，看了那些醒目的标题，也是一怔。她把内地报纸小看了，没想到这股浊浪这样铺天盖地，来势凶猛，再坚强的人，也会经受不住的。

红桃 K 见二人不语，奇怪地问道："那天上香山嘴，我们几个人一路，文章中却为啥只字不提？"

泡泡糖："很明显，捕风捉影，存心损人。"

白莲眼里蓄满泪水，一言不发。

泡泡糖安慰道："白莲姐，想开些，世俗从来不轻易放过漂亮的女人，而且你又那么富有。"

红桃 K 气愤地："漂亮，富有，难道是女人的过错？董事长把名节看得比命还贵重，这些人却无中生有，没完没了地朝她泼污水。"

二人为白莲开脱，她终于镇定下来。报纸上说那些并不全都是冤枉，那些推测和想象都是她曾经有过的念头，她没有加入指责的行列，揩了就要流出来的眼泪，忧心忡忡地道："唉，小唐，现在更严重的是李红姐已经对我误会很深了，又没法给她解释。这些文章更会给她火上浇油，给明传哥的压力也更大了啊。"

红桃 K："董事长，你说怎么办？"

泡泡糖："这种事还能怎么办？"

红桃 K："侵犯名誉权，起诉，打官司！"

泡泡糖："这些事情越说越黑，打官司引起更大炒作波澜，报纸才好赚钱，他们更是求之不得。"

红桃 K："难道就这样算了？不，我忍不下这口恶气，我马上进城，找姓任的那个臭女人和省上来的那个长发鬼算账。这些文章都是这两个狗男女炮制的。"

白莲："小红，别乱来。"

红桃 K："我不会乱来。现在正在扫黄，那两个狗男女成天打情骂俏，勾肩搭背的，干净得了？"

泡泡糖想了想："以恶制恶也是好办法！叫他们闭上臭嘴，倒也不失为一策。小红，你立即给我请李公安。"

白莲担忧地："小唐，你要干什么，少惹麻烦吧。他们无非求财，就给钱消灾吧。"

泡泡糖："白莲姐，对付鬼，既要烧钱化纸泼水饭，也要司刀令牌桃木剑。"

白莲看泡泡糖坚决的态度，只得妥协道："那就适可而止吧。看来目前我们也要尽量低调些，买镇政府大院的事不提了。其他项目也不要考察了。这个地方实在容不下我，我们就只好……"

泡泡糖："白莲姐放心。一切有我！我要给他多管齐下。修复香姑祠是你的心愿，这事以后再说吧。"

2

街口，李红坐在烟摊前，人们拿着报纸交头接耳，议论纷纷。她不知啥事让人那么有兴趣，朝议论的人们走去，人们的议论立即停止，顾左右而言他，用怪怪的目光看着她，这令她很是不解。这段时间她特别敏感，她想，是不是又跟章明传和白莲有关？

小敏背着小书包哭着跑来："呜……"

李红心疼地一把拉过小敏："小敏，你怎么啦，哪个狗日的小杂种欺负你？妈去找他老汉算账。"

小敏委屈地："那些同学说我有两个妈妈，不跟我玩。呜……"

李红一下泄了气："小敏，别哭，妈妈明天去告你们老师。"

小敏："嗯，妈妈，小红阿姨来接我去学电脑，我没去。"

李红把小敏搂进怀里："嗯，我女儿听话，乖。"

小敏："妈妈，你不喜欢姑姑啦？"

李红不好回答了："这，这，我，我没有。"

小敏："那你怎么不让我去姑姑那里呢？"

李红："小敏，是妈妈好还是姑姑好呀？"

小敏："妈妈好，姑姑也好。"

李红："让你姑姑给你当妈妈，好吗?"

小敏："不嘛，不嘛。妈妈你坏，妈妈你坏。"

李红："姑姑比妈妈好看，姑姑有很多钱呀。"

小敏："不嘛，妈妈好看，我长大了也会挣很多钱。"

李红感动的泪珠滴在了小敏的脸上。

小敏："妈妈，你怎么啦?"

李红："妈妈高兴呀。"

小敏："妈妈，街上都没人了，我们回家吧，我好帮你推车。"

李红："好，回家。"

小敏帮着收拾烟摊，跟李红一起推着小车往家走。

李红："小敏，你去看看你爸爸在做啥。叫他早点回家。"

小敏："要是他不在镇上呢?"

李红："就到你姑姑那里去找他，看他跟你姑姑在干啥。"

小敏来到镇办公室，章明传对着那些报纸大发雷霆："放他娘的屁!"

小敏不敢进去叫爸爸，只好在外边躲着。

焦点："镇长，生那么大的气干啥? 对于造谣，最好的办法就是不理睬他。"

章明传气愤地："焦秘书，不是我受不了，白莲是个烈性女子，把名节看得比啥都重。我担心的是这些谣言会赶走我们的财神，甚至出大乱子。"

焦点安慰道："镇长老兄，光急没用，你们过去的一些私事，别人是怎么知道的?"

章明传："都是李红这张臭嘴，今天回去绝对饶不了她。"

杜中德走进办公室："老章，啥事呀，发这么大的火?"

焦点："看嘛。"推过那一堆报纸。

那些报纸杜中德已经看了，他想安慰章明传，半开玩笑地说："嗨，老章呀，依我看呀，这也不是什么坏事。以前在县报发一篇文章，还要我们出几千块钱，现在是大报纸给我们做免费宣传，我们香山镇的名气可大啦。再说，漂亮的女大款爱我们的镇长，证明我们的镇长有能耐，更好招商引资，这大名声好得很嘛。"

焦点笑道："哈哈哈，杜镇长说得好，说得好!"

章明传："你们还有心思跟我开玩笑。杜镇长，说正事吧。"

杜中德："县人大检查我们的农民负担问题，刘主任一直陪着。今天晚上盘丝洞的晚饭……"

章明传："杜镇长，请你去帮我抵挡一下吧。"

杜中德："县人大主任带队，都得去，你一把手不出陪怎么行？"

章明传指着报纸："你看，盘丝洞我还敢去吗？"

杜中德："只要你自己行得端，坐得正，怕个啥。总不能别人造谣，你就连工作都不顾了嘛。"

章明传无可奈何地叹了一口气："唉！"

章明传等人走出办公室。小敏一直在院里等着爸爸，便迎了上去。

章明传："小敏，你来干啥，放了学怎么不回家做作业？"

小敏："我把作业做完了。"

章明传："完成了作业，帮妈妈做事呀。"

小敏："妈妈喊我来叫你早点回家。"

章明传："你回去吧，爸爸要陪县上来的客人。"

3

章明传朝盘丝洞酒楼走去。小敏远远地跟着，望着爸爸走进了盘丝洞酒楼。她没忘记妈妈不准她到盘丝洞的规定，便坐在路灯的暗影里等爸爸。

章明传送走客人后正欲回家，小敏这才走出暗影。

小敏："爸爸。"

章明传大惊："小敏，你在这干啥？"

小敏："妈妈叫我守着你，等你回家。"

"啥？你！"章明传欲发火又忍住，"走，回家。"

章明传牵着小敏，气呼呼地走到门口，敲门，无人应声，又重重地敲门。

小敏帮着喊门："妈妈，爸爸回来了。"仍然无人应声。

章明传愤怒了，重重地一脚踢开家门，家中黑灯瞎火。

章明传有气，李红比他的气更大。她推着烟摊车回到小院，开门后便在地上拾到了那几张报纸，一看那醒目的标题《靓女缠绵意，镇长不了情——香山嘴上重温旧梦》，顿时气得七窍生烟，一下跌坐在椅子上，泪如断线的珍珠倏然而下。

章明传开了灯，李红正独自坐在小圆桌前落泪。

章明传咆哮地："李红，你到底想干啥？"

李红桌子上一巴掌："你说我要干啥？你自己看——"她把报纸一推，"你都干了些啥！你知道外面都说你些啥！"

章明传："我，这报纸上那些东西是哪里来的？不是你那张臭嘴到处乱说，人家知道我谈恋爱的事吗？人家知道我两口子那些陈谷子烂芝麻的事吗？你把我搞得里外不是人还嫌不够，你连小敏都不放过，叫那么点大的娃娃来给你吊线跟踪，你还是人吗？"

李红："你莫扯那么远，你今天不把报纸上这些事情给我说清楚不得行！"

章明传怒火冲天："老子说不清楚，你敢怎么样？"

李红："说不清楚，章明传！你今天不给我说清楚，我跟你拼命！"

李红说着站起来，一把抓住章明传的领口，又抓又打又骂。

小敏"哇"地哭了，抱着李红哭喊："妈妈，不打爸爸，不打爸爸。你打小敏吧，你打小敏吧。"

章明传握紧了拳头，小敏的哭声终于使他强压住了火气，握紧的拳头又慢慢松开了，只有任李红打骂。

李红出了气松开章明传，伏在小圆桌上哭着数落。

章明传抱起小敏："小敏，别哭，妈妈打不痛爸爸，妈妈跟爸爸演戏哩。"

小敏看着章明传脖子几道冒着血珠的抓痕："爸爸，你脖子上流血了，痛吧，我给你吹吹。"说着便对着抓痕吹着。

章明传："啊，真灵，小敏一吹就不疼了。"

小敏："爸爸，我去给你拿碘酒。"

小敏用棉签醮好碘酒要往章明传脖子上涂。李红一把打掉棉签："用酒精。"

小敏："老师说碘酒能消毒。"

章明传："小敏，酒精也能消毒。你妈妈怕用碘酒容易长乌疤，二天爸爸不好看。"

李红赌气道："谁管你好看不好看！"

章明传："李红，你冷静下来了，我们已经活得很艰难了，再每天这样闹下去不是办法。我们好好谈谈行不行？"

李红："没啥谈的，要不闹，只有离婚！"

章明传又强硬起来："你别拿离婚来吓唬人。"

李红拿出一纸："这是离婚协议，你签字，我们马上去办手续，一刀两断。你走你的阳关道，我过我的独木桥。"

章明传："你，你不要逼人太甚！"

李红："我逼你了，怎么啦？你签字呀！你签字呀！"

章明传："我，好，签字就签字！"说着拔出了钢笔。

小敏："爸爸，你们不离婚，不离婚嘛，我要妈妈，我要爸爸。"

李红又找到理由："好呀，章明传，你是早就安了心要甩我哇！呜……你签字呀，你签字呀！呜……"

小敏："爸爸，你不签字，不签字哇。"

章明传想了一阵抱起小敏："小敏，爸爸不签字，你妈妈疯了，疯了，爸爸是吓她的。"

李红："章明传，你不签字不得行！你怕我拿到你跟白蛇精的把柄……"

章明传缓和了口气："李红，我求你了，求你看在小敏的面子上，除了离婚，我啥条件都答应你，好不好？"

李红："不离婚？章明传，你还想脚踏两只船呀？"

章明传："李红，我哪里脚踏两只船呀，那是活天冤枉啊！"

李红拿起报纸："这是啥？香山嘴重温旧梦，都上报了！"

章明传："嗨，我跟你说不清，好，你要我做啥？"

李红最怕的就是离婚，章明传软下来了，她不能把章明传逼上离婚的绝路，只好就坡下驴："好，不离婚，就给我写保证书！"

章明传又愣住了："我给你写保证书？李红，你，你太过分了！"

李红："你到底写不写？"

章明传无可奈何："你，好，我写。保证些啥嘛？"

李红："小敏，把纸笔给你爸爸拿来。"

小敏拿来了纸笔。

章明传接过纸笔："唉!"

李红："写，保证书。第一条，永远不见白莲的面。第二条，不准再到盘丝洞酒楼，还要加一句，陪客也不准。第三条……"

章明传无可奈何地写着。忍气吞声地和老婆签订了耻辱的床前之盟。

第三十二章　熊三爷劝架

1

昨晚章明传写了保证书，一夜没睡着，第二天清晨，早饭也不想吃，草草洗了一把脸，就向镇办公室走去。

章明传走在大街上，脖子上贴了两张伤湿止痛膏，仍然没有遮住伤痕。一道长长的抓痕，延伸到锁骨之下。

街上，两个妇女迎面走来："章镇长这么早就上班了。哟，你的脖子怎么啦?"

章明传："这，啊，昨天晚上睡失了枕。"

两个女人看着章明传的背影："报纸上登他那么多花花事，李红饶得了他? 肯定昨天晚上两口子又整事了。"

"对，那明显是李红抓的。"

人们背后那议论又重新点燃了章明传昨天晚上心中那腔怒火，他气冲冲地走进了镇长办公室。

焦点提着热水瓶走进来："章镇长，今天怎么来这么早? 是要出门吗?"

章明传把几张报纸放进公文包，没吱声。

焦点看了看章明传的伤痕，玩笑地："哟，镇长，耍酒吧没给小姐小费呀，让小姐把脖子都抓伤了。"

焦点的玩笑对章明传更是火上浇油。他厉声吼道："焦秘书，今天我正式给你宣布，以后凡是要我参加的招待，都不要安排在盘丝洞酒楼了。"

焦点突然明白："啊，准是嫂夫人又吃醋了吧。可是除了盘丝洞，这镇上哪一家餐馆能接待像昨天刘主任们那样的客人呀？再说，这镇上的餐厅我们都欠着饭钱，他们欠怕了，对镇政府都不赊账，订餐都问是不是现钱。而且我们又掏不出现钱，只有盘丝洞还可以签字记账，不吃盘丝洞，又吃哪里啊。"

章明传毫不讲理地："这我不管，你看着办！我下村了。"说着挟着公文包走出了办公室。

焦点叹气："哎，这个李红姐呀，真把老公逼慌了，没好处啊……"

章明传遮不住脸上那不光彩的抓伤，避开人群，漫无目的地向镇外走去。他像一头受伤的猛兽，像一条斗败的野狗，想找一个人们见不着的地方去舐自己的伤口，同时也想躲一下陈经理。他答应了陈经理今天来说大桥工程款的事，可是至今还没一点门路。他在大河滩上，坐在卵石上望着河水默默抽了两支烟，远处有人走过来，他只好又向山上走去。

一个成天忙惯了的人，让老婆逼得不敢见人，独自躲在外面，无所事事，心中很不是滋味。他在山上悬崖边的一株大树下坐下来，向山下眺望了一阵。悬崖下一片乱云，湿漉漉的枯草丛中，隐隐约约地露出几块张牙舞爪的怪石，他心底突然涌起一个奇怪的念头，要是从这里跳下去，顿时脑浆横流，一切烦恼都会烟消云散。于是，他不由自主地闭上了眼睛，就要举身的时候，一阵山风吹来，他一下清醒了。

章明传不由得一惊，他知道自己很脆弱，现在心境这样烦，这样乱，他怕自己一时糊涂，失去理智真从这里跳下去。香山镇的烈女让人称道，如果出个他这样的烈男，那将是天大的笑话。同时他现在还不想死，也不能死，他还有许多事情要做，至少应该把唐立行拜托他修好香河大桥那件事情做好。于是他赶快离开那晦气的悬崖边。

章明传心境很乱，一个人不知该干什么好。他漫无目的在山坡上走着。最后找到一块草坪，他仰卧在草坪上。手枕着头，用报纸遮住眼睛，想睡一觉，可是怎么也不能入睡。

章明传坐了起来，他出门时曾经揣了一本小说和几张报纸，便拿出小说来看，看了一阵，书上说些什么，一句也不知道。他把书扔在一边。

章明传胡思乱想中，突然想到那些混账记者，他很恨那些无聊记者。但是其中有几句话却对他震动很大。他又拿出那份《靓女缠绵意，镇长不了情——香山嘴上重温旧梦》的报纸重读起来。

"面对如此人生难题，我们的男主人公只有两种选择，要么屈从良心和道义，维系与跛妻不和谐的婚姻，得到的是痛苦和颂扬；要么背叛和负义，重续与旧恋的不了情缘，得到的是幸福和公众的谴责。何去何从，有人预言，道义的篱笆很脆弱，挡不住美丽温柔和财富的诱惑……"

他骂了一句混蛋，但却又不能不承认混蛋说得有理。章明传一直被这件事困扰着，但是从来没有这些狗日的说得透彻，难得这样的清闲，不如好好重新思考这个问题。

章明传承认，良心和道义，是他没有勇气逾越的两道难关，他只有屈从，而且已经屈从，结果就是这样痛苦。如果重续与旧恋的不了情缘，如焦点所说，实现和白莲的优质资产重组，得到社会谴责的同时，也会得到他憧憬的幸福。

章明传不能不怀疑自己屈从良心和道义的选择是否明智。他问自己，良心和道义真那么重要吗？没有勇气逾越，不等于不可以逾越。自古以来天下多少达官贵人，甚至多收三五斗的田舍翁，易妻包二奶司空见惯，比比皆是，谁受了多少谴责？你章明传算老几？拿不上台盘的粗人一个，何必要去冒充道貌岸然的圣人。而且是她一再逼你离婚，虽然不是真心，至少给了你借口；对小敏也不存在担心，白莲那么喜欢小敏，在白莲那样高品位的女人的母爱下，说不定对小敏的成长更加有利。当然，这件事的最后裁判是白莲，尽管现在自己跟白莲已经不是一个档次的人了，但是白莲对他那一份真情依然那么强烈。他不知道是什么人说过，爱的力量可以战胜一切。他相信只要他一脚踢了李红，精诚所至，金石为开，白莲终久会重新回到他的怀抱。

章明传越想越有道理，那个家伙预言得对，道义的篱笆很脆弱，挡不住美丽温柔和财富的诱惑。他下定决心重新选择幸福和谴责。他从身上掏出那块怀表来，打开表盖，白莲确实是美丽的。她的无比温柔，他们之间那无比甜蜜的往事，又一幕幕的在他的眼前浮现。他的嘴唇不由自主地向白莲的照片吻去。

重新打定主意的章明传，很后悔昨天晚上太不冷静，干吗要那样软弱地去迁就她，屈从她，用那样耻辱的代价去给自己套牢枷锁。她自作自受，怨不得他薄情寡义。那本身就应该是极好的机会。后悔和自责使章明传气壮如牛，他决心讨回血性男儿的尊严，撕毁昨天晚上那耻辱的床前之盟。他要去向李红挑战，主动逼她再次提出离婚！

2

下定了决心的章明传想：解铃还须系铃人，采取行动之前先要告诉当年撮合他们的媒人，求得他们的理解和支持。于是他便理直气壮到大河滩上来找熊三爷。

中午，大河滩上沙堆旁，熊三爷和几个汉子在铲沙。章明传挟着公文包，直朝熊三爷走来。

熊三爷："哟，明传，你今天到哪里去了？我到处找你哩。"

章明传秋风黑脸，不理睬熊三爷，径直朝运沙船上走去。

熊三爷看苗头不对，忙用铲子在堆好的沙堆上拍了几拍，对汉子们说："好，把工具放到船上去，收工。"

汉子们看着章明传的脖子，本想跟他开几句玩笑，但看见章明传那吓人的脸色，谁也不好开口，放好工具后，说笑着分头离去。

熊三爷洗了手上船，从船舱里拿出一瓶酒和一篮花生来："来，先陪三爷喝两杯。"

他们坐在船头上，斟好酒。

章明传虽然心中有气，但三爷毕竟是长辈，也不好过分张狂，长长地"唉"了一声，算是答应熊三爷的招呼。

章明传的胃痛病比较严重，不时发作，昨晚陪县人大主任多喝了几杯，早晨又没吃早饭，上午胃就一直隐隐作痛。他有个经验，痛得不止时，索性喝一杯烈酒，当下会痛得轻一些。此时举起杯子便一饮而尽。

熊三爷："明传，一个大男人，这样唉声叹气的干啥？"

章明传："三爷，我还算大男人吗？你看我这样子，还有脸见人吗？"说着一把扯下脖子上的伤湿膏。

熊三爷看着章明传脖子上的伤痕，小心翼翼地问："怎么，李红又跟你吵架了？"

章明传："她看了那些报纸，又发疯了。硬要逼我跟她离婚！"

熊三爷："离婚？胡闹！那是当山歌唱的嘛？明传，你也别这么垂头丧气的，家家都有一本难念的经。常言道，两口子打架趁说起，被盖下面息波澜。李红是心病太重，你多温存她一些就是了。我慢慢去开导她。"

章明传："三爷，你也别管我们的事了，你说你找我，先说你找我干啥？"

熊三爷："明传，宅基地划好后，就我一家人动了工，大家一直在观望，迟迟不动工，你晓得为啥？"

章明传："为啥？"

熊三爷："小城镇建设是镇党委和镇政府的中心工作，你是镇长，你家划了宅基地却至今没动静，大家担心搞不起来，拆旧房建新房把钱占到干不成其他生意。多少眼睛都盯着你的啊。"

章明传："三爷，我有啥办法啊？"

熊三爷："明传，你没时间，把修建的方案确定下来，三爷给你代办，行不行？"

章明传："你给我代办，钱呢？"

熊三爷："向白莲借一点……"

章明传："三爷，我可能向她开口借钱吗。"

熊三爷："这，那我把村上做辣椒生意赚的钱借一部分给你。"

章明传："村上的钱是公款，这，更不行。"

熊三爷："明传，私人向公家借钱，不违反政策。你修不修街房，这不是你的私事，而是影响小城镇建设全局工作的大事啊！"

章明传："我不修房，我用不着修街房了。"

熊三爷："怎么用不着？李红把买宅基地的钱都缴了。"`

章明传："她要修是她的事，与我无关！"

熊三爷疑惑地："你，你，你这是啥意思？"

章明传："我，三爷，这个时候我就是来给你说，我打定主意了，我没法跟她过，我同意跟她离婚！"

熊三爷一下惊呆了："什么？什么？你同意跟她离婚？"

章明传："三爷，一切事情你都知根知底。不是我要离她，是她要离我，求你不要骂我。"

熊三爷默默剥着花生，紧一口慢一口地喝着烧酒，很长一段时间一言不发。

章明传急了："三爷，你开腔呀！想说就说，想骂就骂呀！"

熊三爷："你叫我说啥呢？是她要离你，你又没错。谁能骂你？谁敢骂你？你的小算盘打得很如意，让白莲来给你背黑锅。你嫌白莲的骂名还少了？"

章明传没想到这一层，立即解释："这，这事与白莲无关……"

熊三爷："这由你说吗？你是瞎了还是聋了，那些嚼舌头的说些啥，报纸上说些啥，你是没看见还是没听见？你倒好，现在用离婚的行动来证明那些泼在白莲身上的脏水都是真的。让她跳进黄河也洗不清。"

章明传："三爷，我只说跟李红离婚，没说过想跟白莲结婚啊。"

熊三爷："别骗我了，你没说过，你没想过吗？如果白莲愿意，我承认你们是最好的一对，我没意见。我不但不骂你，我把白莲当女儿，像嫁女那样给你们办喜酒都行。可是你问过白莲没有？章明传，白莲是个烈性女子啊，你是想再逼她去跳一次河，还是想立即就把她逼出香山镇？告诉你，你如果把白莲给我逼走了，我熊三老汉要跟你拼命！"

熊三爷说罢跳下船扬长而去，把章明传一个人甩在了船上。

章明传理直气壮地来找熊三爷，结果被熊三爷臭骂一顿。虽然感到委屈，但也不能不服气。章明传独自剥着剩下的花生，喝着瓶中的烧酒。各种声音在他耳中交替回响：

报纸上的声音："何去何从，有人预言，道义的篱笆很脆弱，挡不住美丽温柔和财富的诱惑……"

焦点："而今时兴换教。如果你也来个优质资产重组，那就是宝马金鞍，珠联璧合，前程似锦，风光无限啊！"

香山嘴上白莲的声音："明传哥，认命吧，我相信命运……看在我们过去的情分上，求你待好李红姐……"

熊三爷愤怒地质问："白莲是个烈性女子啊，你是想再逼她去跳一次河，还是想立即就把她逼出香山镇？告诉你，你如果把白莲逼走了，我熊三老汉要跟你拼命！"

白莲毕竟是亲人，她的话应该尊重。

三爷毕竟是长辈，他骂得对。警告得好！

先前，章明传只想到如果离婚，自己要遭到谴责，但没想到谴责的鞭子多数都会抽在无辜的白莲身上。只是自己委屈还罢了，如果伤害到白莲，那他就太自私了，这是他绝对不愿意的。同时他也清醒地认识到白莲对香山镇的发展至关重要，他在受命之后，要不是白莲回乡，他将寸步难行。如果真的逼走了白莲，刚刚出现的好局面就难以延续。

吃过午饭的熊三爷走上船来，见章明传还独自发呆，没好气地道："还不快去办离婚证，赖在我这破船上干啥？"

章明传："三爷，你能借多少钱给我？"

熊三爷："什么意思，不离了吗？"

章明传："你说得对，我不能逼走白莲。"

熊三爷："现在只剩六七万块钱了。"

章明传："那就借五万吧。"

熊三爷："好，明天就给你送来。"

3

平心而论，李红和白莲都是熊三爷看着长大的。他对二人绝无偏心，他希望两个都好。特别是对白莲，这是个苦命的孩子，她母亲赵老师临终又泣血相托，求他照顾好白莲。他也一直把白莲当成亲生女儿一般照看，希望白莲有个好的归宿。如果章明传真的跟李红离婚，那么他也不会去反对章明传跟白莲重归旧好，但是他知道这几乎不大可能。那么眼前最现实的就是保住李红现有的家庭。他虽然把章明传骂了个狗血淋头，但他也理解章明传目前的处境，李红确实做得太过分。如果不好好教训她一顿，再那样下去，把男人逼得实在没办法了，那个家庭就可能彻底破裂，这也是他极不愿看见的事。

章明传放弃离婚决定，熊三爷已经想好教育李红的办法，叫猴主任通知李红下午到"镇江寺维修委员会"募捐办公室找他。

熊三爷除了他的沙石厂外，现在又多了一项事情，任了"镇江寺维修委员会"募捐办公室的主任。下午他正坐在八仙桌前翻着功德薄。李红拄着拐杖走进来了。

李红："三爷，说你找我？"

熊三爷头也不抬，拿出几张百元大钞推到李红面前，冷冷地说："打个收条，把你捐的香钱领走！"

李红："这，三爷，你老人家承头培修药王殿和地藏殿，我这苦命人尽点心都不行呀？"

熊三爷指着香钱簿："你看这是谁的名字？章明传好久来捐过钱？"

李红："他是当家人，菩萨保佑他就保佑了全家，不写他的名字写谁呀？"

熊三爷："你不是在逼他跟你离婚吗？他怎么还能当你的家？"

李红："离婚，他假装不同意。我还得跟他倒霉一辈子。"

熊三爷："假装，装得了多久？你也不用跟他倒霉了，他已经同意离婚了。你回去就可以跟他办离婚手续了。"

李红："啥？三爷你说啥？他同意离婚了？"

熊三爷："是呀，当年是三爷混账，不该撮合你们。害了他也害了你，今天三爷给你赔礼，给你道歉。我看见他脖子上让你抓得血糊糊的，白天不敢见人，晚上不敢回家，一个镇长，活得那么造孽，可怜。我劝他早点跟你离婚算了，离了大家都好，趁年轻好另打主意，他就答应了。"

李红："三爷！你、你说的是真的？"

熊三爷："真的！嘟个嘛？"

李红："呜……"

熊三爷："你怎么啦？哭啥，你不是一直逼他跟你离婚吗？他答应了是好事啊。"

李红："三爷，你老癫冬了呀，人家都说，宁拆十座庙，不毁一桩婚，有你这样劝架的吗？呜……白莲的钱多，买通了你，你就帮着她来整我这个残废，呜……你做这种缺德事，不怕死不下去呀！呜……"

熊三爷桌子上一巴掌："号啥，各人赶快给我收拾倒。我就知道你是拿离婚来吓人，你吓得倒哪个？你把他逼慌了，你以为他真怕你离婚？离了婚，你一个又横又泼的跛子婆娘嫁给哪个，下半辈子你去讨口吧！"

这些后果李红也知道，可是让三爷赤裸裸地说出来，她还是很震动。但从熊三爷的话中听得出来，似乎只是教训她，还没到非离婚不可的地步。她怯生生地问："三爷，你、你是哄我的？"

熊三爷隐瞒了真情，回答得含含糊糊："你跟他过了十年了，我哄你没有你还不知道？疑心生暗鬼，白莲要是你所说的那种人，她当年去投河干啥？你要是安心跟章明传过日子，就少听闲话，少东想西想，各人尽好妇道。如果听我的劝，就来当募捐委员会的副会首，专门管钱。菩萨面前净下心，悔下过，修点德。"

李红连说："要得，要得，我来管功德钱，也做点善事。三爷，我捐的这功德钱呢？"

熊三爷推过功德簿："这是功德簿和存单。章明传是党员，国家干部，你把他的名字写在这上面，诚心给他找麻烦呀？"

李红："那我就改成我的名字吧。"

熊三爷："你看着办吧。"

第三十三章　以恶治恶

1

泡泡糖认为，报纸的捣乱和镇上那些长舌妇人，对白莲来说可以说是极其残酷的打击。她很愤慨，这件事没给她的董事长办好，她很是自责。她决心以恶治恶，立即采取行动，来一个釜底抽薪。她已经派红桃 K 请李公安进城去了。她知道红桃 K 很会办事，李公安毕竟是老公安了，城里公安战线朋友多，任水妹和那个长发鬼很快就会闭上嘴巴。但是要对付镇上那些长舌妇人，她却至今还没有好的对策。

这一天漆天棒又来送货。这让泡泡糖的眼睛为之一亮。

漆天棒从摩托车上把猪肉抱进酒楼后，到吧台上结账。方便面给漆天棒付了款后："天棒哥，你这会儿空吗？"

漆天棒："有空啊，小方妹有事吗？"

方便面："我们经理想请你喝一会儿茶。"

漆天棒受宠若惊地："啊，唐妹请我喝茶?! 好哇，好哇。"

方便面引路："楼上请。"

漆天棒随方便面走进泡泡糖办公室。可乐随即献茶、敬烟。

泡泡糖走进办公室伸出手来："天棒哥，你好。"

漆天棒显然不适应这样的礼节，站起来很拘谨地揩着手。

漆天棒："唐经理，我，我手上油糊糊的。"

泡泡糖："哟，天棒哥，往天都喊唐妹，今天怎么改口了。"

漆天棒："我是粗野惯了的人，在这种正经台面上，嘿嘿……"

泡泡糖："粗野有啥不好，只要分得清对象，我拼命学都还学不像哩。生意还好吗？"

漆天棒："托你的福，向你学了一招，这半年来生意越做越红火。"

泡泡糖："向我学啥呀？"

漆天棒："你忘了，第一次打交道时你给我说，只要诚实薄利，就保证我发财。你挤垮了这街上好多餐馆，你们的用货量大，我也跟着你们发了点小财哩。"

泡泡糖："那就恭喜你发财啊。"

漆天棒："唐妹找我有啥事吗？"

泡泡糖："你知道，在这香山镇，我唐甜甜可没请过任何一个人喝茶。你做生意很诚实，是个性情中人。我今天破例了。"

漆天棒："唐妹这样高看我漆天棒，有事尽管开口。"

泡泡糖："没啥事，如果你觉得过去和我们生意上合作满意，我盘丝洞想请你，把家禽和野味的供货一起包下来。"

漆天棒："唐妹，给你说实话，我们小本经营，最怕买主绷大老板架子，最怕拖欠货款。你们这一点让我最最满意了。你信得过我，我绝不让你失望。"

泡泡糖："好，就这样定了吧。"

漆天棒："唐妹，你们这样给我这个粗人给面子，我来怎么感谢你们呢？"

泡泡糖："哈哈哈，感谢，你不和那些人一起骂我们，就谢天谢地啦。"

漆天棒不好意思地："这，唐妹，今天哥子给你赔罪。你们才来时，看见你们一个个那么漂亮，那么摩登，都把你们当成做皮肉生意的了。我背地里也说过你们的怪话，还打过你们的坏主意哩。不过，舅舅给我说了你的根底后，我就把你当成菩萨了。"

泡泡糖："我唐甜甜不怕谁说怪话。可是不少人跟着报纸上那些狗屁文章说董事长的怪话，你就没听见？"

漆天棒："听得多啦。呃，唐妹，我可没乱说过啊。"

泡泡糖："那些人说的，你相信吗？"

漆天棒抓了抓脑袋："这，说相信吧，为啥你这样的高级知识分子都那样敬重她，给她打工？说不相信吧，她一个女子空手出门，怎么会挣那么多钱？"

泡泡糖笑了笑："嘿嘿，你知道这次辣椒生意，她一个电话，让佘老板赚了多少钱吗？"

漆天棒："了不得一两万块钱吧？"

泡泡糖："哈哈哈，别人把赚的零头的零头捐给大桥，都捐的两万。熊三爷还为街一村赚了将近万块钱哩。"

漆天棒："天啦，你们有本事的人，就是这样赚钱的呀！他妈的，我漆天棒这辈子算是白活人了。"

泡泡糖："这算啥，才兴炒股票时，只要有本钱投进去，一天翻几倍几十倍哩。"

漆天棒："好，唐妹，哥子今天让你喊醒了。我一直想不明白，白总那么信佛，回来后给老百姓做了那么多好事，怎么会是那种人呢？现在我明白了，她受了大冤枉，老子坚决要打抱不平！再听到哪个乱说，老子割了他那×嘴！"

泡泡糖："可是你恨章明传，董事长跟章明传曾经……"

漆天棒："唐妹，我喜欢看武侠片，'恩怨分明'四个字记得最清楚。"

2

喧闹的农贸市场。漆天棒和伙计在肉案前忙碌地应付着生意，他的录音机里播放着那段川剧：

> 麻雀子歇牌坊架子倒硬，
> 小镇长你算得哪路大神？
> 说是官纱帽太小不上品，
> 穿草鞋打领带跟我一样是农民……

一个老农民过来买肉："天棒，这段戏你怕都会唱了啊？"

漆天棒热情地："那是当然啊。我学会专门唱给章明传听的。表叔，你老来买肉呀？"

表叔："嗯，我说天棒呀，莫跟章镇长过不去了。"

漆天棒："嘿嘿，表叔，你不晓得，呃，你老人家想买点啥子肉？"

表叔："给我来三斤五花肉。"

伙计忙着割肉。

漆天棒："好，五花肉三斤。表叔，这块五花肉用来蒸烧白，安逸得很。"

表叔："好，还要肥膘肉三斤，精瘦肉三斤，猪肝一副，猪肚一个，猪蹄四根。"

漆天棒："哟，表叔，要办喜事呀？办这么齐备。"

表叔："你表婶的生日嘛。你有空也来喝一杯吧。"

漆天棒："要得，我送两只猪耳朵给表叔下烧酒，就当我给表婶祝寿吧。"取下两只猪耳朵送上。

表叔连忙推辞："这，使不得，使不得。"

漆天棒帮着表叔收拾："啥使不得啊，又不是外人。"

幺吵吵提着鱼桶走来。鲜鱼在桶里活蹦乱跳。她呐喊着："买鲜鱼啊，正宗香河鲤鱼，我们糍粑昨晚上才打到的，新鲜得很。"

表叔："呃，幺吵吵，我买一条。"

幺吵吵："好，天棒兄弟，嫂子在你这里挨着摆一下吧。"说着要为表叔称鱼。

漆天棒："幺吵吵，你们打的鱼怎么不送盘丝洞啊？"

幺吵吵："呸！老娘把鱼来喂狗，都不稀罕她那不干不净的臭钱！"

表叔抓了一条鱼在手上，一听说喂狗，顿时怒了："喂狗？！老子买你的鱼，你说是喂狗？你这鱼我不要了！"

幺吵吵："表叔，我不是那个意思，不是那个意思……"

漆天棒突然得到兑现对泡泡糖承诺的机会，趁势借题发挥，一脚踢翻鱼桶，鲤鱼在地上乱蹦："你这狗日婆娘，你说谁的钱不干净？你骂谁是喂狗？你一开口就骂人，去你妈的，你给老子滚远些！"

幺吵吵莫名其妙地："天棒，怎么啦，我又没得罪你！你赔我的鱼，赔我的鱼……"

漆天棒："好，老子来赔你的鱼！"说着提刀冲出肉案，对着地上的鲤鱼乱砍。

表叔赶紧挡住漆天棒，夺了他手中的刀："大侄子，算了，算了，别跟这种小人一般见识。"

看热闹的人一下围拢来："为啥呀？"

漆天棒："狗日婆娘吃饱了，成天说是道非，到处造白莲姐的谣，今天还敢当面骂我表叔……"

围观者："就是，别人又没惹她，都是女人家嘛，说人家那些坏话干啥啊。"

"哟，连老年人都骂呀？"

"这种人，是该有人收拾了。"

"报应。活该！"

幺吵吵："漆天棒，别人怕你，老娘不得怕你。今天你不赔我，老娘跟你拼命！"

围观者："对，幺吵吵，不怕她，哥们给你扎起。"

"幺吵吵，喊漆天棒陪你干啥啊。"

"喊男人陪么，当然是陪她睡瞌睡吗？"

"那漆天棒就赚钱啦"

"哈哈哈……"

幺吵吵："漆天棒，你赔不赔？"说着抓起一块猪肉。

漆天棒抓起屠刀在肉案上一拍："你给我放下，你那脏手再不放下，老子今天把你下面那二两给你割了。"

围观者有的起哄，有的劝架：

"好，给她割了！给她割了！"

"天棒，要不要我帮忙？"

"幺吵吵，算了，算了，你今天嘟个惹倒他吗。"

"对，对，好汉不吃眼前亏！"

幺吵吵哭闹着拾起鱼桶，在人们的笑闹中，狼狈地离开市场。

3

小镇的新闻传播得很快。漆天棒收拾长舌妇人幺吵吵，要算当天的头条趣闻了，很快就传遍了小镇的每一个角落。常言道"鬼怕恶人"，漆天棒是这一方有名的天棒，公开出面，大张旗鼓地为白莲正名，那些长舌妇人是知道厉害的，从那以后就收敛了不少。

泡泡糖以恶治恶，在香山镇初见成效，接着红桃K又从城里风尘仆仆地回到盘丝洞酒楼，向泡泡糖报喜。

红桃K一进门就问："方姐，经理呢？经理在哪？"

方便面："红桃K，这两天跑到哪里去了？"

红桃K得意地："进城了，完成特殊任务。经理呢？"

泡泡糖走下楼来："小红，回来了，情况怎么样？"

红桃K："经理，痛快，痛快，痛快极了！"

方便面不解地望着二人："你们打的啥哑谜呀？"

泡泡糖："别打岔，快说，后来是怎么回事？"

红桃K："李公安找了县治安大队那伙弟兄，事情办得特漂亮。今天凌晨三点，他们从旅馆床上把那两个狗男女抓起来，现场一人罚款五千！"

早晨一早，泡泡糖就在电话上得到那一对狗男女被抓的消息，只是不知道具体情况。此时一听，连声叫道："爽，爽，他们挣的昧心稿费就全泡汤了。"

红桃K："岂止，治安队还录下了他们的丑态作为证据，而且立即通知县电视台和省上那家报纸领导来取人。两人都是招聘的，那长发记者又是有妇之夫，两边的领导不但不护短，都要求按规定严肃处理。"

泡泡糖："好，那两个狗男女肯定砸饭碗。我们也帮新闻界清除了两个败类！"

红桃K："治安队还坚持录像在媒体上曝光，吓得那两个狗男女跪地求饶。愿再出一万块钱的罚款……"

方便面："啊，你们是说收拾那个姓任的女人和省上来那个长头发记者？"

红桃K："除了他们还有谁？"

方便面："啊！报应！好，大快人心！大快人心！"

早晨泡泡糖收到红桃K的电话不久，就接到毕西打来的电话，求泡泡糖给他一个面子，给任水妹求个情。她假装不认识道："任水妹是谁，毕哥的亲戚吧，要我帮什么忙啊！"

毕西在电话上说："小唐，都是明白人，就别装糊涂了。这个女人的命运就掌握在你手里，等天，我向你请罪，会把原委给你说清楚的。这次就算毕哥求你了，欠你一笔人情债吧。"说罢挂了电话。

泡泡糖在镇干部中，跟毕西交道最多，知道毕西是镇干部中的一个明白人，他应该看出其中的蹊跷。无论是对任女人，还是对毕西，她都应该给这个面子。她沉吟了一下拨通电话："喂！李公安吗？谢谢你，请你好好感谢一下治安大队的朋友们。另外，录像曝光的事，就请你的朋友们饶了那两个混蛋吧。也别再要他们出自认的那一万的罚款钱了……那个行道混饭吃也不容易……好，谢谢。"压下电话。

方便面不解地："经理，你怎么也成菩萨心肠了?!"

泡泡糖："得饶人处且饶人，你们没看见董事长成天都在给菩萨磕头吗？"

方便面和红桃K："对，杀人不过头落地，只要他们从此闭上狗嘴，不再胡说八道，也就行了。"

第三十四章　唐立行出院

1

唐立行住在医院里度日如年，一再要求出院，组织上也就同意了，让他回到县上休息疗养。毕西便赶回香山镇工作。

毕西走进镇办公室。镇政府内的干部闻声都来了，七嘴八舌问长问短。

"毕书记，你回来干啥啊，你怎么不在成都继续护理唐书记啊？"

"毕书记，这回把你辛苦了。"

"唐书记现在医得怎样呀？"

"唐书记的伤能医好吗？"

"唐书记还在成都吧？"

"你走了哪个护理他啊？"

毕西接过焦点送上的水杯喝了一口水摇头叹气："唉，唐书记出院了，回县城来了。"

众："医好了吗?"

毕西："没医好。"

众："那出院干啥? 为什么不继续医?"

毕西："医不好了,唐书记的下肢已经彻底瘫痪了,只有坐一辈子轮椅了。"

众人叹息:"嗨,多好的人,多可惜啊。"

焦点："我们对不起唐书记,我们都有罪啊。"

杜中德："刘主任,杨书记,我跟老章一时脱不开身,你们先代表我们进城去看望一下唐书记,其他同志有空也轮流去看一下。顺便告诉各单位一下,进城时也去看望一下唐书记。"

刘主任："好。杨书记,我们今天就去吧。"

毕西："老章呢?"

焦点："他呀,麻烦事多,这会儿不知躲到哪里去了。"

毕西刚回到他的副书记办公室,正在打扫卫生。章明传走了进来。

章明传："毕书记,回来了? 你在成都待那么长的时间,我们一直派不出合适的人来替换你,这次太辛苦你了。"

毕西敬烟："你们比我更辛苦。坐吧,老章。"

章明传关心地："怎么不多休息几天?"

毕西："你们搞得热火朝天,我怎么坐得住?"

章明传："现在正缺人手。唐书记都安排好了吗?"

毕西："县上的领导都很关心,县人民医院派医生定时上门诊治,不限制他的医疗费用,让他暂时在家养病。工作问题,以后再考虑。"

章明传："好,多亏你奔走联系啊。"

毕西："不,是唐书记个人的威望高,县委重视,关心,跟我没关系。老章,我回来后工作有啥变化吗?"

章明传："你的担子更重了,几个大摊子都等着你啊。"

毕西："是些啥任务,你说。"

章明传："原来分管的那些工作不变之外。小城镇建设和招商引资,这两个重头戏都落到了你的头上。过去,一直是杜镇长和焦秘书顶着,好多事情忙不过来,都等着你回来打开局面。我已经安排他们尽快给你交接。"

毕西："好，我尽力吧。老章，那个补充规划我看了，唐书记看了也赞不绝口，像香河电站、香河酒厂等项目，以前没敢纳入近期规划，现在看来完全可以推出去了。我们是不是做些资料准备，才便于我们招商引资。"

章明传："对，对。要想办法尽快把资料搞回来。"

2

大桥开工以来，工程进展顺利，但是拨了第二次款后就再也没拨过款了。陈经理催过多次，都没有着落，他今天约好去找章明传，但是章明传躲了，只好抓住杜中德一起来找。

杜中德负责大桥工程，工地上的情况他很清楚，可以说他的心情跟陈经理一样着急。但是镇政府没有钱，他这个甲方的指挥长，总得敷衍施工方呀。他明知章明传已经躲了，一走进办公室就问："焦秘书，老章呢？还没回来呀？"

焦点也会演戏："没回来。"

杜中德："他到底到哪里去了呀？"

焦点："不知道。早上只说下村了。"

杜中德生气地："下村干什么！我昨天就给他说了的，今天陈经理要来要钱，他怎么连面都不见，一走了之？"

焦点跟杜中德耳语了一阵，而且摸着脖子比画了几下："今天他气色很不好，家里又遇到大麻烦了。"

杜中德："哎，这个李红，真是的，全身哪里都能出气，怎么偏往一个大男人脸上去出气吗？"

焦点："就是，脸上挂着伤，叫他怎么好见人呀？"

杜中德暗想真感谢李红，这倒成了打发陈经理的一个好借口，便故作神秘地对陈经理耳语："陈经理，你看，真不好意思，老章绝不是成心躲你。"

陈经理："杜镇长，情况你都清楚，你今天再让我跑空路，我怎么回去给工人们交代？再不给工人发工资，工人走了，不但我们双方的损失都很大，你们在群众中造成的影响，那后果就不堪设想了啊！"

杜中德："陈经理，我们比你更着急啊！"

陈经理："杜镇长，你给我交个底，这桥你们到底还修不修？"

焦点："陈经理，你怎么说这种话？大桥已经投入那么大了，怎么不修啊？"

陈经理："这是工人们的担忧。你们真没那个承受能力，到时候搞成个半拉子工程，上不得，下不得，损失更大！"

杜中德："陈经理，能不能这样……"

陈经理："你说吧。"

杜中德："按合同早该给你们拨款了，但是现在，我们只能拿出七八万块钱，你先去把工人们稳住……"

陈经理："材料呢？几个基坑都等着钢材水泥浇注啊！"

焦点："等老章回来，我们立即想办法。"

陈经理："好吧，你得尽快想办法啊！"

陈经理揣着可怜的八万块钱，垂头丧气地回到工棚。

工棚里工人们都在打扑克。

陈经理一下来了气："放下，都什么时候了，怎么还不上班？"

工人们一下闹起来：

"老板，开工这么久了，不发工资，你叫大家怎么上班？"

"是呀，这么久不发工资，婆娘娃儿吃啥？"

"老板，趁早把我们放回家吧。"

"对！镇上拿不出钱来肯定要赖账。不如趁早停工，大家都少些损失。"

陈经理："都给我闭嘴，镇上拿不出钱，我陈某人好久少过你们一分钱的工资？今天晚上先给你们发一部分工资。"

听说要发一部分工资，工人们都来了劲：

"只要发工资，啥都好说。"

"不过，我们还是要提醒老板，镇上那么穷，以后能不能收得到钱啊？"

"是啊，老板，我们也是为你着想啊，怕把你笼起了。"

"现在动工干啥啊？四号桥磴，基坑很快就完成了，不立即浇注，流沙一来又填平了。现在钢材水泥没弄回来，干了岂不是白干？"

众："对，干了也是白干！"

陈经理："四号基坑计划的几十吨水泥，明天运到。近段时间加强其他工段。"

工人们道："好嘛，我们又去上班嘛。"

3

章明传脖子有抓伤，实在不好意思在香山镇抛头露面。正好唐立行出院了，便叫焦点跟他进城去看望唐书记。焦点每次进城，照例要来给林可儿打招呼。他吹着轻快的口哨走进林可儿的宿舍，想亲林老师，见气色不对："啊，怎么了，你这样的雅士，不出去享受美好的古镇秋日黄昏，枯坐书斋，跟谁生闲气呀？"

林可儿拿着那份载有《靓女缠绵意，镇长不了情——香山嘴重温旧梦》的报纸，一脸的愤慨："你未必没看到？"

焦点："哈哈，你是说这篇文章呀，我能不看吗？"

林可儿："报纸乱吹，群众乱说，同事和朋友遭诽谤，你还幸灾乐祸？你们当官的为啥不管？"

焦点："这些事管得了吗？报纸发表这些文章又不要我们审批；桃色新闻在这些小地方，人人津津乐道，像瘟疫一样难防难禁，我们又不能给人家嘴上贴封条啊。再说，这对章镇长和白总来说未必是坏事。如果当事人没那勇气，让媒体这一渲染，说不定反而倒促合他们实现优质资产重组……"

林可儿："别人没有你那么卑鄙！你是巴不得他们成为众矢之的，巴不得章明传因此倒霉，你上爬少一个竞争对手是不是？你那心理也太阴暗了吧。"

焦点："小林，你，你这是……好，别生闲气了，我们好久没一起散步了，出去走走。我告诉你一个好消息，我组织部那个同学当干部科科长了。"

林可儿："就是你那个袁其华吧。他，为了个人前程，始乱终弃，抛弃苦恋了多年的女友，去攀龙附凤，可鄙之极。"

焦点："他的人品是很低下，谁不知道，他人如其名，是个圆而且滑的家伙。不过，寒门学子，混迹官场，攀龙附凤，确实是升官捷径。他舍不得那个机会，也可以理解。"

林可儿："你这个寒门学子，能力比他强，人比他长得帅，哪位高官的千金看中你了吧！我祝贺你啊。"

　　焦点："可儿，我是那样的人吗?"

　　林可儿："跟他搅得那样紧，难说，近墨者黑。"

　　焦点："唉，你放心吧，出淤泥而不染，这点免疫力我还是有的。他的婚姻不幸福，很多人鄙视他，很孤独，把我当成倾吐对象。虽然算不上知心朋友，官场中，我们这些没有背景的人，有个同学在关键位置上，算是个有用的人吧……"

　　林可儿："那你赶快去巴结嘛！"

　　焦点："小林，你今天是怎么啦?"

　　林可儿："只晓得自己升官，让人恶心！"

　　焦点："可儿，你……好了，不跟你争了。我明天要跟章镇长进城看望唐书记? 看你要不要带什么东西?"

　　林可儿也知道拿焦点出脾气太没道理，缓和了口气："啊，唐书记出院了。原来父亲答应过送他一幅画，一直没有兑现，父亲听说他受伤致残，就立即作了这幅蹲坐高崖的雄鹰图，叫我代去看望唐书记。你今天就带去送他吧。"

　　焦点接过画一看赞不绝口。你这礼太重了，太重了。且不说林老先生的画目前已经是重金难求。这可是林先生特意为唐书记创作的啊，这雄鹰虽然没能展翅蓝天，但是雄踞高崖，目极千里，状物寓人，寓意深远啊。"

　　林可儿得意地："算你还有点见识。"

　　唐立行家住在县委宿舍一栋旧楼里。

　　唐立行艰难地推着轮椅开门。章明传和焦点拿着水果、营养品和林老先生那幅画走了进来。屋里显得十分狭窄、简陋、昏暗。狭小的客厅前的小阳台，用门帘隔开，那是唐立行的新辟的书房。

　　章明传："唐书记……"

　　唐立行："老章！"

　　两双手紧紧地握在了一起。接着又跟焦点握手寒暄。

　　章明传："唐书记，刚刚谈判完河南来的王老板承包二村那片荒河滩种西瓜的事，又忙着办理佘老板香料厂的手续和帮着筹备开工，我原打算忙完这两件事后，才和焦秘书一道到成都来看你，谁知你又急急忙忙地出院了。你不怪罪我吧?"

唐立行:"哪能呢? 老章啊,我确实很想你。同志们来,给我带来那么多好消息,一说到你忙得不可开交,我就心里高兴啊! 我恨不得立即赶回香山镇来和大家一起干啊!"

章明传:"你就好好养伤吧。等大桥修起的时候,我们来接你去给大桥剪彩。唐书记,你的伤现在感觉怎么样?"

唐立行:"身上的伤,没有知觉;心上的伤,重啊。一只折断翅膀的雄鹰,看着蓝天不能飞翔,那滋味你是能够想象的。看着你们干得轰轰烈烈,我却使不上劲,老章你说……"

焦点不失时机地展开了林老先生那幅画:"唐书记,你看看这幅画吧,林老先生知道你负伤后,特意作来送你的。"

唐立行接过画十分激动:"啊,这是老先生为我写照,鼓励我,鞭策我啊。焦秘书,拜托你这林老先生未来的乘龙快婿,向他老人家表示真诚的谢意吧。"

章明传:"唐书记,我们真不知道该怎样安慰你。你是一个很坚强的人。我们今天特意给你送来一套光碟……"

唐立行:"肯定是《钢铁是怎样炼成的》,对吧?"

章明传:"对,我们想,唐书记在思考香山镇的工作之外,应该有一种业余的寄托。你是一个大才子。从这方面去下功夫,说不定中国会多出一个好作家。"

唐立行:"好,这一点你们和毕书记想到一块了。在轮椅上不可能有多大作为,我也只能走那条路了。好在除了这两条腿外,我身上的其他部件都比保尔强。但愿不辜负你们的希望吧。"

焦点:"唐书记,你基础那么好,已经发表了那么多作品,认识水平高,生活阅历又那样丰富。你肯定会成功的。"

唐立行:"焦秘书,你也是文章高手,感谢你的鼓励。我已经把客厅的阳台改造成了书房。已经开始做这方面的准备了。"

章明传:"唐书记的住房条件太差了。"

唐立行:"马上要集资建房。住房条件会改善的。老章,工作上有我能出力的地方,一定要告诉我啊。"

章明传:"唐书记,你是我们的书记,工作上的事情我会经常向你汇报。只是希望你好好保重身体。香料厂明天搞开工仪式，我们就告辞了。"

唐立行："喂，老章，引来财神不容易，一定要为投资人创造良好的环境。告诉李正齐，谁敢设置障碍，坚决打击！啊，你把手机拿去用。"拿出手机给章明传。

章明传："不，唐书记，你用。"

唐立行："这是为工作配备的，早该给你了。"

章明传："这……"接过手机握别。

第三十五章　新官经

1

一根面是县城里的名小吃，价廉物美又实惠。方便面受朋友邀请，进城给香河大酒店的服务员排练文娱节目，刚吃了一根面，坐在面馆前擦皮鞋。章明传和焦点从唐立行家里出来后，也骑着摩托来到一根面小面馆吃面。

焦点："哟，小方也进城来了呀。来，吃一根面，我办招待。"

方便面笑道："要办招待不早点来，我刚吃过，你们吃吧。"

章明传和焦点坐下等面。

焦点："老兄，今天是周末，我想请个假去拜会一个朋友，又拿不定主意。"

章明传扔过一支烟玩笑地："会朋友，如果是会女朋友，就最好别去，我要对我们的林老师负责啊。"

焦点："放心，什么女人能比得上我的可儿啊？"

方便面到香山镇，一见到英俊小生焦点就患了单相思，好嫉妒林可儿捷足先登，听到这话，下意识地看了焦点一眼。

焦点小声地："我是去会我高中同学衮其华。他升任组织部干部科长后，请了我好几次都没去，总觉得很失礼，想去拜会一下。"

章明传："哟，组织部的干部科长，官场中炙手可热的关键人物啊。你是有大志向的有为青年，官场黑马，这个关系很重要，应该去。这几个月来大家都忙得没有双休日，明天你就休息一天吧。"

焦点："其实我对袁其华也没好感。这人奸猾，城府深，同学们都鄙视他，他在班上很孤立。当年我是班长，有时给了他些宽慰而已。"

章明传："这对他来说，就是很重的情谊了啊。"

焦点："他也常在电话上提起对他的情谊，可是可儿知道他抛弃多年恋爱的女朋友，当了那位大领导的乘龙快婿，对他深恶痛绝，反对我跟他来往。我想，在现在这种世风下，攀龙附凤也不算什么恶德恶行。而且老同学在权力场中多少有了点知情权，有时甚至是话语权，这绝对不是坏事。老兄，你说我到底该怎么办？"

章明传："嘿嘿，江山和美人，这就只有你自己选择了。"

焦点感叹道："唉，我是男人呀，既爱江山，又爱美人啊。"

焦点的 BB 机响了。

焦点："你看，他在呼我了，借你手机用一下。"

焦点接过手机回话："喂，老同学，你好。"

袁其华电话声："老同学，你进城来都不打个招呼，硬是得罪了你呀？"

焦点："哪里啊，我才办完事。正说来拜访你哩。"

袁其华电话声："那好。今天是周末，这会儿我在会上走不脱。你在哪里，我叫司机来接你，今晚在香河大酒店跟老同学共度周末喝一杯。"

焦点："不用，我直接去香河大酒店就是了。"

方便面一听焦点要去香河大酒店，立即道："我也去香河大酒店。搭我的摩托去吧。"

焦点："好，那就谢谢小方了。"

吃过面后，章明传骑着摩托回了香山镇，焦点搭方便面的摩托来到香河大酒店。一个小伙子迎上来跟焦点握手："焦秘书好，我是组织部小车司机小肖。"

焦点："小肖好。"

小肖看了看方便面："啊，焦秘书的女朋友好漂亮，里面请。"

焦点："不是，不是。"

方便面："哈哈哈，焦秘书，你就认了我是女朋友吧。当个女朋友也搭着沾点光，混一顿饭吃吧。"

小肖："对不起，对不起。"

酒店领班小杨走出来："方姐，捡到金元宝啦？这么开心。"

方便面："小杨，方姐在你们酒店门口拣到个这么英俊帅气的男朋友，能不开心吗？"

又两个服务员迎出来，抱着方便面亲热："方姐，我们好想你啊。"

小杨看了看焦点："这位先生是……"

司机："小杨，刚才是我闹了笑话。他就是袁科长今晚的重要客人，香山镇的焦秘书。"

小杨："啊，焦秘书这么英俊，方姐不吃亏啊。"

2

小肖把焦点引进一间高雅的中式茶室，几个年轻干部已经坐在里面高谈阔论。这些人肯定也是袁科长的客人。

小肖："各位领导，这位是袁科长的高中同学，香山镇党政办焦秘书，你们先吃茶交流。"说完走了出去。

众人起身："焦秘书好。"

这些人焦点似曾相识，但都叫不出名字。焦点点头还礼，只好按官场习惯："各位领导好。"

瘦高个："今天在座的，都是袁科长最好的朋友，时代的精英，大家轻松些，用不着顾忌，精英论坛继续讨论新官经吧。"

焦点一懔，心声："精英论坛？新官经？"

精英们七嘴八舌，各逞口才：

"好，大家坐到一起，就是该多交流心得、交流信息、相互洗脑。"

"我说呀……"

"老兄打住，你那些高调，只宜会上去唱。兄弟伙聚会就说真话吧，而今混迹官场，年轻的政客们，哪个不是把《厚黑学》当成教科书？不钻营，不无耻，那是脑壳里头进了水，超级笨蛋！"

"我说，组织部这家帽子公司，资源有限。太子党，是别人祖宗有德，别去攀比。秘书党，要不具备哈巴狗的品性、学会点头哈腰和天聋地哑，要不就准备同流合污。这些，我们虽然都可以做到，可惜我们都没运气挤到领导身边捧茶倒水；要攀龙附凤吧，领导又没生那么多女儿；此外只剩竞争之路，竞争中才能固然重要，阴谋却必不可少。"

"唉，我们呀，混官场严重先天不足，玩阴谋又没那本事，看来这辈子是没什么指望了哟。"

"老兄谬也！市场经济时代，权力商品化已经成了事实。各种级别的纱帽，多少钱一顶，明码实价。有时说不定太子、秘书及乘龙快婿们，都得在强大的金钱威力面前吃败仗哩！"

"对对对，有钱才是大哥！大商人吕不韦不是凭钱多当了秦国宰相吗？"

焦点也知道官场很污浊，但那到底只是传说中的事。特别是关于买官卖官，什么级别是什么价码之类的说法，他是绝不相信的。精英们说得有鼻子有眼，让他很震动，而且官场钻营已经理论化，系统化。精英们恬不知耻地津津乐道，使他更为震惊。他不知道该怎样对待这样的交流，只有洗耳静听。

精英们的高论还在继续：

"都说不愿当将军的士兵不是好士兵，可是，我们这些都想当将军的好士兵们都不是财主，父母亲戚又帮不上忙，银行贷不来款，怎么办？"

一个眼镜笑道："哈哈哈，老兄多虑了，天无绝人之路啊！"

"老兄是出了名的多宝道人，多宝兄有何高见？"

眼镜："兄弟们天天都在宣传筑巢引凤，借鸡生蛋，怎么只看自己的腰包，不看看别人的腰包？"

"老兄别卖关子了，有啥高招？说。"

"邀帽子会呀。"

"什么帽子会？"

"嗨！就是过去民间的互助储金会。若干人定期储一笔钱，集中给某人花。一个外地朋友给我说，他们那里搞的秘密帽子会很成功，已经有几个人用这种钱买到了帽子，蟒袍加身了。"

众人都道："好主意，好主意！哪个当会首，我来一股！"

"好，我也来一股，就请多宝兄当会首，抽签排队。"

被人称作多宝道人的眼镜立即打退党鼓："算了，当会首，要是被说成反动组织头头，是掉沙罐的游戏，我不干。再说，每个月我那几文工资交了会费，拿啥子给娃儿买奶粉啊。"

"说空话啊。即使得了会款，怎么把钱变成纱帽啊，又不是柜台上买东西，现金交易，给十万就可以拿个科长的帽子上任。"

"是啊，有了钱怎么交易，怎么去行贿啊？"

眼镜道："行贿也是一门艺术，学问很深啊。而今时兴雅贿了。"

"什么雅贿？"

"就是送名人字画啊。"

"对对对，这一方最吃香的，莫过于林老先生的画，要是能弄到他一幅画，那准能成为行走官场的通行证，成为仕途通达的青云梯啊。"

焦点长期在基层，知道现在的年轻官员说钻营毫不碍口，但没想到肆无忌惮到如此地步。他同时也感到这些人说得不无道理。此时听人说到他的准岳父林老先生了，不由得一懔："林老先生的画有那么大的用处？"

"唉，听说他老人家的画，给再高的价也不卖了啊。"

有人戏谑地道："嗯，我有个好主意，听说林老先生的小女儿是一个绝色美女。你们哪个愿意休妻，趁早去打她的主意，成了林老先生的乘龙快婿，还怕得不到好画去砸开富贵门！"

焦点没想到这些人居然议论到了林可儿身上，正要发作，忽听人道："你们呀，是癞蛤蟆想吃天鹅肉啊。林小姐那样的名门闺秀，不知有多少官二代或者富二代，早为她筑好了藏娇的金屋了啊。"

这话是对林可儿的艳羡，焦点听了很受用，只好不动声色了。

众人都道："对对对，少异想天开，各人想点现实些的办法吧。"

众人又把目光集中到眼镜身上："言归正传，还是听多宝兄的，多宝兄还有啥有用的招数没有啊？"

眼镜慢慢啜了口茶道："有，官场新攻略就是傍大款。"

"傍得上吗？"

眼镜："权力和金钱，是一对孪生兄弟，有权者热衷傍大款，有钱则可绑架权力。因此官场傍大款成了一种流行病……"

"我们无职无权，有屁相干呀？"

眼镜道："怎么无关？你们不是都在炒股吗？最高明的投资者是投资潜力股。市场经济催生了一批暴发户，他们富而不贵，依附权力，绑架权力的欲望非常强烈。暴发户们投资权力，既要做短线，贿赂眼前的官员，收眼前近利；还有人做长线，选择有前途的新人，作为潜力股投资，到时候收获更大的利益。我们在座的精英们，都可能成为他们看好的潜力股啊。"

多数人立即附和："对对对，傍上有眼力投资潜力股的大款，也是终南捷径。"

"啊，这不是去卖身投靠暴发户吗？"

"哎，卖身投靠，只怕你想卖也没人要啊。"

一个老成一些的精英终于开口了："牢骚族的弟兄们，别太悲观了，对吏治腐败的愤慨可以理解，这些政治玩笑最好少开。共产党的官场还是正人直士多些，要不然，改革开放怎么会取得这样的成果，社会怎么会这样飞速发展？"

又有人附和："对，对，对！只看到官场阴暗面，我们会自己吓着自己，意志消沉，只有一个个去跳楼了。"

精英论坛，让焦点开了眼界，也扎扎实实洗了一次脑。他觉得自己应该好好消化，冷静思考今后该怎么办了。

酒店领班小杨进来："各位领导，袁科长到了，请龙凤厅入席！"

3

豪华的龙凤厅，袁科长高居主人席候客。焦点等人走进龙凤厅，在座的都随袁科长起立。袁科长离席上前热情地与焦点握手："老同学，好想你啊，你成天在香山镇陪你的神仙林妹妹，把老同学都忘记了啊。今天总算把你请动了，请上座。"他把焦点安了在了主宾席。

焦点从未出席过这样的排场，更没想到他会是今天聚会的主宾，显得很是局促不安，执意地推辞着就了座。

袁科长举起杯子站起来："朋友们，我今天向大家隆重介绍，这位香山镇党政办的焦秘书，是我高中时的班长，对我有恩，忘不了他当年对我的关照和友谊，今天是周末，特请朋友们来陪我老同学喝一杯。还有这位周老板，多数朋友都认识，是香河县最成功的企业家，今天为我们提供了县城最高规格的接待，我们一起敬他们一杯。"

众："祝焦秘书、周老板周末愉快。"

众人碰杯。

袁科长："老同学，周老板，我今天请来出陪的，大多在县城里各部门供职，算得上精英群体，未来官场的风云人物。今天大家认识认识，以后好相互关照。"

众："大家认识一下，以后相互多多关照。来，周末愉快，干杯！"

众人争着给袁科长敬酒。一片敬酒之声。

焦点看着袁科长踌躇满志，应接不暇，心想："他妈的，当官真好。"

袁科长亲自给焦点斟上酒："老同学，混官场，别只埋头拉车，也要抬头看路啊。别老守住你那香山镇，抽时间出来走走，跟朋友们多交流交流，会有好处的。"

焦点："是是是。一定多向朋友们学习。"

袁科长："来，我们两个老同学单喝一杯。"

二人碰杯。

宴席上，精英们频频举杯，相互吹捧，不亦乐乎。

宴会结束，周老板漂亮的女秘书就安排大家吃茶打麻将。

袁科长和周老板陪着焦点，走进了一间高雅的麻将室，周老板漂亮的女秘书随即走了进来。

周老板："其他朋友都安排好了吗？"

女秘书："都安排好了。"

周老板："小赌怡情，你就坐下陪两位领导搓几把吧。"

女秘书："好好好。"说着从她精巧的坤包里拿出几摞钱来，放进三人面前的麻将桌匣。

焦点执意推辞："使不得，使不得。无功不受禄啊。"

周老板："嘿嘿，袁科长，你看焦秘书还把我们当外人啊。"

袁科长："老同学，别推了，周老板不是外人，来，搓几圈。"

众人开始打麻将。

焦点下意识地看了看周老板，心想："看来，他是个投资潜力股的老板了。我会是潜力股吗？"

麻将结束后，女秘书把焦点领进一间豪华客房里，袁科长也跟了进来。

女秘书："焦秘书，需要特殊服务吗？"

焦点不解地望着袁科长："特殊服务？"

袁科长："哈哈哈，我这位老同学操得正，连这都不懂。也难怪啊，身边守着一位小龙女般的天仙，特殊服务就免了吧。"

焦点恍然大悟，红了脸："啊，免了，免了。"

女秘书："好，二位晚安。"走出客房，随手关了门。

焦点从果盘里扮了一只香蕉递给袁科长。自己也剥了一根香蕉。

袁科长："老同学，玩得还开心吗？"

焦点："吃住这么高档的酒店还是第一次，老同学真让我开眼界了，完格了。只是这样破费周老板，实在有些不安。"

袁科长："以后常来，习惯了就好了。"

焦点从公文包里拿出一个厚厚的大红包，双手捧给袁科长："老同学，早就该来祝你高升，一直脱不开身，现在礼缺后补吧。"

袁科长把红包放回焦点的公文包，真诚地："老同学，我们之间，还用得着这个吗？再说，你的家境我知道。你比我更需要钱啊。"

焦点："这……"

袁科长："啊，顺便告诉你，明年开春，县上要送几名后备干部到市委党校区科班学习，这是个机会啊。"

焦点懂得而今官场的规矩：不进相应的党校培训，是不能提拔的。便顺口道："这就要老同学关照了。"

袁科长："这还用说，我已经把你列入后备干部名单了。不过，争的人很多啊，最后还得部长说了算。"

焦点："部长的眼睛怎么看得到我们那偏僻的香山镇啊。"

袁科长："所以叫你常进城来玩，在人场中混个脸熟啊。我明天要陪部长接待省上的领导，不能陪你，你怎么玩，我好安排。"

焦点："不用安排了。今天下午听朋友们吹牛，收获很大，明天我去书店买那几本书，下午就赶回去。"

袁科长："好。时间不早了，早点休息吧。"说着起身。

焦点送袁科长出门。

袁科长："留步，留步。"与焦点握别之时，似乎才突然想起，"啊，老同学，你是林老先生的准女婿，一定收藏了林老先生不少画吧？我们部长想买一幅林老先生的画去省上送礼，你如果能帮上这个忙，说不定，嘿嘿。"

"雅贿"两个字突然跳进了焦点的脑海，他似乎一下明白了袁科长的意图："啊，这，这，我试试吧。"

焦点这次进城收获很大，精英论坛给了他很大的震动，他感到自己真的落伍了，应该对那些书系统研究一下。他一直想给林可儿买一条项链，可是一直手边很紧。这一回没想到招待费和送礼的钱都节省了，还得了周老板发那么多麻将钱。那就回去给可儿一个惊喜吧。

焦点昨天已经跟方便面约好时间，今天下午搭方便面的摩托回香山镇。方便面准时来到书店门口，焦点提着一网袋书走了出来。

方便面打笑道："硬是秀才出门，尽是书（输）。"

焦点："嘿嘿，小方，还想麻烦你一下，我想给可儿买条项链，请你帮我参谋一下好吗？"

方便面："不好，又不是给我买的。"

焦点："你哪用得着我买。你这么漂亮，这么优秀，有人给你买啊。"

方便面："哟，我漂亮吗，我优秀吗？焦秀才说话真好听，本小姐乐意为你服务，走吧。"

焦点跨上摩托后座，摩托在大街上穿行。在一家气派的首饰店停下来，二人走了进去。他们在项链柜台前停下。

焦点："你看这一款怎么样？"

方便面："要我说，还是这一款好些。"

焦点："这一款么……"他犹豫着。

服务员："先生，买首饰，你恋人中意的，就是最好的啊。"

方便面："嘿嘿，恋人？大姐，你看我两个还般配吗？"

服务员："啊哟，你们两个呀，金童玉女，天造一双，地设一对，简直是绝配啊。"

方便面："哈哈哈，焦秘书、焦秀才、焦帅哥，听到了没有，本小姐从你的女朋友，升格成了你的恋人，还是绝配，你要认账啊。"

焦点红着脸："小方别开玩笑了。"

服务员："啊，我误会了，对不起，对不起。"

焦点："没关系，就小方选这一款吧。"

服务员："好好好，我马上开票。"

第三十六章　人格代价

1

泡泡糖走进白莲书房。白莲在看焦点写的那份《香山镇远景规划》。

白莲："小唐，焦秘书还真算得上一个才子啊。这份补充的远景规划，真是好文章，好文采。小林老师真有眼力，选到这样的如意郎君，我真想早点喝他们的喜酒啊。"

泡泡糖："嘿嘿，但愿吧。"

白莲一怔："你笑什么，才子才女，天生一对啊。看他们工作中那么配合，生活上那样和谐，走进婚姻殿堂，那只是迟早的事了。他们的喜酒我是喝定了。"

泡泡糖："但愿吧，我也一样想喝他们的喜酒。常给他们劝架，我已经很累了。可能这几天他们又要找我的麻烦了。"

白莲："他们不是好好的吗？怎么又要找你麻烦？"

泡泡糖："这次方便面进城去给香河大酒店排练节目，碰上焦点了。焦点接受了高中同学组织部干部科长袁其华的宴请，惹下麻烦了。"

白莲："组织部的同学宴请，有什么不好，能惹什么麻烦？"

泡泡糖："白莲姐还不知道吧，小林有病。"

白莲大惊："小林有病？严重吗？"

泡泡糖："很严重。"

白莲："什么病，怎么不医治？"

泡泡糖："她有政治上的洁癖，根深蒂固的仇官仇富的毛病。她怕焦点走后门钻营升官啊。"

白莲："啊，吓我一跳。这，她怎么会怕焦秘书升官呢？"

泡泡糖："白莲姐不知道小林的家庭情况吧？"

白莲："不知道。"

泡泡糖："林老先生的画，曾经是多少人经营官场的敲门砖。她的姐夫用她父亲的画，铺平了升官坦途。可是飞黄腾达之后却抛弃了她的姐姐。让她姐姐成了弃妇，含羞忍恨，只身漂泊美国。不依附权势和金钱，是中国知识分子的传统美德，林老先生从此不在国内售画，他说免得他的画被别有用心的人利用，免得去祸害他人。他告诫可儿，人的一生，平安是福，别忘姐姐的教训，官场得意的，大多没有道德底线，切记切记。"

　　白莲："啊，老先生鄙薄有权势的人，把人格价值看得很重啊。"

　　泡泡糖："是的，可儿受老先生的影响很深，她自己很优秀，无生计之忧，老先生给她和她姐姐留下的画，在国外很值钱，也是一笔不小的财富。她没有一般女人的依附性，因此她跟焦点恋爱的条件，就是不要焦点升官，或者干脆改行跟她教书。当时焦点只当可儿年轻不懂事，答应了这条件，可儿却对焦点的承诺很认真。为这事两人常闹矛盾。"

　　白莲："原来是这样，小唐，他们都很尊重你，你两边多劝劝吧。"

　　泡泡糖："白莲姐，他们都是很有思想的人啊！你说劝谁，怎么劝？劝可儿，她姐姐的教训那么深，劝得转吗？劝焦点，要一个壮志凌云的有为男人不求上进，放弃拼搏和追求，说得出口吗？"

　　白莲："这，这。但愿他们自己妥协吧。"

　　泡泡糖："只能这样了。"

　　白莲："好，换个话题吧。你说焦秘书这补充规划怎么回答？"

　　泡泡糖："白莲姐，别人出于礼貌请教，你别太认真了，别真把自己当成救世主。这类官样文章，说几句好听话，得了。"

　　白莲："这，这，你是说这文章还不行？"

　　泡泡糖："他的这个规划，说了个大概，也能体现你的一些意图，还能糊弄外行领导，不过真作为一份可操作的规划，还值得商榷啊。"

　　白莲："真有那么深沉吗？"

　　泡泡糖："资源基础数据全吗？小城镇规模多大，立镇支柱产业是什么，立镇的文化灵魂是什么，市镇功能怎样分区，这个小城镇在区域经济中的作用和地位如何，实施步骤是什么？……"

　　白莲："好了，好了。小唐啊，你到底有好博学啊，怎么什么都知道，怎么会对区域经济研究、对市镇规划，都这样专业，研究得这么深啊？"

　　泡泡糖："我，我对区域经济感兴趣，对市镇规划略知皮毛而已。"

白莲："不，你呀，太叫人捉摸不透了。小唐，你好像对香山镇的事情特别关心，特别认真，特别卖力？"

泡泡糖："这，这是你的家乡，为了实现你的愿望嘛。"

白莲："我相信这是一个理由，但不是全部。"

泡泡糖："白莲姐说对了。我当了两年副镇长，深知他们的艰难，旁观者清，多帮他们思考一下。有机会帮他们一下，就出点力吧。"

白莲："小唐，你是个有追求的人啊，那为什么辞官下海？"

泡泡糖道："官场除了阴谋诡计，就是勾心斗角。烦啦！生命就这么短暂，人生价值怎么实现？我输不起啊。"

白莲："人生价值？我看你的人生追求好像也不是为了挣钱？"

泡泡糖："是的。除了地位和金钱之外，人生还应该有点其他追求吧。"

白莲："那是什么？"

泡泡糖没有正面回答："哟，白莲姐今天审判我了？"

白莲："不。小唐，我怕你跟着我干太委屈了你。"

泡泡糖："白莲姐，你有实力，你尊重我，信任我，还给我那么优厚的报酬，只求你不解聘我就行了。"

白莲："假话，凭你的聪慧和能量，如果你自立山头创业，干得一定比我强。"

泡泡糖："这，这。白莲姐，若论智慧，范曾比项羽强吧？张良比刘邦强吧？诸葛亮比刘备强吧？他们都是智慧的化身，为什么都不自立山头呢？因为他们有自知之明，不是拉山头的料，因此就甘心情愿臣服于他人，只躲在背后摇鹅毛扇啊。"

白莲："你呀，就是不肯给我讲你自己。还是信不过我吧？"

泡泡糖："我没啥秘密呀。"

白莲："晚上睡那么晚干啥？"

泡泡糖："趁年轻多读点书啊。"

白莲："读书要用电脑？"

泡泡糖："做读书笔记呀。"

白莲："小唐啊，别骗我了。如果你真把我当成你姐，你追求啥样的成功，需要我给你什么样的支持，你就告诉我吧。"

泡泡糖："白莲姐，我需要你支持的时候，一定告诉你。"

这时方便面进来："经理，焦秘书来了，在你办公室等你。"

泡泡糖："没说错吧，果然又找麻烦来了。"

白莲："那你快去吧。"

2

泡泡糖回到自己的办公室，垂头丧气的焦点正在等他。

泡泡糖："哟，焦大秘书来了。听说章镇长下令，以后不准在盘丝洞请客了，你今天是来结账吧？要结账打个电话就行了，怎么劳动你的大驾啊？"

焦点："唐姐，真不好意思，镇上现在哪里拿得出钱来结账啊，只有欠倒你们啊。"

方便面为焦点献茶："那你来干什么？"

焦点："一是想听听你们对补充的远景规划的意见。另外……"

泡泡糖："你们没打算把香姑祠规划为旅游景点？"

焦点："唐姐，你们的建议很好。香山镇确实是一座很有特色的江边古镇，小桥流水石板路，深巷老店吊脚楼，镇江寺、香姑祠和贞节牌坊，让小镇显得更加古朴清幽，这是一笔宝贵的财富，应该很好的利用。但是有的人却说自古以来卖田卖地不稀奇，从没听说过卖衙门，一时难以统一认识。还有一层，香姑祠已经被定为了县级文物保护单位，我们只是使用单位，一家做不了主。如果能把县上协调下来，我想，若把它作为一个项目投资，社会效益很大，但经济效益就不怎么样，除了像白总那样热心公益的大老板，恐怕很难找到这样的买主。"

泡泡糖："看来我们想买下香姑祠，是不行了？"

焦点："至少目前难度很大。所以暂时没列入远景规划。"

泡泡糖："香姑祠的事以后说吧，还有啥？"

焦点："唉，甜甜姐，我来求你了……"

泡泡糖："哟，你一向都是春风得意的，今天怎么又唉声叹气了。是不是又跟小林闹别扭了呀？"

焦点："甜甜姐，小林疾恶如仇，鄙视袁其华的为人。袁其华是我高中同学，我却不过他多次邀请，这次进城接了袁其华的招待，这就把可儿惹翻了。昨晚哭了一夜，又不吃饭，求你去帮我劝劝她吧。"

方便面一直很留心焦点，献茶后没有立即离开："经理给你们两口子劝架还少了吗？你们都是高级知识分子，什么道理不懂啊？还要人劝，怎么劝哟。"说完走了出去。

泡泡糖："方便面说得对，要我劝，怎么劝？现在只有劝你，解铃还须系铃人，只有你多点甜言蜜语投其所好，去诓好她啊。"

焦点："投其所好？她要我碌碌无为，平庸一生，我能做到吗？我还配得上她吗？她在艺术上孜孜不倦地追求拼搏，我一个堂堂男子汉，难道就不该有自己的功业追求吗？"

方便面在门外："唉，也是啊，遇上这种不讲理的女人也可怜。"

泡泡糖："这话你该去问她，怎么质问我啊？"

焦点："唉，问她，不闹得更凶吗？"

泡泡糖："那怎么办？"

焦点："甜甜姐，为了可儿，你说我是不是应该重新进行自我设计，另外选择人生道路？"

泡泡糖："你已经选择了官场，又这样年轻有为、出类拔萃，前途无量啊。怎么突然问这事？"

焦点："你在官场中起点那么高？为什么不混下去？"

泡泡糖："混不下去呗。"

焦点："这绝不是理由。和你相比，我连当小学生的资格都不够。"

泡泡糖："一下又这么谦虚了，那你说为什么？"

焦点："这次进城，参加了一个宴会，从那些所谓的官场精英的嘴里，我才知道官场之腐恶，才懂得官场的成功，需要付出沉重的人格代价？你或许不愿意付出这种代价吧。"

泡泡糖："你愿意付出这种代价吗？"

焦点没正面回答："可儿最反对付出这种代价，我也不愿意付出这种代价，但是唐姐，身在官场，身不由己，同流难免不合污啊！我真心爱可儿，因此而失去她，这太不划算了。"

泡泡糖："那你打算怎么办？"

焦点："我想重新思考人生定位，求你帮忙，给我找个打工的地方……"

泡泡糖："焦秘书，你是不是病了啊？"

泡泡糖送走焦点后，又回到白莲的书房。

白莲迫不及待地问："什么情况？"

泡泡糖："这次他们闹得很僵，可儿哭红了双眼，不吃饭。焦点求我去帮他劝可儿。"

白莲对可儿格外关心："那你快去吧。"

泡泡糖："不去，不管。"

白莲："这……小唐，你是这一方的精神领袖，该去啊。"

泡泡糖诧异地："精神领袖，白莲姐，我哪有那么大的本事哟？"

白莲当即举例："还不认账，可儿、焦点、毕书记、熊三爷，甚至包括牛老板，他们谁不找你拿主意。"

泡泡糖："唉，都怪我爱管闲事。"

白莲："焦秘书这人到底怎么样？"

泡泡糖："有能力、有理想、有热情，讲义气，处事也变通，人品好像还不错……"

白莲："你说话总是滴水不漏，为啥说好像？"

泡泡糖："一时看不穿，反正他比章明传适宜混官场。"

白莲关切地："你是说明传哥不适宜官场？"

泡泡糖："刚才焦点说得一针见血，官场的成功需要付出沉重的人格代价，章明传缺少混官场必不可少的品质缺点。"

白莲："人格代价？品质缺点？"

泡泡糖："白莲姐，你熟悉市场，洞悉人场，就是不知道官场。没有野心、违心和狠心，没有逢迎巴结，是难得有大作为的。"

白莲："你的意思是焦秘书的品质上……"

泡泡糖："不！白莲姐不能把我说这些都看成是恶德恶行，那样多少做官的人会找我撕皮。"

白莲："对，的确有打击一大片之嫌，要知道，官员队伍毕竟还是好人和能人居多啊！"

泡泡糖侃侃而谈道："是啊，许多事情，要看站在什么角度。比如前面所说野心、违心和狠心，一般都是贬义词。如果换一个角度，野心，何尝不可以说是雄心壮志和事业心。没有雄心壮志，不想做大官，当不上大官，怎么做得了大事？违心，何尝不可以看成委曲求全，是顾全大局？特别是现在那些为了争取项目和资金的地方官员，对上面的小办事员都得笑脸相迎，毕恭毕敬，不如此就要不来资金和项目，换不来地方的发展啊。狠心，你何尝不可以看成是刚毅果断和铁面无私。清官面对腐恶，社会要有序运行，也需要具备这些品质的管理者吧。能说这是优点还是缺点吗？至于焦点，我只是说目前还一时看不透。"

　　白莲："是的，站在不同的角度，会得出不同的结论。小唐，你很深刻，比小林成熟得多，小林那样信任你，焦点又求了你，你还是应该抽个时间去一下，去开导开导她。"

　　泡泡糖："唉，白莲姐，你这样关心林可儿，我会嫉妒她的。不过，如果你真要我去，我就请你跟我一道去。"

　　白莲："好吧。"

3

　　白莲和泡泡糖来到林可儿卧室。

　　可儿头朝里边躺在床上，焦点端着饭碗坐在床边："可儿，别赌气了好不好，起来吃饭吧。"

　　泡泡糖和白莲拿着鲜花水果走到床边。

　　焦点："白总，甜甜姐请坐。"接过鲜花水果，赶紧倒水。

　　白莲坐到床边："林老师，你怎么啦？"

　　林可儿红肿了双眼，赶快坐了起来："白莲姐，怎么惊动了你啊！"

　　泡泡糖："听说你又跟焦点撒娇，不吃饭，白莲姐急了，就亲自来看你来了。"

　　林可儿："我没事，没事。"

　　白莲心疼地："一双眼睛都还是肿的，还说没事？"

　　泡泡糖："可儿，到底什么事啊，值得吗？"

　　林可儿："你知道他这次进城都干了些什么吗？"

　　泡泡糖："不就是接受了同学的招待吗？对他连起码的交际应酬都不准，你也太过分了吧。"

　　林可儿："人以类聚，物以群分。袁其华是什么东西，跟那种人在一起，能有好事吗？"

　　泡泡糖："你抓着了他干的坏事吗？"

林可儿："你问他。"

白莲和泡泡糖都把目光转向焦点。

焦点："我给她买了条金项链。她给我甩了。"

泡泡糖："好啊，金项链挂在你脖子上，我们的林妹妹就更加光彩照人了。"

林可儿："要是他挣的钱买的，再低档，我都会珍惜。可那是他的同学袁科长请他吃饭时，一个什么老板发的娱乐钱买的。他不卖身投靠暴发户，别人会给他发钱吗？那钱来得不正，玷污了我的人格。"

焦点："娱乐费不是放在一边的吗？"

林可儿："你接受了是事实，不以为耻，反以为荣，还大言不惭地在我面前来说嘴。贱，贱！"

泡泡糖大笑道："哈哈哈，我的小师妹哩，你说白莲姐是神，我看你呀，才真像《桃花扇》里的李香君，《红楼梦》里的林黛玉啊。林妹妹喜欢无瑕宝玉，憎恨仕途经济，都什么时代了，你怎么还像一个走不下神台的圣女，永远不食人间烟火啊。"

林可儿："甜甜姐，你怎么跟他一个腔口？"

泡泡糖："哈哈哈，这叫英雄所见略同。"

林可儿："他算什么英雄？"

泡泡糖："他有才气，他很现实，与时俱进，前途远大，而且他对你爱得发疯发狂的，你还有什么不满足？"

林可儿："我不希望他前途远大，只希望他平平常常，平平安安。"

泡泡糖："你那么优秀，不让他发展，不让他飞黄腾达，这公平吗？"

焦点："好，我依你，我去改行来跟你一起当老师。当不成老师，就下海经商或者打工。"

泡泡糖："教书，你成了出人头地的大教授、大学者怎么办？经商打工，你成了大富豪又怎么办？"

焦点："唉，要兑现当初给她的承诺，除了失败，无路可走啊！"

泡泡糖："是啊，你得给他一条路可走啊。"

林可儿："甜甜姐，你，你不知道，他城府深，他野心太大。"

泡泡糖："小林，没有城府的男人，不可能有大作为啊！再说，野心的另外一种解释叫作事业心，叫作志向远大。这不应该算是缺点吧？"

林可儿："你知道他推崇的是一些什么书吗?"

　　泡泡糖："什么书?"

　　林可儿："他这次进城买的是《厚黑学》《阴谋家林彪》《权经》《孙子兵法》之类,一大捆全是讲阴谋的书,他把这些书简直奉为圣经。"

　　泡泡糖："哈哈哈,小林呀,这些书我那书架上全有,你还借去看过。怎么我们可以读,他就不可以读啊?"

　　焦点:"对,你也看过这些书,怎么没学坏啊?"

　　林可儿："我没野心,我不会学坏,你有野心,读了这些书一定会学坏。我只求你平平凡凡,平平安安。不希望你钻营腾达,不许你读这些害人的书。"

　　焦点:"可儿,百姓也需要好官啊。自古以来,混官场的人不钻营怎么能腾达,不腾达怎么能给老百姓做更多好事,再说,我不升官,怎么能给你幸福啊。"

　　林可儿："百姓需要好官,我没有解放全人类的觉悟。你也别把自己当成救世主,我有双手,幸福靠我们共同经营和创造,不接受你靠脸厚心黑去掠取。"

　　焦点叹气道:"白莲姐,你们看,她就是这样一个走不下神台的圣女,永远不食人间烟火啊。"

　　白莲:"小林老师,这些书我也读过。现在竞争社会,读《孙子兵法》的人很多,正人君子混迹于官场、市场、人场,也要有防范啊。"

　　林可儿："可他是为了官场钻营啊。"

　　焦点:"你们看,州官可以放火,百姓不能点灯,天下有这么霸道的人吗?"

　　泡泡糖:"可儿,是太霸道了啊。"

　　白莲:"小林老师,你就多给焦秘书些信任吧。"

　　泡泡糖:"她呀,最大的毛病是缺少起码的自信,连自己都不信任的人,还能信任他人吗?"

　　林可儿："什么,我缺少起码的自信?"

　　泡泡糖:"是的,你貌似一个女强人,自立、自强、自信,然而骨子里却摆不脱中国妇女人身依附那根深蒂固的劣根性。你不相信自己有驾驭优秀男人的能力,你怕你依附的男人成功、怕他出人头地,不就是怕他变成陈世美甩了你吗?"

可儿:"甜甜姐,你……你……"

泡泡糖:"唉,太优秀的女人,太稀奇古怪的要求,太难找到自己的婚姻幸福,太可怜了,太可悲了。"

泡泡糖不知是在慨叹他人,还是感慨自己,说完,头也不回地走出了可儿的卧室。

白莲扶着可儿,望着泡泡糖的背影,心里轻轻地重复着泡泡糖那句慨叹。

第三十七章　香料厂开工后

1

章明传昨天本想跟焦点一起在城里住一夜,但是他又不敢。熊三爷打消了他主动跟李红挑起战争的念头,至少现在不能去挑起战争。如果一天一夜不回家,那么李红又会因此生出新的事端。

章明传从城里赶回家已经是深夜了。李红虽然还是不跟他说话,但是不声不响地把好饭好菜送到他的手上。而且为他预备好了洗澡用的换洗衣服。他知道肯定是熊三爷教训了李红,心情也好了许多,今天出门时脖子上又重新贴上了伤湿膏。

香料厂一天不开工,镇领导们悬在心上的一块石头就落不了地,他们最担心的是怕佘老板水了他们。因为香河大桥的手续不完备,以后难免不追究责任,而香料厂是修建香河大桥的直接成果,这多少可以为镇政府的错误找些借口。现在香料厂终于开工了,街一村的农民表现得很合作。

镇领导出席完香料厂开工仪式后回到镇办公室,几天的筹备和忙碌总算有了好的结果,都长长地舒了一口气,议论纷纷。

"没想到香料厂今天的开工仪式这么热闹。"

"香山镇的第一家招商引资企业啊,关心的人多噻。"

"不少人都在打听，招什么样的工人。"

"能在就近打工，比跑外面好噻。"

正在镇长办公室忙碌的章明传，也到镇办公室来听热闹。

张主任："章镇长，今天开工仪式我们跳得那样起劲，该慰劳我们啊。"

章明传："该庆祝，大家辛苦了，中午加餐。"

这时王老板却气冲冲地走进镇办公室。

王老板就是佘老板引荐来承包二村荒河滩种西瓜的朋友。这是一个一脸憨厚的河南汉子，操一口地道的河南口音。跟二村的协议本来签订得很顺利，二村的村长黄爬海拍着胸口保证全力支持和配合。谁知却在临时雇工的问题上出了毛病。

王老板："章镇长，我不干了。退我的承包费吧。"

章明传大惊："王老板，请坐，怎么回事？坐下来慢慢说。"

王老板："你们不讲信用。黄村长硬要高价承包开垦河滩的工作。我不同意，他就不准开工。今天，我请的民工全被他组织的人赶走了，而且还没收了民工的工具，打伤了一个民工。一个瓜窝也没挖，民工们耽误了时间，一个个都要我赔损失和工钱。这个损失我不能承担。"

章明传大怒："啊，这还了得，有这种事！王老板，你放心，一切损失由镇政府负责。你现在安心休息，我们马上处理这件事情。"

王老板："章镇长，我敢休息吗？我的本钱，我的时间，我要盘家养口啊。"

章明传："王老板，我首先向你道歉，我们的工作没做好。我们镇很穷，但我们在大力招商引资，我们绝不让任何一个到香山镇投资的老板吃亏，你耽误了的时间，我们给你付工资！"

王老板满脸疑惑地望着章明传："真的吗？"

章明传懂得，卡外地投资人，这是断香山镇的发展之路，于是立即通知召开镇党委会，把治理投资软环境提上重要议事日程。

会上发言很热烈。

杜中德："今天这个党委会召开得非常及时，我完全赞成老章的意见。我们要想把招来的商和引来的资留住，就必须打击歪风邪气。对二村村长黄爬海必须严肃处理。对于给王老板造成的损失，我们应该取信于人，给予合理赔偿。"

刘主任："黄爬海平时作威作福，村民意见很大。今天王老板反映的完全是事实，聚众闹事，非法没收民工工具，打伤一人，妨碍正常生产秩序，已经触犯《治安管理条例》，完全应该由派出所对他实行治安拘留。"

杨书记："二村的经济问题，群众反应很强烈，建议最好同时立案查处。"

焦点："我首先检讨，毕书记走后，我是二村的驻村干部。一个村长，发展成为村霸，破坏了我们的招商引资工作，我有不可推卸的责任。"

毕西："过去是我在驻二村，我的责任更大。"

章明传："有没有不同意见？"

众："同意刘主任和杨书记的意见。"

章明传："好，请派出所和纪委立即行动，尽快处理。请焦秘书，负责结算王老板的损失赔偿和协调开工工作。同时要做好宣传工作，通过这件事对全镇干部群众进行一次转变观念的教育。"

众："对，最好是在处分黄爬海时，召开一次村社干部会，开展一次大讨论。"

章明传："至于责任问题，所有驻村干部都要从中吸取教训。这次我建议不予追究。以后哪个村出了类似问题，在年度目标考核中扣分扣奖。"

众："同意。"

章明传："散会！"

2

白莲参加完佘老板的香料厂开工仪式后，回到书房。泡泡糖立即跟了进来。

泡泡糖："白莲姐，佘老板的香料厂，开工仪式成功吗？"

白莲："很好，很成功。"随即拿出一个大红包，"佘老板说，他办香料厂，你的功劳最大，你没去参加开工典礼，他让我给你带了个大红包回来。"

泡泡糖："我怎么好意思要他的红包啊？"

白莲笑道："这是喜钱，你就拿倒嘛。"

泡泡糖："今天的开工典礼，他还满意吗？"

白莲："他很满意。他是人地生疏的外乡人，没费吹灰之力，你们就把开工典礼给他办得那么热闹，那么隆重，他很感谢你帮他运筹策划，感谢毕书记和焦秘书帮他张罗。他说，这次是党委和政府不让他请客。他以后一定要请你们几个喝酒哩。"

泡泡糖："那好哇，他请客，我不会客气的。还有啥事吗。"

白莲："快年终了，我打算回海南处理一下公司的业务。回去之前，我们再去看看学校工地吧。"

泡泡糖："回海南？董事长这个决定很突然，学校竣工后要组织相关部门验收啊。这么重大的事，你应该出席啊。"

白莲："学校验收的事，有你和三爷顶着，有毕书记牵头操办，我很放心。我争取春节之后，再赶回来吧。"

泡泡糖："好吧，其他事呢？"

白莲："佘老板的厂房已经开了工，总算是给香山镇引进了一家企业。要让它在香山镇真正立住脚，你还得多给他一些支持。"

泡泡糖："领导们都把他奉为上宾，毕西也很会办事，三爷在街一村啥都能摆平，你就放心吧。我们的业务怎样发展，你布置一下吧。"

白莲："我们要上的项目，目前只有综合市场。"

泡泡糖："董事长，关于综合市场我想给你详细汇报一下。最佳方案是跟街一村联办，由他们出土地，我们出资金，共同经营，利益共享，给街一村群众种一棵永远的摇钱树。但是，村委会上却遇到极大的阻力。大家没市场经济的观念，怀疑综合市场项目的前景。并且许多人又想建小城镇规划的商铺，又不想出钱。商量结果，还是卖地，分一部分钱，好投入建房。"

白莲想了想："嗯，民可乐其成，不愿虑其始，这能理解。他们分一部分现钱，投入新建铺面，这也客观上推动了小城镇建设，对明传哥的工作也是个支持。"

泡泡糖笑道："嘿嘿，董事长这哪里是投资老板在谈项目啊，就像是香山镇的党委书记在谈工作哟。"

白莲叹息道："唉，谁叫我是香山人呢？啊，有一点我很不理解，焦秘书知道我们投资综合市场的意向后，曾经几次找你联系，你为什么都矢口否认，拒人千里呢？"

泡泡糖笑道："白莲姐哩，我不是给你说过章明传在官场自我保护能力很差吗？是为了不给你的明传哥增添日后的麻烦啊。"

白莲不解："这也跟明传哥有关？"

泡泡糖："有关，大大有关。白莲姐，投资人也要玩政治啊。当今，关系就是生产力，关系就是财富。要是其他投资人，巴不得你跟章明传那样的关系，直接跟章明传谈生意，签协议。可是，唯独你不能啊。"

白莲："为什么？"

泡泡糖："第一，你不是以营利为目的，不需要走邪门歪道去获取不正当利益，因为你跟章明传那层人人都知道的关系，难免瓜李之疑，让人说三道四；第二，香山镇招商才开局，把所有投资人都会当作上帝，你无论跟谁签协议，都会得到最优惠的条件。"

白莲不断地点头："可是不是章明传找你，是焦秘书找你啊。"

泡泡糖："在香山镇，谁不知道焦点和李正齐跟章明传是铁哥们儿，焦点跟我们签约，一样是没有问题都会有问题，说不定哪天就成了章明传官场中的麻烦。何况我当时在等熊三爷回话，如果熊三爷能代表投资股东出面，就没有这些后顾之忧了。"

白莲如梦方醒："唉，玩政治这么复杂。小唐，你当那两年副镇长是你的宝贵财富，而今被我占用了。可是街一村又……"

泡泡糖："白莲姐放心，毕西现在回来分管这项工作，谁都知道毕西跟章明传是政敌。时机成熟了，毕西很快就会来找我们的。综合市场很快就能启动。"

"好，能迅速启动就放心了。"白莲想了想后道，"最好还是我们跟三爷联合出面。你给三爷说，我们充分利用海南的对外业务平台和信息平台，综合市场一定是个好的摇钱树。一定要留给街一村的乡亲们。目前他们分文不出，市场建好盈利时，街一村可按成本价回购。只需熊三爷以股东名义出面，跟镇政府谈协议就行。至于以后怎么运营，你跟三爷商量着办就行了。"

泡泡糖道："好，还是董事长想得周到。另外，综合市场项目马上就要启动，我想向你推荐一个经理。"

白莲："什么人？"

泡泡糖："我原来的上司，人品很不错的。"

白莲："你全权处置吧。其他营利性的大项目，多留心考察，暂时不上，留给其他人来投资最好。我这次回海南，想把已经考察论证过的电站和酒厂项目找朋友们谈一下。"

泡泡糖："毕西好像特别重视那个电站项目。"

白莲："啊……如果他有人投资更好。我们到学校工地去吧。"

3

毕西回来后，杜中德和焦点很快跟毕西交接了工作。杜中德和焦点对毕西都有成见，平时很难走在一起，今天会议结束后，杜中德竟然跟他一道走出镇外，现场介绍情况。

杜中德："这就是规划的未来三十米宽大街香河路。整条大街，只有熊三爷这一处动工了。"

毕西："这样看来，小城镇建设基本上还没启动。"

杜中德："街一村报名买地的不少，却不见行动。各单位占了地的也拿不出钱来动工。我的主要精力在大桥上，这方面的工作抓得少。焦秘书代管这项工作，也忙不过来。基本情况就是这样，你回来后，这一摊子事我就移交给你了。"

毕西："现在还基本上是一片农田，可能大家都有顾虑吧？"

杜中德："如果有一两个单位先动手带动一下就好了。"

毕西："最好是先筹款修水泥街道。两边才好修楼房。"

杜中德："如果水泥街道修起了，恐怕不须动员，大家都要抢时间动工了。可是……哪里去找那么多钱修街道啊？毕书记，这就要看你的手艺了。"

二人说着来到熊三爷的楼房工地。

熊三爷迎上去："两位领导，视察小城镇建设呀。"说着敬上烟。

毕西："随便看看。三爷，带头修街房，要发大财了哟。"

熊三爷："嘿嘿，托书记和镇长的福嘛。"

杜中德："三老汉，好久开业呀？要请我们喝喜酒啊。"

熊三爷："就我一家人，在这里孤零零的，又没有修街道，开啥业啊？"

毕西："报名建街房的人多吗？"

熊三爷："多啊，街一村就十几户。"

杜中德："你们街一村那么多人报名，怎么没几家人动工呢？"

熊三爷看了看左右，小声地："大家都在等，都在看章镇长啥时候行动。"

杜中德和毕西都很不解："看章镇长啥？"

熊三爷："李红的户口在街一村，宅基地早就划了，至今没有动手。常言道村看村、户看户，平头百姓看干部，他都还没动手，大家就心中没底啊。"

毕西："各人修各人的房子，管别人的闲事干啥？"

熊三爷："听说修桥的钱成问题，好多人都担心桥修不起，怕修了房子坐倒背时，遭笼起呀。"

毕西看看杜中德："这就是问题的症结，应该引起足够的重视。"

杜中德也道："这是一个非常值得重视的问题。可是，老章从哪里去弄钱来修房子啊？"

熊三爷小声地："杜镇长别着急，我把我们村做辣椒生意赚的那笔钱借了五万给他。我这也是以大局为重啊，估计他可能很快就要动工了吧。"

杜中德："这就好。这就好。"

毕西："三爷，感谢你，感谢你对我工作的支持。"

杜中德："毕书记回来后，小城镇建设这一块以后就由毕书记管了。有事多跟毕书记汇报吧。"

熊三爷："那毕书记以后要多关照啊。"

毕西："相互支持吧。"

杜中德："走，三老汉，我们一起陪毕书记去看看学校和佘老板的工地。"

三人一道向远处的工地走去。

第三十八章　牛魔王

1

修建小学是白莲最关心的一件事。报纸把白莲伤害得很重，尽管泡泡糖采取行动后，来自报纸的攻击停止了，但在地方上造成的恶劣影响很宽，白莲怕见到乡亲们异样的目光尴尬，好久没去看学校工地了。因为要回海南，今天跟泡泡糖一起朝小学工地走去。

牛魔王的公司，又承包了香料厂工程，他把这个项目交给了马老板施工队负责施工。开工仪式后，又回到学校工地。

白莲和泡泡糖来到小学工地上，搅拌机轰鸣。工人们在脚手架上忙碌。牛魔王在工地上巡视。她们二人便隐在另一堵墙下观察。

泡泡糖从墙面上使劲取下一块砂浆捻着："嗯，不错，水泥用得足，没偷工减料。"

白莲不解地："你对这也内行？"

泡泡糖："乡镇工作那两年，杂学旁收，长了不少见识。"

牛魔王走到一堵墙前检查了一番，很不满意："这是干的啥？"

年轻工人："牛总，怎么啦？"

牛魔王："你看，你自己看。"他指着墙上的几块砖。

年轻工人："没问题呀。"

牛魔王："没问题？"掏出吊锤吊线。墙面不平，立即露了马脚。

年轻工人尴尬地笑笑："嘿嘿，牛总的眼睛真厉害。"用砖刀敲敲那几块砖修正。

年长工人："你娃知不知道，牛老板是耍砖刀出身的。"

牛魔王严厉地："给老子撬了！重来！"

年长工人："小子，这个工程不比其他工程，半点都水不得。"

年轻工人："老板，这么做，我们一天能做多少活啊？"

牛魔王："老子这个工地开的高工资。一天都在给你们说，这是白总捐资修建的学校，是一桩功德工程，不做好，你龟儿些问得过良心吗？"

年轻工人："好，我以后一定注意。"拿起砖欲继续砌墙。

牛魔王："不行！你狗日的撬不撬？不撬，立即给我滚蛋！"

年轻工人："这……"无可奈何撬掉那段墙体。

另一堵墙前，白莲和泡泡糖把这一切都看在眼里。

泡泡糖得意地："怎么样？董事长放心了吧？"

白莲笑笑："都是你看相的功劳啊。"

泡泡糖："一头莽牛，穿上了牛鼻子就是一头好牛了。"

她们走出那堵墙，朝牛魔王走去。

牛魔王："啊，白总，唐经理，你们来检查工地来了？请多提意见，多提意见。有什么要求，尽管说，尽管说。"

泡泡糖："只要牛老板摸着良心做就行了。"

牛魔王："唐经理，我敢给你赌咒，这是我回乡做的形象工程和样板工程。"

泡泡糖："别吹，你做得怎么样，我心中有数。"

牛魔王："只要你心中有数，我牛魔王就谢天谢地了。"

白莲关心地："牛老板，能按时完工吗？"

牛魔王："白总放心，保证春节前主体工程按时完工。节后学生就可以到新学校来上课了。"

白莲："好，也让我早点了却一桩心愿。"

泡泡糖："主体工程完工后，还要等墙体干透后才能装修，新学校可能要等暑假后才能使用。"

白莲："对，牛老板，还有啥困难就告诉唐经理吧。"

牛魔王："预算充足，资金到位，这是我当老板以来遇到的最好的工程了。唐经理，你说我该在出生地发财，要发财要靠你关照啊。"

泡泡糖："还怎么关照？"

牛魔王："嘿嘿，已经很关照了，佘老板的厂房工程也是借你的金面……"

佘老板要泡泡糖帮忙介绍施工队伍，泡泡糖就叫佘老板到学校工地自己考察。那时，牛魔王并不认识佘老板，也不知道佘老板要建厂房。他装着闲汉到工地闲游，也看到了今天类似的场面，便由泡泡糖出面，协助签订了施工合同，就这样回香山镇连续拿下了两单建筑项目，而且资金到位，比县城争来的项目好得多。由此他简直把泡泡糖奉为他的大财神。

泡泡糖笑道："我给你揽了工程，你给我多少中介费啊？"

牛魔王："唐经理又取笑我这个土包子了。你要是能拿我的中介费，那就是我牛魔王的福气啊。"

泡泡糖笑道："不开玩笑了，还有什么困难和要求吗？"

牛魔王："没有了。没有了。啊，唐小姐，你的面子大，能不能帮我求情哟。"

泡泡糖："求什么情？"

牛魔王："刚才毕书记跟杜镇长来视察工地，把我臭骂了一顿，要我做完这两个工程，滚出香山镇，再不许在香山镇揽活，你说，你说……"

泡泡糖："他又没疯，要你滚出香山镇，总得有个理由吧。"

牛魔王狠狠地打了自己一耳光："唉，都他妈的怪我混蛋，我把我向他行贿被拒绝的事曝光了，让他难堪，他发怒了啊。"

泡泡糖大笑道："哈哈哈，为这个么，活该！"

泡泡糖陪着白莲离开学校工地，白莲不解地问："小唐，你真不帮牛老板吗？我看牛老板做工程还是实在的。"

泡泡糖："白莲姐，这还用得着我帮吗，这是毕西在演戏。他又打又揉的驭人技巧和演技可比我们高明啊，以后你慢慢就知道了。不过，为了成全毕西，我还得假意说说，送他一个下台的梯子。"

2

送走白莲和泡泡糖后，牛魔王正陪着监理工程师张工程师在巡视工程，见熊三爷走来，赶紧上前敬烟。

熊三爷自己率先修街房，既为了带头，更为了探索经验给大家探路。他请人修房子，费力不少，累得够呛。他监督学校工程，看牛魔王建筑公司修的房子，质量比他请的人修的好得多，就想摸一下建筑公司的情况。昨天他把自家修的房子的图纸交给了牛魔王，让给他算一下，看建筑公司修这种房子要多少钱，看村民建房怎样才合算。

牛魔王："哟，今天硬是个好日子啊，毕书记和杜镇长走了白总来，白总和小唐经理才走，三爷又来检查工地。三爷，先请抽烟。"

熊三爷燃起烟："老子检查，也只能做个样子。"对张工程师道："张工，工程质量，我这甲方现场代表是一窍不通的，牛魔王哄了我，多也不知道。反正你这监理工程师是挣了我们的钱的，你在工程界是一把胡子的老资格了，没让牛魔王这龟儿几杯酒把你灌晕了吧？"

张工："哈哈哈，三爷，你知道我这监理工程师的本本管多少钱吗？我舍得砸自己的饭碗吗？我舍得在香河县工程界混下的这张老脸皮吗？"

熊三爷点头："也是。呃，牛魔王，请你龟儿帮我做的预算出来了吗？"

牛魔王："出来了。"立即递上图纸和预算书。

熊三爷叫牛魔王预算的，是建筑公司修他那房子要多用多少钱。一看预算书吃惊了："怎么，请你们修我那房子，只要这么点钱？"

牛魔王："是只要这么多钱啊。"

熊三爷："那你娃不亏到爪哇国呀？"

牛魔王："哈哈哈，三爷，我那么傻呀，赚得少我也要赚点噻。"

熊三爷不信："张工，你看看他算对了没有，这狗日的哄我没有。"

张工看认真看完预算书："三爷，他没哄你，该算的项目都算了，只是利润只算了百分之一。"

熊三爷："这怎么会啊，我修房子也是精打细算，我认真记了账的，估计完工后要比这高出一万多啊。"

张工："你的材料都是香山镇进的吧。"

熊三爷："是啊，香山镇进材料，哪个敢卖我高价，哪个敢卖我假货？"

张工："懂了，你材料费就要多花七八千。"

熊三爷："我的材料钱都要多花那么多呀？"

牛魔王："三爷，我们考察过香山镇的钢材和水泥。你们这里用的钢材是小厂的再生钢材，水泥也是小厂水泥，价格是零售价格。我们用的大厂的好钢材，好水泥，质量比你用的高得多，而且保证送货到工地，价格是出厂价，比你们的低得多啊。"

张工："如果加上你花的烟、茶、酒、饭钱、搬运工钱，还不算你本人跑前跑后的误工费，你比请牛老板修，至少都要多花一万以上。"

熊三爷："嗨，倒霉，想不到你们搞建筑的学问这么深。我们村那么多人要修房子，只说自己请人修，给大家摸点省钱的经验，成天天跑前跑后地忙，结果还多花一万多，房子质量还没这龟儿整得好。"

牛魔王："三爷，你们街一村那么多人要修房，不如包给我们建筑公司，连起来修，成本都还要下降，那要划算得多。"

熊三爷笑骂道："你狗日的又想揽生意了，是吧？"

牛魔王也笑道："三爷，修几户民房这也算生意吗？如果真想挣钱，我还看不上眼哩。"

张工："三爷，牛老板没说假话。如果一家一户的单干，每家人都要起一次炉灶安一次锅，买材料也要吃很大的亏，质量还不保证，以后还没人对工程质量负责。账是明摆着的，你自己就是教训了啊。"

牛魔王："三爷哩，我牛魔王受小唐经理这个高人的点化，回到香山镇来也想像白总那样给乡亲们做点好事，活个人模人样。如果三爷信得过，今天我给三爷拍个胸口吧，如果给乡亲们做事，绝不赚一分一文黑心钱。只要能得到乡亲们说个好，我他妈的就不算枉披人皮了。"

熊三爷认真地："唉，老百姓最怕包工头偷工减料，乱算工价，我相信你，他们不相信也不好办啊。"

牛魔王想了想："三爷，这么办。你先找几家要修房子的连起来，你把你修房子的账，和我们给你的预算单给他们比较，把你的材料跟我们用的材料比较，把你的房子的质量跟我们修学校的房子质量比较，让他们自己定。"

"狗日的，这主意好。老子的烟没你的好，来！奖赏一根。"熊三爷说着给二人发烟。

牛魔王："三爷赏脸，我牛魔王再给三爷个人情。如果几家人连起来修，主人家交了材料款和图纸，就等着交房子拿着扫帚进屋后再办结算吧。有的人钱一时不扣手，我们先垫起。给不出的，可以到我们工地打工挣钱来除账。"

熊三爷一听："好，你狗日的说话算数？"

牛魔王道："三爷，打堆这么久了，还信不过我吗？我牛魔王混世界，也是个胳膊上走得马，口水落地是个钉的人啊。"

熊三爷道："好，三爷信你！牛魔王，今天有张工给我作证，话就这么说，我们这叫达成了君子协议。三爷想给街一村的人做点好事，也绝不让你龟儿吃亏。以后有好事找你就是。"

张工："好，我作证。"

3

白莲回乡后，毕西更断定泡泡糖是一个非同一般的高人。不知是哪位哲人说过，自己修不成神仙，也最好跟神仙做邻居，虽然没人给你敬刀头，你也能多沾点仙气、闻一点香烟。在成都时，他就打定主意，回香山镇后要深交这个女人，甚至开发经营好她的莫大神通。

毕西很得意自己因为不严谨的个性跟泡泡糖有较多的交往，这就有了深交的基础。他没想到搅屎棍任水妹会掀起伤害白莲的黑浪，但是任水妹毕竟是他通知来香山镇的。他断定惩治任水妹是泡泡糖所为，因此果断地给泡泡糖打了那个求情电话，泡泡糖居然买了他的账。

毕西回来后就立即电话约见泡泡糖，但泡泡糖总推有事。今天和杜中德分手后，只好直接走进了盘丝洞。

泡泡糖看人的眼力很毒，跟毕西的交往接触中，也看出了这个吊儿郎当的男人身上蕴藏着巨大能量，很有利用价值。

毕西跟盘丝洞的服务员们处得最随便。他一走进酒楼大家都热情地招呼他，随即把他引到泡泡糖的办公室。

可乐随即献上茶。

泡泡糖对毕西说话习惯是敲敲打打。她站起来伸出手，夸张地笑道："哟，毕大书记驾道，我正说来向你请罪哩。你倒上门问罪来了。"

毕西不解地："问罪？问什么罪？"

泡泡糖："牛老板修学校的事呀。你分管教育，没有正式招投标，没向你请示，我们这些生意人不懂政策，脚步没走到，还请毕书记大人高抬贵手，多多原谅。"

毕西："这不是空话吗，你出资人和业主街一村定了，用得着招标吗？"

泡泡糖："那你为什么要赶牛魔王出香山镇？"

毕西掏出一纸表扬通报："你看。"

泡泡糖看通报："县纪委通报表扬，章明传、毕西同志各拒收包工头贿赂二万元。哟，毕书记同志，这是好事呀，牛老板又给你混官场增添了一道光环哟。"

毕西："小唐，你是真不懂，还是装不懂？是的，我一直想上爬，我也曾经苦心钻营过，唐书记受伤后，我还活动过想趁机爬一步哩。可是而今会混官场的人能张扬这些事情吗？别说得罪大多数官场中人，也给自己招祸啊！这次你拒贿了，以前呢？少的你拒绝了，多的呢？我说得清吗？像我这样不严谨的人不是更引人怀疑吗？他公然到大会上去张扬，实在叫作不懂规矩啊！"

泡泡糖："哟，官场中还有这么大的学问呀？是不是毕大书记多虑了啊。就因为这个，就要把他赶出香山镇，是吧。"

毕西："他又没犯法，我有资格赶他走吗？真赶他走，我就犯错误了。他又不懂政策，我不过是借题发挥，想教训教训他罢了。"

泡泡糖："哈哈哈，毕书记驭人有术，使用的是又揉又打的锅魁政策。"

毕西："小唐，我那点驾驭人的小伎俩，瞒不过你小唐的法眼的。"

泡泡糖："那我就告诉牛魔王，叫他马上走，送你一个错误。"

毕西："嘿嘿，你小唐是人精，不会的，你让我犯错误，就得不到我送你的大人情了啊。"

泡泡糖："啊，是吗？送我什么人情呀？"

毕西："我对牛魔王说，看在小唐经理的面子上，这事以后我就睁只眼，闭只眼。他就对你感恩戴德了。因为你要利用牛魔王，正需要这个人情，你会不要吗？"

泡泡糖笑道："要，白得个人情。好，毕书记，我们成交。以后有这种好生意，多照顾我一些啊。"

毕西语带双关地："小唐，这类生意恐怕以后多啊。就怕你不给毕哥赏脸。"

泡泡糖："是吗，我敢不对毕大书记唯命是从吗？"

毕西："呃！小唐！大家都是明白人，我们能不能摆一点真龙门阵啊？"

泡泡糖："明白人，毕哥们儿太高看我泡泡糖了吧。"

毕西："小唐，不是我高看你，过去我一直认为你不是一个简单的角色，但没把你估计够。现在开始明白了，如果说诸葛亮是古代智者的典型，那么你就是当今时代年轻智者中的典型，一个不折不扣的女诸葛。大隐隐于市，嬉笑怒骂，不露锋芒，哈哈胜过鹅毛扇，调侃指挥百万兵。"

泡泡糖："哈哈哈，毕哥们儿，你越说越玄了。"

毕西："不，你应该知道。你能够糊弄我，我却骗不了你，我说的全是真话。"

泡泡糖："好，毕哥们儿，女人的弱点是喜欢奉承，我接受你的语言贿赂。不过，肯定你也不只是为了来恭维我吧？"

毕西："先说公事吧，你们已经买回了香河电站的勘测设计资料，是不是打算对电站投资？"

泡泡糖没打算说真话："我们买回了资料，并不表示我们决定投资。"

毕西："那是为什么？"

泡泡糖："董事长希望有更多的人来支持她的家乡的建设，有好项目应该大力宣传呀。"

毕西想了想："这对白莲来说，好像是个理由。你们能不能把资料借给我复制一套？我们镇上也好节约点钱。"

泡泡糖敏感地："当然可以。喂，毕哥们儿怎么突然对这个项目这样感兴趣？是找到投资人了？"

毕西迟疑了一下，这一次也不打算说真话："这……没有，没有。我在负责招商引资呀。"

泡泡糖："嗯，公事说完了，私事是什么？"

毕西："来感谢你给了毕哥面子，放了任水妹一马。"

泡泡糖："她怎么啦？与我有啥关系？"

毕西："别装了。她对菩萨泼脏水，受点惩治也是活该，这事除了你，谁还有那样的高招和神通？"

泡泡糖："你肯定？"

毕西："肯定？"

泡泡糖："你跟她有一腿？"

毕西："这个……坦率地说吧，我从不标榜自己是正人君子。有逢场作戏的时候，也有红颜知己。她么，还太贱了些。"

泡泡糖："那为什么？"

毕西："一个人可以没有朋友，但不能没有可被利用的人。我曾经利用过她，是我通风报信叫她来曝光辣椒事件的。谁知她乱打钉耙，得罪像白总这样的菩萨。"

泡泡糖："哈哈哈，毕哥们儿，你敢给我说这些？逢人只说三分话，你不怕我出卖你呀？"

毕西："你出卖我就不是唐甜甜了。"

毕西还想进一步跟泡泡糖深谈，电话响了，他掏出手机："喂，党委成员都到齐了呀？好，我立即赶回来。"

毕西说着站起身："小唐，我本打算今天好好跟你交交心，探讨一点问题，可这会儿必须去参加党委会了。请你这两天内，再给我一次机会吧。"

泡泡糖不解地："跟我交心，喂，毕哥们儿，你搞错没有啊？"

毕西已经匆匆下楼："没错，没错。"

第三十九章　非常规手段

1

临近年底，找钱是所有乡镇的中心工作。香山镇就更是刻不容缓。焦头烂额的章明传只好把大家请到办公室一起想办法。

章明传："今天的主题是商量找钱，杜镇长，你先说吧。"

杜中德："陈经理他们抓得很紧，河中间的四号和五号桥墩的基坑已经挖好了，马上要浇注。施工方要进钢材和水泥，按合同规定必须拨款。陈经理早就催我们做好准备，基坑挖出来后，工程是一刻也不能停的，进了水很不好处理。"

章明传："陈经理也催过我几次。我就像杨白劳一样，到处躲债。"

杜中德："那天为了稳住工人不散伙，给他们凑了八万，拖到现在，实在不能再拖了。"

毕西才回来，装着不了解情况地问："他们承诺垫支的那四十万资金都到位了吗？"

杜中德："陈经理很讲信用，他们承诺垫支的那部分早到位了，那么大的工程，钢材和水泥都是大宗用款，全用光了。要不，工程怎么能维持到现在？"

　　毕西："这，材料一点都不能赊欠吗？"

　　杜中德："我和陈经理几乎跑遍了城里所有的建材商家，好多还是陈经理的老关系户，说尽好话，人家都不愿赊。"

　　毕西："为什么？"

　　杜中德："商家都说，十有九个乡镇搞建设赖账，像我们这样穷出名了的乡镇工程业主，别人更不愿把本钱拿来开玩笑。"

　　章明传："刘主任募捐的情况怎么样？"

　　刘主任："效果很差。总共才几千块钱。"

　　章明传："钱所长，双提款收得如何？"

　　财政所长："现在才十二月初，双提款都还没收起来。财政上每月保教师的工资都很困难。"

　　章明传："大家说怎么办？"

　　杜中德："钱是硬头货，你说怎么办，而且后面需要的钱越来越多，筹钱困难越来越大。老章，有的同志说，我们的战线是不是拉得太长，摊子铺得过宽了？"

　　焦点："杜镇长，我们实际上只铺了大桥一个摊子。小学是白莲出钱，香料厂是佘老板出钱。"

　　杜中德："我是说按原计划，年底前趁冬闲动工河对岸连接省道公路的工程，是不是最好取消这个计划，暂时不要动工。"

　　焦点："那是用的义务工。"

　　杜中德："义务工以劳折资，今年的双提款就会大大减少。再说一动工买炸药也要现钱，而且白马镇境内那一段，刘主任至今都还没商量好。"

　　毕西："杜镇长说得很有道理。"

　　章明传："这样办，河对岸的工程今年暂不动工。现在已经是十二月了，请杜镇长牵头，组织全体镇干部，催收今年的双提款。"

　　杜中德："催收双提款的难处你知道，眼前的问题是怎么对付陈经理啊？"

　　章明传："我在熊三爷那里借到了五万块钱，已经交给钱所长了，先应付倒吧。"

杜中德："这怎么么行？熊三爷不是借给你私人建房的吗？"

章明传："我私人建房只有暂缓了。"

毕西要扮演章明传的政敌，终于有了抬杠的机会："老章，你建房已经不是你个人的事了，影响小城镇建设的全局工作啊。大家都看着你，你不行动，分给我这一摊子事情就没法推动啊。你这不是诚心给我的工作设置障碍吗？"

焦点立即火了："章镇长绝不是这个意思。"

章明传："毕书记，我确实没这意思，春节将到，大批打工仔回乡后要找地方投资。如果在这个时候大桥停工了，我们的一切都会成为空话，无论如何，大桥工程都必须坚持到年底啊。"

杜中德："看来只有这样办了。"

毕西："老章，你再考虑考虑吧，我还是不同意你动用你借那五万块钱。"

章明传："先救急吧。"

章明传知道，就这五万实在也不能应付陈经理，又喊住了钱所长："钱所长，你账上还有多少钱？"

钱所长："章镇长，我们哪个月不是寅吃卯粮？账上哪里有钱啊？保教师的工资，这是党委铁定的规矩，到一笔划走一笔，到现在才凑到一半。镇干部的工资还没着落。"

章明传："别给我叫苦了，你是管家婆，我是来问你要钱的！管你想啥办法，都还必须给工地上凑点钱。另外，干部的工资、年终的奖金、县上各相关部门的拜年打点都要钱。你也应该早做安排！"

钱所长："镇长，你都没办法，我有啥办法呀？"

章明传："没有办法，你去给我想办法！"说完，气冲冲地走出办公室。

钱所长咕噜着："给我一把枪，我去给你抢银行。"

2

毕西在成都被战友们洗脑后，对自己的人生进行了重新设计。唐立行很支持他，等待享受干部分流离岗的优惠政策期间，秘密兼职明天集团的工作。

毕西兼职明天集团的工作，根本不用他操心。汪局长退休后正闲得慌，很感谢他的忘年交给他介绍了这份好工作，且别说待遇那么优厚，满腹本事总算派上了用场。那次在成都聚会后，前期的一切工作，对他来说都是轻车熟路，易如反掌，全都包了。毕西用不着出面，只传达任务及进度要求就行了。

这次纪委杨书记进城看望唐立行，唐立行为了香山镇的发展，也为了保护毕西，就把毕西的情况告诉了杨书记，并请杨书记在不违反党纪的前提下，支持和配合好毕西的工作。

杨书记受唐立行的委托，散会后就走进毕西的办公室，跟毕西沟通。

毕西站起来："杨书记回来了？请坐。唐书记回来后，现在情况怎么样？"

杨书记："唐书记精神状态很好，成天在拼命地读书。他给我讲了你在成都的情况和想法，要我支持你。"

毕西："谢谢，杨书记会笑话我吗？"

杨书记："毕书记，说明你是大能人，怎么会笑话你啊，我们这些人退休后还没人要啊。"

毕西："杨书记，我想给你解释一下，我之所以那样做，有两个目的，一是为私，我如果再在官场混个几个月到分流离岗时，我的头上就可以加个'享受副县级'的括号，拿一份稳妥的工资分流休息。二是为公，明天集团看重香河电站项目，但是有个条件，要我负责香河电站的筹建和以后的经营。目前给我一个香河电站筹建部总经理的名义，开始给我发兼职工资。这个项目，将给香山镇带来多大的好处，这就不说了。为了不失机遇，就只有暗中接受这份兼职了。"

杨书记："我跟唐书记都支持你，明天集团那样的大公司，请你当香河电站这个大项目的经理，暗中兼职做前期准备工作，于公，对我们香山镇的招商引资和经济建设是大好事；于私，对你个人而言，你正年富力强，等到分流离岗后，有个好去处施展，他们又给那样高的年薪，是大好事啊。我不知道我该怎么配合你，支持你。"

毕西："一是希望你绝对保密。二是违反了党政干部不得到企业兼职的规定，从这个月起，我的工资存在你的账上保管。帮我做好防备挨处分的准备。三是凡是重大项目的招商谈判，请你全过程参加进行事中监督，并且支持我回避电站项目的招商谈判。"

杨书记："好吧。你幕后兼职经理的工作怎么做呢？"

毕西："县水申局汪局长是我助手，他是有名的水电专家，电站筹备的前期工作，由他出面跟县上和镇上、村上衔接，我跟他主要是电话联系安排。以后他找你们，只须公事公办就行了。"

杨书记："好吧。毕书记呀，这次见了唐书记后我才知道，在这之前我们很多同志都误会了你。"

毕西："杨书记，说真话，我这个人，要跟唐书记、章明传，甚至杜中德比觉悟，比人品，我该钻地缝了。过去，你们都没误会我，为了那个官职，我处处跟章明传作对，给他设置了不少障碍，给他出了不少难题啊！"

杨书记："那现在跟章镇长好好交下心吧。"

毕西："这可不行，千万不能。你没看我今天会上有意跟他抬杠吗？而且，以后还请你想办法加深同志们对我的误会。"

杨书记："你要同志们继续误会你？"

毕西："对，我表面上当他的政敌，就是对他工作的支持，这对他和我，对大家都有好处，对工作也有好处。"

杨书记："为什么啊？"

毕西："杨书记，看着香山镇书记位置的人多。我的资格在那里了，我明说跟他争，免得其他人来争啊。"

杨书记："你的意思，你表面明争，实质暗中保章明传上？"

毕西："对，香山镇需要章明传上，说好听点，叫工作需要吧。说真诚点，也是利益需要。"

杨书记："嗯，官场复杂，毕书记想得很深，很远。可是你以后可能就更要受委屈了。"

毕西："杨书记，我是不做亏本生意的，我当罪人就几个月时间，到干部分流离岗后，就真相大白了，那时我的收获可大啊。"

杨书记："但愿吧，毕书记，你真是个怪人啊。"

毕西："杨书记，今天下午就请你陪我去见一下唐甜甜吧，她才有资格称怪人！而且我告诉你，我的秘密，在香山镇，只有你知道，此外，我必须让这个怪人知道。"

杨书记:"为什么,她是局外人啊。"

毕西:"杨书记,你不了解她,这个女子很有利用价值,把她的作用发挥好了,给香山镇的贡献,会比我这个副书记大得多。"

杨书记:"你是不是夸张了些啊?"

毕西:"以后你会知道的。走,今天跟我去认识一下。"

杨书记想了想说:"我跟她不熟,如果你是按你的方式去跟她谈业务,无非是让我见证一下你的清白,这大可不必。同时我这纪委书记的身份,日后有什么说道,也不合适给你作证。你大胆地按自己的方式去工作吧。"

毕西点点头:"好。有杨书记这句话也就够了。"

毕西送杨书记出门时忘记了一件事,又小声说了一句:"杨书记,老章今天要商量找钱的事。我看,按他的常规思维,是绝对找不到钱的。"

杨书记:"你是说要采取一些非常规的手法?你有什么好方法吗"

毕西不置可否地一笑:"嘿嘿,万不得已的时候再说吧。"

杨书记:"杜镇长催收双提款指望不大,钱所长更找不到钱,其他镇干部谁也没显示过这方面的能耐。已经是火烧眉毛,万不得已的时候了啊。你的路子宽,章镇长被逼到这步田地了,你不能见死不救吧,你的非常规办法,可不可以现在就用一下哟。"

毕西笑了笑道:"杨书记既然这么说,那我就试试吧,但是请别忘记了我们的君子协议:我是章明传的政敌,我所做的一切,你现在都不知道,好吗?"

杨书记笑道:"好吧,那我就睁一只眼,闭一只眼吧。"

3

杨书记刚出门,毕西就拨通了牛魔王的电话,命令式的口气道:"牛魔王吗,我是毕西。你在哪里……在学校工地,好,十分钟后,赶到盘丝洞茶楼见我!"

毕西放下电话后,径直去了盘丝洞。

杨书记在门外清楚地听到了毕西的电话,她知道毕西要赶牛魔王出香山镇,听那口气,她感到奇怪。这种时候,还有闲心去跟小包工头扯皮?

毕西那天在学校工地当着牛魔王的手下人,把他狠狠地训斥了一顿,并且扬言要把牛魔王赶出香山镇。

牛魔王接到电话好紧张，他得毕西的好处太多，毕西又没接受他的回报，照毕西说来，又给他闯了大祸。现在毕西又分管小城镇建设，今后能否在香山镇立足，就全看毕西的脸色了。那天托泡泡糖求情，不知给了泡泡糖面子没有，因此他对毕西很有几分畏惧。这天毕西突然叫他立即到盘丝洞酒楼去见他，而且口气很硬，他不知道是不是叫他立即滚蛋，心中甚是忐忑不安。

牛魔王神色不安地走进盘丝洞酒楼茶室。

毕西跷着二郎腿，叼着烟，一脸黑气地吞云吐雾。

牛魔王看着毕西的脸色，带着几分胆怯："毕书记，我又做错啥了吗？"

毕西严厉地："牛魔王，你娃本事大，不但拿下了盘丝洞修建学校的工程，居然搬动了小唐经理来要人情。你说，你跟小唐经理到底是啥关系？"

牛魔王奇怪地："没关系呀，以前我根本不认识她，那次来这里求你时，才听你提起她。"

毕西上上下下地打量了一通牛魔王："真的吗？"

牛魔王赌咒发誓："毕书记，哪个龟儿哄你，以前真的不认识她。"

毕西不耐烦地："好了好了。别赌咒了，算你龟儿运气好，请动了小唐经理这样的贵人。看在小唐经理的面子上，老子也不断你在香山镇发财的财路了。"

牛魔王赶紧敬烟："谢谢毕书记宽宏大量，不计小人过错，以后一定不给你添麻烦了。"

毕西："你他妈的，要想在香山镇发财，就多做人事，少使损招。不要再犯在我手上，再犯了，天王老子来说情都不行。"

牛魔王："毕书记，不敢，我再也不敢了。"

毕西："呃，你娃晓得学校工作是我在分管。你又做了对不起人的事没有？"

牛魔王以为又是说行贿方面的事："毕书记，修小学的事，我连烟都没请你抽一支啊。怎么会做对不起你的事呢？"

毕西："我不是说这个。你对我个人算个啥？现在我是问你质量上你问不问得过良心？"

牛魔王："毕书记，修小学是白总捐的钱，我是当成一桩功德活在做。在质量上，我敢当着镇江寺的观音菩萨赌咒。你随时可以去检查，查出半点问题，我她妈不是娘老子生的。"

毕西："我不要你赌咒，问得过心就好。警钟我随时都要给你敲。你狗日的也是香山镇的人，回乡来要是做出对不起乡亲的事情，以后就休想在家乡混。"

牛魔王："毕书记说得对，我也是那么想的。"

毕西绕了好大一个圈子，才进入主题："香山镇要靠香山镇的能干人建设，白莲给了家乡那么大的贡献。你也算香山镇的一个人物，在外头发了，当了大老板，就没啥打算呀？"

牛魔王："毕书记，我是名声在外，怎么能跟白总比啊？不过毕书记有啥要我出力的地方，尽管吩咐。"

毕西："眼前就有个机会，你娃就将功补过吧。"

牛魔王："毕书记，你说是啥，像白总那样的大功德我没那能力，小事情我还是乐意的。"

毕西："放心，不向你摊派，不要你无偿出血。大桥工程急需钱买钢材和水泥，向你借点钱救急，给你付利息。"

牛魔王："这……毕书记，这就为难了。我是有点钱，可是现钱全都垫在了工程上。另外还有几百万，全部都是建设单位多年的欠账。你晓得，现在欠债的杨白劳是祖宗，收账的黄世仁是孙子。而且……"

毕西的脸色立即沉下来："好，你困难，我帮你申请救济，行嘛？借钱的事，就当我毕西放屁了！"说罢站起来要走。

牛魔王："这……毕书记，你坐下，有话慢慢说。你，你别误会我了。"

毕西："嘿嘿，我误会？牛魔王，你娃弄清楚，你晓得，我过去帮的忙多，欠我的人情债的人多得很。毕某人在这些小事情上开口求人的时候，还没有人驳过我的面子。香山镇的小城镇建设一铺开，到处都是工程，想挤进来的包工头有的是。要不是你娃也是香山镇的人，今天，你牛魔王还轮不到我毕某人向你开口。"说罢又站起来要走。

牛魔王慌了，立即按下毕西，想了想道："毕书记，我不是驳你面子。我牛魔王不是吃草的，心中有数得很。电信局那个工程求到你名下，你二话不说，一口应承，我没费吹灰之力，给你中介费，你又分文不要，修大桥我又好心干了坏事，使你受影响。我欠你的人情太大了，还没找到地方报答你啊。只是昨天我才派人去进了一百吨钢材、五百吨水泥。我现在确实拿不出现钱呀！"

毕西眨了眨眼："你昨天去进了一百吨钢材、五百吨水泥？"

毕西："是呀？为电信局办公大楼准备的。啊，毕书记，你们不是借钱去买钢材水泥吗，能不能把那一百吨钢材、五百吨水泥借给你们？"

毕西："你修房子用的钢材，我修大桥怎么用得上吗？"

牛魔王："这多简单，通知他们变一下钢材型号就行了。"

毕西想了想："那就给你娃一个卖乖的机会，赶快去给杜镇长汇报吧。呃，千万不要说是我跟你联系的。"

牛魔王不解："为啥？我这是还的你毕书记的人情债啊。"

毕西："你硬是个猪脑壳！想让人怀疑我毕西跟你有啥交易和勾结是不是？再说，你以后还想不想在香山镇发展？我毕西又不想争功，杜镇长是香河人，大桥指挥长，他在难处，这是你一个卖乖讨好的机会，你都不去挣表现呀？"

牛魔王十分感动地："啊，毕书记，你处处为我们这些小包工的着想，我真不知道该怎样感谢你啊！跟我打交道的大小官员我见的不少，你呀，硬是叫我弄不懂，喝酒打麻将称兄道弟，那么随和，可是……"

毕西："可是个屁。"爱抚地，"龟儿瓜娃子，快去把正事办了，邀两个人来打麻将。老子几个月没打成麻将了，哥们儿的麻将瘾发登了。"

牛魔王："好，好，好。发底分算我的，这你该接受嘛？"

毕西："如果高兴了，可以给你娃一点面子。"

下卷

第四十章　旁门左道

1

大桥停工待料，人心涣散，陈经理派人坐在镇政府催款，筹资毫无进展。章明传急如星火，在办公室里等大家开筹资碰头会，汇报筹资情况。大家都没有好消息，好像都在躲避这个似的，只有杨书记来了。

章明传气急败坏地不停向门外张望。

杨书记："镇长，别着急，别着急，大家马上就到。"

章明传："杨书记，陈经理的人坐在办公室催款，大桥工地停工待料，施工队闹着散伙，能不急吗？"

焦点气冲冲地走进镇长办公室。

章明传急哇哇地问："毕书记呢，找到毕书记没有？"

焦点气嘟嘟地："打手机不接，打传呼不回，到处打听，才听说他进了盘丝洞。找到盘丝洞，正跟牛魔王几个打麻将。"

章明传皱了一下眉头："你没给他说有急事要找他商量吗？"

焦点："说了，别人说好久没过麻将瘾了，还要再打一圈才来。堂堂党委副书记，上班时间去打麻将，这是啥态度？"

章明传不想跟毕西的矛盾公开化："这，前段时间护理唐书记也够他辛苦的，那就等他一会儿吧。"

杨书记纳闷，心声："才对牛魔王恶狠狠的，这会怎么又跟牛魔王坐在一起打麻将了？"

这时杜中德兴冲冲地走进来。

杜中德："老章，好消息，好消息。"

章明传不相信杜中德会有什么好消息："老镇长，我都焦头烂额了，还有啥好消息啊？"

焦点也道："杜镇长，这个时候了，你还拿章镇长寻开心？"

杜中德："真的好消息，你们都没有想到吧，半上午的时候牛魔王来找我，他听说大桥急需钱，他没有现钱，愿意借一百吨钢材、五百吨水泥给我们，你说这是不是好消息？"

大家似乎都不相信自己的耳朵，先是一愣："你说什么，牛魔王愿意借一百吨钢材和五百吨水泥给我们呀？"

章明传立即给这报喜的喜鹊敬上烟："真的吗？老镇长，你说的是真的吗？"

杜中德吸燃烟："真的，真的，他要了我们用的钢材型号，明天就直接给我们运到工地上，叫我们派人在工地上收货。"

焦点大喜过望地："嗨，老镇长哩，你怎么不早说啊，你看镇长急成啥样？"

杜中德："我急着去工地通知陈经理，叫他把老章借出的那五万块钱先用来安抚工人，免得工人散伙呀。"

章明传："嗨，太好了，太好了。呃，杜镇长，是不是你去做过牛魔王的工作啊？"

杜中德："没有啊，老章。牛魔王给大桥捐过钱，说实话，谁都知道包工头的心眼多，得防着点，我从来没有向他开过口啊。"

章明传："焦秘书，你找过牛老板吗？"

焦点："这，章镇长，我是想过找钱应该向有钱人找，但是我，我还在犹豫向谁开口合适……"

章明传奇怪地："那会不会是毕书记呢？"

镇干部们一直对毕西都没有好印象，焦点和杜中德对毕西的成见更深。

焦点不屑地："他？会吗？这么大的功劳，还不闹得满世界都知道吗？"

杜中德附和道："对，要真是他，早就表功了。"

杨书记早就猜到是怎么回事了，她不知道毕西使用了什么非常规手段，但是果然奏效了。众人对毕西如此误会，她很想为毕西辩驳一句，一想到跟毕西的君子协议，又忍住了。

焦点："我看，很可能是牛魔王曲线行贿，想争取其他工程。"

章明传想了想："大家也别把问题看得那么严重。一百吨钢材和五百吨水泥，给我们解决了好大的问题啊，我们又缓过一口气了！"

　　杜中德："对，不过老章，工程要维持到春节，还要好大一笔钱啊。"

　　章明传："不只大桥还需要不少钱，年关近了，哪方面都需要钱啊。等毕书记来后，我们再商量下一步筹款的事吧。"

　　这时毕西叼着烟，慢条斯理地走了进来。

　　毕西很会演戏："嘿嘿，对不起，对不起，让大家久等了。麻将瘾发了，摸了两把。老章，有啥事吧？"

　　毕西说完，若无其事地向杨书记瞟了一眼，算是打了招呼。杨书记好想笑，终于忍住了，没笑出来。

　　章明传道："啊，毕书记，你找过牛魔王借过钢材水泥吗？"

　　毕西："找牛魔王借钢材水泥？没有呀！"

　　杜中德："他今天突然来找，说他听说大桥需要钱买钢材水泥救急，就主动提出借一百吨钢材水泥和五百吨水泥给我们，我们以为是你给他做了工作哩。"

　　毕西："我跟他只是麻友，跟这种人，还敢说正经事吗。或许是白莲小姐的行动感化了他吧？"

　　焦点："对，对，很有这种可能。"

　　章明传："好，不讨论谁做了牛魔王的工作了。反正这是好事，我们商量正事吧。"

　　毕西："老章，有啥事你就说呀。"

　　章明传："大桥停工待料的事暂时缓解了。但是年终了，镇政府资金缺口很大，下一步不得不加大找钱的力度。"

　　杜中德："老章，下一步怎么找钱，你就直接说说你的想法吧。"

　　章明传："毕书记，你在县上各方面的人比较熟，快年终了，想请你进城去看能不能想点办法。把工程维持到春节。"

　　杜中德："你一直在护理唐书记，现在回来了，该去试一下了。"

　　杨书记也立即附和道："对，毕书记神通广大，就辛苦一趟吧。"

　　毕西看了看杨书记，没有马上应承，想了想道："那需要时机啊，现在进城合适吗？再说，快春节了，打工的都要回来，是我招商引资的好时机啊！"

　　章明传："这事让焦秘书代几天吧。"

焦点赶紧推辞道："年终的各种总结和报表，我都难以应付了，哪里挪得出身来。"

章明传："让教办的老校长协助你，好多打工仔都是他的学生，好开展工作。"

焦点为难地："这，这恐怕……"

毕西回来分管招商引资，表面上按兵不动，实际他已经有了周密的实施计划。他知道焦点接手过去，可能反而会误事，见焦点迟疑，便道："这样吧，我分管的工作就不麻烦焦秘书了，我先电话上摸一下县上的情况，等合适时，我可以进城去试一下。不过你们都知道，开口求人难，而今干指头醮盐不好办啊。"

大家都道："这事老章原来就跟我们商量过。肯定要给你一些活动经费的。"

毕西又道："喂，我这可是去讨口，我可不敢打包票啊。"

大家都道："这能理解，就辛苦你了。"

2

杨书记散会后走进毕西办公室。

杨书记："喂，毕书记，大家都希望你迅速进城去开后门，你打算什么时候走呀？"

毕西："想找小唐把那件大事办了就走。喂，杨书记，你这个纪委书记，居然支持我去搞不正之风，不是失职吗？"

杨书记："唉，要为经济工作保驾护航，为了地方的发展，循租权力，人所共知。上头天天高喊反腐败，但是查案只查下不查上，成了各地不成文的规矩，哪一级纪委一样尴尬啊。"

毕西："唉，理解，理解。就因为查下不查上，反腐败越反越腐啊。"

杨书记："毕书记，你真会演戏啊。看你今天若无其事地赖账，我真忍不住想笑。"

毕西："幸好你没笑出来。"

杨书记："喂，毕书记，你的神通真大啊。我怎么也想不通，电话上你训斥牛老板，像训斥专政对象似的，怎么一会儿人又乖乖借你一百吨钢材和五百吨水泥？你到底使用的是什么样的非常规手段，真想向你学几招啊。"

毕西笑道："嘿嘿，学不得，学不得。这叫蛇有蛇道，鸟有鸟道，就像金庸的武侠小说一样，你是名门正派，行的是正道，我是你们名门正派容不下的明教等旁门左道。"

杨书记半开玩笑地："嘿嘿，有趣，有趣，你比喻得真好。为了达到共同目的，你这旁门左道，反倒比我们名门正派更有用了。看来旁门左道，也不尽是坏人坏事啊。"

毕西："唉，世风如此啊，行旁门左道，也是不得已而为之啊。"

杨书记："呃，毕书记，管你用啥道，你知道我胆小，可千万要守住法律和纪律的底线哈。"

毕西："杨书记，放心吧，为公事我去违纪犯法，我有那么傻吗？再说，要违纪犯法，我敢让你掺和吗？我至于那么缺德吗？"

杨书记："这就好。"

毕西："杨书记，进城前，我正要去找小唐办另一件大事，你敢跟我一起去见那个小妖女吗？"

杨书记："办正事有什么不敢，你都那样恭维她，肯定是个人物，我也去见识见识。"

毕西："好，不辜负杨书记亲自出马，一定给你个惊喜。"

毕西和杨书记走进盘丝洞经理室。

泡泡糖："哟，两位大书记光临小店，欢迎，欢迎。红桃 K 上茶！"

杨书记："小唐经理，不客气，不客气。"

泡泡糖："杨书记是第一次来小店的贵客。怠慢不得的啊。"

红桃 K 献茶："二位书记请用茶。"退出。

泡泡糖玩笑地："杨书记今天亲自出马，是不是毕哥们儿犯了啥子事来调查落实啊？我一定配合工作，彻底揭发！"

杨书记："小唐就爱开玩笑。今天是毕记叫我陪他，来，来讨教的。"

泡泡糖："讨教，喂，毕哥们儿，又有啥阴谋诡计？直说吧？"

毕西："来敲诈你请酒。给我这个分管招商引资的领导行贿呀。"

泡泡糖："敲诈我，哈哈哈，好主意，那我就连杨书记一起腐蚀吧。"

杨书记："嘿嘿，小唐又开玩笑了。"

泡泡糖："杨书记，我们这些人不开玩笑，怎么活人啊。喂，毕哥们儿，那天我们的交易很愉快，你送我的那个大人情兑现了，刚才已经收到牛魔王的感谢了。毕哥们儿又要推销什么好项目?"

毕西:"推销我自己啊。"

泡泡糖:"哈哈哈,推销自己? 你是不是也想来给白总打工啊! 我给你介绍,介绍费可不低啊。"

毕西笑道:"小唐先别吃惊,我已经有东家了。年薪可能比你低不了多少。"

泡泡糖一惊:"有东家了,什么意思?"

毕西:"我暗中受聘明天集团,给他们兼职项目总经理了。"

泡泡糖马上明白了:"啊,那我祝贺老兄了。如果我没有猜错,你来要香河电站的图纸,就是已经在为明天集团工作了。"

毕西:"你太精明了,不过只猜对了一半。香河县水电局退休的汪局长,正式受聘了明天集团,任电站项目总工程师,属我团队的工作人员,集团资料图纸,有他负责,用不着我操心。我向你要图纸,一是想探你们的底。其次是让镇领导看看,对项目心中有数,便于以后跟明天集团谈判。"

泡泡糖:"毕哥们儿,你不怕杨书记对你执行纪律?"

毕西:"为了骗取信任和支持,这事给唐书记和杨书记都交了底。"

杨书记:"是的,这事我跟唐书记都暗中支持,并为他保密。"

毕西:"我今天也告诉小唐你了。"

泡泡糖打量了毕西好一阵:"为什么告诉我?"

毕西诚恳地:"小唐,出卖自己的秘密,是换取他人信任的金条,我已经快五十岁了,厌倦了官场,打算享受了干部分流的优惠政策后就离岗。我把我的秘密出卖给你,我为了换取你的信任,为了能跟你更好合作。"

泡泡糖:"啊,你真狡猾啊,那你跟我合作什么?"

毕西:"小唐,白总什么时候回来?"

泡泡糖:"你断定她还会回来吗?"

毕西:"她怎么会不回来呢?"

泡泡糖:"她回来后这几个月发生的事情,你们不是不知道吧?"

杨书记:"小唐,我们都知道白总的委屈,香山人对不起她,很对不起她。"

毕西:"但是白总那样的人,做出'还魂'的决策是不容易的。她有解不开的故土情结。她会回来的。"

泡泡糖:"她回不回来,跟你有关系吗?"

毕西:"我分管招商引资和小城镇建设。规划的三十米大街,除了熊三爷动工之外,街一村的人都在观望,打工回来想投资的人也不敢下手。那里现在仍然是一片农田,我的工作陷于瘫痪啊。"

泡泡糖:"这跟她有啥关系?"

毕西:"香山镇土特产资源丰富,最需要的是一个集散和交换物资的大市场。白总建议的好项目,至今没人吃得下,她一心想给家乡做好事,不会袖手旁观吧?"

泡泡糖:"你在推销你们的项目?"

毕西:"货卖买家嘛。推销自己的目的就是为推销项目啊。"

泡泡糖:"焦点推销这个项目可碰了壁啊。"

毕西笑了笑:"你忘记了,我是章明传的政敌啊。你懂得我这个表面政敌的价值,不会让我碰壁的。"

泡泡糖感慨地:"毕哥,看来是我对你认识不够了。"

毕西:"是吗?"

泡泡糖:"是的,你应该是个成功的商人。"

毕西:"太谢谢你了。你这样说,就证明我猜对了。"

泡泡糖:"毕哥们儿,你怎么突然变了一个人似的?"

毕西:"你忘了,护理唐书记,我在成都住了好长一段时间。外面的世界真精彩,朋友启发,高人点化,与时俱进吧。"

泡泡糖:"如果启动市场,这个项目就带动群众踊跃修建街房,你的全盘棋就活了。小城镇建设政绩突出,光荣离岗,是吧?"

毕西:"是的,小唐,你应该理解一个忏悔者的心情,唐书记的致残,我是有罪的,我需要这次成功。不,其他同志更需要这次成功。我想借最后这段当副书记的时间认真给香山镇做点好事,补一下过,同时也为正式就任明天集团香河电站经理,多积点善缘。"

杨书记:"小唐支持我们一下吧。"

泡泡糖:"这,你们最好去找熊三爷谈。"

毕西:"熊三老汉那里我已经谈妥了,协议都起草好了。就等你们签字认可了。"

泡泡糖："毕哥们儿，你真鬼。"

毕西："小唐，有唐书记把关，有杨书记监督，看在杨书记亲自出马的份上，就拉哥子们一把吧。"

泡泡糖想了想，又看看杨书记："好，我就看在杨书记的面子上，答应你吧。"说着从抽斗里拿出一份文件，"毕书记，杨书记，谢谢你们对小唐的信任。我答应你的要求，配合你的工作。这是综合市场立项用地请示报告，就当面呈交给你们吧。"

毕西接过报告，激动地与泡泡糖握手："谢谢，太谢谢了。"

杨书记："小唐，太感谢你了。"

毕西："我进城后，由杨书记亲自督促办理相关手续。"

泡泡糖："有劳杨书记了。你们汇报后通过后立即签约，立即给你们拨付城市配套款。"

毕西："好，你们付了城市配套款，我就可以筹划街道路面工程的启动了。你给我说个开工日期吧，到时候我组织学校的鼓号队和全镇单位前来祝贺，给你们的香河综合市场隆重奠基。"

泡泡糖："春节前开工。具体事情，由刘经理和红桃 K 来跟你联系。"

毕西："哪个刘经理?"

泡泡糖："到时你就知道了!"

3

杨书记拿着泡泡糖的请示报告，和毕西走在回镇办公室的街上，心头比吃了蜜还甜。她第一次跟毕西出门办事，毕西跟泡泡糖没有一句正经话，全在调侃中就办成了这样的大事，让她对毕西的旁门左道另眼相看了。

杨书记："毕书记，今天跟你出门，真让我开了眼界，既对唐甜甜有了新认识，还见识了你的旁门左道，同时还得了个大惊喜。"

毕西："我们这些不正经的人，也能做正经事吧。"

杨书记："最难得的是在调笑中，就把正经事办好了。喂，毕书记，有一点我真不懂，林可儿跟泡泡糖那么好，焦秘书也去找过小唐几次，也找过熊三爷去说情，小唐都一口拒绝，为什么你一说是章明传的政敌，她反而……"

毕西："小唐对乡镇官场的政治生态敏感得很啊。谁都知道焦秘书是章明传的人，白莲如果跟焦秘书签约，很可能会给章明传招来说不清的麻烦哟。"

杨书记："这就体现了你这个政敌的价值。因此，你要同志们继续误会你。"

毕西："这对章明传和我，对大家都有好处，对工作也有好处。"

杨书记："好，今天收到的这份报告，就是丰厚的回报。下一步要我怎样配合你呀？"

毕西："我马上要进城，我把他们的请示报告和协议都交给你了，请你把关抓紧办吧。"

杨书记："我很乐意，你签了协议再走吧。"

毕西道："不能马上签，等几天好些。章明传穷慌了，签了协议对方转款，他一定要来挪用。年底了，引出街一村老百姓闹事，镇政府就不得安宁了。土地款我希望你纪委一定要严格监管。"

杨书记点头："对，那钱只能专款专用。那就等你回来，再提交党委讨论，要保护章明传，我建议由章明传授权，最好由你签约。"

毕西："行，我走之后，你代我向党委汇报，定下来后好报批，叫他们筹备开工就是了，我回来签约后就立即开工。另外，这几天最好让章明传的街房动工。"

杨书记："熊三爷借给他那五万元，他转借给大桥工程了，他拿什么动工？"

毕西掏出一张存单："这五万是我存在信用社的，只好借给他用了。"

杨书记："好，我这去叫章镇长来给你打借条。"

毕西："不，你又忘了，我是他的政敌啊。绝不能让他知道这钱是我借给他的。"

杨书记："那怎么办？"

毕西："你去取了交给熊三老汉，用他私人的名义借给他，章明传才会使用。另外，你还叫熊三爷散布一个谣言，就说街一村划了建街房的，三个月不动工，镇镇政府要收回土地，重新拍卖给外地人。"

杨书记想了想："嗯，这个主意好，虽然又是旁门左道，不够正大光明，但是既对群众有利，又推动了工作，这是我们这些所谓的名门正派永远想不出来的。"

回到镇政府后，杨书记拿着报告和协议，走进章明传办公室。

章明传："杨书记请坐，有事吗？"

杨书记："大好事，来给你报喜啊。"递上文件。

章明传浏览文件："哟，白莲同意立即启动综合市场项目，真是大好事啊。这既是招商引资的又一成果，也能带动小城镇建设啊。"

杨书记："毕书记做通了小唐的工作，进城前把这事托付给了我，他希望党委迅速讨论决定。这件事宜速办，以免夜长梦多。"

章明传："好，杨书记，请你立即给党委成员传看，下午召开党委会研究这件事。"

杨书记："好，我估计这件事会一致通过。"

章明传："对，毕书记去城里不知要多少时间。从现在起，请杨书记全力以赴协助毕书记，协调相关部门，做好办理手续等准备工作。"

杨书记："好，党委决议后，我就召开相关部门的协调会。"

章明传："毕书记走时，还留下其他话没有？"

杨书记："毕书记带了钱所长跟他一道进城，他说不要对他进城要钱寄太大的希望。要钱，关键是要有好的名目。交通局和建设局有钱，香河大桥是现成的名义，可我们是私生子工程，没来追查都是好事了，不能送上门去找麻烦。其他有钱的部门也是没人脉，有人脉的部门又没钱，要不就是编不出挨边的项目。他进城，也只是去碰碰运气而已。"

章明传："这些情况大家都知道，也太难为他了。"

第四十一章 感谢那场风

1

毕西推着他的摩托车来到财政所预支出差经费。

财政所账上根本没钱，钱所长一脸哭相地："毕书记哩，刚才章镇长叫为你预备钱进城办事。你知道，你知道账上一点钱都没有啊。你等两天出差吧。"

毕西："这，这……"

其实毕西对这次进城找钱也很没信心，便道："那你立即跟我进城去碰运气吧。"

钱所长："钱呢，干捞指去蘸盐，不白走吗？"

毕西："没钱算毬了，给你说碰运气，干蘸就干蘸。蘸到了算运气好；蘸不倒，没用镇上一分钱，也不被人指脊梁骨。"

钱所长："这，这……吃饭总要钱吧。"

毕西："少啰唆，连一顿饭都找不到吃，还进城去操啥？跟我上车吧，路上帮我想一下找哪家要钱，用什么名目要钱。"

争取国家的资金，研究如何"跑部钱进"，几乎成了欠发达地区各级地方政府的一门重要功课，一项重要任务。不少地方还培训有专门跑上面要钱的队伍。凡是上面有关系，能要得来钱的人，特别是能说会道的，又能喝酒的外交型美女，都是地方上最吃香的能人和宝贝。

毕西当招待所所长，在他那里住过不少向上争取资金的人，听了不少如何争取上面资金的经验和教训，晓得要钱的窍门，除了润滑好关系，最关键是要编个要钱的好名目。

毕西骑着他的私人摩托车进城，一路都在想，这次给香山镇要钱，没有润滑油、没有美女，只有老脸皮。直到进城了，都还没想出名目来，他便刹住车问钱所长。

毕西："喂，钱所长，你想好没有，我们到底向哪个部门要钱，要什么钱？"

钱所长："我怎么知道啊，脑壳想烂了，都想不出好名目。"

毕西："他妈的，肚子饿了，先填饱肚子再说。"

钱所长："好，边吃边想，吃什么？"

毕西："妈的，镇上天天吃食堂，吃得人肠子都生锈了，去麦家整一顿油大，润滑一下。"

钱所长："去麦家，钱呢？"

毕西："你跟我操，坐下尽管吃，吃了有人来给钱买单。"

他启动摩托便朝麦家年内餐厅而去。

找谁呢？好久没吃麦家的牛肉了，便直奔麦家而去，坐下了再叫人来买单。恰好路过县救灾办公室，猛然想起一个战友当了县救灾办公室的主任，便骑车进了救灾办大院。

救灾办主任提着公文包正要出门，见毕西提着头盔闯了进来，不由得一愣。老战友好久不见面了，好生亲热："啊，老连长，是你啊，好久没见你了。大家好想你啊。"

毕西笑骂道："你龟儿好假，嘴巴说得好听。"

救灾办主任："今天中午，邀几个战友，陪老首长去麦家餐厅痛痛快快地喝几杯。"

毕西："好啊，老子的肠儿都生锈了，屙屎都喊号子了。"

救灾办主任："老连长，这也怪不着我们啊，每次聚会，战友们都在念你。这么久没见人，你这段时间跑哪里去了啊，今天是哪股风……啊，你今天是不是来报风灾的啊？"

毕西一怔："风灾？"他可是个眼眨眉毛动，一踩九头跷的角色。前天晚上刮了一场风，可能香河县部分地方遭了风灾，他不由得眼睛一亮，立即来事，把头盔把办公桌上一掼，拿过桌子上的中华烟抽了一支点燃，这才佯怒道："哼，你这家伙，真不够朋友。我们香山镇受了那么惨重的风灾，你这救灾办主任，都不下来看看灾情，还有闲心坐在办公室吃清茶。"

救灾办主任道："老连长，冤枉啊。我才从受灾现场回来，你们香山镇受灾情况严重吗？"

毕西故作没好气地："不严重我用得着亲自来找你吗？"

救灾办主任："好好好，老连长，先吃饭，后说灾情。走，先去麦家喝几杯。"

救灾办主任用报纸包了一条中华烟推给毕西："过去你经常给我们拿烟，现在你到镇上了，没人给你送好烟了，吃我的吧。"

毕西也不推辞，挟了烟，随老战友出门。他那战友又叫了几个干部来陪酒，便一齐向麦家走去。

钱所长暗喜，毕书记真有本事。毕西灵机一动，不但赚了一顿酒喝，说不定要钱也有着落了。

2

杨书记的办事作风，向来是雷厉风行，她出了章明传办公室，立即通知相关职能部门的头头到纪委办公室开了一个协调会，部署任务：大家做好思想准备，一当党委决定后，要像前次办佘老板香料厂手续那样，全力以赴。

各部门听了这个好消息，都很高兴，积极表态。不少镇干部，都希望在三十米大街上买地修建商住房。镇党委做了一个决定，镇干部都可以买地建商住房，但不能跟当地群众抢好口岸，要优先满足当地群众，一定时间后，才能申请土地。镇干部又请杨书记在党委会上反映一下，这一定，时间是不是提前一些。

此言一出，干部们议论纷纷。

"对，全镇一百多名干部，不少人都有这个要求。"

"干部买地建房，对群众也有个带动作用。"

"首先就能带动一大批亲戚朋友。"

杨书记爽快地答应了大家的要求："同志们的意见很好，大家以实际行动，带动小城镇建设，我一定在党委会上为大家呼吁。"

杨书记没忘记毕西所托，协调会后，立即去信用社取了那五万块钱回来，叫人去请来熊三爷。"三爷，麻烦你老人家一下，请你打个借条，把五万元借去，帮章镇长立即启动三十米大街上的商住房工程，好带动街一村的人动工修房。"

熊三爷一惊："我不是借了五万元给明传了吗？我给他算过，五万元就差不多了啊。他又不修皇宫，借那么多钱去干什么？"

杨书记解释道："章镇长把你借那五万元，借给镇上给大桥救急去了……"

熊三爷一听立即发火："这个章明传，怎么这样不识好，把我借给他来修街房的钱，又转借给镇政府，他修街房怎么办？镇政府穷得办招待都到处赊账，哪里去找钱来还我，这不是诚心害我呀。"

杨书记为章明传开解道："三爷，别怨章镇长了，他也是逼慌了。他把钱借给镇政府，也是为大桥救急啊。不然，大桥一停工，那会是啥影响？你放心，镇政府再穷，也不至于赖你熊三爷的账吧。再说，他把那钱借给镇政府，也是为避免你和他以后说不清楚啊。"

熊三爷道："喂，杨书记，你是纪委书记啊，章明传虽然是镇长，可他是招聘干部，至今都还没脱农皮啊，他和李红都还是我街一村的村民啊。村民有困难，向村上借钱，他犯了哪条规，违了哪条纪？我村上借钱给他，我又犯了哪条规，违了哪条纪？"

杨书记笑道："三爷，你们都没违规，都没违纪。可他是镇长，你是书记啊。那么多村民要建房，都来向你借钱，你都借吗，你有那么多钱来借吗？你借不出钱，群众怎么议论。三爷，人言可畏啊！"

熊三爷无语了，想了一阵道："这五万是谁借给章明传的？"

杨书记如实相告："这五万是毕书记私人借章镇长的。"

熊三爷一脸的疑惑："他为何不直接借给章明传，要我来转个手呢，这不是脱了裤子放屁，多此一举吗？"

杨书记："三爷，你是知道的，章镇长和毕书记之间有隔阂，两个人都是红脸汉子，章镇长会向毕书记开口借钱吗？毕书记只好暗中帮章镇长的忙了。"

熊三爷想了想："嗯，都知道他俩的隔阂深，毕书记不会用这件事给章明传下什么套吧？算了，算了，我不敢帮章明传借毕书记的钱，少惹麻烦好些。"

杨书记一听为难了，想了一阵子："三爷也跟很多人一样误解了毕书记，你的担心我能理解。可是章明传不动工建房，确实影响小城镇建设工作的推动，你看能不能这样？"

熊三爷："怎样？"

杨书记："三爷，你信得过我吗？"

熊三爷："杨书记，不是三爷当面夸你，这一街人谁不说杨书记正派无私啊。"

杨书记："那就用我的名义借给你去帮章镇长启动建房。时间最好选在综合市场开工期间。钱从哪里来的，你一定要对章镇长保密，只有你知我知。行吗？"

熊三爷想了想："行，那我就把借条写给你，我只认杨书记，不知道是毕书记的钱哈。"

杨书记："对章明传也不能说钱是我借的啊。"

熊三爷："这，杨书记，章明传要是问钱是哪里借来的，我怎么说呢？"

杨书记："你去哪里借钱，他管得着吗？"

熊三爷："对对对，黑毛猪儿家家有。钱上又没有印上哪个的名字。"

熊三爷写好借条交给杨书记。

杨书记很神秘地："三爷，我们还想请你帮个忙。"

熊三爷："什么事，要紧吗？"

杨书记："找个妥当的人放个风出去，就说按三十米大街规划，已经划了地基的，三个月不动工，镇上要收回来，高价拍卖给外地人和开发商！"

熊三爷一愣："这不是造谣吗？"旋即又恍然大悟，"啊，明白了，这个点子高。我看章明传动工修房子，就是谣言出笼的最好时机，只是要说得尽量神秘些，稳妥些，对吗？"

杨书记笑而不答。

3

下午章明传早早地到了会议室，等大家来研究综合市场的事。焦点见缝插针，拿着一沓材料走进镇长办公室来。

焦点："这是我们今年党委工作总结；这是政府工作总结；这是计划生育工作总结；这是……"

章明传："好了，你写的东西我绝对放心，该应付的方方面面你应付了就是。"

焦点："这两个文件要你签字：县委政府《关于做好稳定工作的通知》；县纪委《关于严禁春节滥发钱物的通知》。"

章明传签字："滥发钱物，我们连给干部职工发工资的钱都还没找到。"

焦点："这确实是个大问题，而且大桥工地节前还得付款。"

章明传："这几天你们接待的打工回来的人不少，卖地的情况怎么样？"

焦点："不妙，很不妙。看的人多，下手的人少。一是大桥能否修起，许多人仍然表示怀疑。二是不少人都说街一村的人不动手，新街就形不成气候。"

章明传:"唉,看来我真的拉了小城镇建设的后腿了。啊,你看了白莲同意立即启动综合市场工程的报告了吗?这个项目一启动,或许能带动街一村的群众修街房,小城镇建设就可以全面铺开了。"

焦点:"我已经看了,镇长,你说这个泡泡糖是搞的什么鬼,我费尽唇舌,她都推三阻四的。为什么毕西一出面她就答应了呀?"

章明传:"这个女人,我也猜不透。"

综合市场的事情,在党委会上很快达成一致意见。

章明传:"现在我归纳一下大家的意见。立即启动综合市场项目,由毕西同志代表镇政府与乙方签订协议。请杨书记负责协调相关部门完善相关手续。其他镇干部则协助业主,紧锣密鼓地筹备开工典礼,一定要隆重、热烈,使之发挥好带动作用。"

众:"好。"

章明传手机响,接电话:"喂,毕书记吗?你好,辛苦你了,有点门道吗……风灾?什么风灾……啊!你是说前天晚上那场大风我们受灾惨重?啊,对对对……市救灾办主任要陪县领导要来查灾情,这……好,我们立即准备风灾现场和受灾材料……"

杨书记奇怪地:"我们没遭风灾啊。"

刘主任:"风灾,好名目,要钱的好名目啊。毕书记这脑瓜真好使。"

焦点:"这个点子实在是高。"

张主任:"听毕西说,救灾办主任原来在他手下当过排长。"

章明传:"大家说,怎么办?"

刘主任:"这还犹豫什么,基层应付报灾都有经验了。救灾的钱来自国家,一有了灾情,各地都巴不得小灾报成大灾,轻灾报成重灾。县上也理解基层,一般对乡镇报灾只要资料做到好,都不过分为难。"

基层都会报灾,已经轻车熟路了,焦点自告奋勇地道:"肯定要说灾情严重呀,一定要把救灾款拿过手。编材料算我的。"

章明传:"受灾现场呢?"

焦点:"第一现场,要说在离镇上很远很偏僻的村社,交通最不方便,要走一天才能到的地方。他们不会去看那么远的现场的,关键是我们要准备几张严重风灾的照片。"

章明传:"对对对。"

焦点："另外还要组织几个嘴巴稳当点的村民演'灾民'，到镇政府来哭闹要钱。"

章明传："这，这，唉，好吧，只有请你导演了。"

焦点："最重要的现场，当然是放在盘丝洞。只要他们吃好、喝好、玩好，就行了。我这就去通知最关键的受灾代表。"

章明传："关键的受灾代表？谁呀？"

焦点笑道："嘿嘿，当然是钱所长啊。"

章明传恍然大悟："啊！对对对，这是对党风建设的辛辣讽刺啊，叫钱所长无论如何都要找几千块钱，一定要给检查团准备个像样的红包。另外请杜镇长，他分管救灾工作，做好汇报准备。"

焦点准备的灾情报告写得很扎实，杜中德的汇报，和"灾民"的表演都很成功。钱所长会办事，大家对这次风灾灾情考察都很满意。救灾办主让带来办事人员大力协助，所缺的资料和照片都很快补齐。这次风灾香山镇受灾严重，给予救灾款十万元。得到这笔风灾款，虽然这钱谁也不敢乱用，但香山镇还是皆大欢喜。

饭堂里吃饭时，大家都兴致勃勃地议论这件事。

张主任："你们说是怎么回事？从成都回来，二号首长好像变了个人似的。"

众人议论纷纷：

"对，接连给镇上立两个大功，进城一趟，就要回十万救灾款，又说服泡泡糖投资综合市场。"

"是有点奇怪，泡泡糖跟林可儿亲如姐妹，却不把人情给焦点，而给了毕西，真是有点不可理解。"

"我看啦，有钱能使鬼推磨。在我们香山镇的干部中，就只有毕西私人玩得起手机和摩托车。而今拿钱开路，还有什么办不成的事？"

"未必泡泡糖还看得起他的几文钱？"

"是啊，毕西也不会拿钱去办公家的事的。"

"一心向上爬，要挣表现，花钱铺路有啥不划算？"

"对，他这两个大功劳，会给章明传和焦点造成极大威胁和压力啊。"

"我看不大像，县上去活动救灾款没花一分钱。那几千接待费，是在香山镇接待时钱所长直接花的哟。"

张主任："对对对。大家虽然对二号首长看不顺眼，可他确实神通广大。不管怎样，这回两件事都是大好事。综合市场开工典礼，我们还是跑快些，尽量帮他操办得隆重些。"

众："这还用得着说吗?"

第四十二章　李红建街房

1

镇外的田坝里，镇上的国土等相关部门，及街一村的领导，在丈量土地，打桩划界。这一件大事涉及街一村的利益，不少村民都到现场去看热闹，对小城镇建设的事议论纷纷。

香料厂开工后，街一村不少人都换了宅基地，可是听说修桥缺款，怕大桥修不起，就没敢动工，不少想补缴宅基地钱的人也停了下来，熊三爷带头修街房，也没把大家带动起来。而今看综合市场要启动，规划的三十米大街，很可能不是空话，大家的心又热了。有的说想交宅基地钱，有的说想等几天动工，有的在算账，到底要多少钱……

幺吵吵也混在人群中，扯长了耳朵打听她最关心的事。几个人在极其神秘地议论什么，她便凑了上去，原来是说如果买了宅基地，三个月没动工的，政府要收回，重新高价拍卖给外地人。有的又说某某镇就是这样做的，动手迟了结果吃了大亏。不少犹豫的人一听这消息，都说看来只有动工了。

幺吵吵至今连宅基都还没换，一听这话心头发慌了，立即跑回家去跟落地糍粑商量。

落地糍粑那次丢脸后很狼狈，不好意思抛头露面。幺吵吵也总拿那次失算塞他的口，在家中的地位也一落千丈，主动担当起做饭之类的家务。

幺吵吵回家，一家人都在吃饭。几个孩子都问落地糍粑要学费。

大女儿："爸爸，老师又催学费了。说我们卖了梨子……"

二女儿："爸爸，我去年的学费都还没结清，今年……"

大女儿："老师说，搬到新学校去之前，必须缴清。"

小儿子："爸爸，搬新学校还要买校服。"

糍粑的气没地方出，只有在孩子们面前抖威风："新学校，新学校。哪个敢再提新学校，就把碗给老子放倒滚出去！"

大女儿赌气地放下了饭碗。另外两个孩子也跟着放下饭碗。

落地糍粑顺手拿起一根竹块，朝大女儿头上打去："死女子，你要造反了。肉皮子发痒了！"

大女儿抱着头"哇"的一声哭了。

幺吵吵看不过："糍粑，你要干啥，雷都不打吃饭人。修学校怪你贪心吃了亏，拿娃儿出气，算啥本事？"

落地糍粑："你！"

幺吵吵："我怎么啦？我看到人家都欢天喜地换屋基，报名修街房，连五百元都签了换屋基协议了。我幺吵吵哪点不如五百元，你不怕羞死，我怕羞死。"

落地糍粑："你，你给我闭嘴！"

幺吵吵："我闭嘴，好口岸选完了，你又只有背时！未必然你想一辈子就守这街背后呀？"

二人吵闹中，孩子们已经悄然离去。

幺吵吵："你知不知道，白莲和熊三爷打伙在三十米大街上修综合市场，今天都在划地基了，很快就动工了。再不在大街上选个好地段，镇上就要把三十米大街的好地段，拍卖给外面的人了。有好几家人都在帮亲戚要地了。"

这个消息使落地糍粑也吃了一惊："少听那些谣言，有没有这事，你不晓得问一下李红呀。"

落地糍粑提醒了幺吵吵，她今天才听说白莲已经回海南去了。这对李红来说是个大好消息。下午收工时，她扛着锄头特意绕道来到李红的烟摊前，给李红报喜。

幺吵吵："李红，怎么还不回家呀？"

李红："这么早，回去干啥？要收工了，好多人都是收工的时候顺便买东西。"

幺吵吵:"我说,李红呀,钱是挣不完的。各人早点回去给你们镇长煮饭吧。"

李红:"他呀,像个野人,好多时候煮了他的饭不回家,都是我跟小敏吃剩饭。"

幺吵吵:"现在不会了吧,白莲回海南几天了。他在外头断了念想,不回家干啥?"

李红一惊:"你说啥?白蛇精走了?"

幺吵吵:"是呀,今天在田坝头看热闹时才听说,白莲回海南去几天了啊,你还不知道吗?"

李红确实还不知道,眼里闪出难得的快慰,嘴里却说:"我才懒得打听那些哩。"

幺吵吵:"都是女人家,说啥假话吗。白蛇精一走,大家都可以过安生日子了。女人家,赌气赌不赢男人。软索可以套猛虎,这种时候,你对男人多体贴点,他就会回心转意的。"

幺吵吵的话说得很在理,李红口头不说什么,心中已经有数了,便问幺吵吵:"今天好多人去了镇外田坝头,在干啥呀?"

幺吵吵:"哟,你还不晓得呀,白莲跟熊三爷要在三十米宽的大街上建综合市场。"

李红:"哦,三爷也打股子建市场,那以后三十米大街就热闹了,修了街房的,以后就好做生意了啊。"

幺吵吵神秘地:"李红妹,问你一个事,听说买了土地的,三个月不动工,镇上就要把地收回去,高价拍卖给外地人。你是镇长娘子,该知道有没有这回事啊?"

李红道:"镇上的事,他从来不给我说,我也不问,不知道啊。喂,幺嫂,你又没买地,问这干啥呀?"

幺吵吵:"如果真有这事,三十米大街地价肯定要涨,趁现在三十米大街地还没占完,我们也好想办法早些换地占口岸啊。"

李红:"啊,那你们就早点把宅基地换到手吧。别像上次那样,又吃大亏。"

幺吵吵:"我都说换了好些,糍粑那死人,总担心大桥修不起。"

幺吵吵没从李红口中得到实信,只好快快离去。

2

幺吵吵走后，李红就赶快推着烟摊车回家。她把自己打扮得焕然一新，然后就在厨房里忙碌着。小敏在忙着端菜、摆筷子。

章明传听说白莲突然离开香山镇，心中有种莫名的失落。好在毕西传来盘丝洞投资建综合市场的消息。他想，白莲肯定还会回来的，似乎得到了很大的安慰似的。这样也好，白莲走了，或许流言会因此消减，家里会安宁一些。

这几天牛魔王送来钢材，救了大桥工地的急，毕西争取到了风灾款，又说动了泡泡糖启动综合市场工程。好事连连，章明传心里很高兴。他家的街房迟迟不动工，严重影响其他人建房的积极性。这天他早早地回家，想跟李红商量这件事，但又担心李红跟他拧着。他忐忑不安地走到门口，就听李红在厨房说："小敏，去看你爸爸回来没有？"

小敏："嗯，妈妈，今天是爸爸的生日吧？"

李红："不是。"

小敏："是你的生日吧？"

李红："不是。"

小敏："那今天为啥吃这么好呀？"

李红："小娃娃，莫管那么多，去吧。"

小敏在门口接着了章明传："嘿！妈妈，爸爸回来了。"领着章明传进屋："爸爸，妈妈做了好多菜，等你好久了。"

这段时间李红虽然没跟他大吵大闹，但总是秋风黑脸，唉声叹气，很少看见她这样兴奋和喜悦。他感到很奇怪，难道太阳从西方出来了？

小敏跑出厨房。章明传不知这餐好饭菜掩盖着什么危机，只好强作笑脸："等我干啥？你们吃呀。"

李红："小敏，把酒给你爸爸倒起。"

小敏："妈妈，拿啥酒呀？"

李红："拿好的，那瓶香河曲酒。还给你爸爸拿包好烟来，拿红塔山。"

章明传："不过年，不过节，做这么多菜，还喝酒发烟。李红，今天有啥喜事啊？"拿起红塔山欲拆又放下，从身上掏出烟来。

李红拿掉章明传手中的烟，拆开那包红塔山："抽好的呀。"

小敏立即打燃火机。

章明传甜甜地吸着烟："李红，这是你一天的利润啊，在家里抽这么好的烟，太浪费了。"

李红岔开话题不说烟，举起酒杯："跟不跟我喝一杯?"

章明传爽快地："喝，李红，好久没看到你这样的好心情了，来，我敬你一杯。"

他们的杯子碰得很响，喝酒也喝得很爽。

小敏把一块鱼送到章明传嘴边："爸爸，妈妈说你最喜欢吃香河鲤鱼了。好吃吗?"

章明传咂咂嘴："嗯，好吃。小敏，你妈妈做的鱼呀，比谁都做得好吃。你们也吃吧。"分别给李红和小敏夹了一块鱼。

李红："明传，你看我这件衣裳还穿得出去吗?"

那件衣裳是李红年轻时出门才穿的好衣裳，平时舍不得穿，一直压在箱子底下，现在来穿，明显艳了些，也小了一些。章明传不好扫了李红的兴致："这……穿得出去，现在怎么穿都不过分。你喜欢啥样式的? 下次进城，我给你买一套。"

李红："你都买得来衣服? 我自己晓得买。"

小敏："妈妈，就穿这件衣服吧，真漂亮。"

李红："幺女，你妈妈老了，这衣服鲜了些，就怕人家说你妈是老妖精。"

章明传凑趣地："不老。李红，你还这么年轻，穿这衣服正合适……你要是怕穿出门扎眼，就回家来穿给我看。"

李红："你还有心思看我?"

章明传："李红，别说不高兴的话。今天镇上两起陪客我都推了，想回来高高兴兴地跟你商量一件家政大事。"

李红："商量啥大事啊? 是白蛇精走了，没人陪你了，才想起回家吧。"

章明传："这……李红，你又来了。"

李红："好，你说吧，啥家政大事呀?"

章明传："修街房的宅基地划给我们好久了，我们不动工大家都不动，小城镇建设就启动不了。你说……"

李红："有钱你就修啊。"

章明传："我哪有钱呀，我是说把你的私房钱借出来……"

李红一惊，警惕地："私房钱？我没存私房钱，一分钱都没有存。"

章明传："这，你就别瞒我了。我到信用社查过……"

李红正要发火，熊三爷气冲冲地走进来。

章明传："啊！三爷来了，请坐，正好跟你老人家喝一杯。"

尽管杨书记给熊三爷讲了好多道理，他对章明传的气还没有下去："不喝你的酒。章明传，你骗其他人可以。你说，我哪里得罪了你，你为啥要骗我？"

章明传："三爷，你说啥啊，我啥时候骗过你啊？"

熊三爷："我悄悄把公家的钱借给你修房子，想你把小城镇建设早点搞起来，你把钱拿到哪里去了？"

章明传："三爷，你那钱借给镇上修大桥去了。你更应该支持啊！"

熊三爷："不行，坚决不行！你镇上借钱我信不过！老百姓知道了，不骂死我才怪！"

章明传："三爷，大桥一停工，我们就一切都成空话了。"

熊三爷："章明传，你别糊弄我，镇上借钱拿啥来还？你叫我菜包子打狗有去无还，我没那么傻，再说，我村上有那么多急事，要用钱时怎么办？你赶快把钱给我拿回来。"

章明传："三爷，明传求你了，钱已经救急用了，就当你们村提前上交的小城镇建设的配套费吧。"

熊三爷："哎，明传呀，三爷真拿你没办法。那你的房子呢，到底修不修？"

章明传："我，三爷坐倒说，我正跟李红商量啊。"

李红："跟我商量啥？你本事大，找得到几百万修桥，还找不到钱修房子？三爷借钱给你修房子，你去借给镇上，现在又来逼我，谁知你安的啥子心。"

章明传还想给李红解释，熊三爷不耐烦了："明传，我不是来要钱的，我只问你一句，你的房子我来修，用我那房子的图纸，钱你不用管，认账就行。怎么样？"

章明传："这……"

熊三爷："这什么！好了，这事不要你表态，我跟李红商量。"

李红："三爷，你说我该怎么办？"

熊三爷："李红，莫着急，只要你表个态就行，车到山前必有路，让三爷再想想办法吧。"

李红："三爷，他是靠不住的，李红又没那能耐，你老人家要帮这个忙，李红给你老人家磕头了。来，我先敬三爷一杯。"

章明传："不！三爷，你正在修房子，哪来钱，还是等等吧。"

熊三爷："我现在不跟你说，我是在跟李红商量。李红，你这杯酒三爷喝了，你去看个期，准备开工吧，一切由三爷负责！"

3

章明传也知道自己迟迟不动工修建街房，使其他人观望。近来镇干部中也有议论。毕西分管小城镇建设，启动综合市场项目带动小城镇建设，章明传的街房如果按兵不动，很难起到带动作用。大家都知道他跟毕西有隔阂，他既怕背给毕西的工作设置障碍的骂名，但自己又没能力，熊三爷主动为他排忧解难，他只得勉强接受。熊三爷的钱到底从哪里来，他家修什么样的房，做什么用等，这些都是大事，他这个当家人应该心中有数，便去找熊三爷探底。

章明传走进熊三爷即将完工的街房。

熊三爷立即递上烟："明传，三爷修房造屋，办这么大的事，你怎么都不来关心下子？我的房子快完工了啊，你看怎么样？"

章明传歉意地笑笑："嘿嘿，我没帮上忙，晓得三爷会原谅我的。走，让我认真参观一下。"

熊三爷："刚才李红来上上下下地看了一遍，她很满意。"

他们楼上楼下走了一遍。

章明传："不错，不错。美观，实用。居家和经营，都考虑得很周到，这个设计很不错，值得推荐。"

熊三爷："上次出去考察小城镇建设，我收了好几种户型的设计图纸回来，从中选了这一种。看来三爷带头做的样板房，有示范作用了。你的房子就用这个图纸怎么样？"

章明传："当然好得很啊，只是哪里找那么多钱来修啊?"

熊三爷："不是说好了吗，钱的事情你别管，修房的事，你也不管，都由我负责，只要你点头就算数。"

章明传："这，这，我拉了小城镇建设的后腿。三爷要给我帮忙，我很感谢，可是……"

熊三爷："可是什么? 明传，干部中有些议论难听啊。"

章明传："什么议论?"

熊三爷："谁都知道你跟毕书记不和，毕书记分管小城镇建设，别人可不管你有钱没钱，说你怕毕书记出政绩抢了你的风头啊。"

章明传只知道干部中有议论，不知道群众中也有这种议论了，不由得大惊："啊，群众中也有这种说法吗?"

熊三爷："有啊，明传，我当然不相信，但是人言可畏啊。"

章明传："这，这，三爷，你要帮我，是怎么安排的，给我交个底，我才好点头啊。"

熊三爷："明传，这事你最好不要插手。"

章明传："我不插手行吗?"

熊三爷："你插手容易惹麻烦。明传，你给我说真话，大桥到底能不能修起?"

章明传："三爷，大桥肯定要建成，能不能按时实现计划，这就说不清了。我们现在像吃甘蔗，剥一节，吃一节，后面的事情到底怎么发展，我心中也没有百分之百的把握啊。"

熊三爷："明传，这样看来，群众的顾虑还是有道理的。你想想，许多事情是相互促进的，大桥建成可以推动小城镇建设，反过来，小城镇建设也可以推动大桥工程啊。你当小城镇建设的绊脚石，同样影响大桥建设啊。"

章明传："可是钱从哪里来，你正在修房子，你也没钱啊。我是怕你动用公款，那是要犯错误的啊。"

熊三爷："这个你放心，杨书记早给我说了。关于钱的事，我哪里去借，你就别管了。"

章明传："三爷，更不能借白莲的钱啊，李红知道用的是白莲的钱，又会跟我生事。"

熊三爷："放心，对白莲，三爷也开不起口的。"

章明传："好吧，只要不借白莲的钱，不挪用公款就行。明天综合市场开工典礼结束后，我要进城办事，也顺便看望一下唐书记，向他汇报一下工作。你给李红说，我的意思就用你的图纸，趁我进城的时候，请你帮我把事情办了吧。"

熊三爷爽快地道："好，综合市场开工后，就立即动工。"

熊三爷接着又把请建筑公司给村民建房的打算给章明传说了一遍，并拿出自己建房的账目和建筑公司的预算给章明传看。

章明传正为李红脚不方便，建房没人手的事发愁，看完熊三爷的建房账目和建筑公司的预算，一下放了心，连声说："好好好，就这么办。"

熊三爷："那我就决定了，明天就是个黄道吉日，综合市场开工仪式结束，就立即动工。你就放心进城，李红那里我晓得给她说。"

章明传："那就拜托三爷了。"

章明传终于放下一桩心事，回到办公室立即找来焦点安排工作。

焦点："镇长，你找我。"

章明传："年关越来越近，各方面都急等用钱。我很着急。"

焦点："对，章镇长，这是你主持全面工作后过的第一个春节，年底了，干部的工资、奖金还没着落，你必须要给干部职工一个交代啊。"

章明传："毕书记进城一趟，要了十万风灾款，算是收获不小。可是救灾款不能擅自挪用，救不了我们的急。"

焦点："最近的几件好事，除牛魔王借钢材水泥不确定外，县上要钱，综合市场开工，都跟他相关，好多人都说他抢你的风头，想抢书记的位置啊。"

章明传："这是偏见，难道他要不来钱，办不好事才对吗?"

焦点："我不是这个意思，我是说无论怎样都要年前解决好干部职工工资问题。"

章明传："就是跟你商量这个事情。我想近来镇上诸事比较顺利，趁这个时间进城去碰碰运气，找一下相关部门，联络一下感情，看年终了能不能要点钱回来。那天请你准备向县上要钱的报告准备好没有?"

焦点："好事，好事。向政府要钱的报告早就准备好了，马上给你。你毕竟是镇上负总责的总头头，应该会有收获的。什么时候出发?"

章明传："明天综合市场开工典礼后就走。"

焦点："你打算出席开工典礼了？"

章明传："不，白莲的企业开工，我好去露面吗？再说那是毕书记一手主持的事，我去坐台台，别人还说跟他争功哩。我是想等开工仪式后进城，给唐书记汇报，心里也更踏实一些，"

焦点："对，应该想到这些。我这就去叫钱所长给你准备润滑油钱，至少一万。"

章明传："要那么多干吗？且不说钱所长拿不出，我既不敢行贿，又不会耍酒吧，没那花钱的本事。请一两桌饭，买一两条好烟也就够了，只借三千就行了。"

焦点："镇长哩，城里那些狗日的掌权的，嘴巴吃油了，胃口大得很啊。你去开后门找钱，三千块钱跑那么多地方，烟酒钱都不够啊。"

章明传："我去讨口没有什么把握，只有不顾脸皮穷缠了。要是要不回钱，损失也小点啊。"

焦点："镇长。毕书记去要钱，一下要回十万，你去要钱不能空手而归吧。常言穷家富路，你多揣点钱在身上，没坏处吧。"

章明传："别说了，身上有钱容易大手大脚。你在家配合好杜镇长，抓紧催收双提款吧。"

所长："好吧。现在你有手机了，家里的事，随时向你汇报。"

第四十三章　综合市场开工

1

　　泡泡糖为香山综合市场物色的总经理的真实身份是市川剧团的团长。市川剧团是市上唯一的艺术表演单位，也是市上装点盛世，歌舞升平的重要工具，因此，临近春节，正是剧团忙得不可开交的时候。刘团长这时却突然接到泡泡糖的电话，请他立即赶到香山镇。

刘团长知道，泡泡糖这里的工作，关系到市剧团的翻身，是压倒一切的大事，再忙，他也必须服从。他把团里的事情做了安排后，立即赶到了香山镇。

红桃K把刘团长领进盘丝洞经理室，立即沏茶。

泡泡糖上前握手："刘团长辛苦了。"

刘团长也不客气，实话实说："临近春节，正是剧团忙得不可开交的时候。我知道你这里的工作非常重要，小唐，你催得这么急，到底什么事啊?"

泡泡糖："刘团长，为了我们那项翻身仗工程，我想请你提前进入角色。"

刘团长："你的工作任务那么艰巨，已经完成了吗?"

泡泡糖："构思基本成熟。还要请你多出点子。"

刘团长："好，我现在扮演什么角色?"

泡泡糖："从今天起，在香山镇，你就不是市川剧团的刘团长，而且要委屈领导，你表面上得接受我的发号施令。"

刘团长笑道："哈哈哈，演戏是我的老本行，这没问题。"

泡泡糖对刘团长毕恭毕敬，刘团长对泡泡糖言听计从。他们像是特务联络说黑话，他们所说的工程不知是一项什么工程，但听得出他们蓄谋已久了。

泡泡糖："这里一切都给你安排好了。给你配了一辆高档摩托车，红桃K是你的助手，马上跟综合市场的股东熊三爷见面。一会儿还跟镇上分管招商引资的副书记毕西见面。"

刘团长："这，只是春节前市上给剧团安排的活动多嘛。"

泡泡糖："春节前，也是乡镇领导最难过的日子，你锁定你的第一目标镇长章明传吧。综合市场的事，用不着费多少心，这只是你在香山镇露面的一个借口。香山综合市场开工仪式之后，你回市上去应付几天后再赶回来就是。"

刘团长："好，服从你这个高级导演就是。"

泡泡糖笑道："团长，立即就安排你和熊三爷跟毕书记见面，请你马上进入角色吧。不要忘记你是刚从海南过来的刘老板，走马上任香山综合市场的刘总经理。"

刘团长一笑，戴上了墨镜，用广味普通话问："这个道具如何?"

泡泡糖笑道："行，还是用四川话吧，方便接触你的对象些。"

刘团长："对对对。"

泡泡糖："我还给你准备了一些必不可少的道具。"拿出一盒精美的名片和一条名贵的外烟递上。

刘团长接过香烟和名片："哈哈哈，外烟，好。名片，这世界最少不得的是片（骗）子啊。"

这时红桃K带着熊三爷走了进来。

泡泡糖在这之前，已经按白莲的意思跟熊三爷商量好了，熊三爷暂时以股东的名义，出任综合市场的业务副总经理。负责实施综合市场的建修和日后的经营管理。前期大量的具体工作都由红桃K做。等熊三爷熟悉业务后，再完全交给熊三爷管理。

泡泡糖："三爷请坐，我先给你介绍一下。这位是我们综合市场的刘总经理。这位就是综合市场的股东熊三爷、熊副总经理，他是街一村德高望重的老支书，组织协调能力很强。你当经理的只要把事情安排好了，他就可以圆满实施。相信你们会合作得非常愉快的。"

二人握手寒暄刚毕，红桃K领着毕西走进来。

毕西回来应付完接待救灾办的人，要到十万风灾款后，又立即来抓他的本职工作。综合市场工程作为他抓小城镇建设工作的龙头项目，他非常感谢泡泡糖很讲义气，在他极需要支持的时候，如期兑现诺言。

毕西从城里回来后，杨书记已经召集国土、工商、税务等相关职能部门现场办公，短短几天内就迅速完成了相关手续和征地拆迁工作。他即使人在城里，随时跟泡泡糖有电话联系，熊三爷和红桃K都很会办事，跟他配合得也很默契，筹备有序，一切都按他的预想进行。今天能见综合市场的总经理，明天就要开工，正好有好多具体事情需要衔接。

泡泡糖："我来介绍一下，这位是香山镇党委副书记毕西同志，这位是我们香山综合市场刘总经理，红桃K是他的助手。"

毕西："幸会、幸会。"

刘团长摘下墨镜："请多关照。"

二人握手。红桃K立即送上刘经理的名片。

毕西打量了一下刘团长："刘经理，你，你好像是市川剧团的刘团长啊。"

刘团长知道毕西认出了自己，台词信口而来："哈哈哈，毕书记，刘团长是我的孪生哥哥，他的名气大，好多人都弄错了。我一直在白总手下混饭吃，昨天才接到通知，从海南赶过来的啊。"

毕西："啊！原来是这样？刘经理来得正好，我今天来看开工还有什么困难没有，顺便把开工典礼的事衔接一下。"

泡泡糖："镇上大力支持，已经很好了。关于综合市场的启动工作，你们具体谈吧。红桃 K，刘经理刚来，情况不熟，你是他助手，唱好主角啊。"

红桃 K："经理放心。"把三人引进了一间茶室。

2

综合市场的开工典礼，选在香山镇一个赶集之日。由于镇上作为头等大事全力支持，毕西和杨书记精心安排，各单位都在大街上拉起了祝贺横标，小学的鼓号队始终助阵。刘经理及他手下在盘丝洞打工的剧团妖精，一个个都是造势的行家里手，业主方又舍得花钱，因此，这次开工典礼办得十分热闹，可谓盛况空前。

刘经理在香山镇可以说是闪亮登场，高音喇叭又反复播送焦点亲手写的小城镇招商文章，及镇上出台的相关政策。把群众关注小城镇建设的热情都煽了起来。

综合市场开工典礼刚结束，熊三爷就立即转战到李红街房的工地上。

昨天章明传拜托了熊三爷帮他修街房后，他便立即去找李红。

熊三爷兴冲冲地来到李红家。李红正在院子里削红苕准备做饭。

李红："三爷，请坐，有事吗？"

熊三爷："今天上午你看了房子刚走，章明传也来看了房子。他对户型也很满意，决定明天就动工。"

李红："明天就动工？"

熊三爷："明天是修房造屋的黄道吉日啊。趁章明传进城离开香山镇时，综合市场开工典礼结束后就动工。"

李红："这，这，我们一点准备都没有啊。"

熊三爷："什么都不准备，我原来就给他说过，房子包给建筑公司修。明传也同意。"

李红："包给建筑公司，那要多用多少钱啊。"

熊三爷："李红，三爷原来跟你一样，总以为自己备料，请人来修，只给工钱，要放心些，节约钱些。结果我买的钢材水泥和木料，要比建筑公司修学校买的材料贵好多，别人用次的给你充好的又认不出来，而且少了一分钱都拿不走货，有些材料还要去城里买。花的钱要比包给建筑公司多一万左右。"

李红不解地问："为什么私人去买要贵些呢?"

熊三爷："建筑公司有长期合作关系，享受的批发价，自己备料是零售价，当然贵得多啊。"

李红："啊，懂了。"

熊三爷："更麻烦的是买的材料不多就少，有的材料跑几趟，甚至还要进城去买，买颗钉子都要自己跑路。侍候匠人茶饭烟酒，待好了钱又输不起，待差了又怕落人笑话。真是累死人，烦死人。而且，自己请的匠人，质量还不敢保证。"

李红："我虽说答应修房子，他没时间管，我又跛起个脚脚，正为这些事担心哩。"

熊三爷："只要把材料费先交给建筑公司，就等着验收新房进屋，交了房子再办结算，补交剩下的欠款。省事又划算。而且，你一破土动工，也堵了那些人说章明传给毕西分管小城镇工作设置障碍的嘴。"

李红："要得要得，就这么办，全拜托三爷了。"

熊三爷："我把合同和预算书都带来了，把我购材料的单据也带来了，你比较一下，同意就签个字吧。"

李红："同意，同意。"说着便签字："我还该做些啥?"

熊三爷："你只准备好香烛、纸钱、刀头，买几斤水果糖，换几块钱的硬币放在糖果里就行了。我去告诉乡亲们来给你捧场祝贺。明天综合市场开工典礼结束后，我就给你主持开工仪式。"

李红："好，谢谢三爷。"

熊三爷说妥了李红，立即提着钱包走进牛魔王工棚。牛魔王赶快敬烟。

熊三爷："牛魔王，我两个的君子协议还算数不?"

牛魔王："口水落地是颗钉，算数啊。"

熊三爷："三爷想串联大家都请建筑公司建街房，先去动员了一家能起带头作用的人，想明天动工。合同上签字了，委托我全权代理，但是他什么准备都没做，你做不做。"

牛魔王："好事啊，做呀。要什么准备，材料、人手都是现成的。现在只要有图纸就行。第一家人请我们修房，我亲自管理。"

熊三爷想了想："这件事由我完全对主人家负责，直接跟我交涉就行了。材料的价格质量和用量，你娃有预算单让我扛着，骗不了我。你娃身份大，主要管好综合市场的修建。这个活路不要你娃出马，你给我派一个最好的掌墨师就行了，我亲自监工。"

牛魔王："好，我叫秦师父来负责。"

熊三爷："你签合同，收材料款吧。"

牛魔王看合同："啊，镇长带头，好啊，一定能带动起来。王会计，收款，明天给李红多放两挂鞭炮。"

熊三爷忙完综合市场开工典礼，站在台上道："喂，街一村的村民，告诉大家一个好消息，李红的街房今天马上动工。修房造屋是大事，大家有空的，都来捧个场吧。"

这之前一直没有一点动静，熊三爷突然宣布李红今天街房动工，由于章明传的特殊身份，在场的不少人都很震惊，不约而同地跟综合市场联系起来。不但街一村的村民跟着熊三爷来捧场，赶集的人也来了不少。

修民房本来用不着机械，牛魔王专门给郑师父派了台挖掘机到现场来壮声势。李红和郑师父及工人们早已经做好准备等在工地上。

熊三爷来到李红街房工地，俨然成了主人，前后左右张罗，给围观的人敬烟。随后，他站上挖掘机，清了清嗓子，郑重地为李红建街房举行破土奠基仪式。

熊三爷："各位高邻，章镇长带头修建新房，推动小城镇建设，他忙不过来，委托我帮他张罗，请大家要多关照和支持。"

李红给围观的妇女儿童散糖："感谢你们支持啊……"

观看的人议论纷纷。

"新市场一动工，章镇长的街房就突然动工了，这里边是不是有什么……"

"肯定是看好新街的生意会红火。"

"就是不知大桥修得起不。"

"前段时间，干得有气无力的，这几天白天黑夜，干得起劲得很哩。"

有人诡秘地："你们还没听说呀，听说街一村划了地的三个月不动工，土地要收回。"

"是吗，收回去干吗？"

"我们街一村都是占的好口岸，收回去卖外地人的高价噻。"

"这，那我们不吃大亏了呀？"

"怪不得李红急急忙忙开工了。"

"你们好久动工啊？"

"村看村，户看户，想不吃亏看干部噻。修啊！"

"好，你修我就修。只怕都动工材料涨价。"

"越往后拖，修的人越多……"

"对对对，不等了。"

李红走到幺吵吵和五百元面前散糖："哟，幺嫂，豆花妹，请吃糖。"

幺吵吵："李红，你好能干啊，这要用好多钱啊。"

李红："我哪来这么多钱呀，还不是全靠三爷支持和亲戚朋友帮衬。"

五百元："李红姐，到底要好多钱才敢动工啊？"

李红："我也不知道，你去问三爷吧。"

熊三爷："李红，时辰到了，你快祭祖吧。"

李红跪拜祭祖。

掌墨师郑师父杀鸡洒酒："土地菩萨，过往神灵，保佑主人家万事如意，人兴财发，保佑施工安全，万事大吉！"

熊三爷："放鞭炮！"

鞭炮齐鸣。鞭炮声中，李红向施工队的人发红包。早已经启动的挖掘机发出隆隆的吼声，巨大的铁铲，深深地铲入基壕。

熊三爷把装着糖果和小钞的盘子送到李红手上。

李红把糖果和小钞抛向空中。

3

综合市场和李红的街房一动工，果然形成连锁反应。不少人都在筹备动工。纷纷前来参观熊三爷即将竣工的小楼。

熊三爷虽说管着四个工地，可是学校、综合市场、李红的街房，都用不着他操多少心。最让他操心的还是自家修街房，因此多数时间都守在自家街房的工地上。

　　熊三爷看着参观他小楼的人们上上下下，进进出出，选看图纸，议论纷纷，心中好生高兴。他一边给乡亲们敬烟，一边给大家热情地解释着。

　　参观的人群中，五百元最是着急，别人都是一家人商商量量，她却没有人帮她拿主意。正在二楼的一角向火哑巴比画解释着，火哑巴用手势加哇哇声发表缺钱的意见。熊三爷向二人走了过来。

　　熊三爷："哟，五百元，你两口子来看房子呀？"

　　五百元："三爷，我们家跟你的宅基地差不多，想看你老人家是怎么修的。"

　　熊三爷：　"我这个房子的图纸，是前次出去考察时选的。你看怎么样？"

　　五百元："好得很啊。你修好几层楼干啥用呀？"

　　熊三爷："一二楼开个小茶馆，三四楼住人呀。用不完以后出租也行。你打算怎么修啊？"

　　五百元："也想像你这样修，开个像样的豆花店，可是我们的钱不够，还不敢想啊。"

　　熊三爷："好啊，你狗日的做的豆花很有名气。以后这条街都动工了，搞建修的人不少，你开个五百元豆花店，肯定生意红火得很。你有多少钱了？"

　　五百元："不多，三爷，修房子时，村上是不是真要发土地款呀？"

　　熊三爷："村民委员会上定了的。白莲修综合市场征地是拿的现钱出来，专款存在那里的，只能用于建街房和办企业用，就等着你们动工来用哩。"

　　五百元："我们也只能凑到三四万。"

　　熊三爷："有三四万？是还少了点，不过也可以动手了嘛？"

　　五百元："那怎么成？收不到口口去抓天呀。"

　　熊三爷想了想："五百元，你三婶经常都夸你能干，说火哑巴不知是哪世修来的福分，你硬是把火哑巴这家人给兴起来了。你修房子的事，三爷还给你出个主意。"

五百元："三爷，啥主意，你说。"

熊三爷："火哑巴人还年轻，又有气力，人有残疾，出门去打工你又不放心，我想趁这个机会让他学个手艺，以后多挣点钱，免得苦你一个人。"

五百元感动不已："三爷，火哑巴要是能学个手艺呀，你老人家就做大好事了。我就给你老人家磕头了。可是，他是哑巴啊，听不懂话，学啥呀？"

熊三爷："这你放心，这次修街房，你就像李红那样，把房子交给建筑公司给你一起修，啥都跟李红一样。"

五百元："跟李红一样？能一样吗？别人是镇长啊。"

熊三爷："我说啥都一样，就完全一样，不让你狗日的多花一分钱，你还信不过三爷吗？"

五百元："好、好、好，信得过，信得过。"

熊三爷："我跟建筑公司说好，你的钱不够，现在有多少交多少，不够的让他们帮你垫起。然后让火哑巴去给他们打工，挣的钱慢慢来除修房子的欠账。搞建筑都是眼见活，气力活，哑巴学起来快，肯定没问题。"

五百元没听完，扑通一声跪在地下："三爷，你真是活菩萨啊。就照三爷说的做，我这就回去取钱。"

熊三爷领五百元去缴了钱，签了约。说好火哑巴给建筑公司打工的事后，他立即叫猴主任把各种户型图和建筑公司对各种户型的预算，以及熊三爷自己修街房的账目，贴在村办公室墙上，让大家来看，分析比较。

四季豆给大家解释："三爷自己采购材料，请匠人修街房，想给大家探路。他的房子即将完成，除了自己的误工外，所有开支账目及部分材料单据，都在上面。如果承包给建筑公司，各种材料及工价，各种户型的承包价格，也公布在墙上。供大家建房时选择和参考。"

村民们立即议论纷纷：

"包给建筑公司，还少花一万左右哩。"

"材料单价就相差那么多。算起来是那个样子。"

"我看牛魔王修的学校质量，比三爷修的房子强得多。"

"账明摆着，既然建筑公司修又省钱，又省事，不如我们几家人连起来也包给建筑公司修。"

"对，章明传都承包得，我们有啥承包不得。"

"莫跟镇长比，镇长面子大些啊。"

四季豆："五百元签了修房承包协议了。跟李红一个价。"

众人一听说五百元动工修房子了，大吃一惊："啥，五百元都要修房子了？走，去看看。"

五百元要修街房的消息迅速传遍小镇。在香山镇火哑巴家一直是吃救济的残疾人，现在居然要修街房，对邻居们震动很大。五百元嘴甜，在街上人缘不错，大家听说她家要修街房都来祝贺。五百元家的小院顿时热闹非常，拿着红包、鸡鸭、猪肉和各种瓜果蔬菜的送礼人络绎不绝。

五百元在忙个不停地应酬着迎来送往。火哑巴跟着呜呜哇哇地接礼、让座、敬烟。

熊三爷派猴主任来帮忙，猴主任坐在礼摊前写礼。礼摊上的盒子里装了一些钞票："主人家人手少，大家坐倒喝茶吧，送了钱的到这边来写礼啊。"

这一方的习俗，红白喜事都要送礼和还礼，熊三爷修街房也收了五百元的礼，此时走进小院来还礼。众人都热情地招呼熊三爷。

熊三爷："五百元，你狗日的人缘好哩，这么多乡亲都来朝贺你。"说着掏出几百元钱递上。

五百元："哟，三爷，你老人家能够来坐一下，就给我们火哑巴赏脸了，嘚个好意思破费你老人家啊。"

熊三爷："五百元，修房造屋是大喜事嘛。常言道邻帮邻，亲帮亲，该呀，你不要嫌少。拿倒啊。"

五百元："这……三爷，你修街房，我只送了几个冬瓜，这叫我……"

熊三爷："长短都是棍，大小都是情。说那些干啥？火哑巴是个残疾人，一直是村上吃救济的，你狗日的能干，这回带头修街房，给我们街一村争了光，也给三爷争了光。老子还嫌支持得不够哩。"

众人七嘴八舌：

"五百元，拿倒。三爷是个说一不二的人，他的情你领了吧。"

"火哑巴呀，这辈子遇上五百元这样的好女人。算他好福气啊。"

"五百元能干啊。硬是把火哑巴这个家兴起来了啊。"

"是啊，多少能干人都跟不上人家。"

隔墙院内，落地糍粑在埋头编背筐。幺吵吵不时眼红地向这边张望。看见五百元这么风光，真有点无地自容。

幺吵吵："糍粑，听到没得，你龟儿精明完了，你看看，别个火哑巴，还是一个残疾人，你跟得到别人一个脚趾头不？我看你那脸，只有装进裤裆了。"

落地糍粑："你没听见吗，别人都夸的是五百元。"

幺吵吵火了："夸五百元，老娘除了胸口子上那两坨没她那个大，没她水嫩，老娘哪点不如她。"

幺吵吵说罢，赌气进屋，"砰"的一声关了门。

五百元这边院内，人们还在对熊三爷问长问短。

"三爷，我们修房子，你也要支持啊。"

熊三爷爽朗地："没问题。喂，在座的大多数都是我们街一村的。香山镇老祖宗把规矩兴得好，修房造屋这些一家人的大事就是一村人的大事。能出多少力就出多少力。我表个态，你们修房子如果用我的河沙石子，我给你们打折。没有现钱的，先拿去用，以后有空闲时，来帮我淘沙子归还也行。"

众人都道："啊，三爷就做大好事了啊。"

"三爷，你不吃大亏呀！"

熊三爷："三爷才不吃亏哩。老子巴不得我们街一村那一段街房早点修起，大家好早点开张做生意，早点发大财。老子才好早点脱农袍，过一下当居委会主任的瘾哩。"

众人都哈哈哈大笑："哈哈哈，三爷脱农袍当居委会主任，我们不是也脱农袍当城镇居民了吗？"

熊三爷："喂，我再告诉你们一个好消息。我跟建筑公司已经说好了，如果你们几家人连起来请建筑公司修，更便于操作管理，成本下降，价格比公布的价格还可以低一些。比我自己修就省更多钱了。"

众人都看了五百元的修房合同，立即就有六家人联合起来，要去跟建筑公司签建筑合同。

第四十四章　章明传"讨口"

1

章明传决心进城去碰运气，全体干部都去综合市场开工典礼服务去了，他便在办公室修理他那一辆破自行车。车子还没完全修好，参加完开工典礼的镇干部们都陆续回到镇政府。

大家兴致勃勃地议论着。

"今天的开工典礼，办得热闹，真可以说盛况空前。"

"全体镇干部、各单位和各村的头头脑脑都来了。没辜负我们这些天的辛苦筹备。"

"更没想到来那么多赶集的群众看热闹。"

"高音喇叭又反复播送焦秘书写的那些煽情的小城镇招商文章，对那些赶集的人，起的作用也不小啊。"

"那个刘经理像是一个商界成功人士，那一席即席讲话，既向封闭的民众传递了不少商品经济的常识和新信息，又勾画出了综合市场的美好前途。把老百姓热情全都煽起来了。"

"对，当场就有不少人问买地的事。"

章明传听着大家的议论，群众高涨的热情，也大大地鼓舞了他，他似乎已经看到了香山镇未来美好的前景。他的心也更热了，为香山镇拼命的时候到了。他必须马上进城去找机会，去借东风，既为解眼下用钱之急，也为这点燃的热情，煽风加温。

章明传不知进城要待多长时间，便让焦点通知几个头头开一个碰头会，安排了一下工作。

开工仪式后，刘团长和泡泡糖也回到经理室研究下一步的工作。

泡泡糖："今天综合市场的开工仪式办得怎么样？"

刘团长："可谓盛况空前，没想到镇上这么重视。不知道我演得像老板没有?"

泡泡糖:"我们的团长大人不愧是天才的表演艺术家,简直是一个活灵活现的商界巨子。刘总经理在香山镇闪亮登场,那一席即席演讲,精彩啊。听众的掌声,不亚于你在舞台上得到的掌声吧。"

刘团长:"哈哈哈,小唐呀,我看主要是这个项目好,领导重视,群众关心,还有毕书记组织得好。你导演得好啊。"

泡泡糖:"主要是我们董事长抓的项目好,毕西办事也很会抓关键,抓时机。我在会场外听议论,不少打工回来的,都在打听买土地的事。我们动工后,李红又动工修街房,我看,肯定会大大推动小城镇建设。"

刘团长:"我们下一步怎么安排?"

泡泡糖:"综合市场工程采取的全包干方式,请了权威的监理单位进行监理。到时候验收工程就是,不用操心。具体工作有熊三爷和红桃K管,你本身只是挂名。你的主要任务,还是紧盯你的模特儿章明传。"

刘团长:"好,我尽量多接触他。"

红桃K走进来:"两位领导,可靠情报,章镇长要进城去找钱。"

泡泡糖:"他进城去要钱,这是去体验镇长进城求人的好机会。他什么时候出发?"

红桃K:"刚才召开了党委碰头会,这会儿推着他的破自行车往渡口去了。"

泡泡糖:"团长,你假装进城办事,用摩托车带他进城。"

刘团长:"好主意,我立即去。"

泡泡糖:"身上钱够不够?"

刘团长:"你不是叫我随时身上多带钱,要像个大老板吗?"

刘团长匆匆下楼。

章明传骑着他的破自行车进城,刚刚上船,刘团长骑着他那辆崭新的大摩托来到码头。毕西已经带刘团长去镇上拜见过领导,章明传已经认识了刘经理,立即下船帮刘团长把摩托车推上船。

章明传:"哟,刘经理今天也要进城吗?"

刘团长:"是啊,我进城办点事。章镇长也进城呀,我们正好同路啊。"

章明传有点不放心地:"刘经理,综合市场刚开工,那么大的工程,你这个总负责人走了,工程怎么办呀?"

刘团长笑道："我走之前一切都安排好了，具体工作有熊三爷和小红经管，有什么事随时可以电话指挥的，没什么关系的。章镇长骑自行车进城，这么远的路，多浪费时间啊。"

章明传不好意思地笑笑："刘经理别见笑，香山镇条件差，还没开班车，镇上又买不起车，有什么办法？只好骑自行车了。"

刘团长装着想了想道："章镇长，我看这样吧，你把行车寄在船上，我带你进城就是。"

章明传不好意思地："这，麻烦刘经理不好吧？"

刘团长："章镇长见外了，顺道啊，有什么不好。"

章明传："好吧，这段时间忙得很，能节省点时间也好。"

章明传进城后，先去看望了唐书记。汇报了近阶段香山镇的工作，唐书记很欣慰。特别是听到毕西分管的小城镇建设开局良好，这是他制定规划时没想到的。他对章明传道："看来，小城镇建设有广泛的群众基础，好好引导，一定能成功。香山镇的繁荣发展，一定大有希望。"

唐立行知道章明传进城的主要目的是来找钱过年，他并不看好："找钱的事，只有去碰一下运气，别太乐观了。能弄到手几个钱是好事，弄不到也不要生气，要有思想准备。"

章明传也知道，没有特殊关系，想要到钱这太困难。但是，自己毕竟是一个八万多人口的大镇镇长，在乡镇干部中；都说这叫一方诸侯。过去，县上各部委局机关，一个小小办事员下来，都视为上级，隆礼相待，这次来求他们，总该给个笑脸吧。

2

刘经理进城后，说他的事情不多，已经办完了。以后的几天里，刘经理就用摩托车，搭着章明传天天窜衙门。章明传不但没有得到他所希望的笑脸，这一回才知道什么叫衙门作风，什么叫门难进，脸难看，才知道要走进什么局长主任的办公室之难。

这一天，刘团长推着摩托车等在某局门口。已是严冬，刺骨的寒风呼呼地吹，似乎要跟官员竞赛冰冷似的。他也冻得有些受不了啦，快到中午，才见章明传又是垂头丧气走出来。刘团长赶紧推着摩托车迎了上去。

刘团长："章镇长，这次有收获吗？"

章明传："唉！又白跑了，别人还在等我给他们拜年啊！"

刘团长："章镇长，你这样空口白说，是不能要到钱的。"

章明传："刘经理，这几天你都是看见了的，花钱请客不但没解决问题，还嫌你档次低了。这次进城，三千块钱都花完了。昨晚请客，还破费的你啊。"

刘团长："小意思，应该的。章镇长，没想到你们行政干部，也存在工资问题。要钱也这么艰难。"

章明传："最恼火的是马上要过春节，干部拿不到工资，我这个当镇长的怎么向大家交代啊？"

刘团长："章镇长还要请客的话，就尽管安排，我来负责买单。"

章明传："算了，现在是送礼的时候，不是讨口要钱的时候，花了钱也白花。现在就是想花钱，连请客都请不动。"

刘团长："这几天都是请团年，部门头头都冲着有红包的部门去了。"

章明传奇怪地望着刘团长："刘经理也懂得这些？"

刘团长："这，这，听说吧，不是很铁的关系，恐怕不好请。"

章明传："是啊，可是我进城不能空手而归啊。我帮过商业局曾局长的忙，我再试试。"

刘团长："好，再试试吧。"

章明传拨通了电话："喂，曾局长吗？我请了你几次了，今天中午一定给个面子吧……好好好。谢谢曾老弟了，我在麦家酒店恭候你的大驾哈。"

谢天谢地，这最后一试，居然请动了客人。

二人立即赶到麦家酒店，定了雅室，点好了酒菜，虚席以待。

二人等了很久，刘经理抬起手腕看表："哟，都十二点半了，那个什么曾局长会来吗？"

章明传："会来，会来的。这个曾局长，我原来也给他帮过忙的。"

刘经理："啊，有交情就好。"

章明传很过意不去："让刘经理陪我久等了，真不好意思。我出门去看看。"

章明传站起正要出门，曾局长的司机走了进来。

司机："请问，谁是章镇长？"

章明传："我就是，请问你是——"

司机："我是曾局长的司机小邓。"

章明传："啊，小邓请坐。曾局长呢？"

司机："章镇长，真不好意思，曾局长中午实在来不了。他叫我来代表局里招待章镇长买单，并且代表他多敬镇长几杯。"

章明传一惊："怎么，曾局长不来了？"

司机："望章镇长理解，局长年终实在忙不过来。"

章明传："这……"赶紧给司机敬上一支红塔山香烟，"小邓，能不能请你……"

司机推开章明传的烟，反倒掏出自己身上的大中华来散了一圈。

司机气派地："服务员，把酒换了，换成五粮液。"

章明传羞得无地自容。

刘团长本来已经等得鬼火冒，实在看不过这小司机的猖狂。他不动声色地接过小司机的中华烟，很内行地捻了捻，闻了闻，扔得老远。然后掏出一个金光灿灿的烟盒，打开烟盒，顿时溢出一种从未闻过的芳香。给章明传恭恭敬敬地敬上烟，自己也点了一支，最后才给那小司机扔去一支。

章明传似乎也看出了刘团长的用意，吸了一口道："哟，这是什么烟呀？这么香。一定很贵吧。"

刘团长优雅地吐了一个烟圈，操着标准的广东普通话："不贵啦，不贵啦，港币一条烟还不到两万，就一两千一包啦。"

章明传故作惊讶地："哟，一两千一包，还不贵呀。你们这些港台大老板呀，真不把钱当钱啊。"

那小司机一听是港台大老板，立即附和："对对对，我们小县城太委屈刘老板了。"

服务员送来五粮液。

刘团长气派地："小姐呀，请你给我们换成 XO 吧。"

司机一惊："XO？"

刘团长："师父别担心啦，我买单啦！小姐，快去啦。"

服务员："先生，对不起，我们没有 XO。"

刘团长："其他更好些的洋酒也行啦。"

服务员："先生，对不起，我们酒店没有洋酒。"

刘团长眉毛一扬："章镇长啦，这是怎么搞的啦，他们这样有名的大酒店，怎么连一杯好酒都喝不上？"

章明传："这个，这个……"

刘团长："这个地方的商业局长是干什么吃的，真不称职，我要告诉你们的市委书记龙启格先生。他让我到这里来考察，这么差的软环境，我们集团怎么能来投资啦。章镇长，走，我们去找个好一点的饭店找饭吃！"

刘团长说着站了起来，走出雅室。

章明传喊着："刘总，对不起，对不起……"跟了出去。

司机追到门口："刘总，刘总……"

章明传厉声地："邓师父，你回去告诉姓曾的，他今天毁了我们香山镇招商引资的大事，我跟他绝不善罢甘休！"

服务员拦着司机："邓师父，这菜都上出来了……"

司机："嗨！"

事后章明传问刘团长："那烟，真要三千块一包吗？"

刘团长笑道："章镇长，你没看出来我是在演戏为你出气吗？一两百一包罢了，我说一万块一包，他能不相信吗？不过，你也得换换办外交的烟了。"

刘团长立即在店里买来一条大中华，硬塞给了章明传。

章明传怎么也推不掉，只好收下，歉意地："刘经理，这几天你都在帮我跑事情，你的事情办好了没有啊？"

刘团长："我的事情本来不多，都办好了。镇长还找人吗？别担心钱的事，尽管安排。"

章明传看了看天，天空冻云低垂，北风一阵紧似一阵："唉，找也白找，要下雪了，无脸回镇，也得回镇。我们马上回香山镇吧。"

刘团长："好，马上走。"发动了摩托车。

3

傍晚，大雪飘飘扬扬。刘团长在风雪中回到盘丝洞。他停好车，抖落满身积雪。红桃K把他迎进暖暖的空调间，立即端来暖好的酒，泡泡糖也走了进来。

泡泡糖："团长辛苦了，先喝一杯，暖暖身子。"

三人便小酌起来。

刘团长吞了一杯酒，感慨地："小唐呀，这回你让我过了老板瘾啊！"

泡泡糖嘿嘿一笑："团长，吹吧，你过老板瘾，用了多少钱啊?"

刘团长："哟，不少啊，两千多哟。"

红桃K哈哈笑道："团长，几天时间才花两千多，还过老板瘾。你这个老板没当像，太小气了啊。"

刘团长："还小气呀？就那样我都花得人心痛啊。"

泡泡糖："你还是把你当成刘团长在花钱，当然心疼啊。"

刘团长："不过，我演的大老板可成功啊。"

刘团长把他羞辱小司机的事讲了一遍，二人都叫："解气，解气！"

泡泡糖："喂，这次陪镇长讨口，有收获吗?"

刘团长："收获太大了，想不到乡镇干部这样艰难，这样窝囊。县上衙门里那些小办事员，架子太大了。我也是经常到处为剧团讨口要钱的人，也没有他们这么下贱啊。"

泡泡糖："以后你接触多了，你会有更多收获的。章明传要到钱了吗?"

刘团长："一分钱都没要到，干部年终拿不到工资，真为章镇长着急啊。"

泡泡糖："那你就进入他的角色。好好体验一下镇长的生活吧。"

刘团长："这是当然，综合市场开工后还顺利吗?"

泡泡糖："很顺利，又有好几家人准备春节过后就开工。"

刘团长："这就好。小唐，这里没急事了，天晴之后，我想赶回市上去一趟。前几天财政局邓科长同意节前把差额补助款拨给我们，我今天问了，钱还没到手，明显的是等着我去请客拜年。"

泡泡糖："嗯，团里要钱也是大事，好早些给员工兑现工资奖金。啊，你回城去拜年之前，先去安排熊三爷给镇政府拜年吧。"

红桃K："红包已经给你准备好了，两万。"

刘团长："两万，送哪些人呀?"

泡泡糖："不能送给领导，要送全体干部。叫熊三爷等你走后直接送到纪委杨书记那里去。"

刘团长："对，熊三爷出面最合适。喂，小唐，你好像跟杨书记和毕书记都很默契，是吧?"

泡泡糖："是的，我们的事情，就他们两个人知道得多些，相互理解，而且能相互配合支持嘛。"

章明传披着一身雪花进屋。

李红立即拿起毛巾一边为章明传扫雪，一边心疼地责备："下这么大的雪，回来干啥吗？人整病了，怎么办？"

章明传："才出城时没下雪，谁知一进山后雪下这么大。"

小敏懂事地抱来军大衣："爸爸，快把军大衣穿上。"

章明传接过军大衣披上："我小敏真懂事。"

李红端来一碗姜汤："怕你赶回来，幸好早把姜汤熬起了。快喝碗姜汤驱驱寒。"

章明传喝着姜汤，望着李红母女忙碌，甚为感动。

小桌子上很快摆上了腊猪尾巴等酒菜。

李红："先喝一杯，再吃腊八粥吧。"

章明传关心地："我们的房子开工了吗？"

李红："开工了，你走这几天，地基都打好了。昨天停了下来。"

章明传一惊："怎么停了下来，出了什么事吗？"

李红："你走后五百元跟建筑公司签了修房协议……"

章明传："什么？五百元也请建筑公司修街房？"

李红："是啊，一村人都夸五百元能干哩。好多人见五百元修街房，怕人议论连五百元都不如，也要动手了。有六家人联合起来跟建筑公司定了合同。春节过后就动工。"

章明传："好啊，五百元这个头带得好。"

李红："三爷说，等五百元的地基打好后，两家人的一起修，一样算账，免得说你当官的占了建筑公司的便宜。两家人的房子都可以租给建筑公司住工人，放材料，一年就可以得几千元租金了。"

章明传："好，三爷替我们想得真周到。哎……"

李红："这么多好事情，你还唉声叹气地干啥？"

章明传："我着急啊，毕书记进城找钱找了十万，我一个堂堂镇长，镇干部们对我这次亲自出马，都寄予很大的希望，眼巴巴地等我找钱回来发工资办年贷，可是，跑了好几天却空手而归。我怎么跟大家交代啊？"

李红："这……"

第四十五章　雪压穷年

1

一夜的鹅毛大雪，香山镇一片银装素裹。清晨起来，大雪还在飘着。好几年没下过这样大的雪了。瑞雪兆丰年，这场雪下得好啊。儿童在雪地上奔跑，打雪仗，堆雪人。大人们穿着厚厚的棉衣，在院子里劈柴，准备烤火炖腊肉。

杜中德在床上蜷了一会儿，起来拉开门，门外一派银装。一股旋风卷着雪花，向门内扑来。他赶快关了门。

老伴早起床忙碌开了，这会儿坐在堂屋内火盆旁。火盆上的锅里炖着腊肉，冒着腾腾热气。她把火拨得旺旺的："他爹，下这么大的雪，大桥工地也停工了，你就在家里歇一天吧。"

杜中德这段时间确实很累了，想了想："好吧，我也想歇一天了。"在火盆边坐了下来。

老伴："昨天天棒给你送了好多腊猪耳朵、猪拱嘴和腊香肠来，我都给你炖起了。"

杜中德："嘿嘿，都炖熟了，我都闻到香气了。"

老伴："看把你馋得，我去把酒给你拿来。"

杜中德用筷子从锅里夹出一段香肠，放在盘子里，便用手去拿，烫了手，吹了吹，拿起就啃，嚼得满嘴流油："哟，真香，真香。"

老伴递上酒瓶："我这牙又嚼不动，都是你的，又没谁跟你抢。"

杜中德咬下一段香肠，淘气地塞进老伴嘴里："尝一尝，尝一尝嘛，这是外甥天棒的孝心啊。"

老伴拍了杜中德一下："你口头拿出来的……"

杜中德："老婆子，你不懂啊，这就是那些秀才说的相濡以沫啊。"

老伴："鬼老头，这一年来我看你那把老骨头都快累散架了。还那么喜乐神一样。"

杜中德当了一辈子乡镇干部，而今看着香山镇的勃勃生机，心情从来没有像现在这样好过。大桥工程再艰难，始终没停工，工程进度一步一步地在推进；从来不去跑上级部门的章明传，这回主动去城里烧香磕头去了，一个大镇的镇长亲自出马，多少会有点收获吧；毕西从成都回来，一心扑在工作上，同志同心，干什么事都愉快。小城镇建设一下就铺开了，连长期吃困难补助的五百元都动手修街房了，这让他似乎看到了香山镇的希望。

杜中德猛喝了一口酒："嘿嘿，老婆子哩，人活一张脸，树活一张皮，我杜中德当了一辈子灰头土脸的乡镇干部，跑了一辈子田埂，这辈子有什么事情可以在人前说嘴？想不到快到点的时候当上了香河大桥指挥长，做的是千秋万代的功德事，圆的是世世代代香山人的大梦啊！我那姐姐，我那姐夫，知道我在修香河大桥，他们在阴间都要保佑我的。我虽然苦点，累点，受逼一点舍得吗！快到点的人了，要退的时候还能干点像模像样的大事，能不开心吗？"

老伴："好，你开心就好。这腊猪舌头还好吃，我去给你切来。"

杜中德："不用切。"抓过舌头要咬，突然停住。

老伴："怎么啦？"

杜中德："我在屋里陪老婆吃肉喝酒，不知大桥工地上的工人……"

老伴："可能也在烤火吧。"

杜中德："不，好久没发工资，可能正在骂我杜中德。章明传走的时候一再打招呼，千方百计稳住施工队伍，坚持到年底。章明传出门没回来，我是大桥的指挥长，下了这么大的雪，快去把大衣给我拿来。我应该去慰问一下桥梁公司的工人才对。"

老伴犟不过他，立即给他抱来军大衣。他披上军大衣，燃起一支烟，便迎着风雪出了门。

杜中德直接到了财政所。这些天他跟钱所长催收到了一点双提款，哪怕像挤牙膏，多少又能给工地拨点儿款，大桥工程又能维持几天。他叫钱所长带上那不多的一点钱，又去买了一件香河大曲，二人便直朝桥梁工地走去。

杜中德和钱所长来到大桥工地。陈经理把他们迎进工棚。工人们有的躺在被窝里看电视，有的围着火盆打扑克。

陈经理："弟兄们，镇领导来慰问我们来了，我们鼓掌欢迎。"

工人们一片掌声。

杜中德："同志们，你们辛苦了。章镇长进城去拨款去了，今天趁着大雪，我和钱所长代表全镇干部和群众，来看望大家，向你们表示感谢和慰问。我们镇很穷，开工几个月来，资金不能及时到位，让陈经理拖欠了大家的工资，逼了大家，苦了大家，责任完全在我们，我们十分惭愧。请大家不要责备陈经理。春节快到了，大家都要办年货，最近我们筹了一点钱，钱所长给你们送来了，其余的我们会尽快想办法。我估计章镇长回来后，或许会有些好消息的。"

陈经理和工人们都没想到业主会主动送钱来，愣了一下，一齐报以热烈的掌声。

杜中德："现在离春节不到十天了，天晴以后还请大家加把劲。钱所长还给大家送来一件我们香山镇最好的香河大曲酒，中午你们好好喝一杯酒赏雪。一是向大家表示谢意和歉意。二是提前向大家拜个早年。请大家务必尽兴！"

众人又是一片呐喊和掌声。

2

一夜风雪，章明传辗转反侧，难以入睡。满眼闪现的都是干部们期待发工资的目光，都是桥梁公司陈经理催款时那无可奈何、很难为情的表情。

章明传知道，自己纵是浑身是铁，也打不了几颗钉。临难受命，接任这半年多来，那么困难，那么艰苦，做了那么多群众称道的实事摆着。每当任务下达，无论多么急难险重，同志们都跟他一样拼命完成。特别是桥梁公司的陈经理，为了帮他圆香山大梦，冒着多么大的风险，担着多么大的干系，让他在工人面前受了多少责备和委屈。要过年了，却没法兑现他们的工资和拨款，这太对不起他们了。

章明传冷静地把所有能找钱的办法重新梳理了一遍，甚至包括违纪的办法。他也知道找钱必须找有钱人。他第一个想到的便是白莲，可他偏偏跟白莲又是那层关系，而且现在白莲又回海南去了，即使在香山，也无法开口。至于在香山施工的老板，他一个也不熟，这些人跟政府又没有直接的业务牵连，也无从向他们开口。虽然他多次催促钱所长去信用社贷款，明知不可能，那只不过搪塞之词而矣。

章明传能想的最后办法就是违纪。毕西争取来的十万救灾款还冻结在账上没用，如果能拿出来也能救急。挪用救灾款的违纪后果他很清楚，不保纱帽事小，甚至可能不保党籍和工职。如果丢掉这些，唐书记的委托和自己为之奋斗的一切，都将成为一句空话。这个违纪成本太高，而且即使他愿意违纪也办不到。救灾款是杜中德管着的，且不说不愿意跟才和好不久的杜中德闹翻，即使他不顾一切，杜中德是个原则性极强的老头，他也用不上这笔钱。

章明传一直想不出用什么办法去应对那些盼发工资的干部。他怕回镇政府，但是丑媳妇必须见公婆的，这样的时候他又不能不去上班，他直挨到半晌午了才回到办公室。

由于雪太大，大多数干部都关在办公室里烤火。干部们都巴不得立即领到工资，一见镇长回来，都拥到他办公室来听好消息。

"章镇长，要到钱了吗？"

"章镇长，好久给我们发工资呀？"

"章镇长，今年县上规定的是多高的奖金呀？"

"先把工资发给我们吧。"

章明传一脸的无奈，不知怎么回答，这时慰问桥梁公司的杜中德和钱所长回来了。

杜中德立即递上烟，急切地："老章，大家总算把你盼回来了，你亲自出马，不会白跑吧，要到钱了吗？"

章明传惭愧摇着头，叹了一口气："唉，每年这几天，都是各乡镇进城给领导拜年，去送钱。别人都以为我是去拜年的，空着一双手，好难为情。怎么要得到钱啊？"

干部们："没要到钱，这个春节怎么过啊？不到十天就过年了，大家都等着你弄钱回来发工资，送回家办年货啊……"

焦点："今天上午，几个办事处都打电话来催问工资。有的办事处要到镇上来坐等，都被我挡回去了。他们都在等你的消息啊。"

撤乡建镇后，原来各乡设办事处，方便管辖原来所属乡内的工作。镇干部中大多数人都分散在办事处，如果都来坐等工资，那就出大事了。

章明传："你告诉他们，千万别到镇上来，款到后立即通知他们。"

焦点："好吧。"

章明传："钱所长，你那里筹钱情况怎么样？"

焦点："你那天临走时说了，第一要保大桥施工，给桥梁公司凑了点工钱刚才送去。我们啥办法都想尽了，教师的工资还差起好多啊。"

章明传："我叫你去找信用社贷款的事，办得怎么样了？"

焦点："信用社主任早就躲得无影无踪了。"

章明传："这，这，毕书记呢？"

焦点总是忘记不了对毕西的怨气："这几天筹备修街房的不少，找他的人多。可能被谁家请去喝酒去了吧，得意完了啊。"

章明传："焦秘书，你怎么这样说。你通知大家，下午开年终总结会。另外，杜镇长和钱所长，你们还是尽快想一下办法找钱吧。"

章明传不敢在办公室久留，说完走出了办公室。

3

大雪初晴之后，就是五百元家建街房开工的日子。熊三爷知道抓典型的意义，决心把这一家过去长期吃国家救济的残疾人这件大事，办得尽量风光一些。他叫所有的村干部都来帮忙，并且特别请毕西和杜中德到场捧场。

五百元家的街房，离李红的街房不远，都是请的同一家施工队伍。李红家的房子，地基已经浇注好了，只等五百元家的地基浇好，两家同时砌墙体，都同一个价格结算。而且建筑公司让火哑巴从修自家的房子开始，就到建筑公司打工，每天能挣几十元的工资。还给火哑巴发了崭新的工作服。

五百元家要修街房，前来祝贺和看热闹的乡亲不少，熊三爷亲自为五百元主持开工仪式，办得隆重热烈，十数挂鞭炮震耳欲聋，经久不息，镇上最有脸面的领导毕西和杜中德，都到场祝贺和讲话。那五百元和火哑巴感受到了从来没有过的光荣。贺客和看热闹的看客们对这两口子称赞不已，羡慕不已。不少人都说："我们连五百元和火哑巴都不如，实在有点丢人啊。"

章明传分配杜中德重点找钱，杜中德是没有任何门道的。想来想去，只有看毕西愿不愿意出手了。他平时不大愿意跟毕西走在一起，好在这天他俩一起出席五百元的开工仪式。

　　开工典礼结束后，二人向镇上走去。杜中德几次想向毕西开口，但话到嘴边又咽了回去。他知道毕西从来没把章明传放在眼里，说不定正等着看章明传一年到头不能给大家兑现工资的笑话哩。但是又一想，现在的毕西未必还是过去的毕西，做了那么多好事摆在那里了，便真诚地道："毕书记，我杜老头平时对你意见再大，也不能不服你老弟神通广大啊。你看，你才回来几天，小城镇建设就搞得轰轰烈烈了，真是形势喜人，形势喜人啊！"

　　毕西："老杜，不是我神通广大，大量的前期工作都是你跟焦秘书做的，我是赶上摘桃子的时候了，不过现在还不能高兴得太早。你看，今天到场那些打工回来的，为啥光看不伸手买地？"

　　杜中德点头："嗯，对，我听他们议论，这里啥时候才能形成街道，才能做生意啊。"

　　毕西："是呀，这里规划的是三十米大街，实际上还是一片农田，他们都担心万一大桥修不起，大街形不成……"

　　杜中德："对，你说怎么办？"

　　毕西："只有先完成街道建设，才能解除他们的后顾之忧。这件事是大事，提交党委会上讨论时，老镇长不会反对吧？"

　　杜中德："明摆着的事反对什么，只是那要多少钱啊？"随即叹了一口气，把话引到他的正题，"唉，眼下最要紧的是干部年终工资都还没着落，老章进城又没要到钱。毕老弟，你说怎么办啊？"

　　毕西看了看杜中德，想了好久没有接招，只模棱两可地应了一声："嗯，是难办，是难办。"

　　他们一起回到了镇上，这一天是春节前最后的一个集期，古镇上一派春节前的节日气氛。李红依旧推着她的小摊车，货源比过去多了许多，生意也比往日红火。

　　杜中德和毕西路过李红的小摊前。

　　杜中德："李红，你在修街房，怎么都不歇几天生意啊？"

　　李红："老镇长，我修街房是包给施工队的，有三爷关心，我插不上手。趁过年生意好，就不息生意了。"

杜中德："对，包给建筑公司简单些，生意还好吗？"

李红："托老镇长的福，今年打工挣钱回来的人多，生意比往年都好。哟，老镇长，年货办齐了吗？"

杜中德灵机一动，又想趁此启发毕西："唉，原说等你们明传到县上去要钱来发工资。钱又没要到，工资都没发，拿啥子办年货啊？"

李红："老镇长哩，你晓得的，他哪有那本事要到钱啊！"

杜中德："哟，话不能那么说啊，你看我们毕书记前几天都要到十万。只是救灾的钱拿来也不能用。老章是镇长，又主持全面工作，照理说，多少也该要点回来嘛。嗨，谁知……"

李红："杜镇长哩，毕书记一直在城里工作，认识的人多，我们章明传怎么能跟毕书记比啊。"

杜中德点头道："毕书记，李红这倒说到了点子上了。说不定呀，都还得请你老弟出马，才能帮助大家渡过难关啊。"

毕西不置可否地笑笑："哪里，哪里。"

李红："老镇长不买点啥呀？"

杜中德假装掏了一阵腰包，故作尴尬地："喂，李红，你能不能赊点东西给我啊？"

李红："老镇长你说些啥啊，你要啥，我给你装。"

杜中德："孙儿看见别人放鞭炮，一回家就缠住我，你说……"

李红牵好塑料袋："好，你要啥拣啥。"

杜中德拣了几样东西，望着毕西："嘿嘿，毕书记，没见笑啊。"

毕西显然看出了杜中德当着他的面赊东西的用意。他一直认为这是个好老头，看他那样尽心尽力帮助章明传，很是感动。

第四十六章　章明传拜年

1

所有人都在为找钱的事情奔忙，几天下来，总算把教师工资对付得差不多了。转眼就到了腊月二十七，大桥工地放假了。留下人等着拿钱回城补发工人，干部的工资却一分钱都还没有着落。

毕西要把章明传的政敌扮演到底，表面还是不冷不热，没事人一样，但他暗里同样在为找钱发工资的事着急。他自己的积蓄也不多，能拿出来的差不多都拿出来了，自己也没有多少找钱的把握。牛魔王那里可以拿出钱来，可才向人家借了材料，实在不好开口。何况此后要好好利用此人，过分向他示弱，怕此后难于控制和利用。现在，唯一可以借出钱来的，只有泡泡糖了。

对于泡泡糖的关系，他本来不愿意轻易动用，而今已经迫不得已，便只好来求泡泡糖出手了。

泡泡糖对章明传面临的窘况了如指掌。百十号干部的工资奖金，加上长期积压在干部手中应该报销的单据，二十万就能应付。这对泡泡糖来说，些许小事。香山镇的干部，可以向她开口的，只有焦点和毕西。焦点几次登门欲言又止，大约是怕林可儿会因此瞧不起他，想说又没勇气。可恼的是毕西那厮，为了当政敌图大事，至今也不来开口，自己总不能无缘无故把钱送去吧。

毕西终于走进泡泡糖办公室，泡泡糖心中暗喜："哟，毕书记是来请我团年吗？你的招待我一定吃。"

毕西佯怒道："我是来问罪的。"

泡泡糖："问罪？本小姐有功于你，何罪之有？"

毕西："喂，小唐，唐大经理，你们是这一方的财神，再有三四天就过年了，镇干部工资，一分都还没有，章明传急得快要跳香河了。你当过乡镇干部的，知道他们的困境，怎么能见死不救，你们的菩萨心肠哪里去了啊！"

泡泡糖："啊，你是说叫我们把钱给镇政府送去？"

毕西："章明传跟白总是那种关系，要他来开口求你们，这办得到吗？"

泡泡糖："除了章明传，镇领导就没人了吗？"

毕西："镇领导中有谁能跟你们说得上话啊。"

泡泡糖诡秘地笑道："有倒是，你又要扮演政敌，不过，他根本用不着求我们了，他有救星了啊。"

毕西："他有救星了？谁！"

泡泡糖："神老板毕书记啊。我可不敢来抢这件应该你做的功德。既然你这样关心他，送佛上西天，还能袖手旁观？只要你一出马，还有办不成的事？"

毕西："我，我的钱都垫出来了。也是爱莫能助了啊。"

泡泡糖想了想，提醒道："你不是在冷副县长那里烧过不少香吗？他是分管财政的副县长，年终财政铲锅巴，还挤不出这点钱来。"

毕西神秘地道："他，你还不知道，他是泥菩萨过河，自身难保了。恐怕，恐怕没有多少日子了。"

泡泡糖敏感地："是不是有什么可靠消息了？"

毕西的特殊朋友多，凑上前对泡泡糖耳语后："消息绝对可靠，可能过完春节就……"

泡泡糖想了好一阵："这消息价值大，很大。"

毕西："什么价值？"

泡泡糖："你装糊涂吧，你没打算报警？"

毕西："报警！"摇头，"不敢！我不能害朋友。"想了一阵，"不过，这倒是一个收债的好时机了。"说着拨通了钱所长的电话："钱所长吗？请你带上我们年终到县上要钱那份报告，立即到渡口上等我。立即，懂吗，立即！"

泡泡糖："毕哥要去收债？"

毕西："小唐，如果收债不成，就算毕哥私人求你，节前务必给我准备二十万备用。"

泡泡糖不置可否地笑笑："快去收债吧。"

毕西会意地笑笑："谢谢，再见!"说罢，匆匆离去。

泡泡糖送到门口，看着毕西的背影，喃喃地道："章明传有救了。"

2

章明传急得像热锅上的蚂蚁，走投无路之时也就只好病急乱投医，走进纪委办公室。

杨书记："章镇长，还没找到钱吗?"

章明传："嗨，对不起大家，很对不起大家啊。"

杨书记："那怎么办?"

章明传："杨书记，我想跟双职工商量一下，工资推到年后去发。先找几千块钱，给家在农村的同志们一人发几百。你看怎么样?"

杨书记："我是双职工，我没意见。"

章明传："好，那你就算一个吧。"

杨书记："可是我们这里的双职工不多，不少人也困难啊。你几千块钱应付不了吧?"

章明传："现在我连几千块钱都还没有啊。啊，要过年了，这几天有没有人到你这里来上缴礼金?"

杨书记："没有啊。"她想了想，毕西几个月的工资，都保管在他那里，还没到该公开的时候，决定先拿出来救急，便道，"啊，不过我这里还管了唐书记代一个干部缴的四五千多块钱。可以暂时救急。一会儿就去给你取。"

章明传："是谁的?"

杨书记："唐书记说，现在不便说，春节后还要来缴。"

章明传："怪了，缴礼金都有预约。"

杨书记："另外。前几天老校长来征求我的意见，说香山镇的教师的具体问题，比周围许多乡镇都解决得好得多，他们和几个学校想联合行动，想给几个领导，一人送几百块钱的红包。我当然阻止了。"

章明传："这……杨书记，嗨，可惜。如果收下，也能借给我救急啊。"

这时熊三爷走了进来。

章明传："三爷来了?"

杨书记："三爷,请坐。"

熊三爷笑道："错了,今天你们该喊我熊副总经理。"

章明传："啊,忘记了,三爷当了香山综合市场的副总经理啊。"

杨书记："哈哈哈,是啊,熊经理有事吗?"

熊三爷："刘经理临走时委托我来给你们拜年,感谢你们对我们企业的支持。"说着掏出了一个大红包。

杨书记："刘经理委托,这怎么行啊?"

章明传发亮的眼睛盯住厚厚的红包。

熊三爷："杨书记,刘经理说,这钱不送领导,送全体干部,而且直接送到你这个纪委书记手里,请你们一定领情。"

杨书记："这肯定是小唐的主意,章镇长,你看……"

章明传："感谢刘经理理解我们。不收投资人的礼,这个规矩不能坏。这样,我给刘经理打借条,请杨书记监督归还。"

熊三爷急了："这,呃,明传,我这点小事都办不好,我这个副经理混得下去吗……"

杨书记："三爷,我先打收条,其他的事以后说吧。"

熊三爷走后,章明传迫不及待地打开红包,拿出两万未拆封条的钱来,长长地舒了一口气:"好,又有两万了。"

章明传见熊三爷走出镇政府,也走出纪委办公室。他在香山镇教办办公室门前停住脚,想进去又很犹豫,看见杜中德和焦点走进政府大院,便向他们招了招手。

杜中德和焦点走过去。

杜中德："老章,你找我们?"

章明传灵机一动:"走,我们一起去给老校长拜年。"

老校长把几人迎进办公室。

章明传："老校长辛苦啊,我们几位代表党委和政府,来给老校长拜年啊。"

众:"对,给老校长拜年啊。祝老校长新年快乐,合家安康!"

老校长："我也给你们拜年啊,祝你们新年快乐。"

章明传："看,我们空着一双手来给老校长拜年,真不好意思。"

老校长："人到了情就到了嘛。"

杜中德："老校长，我们也是心有余而力不足啊。"

老校长："杜镇长年货办齐了吧?"

焦点："老校长哩，到现在都还没找到钱给大家发工资，他办啥年货啊。"

杜中德："办了年货了，去赊了一挂鞭炮。能应付孙儿就行了。"

章明传："杜镇长，各部门对我们工作支持很大。一年到头了，我们还是请大家团个年，给大家敬一杯酒吧。"

杜中德："这……你定吧。"

章明传："好，老校长，就今天中午吧，几个学校的校长就麻烦老校长帮我们请一下吧。"

老校长："这怎么行? 镇上都这么困难。"

章明传："再困难，中国人传统礼节还是要吧。"

老校长："说传统礼节，这就好，拿出几个红包，那么你们先接受我们给你们拜年吧。否则，我们就不喝你的酒。"

焦点："这怎么要得啊?"

章明传："对，这确实不好意思，不过老校长的盛情难却，我们不接受，老校长不喝我们的酒，我们就更过意不去啊。"

老校长："是啊，礼尚往来吗，拿到吧。"

章明传带头接过红包："那就给老校长道谢了啊。"

杜中德和焦点不解其意，望着章明传。

章明传："杜镇长，你们就领老校长这个情吧。"

老校长："这就对了，啊，其他几位领导的，请焦秘书帮个忙吧。"

焦点望着章明传。

章明传示意收下："喂，焦秘书，你去安排好一点，你一个人代表我们就是。老校长是我的老师，别怠慢客人啊。"

几人走出教办公室，来到镇长办公室。

杜中德举着红包："老章，你这是……"

章明传把红包交给焦点："全部拿到杨书记那里去登记，年后如数退还。喂，钱不要交，先给家在农村的同志凑工资。"

二人恍然大悟："啊，老章，你是……"

章明传："没办法的办法。杜镇长，你跟我再去找一两家有钱单位拜年。"

杜中德："好，不过，去单位上打启发，你们两个都别去。我的老脸皮厚些，这个戏由我和刘主任，加上有说有笑的张主任来唱主角。"

章明传："好。谢谢老镇长了，另外，你们一定要单请牛老板他们几个老板团个年，好好感谢他们一下，记住，他们的红包就千万不能收啊。"

杜中德："好。"走出镇长办公室。邀请爱打哈哈、性格活泼，在各单位人缘不错的妇联张主任一道，去各机关拜年打启发去了。

焦点："镇长，单位上打启发，饮鸩止渴而已。

章明传："逼到这步田地，有什么法？"

3

章明传在办公室连抽了两支烟，他也知道饮鸩止渴等于自杀，但是已经狼狈到了这般田地，便下定决心动用街一村土地款。他猛地扔了烟头："妈的，只有这么办了。"

街一村的土地款，由毕西和街一村共管，便走进镇办公室对焦点道："立即给我请一下毕书记。"

焦点："上午几起人满镇找他，都没找到。"

章明传："他去了哪里呢？"

焦点气呼呼地："别人是领导，走哪里又不用给我打招呼，我怎么知道。"

章明传："再打他的电话。"

焦点又打电话，电话通了，传来毕西的声音："焦秘书，请你给章镇长说一声，朋友请我团年，我进城了。"

不等焦点回话，电话已经断了。再怎么打也不通。

章明传有些愤然："这种时候，他怎么不打招呼就走了呢？"

焦点没好气地道："滑头，躲大家。你主持工作，等着看你过年不给大家发工资的笑话噻。"

章明传似乎也有同感："唉，是我没本事，谁要看笑话就看吧。走，跟我去找熊三爷。

章明传来到镇外大街工地。五百元和火哑巴提着才领到的猪肉和香肠，兴高采烈地走来。

五百元："章镇长，你来看你们修的房子吗？今天建筑公司都放假了。"

章明传："啊，年货办得齐备哩。"

五百元："不是我们办的，我们火哑巴能干，给建筑公司打工，修自家的房子还挣工资，才上班几天，老板还送这么多年货，都是托镇长的福，托三爷的福。我们将就这个去给他老人家拜年去了。"

章明传："啊，好，好，好。你们去吧。"

章明传快到工棚时，突然住脚。

焦点："章镇长，怎么啦?"

章明传："唉，农民给包工头打工，都能兑现工资，还得年礼。我们的干部那么辛苦，一年到头却得不到工资，我们还好意思去说什么?"

焦点也有同感，二人只好直接去找熊三爷。

熊三爷辛苦了一个多月，街房今天终于完工。内部装修要等过一个热天干透之后才能做。他今天也在这里给匠人们团年。五百元两口子来拜年，他怎么也拒绝不了。熊三爷只好收下，要留两口子团年，两口子放下礼物就跑了。

熊三爷刚给大家敬了第一轮酒，见章明传和焦点走来，立即拉二人入座。

章明传哪里还有心思喝酒，但三爷这是喜事，又是团年，只好举起杯子敬酒："祝贺三爷新房落成，祝大家新年快乐。"

章明传不等大家回敬，便把熊三爷拉到一边："三爷，你今天高矮都要救明传一下。"

熊三爷看章明传神色凝重，急问："又出了啥子事啊，李红这段时间不是好好的吗?"

章明传："不是李红，三爷，镇干部辛苦一年，我现在没钱给他们发工资。把你们街一村的土地款，借点给我发工资吧?"

熊三爷一听说要借土地款，也不顾那么多人盯着，突然变脸："章镇长，章明传，你别做梦了！你们镇党委做了规定，我们村民委员会做了决定，香河大街的土地款，镇村两级共同管理，专户储存，专款专用。任何人不得乱用一分。没有毕书记和我签字，取不出来。你就是立即撤我的职，我也不会签字的。我提醒你，莫忘记了唐书记为啥瘫痪，街一村的村民可不是好惹的。"

熊三爷说罢，再不理二人。自回桌子上去敬酒去了。

章明传和焦点，只好狼狈不堪地回镇政府。

焦点："镇长，又怎么办？"

章明传："先回去看财政所今天又催收到了双提款没有。"

章明传话还没说完，就听到广播节目突然中断，播发紧急通知："紧急通知，紧急通知，请财政所钱所长听到广播后，立即回财政所，请见到钱所长的同志立即转告。"

紧急通知反复播放着。章明传和焦点大惊："这种时候，怎么钱所长也撤离职守？"

章明传和焦点刚进镇政府就被财政所的人拦住问："镇长，你们看到钱所长了吗？我们全所的人找了半天了，到处都找不到人。钱所长这些天被逼得神经都失常了，今天突然失踪，会不会出啥问题啊？"

章明传："你们找人嘛，快找人嘛，叫派出所也出动找人。"

第四十七章　毕西打菩萨敬小鬼

1

毕西被泡泡糖点醒，走出泡泡糖办公室，立即拨通财政所的电话："喂，钱所长吗，请你带上那份年终要钱的报告，到渡口。"

毕西说罢电话，走下楼来，立即启动了停在楼下的摩托车，朝渡口驰去，半道上见钱所长匆匆赶来。

毕西："章镇长要钱那份报告带来了吗？"

钱所长："带来了。"

毕西："上车，跟我进城。"

钱所长："毕书记，章镇长着急筹工资，一天找我不下十次。我没请假，他找不到人要骂人。"

毕西："我是副书记，我负责。"

钱所长："进城干啥啊，钱都没带。"

毕西："要钱，记住，这是绝密行动，不需要带钱。"

钱所长一听要钱，顿时没了信心："唉，算了吧？县财政局年终铲锅巴，章镇长拜年、请客花了三千块，一分钱没得到，再去也是白跑啊！"

毕西："铲不着锅巴，跟我去舔盘子。"

钱所长："什么，舔盘子?!"

毕西："是呀，舔盘子，就是去要今年县财政大宴最后的残汤剩水。说不定有油。"

钱所长老道地："毕书记，都啥时候了啊，财政局人都找不到了。"

毕西："直接找冷大脑壳要。老子反正豁出去了，硬要。"

钱所长："找冷县长，行吗？"

毕西："不行怎么办？大家辛辛苦苦干一年，大过年拿不到工资。现在就是把章明传逼死，他也找不到钱啊。"

钱所长："冷县长不会在办公室吧？"

毕西也老道地："你晓得个屁，这几天他不在办公室怎么收礼？啰唆什么，上车啊。"

钱所长只好跨上摩托。

县城里过年的气氛更浓。毕西无心看热闹，也怕碰上熟人纠缠，把头盔压得很低，直朝县政府驰去。他们先在一个药店门口刹了车，对钱所长道："下车，去给我买一张伤湿止痛膏来。"

二人来到县政府办公大楼。大楼里送礼的人们进进出出。干部们提着大包小包的东西上上下下。

毕西和钱所长来到副县长办公室外。毕西把那一块伤湿膏先在墙上擦脏，然后歪贴在光光的额头上。

钱所长很不解："毕书记，你这是……"

毕西示意噤声："你在门外等我。"然后重重地敲门。

副县长办公室里。冷县长慌忙把两个厚厚的信封往抽屉里放，放不下，立即用报纸盖住。两个送礼人立即知趣地起身握手告辞。

冷县长开门送那两个送礼的人出门，看见毕西当门而立，热情握手："啊，是毕老弟，请进，请进。"

毕西冷着脸走进副县长办公室后，冷县长随手关门。

冷县长一边倒水，眼睛下意识地盯着毕西手中的公文包："老弟从成都回来后，我一直没来看过你，难得你们还没忘记我。"

毕西坐在沙发上抽烟一言不发。

冷县长关切地："啊，老弟的额头怎么啦?"

毕西："撤庙子，伤的。"

冷县长："撤庙子干啥? 你不信神了吗?"

毕西："曾经很信神，现在改信鬼了。菩萨光吃刀头不显灵，把庙子给他掀翻了。他倒地时想亲我的额头，就留下记号了。"

冷县长明显听出抱怨："光吃刀头不显灵? 哈哈哈，老弟呀，你话中有话，我晓得我欠你的人情多。农民春天播种，也要等到秋天才能收获。不要性急嘛。你托我的事，不是我不努力，我提过多次了，但是唐立行在养伤，组织上一时不好对他做安排。这事就……"他等待着毕西的感谢之辞。

毕西仍然冷着脸，最后慢条斯理地从公文包里拿出一个信封送到冷县长桌前。

冷县长起身双手接住："你就不必了嘛。"信封的分量使他脸上的热情立即冷了下来，随手把信封放在一边。

毕西："冷县长，请你拆开信封看看吧。"

冷县长："不看了，长短都是棍，大小都是情嘛。理解，理解。"

毕西："冷县长，那不是钱，是……"

冷县长："啊，是……存单?"兴奋立即又浮现在脸上，"这，不妥吧。"拆开信封，拿出来的是一份要钱的报告，愣了一下，"哈哈，毕老弟，开的啥玩笑啊，这种时候……时候了……"

毕西："应该是送礼的时候。"

冷县长："不，我是说今年财政的锅巴都铲完了。"

毕西："冷县长贵人事多，分锅巴的时候忘记了我们。"

冷县长："正是由于没忘记你，才没给你们分。"

毕西装糊涂地问："没忘记我，不懂你的意思。"

冷县长教训的口吻道："章明传不是很能干吗? 大桥都修得起，可是年终了，干部连工资都拿不到，还想坐上那把交椅吗? 其他谁最合适，这不是为你的下一步做打算吗?"

毕西作恍然大悟状："啊，谢谢你的好意，章明传真不懂事，修大桥也不给冷县长面子。"

冷县长:"给我面子的人多啊。"

毕西绵里藏针地:"对,庙子越大,磕头的人越多。"

冷县长:"不对,要显灵的菩萨才有人磕头。"

毕西:"这样看来,今天你这个菩萨要显灵,不会让我空手而归了。冷县长,请签字吧。"

冷县长感到毕西反常:"这……老弟,你今天是怎么啦?刚才我不是把情况都给你说了,道理也给你讲了吗?"

毕西假意摸着伤湿膏:"哎哟……"

有人敲门,毕西捂着头拉开一道门缝,门外站着几个提公文包的人。

毕西大声地:"啊,哥们儿,是你们呀,冷县长说很对不起,他这会儿正接待重要客人,请你们下午两点来。"说完重重地关上了门。

冷县长气得七窍生烟,在屋里踱着。

毕西:"冷县长放心,那几个都是磕长头的,虔诚得很,下午准来。老领导,请抽支烟,息息火。"

冷县长推掉毕西敬的烟。毕西拣起烟,夸张地揩着烟嘴:"啊,我的烟不好。"自己点燃,悠然地吸着。

冷县长:"毕西,你!今天你是诚心来拆庙的!"

毕西:"不!老领导啊,这几天香火这么好,我会做那种缺德事吗?我只是来,来给你修修地震报警器,怕、怕如果地震了……"

冷县长:"地震有报警器吗,胡说八道!"

毕西一阵哈哈大笑:"哈哈哈,我胡说八道了,我胡说八道了,就算没说吧。"

冷县长见毕西笑得古怪,喃喃地:"地震?报警器?"突然有悟,"你!你想威胁我,要挟我!"

毕西不屑地:"老领导,我是啥样的人,你还不知道吗?我这是威胁你吗?真是狗咬吕洞宾,不识好人心。跟你没什么可说的了。"站起来拿上公文包欲走。

冷县长知道毕西战友多,特殊朋友多,信息灵通,不由得心虚了:"等等。你,你是不是听到了什么?"

毕西微笑着,淡淡地:"没听到什么,那天去算命,算命子给我说:

身后有余忘缩手，早揩屁股可减灾。"说罢，向门口走去。

冷县长："早揩屁股，减灾，你……转来。"

毕西回头，冷县长赶快拿起了签字笔表示屈服。

毕西递上了那份报告："那就太感谢老领导了。"

冷县长："不能明说吗？"

毕西接过签好字的报告看了看："冷县长，放心吧，我没有你想象的觉悟那么高，决不会做落井下石的事的。"

冷县长："你！什么意思？"

毕西掀开报纸，拿起一个沉甸甸的信封："过年都要洗澡除尘，这几天，你这办公室这种灰尘太重了，像牛魔王那种人拉的屎都还臭气熏人。老领导，早点做卫生吧。"

报警的话已经很明白了，冷县长顿时直冒冷汗，下意识地用手压压信封，呆住了。

毕西拉开门，钱所长进来："嘿嘿，打扰冷县长了。"

毕西举着签好的报告递给钱所长："嗨呀，我说钱所长啊，你看，我们的冷县长，不愧是乡镇干部出身，最了解乡镇干部的艰难。我们连年都没给冷县长拜，冷县长工作这么忙，县财政这么困难，还主动关心大家。这么清正廉洁的好领导，现在不多了啊。"

钱所长看着报告："对对对，我们香山镇的老百姓呀，都说冷县长是好领导啊。"

毕西拨通一个电话："啊，财政局李局长吗？你好，冷县长找你……"

冷县长莫名其妙地看着毕西。

毕西对着钱所长："你看，冷县长想得多周到，还要亲自给李局长打招呼，今天上午一定把钱拨到手。"把电话交给冷县长。

冷县长木木地接过电话："对，香山镇的款立即办！特事特办。"

2

钱所长跟着毕西出了县政府大院，今天的一切对他来说都如梦一般不真实。他紧捏着那份冷县长签字的报告，手心冒汗，手一直不停颤抖，生怕那份报告飞了似的。

二人到县政府大院外的黄桷树下站定，钱所长看看手中的报告还在，感慨地道："毕书记，想不到你跟冷县长的关系这么铁。我们的报告一分钱都没减少。二十多万啊，行政上的问题基本都解决了。"

毕西不关心那报告了："钱所长，求你一件事。"

钱所长诧异地："毕书记说哪里去了。有啥，你吩咐就是了。"

毕西严肃地："千万不要说这钱是我出面要的，只能说是冷县长带信叫你进城办的！"

钱所长不解："为什么？"

毕西掏心肝似的："钱所长，你这人实在，我信得过。我给你说实话吧。你想想，官场中，我跟上头的关系这么好，大家不都防着我吗？我不敢树敌，我还想进步，想当书记，看以后能不能弄个副县级干干啊。"

钱所长："啊！这，理解，理解。"

毕西："一定守口如瓶，给我赌咒。"

钱所长："好，我赌咒，哪个龟儿说出去。"

毕西："好同志，抽烟，抽烟。"发烟并给钱所长点燃烟，"你立即去办款，拿回家救急！"

钱所长："毕书记，办好款后，还是你用摩托车送我回去吧？"

毕西："不，你拨款之后，立即去买两辆好摩托车和两部手机，你先骑一部回去。"

钱所长："这么大的事，要党委讨论，章镇长点头啊。"

毕西笑道："大笨蛋，你忘记了冷县长亲口吩咐你，他说香山镇偏远，镇长和镇办公室应该配部摩托车，还该配两部手机吗？"

钱所长愣了一下，恍然大悟："对对对，冷县长亲口吩咐，亲口吩咐。唉，章镇长骑他那个破自行车，确实也太不像样了。"

毕西拨通电话，装着酒醉模样："老、老章吗？弟兄们把、把我灌……灌醉、醉了。我、我今天回、回不来了……"

毕西与钱所长分手时，钱所长看见他额头上的膏药直笑。

毕西："你笑什么？"

钱所长："你额头上的膏药，有啥奥妙啊，二天我办事也贴一张。"

毕西扯下膏药，嘻嘻笑道："降魔灵符。你多买点来贴吧。"

钱所长喃喃地："真是个怪人！"

毕西："嘿嘿，记住刚才赌的咒啊，诀去拨款吧。"

钱所长走后，毕西掏出电话："喂，小唐经理吗？感谢你的点拨，收债成功。那个地震报警器卖了个好价钱，托你帮我准备的二十万可以不用了。"

毕西跟钱所长分手后去看望唐立行。

唐立行在电脑上熟练地敲击键盘，毕西提了些水果进来。

毕西："唐书记，给你拜年啊。"

唐立行："来就是了，拜什么年啊。"

毕西："就几个水果，你不会介意吧。"

唐立行："不为难我就好，自己倒水吧。"

毕西为唐立行续上水，自己也倒了一杯水，捧在手上："近来身体感觉怎么样？"

唐立行："身体就那样。电脑玩熟了，已经完成一部中篇小说，自己还满意，心态好极了啊。"

毕西："好，我争取当第一个读者。"

唐立行："还需要我的什么配合支持吗？"

毕西："不需要了，杨书记各方面配合都很默契的。"

唐立行："这就好，章明传找到钱了吗？"

毕西："唐书记，难啊，我又帮不上忙。朋友请团年，就忙里偷闲进城来，先来看一下唐书记。"

唐立行："你已经暗中帮了章明传很大的忙了。你的板眼多，进城恐怕也不只是为喝朋友的团年酒吧？"

毕西不置可否地笑笑："嘿嘿，嘿嘿。"

唐立行："喂，老弟，成都回来，你一直都在为香山镇奔忙，你领了杨总那么高的兼职工资，还没为人家出力，这怎么行啊？香河电站才是你和香山镇顶顶重要的头等大事啊，要不要我给你协调时间？"

毕西："在成都我就给你汇报过，我请了水电局退休的汪局长做项目顾问和技术总监。有他出面，前期工作，还用得着我过问吗？"

唐立行爽朗地笑道："毕老弟呀，你真鬼啊，既给你的好朋友找了好差事，又得到偷懒的机会。喂，现在进展如何？"

毕西："汪局长代表明天集团，向县上表达投资香河电站的意愿之后，县委县政府非常重视，都希望利用乡情，把明天集团这样有实力的集团公司引进香河县，为家乡建设出力。书记和县长亲自前去成都拜访了杨总，做出了相应的优惠条件承诺，并且指定县招商局、业务对口的水电局，把电站作为重点招商项目，做好跟踪服务。有领导的重视，市、县两级的工作，都做得差不多了。"

唐立行："这就好，这就好。"

毕西："县招商局协调安排，借杨总春节回乡祭祖之机，跟县上正式签订投资合作协议。不过，我依然不能出面。"

唐立行："好，早日修好电站，蓄水之后，香山镇更是仙境了。"

毕西起身告辞。走到门口又回头悄悄告诉唐立行："冷县长麻烦大了。"

唐立行一惊："消息可靠吗？"

毕西："唐书记知道我的信息渠道，绝对可靠。"

3

毕西从唐立行那里出来，先给牛魔王打了个电话，要牛魔王四点正准时到县招待所某楼见他，然后便直接到了招待所。

县招待所是毕西的老根据地，同事和员工都很尊敬他。他痛痛快快地喝了几杯，暗中给自己祝贺了今大的幸运，吃了午饭后美美地睡了一觉。四点过后牛魔王敲开了他的房间。

牛魔王："毕书记怎么躲在这里？"

毕西："你龟儿，这是我的老根据地啊。中午想给自己庆贺一下，让老部下把我灌醉了，躲在这里来美美地睡了一觉。"

牛魔王："啥好事啊，庆贺也不叫我们一声。"

毕西："工地都停工了吗？"

牛魔王："明天就是年三十，除了守工地的，工人全都放假了。"

毕西："明年好久开工？"

牛魔王："香料厂和综合市场，都是初十开工。几家私人建的街房，主人家要求的开工时间不一。"

毕西："首先满足私人建街房，要尽快给他们完成。一时凑钱有困难的，你们给别人垫一段时间。"

牛魔王："这没问题。毕书记，今天冷县长把那次请他拿大桥工程送的几万钱退给我了，我该怎么办？"

毕西："他怎么给你说的？"

牛魔王："没见着他本人，是他秘书来退的。他秘书说，冷县长当时就叫他退我，他忘记了。钱退给我时，我打了收条，叫我写的是送钱第二天的时间。"

毕西："这就对了，如果以后有人问，你就说秘书第二天就来退你了，还要记住那个日子。"

牛魔王："呃，毕书记，是不是冷县长要翻船了啊？"

毕西："这，你少管闲事，别瞎说。"

牛魔王："我怕害了他啊。"

毕西："你以后就老实挣钱，别害人吧。喂，我想今晚上团个年，你帮我请一下客。"

牛魔王："请哪些呀？"

毕西："来香山镇搞工程的几个老板，都是你跟马老板约来的。我私人得感谢他们一下。"

牛魔王："这哪里用得着你破费啊，我安排。"

毕西："你这人，怎么没记性啊？未必然我还缺那几文酒钱吗？"

牛魔王："这，好吧。安排在招待所的吧？"

毕西："安排在这里，招待所会收我的钱吗？朋友们说吃的不是我的，我到哪里去得人情。"

牛魔王："你能跟大家坐在一起都是多大的人情了。安排在哪里的呀？"

毕西："安排在大方圆火锅店鬼闹派豪华包间的。"

牛魔王："好，好，你办招待，我保证把几个老板全部请到。"

傍晚，牛老板等人坐在大方圆火锅店鬼闹派豪华雅间里。火锅沸腾着，几个老板热烈地议论着：

"牛哥，我们在香山镇搞工程，应该我们给毕书记拜年才对，他倒请我们团年，这道理上说不通啊。"

"他来后，我们先给他拜年，不就对了。"

"对，我们把红包都准备好了。是我们单独送，还是交给牛哥一起送？"

"我们都是跟着牛哥和马哥进的香山镇，毕书记只认牛哥和马哥，牛哥的面子最大。最好都交给牛哥一起拜年。"

众人说着拿出大红包递上。

牛魔王："你狗日的些，想给老子闯祸是不是，你们都不想在香山镇发财是不是？"

众人一头雾水，望着牛魔王。

马老板："弟兄们，你们不知道，牛哥给毕书记送礼挨过骂。毕书记要赶他出香山镇，要不是泡泡糖讲情，我们哪里有今年下半年的好运气啊。"

众："大家到香山镇发财，都全靠毕书记和小唐经理关照，给他拜年，这也是人之常情嘛！"

马老板："你们不知道，毕书记是个怪人，谁坏了他的规矩，就别想在香山镇做工程了。"

众老板："好，好，反正，我们只听牛哥和你马哥的。"

毕西扛着一箱五粮液走进来，众人起迎，敬烟。

毕西："牛魔王，我今天慰问你的弟兄们，一件五粮液够吧。"

马老板："哟，毕书记请我们喝五粮液呀。"开酒。

毕西："我毕某人招待大老板们，连五粮液都喝不起，叫我在老板们面前怎么操？还叫鬼闹派吗？还配坐这鬼闹派吗？"

马老板："香山镇的领导，只有毕书记操得亮。"

众："对，毕书记操得亮！"

毕西举起杯："弟兄们，朋友们，我负责香山镇的招商引资和小城镇建设，这几个月你们劳苦功高。我感谢你们，来，我敬大家一杯。"

众："干杯！"

毕西站起："牛老板，马老板，今天我要跟你两个单喝一杯。"

牛魔王和马老板赶紧站起来。

毕西："这杯酒，今天当众约法三章，第一件，这几位老板，都是你两个招来的合作伙伴，质量、安全和工期，出了问题，我不找他们，只拿你两个是问！不准你两个卡他们，我怎样对待你两个，你们就怎样对待他们。"

牛魔王："喂，大家听到没有！"

众老板："毕书记放心，牛哥操得耿直，我们绝不给牛哥拉稀摆带。"

毕西："第二件，春节之后，人手找齐，群众建的街房，要迅速完工；第三件事，你要对所有老板讲清楚，财大不能气粗，在香山镇，绝不准胡作非为！"

牛魔王："弟兄们，毕书记的约法三章，是说给大家听的，做得到不？做得到，都给老子举起杯子来，干！"

众："请毕书记放心，干！"

几个城里老板端着酒杯走进来："毕书记，你偏心啊，让牛魔王他们几个来你香山镇发财，把我们几个弟兄就忘记了。罚酒！罚酒！"

毕西："姜老板，何老板，你们还记得我啊，好吧，喝酒！"

姜老板："过了年后，我们要到香山镇讨生活哟。"

毕西："只要你们愿意来给我毕某人捧场，香山镇欢迎你们这些有实力的朋友出来出大力，挣大钱！"

众："好，一言为定！干杯！"

第四十八章　过大年

1

钱所长在县财政局办了款之后，立即提了两台摩托车，马不停蹄地赶回香山镇。

钱所长突然失踪，搅得香山镇镇政府很不安宁，章明传等主要干部都挤在办公室里，急得跳脚。

章明传对着话筒焦急地："李所长，有钱所长的消息了吗？"

电话声："没有，我们几路人都在找，没找着。"

章明传："他可能去找信用社主任去了。你们有信用社武主任的下落吗？"

电话声："刚才联系过了，武主任在城里开年终总结会，没见到钱所长。"

章明传急得团团转："这，这，这来怎么办？"

钱所长的老婆又来财政所哭闹要人。纪委杨书记、妇联张主任及财政所的同志，都在竭力劝慰："钱所长不会出事的，不会出事的。"

钱所长的老婆哪里肯信："章镇长和你们一天逼钱像逼命一样，我们那个人胆子又小，是个阴肚子人，要是他一时想不开有个三长两短，我们这一家来怎么得了啊！"

院内干部们也异常焦急，议论纷纷：

"钱所长到底跑到哪里去了呢？"

"那么多人，该找的地方都找遍了啊。"

"李所长那里也没消息。"

"真要是他老婆说那样，章镇长就遭灾了啊。"

"不，那是香山镇遭灾了啊。"

政府大院正乱得不可开交之时，钱所长推着崭新的摩托，背了个大挎包进来，有人先喊了一声："钱所长回来了，钱所长回来了。"

这一声喊，财政所内的哭声戛然而止，各办公室的先是一愣，然后都冲到院里，围住钱所长道："你这家伙跑到哪里去了，你看你把大家吓得好惨！"

钱所长支好摩托，也不回答大家七长八短的诘问，满脸嘻瑟地笑着拉开大挎包，露出的全是成捆的人民币。人民币的强大魔力，使在场的人无不眼睛放光，嘴巴变形成一个 O 字："啊，这么多钱，钱所长你这家伙抢银行去啦？"

钱所长的老婆闻声，从财政所里冲出来，冲到钱所长面前，一对小拳头像播鼓一般播向钱所长的胸口："你这砍脑壳的，你这遭天杀的，你死得哪儿去了吗？你去会哪个野婆娘去了吗？你要走都不放个屁，你要吓死一家人呀……"

钱所长只是笑着，甜蜜地笑着。

杨书记和张主任等女同志劝走钱所长老婆。

钱所长把沉重的挎包交给财政所的出纳后得意地宣布道："今天发工资，把你们所有该报销的单据，都让领导签好字，粘贴好，一齐报销。"

钱所长在皆大欢喜中走向章明传。

站在人圈后的章明传想发火，看了那一大包人民币，终于忍住了。

钱所长："镇长，我把钱给出纳交接后，就来给你汇报。"

章明传："你先通知各办事处的同志来领工资吧。"

章明传立即召开领导碰头会，钱所长简单汇报后，就去忙他的事去了。

党委成员都聚在会议室里，议论着。

章明传："同志们，正不知怎么渡过这个难关时，钱所长带回了这样的惊喜，实在让人喜出望外了。"

刘主任："对，不可思议，实在不可思议。冷大脑壳，怎么会对香山镇突然大发慈悲啊？"

张主任："钱所长不是说，冷县长说自己也是乡镇干部出生，深知大家的难处，才破例挤出这笔钱的吗？"

刘主任："钱所长的话可信吗？大桥工程，我们可没有给他面子啊。"

张主任："钱所长是个老实人，刚才赌咒发誓说是冷县长直接通知他去拨款的，我估计他不会撒谎吧。"

刘主任："即使是冷县长直接通知他，下面向上面要钱，都要挤水分。能给你一半，都是多大的好事了，老章那份要钱报告，一分都没少，是全额拨付的啊。"

焦点："冷县长特别吩咐，给香山镇主要领导和办公室配两部摩托和两台手机，可能就是不挤水分的原因吧。"

杨书记："还有一种可能，是不是有同志背后去做了冷县长的工作？"

刘主任："我们这里，谁有那么大的面子啊。"

杜中德："管他怎么样，钱拨下来了，这个年能够过了。该怎样安排，老章就发话吧。"

章明传："这几天忙着找钱，年终连总结会都没开过。我的意思，我们党委全体成员明天进城，去给唐书记拜年报喜，让唐书记高兴高兴。我们就在唐书记家里办一顿团年饭，既向唐书记汇报，也一并研究明年的工作。"

众："好，镇上加上原来那部摩托，有三部摩托了。出门也方便。"

章明传："那就辛苦一下杨书记和张主任，你们今天就回城去采办，明天由你们主厨办年饭。"

杨书记和张主任："好。我们立即进城。"

2

第二天，县城大街上章明传和焦点骑着崭新的摩托车，车上搭着刘主任和杜中德，以及过年的礼品，朝唐立行家驰去。

唐立行家客厅里，桌子上摆着丰盛的菜肴。唐立行、章明传、刘主任、杜中德和焦点坐在席上，焦点张罗倒酒。

杨书记拴着围裙，端了一大盘鱼上来："喂，大家尝尝我跟张主任的手艺，香山镇第一美味，红烧香河鲤鱼，来啰！"

张主任揩着手："当心，本大姐的手艺，别把舌头吞下去了啊。"

焦点迫不及待地尝了一块，夸张地："哇！"

众："怎么啦？好吃吗？"

焦点："快报警，快报警，张主任和杨书记打抢了盐贩子了。"

杨书记："咸了，不会吧？"尝了一块。伸长了舌头。

张主任："我们可是照着书上做的啊。"

众人哈哈大笑："快来入席吧。"

二人入席。

章明传举起杯子："喂，今天除了毕书记外，我们党委成员都到了，在唐书记家里来团年，一是给我们的唐书记拜年，同时也向唐书记汇报工作。来，我们共同敬唐书记一杯。祝唐书记新年快乐，万事如意。干！"

唐立行："谢谢，大家同乐！"

张主任："今天真的是大家同乐了。说实话，前几天没钱发工资，我们都在为章镇长着急，不知今年这个年怎么过？想不到冷县长突然大发慈悲。"

刘主任："唐书记，你会相信钱所长的话吗？我不相信冷大脑壳会主动关心我们，总觉得这件事情很蹊跷。"

杜中德："我也不相信钱所长的说法，唐书记，是不是你在暗中帮了忙啊？"

众："对，唐书记，如果是这样，我们大家都更要敬你一杯。"

唐立行："同志们，我不敢贪天之功，这件事我也很纳闷。我想，会不会是毕书记呢？"

焦点依旧抱着很深的成见，十分肯定地："这绝不可能，他呀，巴不得看章镇长的笑话。如果真的是他，这么大的好事，他不回来接受大家的奉承，为今后拉选票吗？"

张主任："对，我看他独来独往，今天，连唐书记都没放在眼里。"

唐立行："大家不要对毕西同志误会了，他昨天已经来看过我，也给我交换过工作上的一些想法。今天他确实有重要事情要办。"

章明传："好，我们要注意班子的团结，来喝酒，说说明年的工作吧。"

众人饮酒。

唐立行："老章，你们明年的工作安排，我已经看了。重点突出，难度也很大啊。"

章明传："是啊，开年过后，第一要务抓'人贩子'工程。老办法，责任到人，现在搞劳务输出，群众也有积极性了，问题不大。可是小城镇建设和大桥筹款，却还没有一点办法。"

焦点："对，最要紧的事就是大桥筹款了！今天上午我跟杜镇长去给陈经理拜年，商量明年开工的事，陈经理说得很绝！"

唐立行："他怎么说？"

杜中德："他说被我们拖怕了，没有八十万的现金准备，他们绝不开工。"

众："八十万的现金？"

章明传："唉！八十万我们绝对办不到，但至少要有二三十万吧。开年过后，我们再想办法吧。"

众："好，喝酒！"

午宴之后，焦点匆匆去会朋友去了，章明传等众人围着唐立行吃茶议事。

刘主任对钱所长说的话始终怀疑，又一次问唐立行："唐书记，你说个实话，你真没去找过冷县长吗？"

唐书记："真的没有。我去找了也是我的职责，没必要隐瞒的。"

刘主任："这就太奇怪了。"

章明传："是蹊跷啊，我和刘经理揣着那份报告，在县城里磕头作揖的时候，也曾经想过去找冷县长这个分管财政的常务副县长，但是平时没烧香，而且大桥招标没给他面子，因此没那勇气去。那天一再追问钱所

367·

长，钱所长先是支支吾吾，后来一口咬定，就是冷县长直接通知他去办款的。我打电话问毕书记，他也矢口否认。"

刘主任："难道真是冷县长大发慈悲了？"

章明传："但愿吧，或许是我们是以小人之心度君子之腹吧。"

唐立行耳边响起毕西的话："冷县长麻烦大了。"他看了看杨书记，杨书记没反应，只好说，"事情可能没那么简单！"

杜中德是个直人："哎，不管怎样，冷县长这回开了恩。狗得了主人扔的骨头都要摇摇尾巴，我认为冷县长那里我们应该礼缺后补，趁此机会跟领导搞好关系。春节后应该去给冷县长拜个年，重重地表示一下。"

章明传很为难："送礼也该，可是我不精于此道啊。"

杜中德："喂，张主任性格好，能说会道，一说一个哈哈，跟冷县长比较熟悉，让张主任陪你去吧。"

张主任："我做不了大事，跑腿的事还是乐意的。不过这年头，送礼也讲究策略，我们送什么啊，送土特产，那能值几文钱？"

送礼是敏感的事，大家都把目光转向杨书记。

杨书记只得表态："都看着我干吗，世风如此，我也不反对给冷县长拜年，但要送礼，绝不能送钱。"

杜中德急了："呃，杨书记，为了香山镇的发展，这些事情你就睁一只眼闭一只眼吧。"

杨书记："老镇长，我要履行保护干部的职责，不让冷县长犯错误啊。"

唐立行："我赞成杨书记的意见。"

刘主任看了看唐立行挂的林老先生送的那幅画："为了不让杨书记为难，我看这样吧，听说现在的官员，削尖脑壳都想得到林老先生的画，就给冷县长送一幅林老先生的画吧。"

张主任立即附和："好主意，好主意。"

唐立行毕竟当过宣传部副部长，对书画界熟悉些："这事恐怕很难，林老先生的画要好几万且不说，而且给钱也买不到。"

众："为什么？"

唐立行："我知道林老先生很有点郑板桥的风骨。他知道他好多画都是被人拿去通关节，走后门巴结权贵，就发誓不在国内卖画了，说免得祸害人。"

大家都为难了："这，这就不好办了。"

张主任："喂，焦秘书不是林老先生的准女婿吗？他屋里就挂起得有一幅林老先生的画啊。章镇长跟焦秘书是铁哥们儿，这事就交给焦秘书去办，只给他一万块钱，给他下死命令，叫他办得成也办，办不成也办，我就不相信，林老先生不给他这准女婿一点面子了。"

众人恍然大悟："好，就这么办！"

3

前次精英论坛使焦点大开眼界，精英高论使他很受震动。同时，袁科长的春风得意，也让他真真切切感到当官真好，对官场钻营也曾跃跃欲试，一口气买了一大堆阴谋书来钻研。没想到林可儿那么反感，虽然经过泡泡糖的调停，至今两人的关系都还没有完全恢复。

袁科长一直把焦点抓得很紧，前次聚会后，又几次邀请焦点进城玩。焦点不知袁其华真为报答他，还是想利用他，也感到跟这类人混很危险，兼之怕袁其华向他要林老先生的画，每次都以工作脱不开身推辞了。

昨天，袁其华又打电话请焦点团年，他又以党委给唐立行拜年的名义推了。袁其华知他进城了，要他下午务必见个面，他又实在不愿意得罪袁其华，吃了团年饭后，只好来到香河大酒店。

周老板的女秘书跟焦点已经是熟人了，把焦点迎进一间高雅的茶室。袁科长和周老板正虚席以待。

袁科长站起来跟焦点握手："老同学，你架子好大啊。周老板今天请团年，我亲自打电话，都请不动你，你这不怕得罪人吗？"

焦点："老同学，你要原谅，今天党委成员集体去看望唐书记，我不能缺席啊。"

袁科长意味深长地："周老板，我这老同学呀，真是个重情重义的君子啊，对那个残疾人都还那么恭敬。值得深交吧。"

周老板："值得深交，值得深交，袁科长都敬重的人，焦秘书这个朋友我是交定了。"

焦点："谢谢。老同学，除了团年，还有其他事吗？"

袁科长："明天就大年三十了，这两天团年联络感情，就是头等大事啊。"

女秘书："对对对，联络感情是头等大事。"她立即从坤包里拿出一个大红包，"焦秘书，我们周总给你拜年，祝焦秘书万事如意，飞黄腾达，新年快乐！"

焦点赶紧推辞："周老板，这使不得，千万使不得，我怎么好一次又一次地破费周老板啊。"

周老板："小意思，小意思。有福同享，才是兄弟嘛。"

袁科长接过红包，硬塞在焦点手中："我给你说过，周哥不是外人，拿倒，拿倒。"

焦点不知道周老板在他身上花钱的意图，难道袁其华知道什么内情，看好他的政治前途，他就是那些人所说的潜力股？如果真是的话，这就是精英们所说的卖身投靠了。大款介入权力投资，这对于权力多危险啊。但是又不好说出来，怕冷了老同学的热心。他努力推辞，架不住袁其华力劝，只好收下了。

周老板不断看表，显然还有要事："袁科长，就麻烦你帮我陪陪焦秘书吧。我到那边应酬一下就来，你们老同学也好摆知心龙门阵。"

袁科长："好，我这老同学下午要赶回去陪他的林妹妹，肯定不能陪我们打麻将了。你的应酬多，那边那几位大领导，更不能怠慢，你忙吧。"

周老板和女秘书跟焦点握手告别后，袁其华便责备焦点了。

袁科长："老同学，前几天给你打了几次传呼，怎么连电话都不回一个啊，是不是我在哪里得罪你了啊？"

焦点叫苦道："你在衙门里，衣食无忧，你哪里知道我们的艰难啊。"

袁科长："艰难，什么艰难？"

焦点："临近年关，百十个乡镇干部拿不到工资，逼得发慌，党委成员，都在想方设法找钱。为了找几千块钱给家在农村的干部一人发两三百，党委成员假意去给单位拜年打启发，得几个红包来凑数。这种臭办法都用上了！"

袁科长："找几千块钱，你也去参加打启发？"

焦点："是呀，我是党委成员啊。"

袁科长："这也真是太出格了。"

焦点："逼慌了，没办法。我又没手机，没来得及回电话你要原谅啊。"

袁科长："你我还要说原谅吗？"

焦点："现在好了，冷县长开恩，给我们办公室配了摩托和手机，我们可以随时直接通话了。"

袁科长："好，你懂我为啥一定请你来参加这次团年吗？"

焦点："为什么？"

袁科长："老同学，前次我就给你说过，官场不是干出来的啊。你不知道，周老板在县城神通大啊，今天中午县上好几位主要领导都到了场，我们部长也来了。你混官场的，借机会给领导敬一杯酒，也混个面熟嘛。"

焦点："这，这。老同学，我也真是身不由己啊……"

袁科长："另外就是我前次拜托你那一件事。部长要去省上办事，过年是个好时机，那天狠狠训了办公室主任一顿，说这点小事都办不好。"

焦点："哎，老同学，实在不好意思。可儿那怪脾气跟林老先生一样，我实在不敢开口。"

袁科长："这，这。那就不为难老同学吧，我只是说春节过后就决定参加市委党校学习的人员，希望老同学不要错过这个好机会。"

焦点无奈："这，这事，这事……春节期间，我再求可儿试试。"

袁科长："别担心买画的钱的事，周老板想孝敬部长。那我就等老同学的好消息吧。"

焦点告别袁其华，章明传一见到就说："老弟，你走后集体决定了一件事。请你尽快搞一幅林老先生的画，节后去送冷县长，我们以后才好办事。"

焦点正为袁其华要画焦头烂额，求饶道："老祖先人些，我求你们了，饶了我吧，千万别提求林老先生的画的事。"

张主任心直口快："又不白要，给你一万块钱去办。"

焦点："不是钱的问题，是……"

张主任："你推啥哟，你寝室里就挂着一幅林老先生的水墨荷花图，现成得很。到时候，我来给你取走就是。"

焦点回到寝室，望着墙上那幅大写意的水墨荷花图出神。当初得这幅荷花图的情景又浮现在他的眼前。

焦点追林可儿追得好辛苦，林可儿始终不明确表态。这一天他又泡在林可儿画室里，为林可儿展纸，看林可儿作画。

焦点："可儿，你把我们的事给你父亲说了吗？"

林可儿："说了，我的父亲脾气古怪，但不封建，他让我自己决定。"

焦点："这好啊，你决定了吗？"

林可儿："父亲说，官场得意的大多没有道德底线，钱多的容易为富不仁。"

焦点也隐约知道林可儿姐姐被抛弃的事，知道老先生要可儿别看重高官、别看重钱财，便道："老先生高风亮节，可钦可敬。他的告诫应当记取。"

林可儿："正因为记取，所以我才犹豫不决。"

焦点："这，为什么？"

林可儿："你太优秀了。优秀得令人不放心。"

焦点："怎么不放心啊？我绝不是那种没有道德底线的人啊。"

林可儿："难说，你在官场，怕你钻营，怕你同流合污，怕你飞黄腾达……"

焦点："可儿，这样闭塞的地方，一个没有任何背景的乡镇干部，凭什么飞黄腾达啊。能当一辈子小公务员就不错了。"

林可儿也不止一次想过，在这样偏僻的地方，如果不钻营，一般不会有多少腾达的机会的。她看着焦点那一脸的真诚，久久不语，似乎默认了。

焦点急切地："可儿，你说话呀，你对我还有啥要求？"

林可儿"我的要求很古怪，很荒唐，就怕你做不到！"

焦点："什么要求，你说，你说！"

林哥儿："我既不希望你升官，也不希望你发财，一辈子平平安安就好。你忍受得了平淡和寂寞吗？你做得到吗？"

此时的焦点把林可儿的要求只当作少女的冲动，立即答应道："做得到，做得到。可儿，为了你，我什么都做得到。"

林可儿望着墙上那幅水墨荷花图，沉默了好久。

焦点："可儿，你说话呀！"

可儿深情地望着焦点："你说的话算数吗？"

焦点："算数，为了你，我什么都做得到。"

可儿取下那幅画卷好，立即改口了："焦哥，这是父亲参加全画展的得奖作品，也是他颁给我的准婚证。今天，我就把这幅画送给你，以身相托了。愿你像荷花一样，出淤泥而不染。"

"可儿!"焦点激动地接过画轴,林可儿第一次接受了他的拥抱,二人紧紧地拥抱在一起。

从此焦点和林可儿,在香山镇公开了他们的恋情,进入了热恋期。这一对金童玉女,出双入对,为香山镇这幅美丽的画卷增添了一道亮丽的风景。

焦点凝望着那幅画,扔了一地的烟头,他的思想斗争十分激烈。

他是林老的准女婿,但他求不着林老的画,更不敢让可儿去求画。

袁其华要画搪塞过去了,可是章明传也要画,而且是以党委决议的名义要画,更没想到的是张主任早盯上了他的这幅准婚证。张主任性格泼辣,又是个说到做到的人,这幅画保得住吗?保得住吗?

焦点耳边响起袁科长的话:"春节过后就定参加市委党校学习的人员,希望老同学不要错过这个好机会啊!"

焦点万般作难,最后把心一横,机遇往往决定人生命运,一旦错过就误终生。这幅画与其让张主任取走,不如卖袁其华,他既然说周老板想孝敬部长,出价不会太低,至于可儿那里,以后慢慢去说服她吧。

打定主意后,焦点从墙上取下了那幅水墨荷花图。

第四十九章　春满山乡

1

新春开年之后不久,召开镇干部大会,研究安排当年的工作,分管领导先各自汇报分管工作。

毕西:"开年之后,综合市场和佘老板的香料厂都如期复工了。佘老板今天又来电话提醒,他修香料厂,是看好我们这里优质辣椒,请镇上开春后按协议组织好辣椒生产,保证原料供给。"

章明传:"辣椒生产、劳务输出和催收双提款的事,年前已经责任到人,任务到村。按原定方案,不折不扣地执行。下去过后,各办事处分头落实。杜镇长，你说说大桥复工的情况吧。"

杜中德："我们搜尽账上所有能动用的钱，不到十万。我跟焦秘书带着钱去求桥梁公司陈总复工，说破嘴皮，陈经理就一句话，哪一天八十万现金转到账上，哪一天才复工。并且还给我们发了一张书面通知，因甲方资金原因造成的一切经济损失，概由甲方负责。"

刘主任："我们即使继续催收双提款，只能保教师工资，哪里去找八十万现金啊？"

张主任提醒章明传道："镇长，年前不是决定我跟你去给冷县长拜年吗？请冷县长给我们想点办法吧。"

众人都异口同声："对，冷县长是棵大树，只有找他才能解决问题。"

张主任："焦秘书，你找的画呢？"

焦点正要叫苦，杨书记发言了："唉，大家都别想了，冷县长昨天下午就已经被市纪委双规了。"

众人大惊，一下议论开了：

"啊，原来是这样？"

"这下想通了，怪不得春节前突然对我们慈悲了。"

"冷大脑壳是乡镇干部出身，在我们县也还算能干实事的领导，太可惜了。知道自己要垮台了，最后还利用一次权力，对我们做那么大的好事，我们也该记住这个人情啊。"

"是啊，混到常务副县长不容易啊，真是太可惜了。"

刘主任："老章，你拴船总结吧。"

章明传一听冷县长被双规，大桥筹款事顿时没了方向，一时也研究不出好办法来，只好道："各部门的工作按部就班，大桥筹款之事，下来党委再仔细研究。最后宣布一件事：今天接到县委组织部通知，焦点同志明天到市委党校报到，参加区科班后备干部学习，时间暂定两个半月。"

年轻干部都盯着焦点："喂，焦秘书办招待啊。"

其他干部小声议论："镇上的人手这么紧，还抽人学习？"

章明传："年轻人的政治前途要紧，我们都应该支持。焦秘书的日常秘书工作，请妇联张主任代理，分担的辣椒种植和劳务输出任务，由杜镇长代理，并请人大刘主任和纪委杨书记协助。另外全力筹款，争取大桥早日复工。散会后请党委成员留一下！"

2

温州的佘老板，年前定好了机器设备，也组织好了技术队伍。他不放心的是厂房建设和香山镇的辣椒原料供应问题，正月末便急急忙忙赶回了香山镇。看见牛魔王负责施工的厂房进展很快，先放了心。又去镇政府找负责组织辣椒生产的杜中德进行衔接。杜镇长的工作抓得很扎实，还亲自带他去了几个村，看到了辣椒种植的落实情况，这一切都使他非常满意。

春满山乡，春风和煦，桃李争妍，山花灿然。这一天上午佘老板跟杜中德下乡看辣椒种植情况回来，二人走出山口，古镇完全被包围在一片油菜花的花海之中，花海中的香河大街工地传出一阵鞭炮之声。

杜中德道："不知是谁家的街房动工了，走，去赶杯喜酒喝。"

佘老板道："去赶别人的喜酒好吗？"

杜中德笑道："佘老板哩，就是叫花子赶喜酒，都是给主人家添喜啊。有你这样的贵人去捧场，求之不得啊。"

佘老板笑道："好，我虽然不是贵人，去沾点喜气也好。"

杜中德内心倒不是为那一杯喜酒。大桥迟迟没有复工，这些天佘老板不止一次表示出他的忧虑。他明知是章明传的街房今天上梁封顶，他要让佘老板看看群众建街房的热情，看看章明传都修好了街房，来坚定佘老板投资的信心，因此把佘老板往大街工地引。

建筑公司修建民居简直是小菜一碟，接手承包修建李红和五百元的街房后，也当作示范工程在做，时间抓得很紧。开年后几天就要上梁封顶了。那时民房一般都还不讲究内部装修，上梁封顶就意味着完工。这一方的习俗，修房子破土和上梁，都是大喜的日子，都有一定的仪式，都要摆酒席请客庆贺。

李红和五百元虽然把街房承包给了建筑公司，不管工人吃喝。但是这么大的事，自己一点没费力，跟熊三爷修同样的房子，比熊三爷快，还少花了几千块钱，建筑公司又跟李红和五百元签订了租房协议。房子修起后，租两家的房子来堆放材料和住工人。一年都能得几千块钱的租金。这对两家人来说，都是一笔不小的收入。这两家人都十分高兴，于是按这方的习俗办酒席请客庆贺，还照例给掌墨师和工人封了红包。

杜中德和佘老板碰上了李红家房子上梁的喜酒，李红热心好客，赶快上前拦住二人道："哟，老镇长，佘老板，李红今年撞大运了啊。今天街房上梁大吉，高矮请两位贵人喝一杯酒，借你们贵人的福气，添点喜哈。"

熊三爷一直在为李红张罗，也上前道："主人家新房上梁，请贵人添喜。你们看在明传的情分上，这个面子要给啊。"

所谓贵人添喜，就是地方上有点地位和名望的人，在喜宴上说几句吉利话。杜中德懂得这个规矩，趁势乐呵呵拉佘老板入席。

酒宴上前来祝贺的乡亲，一边恭维主人，打听修房子的花销，跟熊三爷商量自家什么时候开工。更多的乡亲则是频频跟佘老板这个远方贵客敬酒。他们最关心的是佘老板的香料厂什么时候招收工人，文凭不高的能不能来打工。

乡亲们对佘老板的热情和希望，使佘老板心头热热的，喝得有些飘然了。跟杜中德分手后，他就独自穿过菜花地，向大河滩走去。

一年之计在于春，河南种西瓜王老板要抢季节，备办堆肥，搭建育苗暖棚，比佘老板还早几天赶回香山镇。这一天王老板和农民工正在暖棚里育瓜苗。

佘老板来到暖棚："王哥，休息一会儿吧。"

王老板立即放下手中活计走出了暖棚："啊，佘老弟，总算把你盼回来了，太好了，太好了。抽烟，抽烟。"

二人在地边卵石上坐下抽烟。

佘老板："王哥好久回来的呀？"

王老板："我种西瓜，育苗要赶季节，回来好几天了。你怎么现在才回来啊？这里就我两个外乡人，你不回来，我连做伴的人都没一个，觉得好孤单啊。"

佘老板："这边厂房建修是全包出去的，比较放心。我想，办香料厂是白总都很关心的事情，她是我的大恩人，我要做就做个最好。春节前，我去考察一下最先进辣椒素生产设备，终于把机器设备定下来了，落实技术人员用了些时间，所以前两天才过来。"

王老板好奇地问："喂，老弟总说白总是你的大恩人，到底是怎么回事啊。"

佘老板解释道："我当年生意破产后，去海南碰运气，成了她手下的员工。她对我的工作比较满意，她的不少大业务的小项目，就交给我做。

我既不出本钱，又不担风险，很快就走出了困境，她就让我自立门户。她的文化水平高，人缘广，信息灵通，看项目特别准。我的大多数业务，都跟她的业务有联系。你看去年那笔辣椒生意，短短时间，就让我赚了好几十万。所以现在才混到这个样子，你说她算不算我的恩人？"

王老板羡慕地："算，算啊。你老弟遇到贵人照命，运气好啊。你真的不能辜负白总啊。"

佘老板："对，贵人照命，是福分，也靠缘分，我能不珍惜白总给我发财的好机会吗？"

王老板："好，我遇上佘老弟，也算遇上贵人了，也是我的缘分啊。我也会很珍惜的，在荒河滩上种出大西瓜来，给佘老弟争光。"

佘老板："王哥，我算啥贵人啊？我介绍你来香山镇发财，只要你能赚钱就行了，就算我对得起朋友了。"

王老板："这一百多亩荒滩，收几十万斤西瓜没问题。只要不出其他波折，我看准能赚钱。"

佘老板："这一方的人都说镇江寺的观音菩萨灵验，我来的第一天，就去烧过香了。你有空了也去烧个香，许个愿，但愿不出波折，一帆风顺吧。"

王老板："嗯，你们下江人，都很信菩萨，我也跟你们学吧，空了就去。只是这大桥迟迟没复工，让人担忧啊。"

佘老板："我问过杜镇长几次了，他说放心，桥梁公司正在备料，很快就会复工的。再说，要是大桥修不起，章镇长忙着修街房干什么？他的街房今天都上梁封顶了，我就是吃了他的上梁酒，来看你的啊。"

王老板："我担心的大桥修不起，我的几十万斤西瓜运不出去，那就惨了。"

佘老板："我还担心我的大型设备运不进来哩。"

王老板："只要大桥能复工就好。啊，佘老弟回来后，去看望过白总了吗？"

佘老板："我回来后就去盘丝洞看望白总，小唐说，白总还有几天才回来。她回到香山镇了，我心头就要踏实得多。"

王老板："对，我也是这个想法。"

3

农历二月初，白莲安排好海南当年的业务，赶回了香山镇。街一村捐建的小学完工后，已经通过有关部门验收；香河综合市场干得热火朝天；她引进的香河香料厂，厂房建筑进展顺利；三十米大街工地上，除了熊三爷的小楼外，李红和五百元的小楼，已经矗立在田野中，听说另外几户乡亲的小楼也即将开建。生机勃勃的香山镇给了她莫大的希望。她感到去年"还魂"回乡真是时候，决心好好在香山镇待下来，多给香山镇出些力，以慰此身。

开春后的第一声春雷，给香山镇带来了一夜的风雨。街一村的旧学校已经破烂不堪，因为白莲捐建的现代化的小学已经在建，街一村就没有及时维修。一间教室在那一夜风雨中垮塌。幸好垮塌发生在凌晨，没有发生伤亡等大事故。

镇上的领导和镇教办的老主任，都立即赶到现场，决定当天停课，商量如何解决学生上课问题。新学校十分气派，只是部分内部装修还没完成，原计划暑假后才搬迁。旧学校已经成了危房，领导决定立即启用新学校。务必请白莲参加新学校的开学典礼，给师生们见面，并且讲话。

新学校修起之时，不少村民都来参观，盛赞白莲做了大好事，但是在一片夸赞声中，不知从什么时候起，在家长中就传出了一个极其恶毒的谣言，说什么白莲是卖淫得来的钱不干净，修的学校要霉学生，误学生前程，学生考不上大学。在愚昧的乡间这类谣言很有煽动性，不少家长也跟着起哄，纷纷要求给娃儿转学。转学不成，在新学校开学典礼上，就凑钱请端公到新学校驱邪。

幺吵吵对白莲瞧不起她这个老邻居一直耿耿于怀。街一村小学要搬迁到新学校规定学生要制校服，她家三个娃娃那得好几百块，心中那股无名火就更大，在那帮闹驱邪的家长中，她要算闹得最起劲的一个。

请来驱邪的端公先生，恰恰是李红的表舅，熊三爷组织村干部，驱散不了参加驱邪的家长。章明传闻言大怒，立即叫来派出所所长李正齐，带干警前来抓公开在学校搞封建迷信活动的端公先生。

李红很快修起了街房，分了土地款后欠债不多，而且每年还要收几千元的租金，没什么经济压力，这一段时间过得很舒心。白莲又回到香山镇，李红又旧病复发。她认为白莲这一回来，肯定是不想走了，她的危机感又让她失去理智，动不动就跟章明传闹事，而且比过去闹得更凶。今天章明传居然叫派出所抓她的表舅，她便跑来大闹，说章明传为了给旧情人争面子六亲不认。要不是熊三爷吼住李红，真不知道这场闹剧怎么收场。

驱邪风波虽然不大，而且很快被平息下来，但是把名节看得比啥都重要的白莲，一番好心得到这样的回报，伤心欲绝，当时就昏倒在地，泡泡糖等人赶快把她扶回了盘丝洞。

毕西这天也来参加开学典礼，就在上演驱邪闹剧的时候，突然市纪委来人把他带走了。这件事在香山镇引起了很大的震动。

毕西分管小城镇建设工作正有声有色，大家都说毕书记是能人，他这一去谁知是什么问题，谁知还出得来不，过去给大家许下的诺言谁知还能不能兑现？首先是街一村那六户已经看好吉期，准备马上联合建房的村民，立即去给建筑公司退信，街房不修了。接着准备买地的群众不买地了，甚至有已经买了建房土地的人，要求退地还钱。

马老板代表建筑公司，前去祝贺新学校开学，亲自看到毕西被市纪委带走，接着那六户签订联合建房的村民找他退信，立即便慌了神，赶紧跑到综合市场工地去给牛魔王报信。

马老板神秘地："牛哥，不好了，不好了。"

牛魔王："看你急成啥样。火烧房子了吗？"

马老板："比火烧房子急啊。毕书记让市纪委来人带走了。"

牛魔王仿佛早已经料到似的："大惊小怪地干啥？啊，你打听清楚没有，到底是市纪委弄走的，还是县纪委弄走的？"

马老板："是市纪委来人带走的。"

牛魔王："啊，市纪委带走的，这就放心了。"

马老板："放心个屁，他一被抓，那六户联合建房的人就来退信，好多人对小城镇建设都没了信心。我们在这里投入这么大，做了活路收不到钱怎么办？几个老板都急得不得了。你快拿个主意啊！"

牛魔王："你懂个屁，如果是县纪委找他，那才说明他摊上麻烦了。现在是市纪委来人带走他，说明不是他出了问题，肯定是冷县长的案子牵扯到他，毕书记过去跟冷县长走得近，冷县长被双规了，找他去调查是迟早的事。只是叫他去证实一些问题，说清楚了就没事了。"

马老板："万一他说不清楚，我们怎么办？"

牛魔王："你以为毕书记傻吗？他有啥说不清楚，我们送礼的事你就忘记了吗？他呀，精明透顶了，该防的事早就防了。再说，他说不清楚与我们有啥相干？我们做事正大光明，怕啥？再给你们打个招呼，市纪委如果找我去证实冷县长的问题，我也要去如实证实，你们也不要惊慌失措，乱了这里的阵脚。"

马老板："唉，可是大家都很不放心，建议综合市场立即停工。"

牛魔王："胡闹，综合市场，我们是跟刘经理签订的合同，跟毕书记啥相干。别人按合同规定拨款，哪一次迟拨了一天吗？你去叫他们都到盘丝洞来，我给他们说说。"

第五十章 毕西解除双规

1

开春之后，章明传直感到诸事不利，流年不顺。顺利度过年关的喜悦，被那些烦心事扫荡得干干净净。

镇干部中只有焦点是他最贴心最得心应手的好帮手，开年之后，麻烦事一大堆，他最需要人手的时候，焦点却要进党校两个多月。年轻人进党校关系着别人的前途，他只能支持，无可奈何。紧接着，毕西牵连冷县长的案子，被市纪委叫到了指定的地点说清问题。毕西一走，原计划修街房的几家人，决定不修了。党委成员中剩下的纪委杨书记和人大刘主任的主要职责是监督，他不好随意支配他们。杜中德的关系虽然已经彻底改善，但是资格老，办法少，而且他还负责着组织全体干部，继续搞好唐书记开创的"人贩子"工程，落实今年的劳务输出任务。这些都十分重要，已经忙不过来了。目前，最艰巨的任务莫过于催收双提款，为大桥复工筹资。

章明传要人没人，要钱没钱，想到的唯一可行的能借钱的只有白莲，但是白莲病倒在床。吃醋的老婆盯得那么紧，闹得那么凶。他想前去看望一下白莲都不敢，哪里还好意思开口向白莲借钱？

孤掌难鸣、一筹莫展的章明传把自己关在办公室里，绞尽脑汁，仍然想不出半点办法，最后只得到电话机旁，传呼他的同事们前来商议对策。

仲春时节，艳阳高照。章明传的同事们也不轻松。此时杜中德和刘主任坐在大桥工地上抽烟，围堰边长出一茎茎小草，在微风中摇动。

刘主任："老杜，你是大桥工程指挥长，你看工地上的草都长出来了，大桥再不复工，汛期一来，就前功尽弃啊。"

杜中德："刘主任，你说怎么办，开年过后，双提款才收上几万块钱，不够老师的工资，哪里去凑那八十万？叫施工方拿什么开工？"

刘主任："我们找老章再商量一下，想点其他办法吧。"

杜中德："算了，别找老章了。他现在是要人没人，要钱没钱啊。焦秘书是他得力的干将，党校学习还要几天才能回来。毕西门路多点，又被市纪委叫去查证冷大脑壳的问题。他一走，小城镇建设就基本陷入瘫痪，还不知道回来得了不。白莲回来后，李红又成天跟他生事，你没看见老章一下苍老多了？我都实在不忍心再去逼他了。"

刘主任："唉，这些情况都是明摆着的，我是说能不能让老章去向白莲开个口……"

杜中德："唉，刘主任，请端公来驱邪避秽的事，把别人当场气昏。别说章明传开不起口，就是你我，好意思向别人开口吗？何况白莲一直都还在病中。"

刘主任："那件事，若是依我过去的脾气，非叫李正齐抓几个人，煞一下歪风邪气不可。不知道白莲现在好了些没有啊？"

杜中德："把别人得罪得那么恼火，心病难医啊。杨书记和张主任看过几次，体质虚弱得很。听小唐的口气，稍好些后可能就要回海南去了。"

刘主任："唉……"

传呼机响，杜中德看传呼机："老章传呼我们了，可能要开会，走吧。"

刘主任："开会也想不出好办法啊。"

杜中德："我看，这几天李红正闹得章明传焦头烂额，不如劝他趁机躲下不讲理的老婆，再进城去想想办法。"

刘主任："他进城都是空手而归，怕进城了。"

杜中德："贞洁女怕厚脸皮，为公事去缠领导，又不是丢人的事情，说不定遇上年终那样的好事呢？"

刘主任："也好，没办法的办法。"

在家的几个党委成员都聚齐了。会议主题仍然是找钱，商量的结果，大家都同意杜中德和刘主任的意见，劝章明传进城碰碰运气，即使找不到钱，也可以避一下李红的吵闹。于是他只好揣上几千块钱，硬着头皮又进城去碰运气去了。

2

毕西确实神通广大，春节前关于冷县长的消息很快得到了印证。他那次"砸庙子"的断然行动，既为了帮章明传渡过难关，弥补过去的亏心，也想巧妙地给冷县长报警。从私人关系而言，他是招待所所长，为常务副县长服务不少，冷县长也给了他一定的回报。从公事而论，他认为比冷县长平庸无能和贪得无厌的大贪官还多，冷县长毕竟还是一个能够干些实事的官员，共产党的政策讲坦白从宽，让他自己擦了屁股，能减轻罪过，这样暗中帮冷县长一把，也是一种人情。

人们都知道他跟冷县长关系很近，毕西知道躲不过冷案的牵连。冷大脑壳被双规后，果然市纪委把他叫到指定的地点证实一些问题。他一口咬定除了正常工作往来，没有任何权钱交易。所涉及的问题，时间、地点、来龙去脉说得清清楚楚，人证物证俱全。

冷案也涉及牛魔王。牛魔王是坐过牢的，懂得应对审问的办法，而且此事又得到过毕西的点拨，一到案就来个竹筒倒豆子，先给自己无限上纲，坦白承认自己腐蚀革命干部的罪过，为了拿到大桥工程，去给冷县长行贿，结果让冷县长狠狠教训了一通，把送钱退钱的时间地点和方式说得一清二楚。因为当时冷县长秘书退钱时，二人已经约定好了对这事的说法。他的说法跟冷县长的交代完全一致，不但没给冷县长加罪，反倒给冷县长粉了一把。很快牛魔王就被放回去了。

毕西的最大本事是走到哪里都能很快跟人交上朋友。双规几天之后，态度端正，配合调查取证，他很快便跟办案人员成了哥们儿，一周之后他已经说清了问题。专案组的朋友要解除对他的双规，他说还是等几天好些。我现在就出去，冷县长的人肯定要来找我，少给自己找点麻烦好些。

而且回去之后，烦心的事情太多，又要忙得不可开交，难得有清闲的时候，不如跟大家一起再玩几天。

新朋友们只好依了他，慢条斯理地上报材料等待上级通知。那之后的日子都闲着，办案地点一般都封闭在某某宾馆的小区域内。问题说清楚了依然还是同志，在等上级决定时，朋友们或吹女人说骚话，或打小麻将混时间。不过，那几天他的手气太糟糕，打麻将老是输。朋友们都说他心中有事，身不自由，叫他放松些。他说输就输吧，在成都护理唐书记时找高人算过命，今年该走霉运。把带在身上的几千块钱输完之后，他又愉快地回到了香山镇。

冷县长是个聪明人，也有自己的信息渠道，他很快理解了毕西的反常举动，内心感激毕西，春节期间退了不少不该得的不义之财，包括春节期间各单位送的红包，都原封不动地退了回去，为自己赢得了擦屁股修补篱笆的宝贵时间。这样大大地减轻了自己的罪过，得到了从轻处理。当然这些都是后话了。

毕西解除双规，成了香山镇的一件大喜事。杨书记接到县纪委的通知，第一时间打电话报告唐立行和章明传。二人都说要尽力采取措施，恢复毕西的威信，把陷入瘫痪的小城镇建设工作抓起来。

杨书记便请在家的几位党委成员到办公室来商量。

众人走进纪委办公室，都半开玩笑地说："杨书记，你找我们说事，不会有好事吧。"

杨书记笑道："好事，大好事啊。刚才接到县纪委吴书记通知，毕西同志已经说清楚了和冷县长的事情，他本人没有任何问题。为了消除不必要的影响，有利于毕西同志今后开展工作，市、县纪委今天要派专人送毕西同志回来……"

过去大家虽然对毕西有意见，可现在不待杨书记说完，大家都说："好，果然是好消息。"

张主任只是看不惯毕西的做派，要她说点上纲上线的问题也说不出来，便道："香山镇不出贪官，毕书记平安回来，确实是好事。"

杜中德也道："好，好，纪委领导想得真周到。他们不来给毕书记正名，毕书记浑身是嘴也说不清。"

杨书记解释道："你们过去都只把纪委当成是处理干部的部门了。其实，纪委的第一职能，就是保护干部啊。"

张主任："干部当中消除影响容易，纪委一宣布就行了，可是在群众中的影响就不好消除了。"

杨书记："对，请示了唐书记和章镇长，要我们尽力恢复毕书记的威信，好抓工作。"

刘主任："这个好办，毕书记回来后，以检查小城镇工作为名，我们几位陪他到大街上走一转。晚上还专门在广播站，让他作个广播讲话。"

张主任："好主意，让他好好风光一下。"

杜中德："他给二村好多人帮过忙，如果让他们知道了，说不定还要给他放鞭炮冲喜哩。"

刘主任："老百姓的事我们不管。我们晚上食堂里加个餐，大家给他庆贺一下怎么样？"

众人都道："好！"

3

熊三爷已经跟毕西合作得非常扣手。毕西被双规后，小城镇建设瘫痪，熊三爷忧心如焚，生怕毕西出大问题回不来了。一听到毕西没问题，非常高兴，一口气跑进泡泡糖办公室。

熊三爷："好消息，好消息。毕书记放回来了。"

泡泡糖不无得意地："三爷，看往天把你愁得，给你说毕书记很快会回来，你还不相信，怎么样？"

熊三爷当然不知道毕西把自己的情况早就跟泡泡糖通过电话："小唐，你真神，你怎么知道毕书记很快就会出来的啊。"

泡泡糖调皮地笑道："哈哈哈，三爷哩，我早就给你说过，我能掐会算啊。"

熊三爷："好，三爷给你传名。小唐，我想给毕书记放鞭炮，给他披红，驱驱晦气，你说要得不？"

泡泡糖笑道："三爷，你怎么也闹这种笑话啊？你是共产党的支部书记啊。党要纯洁组织，审查教育自己的党员，怎么能说是晦气啊？你对执行党纪有意见吗？"

熊三爷："这……这……哈哈哈，我真高兴糊涂了。反正我得表示祝贺，你说怎么办？"

泡泡糖很看重毕西，也想趁此机会增进彼此的友谊，早已经想好了给毕西祝贺的方式，便道："三爷，你怎么老是忘记了你的另外一个身份，你可是综合市场的副总经理啊。毕书记管小城镇建设，重新工作，你开个茶话会，请党委成员和单位领导参加，向他汇报工作，请毕书记做指示，末了请大家喝酒，不就对了。"

熊三爷："好主意，好主意，可茶话会是啥意思啊。"

泡泡糖："你只需发话，有人给你办好，你只管请客就是。"

熊三爷："好，我这就去请客，保证大家都会给我面子。"

熊三爷正要出门，牛魔王兴冲冲地走进来："小唐老板，帮我个忙。你一定要帮我个忙。"

熊三爷："牛老板，什么事呀，这么高兴，中了大奖了吗？"

牛魔王："毕书记平安回来了，比中了大奖还高兴啊。"

熊三爷："嗯，是该高兴。小唐正找我商量这事哩。"

牛魔王："啊，你们也知道了？"

熊三爷："小唐早就知道了啊。"

泡泡糖："你们有些啥打算。"

牛魔王："大家商量，请你帮我们编几条祝贺他出来的大标语，挂到街上去；明天中午再在这里整几桌，我们给他压惊冲喜；另外邀点人去渡口放鞭炮接他。"

泡泡糖："后面两条我都赞成，这标语就有点太张扬了，谨防给他帮倒忙。"

牛魔王抓了抓脑袋："这，对对。"

泡泡糖："这放鞭炮的事，你们老板们也别去。"

牛魔王："为什么？"

熊三爷："这点都不懂吗，他是当官的，是不是跟你们老板们有啥交易？"

牛魔王："看我这笨牛。"想了想，豁然开窍，"有办法了，他住我们二村，人缘好得很，只要我出门放点风声，就有人去办了。"

泡泡糖："酒宴的事综合市场已经安排了。由三爷以熊副经理汇报工作的名义请酒，请镇上和相关部门的头头出陪，你们施工方，来几位老板捧场吧。"

牛魔王:"哎,小唐,有你给我们掌教,真是我们的福啊。但是,现在就说好,招待必须由我办。"

泡泡糖:"三爷,你看呢?"

熊三爷笑骂道:"牛魔王,你狗日的想讨乖卖好不得行。这个东道主我熊副经理当定了,别跟我争。"

牛魔王咕噜道:"三爷,你也太霸道了嘛?"

熊三爷:"晓得三爷霸道就行,明天晚上邀上你几个兄弟伙来捧场就是。下一步小城镇建设,你狗日的些,不把气力用够,看老子收拾你。"说罢便朝镇政府走去。

毕西被市纪委双规,这毕竟不是一件光彩的事。那期间香山镇对他各种议论都有。市纪委从保护干部出发,为了给他挽回影响,特地派了两个同志送他回单位,宣布他没有任何问题。

第二天,二村果然来了不少群众,在渡口迎接毕西回香山镇工作,给他放鞭炮披红。

中午,市县纪委的同志都参加了综合市场的宴会。送走他们后,镇党委一班人又陪着毕西到各单位走了一圈,晚上又安排毕西在镇办电视节目上讲话,至此完全消除了双规给他带来的不良影响。

毕西回来得很风光,他知道除了泡泡糖的精心安排外,更感谢唐书记对他的理解,和同志们对他的宽容支持。于是暗下决心,最后这半年多一定多干点实事。

毕西知道,大家最希望他回来后让拟建街房的村民重新动作起来。但是村民的顾虑是有道理的,所谓三十米大街还只在规划图上,城镇基础设施根本没动,那里仍然是一片农田,街道雏形都没有,道路一片泥泞,群众修起街房又来干什么呢。然而要启动小城镇基础设施建设,那是目前不能想,又不能提的问题。

杨书记和刘主任正打算陪毕西到各个办事处去走一趟,这时毕西又接到通知,党校举办的党函班(党政干部函授班)结业考试。办这个班的目的就是解决党政干部的学历问题,考试只是一个形式和过场。学历对毕西官场中已经没有价值,但他懂得,自己还不到五十岁,未来社会有一张大专文凭比没有强,因此又请假参加复习考试去了。

第五十一章　病春

1

林老先生的画，果然如精英们所说，在官场有如登云梯。焦点把林可儿给他的"准婚证"送到袁其华手上的第二天，便得到了袁科长的电话通知，说部长正在着急的时候得到了那幅画非常高兴，叫他做好准备，节后到市上参加党校第二期区科班学习。周老板也很快把画钱给他送了来。那幅画钱比镇上出的价高到哪里去了。

区科班学员都是来自全市各区县的精英。开始一切都很正常，听党课，听什么专家、大师的讲座。焦点觉得，除了市场经济方面的讲座有些收获之外，其他鲜有新意。其余大量时间都是讨论和写心得。

讨论是学员们展示说套话、空话和假话的竞技场。焦点虽然对套话、空话和假话很反感，一般情况不发言。但是说套话、空话和假话却是混官场必不可少的基本功。这里毕竟是培养官员的地方，有了那基本功就叫作表达能力强，能得到领导的常识。特别是有领导莅临讨论的时候，大家都争先恐后显示口才。遇到这种时候焦点也不得不发言了。反正套话和空话虽然无用，但永远正确，说假话大家都不脸红，他是学中文的，玩语言是他的本行，只要把套话空话和假话组合得别致一些，就有了新鲜感。这一招还真灵，两次当场得到过领导表扬，"焦点同志领悟快，认识深刻。"

区科班渐到后来，情况就发生了一些变化，大家处熟了，走得近一些的朋友中，也能听到香河大酒店精英论坛上那类议论了。特别是在食堂里吃午饭和晚饭的人越来越少。大家都忙于进馆子请客交朋友去了。

世人都说"多个朋友多条路"，其实也要看什么朋友，许多朋友是办不了事的。朋友关系中含金量最高的莫过一同读党校的朋友，他们也喜欢叫作同学。时间虽然短，大家都知道，来这里学习的大多数都是官，有的一出去就升官，说不清谁升成了不得的大官，都是非常有用的人。因此，不少官员把党校合影照片作为向人炫耀的资本，某某人是我同学；把同班学员的通讯录，作为"护官符"来珍藏；电话号码的使用频率也最高。

焦点也懂这个道理，来党校之前，袁科长又一再叮咛他，要充分利用这个机会广交朋友。焦点虽不刻意交际，但他气宇轩昂，平常出语不凡，像块做大官的料，加上又被领导表扬过，前途看好，主动跟他套近乎交朋友的人倒很是不少。请他吃喝的人也不少。而且大家好像在比真诚，比情谊深厚，吃喝的规格档次一个比一个高。

区科班临近结束，焦点正准备请客还礼，正在为请客的规格档次犯难的时候，袁科长又来了。这一次周老板也来了，而且还在一家大酒店里高规格地为焦点安排了两席，让焦点请客。这两席让焦点交了不少铁哥们儿。

焦点实在搞不清袁其华为什么对他那样关心，而且对香山镇的事情也特别关心。如果他是还想得到林老先生的画，已经明确告诉过他，绝对再无可能。如果真的如他所说是不忘记那份同学之情，关心香山镇是关心老同学，那么看来自己过去对袁其华误会了。这或许还真是个可交的朋友。

焦点在党校跟章明传随时保持通电话，镇上的情况一清二楚，他知道章明传在县上找钱，回到县上却打不通章明传的电话。镇上正缺人，只好急急忙忙地赶回了香山镇。

焦点区科班结束回镇，可谓满载而归，可是却一直担心会失去可儿。他在党校时几次请可儿到市上玩，都没动心。他们的关系至今还没恢复。回到镇上不敢请可儿到他的寝室，至少眼下不敢。他怕可儿问起那幅画的事，不知怎么交代。他跟张主任交接工作后，便立即去中学见可儿。

二人见面，根本没有恋人久别重逢的热烈。

可儿正要出门，不凉不热地："学习结束了？"

焦点："嗯，结束了。你要出门吗？"

可儿："嗯，今天是农历二月十九，观音菩萨的生日，我去邀白莲姐到镇江寺烧香。"说罢出了门，拿起门锁，一副下逐客令的样子。

焦点只好跟出了门："可儿，我陪你们去吧。"

可儿："忙你的正事去吧，我们不用你陪。"可儿说着走出了中学，把焦点晾在了一边。

2

林可儿成了白莲最好的闺密，端公驱邪事件使白莲一病不起，这使林可儿非常着急。她几乎一有空，就要来看望白莲。

白莲稍能进食下床之后，便把自己关在小佛堂里，终日坐在蒲团上，捻着念珠，瞑目凝神打坐。所有世事，一概不问，全由泡泡糖做主。在她身上，已经看不到那个在物欲横流的世界中的赚钱机器的影子，仿佛是来自另外一个世界的修女。

林可儿每次来看白莲，最多也只是在佛堂门口看看白莲凝坐佛前的身影，她不愿意去打扰白莲打坐，只能关心一下白莲的近况，便只好钻进泡泡糖的书房。今天是观音菩萨的生日，镇江寺庙会非常热闹，正值春暖花开，白莲又信佛，她想邀白莲去赶庙会散心。

林可儿照例先见泡泡糖，泡泡糖正在电脑上埋头写作。她抬起头来："你的如意郎君从市委党校学习归来，正值鸟语花香时节，怎么不去陪你的心上人游春浪漫去啊？"

林可儿不高兴地："甜甜姐，你又来了。"

泡泡糖："关心你啊，你们早一点拜堂，好吃你的喜糖啊。"

林可儿："你最应该关心的是白莲姐，她的病情有好转吗？"

泡泡糖叹了一口气："唉，还是那样，不言不动，很少进食。"

林可儿："今天镇江寺的庙会热闹，我们陪她去散散心吧。"

泡泡糖："李红是镇江寺募捐委员会的副会首，你是叫她去见李红的白眼，还是去看别人对她指指戳戳？"

林可儿根本没有想到这些："唉，这么大个香山镇，怎么就容不下一个活菩萨啊。"

泡泡糖："是啊，世俗和愚昧也能杀人的。"

林可儿："我说，甜甜姐，你还是送她去大医院看看吧。这样拖下去不是办法啊。"

泡泡糖："心病只有心药医啊，病根不除，医得好吗。"

林可儿："你跟她相处那么久，应该知道她病根吧。"

泡泡糖："是的，我曾不止一次解剖过她。她是一颗满荷着传统文化基因的种子，在今天这个大变革时代，在充满各种毒素的土壤中孕育出来的一个怪胎。磨难使她坚强，给她智慧。坚强和智慧使她在商场获得了巨大的成功。然而这成功又给她带来了巨大的失落，使她迷失了自我……"

林可儿："甜甜姐，你别说得那么玄、别说得那么高深行不行。成功怎么会使她失落，迷失自我啊。"

泡泡糖："可儿，如果说她最初的拼搏与奋斗，只是为了活命。那么当生存有了保障之后，她还拼搏的目的是什么，难道只是为聚集那只有数字概念的金钱吗？商战的成功，虽然能给她带来兴奋和刺激，但也会使她精疲力竭。冰冷的金币抵不上一个温暖的草窝。她到底是个感情丰富的小女人啊，她虽然有了骄人的事业，然而，她真正所需要的平凡人的生活，无论是家庭和爱情，都还是一片荒漠啊。"

林可儿："啊，你是说她离开海南，回到故乡，是逃离商场的疲惫和厌倦，是为了找寻一个女人的自我和归宿？"

泡泡糖："是的，你看看吧，这是我对她的病根的分析。"

泡泡糖把鼠标推给林可儿，林可儿坐到电脑前读着泡泡糖的分析："商场过度的激情燃烧，她疲惫了，她困倦了，她下定决心逃离。温饱之需满足之后，她发觉了她人生的缺失。冰冷的金元，替代不了一个女人对家庭与爱情的需求。于是她怀着对旧恋人朦胧的非分之想回到故乡，寻找她的归宿。然而，道德和良心使她却步。所以李红自卑吃醋，一切过火行为，她能理解和原谅；报纸的造谣生事，她也能忍受，因为既是那个行业利益需求使然，也多少说中了她初衷。然而，她摆平辣椒风波，落个赚乡亲的黑心钱的骂名；她为建桥捐资连姓名都不敢留；最让她痛心的却是捐资建校，说她是卖淫得来的钱不干净，要霉学校，误学生前程；她百般努力，乡亲们仍然不能接纳她这思乡的游子。她伤心欲绝，却不能像别人那样发疯发狂号嗬、释放。她那无边的委屈和幽怨全闷在心里，这就是她难以拔除的病根。"

林可儿："甜甜姐，你的分析那样深刻和精辟，你为啥不好好开导她啊。"

泡泡糖："小林，白莲姐聪慧至极，她不知道自己的病根吗，一般的开导管用吗？"

林可儿："甜甜姐，不知道哪辈古人说过，慧极必伤，情深不寿！这大概是智慧多情的女人的宿命吧。我很担心，这样聪慧多情的白莲姐，将伤于慧，毁于情啊。"

泡泡糖用异样的眼光看着可儿："可儿，你也知道慧极必伤，情深不寿了，我真为你高兴啊。你跟白莲姐一样的文化基因，一样的不能与时俱进。你容不下焦点的所谓缺点，过分求全责备，仿佛是生活在另外一个时代的圣人。白莲姐至慧易伤，可是她经历过磨难，她比你抗得住击打，而你，一朵温室中的娇花，是经不起小小风雨的。我真心希望你，也现实一些。"

林可儿："甜甜姐，你怎么又说我了啊？"

泡泡糖："唉，人生得一知己难，谁叫你是我最喜欢的小妹啊。"

林可儿："甜甜姐，我也记得你在《方圆说》中说的'至刚者易折，至柔者无成，至洁者易污，至察者无朋'。可是改变自己难啊，现在，我们还是想办法帮帮白莲姐吧。"

泡泡糖："你说，我们怎么帮她？"

林可儿："我赞成你先前对她的病根的分析，她的奉献得到这样的回报，是人都不能忍受的。我以为，要拔除她的病根，她只有远离伤害，你劝她回海南去吧。"

泡泡糖："劝她回海南，有用吗？"

林可儿嘟着嘴道："甜甜姐，你不劝她离开这里，是不是想让她继续在这里煎熬，丰富你的大作的内容啊？"

泡泡糖："鬼丫头，我至于这么自私和残忍吗？"

林可儿："那为什么呢？"

泡泡糖："她好不容易逃离了海南，劝她回海南去干什么，继续当赚钱机器，赚钱又来干什么？"

林可儿："对，对于她，赚那么多钱来干什么呢？"

泡泡糖："可儿，像她那样的人，钱的多少，对她有多大的意义？她需要的是爱，需要的是归宿感啊，她的身上流淌的毕竟是香河的血液，这里毕竟有章明传、李红、熊三爷、李公安这样的亲人啊。她决定回乡不是一件容易的事，现在要她重新回到只身漂泊天涯的孤独中，这慈悲吗？这明智吗？"

林可儿："唉！难道就让她……"

泡泡糖："阿弥陀佛，佛说'自觉觉他，自度度他'，相信她在佛前能够自觉、自悟，完成自我救赎吧。"

3

农历二月十九是观音菩萨的出生日。这是镇江寺一年中最热闹的一次庙会。仲春时节,香河两岸万紫千红。山路上鼓乐之声此起彼伏,朝山进香的人们,打着小旗,端着供果,络绎不绝地朝镇江寺涌去。

街一村的村民,不少人家都会利用集期或会期,卖点特色小吃。五百元的街房修起后,楼上租给了建筑公司,留下一楼来开豆花店。有人告诉她,有知名度就能成为品牌,她曾经是这方的新闻人物,那个"五百元"的绰号家喻户晓,如果改个五百元豆花,生意肯定更好。于是庙会这天她便正式亮出"五百元豆花"的招牌。

热闹的庙会上,锣鼓声、鞭炮声、诵经声、钟磬声、叫卖声响成一片。镇江寺前大黄桷树下,是一个不大的坝子,"五百元豆花"布招儿格外惹眼。五百元扯着她那脆生生的嗓门喊:"豆花哟,豆花哟,麻辣香鲜的五百元豆花哟⋯⋯"吃客们过去只听到过五百元的故事,今天看到这个美艳的少妇,便都涌向了她的小吃摊。

一旁的幺吵吵卖的是热凉粉,见五百元生意兴隆,也学着五百元叫卖:"热凉粉哟,又麻又辣的幺吵吵热凉粉哟⋯⋯"

四季豆也放下他的村干部身份,米找几个现钱,提着篮子游动过来:"麻花、散子、花生油糕、糯米油糕、嫩豌豆油糕啊⋯⋯"

佛殿内,香烟缭绕,巨烛高烧。善男信女们虔诚地跪拜,默默地祈祷。熊三爷成立了"维修镇江寺募捐委员会"后,老太太们四乡奔走,不少善男信女,都要借观音菩萨的生日,亲自来给菩萨表示虔诚。功德桌前围了不少人,他们手中拿着多少不等的钞票,登记的小和尚忙得不亦乐乎。有的人等不得了,直接把钱投入了功德箱。

熊三爷在维持秩序:"莫挤,莫挤! 慢慢来,一个一个地写。"

漆天棒拿着几张百元大钞走进来,他看了看拥挤的人群,走到功德箱前就把钞票投了进去。

一中年女人:"哟,漆天棒,那天写香钱你才捐五百元,今天又捐这么多呀?"

漆天棒:"比起白莲姐呀,我这点钱算个啥哟。"

熊三爷:"天棒,还是写上功德簿吧,以后功德碑上才好刻你的大名啊。"

漆天棒："三爷，心到神知，算了，我还忙着去卖肉。"

漆天棒把钱放进功德箱，说着走出大殿。

李红当了镇江寺维修委员会副会长之后，本来已经好多了，可是白莲回来后，借口章明传要抓她表舅之事，又跟章明传闹翻了。章明传一气之下躲进了城里，她又怕白莲进了城，每天便把小推车推到街口监视盘丝洞方向。好在看到白莲在阳台上出现过两次，她这才稍为放了心。

镇江寺的庙会期间生意好过平时多少倍，她绝不放弃这个机会。这一天早早地备足了香烛货品，便推着小推车向镇江寺走来。

码头上的规划图框残色败，洞破一块。从码头通向镇江寺的石板路旁，有不少香烛茶水摊。朝山的人们还在不断涌来。摊主们不停地向朝山的人们推销香烛纸钱。

李红把小推车上摆在岔路口叫卖："大娘，大姐，买炷香吧。镇江寺的观音菩萨灵验得很，保你们在外面打工的人平平安安，保你们的娃儿考上重点大学……"

焦点受了林可儿冷落，总觉得不是味，便骑了摩托车到渡口上来，他很希望在这里碰上去镇江寺的可儿。

李红见焦点推车过来，立即招呼："焦秘书，不是说你在党校学习吗。啥时候回来的呀？"

焦点："学习结束了，今天才回来。"

李红："都说进了党校就要升官，给你升的啥官啊？"

焦点："嫂子哩，升官哪里那么容易啊。"

李红："那你就多送点礼，多烧点香嘛。啊，对了，今天是观音菩萨的生日，来照顾嫂子一回。"举起香烛和鞭炮，"买挂鞭炮去给观音菩萨放，给观音菩萨多磕几个头，多作几个揖，菩萨保你升官发财，保你跟林老师结婚后，生个双胞胎。"

焦点为了转变话题，撒了一个谎："唉，嫂子哩，我哪有心思来烧香啊。我是到这里来等你老公的。"

一提起章明传李红就有了气："等他，等他干啥？"

焦点："未必你还不知道吗，大桥停工这么久了，施工季节很快过去，已经花了那么钱，眼看春水要涨，一河洪水一来，就会前功尽弃。镇长进城去筹款好几天了，等他拿钱回来大桥开工，解燃眉之急啊。"

李红没好气地："总是哪个酒吧头的婆娘把他缠住了嘛。"

焦点："呃，嫂子哩，你怎么老是把这种祸事往自己老公身上揽啊?"

李红："做得受得。啊，焦秘书，嫂子早就求过你啊，你一定帮我把他们两个给我盯紧点哈。别让白蛇精把章明传……"

一阵鼓乐声传来，一队朝山队伍走过来。前面的小旗上写着"××村朝山队"，接着是鼓乐队，后面是端着种各种供果的善男信女。他们亲热地和李红打着招呼："李会首，生意好吗?"

李红得意地："托菩萨的福，还好。"

一个老太太："李会首，你早点到庙里来啊，我们好给你缴化缘来的香钱啊。"

李红："要得，再忙一会儿生意就来。"

焦点诧异地："嫂子，你当会首了? 是啥子会啊?"

李红神气地："哟，你还不晓得呀? 了然大师请熊三爷当'维修镇江寺募捐委员会'的会首。三爷叫我当常务副会首，专门给他管钱哩。"

焦点不屑地："嫂子神气个啥哟，凭几个化缘老太太走村串户，化得到几个香钱啊。"

李红："哼，你不懂。现在到外面打工的人多，谁不想家里的人在外平平安安? 远近都晓得镇江寺的观音菩萨灵验。一听说熊三爷出面承头化缘维修镇江寺呀，出手大方得很啊。你看才好久，就化了这么多了。"她炫耀地摸出存折。

焦点翻开存折惊异地："啊呀，十八万多了!"

李红夺过存折："鬼蛋子，闹啥呀，悄悄地。千万别对外人说啊。"

李红推着小车朝镇江寺走去。

焦点望去镇江寺的人流，没看见林可儿的人影，又没精打采地推着摩托车朝街上走去。

第五十二章　佘老板发难

1

焦点推着摩托车回镇政府，街上迎面碰着种西瓜的王老板匆匆走来。

焦点："王老板，你好，到哪去呀？"

王老板操一口河南腔："我去拿两瓶香河曲酒，一会儿在我瓜棚里给佘老板送行。"

焦点大惊："什么？给佘老板送行？"

王老板："是呀，我俩是外乡人，到你们这里来谋生，我跟他很投缘。他的香料厂办不成了，今天要回温州，我跟他喝两盅，给他送个行嘛。焦秘书，一会儿你也到我的瓜棚里来，一起喝两盅吧。"

焦点哪里敢相信："王老板，你在开玩笑吧？"

王老板："你们的大桥修不起，把我们外乡人整得惨。我哪有闲心跟你开玩笑啊。怎么，你们还不知道，白小姐没告诉你们？"

焦点一听到这话急了，忙问："这……佘老板现在在哪里？"

王老板："他这会儿正在香料厂厂房工地上给施工队结账。一会儿就到我的瓜棚里来。"

焦点想，为今之计，怎么也要先稳住佘老板，便说："好、好。王老板，你高矮让他多喝几杯，多喝几杯啊。"

王老板："那是当然。焦秘书，你也要来啊。"

焦点望着王老板的背影，急得抓耳挠腮："这来怎么办？怎么办？"

佘老板若走，后果不堪设想。章明传在县上，毕西在参加考试，在家管理行政事务的主要领导只有他和杜中德了。如此大事，必须请杜中德一齐出面应付。可杜中德一早又去六村催收双提款去了。

焦点想了一下，启动摩托车，朝六村飞驰而去。

春色灿然的山乡，竹映桃花，莺啼柳丛。梯田里菜花半绿半黄，麦苗拔节孕穗，白色地膜或聚或散，瓜秧菜苗葱绿苗壮。杜中德和六村的牛支书走在弯弯曲曲的田埂上，不时和地里的农民打着招呼。

杜中德和牛支书在一片翠鲜鲜的辣椒地边蹲下来，抽着烟，满意地望着地里的椒苗。

牛支书不无得意地："怎么样，老镇长，你来我们六村蹲点抓辣椒生产，我牛莽子这个当支部书记的，没给你丢脸吧？"

杜中德："嘿嘿，莽子不莽，你狗日的有办法。牛莽子，只要你这个村支部书记给我扎得起，今年在辣椒上好好抓一把，让老百姓实实在在地增加点收入，不给我这老脸抹黑，早点通过小康村验收，到时候我请你喝香河特曲。"

牛支书："哈哈哈，老镇长哩。我牛莽子不是吹牛，完成任务绝不拉稀摆带，保证给你争个全镇第一。你看这苗稼和长势，辣椒丰收，人平增收三百元绝没问题。你给我赌香河特曲，要后悔啊。"

杜中德："后悔，你娃喝得了多少？我倒是提醒你，后期管理不可掉以轻心。这治虫防病、上厢追肥、控制徒长，提高挂果率、保证品质质量，半点都马虎不得啊。"

牛支书："老领导，种辣椒的事你就放心吧。"

杜中德："你是支书，村上的其他工作呢？"

牛支书："村上其他事没有哪一件没摆平。只是催收历年提留款欠款的事，要向老领导告罪啊。"

基层干部最艰巨的事情就催粮催款，刮宫引产。香山镇要收双提款来救急，这是党委铁定的近期任务。

杜中德："我今天就是专门为这事儿来的。这件事由我分管，全镇是我在牵头。大桥等着用这一笔钱。我在你六村蹲点，你六村收不起来，这不诚心往我这老脸上吐唾沫吗？"

牛支书碍难地："老领导，不是我不尽力，你没多心，你那宝贝外甥漆天棒，他……哎。"

杜中德一惊："天棒，他！他怎么啦？"

牛支书："他不是交不出钱。这两年他不但分文不交，而且还鼓动其他人也不交。他说，只要是章明传当镇长，就休想他交一分。"

杜中德没想到漆天棒会搅乱："这，这个东西！"

此时，摩托车声由远而近，二人不约而同地循声望去。

机耕道上，焦点刹住车，急哇哇地喊："杜镇长，杜镇长！"

杜中德："啥事啊？"

焦点："快！快回镇上，急事，有急事！"

杜中德："急事？"

焦点："快，快点！"

杜中德看焦点催得那样急，只好回头对牛支书道："牛莽子，天棒的事由我负责，其他人你要尽快催。"

2

杜中德向焦点走去："焦秘书，啥事呀，把你急成这样。"

焦点："快上车，快上车，上车了慢慢说。"

杜中德跨上摩托车。焦点骑车载着杜中德在弯弯曲曲的机耕道上急驰。

杜中德："焦秘书，你停停，到底出了啥事吗？这么惊惊慌慌的？"

摩托车穿过一片竹林，在一座拱桥上停下来。

焦点："老镇长，火烧眉毛了啊。大桥不复工，佘老板终止办香料厂的协议，马上要回温州了。"

杜中德："啊！他这一走，种下的几千亩辣椒怎么办，香山镇不闹翻天呀？"

焦点："所以，我一听到消息就立即来找你，快回去把他留住。"

杜中德："香料厂是由分管小城镇建设的毕书记在管呀。"

焦点："你知道，他从纪委回来后，又请假去参加党函班考试，挣他的大专文凭去了，在家领导只有你啊。"

杜中德："我有那样大的本事留住佘老板吗？关键是看老章能不能找回钱来啊。"

焦点："我看是指望不大。如果找到了钱，他肯定要打电话回来报喜，稳定局面。可是至今……"

杜中德："佘老板要走的事告诉他了吗？"

焦点："打了几次电话都联系不上，按原计划他今天该赶回来，可能已经在路上了吧。"

杜中德："那就等老章回来了再说吧。"

焦点："不行，今天要不是王老板给佘老板送行，他早就走了。这会儿佘老板正在王老板的西瓜棚里喝酒。杜镇长无论如何要去把他稳在香山镇，等到章镇长回来再说。"

杜中德："如果老章找不回来钱，我也没有办法稳住他啊。焦秘书，解铃还须系铃人，佘老板是白莲引进的，我看，最好还是去求白莲，请她出面帮我们留住佘老板吧。"

焦点："老镇长哩，无知百姓闹开学典礼那件事，白莲姐伤心欲绝，一病不起，至今都还没有康复呀。"

杜中德："那一次呀，风波虽然不大，可是确实把白莲得罪得太伤心了。"

焦点："是呀，别人还敢管你香山镇的闲事吗?"

杜中德："我说啊，我们应该狠狠煞一煞歪风邪气。"

焦点："有啥法? 她的漂亮，她的富有，她失踪后那神秘的经历，以及她和镇长那一段凄苦的恋情，都成了好事者编造流言的由头。在这样的山沟沟里，桃色新闻人人津津乐道，再说，她跟镇长又是那种关系，谁来下这个决心? 那不更招议论吗? 我们实在是爱莫能助啊。"

杜中德："哎，别说了，我们分头行动。你先把我送到农贸市场，再回去等老章，赶快商量对策。我去绊住佘老板。"

焦点："好!"

二人跨上摩托车急驰而去。

焦点把杜中德丢在农贸市场门口，杜中德走进热闹的香山镇农贸市场。人们热情地招呼着杜镇长，杜中德一边应酬着，一边径直走向漆天棒鲜肉水产店。录音机里仍然在播放着那段骂镇长的川剧。漆天棒赶紧关掉录音机敬烟。

漆天棒："舅舅，你要啥? 打个招呼，我就给你送来呀!"

杜中德走到鱼缸前威严地："春天香河封江禁捕，你这些鱼是哪里来的?"

漆天棒："那些都是人工饲养的鱼呀。"

杜中德："这条鲢鱼呢?"

漆天棒嘿嘿笑着："嘿嘿，是香河里打的。舅舅，这是一条公鱼，一直没卖，怕老关系户招待贵客，一时找不到，就留下了。"

杜中德："给我装起来。"

漆天棒向帮工："把鲢鱼装起来。"

帮工把一条大鲢鱼装进网兜。

漆天棒跨上摩托车："舅舅，我要到河对岸接货，顺便送你吧。"

杜中德提着鲢鱼跨上车后座："走嘛，其他事，等天给你说，你先送我到二村河边上去。"

3

大河滩上，卵石遍地，芦丛浅浅。燕雀水鸟，在水边啁啾。河边较高的地方，人工将卵石码得成行成垛。中间用稀少的沙土做成瓜窝。一行行整齐的西瓜苗葱绿苗壮。瓜蔓已经爬出窝沿，缀满星星点点的嫩黄色花朵。

河滩靠堤的高埠处搭了一座孤零零的芦棚。春风丽日下，王老板和佘老板在棚前席地而坐，面前摆着酒肴，此时他们正举起杯子。

王老板："佘老板呀，原来都以为你们下江人狡猾，我这个河南大汉先还防着你。没想到你还这么讲义气啊。"

佘老板笑道："下江人也有重义气的啊，我们温州人，多数人做生意很认真，交朋友也很认真啊。欢迎王老板以后到我们温州去做客。来，干!"

二人碰杯后又满上了酒。

王老板："老弟，我至今不明白，白总为你的香料厂出了那么多力，你现在要走，为什么她没出面挽留你呢?"

佘老板叹了口气道："老兄，说实话，我这一走，很对不起白总。她若出面挽留我，我还真不好办。好在，好在她不好挽留我啊。"

王老板："为啥呢? 她也是怕修不成大桥，耽误你的商机吗?"

佘老板："这当然是重要原因，不过……"

王老板："不过什么?"

佘老板："老兄啊，白总为香山做了那么多好事，香山镇人为啥还那样对待她呢?"

王老板："为啥?"

佘老板："小唐说得很透彻，仇官、仇富，千古不变。这地方封闭、落后，观念陈旧，穷人多，富人少，她成了人们嫉妒和眼红的唯一对像。你我在这里凭本事干，正常情况下都会发财，而且发大财。就说你这一百多亩西瓜，今年该赚多少钱？可是你我毕竟是外地人啊，她一个本地人都站不住脚，能保证你我没麻烦吗？"

王老板："怕啥啊，镇上的领导说要保护我们的。打西瓜窝时，村长黄爬海想来找麻烦，不是被撤职了吗？"

佘老板："那是黄爬海早就犯了众怒，大家巴不得他垮台。到了西瓜成熟的时候，要是大家都眼红你呢……"

王老板："这，这？我怎么就没想到这一层啊。"

佘老板："我原来也没想到这一点啊，现在还后悔邀你来这里哩。"

王老板："佘老板，你这一走，我，我就更是孤立无援啊。"

佘老板："不过镇上的领导还是不错的。或许是我把事情看得过分严重了吧，来，喝酒，喝酒。"

杜中德提着那条大鲢鱼走来，赶忙来到大河滩，见王老板和佘老板正在喝酒，故作豪爽地："哟，两位大老板好雅兴啊，到这大河滩上来野餐，好山好水好天气，好酒好菜好朋友。哈哈哈，会享受，真会享受啊。"

二人先是一怔，接着热情地让座敬烟。

佘老板："杜镇长，怎么今天有空到这荒河滩上来走走？"

杜中德一串哈哈之后："昨晚上做了一个好梦。今天下乡时搞到了这么大一条大鲢鱼，我说学城里人春游搞野餐，拿到这里来跟王老板打平伙……"

王老板："啥叫打平伙啊？"

杜中德："就是凑份子，买酒买菜一起吃呀。"

王老板："好，好，打平伙，打平伙，我们今天跟杜镇长打个平伙。"说罢，接过鲢鱼拿进芦棚后又回到座位。

佘老板："凑份子我也出一份。"说着掏钱。

杜中德伸手制止："不，你这叫赶平伙。不出钱。"点燃烟吸了一口，故作感慨地，"唉，佘老板呀，我看啥事都要讲缘分，我正想把鱼拿来后去请你，你倒先来了，你说巧不巧？"

二人附和地："巧，真巧。"

杜中德："巧就是缘分，来，先为我们的缘分干一杯。"

杜中德一饮而尽，二人酒到唇边迟疑地对望着。

杜中德："哟，二位老板都是豪爽人，今天怎么啦？未必然对我杜老头……"

佘老板："哪里哪里，因为我今天……"

王老板："佘老板，杜镇长的这杯酒你一定要干了才对！"

佘老板："好，干了。"

二人碰杯，一饮而尽。

杜中德："哈哈哈，这就对了。你们慢慢喝，我去整鱼。清炖，文火慢慢煨，味道鲜得很，鲜得很。"

王老板："杜镇长，我去整鱼，你陪佘老板慢慢喝。"

杜中德又斟酒："好，佘老板，再来一杯……"

佘老板揞住杯子："杜镇长，谢谢，我已经喝得不少了，我今天下午要回温州，实在不能再喝了。"

杜中德佯惊："啥？你要回温州？啊，哈哈哈，我晓得了，你们年轻人呀，睡不惯素瞌睡，想老婆了是不是？这好办呀，打个电话叫你夫人到这里来陪你办厂，不就得了。"

王老板在棚里搭话："杜镇长，佘老板忙事业，还是个童子鸡，找夫人的事呀，你倒是要多帮忙啊。"

杜中德拍着胸口道："这好说，我们香河出美女，这是远近都有名的。你要啥样的？我到镇上电视转播站一播，保证你……"

佘老板："杜镇长，不是那个意思。我，我的香料厂不办了。"

杜中德："什么，什么？香料厂不办了？佘老板，你这是开的什么玩笑啊？"

佘老板："我说的是真话。"

王老板揞着手从芦棚里出来："杜镇长，佘老板确实没开玩笑，他今天把修厂房的材料款和施工队的账都结了。"

佘老板："对，其他善后工作，我会派我的律师来处理的。"

杜中德："啊，这样说来是真的？"

王老板："今天这酒就是我给他喝的饯行酒。"

杜中德："这……佘老板，你千里迢迢来香山镇办厂，厂房都修了多半了，怎么说走就走啊？"

佘老板："唉，杜镇长啊。白总牵线来四川发展，香山镇遍地是宝，特别是特产辣椒，国际市场俏销，我才下定决心办厂。成套的进口设备已经到了口岸，和国外已经签了几单合同。可是，唉……"

杜中德："既然如此，就该一鼓作气，为啥又半途而废啊？"

佘老板："大桥不通，交通不便，设备运不进来，产品运不出去，你有金山银山我也搬不走啊。"

王老板："唉，杜镇长，佘老板还好点，财大气粗，说走就走。可是我呢，小本经营，辛辛苦苦挣来几万血汗钱，满怀希望撒在河滩上，你看这一地瓜苗，嫩鲜鲜的多可爱呀，若是大桥不通，西瓜运不出去，老本要丢完啊。眼前正是开花挂果的节骨眼上，不投资追肥吧，错过季节怎么办？若是投资，谁担风险？我这才是牯牛掉在井里，进退为难啊。"

杜中德："两位老板，你们都请放心，大桥只是暂时停工，我们一定会……"

王老板："杜镇长，春节前停工到现在，好几个月了，你们这话说过无数遍了啊。"

佘老板："是啊，画饼不能充饥，当初承诺的不能兑现，我们只好趁早另寻出路啊。"

杜中德："这……佘老板，别着急，章镇长几天前就进城筹款去了，回来后大桥马上就复工。"

佘老板："筹款？杜镇长，你自己也明白，如果走正路，你们没立项，没正当名目要钱贷款；如果走门子，你们没钱请客送礼，这空手筹款谈何容易啊？"

杜中德抽了一阵烟，叹气道："嗨，我还说啥呢，佘老板呀，你也是个明白人，你即使要走，高矮也要等章镇长回来再走吧。"

佘老板："我之所以没跟你们打招呼，我理解你们的苦衷，是实在不忍心跟你们这些热心肠的镇领导话别啊。"

杜中德："可是现在我已经知道了，我没留住你，同志们会怎样看我，我这老脸往哪里放呀？"

佘老板："这……"

王老板："佘老板，你也不急在这一天两天吧，莫给杜镇长为难了。

索性等章镇长回来打了招呼后再走吧。"

杜中德:"对,佘老板,这两天是镇江寺的庙会,很热闹的,明天章镇长一定会回来。明天一早我陪你去游镇江寺烧个头香,你再回来跟章镇长慢慢辞行怎么样?"

王老板也道:"好,都说镇江寺的观音菩萨很灵验,你不是常说,我们生意人,把菩萨敬高点好些?趁这个机会去烧一炷香,求个一路平安吧。"

佘老板想了想,无可奈何地:"这……好吧。"

第五十三章　强留佘老板

1

江边坎坷不平的机耕道上,章明传骑着摩托车,没精打采地颠簸而来。他这次进城,先是牛儿拜五方,跑遍各个衙门,想碰运气要点现钱,说尽好话,受尽冷脸和奚落,结果仍是一无所获。

章明传这次下定决心进城,也是有备而来。他知道白莲有钱,只是开不起口。那次焦点告诉他,白莲有买香姑祠的打算,他曾经在党委会提出来讨论过,遭到多数人反对。理由是千古以来,卖田卖地卖祖宅都有,从来没听说过卖衙门,何况香姑祠是国有资产,香山镇根本无权处置,卖香姑祠之事只得作罢。但这件事给了他一个借口,他便叫焦点起草了一个报告,香姑祠是县级重点文物,不能改动,不适宜镇政府办公,要求县上拨款修镇政府。报告上去后,县财政没有能力安排,此事便搁了下来。

这一次他又揣上这份报告,去找相关部门。他想县上不能解决,就授权我们自行解决,采用焦点说的办法,用香姑祠去置换镇政府。如果成交,跟白莲就好商量,镇政府暂时借用香姑祠,把修镇政府的钱,挪来修大桥。

章明传这几天,便集中跑财政局、国资委和文管局。财政局和国资委都认为是好事，表示支持。可文管局却搬出国家《文物保护法》，执行国法一点不能通融。先前的高兴一扫而空，所有的招待费都白花了。

章明传好多天的奔波空手而归，他无脸见家乡父老，怕乡亲们问他大桥什么时候复工，却偏偏又遇到镇江寺庙会，路上人流如织，此时他真恨不得跳进香河一死了之。

章明传来到渡口，看见渡船上满满一船人，为了回避那与乡亲们见面的难堪，他赶快躲到大桥工地上。

停工已久的大桥工地十分冷清。机器停转，料石乱陈。未完成的桥磴及围埝坑边长出了一蓬蓬蒿草。章明传蹲在坑边，神情沮丧地望着桥磴上生锈的钢筋，默默地抽烟，听着渡船上人们的抱怨和议论。

渡船在河中缓缓移动着。船上的人们嬉闹着，咒骂着。

漆天棒一手扶着摩托车，车上搭着整支猪肉，一手使劲地拔着铁绳拉船。

漆天棒："呃，都搭把手呀，好早点过河啊。"

"唉，哪天把大桥修起就好了。"

"那些狗日的当官的，催建桥集资款像催命样。大半年了，才刨他妈几个坑坑。"

"当官的得了包工头的包袱口软，这桥怕要修到猴子年。"

"大桥第一阶段集资，人平才交五块钱，全镇才三四十万块钱。而今，这点钱做得个啥？"

一个中年女人搭话了："对，郑二哥这话说得公道。"

漆天棒："五块钱少了，捐款不受限制，郑二哥，捐得多还可以刻碑留名，你就多捐点嘛。"

中年女人："漆天棒，你操啥空心啊。别人郑二哥捐了好几百，你呢？"

漆天棒："我呀，没他那么吃得涨。"

中年女人："你龟儿当杀猪匠，挣大价钱，手打得伸。那天修庙子写香钱，一出手就是五百元，逼得我都写了五十元。"

"别人天棒老弟，今天又往功德箱头丢了五百，给观音菩萨做生啊！"

"天棒老弟那样大方，修桥你为啥不多捐点？"

漆天棒："嫂子哩，我漆天棒当杀猪匠，命债拉得多，捐钱修庙子么，早点给菩萨行点贿，联络一下感情，图个死了好过奈何桥嘛。要我捐钱修桥，没门！只要是章明传当镇长，就是摊派我那五块钱的集资款，也休想收到一分！"

不少人都附和漆天棒：

"是啊，捐钱捐得再多，都不够那些当官的喝酒请客耍酒吧。"

"就是，就是！"

那个叫郑二哥的农民又开口了："你们别一竹竿打倒一朝人。天棒老弟的舅舅杜镇长也是当官的。看他不依你。"

漆天棒："郑二哥，一个牛尾巴遮个牛屁股，别人没指名道姓，干我屁事。我舅舅要是肯跟那些人同流合污，才当个副镇长呀？"

一说到乡镇干部的劣迹，众人又气愤填膺：

"郑二哥，未必然拿公款耍酒吧的贪官污吏还少了呀？"

"就是嘛。那些当官的经常都往城里跑，就是去搞那事儿的嘛。"

"我看，章明传那土里土气的样子，不会去耍酒吧吧。"

"现在可能不会了。他自己两栋长火还烧不过来，哪里有骚劲去……"

人们突然来了精神："章明传烧两栋长火？他也包二奶呀？包的谁呀？"

"就是十多年前跑到海南去卖肉，发了洋财回来开盘丝洞酒楼的那个白莲的嘛。"

"到处都传得沸沸扬扬的，到底有没有那事啊？"

"他们两个是高中同学，旧情人，报纸上登了那么久，你们没看见呀？"

漆天棒一听说白莲的坏话，立即翻了脸："你狗日婆娘些还不闭上臭嘴，老子把你甩下河去喂王八！章明传算啥东西，给白莲姐提鞋都不配！"

不少人又给漆天棒帮腔："是啊，你们莫乱说，白莲又没得罪你们，你们何苦要脏人家嘛。"

那些嚼舌的女人们都知道漆天棒是个二杆子，惹不得，赶紧投降："嘿嘿，我们也是听来的。"

渡船靠岸。众人朝岸上涌去。

章明传躲在桥磴下，听到这些议论，很不是滋味。

2

牛魔王接到佘老板叫去结账的通知，几乎第一时间就打电话请教泡泡糖该怎么办。

泡泡糖虽然成天在盘丝洞守护着白莲，但是香山镇面临的困难她还是非常清楚的。她万万没想到佘老板会在这个时候突然发难。她懂得佘老板停建香料厂的严重后果。但她毕竟是局外人，她对牛魔王说，你按商场中的规矩，该怎么办就怎么办。

正如泡泡糖预料的那样，经历过磨难的白莲已经有抗打击的能力了。她在佛前的参与悟，就是努力地在自我救赎。她的心从愤怒中逐渐平静下来，精神好多了，但对世事依然不过问，泡泡糖平日也不愿给她说香山镇的事情，免得搅扰了她的平静。

佘老板突然要走，因为佘老板是白莲引进的，这不但是香山镇的大事，也是白莲的大事，泡泡糖不好自己做主，只得走进小佛堂向白莲请示。

白莲在依然蒲团上闭目凝神打坐，这些天在佛前似乎已经参悟到了乡亲的误会，都是因为自己回来后出手大方，造成了名节被污，成了她的最痛。这些事是不能自己去辩污和洗涮的，看来只有接受泡泡糖和林可儿的建议，还是躲到海南去，但是回海南去又干什么呢？她很渺茫，始终拿不定主意。泡泡糖一脸的怒气进来，她感到可能又有什么大事发生了。只得终止了打坐，对着玉观音，又是深深一揖。

白莲起身，对泡泡糖道："小唐，今天你这脸色……遇到什么麻烦了吗？"

泡泡糖："佘老板停建香料厂，马上要离开香山镇。"

白莲再也保持不了这些天对世事的冷淡和漠然，惊问道："是吗，会吗，为什么？"

泡泡糖："大桥修不起，设备运不进来，产品运不出去，想抽身另寻出路。他已经在跟建筑公司结账了。"

白莲闻言，知道事态的严重，"啊"了一声，跌坐在椅子上，久久不说话。

泡泡糖见白莲急得不说话，慌了，安慰道："白莲姐，佘老板要走，那是香山人没本事，留不住财神爷，这与你何干？你身体才刚刚好一点，这样折磨自己，何苦啊？"

白莲："小唐，我也是香山人啊。"

泡泡糖："别人把你当香山人了吗？香山人领你的情吗？你摆平辣椒风波，落个赚乡亲的黑心钱的骂名；你捐资建校，说你是卖淫得来的钱不干净，要霉学校，误学生前程；你建桥捐资连姓名都不敢留；说你和章明传扯不清，弄得李红一次又一次地来泼闹生事……"

白莲："小唐，你！你别说了。"

泡泡糖："我要说，我要说。白莲姐，我都实在受不了啦。等你身体再好一些后，我们就回海南吧，那边还有你的大本营啊。"

白莲抹泪，良久："唉，这里的麻烦都是我惹出来的，即使要回海南，也只有等……"

泡泡糖抢白道："白莲姐，你还等，你等什么，你等谁？等香河人接纳你，善得恶报的气还没受够吗？等章明传，你办得到吗？既割不断旧情，又冲不破自我束缚。员工们都说，劝你狠下心肠，喊那跛子婆娘让位。给她几万块钱，喊她去吃老安胎，别老是吃醋！要爱情就别讲良心，你做得到吗！"

白莲何尝没想过这些，但是这有违良心，这伤天害理，她能说什么呢："你！你！"无语地凝望着《佛祖舍身饲虎图》。用这个动作回答泡泡糖的抢白。

泡泡糖也望着那幅《佛祖舍身饲虎图》，她知道白莲对佛的敬畏和虔诚，感到自己的失态和失口："唉，我是凡人，罪过，罪过。白莲姐，未必然这一辈子你真的要……"

凡心未泯的白莲回答不了泡泡糖提过多少遍的问题，转移话题道："别说了，弥勒佛殿培修得怎么样了？"

泡泡糖："你独资培修，没有牵扯，进展还顺利。殿宇翻修完毕，开始塑佛像了。白莲姐，你在病床上躺了这么久了，今天天气好，到处鸟语花香的，又是镇江寺的庙会，走，我和可儿陪你去烧一炷香，散散心，也看看弥勒佛殿的培修情况吧。"

白莲："李红是副会首，庙会期间她肯定会在那里忙碌。"

泡泡糖："你就那样怕她呀？"

白莲："她难得有高兴的时候，别去惹她生气。佘老板是我介绍到香山镇的，生意场中的朋友，别让他在这里吃亏。你马上带一张支票去找佘老板，代我送他吧，其他善后之事，就拜托你运筹了。"

泡泡糖："好吧。"

泡泡糖说罢走出了佛堂。

3

码头上的黄桷树下聚着一伙人，有的在凉粉摊上吃凉粉，有的在水摊上买水喝。几个民工背着被盖卷等行礼走来，凉粉摊上立即有人招呼让座。

"二老表，坐，吃碗凉粉再走嘛。"

"好，吃他妈一碗凉粉再走。"于是大家坐了下来。

"二老表，你们不是在佘老板的香料厂工地上做活路吗？这样背包拿伞的，是要到哪里去啊？"

"唉，佘老板的香料厂停工了。"

"啊，是放假了吗？还没到农忙的时候呀。"

"打工的，放啥假啊。佘老板的香料厂不办了。"

二老表的话不禁使举座皆惊："不办了？为啥呀？"

"佘老板担心大桥修不起，机器运不进来，产品运不出去嘛。"

人们立即七嘴八舌地议论。

"又倒是，过了春节这么久了，大桥都还不复工。"

"复工要钱，镇上拿不出钱来，包工头就没法动工。"

"佘老板的香料厂不办了，我们种那么多辣椒怎么办啊？"

"是呀，今年镇政府发动种辣椒，还跟农民签了合同的。"

"合同还不是一张纸，镇上没钱，你啃他脑壳硬，啃他屁股臭啊！"

"未必然就这样算了?!"

"不行！签了合同就得算数！"

"对！谁签合同找谁！"

"好几个村都是杜镇长签的合同啊，未必去找杜老头吗？"

"是呀，去找老镇长，他也没有办法呀！"

"该闹的时候还是要去闹！"

"对！多邀点人去找镇上！"

"唉，去年辣椒闹事，唐书记那么好一个人成了残废，谁还好意思闹啊。我看呀，趁早拔了辣椒苗，种点毛毛菜算了。"

"我看呀，最好的办法是不让佘老板走！"

"别人跟镇政府有协议，大桥修不起不投资。现在大桥不复工，镇上都拦不住，脚是长在别人身上的，你有啥办法？"

"毬！镇上拦不住，老百姓自己想办法。"

"你有啥好办法？"

"我说呀，就说他嫖了娼，让李公安把他扣下来。"

"要不得，哪里去找妓女来揭发啊？"

"到处都有妓女，大家逗点钱，去请一个妓女不就行了吗？"

"诬告好人，你去坐班房？"

"总得有个办法啊！"

"我有个好主意，要把佘老板控制在香山镇，这事得找漆天棒出面承头。"

"漆天棒匪得很啊，弄出祸事了，大家不是要受牵连吗？"

"不然，漆天棒最孝敬他舅舅。老镇长跟大家签了辣椒合同的，佘老板一走，老镇长就成了替罪羊。漆天棒甘心吗，再说如果他乱来，受牵连的首先是老镇长。"

众人都道："对，漆天棒承头好。怎么闹，你说。"

"大家都别忙回家，漆天棒过河去了，一会儿转来，大家一齐推举他，再跟他商量怎么闹。"

"这狗日的，办法高，是个狗头军师！"

这一天到镇江寺赶庙会的人很多，佘老板解散施工队伍，停建香料厂，要离开香山镇的消息很快传遍全镇，一下闹得人心惶惶。漆天棒听到这消息格外着急，匆匆要赶回镇上去找佘老板理论。

漆天棒刚过河，一来到黄桷树下就被大家围住了。大家对漆天棒又是敬烟，又是恭维，都说这件事办不好对老镇长有多大的影响。纷纷推举漆天棒承头，领着大家，不让佘老板离开香山镇。

漆天棒本来就急公好义，见大家这样抬举自己，当即拍着胸口道："乡亲们这样抬举我，这个闲事我漆天棒管定了。香山镇的人不能随便让外乡人欺负了。"

漆天棒当即吩咐："先留几个人把渡口守住，佘老板来了，要走可以，先把我们的损失赔了再说。其余弟兄，远远地把佘老板跟起，监视他的一举一动。我要去安排宴会，今晚请他喝酒，请高人出面调停，给他来个先礼后兵。"

漆天棒虽然很天棒，倒是一个有名的孝子，对他舅舅和舅妈的孝敬，胜过多少人孝敬亲生父母。现在他最尊敬的人是杜中德，最信任的人就是泡泡糖，于是便匆匆走进泡泡糖办公室。

泡泡糖刚准备好支票打算出门，见漆天棒匆匆赶来："哟，天棒哥，急忙忙的，有事啊？"

漆天棒："唐经理，我想求你一件事。"

泡泡糖："啥事，办得到的我一定办。"

漆天棒："请你今天晚上帮我请个客。还请你帮我作陪，就在你们这里办，办一席最高标准的宴席！"

泡泡糖："最高标准，是些什么官啊？"

漆天棒："不是当官的，是请你帮我请佘老板。"

泡泡糖："请他?! 为啥呀？你跟他没多少交往啊。"

漆天棒："听说他的香料厂不办了，我舅舅分管农业，和大家签了那么多辣椒合同怎么办？去年唐书记遭了，我舅舅要遭祸事，我怎么能够不管？"

泡泡糖："你怎么管？"

漆天棒："按照江湖规矩，先礼后兵。今天酒席上给他打个招呼。他这样一拍屁股走了不得行，香山镇的老百姓不依他，我漆天棒不依他。他敢踏出香山镇一步，就别怪我漆天棒欺负外乡人了。"

漆天棒的话又可笑，又可爱，泡泡糖对这个粗鲁的汉子颇有好感，怕他做出出格的事，便好言安慰道："天棒哥，你别着急，先喝茶，我这就去见他，回来再给你回话吧。"

第五十四章　缓兵计

1

杜中德陪着佘老板和王老板去镇江寺烧香，不少百姓都知道佘老板要走，都用异样的目光盯着他，后面便有三三两两的壮汉跟着，让他很不安。出了镇江寺后，便跟杜中德来镇政府办公室，由焦点陪着，等章明传回来。

焦点为佘老板和王老板殷勤续水。

佘老板焦急地："焦秘书，章镇长怎么还没回来？"

焦点："章镇长出门好几天了，回来后找他的人多，可能是在街上让人缠住了。两位老板再坐一会儿吧。"

佘老板："唉，那就再等一会儿吧。"

焦点试探地："佘老板，如果章镇长回来执意留你怎么办？"

佘老板："这，章镇长是个很通情理的人，我想……"

泡泡糖这时气冲冲地走进办公室。

焦点像见到救星似的："哟！唐姐，稀客，请坐，我给你泡茶。"

佘老板热情地迎上去："啊，小唐，请坐。你是找我吧？"

泡泡糖并不理睬佘老板，走到王老板身边坐下："王老板，董事长要我转告你，你是由她的朋友引荐到这里来的。你的情况她清楚。她请你放心，眼下西瓜该投入你就放心投入。只要你能在荒河滩上种出西瓜来，让香河人晓得这里遍地有黄金就行了。如果你亏了本，她如数照赔，你相信她赔得起你的损失吧？"

王老板："不行！不行！这是哪里话？男儿汉大丈夫，赢得起也要输得起。我要谁赔？小唐，请白总放心。不过，我只请她别忙回海南，只要她留在香山镇，我心中就不虚了。"

泡泡糖奇怪地问道："谁说她要回海南？"

王老板："是我跟佘老板猜的。肯定你要劝她走。"

焦点闻言紧张起来。

泡泡糖知道白莲的去留意味着什么，她看了一眼焦急的焦点，临时撒了个谎："你们猜得没错，我们都劝她回海南，不过我们暂时还没劝动。"

焦点暗暗地舒了一口气。

佘老板和王老板神情复杂地交换了一下目光。

泡泡糖把这一切都看在眼里，又鄙夷地望了佘老板一眼，不声不响地掏出一张支票推过去。

佘老板拿起支票一惊："支票?! 这，这……小唐，你这是啥意思?"

泡泡糖站起来："生意场中，你跟董事长打了这么多年交道，还不懂啥意思? 她啥时候欠过你的人情? 你到这里来办厂的损失，你清楚我也清楚。损失多少，你自己填吧，我相信你不会拿自己的生意开玩笑的。"说罢，扬长而去。

佘老板："这……小唐，等等。嗨，误会了，白总误会我了。"

王老板："怎么办?"

佘老板："怎么办，只有登门解释。"

王老板："好，走! 我陪你去。"

佘老板和王老板起身欲走。章明传疲惫地走进办公室。

焦点："嗨呀，镇长回来了。总算把你盼回来了。"立即把水杯送上去。

章明传猛喝了两口："等我? 是二位老板吗? 对不起，实在对不起。请坐，有啥事坐下慢慢说。"

焦点："镇长，电话都打烂了，你怎么老是关机?"

章明传："没电了。"

焦点："筹到款了吗? 佘老板见大桥迟迟不能复工，他要终止建厂合同。今天就要回温州去了。"

章明传一惊："回温州?! 香料厂不办了?"

章明传回到香山镇，隐隐约约地听到了群众议论，刚才进镇政府时，又看见政府附近多了三三两两的游动人群，情知大事不妙，已经有了思想准备，没想到佘老板已经等在这里，一时不知怎样应对。

焦点："佘老板的香料厂已经停工了，施工队都解散了。"

佘老板："章镇长，实在对不起。我也是不得已而为之啊。"

章明传一听，才知事情发展到如此严重的地步，又是一惊。这一消息不亚于一声霹雳，一记闷棍。他借着敬烟、抽烟、咳嗽来掩饰惊慌，紧张地思考对策。一阵猛烈地咳嗽之后，他迅速镇定下来。不知是哪个大人物说过，不说假话办不成大事。人在绝境，也就顾不得君子不君子了。他懒洋洋地走到电话机旁坐下，随即一阵哈哈大笑，拿起话筒拨了李正齐的传呼机。

焦点："别人都急死了，你还笑得出来。"

章明传似乎并不把佘老板要走当成一回事："急啥吗，焦秘书哩。你们知识分子呀，就是爱动感情。我们香河人的脾气，来者欢迎，去者欢送嘛。"

焦点："可是，香料厂停办，种下去的几千亩辣椒怎么办啊？"

章明传："嗨，人各有志，你能强勉吗？呃，你们今天早上到哪里去了？电话没人接，传呼也不回。"

焦点："我们……"

电话铃响，章明传接电话："李公安吗？喂，老兄，把你们派出所的警用摩托用一下……做啥？送财政所钱所长进城办事……喂，派一名干警护送啊。"说罢压下电话，问焦点："钱所长呢？"

焦点："他们都下村去催收历年积欠的提留款去了。"

章明传："立即把他找回来，赶紧进城办事。"

焦点："镇长弄到钱啦？好，我一会儿骑摩托去接。"

章明传不置可否地笑了笑，又拨电话。

王老板拍了拍佘老板："佘老板，章镇长可能搞到款子了。"

佘老板狐疑地："这……恐怕没那么容易啊。"

章明传拨通了电话："桥梁公司陈经理吗？嘿嘿，是我……往天躲你么，是怕你逼债嘛。今天吗……嘿嘿，你说我这堂堂的大镇长就那么不值钱呀？亲自出马磕头当龟孙，在城里跑了好几天啊……对头，对头，受气人松活……你明天下午找钱所长给你兑现。喂！赶快通知你的队伍复工啊。明天……好，至迟后天上午，八点钟我要亲自到工地点卯。扯了拐，别怪我章某人不够朋友啊！"

焦点激动地："镇长，你真行！"

章明传："行啥，要是行，我就不会这样窝囊了。"

王老板："佘老板，大桥能够复工，我看你就别走了，白总那里的误会也就……"

佘老板犹豫了："这……"

章明传："焦秘书，给佘老板饯行了吗？"

焦点："我们今天才知道他要走啊。"

章明传："佘老板，你这就不够朋友了。你是怕我到温州来时，要来讨你的酒喝呀？"

佘老板："哪里，哪里。"

章明传双手握住佘老板的手真诚地："佘老板，你到香山来办厂，给我们带来了你们经济发达地区的好经验和好作风，言传身教，我们对你是相见恨晚。我们一心想与你风雨同舟，共创辉煌，只可惜我们的条件太差，实在抱歉。你要走，我们虽然舍不得，但不能影响你的发展，我们也不好勉强你留下。我们这一方人常说同船过河都是前世修。相处这么久了，要分手，这份情谊不能断啊。今天无论怎样都要给你饯个行，置一杯薄酒，来表我们的歉意，来洗我们的差惭。祝你的事业辉煌，一路平安。"

佘老板异常感动："章镇长，你，你这番话真使我惭愧啊。"

王老板："佘老板，那你就留下吧。"

佘老板："这……"

焦点："佘老板，留下吧。"

佘老板："好，如果大桥真能复工，为了章镇长这番苦心，也为了消除白总的误会，我，不走了。"

章明传："佘老板，谢谢你，香山镇的人民谢谢你。"

焦点："镇长，这饯行酒呢？"

佘老板："免了，免了，当然免了。"

章明传："不，佘老板不走了，这酒更要喝。焦秘书，今天晚上安排两席，规格稍高点，请各单位的头头脑脑都来作陪，我们跟佘老板和王老板喝一杯同心酒。"

焦点："地点呢？"

章明传："这……"

佘老板："镇长有这番盛情，我们恭敬不如从命了。白总是我的引荐人，这同心酒不能少了她，镇长就破个例吧，就设在她的盘丝洞酒楼，我也好向她负荆请罪啊。"

王老板:"对,就到盘丝洞吧。"

章明传一惊:"盘丝洞?"面有难色,但又无可奈何,"这……好吧。"

2

盘丝洞酒楼。吧台上电话响,方便面接电话。

方便面:"喂,我是方便面,请问先生,你是……啊,焦大秘书呀,啥事呀……今天晚上定两席,你办喜酒呀……啥?三百块钱一席,还要高规格高档次,哪个舅子这么大的面子啊……章明传招待重要客人?是他呀,这酒席我们不办……客人指定这里?那是借口,是你们在其他地方赊不到账了……不行!是他的招待,求我也不接。"说着压下了电话。

白莲走下楼来:"谁定酒席呀,怎么不接?"

方便面:"章明传今天晚上要来这里请客。"

白莲:"啊,他来这里请客?他啥时候回来的?"

方便面:"管他啥时候回来的,董事长,别理他。"

白莲:"这……他要来这里请客,恐怕是迫不得已啊……"

方便面:"迫不得已也别管。董事长,心肠莫那么软,你刚好了点,他那跛子婆娘又来闹事,受气的还不是你。"

白莲:"这……"

电话铃又响,方便面接电话:"……我晓得你是焦秘书,少啰唆,做不了你们的生意。"

这时泡泡糖已经走了进来,她看出了白莲的意思,白莲或许是临离开香山镇之前,借机再见章明传一面吧,便对方便面道:"给他办两席吧,给你个人情,告诉他每席再给他贴两百!"

方便面嘟着嘴:"经理老是向着他们。"接着对着电话喊:"焦大秘书,唐经理说情,叫姑奶奶给你一个面子,给你们办两席,每席还给你贴两百。不过,本姑奶奶可没董事长那么有教养,你要给章明传打个招呼,今晚上他不把他那跛子婆娘管好,到时候又来胡闹,盘丝洞的妖精们叫他下不了台。"压下电话:"又是亏本生意。"向内高喊:"大师傅,晚上方圆厅两席,标准五百。"

焦点在镇政府办公室里听到每席还给贴两百。放下电话,喜滋滋地吹着欢快的口哨。

杜中德匆匆走进办公室："焦秘书，啥事这样高兴呀？"

焦点："老镇长，章镇长搞到款子了，能不高兴吗？"

杜中德狐疑地："真的呀？可能吗？"

焦点："这还有假。佘老板都决定不走了。"

杜中德："佘老板不走了，那好啊。老章呢？"

焦点："他叫我通知财政钱所长进城办款，说出去一下，不知到哪里去了。"

章明传愁眉苦脸地走进办公室。

焦点送上水："镇长，喝水。钱所长马上就赶回来。"

杜中德："老章，焦秘书说你搞到款子了，怎么还这样愁眉苦脸的啊？"

章明传苦笑摇头："哎，杜镇长，谈何容易啊。"

焦点呆了："啊，镇长，那你刚才在这里说的……"

章明传："全是鬼话，谎话。演戏，蒙人的。"

杜中德："啥？你对佘老板他们说的是谎话？你堂堂镇长撒谎，这……"

章明传："有啥法，缓兵之计啊。"

焦点："缓兵之计？缓了今天，明天怎么办？明天露了底，那多丢人啊。"

章明传："明天怎么办，这就要请大家想办法了。"

杜中德："大家有啥办法？春节后镇干部就一直没发工资。"

章明传："毕书记回来没有，他那里有啥消息吗？"

杜中德："他昨天来电话说一直在忙考试，其他事情还没顾得上。这一两天内能赶回来。"

焦点："他呀，没给你制造麻烦，你就算烧高香了。"

章明传："话不能那样说，小城镇建设那一摊子全靠他打开局面。年底，在县上为我们争取到那笔救灾款，也很不容易的。"

杜中德："老章，如果现在实在撑不过去，是不是可以考虑收场算了？"

章明传："杜镇长，现在收场，已经投入的一百多万损失责任谁来承担？党委政府威信扫地，今后怎样开展工作？"

杜中德："我是担心窟窿越捅越大，到时候更难收场。"

焦点："上头硬是一点缝缝都没有吗？"

章明传："相关部门都求遍了。招待费花了不少，我们没立上项，是个名不正言不顺的私生子工程，大家都爱莫能助啊。"

焦点："你去找过县纪委吴书记吗？他现在可是县委副书记兼纪委书记啊，说得起话。我们香山镇又是他们县纪委承包的联系点。"

章明传摇头："到纪委，不是受审查，就是去举报。我已经够倒霉了，还是敬而远之好些。而且吴书记正在办灯桥镇的经济大案，那一窝子都关起来了。"

杜中德："那些龟儿，平时财大气粗，衣裳角角把人都扇得倒。活该！"

焦点："别人还神气了一下子嘛，可我们……"

章明传："我们命孬，就不怨天尤人了。杜镇长，我们几个还是赶快分头去想想办法吧。"

杜中德："哎，这办法到哪里去想啊？"

焦点："办法只有一条，这一方只有白总是财神菩萨，如果镇长去向她开口，说不定……"

章明传："胡说，你要我的命好了。"

<h1 style="text-align:center">3</h1>

章明传看着杜中德和焦点一筹莫展地离开办公室，也知道他们没有门路筹款。他虽然说焦点要他向白莲开口是要他的命，可焦点到底说到了点子上。

他在办公室里踱了一阵，他想白莲对他是有感情的，不会见死不救吧。妈的，还顾忌那么多干啥啊。心一横，便决定亲自去盘丝洞找白莲。

章明传气壮如牛地走到街口拐角处。望了望盘丝洞，给李红写保证书的难堪场面又在眼前浮现，他迈不开步了。

佘老板要走，搅扰了白莲的平静，她再也不能在佛前打坐了。回到书房，想着这件事将会给香山镇带来多大的麻烦，不知道该怎样收场善后，这时泡泡糖回到盘丝洞，来到白莲的书房。泡泡糖站在窗口，告诉白莲，支票已经给了佘老板，谅他也不敢乱来，而且他很可能走不了，漆天棒等椒农们可能要对他采取强制行动，事情到底怎么发展，现在还不得而知。万一到不可收拾的地步，把香料厂项目给他收购了就是。

白莲想了想道："佘老板那里的善后，你定了就是。只是眼下的麻烦一定不小……"

泡泡糖在窗口看见章明传一直在街口望着盘丝洞徘徊，便对白莲道："白莲姐，你看……"

白莲走到窗前："看啥？"说着朝泡泡糖手指的方向看去。章明传仍在街口处徘徊。

泡泡糖："章明传在那里旋了好大一阵了。好像是想到这里来，又没那胆量……"

白莲奇怪地道："他们定的宴席不是晚上吗？这会儿他不会到这里来的。"

泡泡糖："难说，老朝这里望什么？"

白莲："……小唐，他若来了，就说我不在。"

泡泡糖："白莲姐又对甜甜说假话了，我猜你离开香山镇之前，很想有机会再见他一面的。"

白莲羞涩地笑了笑："唉，还是不见他为好。他如果来了，就说我不在吧。"

泡泡糖："这，好吧，他若敢进盘丝洞，我晓得怎样接待他。"

白莲："你……"

泡泡糖："白莲姐，你进去吧。不然，我怎么好撒谎？"

白莲离开窗前。

泡泡糖下楼，向方便面和红桃K招了招手。二人走来，一阵耳语，三人都会心地咦咦笑了。

章明传还在街口抽烟徘徊。幺吵吵挑着一担凉粉走来："哟，章镇长回来了？你找李红吧？她今天没在这里摆摊摊，这会儿在镇江寺外头，生意好得很啊。"

章明传撒了一个谎："啊，幺嫂的生意也很好吧？我这会儿找李公安和熊三爷，你看见他们了吗？"

幺吵吵："镇长，今天是庙会，熊三爷是会首，在庙上忙得很，李公安也带着他的人在那里巡逻，维持秩序。"

章明传："啊，今天是庙会，他们都忙，那我就不找他们了。"

　　幺吵吵走后，章明传又看了看盘丝洞。焦点的声音又在他耳边响起："这一方只有白总才是财神菩萨，如果镇长去向她开口，说不定……"这声音使他毅然朝盘丝洞走去。

　　镇江寺前石级下。幺吵吵挑着一担凉粉来到李红烟摊前。

　　李红："幺嫂，生意那么好啊？又挑一担凉粉去。"

　　幺吵吵放下担子揩着汗水："生意好得很啊。李红妹子，你怎么不到庙子里头去卖啊？这会儿人都拥到庙子里头去了。那里人多得很啊。"

　　李红："唉，你看我跛起个脚脚，摊子怎么弄得上去吗。"

　　幺吵吵："啊，又倒是。呃，你们镇长大人回来了的嘛，带信叫他来帮你弄嘛。"

　　李红："他回来了？你听谁说的？"

　　幺吵吵："我在盘丝洞外面碰到他，还打过招呼哩。他一直在朝盘丝洞看，这会儿恐怕钻进盘丝洞了啊。"

　　李红："他敢！"

　　幺吵吵："嗯，难说，他一直在往盘丝洞里看哩。李红妹子呀，你是我们的大恩人。我不会害你的。依我说呀，还是防着点好些啊。"说罢，挑着凉粉朝庙里走去。

　　李红满脸阴云，赶忙收拾着摊子。

第五十五章　群妖戏李红

1

　　幺吵吵走后，章明传又徘徊了一阵，最后终于横了心，掷了烟头，"嗨！"径直向盘丝洞走去。

　　方便面在门口嗑着瓜子，见章明传走过来："哟！章镇长，好久没到我们盘丝洞来过了，来坐会儿吧。怕啥啊，我们盘丝洞的妖精又不吃人，温柔着哩，哈哈哈。"

章明传装着闲逛一样，假意看了看表："好，坐一会儿吧。小方，生意还好吗？"

方便面："哟，镇长大人关心起我们的生意来了。可乐，给镇长大人泡茶呀。BB机，给镇长大人上热毛巾噻。樱桃露给镇长大人敬烟啊！"

几个服务员早就准备好了，应声而上，敬烟敬茶献毛巾："镇长大人稀客啊。"

章明传应接不暇："啊，不客气，不客气，我是……"边说边向内张望，"我是出来……啊，出来买一包烟。"

方便面："买烟？买烟跑这么远呀？你老婆不是在卖烟吗？"

众服务员："是啊，买老婆的烟么，肥水不流外人田嘛。"

章明传："这……"

方便面："镇长买烟，是买中华、玉溪、娇子、还是红塔山呀？"

章明传："这……我抽惯了五牛。价廉物美。"

方便面："算了哟，堂堂镇长抽五牛，给香山人民丢脸啊。BB机，给镇长拿一包大中华来。今天我办招待。"

章明传："谢谢，不用，不用。"

BB机拿来烟硬塞给章明传："镇长，拿倒嘛，客啥气哟。"

方便面拉章明传坐下："章镇长，坐呀。你怎么几个月都不来照顾我们一回啊？"

可乐："章镇长是怕你方便面啊，怎么敢来？"

章明传不解地："怕她？我怕小方什么？"

可乐："方便面便宜实惠，价廉物美，五味俱全。你怕敌不过她的色香味的诱惑，要流馋口水啊。"

方便面："可乐，我看呀，镇长是怕你。"

可乐："怕我什么？"

方便面："怕你可口可乐，香浓可意，销魂化骨，情入骨髓，从此染上相思病啊。"

二人说着凑上去，紧紧地把在章明传的肩膀上，故作嗲声嗲气地摇着章明传："镇长，你说呀，你是怕她还是怕我啊？"

章明传惊恐地挣脱："你们，你们……"

红桃 K："我说呀，你们两个都别自作多情了。镇长呀，是怕我们的董事长。"

樱桃露："红桃 K，不会吧。我们董事长，活脱脱一个美人儿，有啥可怕的?"

方便面："对，对，那气质、那才情、那风韵，啧啧，简直没法说了，哪个男人不想多看几眼呀?"

红桃 K："就因为这个，他那跛夫人才吃醋嘛。"

方便面："啊，有道理。我真羡慕我们董事长。"

可乐："是啊，一个女人能让另一个女人吃醋，那是多么荣耀，多么幸福啊。"

方便面："镇长，就让你夫人也吃我们一回醋吧。"

可乐："是啊，镇长你发发善心吧……"

说着，两张鲜红的嘴唇同时吻向章明传的腮帮。

章明传急避，腮帮上和衣领上同时留下鲜艳的唇红。

章明传："鬼女娃子些，真不像话。真不像话。"使劲地擦着脸上的唇印。

几个姑娘看着章明传的狼狈，笑得前仰后合。

白莲听见妖精们捉弄章明传于心不忍，对泡泡糖道："明传哥是老实人，别让他太难堪了。"

泡泡糖笑道："白莲姐真心疼他。如果真回海南了，不知什么时候才能再见面，趁此机会，去看看他吧。"

白莲犹豫了很久："就隔着门帘看他一眼吧，还是不跟他见面为好。"

泡泡糖："白莲姐，想好啊，真不跟他见面吗?"

白莲点了点头："不见，看一眼就是。"

泡泡糖只好陪着白莲悄悄下楼。隔着门厅的垂幔看了看，章明传似乎一下消瘦多了，苍老多了。心中一种说不出的痛，她眼眶便湿润了。

妖精们笑闹着一哄而散，让章明传独自留在客厅内坐冷板凳。他鼓起勇气来盘丝洞的目的是要见白莲借款。他坐也不是，走也不是，几次欲掀门帘上楼，举起了手又放下了。

2

李红得到幺吵吵的报告，立即收拾摊子，交给熟人，直接赶了回来。走在街口，见章明传果然进了盘丝洞，就偷偷尾随而来。此时已经来到盘丝洞外，隐在了门厅外。

门厅内，章明传犹豫了很久，实在没有勇气掀开门帘上楼，叹了一口气，只好转身出门。帘内，白莲隔帘相望，看见章明传的为难，不停地抹泪。见章明传无奈地朝门口走去，她终于掀开门帘。

白莲："明传哥……"

章明传转身，他的救世主下楼了："白莲……"

二人都不知道说什么好，欲靠近，又分开，十分尴尬。

门外，李红悄悄向盘丝洞门口靠近。

门内，章明传："好些了吗？"

白莲："好多了。"

章明传："你病了这么久，一直不好来看你……唉！"

白莲："……明传哥，找我有事吗？"

章明传："这……我，我是来问，来问今天晚上的事……"

李红倚在门外偷听。

白莲："晚上的事都安排好了，你放心，到时候来就是了。"

章明传："啊，好……"

李红在门外听到晚上的事都安排好了，不由得怒火万丈，猛敲一下挟杖，边喊边踉跄地扑进门厅："吧！章明传，你这遭天杀的，你干的好事啊……"

方便面等服务员闻声而出："哟，'梅超风'来了。"

章明传惊愕之际，已被李红揪住了耳朵。

李红："你干的好事啊！一回来就往这里跑。晚上的扯扯都说好了，还叫你放心地来啊！"

章明传："李红，你误会了，你听我说……"

李红哭闹："误会？你叫人看看，你脸上，你衣领上的口红是哪里来的？"

章明传："嗨呀，这口红……"有口难辩，望着方便面等急得直跺脚：

422 .

"小方，看你们……"

泡泡糖："镇长夫人，那口红是小方她们……"

李红："你这皮条客，你给白莲拉了皮条，又给这些妖精拉。你滚远些，没你的腔开。"

泡泡糖："你，你这么不宜好……"

方便面："哈哈哈，要论耍泼噻，姑奶奶演泼妇，可是得过省大奖的哈。今天给你露一手。"

众女："好，方姐，我们今天她露一手看看。"

李红一屁股坐在地上撒泼："天哩，我好命苦啊，我好命薄啊，呜……"

章明传："李红，你别闹了，我求你了。"

泡泡糖："姐妹们，好戏开场了，帮个腔，伴个舞吧。"

众女："要得！那是我们的老本行，拿手戏。"

有的拿盘子，有的拿扇子，边敲边唱边舞，诚心戏弄李红。

众女唱："好笑多啊，好笑多，镇长遭老婆扯耳朵——"

李红边哭边数落：

"章明传呀，你好狠心呀，你好万恶哟，李红我不麻不癫又不跛，当年不是嫁不脱啊。呜……"

方便面接着李红的数落唱："你称二两棉花纺一下，当年谁不夸我李红呀——"

众女唱："香山镇上一枝花，人人都夸赛嫦娥。"

李红继续数落："你转业失恋，半疯半傻，我不嫌你穷，不嫌你病，把你当成心肝宝贝服侍，你才捡回一条小命啊。

众女唱：

> 谁知你是个陈世美呀，
> 而今就喜新厌旧想换老婆哟。呜……
> 好心得个恶果哟，可怜哟，可怜哟。

李红："而今我是跛子了，不如你的初恋情人妖艳，你见了她眉来眼去，回到家秋风黑脸。今天刚拢屋，就来跟她鬼混啊。章明传，你不给我说清楚呀——"说着强拉章明传。

众女唱：

> 老娘拉你去跳河，呜……
> 去跳河哟去跳河，
> 跳下河去把鱼摸，
> 又怕蚌壳夹住手哟，
> 又怕螃蟹钳住脚，
> 搬又搬不开哟，
> 扯又扯不脱，
> 一朵花儿红哟，
> 嘟个把鱼摸……

李红："摸你妈个屁！"

白莲："小方，你们，你们别火上浇油了。"

方便面："我们帮镇长夫人鸣不平。镇长想换教，这就不对嘛。人家都说，喜新不厌旧，老婆再丑不解聘，情人再好不转正呀。"

众女："是呀，老婆再丑不解聘，情人再好不转正嘛，哈哈哈！"

门外已经拥来好多看热闹的人。

李红："章明传，你说，你这个时候跑到这里来干啥？不说清楚，我今天就死在你面前。"说着一头向章明传撞去。

方便面等拉住李红："死不得呀。死不得呀。"

章明传："我是来借钱的。"

李红："你就是看见她那几个臭钱才花了心的。"

章明传："李红，你乱说些啥。"

李红："我乱说？你的保证书还在这里。"掏出保证书，"你是嘟个给我保证的，你拿去念，念出来念给大家听听。"

"我来念。"泡泡糖接过保证书，拖长声音夸张地念，"第一条，永远不见白莲的面。第二条永远不到盘丝洞，陪客也不准。第三条……"

门外哄堂大笑。

白莲抹着泪："别念了，别念了。"

李红:"白蛇精,你怕了?你心痛了?念,给我念!"

章明传:"李红,我求你,别闹了,别再伤害白莲了。门外挤起那么多人,我这脸往哪里放啊?我,我是镇长,我还要在这一方活人,我给你下跪行不行啊?"

白莲终于控制不住:"不!不!"一把拉开要下跪的章明传:"李红姐,我,我给你下跪。我给你下跪。"说着跪在李红面前:"是我的错,是我的错。是我,我,我的错。你饶了他吧。我明天就离开香山镇。永远不回来,永远……"

章明传:"不,不!白莲,别胡说……"欲拉白莲又缩回手。

泡泡糖上前扶起白莲。

李红:"啊哟,章明传,你心痛了呀?她都承认了,你还想抵赖呀?你说,你到底来干什么?"

章明传:"我真是来借钱的。"

李红:"你借钱去做啥?去哄野婆娘呀?"

章明传气急:"你,你,我跟你说不清。我就是哄了野婆娘,怎么样?我,我在城头耍酒吧,枪走了火,拿钱去交罚款,这下你安逸了哇!"

章明传说罢冲出了盘丝洞酒楼。

李红:"你,你站住!还想骗我。你枪都没有,走啥火?"

众女大笑:"哈哈哈。"

方便面:"镇长夫人哩,枪走火么,就是,就是……"对李红耳语。

李红:"啊,天哩,好羞人啊!"

3

小敏在家里做作业。

章明传气急败坏地跑回家,翻箱倒柜找东西。那支金壳怀表刺眼地躺在箱子里。他翻遍了各种本本,一无所获,便情不自禁地拿起怀表打开来。

怀表中的白莲在对着他笑。他不禁想起那次渡口上焦点那句一针见血的话:"而今时兴换教。如果你也来个优质资产重组,那就宝马金鞍,珠联璧合,前程似锦,风光无限啊!"

白莲的款款深情和李红放泼的画面在章明传眼前交替闪现。

章明传似乎要下定决心离婚。可是香山嘴上那个黄昏，白莲的话又在他的耳边响起："明传哥，认命吧，我相信命运。我敬重你是个有头脑，有责任感的男人，你不应该提出这样的问题……"

章明传站在箱子前，知道自己又在做那排解不开的白日梦了，他摇了摇头，又无可奈何地合上怀表，异常烦躁地坐下抽烟。目光在屋里四处搜索。

做作业的小敏始终注视着章明传的行动。她眨了几下眼睛，拿着书走到章明传面前："爸爸，给我讲一下这个题吧？"

章明传粗暴地推开小敏："走开些，烦死人！"

小敏很委屈，哇的一声哭了："呜……你不给我讲题，我要给妈妈告你，我要给妈妈告你，呜……"

章明传怔了一会儿，他很后悔："好，乖女儿，别哭。来，爸爸给你讲题。"

小敏："我不要你讲题，我不要你讲题。呜……"

章明传："小敏，乖女儿，别生爸爸的气了。你没看见爸爸正忙着找东西吗……"

小敏："我会做题，我就是为了不让你找到那样东西。呜……"

章明传："你晓得我找啥东西呀？"

小敏："你，我晓得你想找妈妈的存折。"

章明传："对，小敏，你知道妈妈的存折放在哪里的吗？"

小敏："我知道，我不得给你说。妈妈知道了，你们又，又要吵架，呜……"

章明传："唉……"

小敏看着爸爸的为难，懂事地止住了哭声，站到小凳上，从衣橱上拿下她的存钱罐："爸爸，你，你别拿妈妈的钱吧。我的钱给你，全都给你……"

章明传把小敏紧紧搂在怀中，泪水突眶而出："乖女儿，爸爸，爸爸不要你的钱。"

"章镇长，章镇长……"

小敏："爸爸，有人来了。"她去拿来毛巾，送到章明传的手上。章明传迅速揩了眼泪。

老校长和一个镇干部走进屋来。

老校长："镇长，听说你回来了，我们到处找你。"

镇干部："这下总算把你找到了。"

章明传："啥事呀，我刚回家洗把脸。"

老校长："县普九教育检查团来了。要检查排危资金的使用情况，达了标才能争取上面那部分配套拨款。"

镇干部："市县打狗办公室联合检查团，点名要你汇报给狗打预防针的情况。"

老校长："普九检查涉及票子，今天中午你无论怎样，都要出面去敬几杯酒啊。"

镇干部："打狗办是市上的领导带队，上次打了预防针的狗没挂牌牌，检查就没过关，今天你不去整几杯，搁不平啊。"

"镇长，镇长！"

随着喊声妇女主任张主任风风火火地走进来。

张主任："县计划生育检查团……"

章明传："好了，别说了。"他分别对几位干部："你涉及票子，你涉及市上的领导，你涉及基本国策，一标否决。哪一家的面子都大，我们都得罪不起。三家的酒我都来敬。你们晓得我这胃痛病，只要给我准备点急救药就行。"

众人："好，没问题。"

章明传："喂，你们的酒席都摆在哪里的啊？"

张主任："你放心，我们都知道你不敢去盘丝洞，都摆在'天晓得'的。"

章明传："好，天晓得，天晓得。"

第五十六章　说不清是神是魔

1

杜中德和焦点出去走了一圈，仍然是一无所获，回到章明传的办公室正唉声叹气等候章明传，章明传垂头丧气地走了进来。

杜中德："老章，我们一点办法都想不出来，在这里等你拿主意，到底怎么办啊？"

章明传："焦秘书，通知所有在家的党委成员，立即回来开个碰头会。把李正齐也请来。"

焦点："好，我这就去。"走出办公室。

章明传："老镇长，我们能不能把那笔救灾款挪出来用一段时间？"

杜中德："那笔救灾款是用村民和学校遭风灾的名义去争取的，除去花销，剩下不到十万。老章，挪用救灾款要处分人，你可千万不能打救灾款的主意啊！"

章明传当然知道挪用救灾款要处分人，而且唐书记也一再打招呼，修大桥再困难，都千万不能以身试法。为此党委曾经做过决定，把不增加农民负担、不搞非法集资等作为不可逾越的红线，否则就有搞政绩工程之嫌，上级追究起来就一点回旋的余地都没有。而动用救灾款是性质更为严重的问题，他明知那笔款春节后就拨下来了，都一直不好提这件事，可是眼前已经走投无路了，逼得他只好铤而走险了。

章明传："杜镇长，那笔救灾款本来就是我们花钱去争取来的。先挪出来救一下急，喘过气来就还行不行？"

杜中德："不行，那是原则问题。救灾工作是我在分管，我都快下课的人了，你不能让我天亮了还尿床吧。"

章明传急了："我的杜、杜副镇长哩，我是一把手，责任我负！"

"杜副镇长"那个"副"字出自章明传之口十分刺耳，杜中德突然发火："你？副镇长怎么啦，我也是党委成员。我也有权履行自己的职责。"

章明传："你！"自知失口又缓和下来，递上烟，"老领导，别生气，我不是那个意思，我是走投无路，不得不出此下策啊。"为杜中德燃上烟。

杜中德也不愿在这个时候再次闹僵。二人闷闷抽烟。

这时出去通知开会的焦点领着六村支部书记牛莽子，拿着一把辣椒苗走了进来。

牛莽子揩着汗，把辣椒苗往杜中德面前一甩："杜镇长，杜镇长哩，你要负责任啊！"

杜中德没好气地："你龟儿又啥事吗？"

焦点："牛支书，有啥事你慢慢说。"

牛莽子："嗨！农民拔了辣椒苗要来找你撕皮！"

杜中德："什么，找我撕皮，为啥？"

佘老板解散施工队的消息一传到六村，六村的不少群众就要拔辣椒苗找牛莽子算账，牛莽子只好来找杜中德。

牛莽子："年初动员种辣椒，你给大家打了包票，签了合同的，说保证佘老板全部收购。我们六村种得最多，按照镇上下达的指标不折不扣地完成了任务，还得了镇上的奖状的。现在佘老板这一走，我们的辣椒去卖给谁？农民不找我撕皮找哪个？"

杜中德："啊，这……"

章明传明显地感到了事态的严重，他转了几下眼珠，只好又重施故技演戏了，故作生气地在桌子上一巴掌："胡闹！谁说佘老板要走？我们好不容易请来的财神爷，能轻易让他走吗？"

牛莽子："不是都在说大桥修不起，佘老板要走，香料厂的施工队都解散了吗，全镇闹得人心惶惶的了。"

章明传："回去给大家讲，大桥后天就复工，佘老板已经决定留下，叫大家放心。"

牛莽子："大桥后天就复工？真的呀？"

焦点已然明白了章明传的意图，立即附和，为章明传圆谎道："真的，镇长还能跟你撒谎？"

牛莽子："那好，只要大桥能复工，佘老板不走，六村的事情我保证摆平。我回去阻挡大家拔辣椒苗去了。"

牛莽子匆匆离去。

焦点："看来今天不稳住佘老板，这祸就惹大了。唐书记已经落个下肢瘫痪，去年的悲剧难免重演啊！"

章明传："焦秘书，你通知广播站，立即发出紧急通知：大桥后天复工，佘老板决定留下办厂，原来签订的辣椒合同有效，谁拔辣椒苗，责任由自己承担。"

焦点："好！"走出办公室。

杜中德抽烟思索，艰难地下定决心："唉！老章，就挪用救灾款吧。我在分管，决定由我做，出了事由我去挨处分。"

章明传："那怎么行？"

杜中德："老章，我这乡官也混不了多久了。香山镇可以没有我杜中德，不能没有你章明传啊！不过，这点钱也不能复工啊，催收历年积欠的提留款的工作，也得加大力度才行啊。"

章明传："对，这事也是你在分管，还是要拜托你啊。另外，我们还得想点其他法子。"

焦点走回办公室。

焦点："镇长，熊三爷培修镇江寺，才几个月时间，都募捐了十几万了。你看……"

章明传眼睛一亮："啥?！你说啥? 他募捐了十几万了?"

焦点："是呀，十八万多，存折就在嫂子手里。我亲眼看见了的。这几天庙会下来，肯定还远不止这个数啊。"

章明传抽烟踱步，紧张思索，猛然回头，扔掉烟头，果断地："妈的，就这么办！"

焦点："镇长，你的意思是……"

章明传："你再去催催大家。立即到会议室开会。"

2

纪委杨书记也想不出办法找钱，她知道毕西的神通，立即在电话上把佘老板要走和香山镇的乱象告诉了毕西。毕西原打算考完试在市上耍一天再回来，得到杨书记的电话不禁大惊。唐立行的下肢瘫痪是他永远的噩梦，不能让这样的悲剧重演了。他连考试的最后程序也不应付了，立即骑着摩托车赶回了香山镇。

毕西尘灰满面地走进会议室："老章，要开会？"

章明传："啊，毕书记，你回来得正好，我们开个党委碰头会。"

李正齐走进会议室。

章明传："老兄，坐。先慰劳你。"敬烟。

李正齐："你老弟找我绝无好事。有啥，就直说。先叫我派警用摩托，怎么又不用了？"

章明传："既来之则安之。先坐下，慢慢给你说。"

李正齐："怎么安得下来，你知不知道又要出事了？"

众人都吃了一惊："又要出啥事？"

李正齐："佘老板的安全，他已经被一些人暗暗跟起了。"

章明传想了想："肯定你李正齐已经做了安排，老百姓要想留住佘老板，这说不定倒是一件好事。"

其他党委成员陆续走进办公室入座。

章明传决心破釜沉舟，他已经有了初步打算，现在没时间说套话，会议一开始就严肃地单刀直入："我，党委临时负责人，召集在家的党委成员开个紧急碰头会。请派出所李所长列席会议。请焦秘书做好会议记录。"

李正齐："算了，你们开党委会，别把我拉上。"起身要走。

杜中德一本正经地打起官腔来："李正齐同志，派出所要服从所在地方党委和政府的领导，非常时期，党委负责人通知你研究重大事情，你推什么？"

李正齐："哟，杜镇长，你今天是怎么啦？"只好坐下。

章明传："今天的核心是为大桥复工筹款。第一件事：今晚在盘丝洞设鸿门宴，向各单位借款，硬借！请派出所李所长带个头。"

李正齐："人家怎样我怎样，为啥要我带头？"

章明传："公事，你是党员。私事，你是我的朋友。"

李正齐："交了你这样的朋友，我算倒了八辈子血霉。"

众党委成员把李正齐捧起："李公安一贯支持党委和政府的工作，没问题，没问题。"

章明传："第二件事：请到会的同志，一齐去发动干部职工私人借款。教师除外。所有借款，一律按银行最高利息计息。同时也请大家先带个头。"

众人议论纷纷，都面有难色。

"还向私人借款？"

"香山镇的干部都是瘦狗，熬得出几两油啊？"

杜中德："能熬多少算多少，我支持！"

纪委杨书记："有多少力出多少力吧！我也同意。"

人大刘主任："我支持，就这样定下来吧。"

毕西："我不反对，但是这能解决多大的问题呀？"

章明传："谢谢，谢谢大家。第三件事：为贯彻年初县精神文明建设会议精神，我建议，半个月内，全部拆除香山镇境内二十多座未经批准的新建庙宇，土地还耕，砖瓦木石拨给当地学校，现金及物资由镇政府没收。原有国家批准开放的旧庙宇，一律保留不拆，也不准再添一木一石，听候处理。"

焦点："好！镇长英明！我举双手赞成。"

毕西："老章，县上没做这个规定，这件事情敏感啊。"

章明传："年初县上精神文明会议强调严禁乱建庙宇，我们镇乱建庙宇十分突出，被点名批评，虽然暂时还没做规定拆掉，但是上头做这规定是迟早的事。我们为啥不可以率先行动？这件事由焦秘书和教办负责，请派出所扎硬。李所长，你的队伍威风要摆够，但不准动手动脚，出了问题，本镇长概不负责。"

李正齐："章明传，我两个是前世有冤，还是今世有仇啊？"

章明传："我两个是前世无冤，今世有缘。"

焦点："那镇江寺呢？"

章明传："镇江寺是国家批准开放的寺庙，壁画是省级重点保护文物，观音菩萨在这一方信众很多，影响很大，我们索性把它正式规划为旅游景点，任命熊三爷当镇江寺开发领导小组组长，借保护文物这块招牌，允许镇江寺公开募捐。不过，所有经费，必须由镇财政所监管。没有主管部门批准的维修方案，一律不准动工。我们可以在经费使用的时间上做点文章。"

焦点："好，这既给熊三爷套上了紧箍咒，又给那些喜欢送钱的人找了一个集中送钱的地方。"

毕西："你这实质上是借维修镇江寺之名为大桥找钱，这不是欺哄老百姓吗？"

　　章明传："能哄几个算几个。捐钱修庙是他们自愿，维修文物，必须经主管部门批准。先挪来用倒，总比背一个搞摊派增加农民负担的罪名强些。再说，这么大一个镇，也应该规划一个旅游景点。以后有钱了，再投入镇江寺维修也不迟。"

　　杜中德："老章，这事要慎重，老百姓捐了钱不见修庙子要闹事！"

　　众委员："是啊，现在是稳定压倒一切啊。"

　　"真闹起事来就麻烦了。"

　　"这事是要慎重考虑。"

　　章明传举起牛莽子带来的那一把辣椒苗："你们难道就不怕老百姓拔辣椒苗马上闹事吗？"

　　这是一个很现实的问题，众人无言以对："这……嗨。"

　　毕西："我再次申明，反对这样做。"

　　杜中德："老章呀，有人是拿着放大镜在找你的问题，巴不得你栽筋斗啊。"

　　章明传："嗨，老镇长，情况明摆着，我不下地狱谁下地狱？"

　　众人议论纷纷。

　　李正齐："章明传，你呀，为了达到目的不择手段，非吃亏不可。"

　　章明传："为了高尚的目的，多少人甘当祭品，走上祭坛。只要大桥能够复工，就是割肉钻裆，我都心甘情愿。就是回家种田，也把我饿不死。焦秘书，这样吧。这件事情这样写：章明传推翻集体意见，个人决断。记录明白，装进档案。"

　　杜中德："你，你这是什么意思？"

　　章明传："老镇长，出了问题，我一人承担，减少牺牲，免得大家都受牵连啊！"

　　焦点："不！我坚决支持，连这点责任都不敢承担，还算得上什么共和国的基石？要挨处分，我不在乎。不当这倒霉的乡官，好趁年轻，去跑滩挣钱！"

　　众人："老章，你把我们当成啥样的人了啊？"

　　章明传："唉，我求大家了，只默许，不表态行不行？散会！请杨书记和李老兄留一下。"

3

　　杨书记和李正齐留在了会议室，焦点知道章明传从来对他不回避什么，也留了下来。

　　杨书记："章镇长，还有啥，就直说吧。"

　　章明传："你们一个是管纪律的，一个是管治安的，我有点私事，想求你们帮个忙……"他看了看门口不愿离去的同志，又忍住了。

　　镇干部们看到气氛这样紧张，不知出了什么事，早已经聚在门外。此时门口的人有的自觉回避，有的磨蹭着留下，老校长像有事要找章明传，来到了门口。

　　李正齐："啥事，你说呀。"

　　章明传："唉，实在难于启齿。"他踱了一圈，望着窗外，心情沉重地，"焦秘书说得实在，这一方只有白莲是财神，今天我硬着头皮去向白莲借款，李红她……她又来大闹了一通，我跟她说不清，就赌气说……"

　　焦点："说什么？"

　　章明传："说我在城里嫖娼翻了船，要借钱去交罚款，不交罚款就要丢饭碗。有意去气她。"

　　众人都松了一口气："啊，你还有闲心跟老婆开玩笑？"

　　章明传："不，当时是气话，现在想请你们帮我圆个谎，让她把气话信以为真。"

　　众人愕然不解："让她信以为真？"

　　李正齐："章明传，章明传，你葫芦里到底装的是啥药啊？"

　　章明传："你们都知道，李红自从断了脚杆以后，就一直怕我升官，怕我有钱，怕我跟白莲破镜重圆甩了她。她一直把钱扣得很紧，悄悄存私房钱留后路，想去成都安假肢。她已经存了一万多了。杨书记管纪律，李老兄管治安，你们的话她一定会相信，你们去给她说，今天开会就是讨论怎样处分我。就说李老兄给公安上的朋友要了人情，只要交了罚款就不立案，就能保住饭碗。去把她那一万多块钱，帮我骗……骗出来。"说罢，蹲在地上抹泪。

　　这伤心主意让会议室内外的人无不惊愕，沉默，沉默。死寂的沉默中，众人抹着泪。

良久，李正齐抹了一把泪突然爆发地："章明传，禽兽！魔鬼！你他妈的还有点人性吗？"

室内外一片愤怒的谴责：

"是太缺德了！"

"太没人性了！"

杨书记："镇长，你，你是不该这样伤害一个善良的女人的心啊！"

会议室外的人越围越多。

会议室里，章明传默默地抹着泪，良久，突然蹦起来，歇斯底里地："我他妈的不是人！我是畜生，我是禽兽！你们以为我愿意这样吗？你们难道不知道我跟白莲的事？白莲投河后，我痛不欲生，半疯半傻，成了行尸走肉，是李红她……她不嫌弃我，她跟了我，救了我，我却没本事让她过上一天舒心的日子啊！后来要是稍微利用一下手中的权力，给她换个工种，她那腿至于残吗？要是不考虑企业的困难，彻底医治，她那腿至于发展成骨髓炎，非截肢不可吗？她是个多要强的女人啊！一下子变得那样自卑，那样吃醋，我的心也在流血呀！这辈子我欠她的已经够多了。可谁叫我们是患难夫妻呢？我是镇长，借钱要带头啊！不狠心这样做，今晚上的鸿门宴就要白摆。唐书记是县委机关的下派干部，一个才四十出头的铁血汉子，要在轮椅上度过余生，可他在病床上还叨念着大桥，你们看吧，他把县委机关集资建房的钱都退出来借给我们了！"他说着从衣袋里掏出一大沓钱，"同志们，这规划图上溅的是唐书记的鲜血呀！我们也是共产党员呀！修不起大桥，我们对得起唐书记吗？不圆香山人的春秋大梦，对得起香山镇的老百姓吗？"

老校长在抹泪，门外的人都在抹泪。

毕西的办公室就在会议室隔壁。章明传的话也如重锤一样砸在他的心上，他的眼眶也湿了。他在办公室里皱紧了眉头，思考着如何帮助章明传渡过难关，制止章明传这伤心的荒唐。

镇办公室里章明传缓和了口气，近乎乞求地："二位，我，我求你们了，你们就当跟李红开了一回狠心玩笑吧，哈，行吗？"

办公室内外，一片叹息声，一片饮泣声。

不知是哪里传来了那深沉的歌声：

说不清是善是恶，

判不明是神是魔。

算不出长短功过，

问世人——

问世人如何评说？

如何评说？

毕西在办公室里讲电话："喂，姜老板吗？你们走到哪里了……啊，已经到了，那好。我马上就过来。"说完后又拨电话："牛魔王吗？你们几个老板立即到盘丝洞来一下。"说罢匆匆走出办公室。

镇会议室里，李正齐："老章，放心，钻磨眼我都跟你一起钻，我这就回去发动干警，天黑前给你凑够五万！"

焦点："镇长，我把城里炒股的钱抽出来，给你凑两万。"说着拿起话筒拨电话。

老校长抹着泪："明传，我为能教出你这样的学生而骄傲。今天中午你一定来敬一杯酒，或许，或许……"他没说完，大步朝院外走去。

张主任扒在杨书记身上，哭得泪人一般，哽咽着："镇长，我，我们……"

杨书记抹着泪："我们，我们也是女人啊，就冲着你对李红那片心，我，我跟张主任商量好了，我们这就进城，去，去找亲戚朋友……"

李正齐："好，杨书记，张主任，我立即派警用摩托送你们进城！"

杜中德紧紧握住章明传的手，哽咽地："老章，你，放心吧！"

众干部："镇长，我们知道该怎样办。"

章明传涕泪潸然，对着众人，深深地鞠了一躬："谢谢，谢谢同志们！"

第五十七章　众人拾柴火焰高

1

香山镇街头锣鼓喧天。香山镇小学的游行队伍朝镇政府走来。

"修好大桥，建设香河""修好香河大桥，圆香山人千年大梦"的巨幅横标前导，后面依次是鼓号队、彩旗队及各班的游行队伍。每个班前面都有一个少先队员举着捐资牌，上面写着班级和数目不等的捐资数字。接着是两个少先队员抬着的捐资现金。

行进中的队伍不时呼着有关修好大桥建设家乡的口号，路人驻足观看。

游行队伍的两边，有少先队员捧着捐款箱。

小敏捧着捐资箱，甜甜地喊着："阿姨，为大桥捐点款吧，我把我存钱罐里的钱，全都捐出来了。"

其他捧着捐款箱的孩子也跟着喊："叔叔，给大桥捐点款吧。"

热心的路人们，三三两两往捐款箱里丢钱。

孩子们不停地说着："谢谢。"

镇干部们都在千方百计地找钱。杜中德穷，拿不出钱来，家里也没有什么值钱的东西，他想起了漆天棒给老伴送的一副棺材，便去找了一个买主。

竹树掩映的农家小院。这是杜中德在农村的家。

杜中德带着一个胖老头和几个拿着绳索和木杠的汉子走进小院。

杜中德安顿汉子们在院子里坐下后，带着胖老头走进堂屋看货。他揭开一块积满灰尘的塑料薄膜，靠墙边露出一副红漆棺材。胖老头端详着棺材，摸了摸，敲了敲，满意地笑了，掏出一沓钞票交给杜中德。

杜中德的老伴知道了是怎么回事，她嘴唇动了动，想说什么，但没好说。在这个家里，她习惯了服从。只是看见几个拿着绳索、杠子的汉子向棺材走来时，她才捞起围裙，去抹那突眶而出的眼泪。

杜中德心里也很难过，他走到老伴跟前，歉意地："别哭了，是我对不起你。连天棒送你这副棺材都保不住。就算我借你的吧，以后，我一定还你。一定还你，我一定还你……"

办公室里，焦点满脸高兴地等着电话。

他在党委成员碰头会上表态卖股票凑款，正等城里的朋友告诉他交易的情况。

电话铃响了，焦点赶紧抓起电话："喂，怎么样……还在跌呀？这……他妈的，割肉，割得再多也卖，平仓！全卖！喂，老兄，你，你再想办法帮我凑几千吧……什么事这样急呀，这、这，我凑不够钱，哥们儿就要分手！好，谢谢，谢谢。凑够五万直接存到我们镇财政所的账号上吧，我立即告诉你账号。"焦点喜滋滋地压下电话，向财政所跑去。

江边熊三爷那条运沙船上，熊三爷正和人讨价还价。

熊三爷："我这条船才用两三年，你娃看看这成色，好好算一下账，造这么大一条船要用多少钱？"

买船人："再便宜，没有生意等于一堆废铁。"

熊三爷："怎么没有生意，小城镇建设一拉开，你娃挣得完钱呀？"

买船人："小城镇建设，去年还有点像样，现在不是又没烟没火了吗？三爷，你要是让不下来价钱就算了。还是钱揣在包包里稳当些。"说着欲走。

熊三爷："嘿！你龟儿跑啥嘛，硬是吃饱了不晓得放碗！"

买船人站住："三爷，你老人家要的是现款啊。"

熊三爷："老子要不是急着用现款，能让你娃儿这样来砍马脚杆吗？"

买船人："嘿嘿，没有的事，我怎么敢砍三爷的马脚杆啊！来，三爷换一杆烟。"敬烟。

熊三爷接上烟猛抽了一口，想了想："好！算你龟儿运气好，老子再让三千。哪个舅子再讲价！"

买船人："好，成交！我一定记住三爷这个人情。发了财请三爷喝酒。"

熊三爷拿出证照："你清点一下，全部证照在此。"

买船人接过证照清点，对身边提着钱包的女人吼道："嘿，你龟儿婆娘神起干啥？快给三爷点钱嘛！”

提钱包的女人拉开钱包，拿出一大摞钱来。

车水马龙的县城，繁忙嘈杂的街景。

银行门口，一干警坐在一辆警用三轮摩托上，朝银行望着。

杨书记和张主任走出银行。

张主任小心地拽了拽钱包："杨书记，两点过了，吃点东西吧。把小王饿坏了。"

干警："没事。"

杨书记："好，我也早饿得不行了。"对干警："呃，小王，啃烧饼，行吗？早点赶回香山镇，章镇长这个时候最需要支持了。"

干警："行！"

烧饼摊前，他们买了烧饼站在街边，津津有味地啃着。

杨书记："唉，没想到求人这么难。"

张主任："杨书记，你那舅母子一家人全靠你关照才有今天，你借她点钱，她还好意思向你要双倍的高利息。"

杨书记："我那舅母子是生意人，斤斤计较，就那么一副德行，谁跟她一般见识。今天她能借钱给我就很不错了。"

张主任："我那表嫂呀，虽说是下岗工人，而且钱是存来供娃儿上大学的，我向她开口，两口子二话不说，爽快得很。不但不要利息，连借条都不让打。我只担心呀，明年别人的娃儿考上大学了，镇上能不能还出钱来啊？"

杨书记："放心，明年无论如何都要保证先还这一笔钱。呃，张主任，我借高利息的事，你千万别说出去啊。"

张主任："那你就私人背了啊？"

杨书记："背就背吧，先救急要紧，别让章镇长为难。我们这就回香河吧。"

他们坐上摩托，摩托在人流中飞奔，向城外驶去。

城边，杨书记拍了一下干警："喂，小王，停一下，请你送我们到县委去一趟行吗？"

干警："行！"

摩托车调头又驶进城去。

张主任："杨书记，到县委干啥？"

杨书记："已经进城了，去找县纪委吴书记碰碰运气。"

张主任："对，去试试。那我呢？"

杨书记："一起去呀，怕啥？"

张主任："好，听你的。"

摩托车很快消失在人流中。

杜中德卖了棺材后，直奔六村而去。

催收历年积欠的双提款，才能解决大问题。漆天棒是六村催收双提款的最大阻力，他必须拔了这个刺头，给其他镇干部做个榜样。

杜中德到了六村，叫牛莽子带上几个民兵，跟他直奔漆天棒家的小院。竹林下的院坝里很快围了不少来看热闹的人。杜中德把一条粗麻绳套在一条大肥猪的颈项上，把绳头交给牛莽子："把猪拉走，拉到食品站去交售。多退少补。"

牛莽子退缩着："老镇长，这……"

杜中德："你，你怎么啦？"

漆天棒拿着一把雪亮的杀猪刀，从堂屋中冲出来："谁敢牵我的肥猪，我跟他拼命！"

人们一惊，慌忙闪开。

杜中德："我敢！"他拾起一根竹枝，一把从牛支书手中夺过猪绳，往院外赶去。漆天棒上前拦住杜中德："舅舅，章明传那样对你，你何苦要这样替他卖命啊？"

杜中德："胡说，这是我的工作，我的职责！这跟章明传有啥关系？你给我让开些！"

漆天棒："舅舅，舅舅！叫我在乡亲们面前哪个有脸做人啊？我求求你吧。"

杜中德："你晓得活人要脸，你把我的老脸往哪里搁？你要是还认我这个舅舅，就跟我到食品站去结账。"

一个年轻女人过来，夺下漆天棒手中的杀猪刀，拉开漆天棒："天棒，算了，舅舅也难啊。"

漆天棒："章明传，我掏他八辈祖宗，我跟他没完！"

年轻女人推着漆天棒："牛支书，你们把猪拉走吧，我明天去结账。"

牛支书感动地："好，好。"转身对围观的人吼道："你们都看见了吗？狗日的些，这下没借口了嘛？今天晚上不缴清历年积欠的提留款，照样拉肥猪、拆房子、当摩托车自行车、抱电视机！还要你狗日些给工钱！"

人们议论纷纷，有的伸长了舌头。

2

章明传的伤心主意给毕西的震动更大，和章明传、唐书记比起来，他感到惭愧。他比较自得的是成都回来后已经出了不少力，但是一个人的能力有大小，章明传和唐立行为香山镇已经竭尽全力，他是有力气却没有完全尽力，特别是解除双规后，这一次提前请假复习考试，实在不该。

毕西真要行动起来找钱，他的办法和门路都比别人多。

毕西自己不缺钱，家里随时都拿得出几万块现金来。他在办公室里立即打了几个电话。

一个是叫城里的朋友立即到他家取几万块钱，去把唐立行退出来的集资建房款重新补交上。唐立行的住房太狭窄了，在那样差的环境，怎么写文章？

二是通知城里曾经求过他的两个建筑老板带着钱到香山镇来谈生意。

三是叫电信局杨局长立即给牛魔王拨一笔款，明说是他自己要借这笔款救急。

最后才叫牛魔王和马老板立即到盘丝洞见他。

牛魔王和马老板风风火火地走进盘丝洞酒楼。

在门口时牛魔王的手机响了："喂，杨局长啊，我牛魔王嘛。啥，你今天给我拨工程款，好，谢谢杨局长，我马上派人来办理。"

马老板："怪了，牛哥，业主主动叫去拨款，这种好事少见啊。"

牛魔王："或许是小唐说的多做好事的好报吧。"

服务员引二人走进雅室，毕西坐在主人席上，陪着两个客人抽烟。只等牛魔王和马老板到了就开席。

毕西一脸的沉重："两位老板请坐。不需要我介绍了吧？"

牛魔王与客人握手："都是香山镇出去搞建筑的，姜老板和赵老板谁不熟啊？喂，你们两位老弟啥时候回来的？"

姜老板："你老兄悄悄回来发财，也不告诉我们一声。"

牛魔王："发啥财啊。毕书记，你叫我们来，你有啥事吧？"

毕西："请你们喝酒。"

牛魔王："喝酒？说好，今天我请客。"

姜老板："牛哥，今天就不跟毕书记争了，我们都没争赢。"

牛魔王："这怎么行？毕书记，弟兄们早就想请你喝一杯，现在又很难请动你，今天应该让我们请。一是感谢你对弟兄们的关照，二是你到市上考试回来后我们该给你接风，再者这两个兄弟回来，我这个当大哥的……"

毕西黑了脸："怎么，你牛魔王不领我的情？怕我有事求你。"

牛魔王看见毕西那脸色就泄了气："这……好吧。毕书记，我不敢跟你犟，你要是有事求我一回，我就脸上生光了！"

毕西："弟兄们，我难得当一回主人家，先敬大家一杯。感谢大家给我赏脸，一请就到。"

众："感谢毕书记的关照！干！"

牛魔王："毕书记，你是个欢喜人，今天愁眉苦脸的，是不是遇到啥不顺心的事了？"

毕西："公事有点小麻烦，大桥筹集不到复工资金，佘老板要撤走……我分管的小城镇建设，留不住佘老板，老百姓喊起要捶我的肉，叫你们来给我出主意。"

牛魔王："这些我早知道了。毕书记，到底要多少资金才能复工？"

毕西："已经找了一部分。再有二三十万就行了。其实只要大桥马上能够复工，最多半年后，就可以归还。"

牛魔王："半年？"

毕西："你信不过吗？"

牛魔王："哪里信不过毕哥啊。"

这时毕西的电话响了，接电话："啊，杨总啊……那个特好消息嘛，我在市委党校听到了风声，估计县委很快就会传达……那个项目，市上和县上工作差不多了，就等你们下定决心了。好，好，应该借这股东风……我必须马上到成都吗？这……好吧，我一定来。再见。"

毕西掩饰不住的高兴，老天有眼，这个电话来得太及时了，对他今天安排的活动，在节骨眼上是很大的帮助。他举起杯来："刚才所说的半年归还，改成三个月，为了刚才这个电话我们干一杯。"

众人都站起来举杯响应。

商人们都很敏感的。大家都知道毕西跟杨总的关系十分密切，便迫不及待地问：

"毕书记，啥特好消息？"

"是电站要上马了吗？"

毕西："别打听，该说的我晓得说。反正就在这几天，你们啥都会知道的。先说我求你们的事吧。"

牛魔王想了一下："弟兄们，不，老乡们，我们在外头都是吃铁吐火的角色，都是毕书记的哥们儿，为二三十万块钱，我们让毕书记为难，坏镇上几万乡亲的千秋大梦，你我丢得起这个面子吗？"

众："当然丢不起这个脸面啊。现在就看牛哥的了。"

牛魔王："凑，马上凑。能凑多少凑多少。我凑二十万，刚才进门时，正好电信局杨局长打电话来，叫我进城拨款。"

众人大笑："哈哈哈！"

牛魔王："你们笑什么？"

姜老板："赵老弟，我们跟毕书记赌输了，来，我们自己罚酒吧。"

赵老板："好，认罚。"

二人一饮而尽。

牛魔王："你们跟毕书记赌的啥啊？"

姜老板："你知道杨局长为啥叫你去拨款吗？"

牛魔王："为啥？"

赵老板："是毕书记刚才给杨局长打了电话，毕书记说你有了钱肯定会主动借出来。我们不相信，跟他赌输了。"

牛魔王："啊，是这样？那你们两个呢？"

姜老板："我们就是送钱来的呀，一人五万。"

二人拿出钱来。

牛魔王："哟，两位老弟比我牛魔王操得亮啊，毕书记有难处，都先向你们开口。我敬你们一杯。"

姜老板："牛哥，还是你操得亮。前一次毕书记只向你一个人开口，可把我们当成外人了，我们一点都不知道。来，我们敬哥子一杯！"

毕西站起来："弟兄们，大家都别说亏欠了。都是好兄弟，我毕西没白认识你们。这一次借的钱，由我私人给大家担保，按银行最高利率计息，还是由牛魔王集中去交给杜镇长。不过我给姜老弟和赵老弟丑话说在前头，我毕西有个坏规矩，牛魔王领教过，一会儿他给你们说。你们两个依规矩，就借你们的钱，不依，就把钱带回去。"

马老板："我们原来不懂规矩，吃过亏了啊。"

姜老板、赵老板："牛哥怎样，我们就怎样啊。"

毕西："另外，我还给大家许个愿，十月份以后，我给你们好工程！大工程！来，感谢大家，我再敬弟兄们一杯。干杯！"

众人举起了酒杯："谢谢毕书记，干杯！"

毕西："弟兄们，我给你们建个议，你们回乡的企业家，应该有个组织。"

牛魔王："我早就有这个想法，想请白总当头，又不好意思开口，怕她瞧不起我们。"

毕西："这件事我给你们牵线。"

众："好，我们共同再敬毕书记一杯。干！"

3

老校长回到香山镇教办办公室后，立即叫来陈会计。

老校长："陈会计，镇上再困难，干部们几个月没发工资，都从没拖欠过教师的工资，修大桥缺钱，向干部职工借钱，把我们教师除外。你说，我们该怎样做点表示？"

陈会计："镇上已经做了优待教师的决定，我们不能再向教师开口借钱，而且教师都穷，开口也不解决问题。我看，教育局李股长来检查工作，还是把功夫下在李股长身上吧。"

老校长："我就怕他不买账。"

陈会计："老校长，你这个教办主任，在全县德高望重，全镇几十万普九硬件达标配套补助款，还有镇上维修校舍的垫支款，至今分文未拨，正好今天他们来复查验收，我们要钱是名正言顺啊。如果还不拨款，下个月教师的工资怎么办？"

老校长："喂，这会儿李股长他们在干啥？"

陈会计："这会儿,中学和小学的领导在陪他们打麻将。"

老校长："发了底分没有?"

陈会计："一人发了两百。"

老校长："少了!你去再悄悄给李股长发一千。"

陈会计："你去发啊。"

老校长："李股长最计较接待规格,我要把章镇长候着,不然……"

陈会计："唉!好吧。"

章明传答应了中午去"天晓得酒家"陪酒。快到中午时匆匆向天晓得酒家走去。

天晓得酒家,一片猜拳行令之声。

计生办主任、打狗办主任、教办陈会计,都在门口张望,见章明传走来一齐迎上去拉住章明传。

计生办主任："镇长,可把你等来了!何县长问了你几次了!"

陈会计："镇长,我们那里快散席了,先到我们那里去吧!"

打狗办主任："镇长,市人大周副主任带队,你急慢不得啊!"

章明传对计生办主任和陈会计说："这样,你们先去把何县长和李股长稳住,我敬了市人大周副主任后马上就来。"

二人一脸的无奈:"唉!"

天晓得桃花轩雅室内,老校长正在宴请县教委检查团,几个校长作陪,每人面前摆了一包中华烟,酒柜上已经丢下几个五粮液空酒瓶。客人们都已喝得面红耳赤。

老校长对身边的胖子说："李股长,为了普九教育硬件设施达标,镇政府东挪西借,想尽了一切办法。今天你们又复查了,你们该给我们的配套资金,请你高抬贵手,及时拨给我们吧……"

李股长："等章镇长来了再说吧。"

陈会计走进桃花轩:"李股长,章镇长来了,他敬了市上的领导马上过来。"

老校长："好,李股长,你这会儿给我交个底吧。我得给章镇长一个交代啊。"

李股长："配套补助款嘛,按理说该拨,只是现在教委……"

老校长："这……李股长,请你看在我们两个中学同学的份上,看在我们两个当年一起当民办教师，一起打烂仗的份上……"

众客起哄："啊！老校长跟李股长是患难朋友呀？"

"你们患难之交难得一聚，怎么不单独整几杯啊？"

"来！换大杯子！"

"满上！满上！"

众人用水杯满上酒，放在二人面前。

老校长："各位领导，原谅我，我这高血压……"

李股长："老兄，莫推！我还不知道你的海量，我们两个当年喝红苕干酒数盐煮豌豆时，是用的土巴碗喝啊。"

老校长："那是老皇历了。"

陈会计："李股长，老校长严重高血压，几年没喝酒了。"

李股长："老兄，现在能不能喝我不知道。这样吧，你不是要拨款吗？教委本来资金紧张，看在我两个的交情上，今天，我即使回去挨批评，都自作主张。只要老兄跟我喝几杯，用这个水杯子喝，喝一杯就拨两万，桌子上兑现，怎么样？"

陪同的校长："好，喝两杯拨四万！老校长，我们帮你喝。"

李股长："不行，就我跟他一对一。"

老校长："李股长，这……"

客人："老校长，李股长的这个人情大啊，你要是喝个七八杯呀，你们香山镇的补助款就拨到大半了啊。"

陈会计："李股长，老校长确实不能喝。我代他行不行？"

李股长："陈会计，我跟你喝了几杯了。今天到你们香山镇来，你们镇长瞧不起我这小股长，老朋友也不给面子，算了，今天这酒不喝了！"

老校长："李股长，这……"

陈会计："李股长，不是这意思，镇长马上来。我再去叫。"走出桃花轩。

老校长脑海里闪现着会议室的一幕：

章明传："同志们，这规划图上溅的是唐书记的鲜血呀！我们也是共产党员呀！修不起大桥，我们对得起唐书记吗？对得起香山镇的老百姓吗……"

陈会计旋即回来："李股长，还稍等一下，何县长在给章镇长说话。"

李股长站起来："那就别等了哇……"

陈会计："老校长，这……"

章明传那"我们也是共产党员"的声音在老校长耳旁回响，他忽地站起来："好，话也说到这个份上了。李股长，你说话算数?"

李股长不屑地："哼哼。"

客人："李股长从来说一不二。"

老校长："李股长，那我今天为你破例，舍了老命陪你。来! 每人先倒五杯!"

众人喝彩斟酒："好! 这才叫老朋友嘛!"

老校长高举杯子："第一杯，干!"一饮而尽。

李股长："好，干!"

众客："好，两万!"

老校长："第二杯，干!"

李股长："干!"

众客："好，四万!"

老校长："第，第，第三杯……"

陈会计拉着老校长："老校长，你，你不能喝了，不能喝了!"

老校长眼前天旋地转，但章明传那"我们也是共产党员"的呐喊，仍是那样强烈，那样震撼，他甩开陈会计："三，三杯，第、第三杯，干!"

李股长："哈哈哈，老兄，我就晓得你藏量，想后发制人。好，痛快，干!"

众客人又是一片喝彩："好，六万，再来，再来!"

一客人："李股长，六万了啊!"

李股长："怕什么，我的权力是批十万! 再来!"

老校长站立不稳，仍顽强地举起酒杯："第，第，第四……四杯，干，干，干……"酒杯举到唇边，两腿一软，倒在桌下。

李股长："哈哈哈，老兄，来呀! 来呀! 你……"

客人："这一杯不算数，不算数……"

陈会计惊呼："老校长! 老校长……"

章明传冲进来："陈会计，老校长怎么啦? 怎么啦?"

陈会计："李股长要老校长陪他喝一杯酒，他拨两万，老校长就……"

章明传大恕："什么？姓李的，你等着！"对众："快送医院，立即送医院抢救！"

　　陪同的校长："李股长，你欺人太甚，今天，你这股长是当到头了，老校长要是有个三长两短，全县的校长要撕你的皮。"说罢，追着老校长而去。

　　香山镇医院急诊室。老校长吊着输液瓶半睡半醒着。陈会计和几个教师守在病床前。

　　章明传提着水果走进来。

　　章明传："陈会计，老校长好些了吗？"

　　陈会计："幸亏及时送到医院来，及时灌了肠，这会儿好多了。"

　　老校长："啊，是明传吗？"

　　章明传："嗯，老校长，好些了吗？"

　　老校长："没，没事了，就是头昏得很。死不了啦。"

　　章明传："唉，老校长，都怪我这个当学生的无能，连累老校长受这么大的罪，要是真有个三长两短，我怎么向师母交代啊。"

　　老校长："明传，你说哪里去啦。我的学生中，比你官做得大的那么多。就你呀，让我感到骄傲，才值得我老头子去拼命。陈会计，那三杯酒钱拨到了吗？该拨六万啊。"

　　陈会计："拨到了，十八万多全拨了！这是支票。"把支票递给老校长。

　　老校长："明传，拿去救急吧，我这个当老师的就只能尽这么点力了。"

　　章明传热泪盈眶，扑通一声跪在床前："老校长，学生惭愧啊！"

　　老校长："别说了，快，快去办你的正事吧。"

　　教师们："镇长，这件事就这样算了吗？"

　　"对，都是那个李股长。"

　　"是啊，他一个小股长，谁给他那样大的权力？该拨给我们的钱，他凭啥扣住不拨？要这样来卡我们？"

　　"今天要是出了人命，非敲他的沙罐不可。"

　　"这件事这么典型，不能便宜了他，我们告他。"

　　"对，我们都是老校长的学生，非为老校长出一口恶气不可！"

老校长："唉，这类事情不新鲜了，引不起上头的重视，告也白告。"

章明传："老校长放心，我们已经向县纪委反映了，县纪委决定立即对他采取组织措施。"

众人："好……"

第五十八章　白莲拜辞镇江寺

1

白莲坐在书房里，把一张杏黄色的绢帕层层摊开，露出了那一只晶莹的玉镯。她凝视着玉镯，滴滴泪珠砸在玉镯上。眼前笼罩着一片雾岚，那个始终纠缠着她的魔鬼，又掀开了她记忆屏幕上的按钮。

香山嘴上那个黄昏：

白莲："明传哥，别后悔了，誓言都是神圣的。"

章明传："那你至今为啥还没结婚？"

白莲的心中也常常自问："我为什么还没结婚？我为什么还没结婚？"但她总是没有能自圆其说的答案。

泡泡糖也不止一次责问她："你等谁？你等啥？等香河人接纳你，善得恶报的气还没受够吗？等章明传，你办得到吗？既割不断旧情，又冲不破自我束缚。我早就劝你，要爱情就别讲良心！"

"要爱情就别讲良心"的呐喊使白莲震颤，惊惶。

惊惶中墙上《佛祖舍身饲虎图》牢牢抓住了她的视线。

佛祖慈爱安详的目光，俯视着一头倒地待毙的饿虎，袒露的胳臂伸向饿虎的嘴边。她耳边响起了然大师的声音："为了利益众生，难行能行，难忍能忍，是为我佛忍戒。"

对于白莲来说，决定回到香山镇是十分慎重的，决定离开香山镇更是困难的。但是，对于她，难行也得行，难忍也必须忍啊。现在她已经没有选择的余地了，她必须离开。

白莲离开香山镇，业务上并没有什么牵挂。捐建街一村小学是她的最大心愿，现在这个心愿已了，对得起父母的在天之灵了。生意上投入并不大，盘丝洞酒楼和香河综合市场对她的整个事业而言，可以说是微不足道。而且泡泡糖已经做好了安排，酒楼委托方便留守住摊摊就行了。综合市场完工后，总部派人协助经营上路，再委托熊三爷和漆天棒管理，她用不着计较盈亏，只需要保留一个窗口，满足以后能为乡亲们做点实事的初衷就行了。

　　白莲割舍不下的归根结底还是一个情字。

　　故土之情，这是说得出口的。家乡的好山、好水、好亲人，还有，还有那碧如翡翠红如玛瑙的辣椒，但这并不是全部，这仅只是她香山梦结的一小部分。更深沉更强烈的部分，则是她既不敢正视又不敢承认的那对章明传的缠绵深情和无休无止的牵肠挂肚。

　　疲惫孤独的白莲人到中年，尽管把自己交给了佛祖，但是到底凡心难泯，时时还希望人生有个归宿，于是才用那些说得出口的理由掩藏着内心的期望回到香山镇。如果李红不是她的朋友，如果李红没有残疾，如果章明传跟李红根本过不到一块儿，如果章明传还不忘旧情，那么她不难下定和章明传重续旧缘的决心。但是除了章明传那份强烈的旧情之外，一切如果都不存在。

　　白莲回来后亲眼看到李红已经成为那样可怜的一个弱者。她在病中的时候，三爷和三婶常常来看她，给她讲了许多后来李红费尽周折医治章明传的心病，甚至包括医治章明传新婚之后的阳痿的艰难。男人阳痿是女人最说不出口的话，但三爷三婶同样是李红最尊敬的长辈，她给三婶说了，两位老人和她一起，到处求神拜佛，寻方问药，好容易他们才有了宝贝女儿小敏，才有了现在这样一个还算温馨的家庭。

　　白莲知道是自己给这个家庭带来了现在的动荡和不安，她如果还像原来那么想，那么就太不道德，那就是菩萨不能饶恕的罪过了。她对章明传不应该心存任何幻想了。她知道手中这只玉镯就是随时勾起她心生邪念的祸根，她早就想砸掉它，可是都下不了决心。现在她要告别香山镇了，告别记忆中的一切美好了，也是她应该痛下决心砸掉这支玉镯的时候了。

　　白莲拿着玉镯，正寻找砸碎玉镯的工具，可是就在这个时候泡泡糖来到门外，她只好赶紧藏好玉镯。

泡泡糖走进书房。看见白莲脸上的泪痕："白莲姐，别生气了。别和李红那样的人一般见识，气伤了自己的身体不划算啊。"

白莲平静地："小唐，请你立即准备三十万现金。"

泡泡糖："我已经叫红桃 K 取回来了。"

白莲看了泡泡糖一眼："你，你怎么知道我要用钱？"

泡泡糖："章明传想留住佘老板，来借钱去救急，还没开口就让李红搅了，我估计你不会见死不救。现在的问题是我们用什么方式把钱借给他？"

白莲："你派人尽快把三爷请来，给三爷一起商量个合法的名义借给他吧。"

泡泡糖："合法的借口，最好是为以后的项目预付一笔土地款，钱是我们企业暂存那里的，我们同意，三爷就有权动用。"

白莲："你懂政策，就这么办吧。"

泡泡糖："好，白莲姐，你真的要走吗？"

白莲平静地："走，明天就走。让小红给我收拾行李准备机票吧。把这幅《佛祖舍身饲虎图》给我收起来，我想带回海南去。"

泡泡糖此时倒很犹豫了，说实话，就她本人而言，在香山镇的收获比这些年在海南的收获还大，愤激时劝白莲走，冷静下来后却又有些后悔："这……白莲姐，现在想来，我觉得劝你回海南是我一时的冲动。你下决心回来不容易啊，回来后已经受了那么多委屈和误会，要做的事和想做的事，才刚刚开头。你是啥风浪都见过的人，为了一个泼妇的无理取闹，就这样半途而废……"

白莲："唉，小唐，别说了，按我说的去做吧。"

2

夕阳西下，朝山进香的信众们逐渐离去，镇江寺渐渐冷清下来。白莲决计离开香山镇，重新回到海南去，临行前，在泡泡糖的陪同下来镇江寺最后一次敬香。

小和尚引着白莲和泡泡糖，踏着清晰的木鱼声，扣开了然大师禅房。

瞑目打坐的了然大师微微睁开眼睛："白施主请坐。"

小和尚献茶后悄然而退。

白莲："庙会期间打搅大师，实在抱歉。"

了然大师："白施主此时来访，定有要事相议吧？"

白莲："大师，弟子明日一早离开香山镇，重返海南。今天下午一来敬香许愿，二来向大师辞行。"

了然大师："白施主忽然要走，定是遇到难行、难忍之事。须知世事无常，彼因未必此果。白施主明日未必能够成行。"

白莲："大师，与人方便，自己方便，弟子去意已定。"

了然大师："此一时也，彼一时也。施主因过去之事做此时决定，焉知天意莫测，世事难料，彼时柳暗花明，不改变此时决定？"

白莲："天意莫测，柳暗花明？大师……"

了然大师微笑道："老衲什么也没说，白施主就随缘吧。"

泡泡糖："大师禅机高深莫测，我辈凡夫俗子，谨遵大师教诲，随缘就是。"说罢，从包里取出一捆现金，"白莲姐虔心侍佛，此时去意已决，临行时再捐给镇江寺香资五万元，请大师笑纳。"

了然大师："白施主培修弥勒殿已经慷慨解囊，再次重金侍佛，不知有何宏愿？"

白莲："弟子此去，难定归期。望大师代弟子佛前添油念经，一求菩萨保家乡风调雨顺，二求菩萨保李红和明传哥日子和美，小敏成才。"

了然大师："你自己就无所求吗？"

白莲："我？我，我只想求老来出家事佛，镇江寺有间禅房容我安身，不知大师能否应允？"

泡泡糖："大师，如果白莲姐出家，我也求到镇江寺出家当尼姑，跟白莲姐相伴修行。"

了然大师："白施主欲求老来出家事佛，此时亦是真心。只是白施主重情重名，功业心强，六根不尽，孽缘未了。佛家清心寡欲，清静禅房，恐非施主合适的归宿。来日方长，世事沧桑，老衲劝施主万事随缘吧。至于唐姑娘所说出家，老衲就只能当作戏言了。"

泡泡糖感到奇怪："大师，小女子诚敬佛法博大精深，膜拜大师，何敢佛前戏言啊？"

了然大师："唐姑娘追随白施主情真，然姑娘心高气傲，皈依佛门意假，做不了方外之人，修世间佛亦可大成啊。"

泡泡糖："大师，小女子大俗人一个，怎么敢心高气傲？"

了然大师："姑娘博学高才，志存高远，以俗藏雅，即如刘玄德闻雷惊失箸，韬晦之计罢了。"

泡泡糖："大师过誉了。小人行为，君子不齿，罪过罪过。"

了然大师："只要心存善念，利益众生，为所欲为，无施不可。"

白莲和泡泡糖都很震惊。

白莲喃喃地重复着："只要心存善念，利益众生，为所欲为，无施不可。多谢大师点化。"

了然大师："阿弥陀佛！"

3

了然大师的话充满禅机，对白莲和泡泡糖都震动很大，她们都是走过不少古刹名山的，知道多少身披袈裟之人，只不过把寺庙作为栖身之所，对佛法一无所知。没想到在香山镇这样偏僻地方，却遇上了了然大师这样的高僧，二人走出镇江寺，一路上都很感慨。

特别是白莲，她一直在琢磨，了然大师为什么会说："施主因过去之事做此时决定，焉知天意莫测，世事难料，彼时柳暗花明，不改变此时决定？"他是不是在预言什么呢？

白莲回到她的小佛堂，香案上香烟袅袅升腾。她端坐蒲团之上，双手合十。对着观音，瞑目默祷，这是她离开香山镇之前最后一次祷告。祷告完毕之后，回到了书房。

红桃K坐在电脑前，熟练地敲击着键盘。打印机吐出一页页打印材料。

红桃K把材料交给白莲："董事长，你要的全部资料齐了。"

泡泡糖在书房里帮白莲收拾行装。

盘丝洞的妖精们知道白莲真的要走，全都急哭了。她们做梦也没想到能遇上这样好的老板，她们的工资，比城里那些打工姐妹高得多，她们热爱的川剧，从来没有因为酒楼工作而荒废，好多时候董事长还饶有兴致地看她们练功。更难得的是，企业还承担她们读电大的学费和车旅费，天下哪里去找这样好的老板啊。

此时，妖精们一齐来到白莲书房，一齐求白莲。

方便面："董事长，你别走吧，香山镇需要你，我们需要你，你留下吧。"

众妖精："白莲姐，你留下吧。"

方便面："白莲姐，是我带头捅了那跛子婆娘的马蜂窝，我去给她认错道歉，我去给她求情，你别走吧。"

众妖精："董事长，是我们惹怒了那疯子婆娘，我们一齐去给她赔礼道歉，你别走吧。"

白莲把这帮天真活泼的姑娘，真当成自己的小妹妹一样。姑娘们的竭力挽留，让她好感动，她真不知道怎么安慰姑娘们。

泡泡糖："小方，你们的情意董事长知道了，带大家下去。今天晚上的服务，千万不能出纰漏啊。"

众妖精："经理，董事长最信任你了，你要代我们劝董事长留下啊。"

姑娘们下楼后，泡泡糖趁机说道："白莲姐，姑娘们这样苦苦挽留你，你的决定就不能改变吗？"

白莲叹了一口气："唉，小唐，我只有回海南一条路了啊。"

泡泡糖："要是真如了然大师所说，天意莫测，世事难料，彼时柳暗花明呢？"

白莲："天意虽然莫测，天意未必能如人意。希望渺茫，还是不寄希望为好啊。"

泡泡糖："白莲姐，如果铁心要走，小方她们完全能胜任这里的工作。我再次请求，你还是让我跟你一起回南方去吧。"

白莲缓缓站起来："明传哥以后的难处更多，我给他帮不上忙了，只好把你委屈在这里。拜托你暗中给他出些力。小唐，你我姐妹一场，就算我求你吧。"

泡泡糖："白莲姐，你，别说了。"她伏在白莲的肩上泪如泉涌。

第五十九章 同心酒

1

章明传要骗李红私房钱的伤心主意，仿佛是具有神奇效力的兴奋剂，全体镇干部都行动了起来。镇干部和各单位的头头，都拿着多少不等的钱挤到财政所交钱。钱所长在忙碌着为缴款的人开票。

焦点见交钱的人多，便对钱所长道："钱所长，先收各单位头头的吧，章镇长还等着他们去赴宴哩。"

头头们七嘴八舌：

"啥赴宴啊，章明传是挽起圈圈让我们钻。"

"对，他摆的是鸿门宴。"

"唉，他当香山镇这个镇长不容易。明知是赴鸿门宴，我们也心甘情愿。只是我们也是蚊子的腿杆生疗疮，挤不出多少脓血，裤带上的钱都搜出来了，才凑这么一点。不能和李公安相比啊！"

"大小是个情，长短是根棍，我们这叫凑成刘海登仙嘛。"

"哈哈哈，凑成刘海登仙……"

"不过，今晚上不能轻饶老章。先敬他三杯。"

"好，先敬他三杯！不喝酒就叫他钻桌子！"

李正齐："弟兄们够哥们儿。他不喝酒，别说钻桌子，就是叫他钻裆都做得到，我敢打包票。"

众："他不钻你钻？"

李正齐："好，一言为定，他不钻，我李正齐代他钻！"

焦点离开财政所，到镇长办公室给章明传报喜："镇长，镇干部和各单位的头头都在缴款，筹资情况很不错。"

章明传："这就好，晚宴的事都准备好了吗？"

焦点："盘丝洞操办，还有什么不放心吗？只是，今晚你应该早点到场才好。"

章明传："对，能早点去的，都早点去吧。"

杜中德又是兴冲冲地走进来："老章，这到底是怎么回事啊？"

章明传紧张地："又出了什么事？"

杜中德："牛老板和几个修大街路面工程的老板，联合借三十万给我们，正在财政所办手续。"

章明传："真的吗？这可是最大的一笔款子啊。老镇长，是你去联系的吗？"

杜中德："我没联系，他们主动给我说的。我带他们到财政所刚办完手续。"

焦点："这些老板是不是……"

章明传沉思了片刻："杜镇长，看来，我们对在外面发了财的乡亲们，回乡建设家乡的积极性还是估计不够啊。今天晚上，你请了他们吗？"

杜中德："请了，这会儿当然请了。"

章明传："老镇长，看来还是你的威信高，上次借材料，这次贷款，都找的是你，今天晚上你重点陪他们。这时候就去把他们陪着，一定陪好，今天晚上给他们多敬几杯。"

杜中德："毕书记呢？"

章明传："是啊，这会儿怎么没看见毕书记呢？"

焦点："午饭后他私人借了五千出来。缴了款后，他说他有要事要到成都去一趟，叫我给你说一声。"

章明传："有要事？"

杜中德不悦："这种时候，他都不到场？"

焦点："啥要事有今晚的事重要？会上就他唱反调。我看，是他看到你又渡过了难关，心里不舒服罢了。"

章明传："焦秘书，你对毕书记成见深了些。我一直在想，春节前要到的那一笔救命款，很可能是毕书记做的工作。牛老板们在最关键的时候又给这么大的支持，这……"

焦点："钱所长不是说是冷县长主动关心我们拨的款吗？"

章明传："你相信吗？冷县长为牛老板争大桥工程，我们没买他的账，把我们恨得咬牙。钱所长对通知拨款的事始终吞吞吐吐。"

焦点："那他为什么要隐瞒这样的功劳呢？"

章明传："这正是我想不通的地方。"

杜中德："我看呀，可能是冷大脑壳晓得要出事，趁着能够行权的时候做的顺水人情，也可以堵住这一方的嘴巴吧。"

章明传："好了，你们分头去办你们的事吧，我要亲自去请一下刘经理和熊三爷。"

2

淡烟袅袅，暮色迷蒙，几声杜鹃的鸣叫中，传来一曲旷远凄清的山歌：

> 杜鹃啼，春意迟，
> 灯红酒绿正当时。
> 杜鹃啼血染灯红，
> 绿酒如泪几人知？

香山古镇上稀疏的街灯闪烁明灭。盘丝洞酒楼的霓虹灯显得格外耀眼。

盘丝洞酒楼客厅。方便面正指挥服务员摆设香烟瓜子茶水，准备迎客。

方便面哼唱着："司令常来又常往，我有心背靠大树好乘凉……"

熊三爷走进来："小方，唱错了，该这样唱：三爷常来又常往，最喜欢方便面和泡泡糖。"

熊三爷唱完从盘子里拿起一支香烟。

盘丝洞的姑娘们特别喜欢这个喜乐神老头，都爱跟他开玩笑。方便面举起打火机上前为三爷点烟："哟，三爷，你都还没有死呀？"

熊三爷："死不下去啊，我还没有喝上你们的喜酒呀。"

方便面："三爷想喝我们的喜酒，等倒嘛。你要把贺礼准备好啊。"

熊三爷："没问题。"

可乐："三爷，你这会儿来干啥哟？"

熊三爷："赴宴呀。"

457 ·

方便面："请你没有啊？"

熊三爷："我大名鼎鼎的熊三爷，能不请吗？"

方便面："请帖呢？"

可乐："小方姐，你出三爷的洋相啊。焦秘书写请帖，写到三爷名下时，笔管管头就没有墨水了啊，是不是呀？三爷。"

熊三爷："没有请帖么，就打个招呼嘛，连招呼都不打一个，你们说气不气人啊？"

此时刘团长和章明传走进来。

章明传走到三爷面前："哟，三爷，你原来果真在这里。"

熊三爷故作生气地："在这里也没我的席坐。"

章明传："哟，三爷这么大的火，谁冒犯你了呀？"

熊三爷："谁冒犯了我？章大镇长，三爷是个直杠性，有啥过节明砍。为啥突然不信任我熊三爷，说清楚，该挨屁股，我自己晓得端板凳。"

章明传："哟，三爷，你老人家德高望重，在这方口水落地是颗钉，人人尊敬。我们的大支书啊，怎么说不信任呢？"

熊三爷："我大支书坐冷板凳，草把把守麻雀，你们根本没把我成人。"

章明传："这，这是从何说起？"

熊三爷："你们在我们街一村搞小城镇建设，全村人谁不拥护？哪件事没给你摆平？现在你遇到困难要请客筹款，各单位的头头都请，要出血了，为啥唯独没有我熊三爷的份？是不是瞧不起我这个小小的土地菩萨呀？"

章明传："啊，是这样。三爷呀，你冤枉我章明传了啊。年前你帮我救了急，筹资的事，这回实在不好意思再向你老人家开口了，不过，这酒是一定要请你老人家喝的。我是亲自到综合市场工地去请你老人家和刘经理来坐上把位啊。"

熊三爷："你会亲自去请我？"

章明传："不信？你问刘经理。"

刘经理："三爷，真的，章镇长到工地来找你，我说你已经到这里来了。"

熊三爷："哟，三爷有那么大的面子吗？"

章明传："三爷的面子大啊，我今天还要特别给你老人家道喜啊。"

熊三爷："我有啥喜?"

章明传："今天党委研究决定，任命你老人家当镇江寺旅游区开发领导小组组长。镇江寺可以独家募捐筹款。你们过去搞那个募捐委员会，从现在起就得到镇政府正式认可了。"

刘经理："那我也给三爷道喜。过去你们是游击队，现在收编成正规八路军了啊，哈哈哈。"

熊三爷："我有那能耐?"

章明传："你跟了然大师最好，在这方威信最高。党委研究决定，这把交椅非三爷莫属。"

熊三爷："啊! 是这样。看来三爷又只有给你们卖命啊。"

章明传："三爷，有你老人家这句话，我给你磕头了。"

熊三爷："给我磕头? 说今天的正事吧，白莲才是你救苦救难的观音菩萨。你今天该给她磕头才对啊。"

章明传："白莲?"

熊三爷拿出一张支票："你不是逼得要上吊吗? 白莲打算再征一块地，这三十万是白莲预付的土地款，同意我在未划土地之前，暂时挪作他用。这意思你懂了吧，你先拿去修桥吧。"

章明传接过钱："啊! 三十万，这下基本解决问题啦!"

熊三爷又拿出一捆钞票："我把那条运沙船卖了，也给你凑个数。这下大桥就可以复工了。"

章明传："唉，总算可以松一口气了。"

熊三爷："白莲，你出来吧。"

泡泡糖陪着白莲从内室走出来。

熊三爷："白莲，有我在这里，谁敢说闲话? 把你的想法给明传说说吧。"

章明传激动地："白莲，我该怎么谢你啊?"

白莲："明传哥，别说这些了。我想提醒你，光借钱不是办法。外面搞开发，关键是做好土地这篇文章，滚动发展。"

章明传："这，我也知道。可我们是私生子工程啊。"

白莲："修桥和小城镇建设立体思考，小城镇建设的许多优惠政策，还是大有文章可做的。"

　　章明传："立体思考?!"

　　熊三爷："白莲在外面见的世面多，人缘好，我就服她，对她言听计从，街一村这半年才有这么大的变化。"

　　章明传："白莲，你就多给我当当参谋吧。"

　　白莲："以后我恐怕给你帮不了多大的忙了。你好自为之吧。"说罢入内。

　　章明传："帮不了多少忙了? 这，白莲，白莲……"

　　熊三爷："是呀，刘经理，白莲这话是啥意思呀?"

　　刘团长："我也不太清楚。"

　　佘老板和王老板走进酒楼:

　　佘老板："章镇长，你今天来这么早?"

　　章明传迎上去："恭候两位老板大驾啊。"握手，"两位老板请，里面上坐。"

　　佘老板："章镇长，很对不起，所有的情况我们都知道了。我们很感动。香山镇有你们这样一批干部，我们在这里发展铁心了。我和王老板决定，把合同上部分条款提前执行，帮你们渡过难关。这是我的支票。"

　　王老板："我明天给你们取现金。"

　　章明传拉着二人的手，激动地："谢谢，谢谢你们，谢谢你们啊!"

　　熊三爷亦感动地："谢谢你们，我们香山镇的老百姓也谢谢你们啊!"

　　刘团长引二人入内。

　　杜中德陪着牛魔王等几人走进来。

　　章明传立即上前握手："牛老板，太感谢你们了，你们为家乡做了大贡献了。过去，我们对你们信任不够，关心不够，支持不够，我真诚地向你们检讨。"

　　牛魔王："章镇长，我们为家乡还没出多少力，你说得我们实在不好意思啊。"

　　章明传："你们出了大力了，以后还靠你们团结更多像你们这样在外面取得成功的乡亲。等一会儿，一定要给你们多敬几杯。"

3

盘丝洞酒楼大厅中。轻柔妙曼的音乐声中，服务员传菜送水，穿梭忙碌。

方圆厅雅室内，摆了两席丰盛的酒宴。客人们已然入座。熊三爷一再力请，白莲才在泡泡糖的陪伴下微笑着走进雅室。

几位老板一齐离座："白总，请上坐。请上坐！"

白莲谦让着，人们热情地劝着。

杜中德："白莲，佘老板和所有老板们都请你上坐，你就请上坐吧。"

白莲只好坐下。

章明传举起酒杯站起来："各位老板们，同志们，我们今天……"他激动得有些哽咽。

焦点在外面张罗，此时慌慌张张地跑进来，拉着章明传往外厅走。人们都放下酒杯，有些惊诧莫名。

焦点拉着章明传来到外厅。

章明传问："啥事呀，你这么慌慌张张的，未必火烧房子了呀?!"

焦点："县纪委吴书记来了。上个月纪委才发了文件，严禁公款在营业性餐厅吃喝。"

章明传："啊！这，这，你赶快回去把他稳在办公室，我敬一杯酒，开了宴就来。"说罢欲进内。

焦点拉住章明传："不行，他直接朝这里来了！"

章明传："这，这来怎么办?"

焦点："是不是叫大家赶快疏散，或者往楼上躲。"

章明传："我们自己的人好说，几位老板是我们请来的客人，别人的面子往哪里搁?"

焦点："文件规定得很严，要处分人啊！"

章明传踱了一圈："嗨！他来就来，挨处分就挨。"

杨书记陪着县纪委书记吴云和市交通局梁科长走进来。

吴云爽朗地："哈哈哈，老章，我这个纪委书记好像走到哪里都是为了处理人啊。看来，今天我是不受欢迎了。"

章明传尴尬地与吴云握手："哪里，哪里。吴书记，请坐。"

杨书记："吴书记，请你先介绍一下你给我们请来的显客吧。"

吴云："对对对，老章，先给你介绍一下。这是我特地给你们请来的显客，市交通局的梁科长。"

章明传与梁科长握手："欢迎梁科长检查指导我们的工作。"

吴云落座后，方便面等为客人送上热毛巾，献茶，敬烟。里面客厅里的人们都紧张地不时探头张望。

焦点欲遮掩："吴书记，我们今天主要是……"

吴云："焦秘书，你就别解释了。喂，老章，来了贵客，把你的烟走起啊。"

章明传："你们手里已经有了呀。"

吴云放下手中的烟："不！我今天就只抽你包包头的那包红塔山。"说着站起来从章明传衣袋里掏出一包红塔山来。抽出烟来一根一根地看，边看边念："五牛，这是章明传自己掏钱买的；5牌，这是村干部敬的；红梅，这是乡干部和教师敬的；嘿，这里有红塔山两根，坦白交代！这是从哪里来的？"

章明传尴尬地："吴书记，别出我的洋相了。你晓得这是会议桌上收的。"说着夺回烟盒。

吴云把一支烟敬给梁科长，打燃火机："梁科长，你看，这就是我们的章大镇长啊！喂，老弟，你这个市交通局的大科长，今天抽了我们章镇长唯一的一根攻关烟，怎么说？你们市交通局是不是……"

梁科长看着烟感慨地："哎，吴书记，我服你了，今天一走拢，你就给我上了这样生动的一课，让我知道了乡镇上的艰难。我今天要把收受的这份珍贵的'贿赂'带回去，敬献给我们的局长。我相信章镇长的烟盒，和这一支烟，一定能打动他的。"

吴云："哈哈哈，老章啊，你快给梁科长道谢呀。"

章明传感动得手足无措。躲在室内的人们一拥而出，感动地争着与吴云和梁科长握手。

"吴书记，你太理解我们基层干部了。"

"吴书记，起先我们好紧张啊。"

"吴书记，我们现在不躲你了。"

吴云："你们怕我干啥？纪委干部也是人，也是吃盐米的啊。"

杜中德："老章，还是先请吴书记和梁科长吃饭吧。"

众："对！吴书记，梁科长，请！"

吴云："见面礼都还没出手，怎好意思入席啊。"

众人无比惊喜："还有见面礼?!"

吴云："同志们，县纪委这个联系点的工作没做好，我先检讨。今天，你们的杨书记和张主任来找我，我才知道了这里的情况。下午，我在县委常委会议上做了详细汇报。领导们对你们这种不等不靠的香山精神，非常感动，高度赞扬。现在我向大家宣布一个好消息，党中央已经做出了实施西部大开发的决定。"

众人不解地："实施西部大开发?!"

吴云："对，你们的行动，佘老板和王老板的行动，白莲及牛老板和更多打工的乡亲们的行动，充分证明了党中央实施西部大开发的决定，得民心，顺民意，无比英明，无比及时！对我们不甘贫穷，不甘落后的西部人民，是千载难逢的良机，是一场及时的春雨啊。"

众人议论纷纷：

"西部大开发，就是说国家要对我们西部加大投入了吧?"

"啊！太好了，太好了。"

"对，这回抓机遇，我们总算先走一步了。"

"大政策再好，就怕我们小地方沾不上光。"

"是啊，中国西部这么宽，毛毛雨能不能落到我们头上，很难说啊。"

吴云："同志们，先给你们吃个定心丸。县委和县政府已经决定：把你们的香河大桥，和香山镇连接省道公路的道路工程，一并列入我县实施西部大开发的总体战略规划。为此，今天我特请市交通局的梁科长前来了解情况。你们的私生子工程项目，很快就能报上户口了。"

众人热烈鼓掌，不少人激动得热泪盈眶。

吴云："同志们，我今天专程赶来给你们报喜，来喝你们的同心酒，代表县委县政府给大家敬一杯。走，入席！"

热烈的掌声中，人们簇拥着吴云和梁科长向方圆厅走去。

方圆厅里，酒过三巡之后，吴云拉着章明传来到门厅。

章明传："吴书记，你有啥指示?"

吴云："老章，别开口闭口都是指示！我马上要赶回县城去。现在你给我交个底吧，筹资情况到底怎么样了？"

章明传："勉强可以复工了，不过资金缺口还很大。而且抓来的资金很多都必须尽快归还。现在关键是立项和上面的实际支持。只有立了项才能贷款，才能开发公路两边，补偿道路和大桥的修建，全面启动小城镇建设，从根本上解决资金问题。"

吴云："立项的事，我尽全力。县纪委派专人帮你们去跑。另外，我回城去再帮你找点款，把该还的急债还上。"

章明传："那就太感谢你了。此外，连接省道的公路，白马乡境内那一段，至今没有协调好，请吴书记……"

吴云："这个你放心，那段路已经纳入全县的总体规划了。任务落实到县交通局头上，县委下了死命令，立即开工，保证赶上王老板第一批西瓜运出去，佘老板运机器设备进来时投入使用。"

章明传紧握吴云的双手，激动地："吴书记，太好了，太感谢县委了。"

吴云严肃地："不过，老章，我今天要特别提醒你：别撞红灯，千万别撞红灯！当心踏响地雷！须知，纪律是不问你的动机的啊！"

章明传沉默了一阵："这，唉！吴书记，你我都是当兵的出身，冲锋号响了，雷区当道，作为排头兵，这雷，你是蹚还是不蹚？"

吴云："你……老章呀，你这种想当蹚雷英雄的情绪，非常危险啊！"

杜中德和熊三爷来到门厅。

杜中德："吴书记，大家都等着你，想给你敬一杯酒啊！"

吴云："是吗？"

熊三爷："是啊，特别是那些老板们，都想跟你这个县上来的大人物，香河县最大的管官的官，喝一杯酒啊！"

吴云："大人物，管官的官，哈哈哈，好啊，走，喝！"

章明传陪着吴云走到门口，又回头叮咛："喂，老章，我是给你打了招呼的啊！别闯红灯啊！"

第六十章　李红出家

1

李红耍泼，被盘丝洞的妖精们戏弄，一气之下跑回家里。

章明传为了那个冤家，居然要李公安抓捕她的亲表舅。两口子吵架，跑进城去冷几天也能理解，可是一回来就跑去跟他的老情人缠绵，看来她跟章明传已经恩断义绝。

李红跌跌撞撞回到家里时，已经完全崩溃，对人生已经彻底绝望，她首先想到的是死。她去找了一条麻绳，跛着脚行动很不方便。她花了好大的力气才把麻绳挂在梁上。可是当她站到凳子上，把下巴挂上绳套时，突然想起，曾经听人说吊死鬼要吐出长长的舌头，那怪吓人的。她怕吓坏了她的宝贝女儿小敏，又赶快把下巴从绳套里取出来。

一想到小敏，李红就死不下去了。无论如何，她都不能让小敏去当没有妈妈的孩子，便独自坐在屋里哭泣。这一天恰好人人都忙得不可开交。就连平日常来串门的幺吵吵和五百元，都在忙自己的生意，没有人来劝她，来开导她。

李红哭得累了，哭也不是办法，为了小敏，便想自己的出路。好在熊三爷让她当了镇江寺维修委员会的副会长，跟镇江寺有了密切的关系。一想到镇江寺，心里突然有了希望。对，到镇江寺出家当尼姑。这里离家近，出家了也可以随时关心小敏。

李红下定决心出家后，立即开始收拾东西。

小敏已经会做饭了，但要有现成的米面。她先忙忙地准备米面，弄好柴火，泡菜。暂时简单生活的东西都有了，镇江寺离家不远，平时她还可以趁小敏上学时，偷偷回来把饭菜为小敏做好，让小敏回家好吃现成。

接着收拾小敏的衣服。收拾好小敏的冬装之后，把春夏要穿的服装找了出来，叠好，整整齐齐地放在一起。最后才拿出笔来给小敏写留言。

给小敏留言，万语千言，竟然不知从何写起，她磨破脑壳，写多了不好记，只写了最要紧的三条：一是要听爸爸和新妈妈的话；二是要记得叫爸爸吃胃痛药；三是要听老师的话好好学习，给妈妈争光。

　　李红写好留言，已经没有了牵挂，心情这才平静下来。打理好自己进庙的小包袱后，今天，她要给小敏做一顿好吃的饭菜。她想杀鸡，煎鱼，可是一想到马上就要当尼姑了，还在杀生，菩萨会降罪的，便想到女儿最喜欢吃油粑粑。她便精心为女儿煎了一碟油粑粑，熬了一碗香喷喷的稀粥，专等女儿放学回家。

　　小敏回家后，李红不动声色，看着女儿美美地吃着平时最爱吃的东西，心里得到了好大的满足。

　　李红流着眼泪看着小敏吃完饭。

　　李红："小敏，吃饱了吗？"

　　小敏："妈妈，我吃饱了，你吃饭吧。"

　　李红："妈妈，妈妈吃过了。"

　　小敏："妈妈还没有吃。你不吃饭会生病的。"

　　李红："小敏，来，妈妈再给你梳一回辫子。"

　　小敏顺从地拿来梳子："妈妈，我会自己梳辫子了，你为啥还给我梳啊。"

　　李红："不为啥，妈妈舍不得我的小敏哟。"

　　小敏："妈妈，你要到哪里去呀？"

　　李红："小敏，你爸爸不要妈妈了，我只到镇江寺去当尼姑去了。小敏，以后你白莲姑姑就是你的新妈妈了。你要听你新妈妈的话啊，呜呜……"

　　小敏："妈妈，不嘛不嘛，我不让你当尼姑嘛……"

　　母女俩哭作一团。哭了一阵，李红最后横了心："小敏，哪些东西放在哪里的，妈妈都告诉你了，妈妈把闹钟给你定好时间了，早晨听到闹钟响，要起床做饭哈。盘丝洞喜气洋洋的，这会儿，肯定是你爸爸和新妈妈在办喜酒，你要看热闹就去吧。"说罢，提着她的小包袱，拄着挟杖出了门。

　　小敏哪里肯放妈妈走，抱着妈妈的脚杆："妈妈，你不走啊，你不走啊。"那凄厉的哭喊，真让人撕心裂肺。

李红好容易走到院外，她摆不脱小敏的纠缠，只好用计了："小敏乖，我走不成了，我答应过你爸爸，给他和你新妈妈当媒人，这会儿我还要到他们的喜宴上讲话。我把讲话稿丢在小圆桌上了，你去给我拿来，陪妈妈去盘丝洞吧。"

小敏："妈妈骗我，我不信，我不信。"

李红："乖女儿，妈妈没骗你。你跟我去盘丝洞就相信了。"

小敏毕竟才读二年级，她懂什么，她不相信妈妈也会骗她，天真地道："我去给你拿，爸爸不会让你走的。"

李红趁小敏进屋去拿讲话稿，躲进了院门外一蓬刺丛里。

小敏进屋，小圆桌上果然有张字条。她怕妈妈走了，也顾不得看，拿起就走。来到院外，已经没有了妈妈的踪影。前面远处，往盘丝洞方向有个人影，很像妈妈。她便哭喊着："妈妈，等等我，等等我。"等她追上那黑影，原来是前街的一个阿姨。那阿姨诓着小敏不哭，把小敏送到了盘丝洞。

2

吴书记和章明传离席之后，泡泡糖拉白莲走进另一间雅室。

泡泡糖："白莲姐，你说了然大师神不神?"

白莲："小唐，你怎么突然问起这个?"

泡泡糖："他说，天意莫测，世事难料。今天吴书记就传来国家实行西部大开发的好消息，你说他是不是有点未卜先知。"

白莲："这，大师不愧为一代高僧，话里总藏着玄机，值得仔细玩味，细细参悟。"

泡泡糖："国家要实施西部大开发，你有啥想法?"

白莲："如果真能抓住机遇，肯定这里会更天宽地阔。"

泡泡糖："也是你想给家乡做贡献的机遇，是吧?"

白莲："小唐，你的意思是……"

泡泡糖："大师的话，后半句还说了，'彼时柳暗花明，能不改变此时决定吗?'而今已经是柳暗花明了，你原来的决定恐怕要做修改了啊。"

白莲："我原来的决定?"

泡泡糖："对，我是想问你明天回海南的机票还买吗?"

白莲犹豫了一阵："唉，小唐，我的处境你清楚，不走行吗？"

泡泡糖："白莲姐，说实话，这之前我嘴上劝过你走，心里还是舍不得你离开这里的。现在你真舍得这大好机遇吗？你要是真的走了，这地方更会让你牵肠挂肚的，我很担心你的身体啊。"

白莲："这，这……"

"白莲，白莲！"此时方圆厅里传来杜中德的喊声，"快来啊，今天你怎么能逃席啊？大家要给你敬酒啊。"

白莲："唉！小唐，我们等会儿再说吧。"她们走进了方圆厅。

章明传正要陪吴云回到宴会桌上时，突然听到门厅里传来小敏的哭喊声："爸爸，爸爸。"

章明传立即回到门厅，看见小敏站在门厅里，一惊："小敏，你，你怎么来了？"

小敏哭着："爸爸，妈妈她……"

章明传抱起小敏惊问："妈妈怎么啦？怎么啦？"

白莲敬完酒，听见小敏的哭声，和泡泡糖赶紧来到门厅。

小敏："妈妈，妈妈说，说白莲姑姑是我的新妈妈，她，她不要我了。呜……她，她到镇江寺去当，当尼姑去了。呜……"

章明传："胡说，你，你怎么不拉住她哟。"

"我拉住她，求她别丢下我，她，她就说她带我一起来参加你跟姑姑的婚礼，好给你当介绍人，要讲话。叫我回屋去给她拿讲话稿。"她拿出那张纸条，"就是这个。"

泡泡糖拿过来就念："妈妈出家后，小敏要记住：一是要听爸爸和新妈妈的话；二是要记得叫爸爸吃胃痛药；三是要听老师的话好好学习，给妈妈争光。"

章明传痛心地："天啦！这个蠢人，怎么……小敏，别，别哭，爸爸跟你找妈妈去。"说着，自己倒流下了眼泪。

熊三爷："嗨！这个李红呀，硬是太不像话了！"

白莲见此情景，一阵天旋地转，就要昏倒。泡泡糖急忙跑来扶她上楼。

吴云出来一问，知道李红出家了："这，老章，你是咋搞的？快去看看，把你老婆找回来。外面对你的议论不少，家庭关系，你也要摆平啊！"

章明传有口难辩："三爷，焦秘书，请你们，请你们多敬吴书记一杯。"抱起小敏欲走。

熊三爷："明传，转来。你去她会闹得更凶。只有我去，才收拾得了她。给我一瓶酒。"

焦点："对，李红姐就服三爷。还是劳驾三爷去找她吧。"

熊三爷："吴书记，你是清官，别冤枉好人啊，这件事我清楚得很。我就不陪你喝酒了。"说着从吧台上拿起一瓶酒，走出门去。

焦点拿来一只卤鸡："三爷等等！三爷等等！"追出门去。

泡泡糖扶白莲回到书房，休息了一下，逐渐平静下来。去与留的问题无须再作考虑。她太爱小敏了，小敏的哭喊让她心悸，让她感到罪孽深重。小敏不能没有妈妈，她走之前无论如何要去找回李红，把妈妈还给小敏。

白莲的身子很弱，她此时需要力量，接过红桃K捧来的参汤，一口气喝了下去："小唐，陪我去镇江寺，去给李红下话、求情，求她别出家。"

泡泡糖："白莲姐，你的身子这样弱，别去了！李红疯了，犯得着去跟那疯婆娘求情，自取其辱吗？"

白莲："小唐，小敏不能没有妈妈啊。"

红桃K："董事长，三爷去了，相信三爷能够把她劝回去的。"

白莲："李红姐的个性我知道。三爷只能使她一时口服，不能使她心服啊。"

泡泡糖："你去找过她那么多回，她都不见你，那是一个不可理喻的疯婆娘。你没法跟她沟通，怎么能使她心服啊？"

白莲："她要骂也行，要打也行，让她把气出完，让她知道我明天一定要走，我今天晚上无论如何都要把她请回家。再说，我还要找三爷交代两件事情。"

泡泡糖："唉，我犟不过你。"

泡泡糖和红桃K，只好陪她下楼去镇江寺。

门厅里发生的事情，参加晚宴的客人根本不知道。在香山镇难得有这样的聚会，客人们兴致蛮高。章明传为了日后的工作，只得抱着小敏，强颜应酬，直到散席。

章明传等人终于送走了客人。

小敏："爸爸，我们去接妈妈吧。"

章明传："好，我们这就去。"

杜中德："老章，女人喜欢你给她说软话。你去好好给李红说，还是把她劝回家好些。"

焦点："章镇长，我和你一道去。"

章明传："算了，今天你们已经很累了，你们都回去休息吧。"

章明传蹲身背起小敏朝镇江寺走去。纪委杨书记和妇女主任张主任悄悄跟在了后面。

第六十一章　姐妹和好

1

夜色中的镇江寺，沉钟淡远，佛号悠扬。朦胧的殿宇，几点灯火，倒映江中。

维修一新的弥勒殿，佛前香烟缭绕。弥勒殿是近段时间熊三爷监督施工的地方，那里有他的座位。他在殿前举着酒瓶喝酒，披头散发的李红在苦苦地向熊三爷哀求。

李红："三爷哩，我是你老人家看着长大的，而今落到这步田地，我求你给了然大师说说，让我出家算了啊。"

熊三爷自顾喝酒，漠然不理。

李红："三爷，我说了这么半天了，你开个腔嘛。"

熊三爷："出家，为啥？"

李红："章明传嫌我是个跛子，诚心想跟我散伙。我前世作了恶，今生该报应，就主动给她的旧情人白蛇精让窝算了。"

熊三爷："胡说八道！"

李红："今天的事情你不是不晓得啊。"

熊三爷："我晓得，他被你逼得快发疯了！"

李红："他跑出去那么久，从城里回来就去跟白莲鬼混。让我抓到了，还骗我说进城嫖娼闯了祸，是去借钱缴罚款……"

熊三爷："他就是嫖了娟，让公安抓到了，就是要缴罚款，你给不给他交罚款呀？"

李红："他要是真的嫖了娟，我情愿立即去给他交罚款。"

熊三爷："啥？他嫖娟你倒愿意给他交罚款？"

李红："三爷，人家都说宁愿男人耍酒吧，不愿男人养聊家（情妇）。他要是真犯了那些事情呀，肯定白莲跟他那份旧情就断了。"

熊三爷："你疯了！别人给你说借钱修桥，你不信，你把别人气慌了，说气话借钱去交嫖娟的罚款，你倒巴轮不得。你，你到底安的啥子心啊？"

李红："三爷，小敏才那点大，我是安心要保住这个家呀！"

熊三爷："我看你是诚心要毁掉这个家。李红，枉自你还是章明传和白莲的同学，还读过高中，在这一方，多少也该算个知识分子了，是一个该懂得顾面子的人。想不到你竟然变得这样糊涂，变得这样古怪，变成了一个一文不值的农村泼妇！"

李红："三爷，你，你也骂我，骂我泼妇？"

熊三爷："泼妇！泼妇！一文不值的泼妇！我不但骂你，依我过去的脾气，看我不捶你！我好心叫你来当会首，成天苦口婆心地劝你，你却这样不进油盐，硬要去钻牛角尖。看来，我是白为你操心了！"

李红："三爷，自从你叫我当会首，我是啥都在忍啊。"

熊三爷："那你明知白莲是个烈性女子，失贞后隐姓埋名，十多年音信不通，你凭啥硬说她想跟章明传破镜重圆？"

李红："那她回来干啥？"

熊三爷："这是她的家乡，她想给家乡做好事，她回来做的好事难道还少了？我看你呀，是自己没本事，怕拴不住老公自寻烦恼，却疑神疑鬼，硬把苦命的白莲赶出香山。像你这样心肠歹毒，见识短浅的泼妇，还想当尼姑？你当尼姑，别把菩萨得罪了！"

李红："三爷，我有再多的过错，也不是心肠歹毒的人啊！"

熊三爷："难道我冤枉了你？李红，菩萨面前三爷敢跟你赌咒：对朋友，白莲遭遇那样的不幸，对你那样宽容体谅，你却那样去伤害她，你的心肠不歹毒吗？对男人，你只知道吃醋，造他的谣，丢他的脸，伤他的心！你知不知道你老公活人有多艰难？你以为香山镇这么个穷镇长好当吗？多少大事要办，多少麻烦要解决，多少暗箭要提防，多少面子要穷绷，多少委屈和怨气要强忍啦！回到家里，还要想方设法哄婆娘娃儿，一时甜言蜜语少了，脸色阴了，你就说他变心了，有外遇了，不忘旧情人了。李红，男人也要有个出脾气的地方啊！你这样不体谅自己的男人，还在大庭广众中去出他的丑，伤他的心，你的心肠还不歹毒吗？对女儿，那是你自己的骨肉啊，小敏多乖的娃儿哟，还那么小呀，李红，你，你也忍心啊，你今天都干了些啥啊？"

李红："三爷……"

熊三爷："你给我听倒！李红，年前我才警告过你，只有章明传才那样没志气，容得你胡闹。要是你三婶也像你那样，我早就跟她砍草帘子了。你弄清楚，而今的世风是母鸡不俏公鸡俏。你真要把章明传逼上绝路，没你的好果子吃！你不跟他，追他的好婆娘多得很，你背起恶名声，讨口叫花都没人同情！"

李红："三爷，不是我不跟他，是他不要我啊！今天他，他……"

熊三爷："今天他怎么啦？你知不知道：大桥不复工，佘老板的香料厂不办了，把工人放了，他今天要离开香山镇……"

李红只顾忙她的小生意，哪里关心这些，一惊："啊，佘老板今天要走？"熊三爷："是呀，全镇上万亩辣椒要收一百多万斤，卖不出去怎么办？六村的人拔了辣椒苗去找杜中德拼命，去年唐书记瘫痪，你想章明传也招来这种祸吗？"

李红："我，我……"

"他为了大桥复工，进城筹款一分没筹到。逼慌了去找白莲借钱救急，难道错了？给你明说吧，他现在就是想让你对那气话信以为真，想把你的私房钱骗出来，他是镇长，发动大家借钱自己要带头！可是你，哼……"

李红："我……三爷，借到钱了吗？"

熊三爷："你不是要出家吗？还管他干啥？"

李红："我……"

熊三爷："你呀，你是该帮他的忙不帮，白莲是想帮他的忙，怕你吃醋不敢帮。没办法只好借口交买土地的预付款，让我转手借给他三十万。"

李红："三十万?!"

472 .

熊三爷："三十万呀！这镇上谁拿得出那么多？你有吗？"

"我……"李红掏出存折，"三爷，我，我只有一万多，请你帮我……"

熊三爷："别找我，我不想管你的闲事了！"

2

泡泡糖和红桃K护着白莲到镇江寺找李红，找了几个殿不见人，泡泡糖便高喊："三爷，三爷，熊三爷，你死到哪里去了吗？"

熊三爷听到喊声，赶紧迎到大殿门口，向石级下望去。泡泡糖、红桃K和白莲出现在石级下的牌楼前。

熊三爷笑骂道："鬼女娃子，喊冤啦！"

泡泡糖："白莲姐找你！"

熊三爷："啊，白莲来了？你出那么多钱来培修弥勒殿，现在快完工了。我正说哪天请你来看看，还有哪些地方不满意哩。"

殿内李红一惊，恨怨交织，左右为难。她咬牙切齿地咕噜了一句，向门口走去，可是听到脚步声已近，又不愿与仇人见面。她想了一下，只好咕噜着退到弥勒佛后面，想从后门出去。正要出门时，又停下了，想听听他们说些啥，便隐身于佛座之后。

熊三爷把白莲和泡泡糖迎进弥勒殿，热情让座。

泡泡糖："坐啥嘛，白莲姐的习惯是先烧香。"红桃K已经点燃一炷香送到白莲手上。

熊三爷："嘿嘿，对，先烧香。"

白莲接过香，虔诚地跪拜，默祷。

熊三爷："白莲，这么晚了来找我，有事吗？"

泡泡糖："她来请那疯子婆娘回家照顾小敏，你劝转了没有吗？她回家了没有吗？"

三爷："她，她——"

泡泡糖："了然大师那里没有人，是你劝回去了吧？这就好。白莲姐来向你辞行，有要事相托，明天她回海南去了。免得那个跛子婆娘扭到闹，免得那些嚼牙巴子的到处唱章明传烧两栋长火。"

熊三爷："怎么！白莲要走？"

泡泡糖："明天就走！屙尿都不向你香山镇了！"

白莲："小唐，气话别冲着三爷说。三爷，李红姐呢？"

熊三爷："李红？李红要出家，我劝不转。恐怕去找了然大师去了吧。"

泡泡糖："啊，三爷也没劝转呀？"

熊三爷："白莲，李红是个愚人，你走啥啊，别跟她一般见识！"

白莲："不，三爷，你不要这样说李红姐，李红姐心地善良，是个好人啊。我失踪后，是她代替我安慰明传哥，明传哥重新振作才有今天呀。她跟我一样苦命啊。我受辱失身先毁了心，她却年纪轻轻残了腿……"

熊三爷："唉，一对苦命姐妹，而今却成了冤家对头。"

李红在暗中咕噜："花言巧语，为啥跑回来死死缠住别人的老公不放？"

白莲："三爷，世间负心的男儿多，李红姐身残自卑，提防吃醋，可以理解。我今天晚上无论如何都要把她请回去，她不看在我们姐妹情分上，也该看在小敏的情分上，小敏还小啊。"

熊三爷："她要是心疼小敏呀，就不这么胡闹了啊。"

白莲："三爷，李红姐是在气头上。我走之后，请三爷多开导她。我跟明传哥虽有旧情，却没那缘分。当年尚且以死相报，现在看到他有那么圆满一个家，我怎么还会有其他想法呢？三爷，十多年了，我一个人在外面流浪，心里苦。是李红姐和乡亲们照看我长大，是你和李公安帮我捡回这条小命，我的父母都埋在这里，我回来只是为了……"

红桃K："白莲姐，你的苦处谁人知道？你的好意哪个理解？"

白莲："三爷，也请你多劝解明传哥。他是活得很苦，活得很累，可他到底是个大男人啊。在李红姐面前，要像这弥勒佛一样，脸要笑，肚要大，嘴巴甜些。要体谅李红姐，拖着一条残腿，给他操持好那个家不容易，再艰难也切莫要去动用李红姐那点可怜的私房钱，那会伤李红姐的心啊！"

佛座后的李红似有很大震动。

熊三爷："白莲啊，你那样宽宏大量，不怨李红，何必还出去跑滩啊。吴书记说要搞西部大开发，你正好留下来，为香山镇多做点好事呀！"

白莲："三爷，不是万不得已，谁又愿离乡背井啊。这十多年，多少回梦见家乡的山山水水，朋友亲人，梦见香山镇的红辣椒，古牌坊，山歌小吃和大河滩啊！可是我不走行吗？我为了女人的清白名声，命都舍得，可是到头来，乡亲们还是容不下我这可怜的'还魂鬼'啊。明传哥到底跟我有那么一段情分，我想支持他的事业，却引起李红姐的误会，给她带来那么大的痛苦，不但没报她的恩，反而在作孽，我这良心上也过不去啊。"

佛座后的李红心也憷了，泪如泉涌。

熊三爷亦感动地抹泪："白莲，别说了，三爷劝不转李红，三爷，三爷对不起你啊。"

白莲："不怪三爷，只怨白莲命苦。三爷，明传哥很忙，你帮他把房子修好了，以后怎样用好，你多给他们拿主意，李红姐很信你的。另外我还拜托你一件事，李红姐的腿再也不能拖下去了。这五万块钱，请你悄悄交给明传哥，叫他再忙，都送李红姐到成都去安装假肢。我今天晚上一定要去找到她，向她认错，向她道歉，一定要把她请回家，小敏还在等妈妈啊……"

弥勒佛后的李红再也控制不住自己的感情，踉踉跄跄地走出来，扔下挟杖，异常愧悔地："白莲！我，我，我错怪你了。你，你不要走吧，不要走吧！"说着"扑通"一声跪在地下。

白莲先是一惊，接着也跪下去深情地："李红姐……"

两人紧紧地抱着，哭在一起。

章明传、小敏、杨书记和张主任早就默默站在殿外抹泪。

小敏哭喊着："妈妈，妈妈……"奔向李红。

李红和白莲一惊，二人不约而同地抚着孩子。

小敏："姑姑，别走吧，妈妈回家吧！"

白莲和李红牵着小敏，征询地对望着。

众人齐道："白莲，别走吧，李红，回家吧！"

白莲和李红都微笑着点了点头，牵着小敏，步出了大殿。

大雄殿上传来悠扬的钟声，僧众们晚课的佛号声："阿弥陀佛！"

熊三爷学着老僧模样，对着弥勒佛双手合十："阿弥陀佛！"

第六十二章　好事连连

1

清晨，沉寂了好久的工地又沸腾起来。

醒目的标语牌："千秋大业，质量第一！""苦战一百天，夺回工期损失！"

章明传带着镇党委一班人来到工地，一一和头戴安全帽的陈经理握手寒暄，并给工人们敬烟道乏。

章明传一旁跟陈经理嘀咕了几句。

陈经理吹了一声口哨："弟兄们，香山镇的全体领导来看望我们来了，大家欢迎章镇长讲话！"

章明传："弟兄们，过去我们这个业主当得不好，委屈了大家，对不起大家。党中央实施西部大开发，市县领导对我们镇的工作十分支持，今后我们一定给你们创造良好的施工环境，希望你们以一流的质量和最快的速度，在洪水到来之前，把桥墩浇铸到常年洪峰高程。镇党委决定，完成这个阶段的任务目标，镇政府给弟兄们奖金一万元。"

工人们在一片热烈的掌声中呐喊："没问题，保证完成任务！"

香河大桥牵动着许多人的利益，大桥的复工引来许多人看热闹，人群中发出各种各样的议论。

"停停建建，这回怕又是搞空事。"

"章明传搞了好几十万回来。这回可能搞得成了。"

"几十万用完了怎么办？还不是又搁起呀？"

"你没听说，国家要搞西部大开发，要往我们这些穷地方投钱？"

"真的呀？"

"听说昨天晚上县纪委吴书记在盘丝洞，代表县上表了态的，要支持我们。而且市上交通局也来了当官的。"

"只要大桥修得起，香河路大街肯定要成气候。"

"对！门面肯定要涨价！"

"动手得早的肯定要赚钱。"

"现在动手也不迟啊。"

幺吵吵听着议论神色黯然。

东风催发花千树，西部大开发使香山镇好事连连。一连串好消息，好像专门回敬那些怀疑香山镇美好前景的人。

吴书记说话算数，回到县上，把香山镇的情况向县委做了专题汇报。县委完全同意香山镇的香河大桥和小城规划立即立项。县委常委的分工，也由他抓这项工作。

有了县委的决定，吴云大刀阔斧，把县交通局、国土局、计经委等相关职能部门的头头请来，开了一个联席会，强调尽快立项。他事先给交通局长做通了工作，由县交通局长带头表态，西部大开发，交通局要大有作为，坚决按县委指示办。一、省道公路通香山镇的通乡公路的工程立即动工，尽快结束香山镇没有公交车的历史；二、管好下属企业桥梁公司，监督工程质量进度，保证不再因缺款停工；三、大桥完成立项后，立即向省市争取资金，在省市资金未到手前，先由县交通局给大桥项目垫支一些，保证工程使用。

交通局表了态，其他部门的头头在县委领导面前也不愿落后，纷纷表态，保证专人负责完善相关手续，在香山镇率先吹响西部大开发的冲锋号。

县纪委又宣布，负责香山镇联系点工作的方主任，牵头衔接相关职能部门，望大家支持。

会后不几天，方主任就带领相关职能部门的业务干部来到香山镇现场办公，与香山镇的同志一道，准备相关资料，完成立项报批手续。

过去，这些部门的人坐在衙门里，盖一个章，不知要跑多少趟，一个小小的办事员，有时就会让你的事情拖上几个月。而今，这些人亲自跑来帮助完善资料，这解决了大问题，让香山镇的干部十分感慨。纪委的权威真大，方主任也抓住了关键。解决了大桥和小城镇建设的立项问题，香山镇下一步的发展之路，就天宽地阔了。

紧接着，香山镇连接省道的公路开工了。

年初杨总跟县上签了投资电站协议后，在等待项目启动的时机。西部大开发的喜讯传来后，杨总立即通知毕西到成都，商定开工事宜，决定当年的枯水期开工。这是香河县近年来最大的项目，县上的重点工程。县委把这作为西部大开发开局的头等大好事，按惯例立即成立了香河电站工程领导小组、项目指挥部，由一名副县长任领导小组组长，兼任总指挥长。明天集团派一名常务副组长，一名常务副指挥长，但当时毕西还不能正式露面，只得暂缺，暂由汪局长代理。章明传也是领导小组成员之一。

闹了多年的香河电站终于要修了，更令人振奋的好消息是，领导小组成立后，相关工作全面展开。没过几天，水电局老局长，便带着一大帮人，在香山嘴大河滩上摆开了战场，进行再一次测绘和地质勘探。一直沉浸在好消息中的镇干部们，又兴奋了好一阵子。

2

李红出家风波之后，章明传潜意识里那破镜重圆的梦幻虽然已经彻底破灭，心中有一点点莫名的失落，但是，彻底解除了李红对他和白莲的猜疑，他总算又有了个安定的家了。

消除了仇恨和误会之后，白莲好希望跟李红恢复姐妹感情，能像当年那样姐妹俩一路上，一路下，亲密无间，无话不说。她多次请李红到盘丝洞去玩，可李红都婉言拒绝。

李红何尝不想常去盘丝洞跟白莲重归旧好啊？负伤后，当时镇办小厂很穷，乡下医疗条件很差，让赤脚医生把断了的骨头简单复位，当生伤处理了一下，以为养下子就好了。谁知外部皮肤长好后，骨头内部却感染了。以后红肿、化脓，腿上溃烂出一个大窟窿，久治不愈，发展成了慢性骨髓炎。中医名为附骨疽，民间俗称铁骨瘤。窟窿长期流黄水，流脓血，疼痛难忍，极难医治。那条伤腿而今下部已经大部分萎缩，每到春夏季节，脓水恶臭难闻，李红真不好意思近人。白莲和盘丝洞的姑娘们，都那么洋气，那么讲究，她怎么好意思去让人恶心捂鼻子啊。

李红不去盘丝洞，白莲便主动去李红家里。李红要做她的小生意，只有午晚在家，为了减少那黄水和脓血的臭气，回到家里都要用凉开水洗那烂窟窿。这一天白莲碰上了，立即蹲身帮她洗伤，看着那黑森森的腐洞，心疼得眼泪长流。

"李红姐，痛吗？"

"习惯了，皮肤上麻木了。只是骨心有时钻心地痛。"

"李红姐，你是怎么熬过来的啊。别去摆摊子吧，到我们酒店来坐吧台吧。"

"白莲，你的好心我都领了，你叫我到你店里去玩，我真想去，可我这腿，我自己都恶心啊，我好去恶心你们吗？就是你们不嫌我臭，你那么体面的生意，叫我去坐吧台，也怕恶心了你的客人啊。"

白莲没想到这一点："这，李红姐，那你就赶快去成都医治吧。"

李红："嗯，等你明传哥稍松一些就去。"

李红的脸上渐渐有了笑色，章明传的家也多了一些温馨。

章明传本来就胃病严重，胃痛不时发作，年前和年后进城找钱，舍命陪酒，使他的胃痛发作更加频繁。好在西部大开发之后好事连连，喝酒的时候虽然更多，但不再低三下四求人，用不着舍命陪酒，同志们都很保护他，酒喝得少了。回家后，李红又为他准备了一碗小米粥，那很养胃。近段时间胃痛少了，身体也好多了。原准备迅速陪李红去成都安装假肢，一直还没忙过来。

国家实行西部大开发战略，许多情况起了根本变化，应该召开一次党委会，确定下一步行动方案后，才能送李红去成都就医。下一步到底怎么办，他心中还没有明晰的意见，征求大家的意见，也拿不出什么好主意。他一直为此事踌躇着，因此党委会迟迟不能召开，送李红去成都也迟迟不能成行。

四川有句俗话，"三个臭皮匠，顶个诸葛亮。"群众中蕴藏着巨大的智慧，便让焦点通知党委成员，准备小城镇建设实施方案的书面意见，两天之后召开党委会研究讨论。布置完后章明传便回了家，正碰上白莲在帮李红洗疮口。

章明传放下公文包就蹲下身来："白莲，你坐吧，我来。"

章明传说罢接过帕子，用凉开水浸湿疮口。然后用镊子，轻轻地取出腐肉和痂疤，用棉签蘸干疮口，最后又在疮口上敷上自己配治的中草药药膏。他做这一切都很熟练，很投入，看得出他以前经常为李红洗疮的。白莲看着这一切很感动，真是一个好男人，眼眶又湿润了。

章明传给李红洗完疮口，燃起一根烟坐了下来："啊，白莲，有一件事情我要请你原谅。"

白莲："啥事?"

章明传："我知道你们想买镇政府大院。"

白莲："曾经是有那个打算。"

章明传："当时，我们是那样的关系，不管你出了多高的价钱，别人都会有话说，人言可畏。而且是县上的文物保护单位，我们一家也做不了主，因此……"

白莲："你别说了，我理解，只求你们别破坏它就行了。"

章明传："这你放心。另外，那天晚上，你说小城镇建设要立体思考，滚动发展，我现在实在滚不动啊。"

白莲："为啥滚不动?"

章明传："年前你们的综合市场动工，带动了街一村的人建房，可是到中途不少人又停下了。原因是水泥街道没有同步行动。街一村建房，多数是换地。你们和佘老板征地的钱，不够支付街一村人建房时急需支付的土地款，三十米大街又是公用地……"

白莲："关键还是钱的问题，是吧?"

章明传："是啊，没钱修水泥街道，老百姓就不敢修街房啊。"

白莲："明传哥，你要是把土地当成商品看待，你就有钱了，就能滚动发展了。"

章明传过去只知道抓农村工作，出门参观考察少，根本没有开发和经营城市的意识，不解地问："把土地当成商品?"

白莲："小城镇建设规划批准后，在规划范围内的农业用地就变成城镇建设用地，这种土地就变成了商品，而且大大地增值了。"

章明传："这个道理我懂，可是规划批准之后，目前我们也只是地主，而不是财主，我们到哪里去弄这修水泥路的钱呢?"

白莲："你怎么忘了开发自己?"

章明传："开发自己?"

白莲："对! 第一，你们手中有工程，包工头把你们当祖宗; 第二，你们是地主，你手中有那么多可供开发的土地，土地是商品，商品的目的是交换，土地也是钱啦! 你没钱给工程款，你给他们土地不是一样吗?"

章明传："啊! 你是说用土地换工程?"

白莲："是呀，这是不少地方启动的成功经验啊。"

章明传豁然开窍："与君一席话，胜读十年书。这一来，我们借的那几笔债也能马上还了。心中有谱了，明天就可以召开党委会，定下大计后，就可以送李红去成都治腿了。"

3

毕西成都会见杨总回来后，把启动电站工程项目的事情，分别给唐立行和杨书记交了底，要他们继续支持他回避这个项目。

毕西认为，西部大开发对于乡镇而言，小城镇建设将是乡镇上一项长期的重点工作。他对香山镇的小城镇建设，可以说从来没有认真思考过，他只是因为分工而被动介入。他没想到形势发展这么快，需要认真地思考一次了。

毕西回到香山镇后，他就一直在琢磨如何再次启动小城镇建设。他不像章明传那样一筹莫展。他在外面跑的时候多些，知道不少地方都用土地换项目的方法启动开发，他打算首先部分启动街道路面及排水系统等城镇基础设施建设项目，他甚至已经向一些老板们放出了口风。只是他对如何形成党委统一意志，怎样运作还没想好。这件事他得向见多识广的泡泡糖请教了。

毕西来到泡泡糖办公室，今天，泡泡糖没有忙着在电脑上敲击键盘，而是像一个战场的指挥员一样，聚精会神地在看香河县的地图。她给毕西泡上茶："毕哥，今天不是来跟我做什么交易的吧？"

毕西呷了一口茶："香河大桥大问题基本解决，香河电站定在九月初开工。以后西部大开发在香山镇的重点，无疑就是小城镇建设了。我今天特地来向你请教，如何使那些打算修街房的群众迅速行动起来？如何具体运作？"

泡泡糖笑道："毕哥已经成竹在胸，何必考我呢？"

毕西："嘿嘿，我是真诚请教，特别是怎么运作？"

泡泡糖："运作，游戏规则是你们领导集体的事，更何况只要你们一走出去，就有成例可以沿用。"

毕西："对，对，参照外地经验，可以少走弯路。"

泡泡糖："不过，毕哥这样聪明的人，如果今天你还只关心这样的问题，就太失职，太自私，准备当香山镇的历史罪人了。"

泡泡糖突然抛出这几顶大帽子，把毕西打昏了，惊得张大了嘴巴，一时合不下来，呆愣了好久才说："小唐，你，你说的我一点都不懂啊。"

泡泡糖："国家实行西部大开发战略后，天时已到，你作为一方分管小城镇建设的主管官员，只想到让老百姓自发地修几间街房，不借此天赐良机，谋更大的发展，这不是失职吗？只想分流离岗前简单应付差事，这不是自私吗？对新的小城镇未做科学规划，任百姓自发修建，给未来的发展留下无穷遗憾，这不是历史罪人吗？"

毕西辩解道："小唐，办事情总得量力而行吧？"

泡泡糖是市上管理的干部，到香山镇后，市委宣传部曾经要她挂职香山镇的党委副书记，她坚决拒绝了。她认为旁观者清，不挂职，不介入地方矛盾纠葛，更便于支持地方的工作。因此她自觉地对香山镇的工作多了几分责任心。过去她对小城镇建设的认识，跟毕西也差不多。最近回市上听了关于西部大开发的传达后，她对这个问题进行了认真的思考，而且初步形成了一个前瞻性和操作性都很强的《香山镇小城镇建设构想》方案，准备适当时候抛出来。现在毕西找上门来，正好借他之手抛出去。

泡泡糖看毕西一脸的真诚，也就不再卖关子了："毕哥，过去天时未至，你只做那样的思考也无可厚非。量力而行固然是人们公认的办事原则，但是许多时候，人们往往被这个看似正确的原则误导了。人们在谋事量力时，往往只量了一己之力，没有量天时、地利、人和之力，失去了许多机遇。"

毕西想，量力而行当然是衡量自己的力量，惊问道："什么，量力而行还要量天时、地利、人和之力？"

泡泡糖："历史上许多以少胜多，以弱胜强，以小搏大的经典故事和战例，无不是借用天时、地利、人和之力的典范。再以你为例，你并没有那么多钱，却通过你个人对牛魔王的影响，给大桥找那么多钱，不是借人和之力吗？"

毕西恍然大悟："啊，我懂了。你先说西部大开发，天时已到，谋更大发展，我一个小小的镇党委副书记，而且只想再干几个月了，要怎样才不失职、不自私、不成香山镇的历史罪人？诚心请小唐点拨。"

泡泡糖笑道："不敢点拨，给你提点思路吧。"

毕西："请讲。"

泡泡糖："第一，争取香山镇成为省上小城镇建设的试点。"

毕西："省上的试点？行吗？"

泡泡糖肯定地："行，西部大开发落实到地方无疑是怎样发展县域经济，小城镇建设将是长期的重点。国家的任何大政策出台后，都要先进行试点，这就是天时之力。香河大桥建成，交通问题解决，香料厂投产，综合市场投入运营，香河电站建成，工业和商贸都有了基础；加上古贞烈祠、贞节牌坊、镇江寺等丰厚的人文资源——都是你们的地利优势。至于人和，除了你们领导的共识，当地的民心民意，更有如你们明天集团这样有实力的财团和沿海的企业家佘老板作后盾啊。"

泡泡糖一席话说得毕西热血沸腾。

毕西："小唐，你是县长、市长的料啊。你说得太好了，太好了。全省有几个小城镇建设启动，有香河电站这样的大项目做支撑？我们争取当省上的试点，我有信心得很。你说，我们该怎么办？"

泡泡糖："你们已经在实施的小城镇规划，经过科学论证吗？实施方案具体吗？未来发展方向明确吗？"

毕西："说实话，当时根本没想那么远，更没量天时、地利、人和之力啊。你直说，我现在该怎么办？"

泡泡糖："首先根据你们的资源优势，确立你们立镇、兴镇的支柱是什么。然后请专业的专家团队，对县上批准的四平方公里范围，进行功能分区，科学规划，形成图文并茂的香山镇建设实施方案，报主管部门批准，严格按规划方案实施。"

毕西："你觉得我们应该把什么作为立镇、兴镇的支柱？"

泡泡糖："我觉得有三点可立为支柱，一是香山镇及辐射区农副产品资源丰富，农副产品深加工产业大有可为；二是旅游资源丰富，可培植旅游产业；三是香山镇及其辐射的县东北好几个乡镇，三十多万人口，每年毕业的初高中毕业生不少，直接进入劳务市场，十分廉价。建议你们规划一所高等职业技术学校，进行职业技术培训，提高输出的劳动力的素质，使你们的'人贩子工程'，得到更好的回报。"

毕西："小唐思考得这么周密，不只是腹稿吧，你一定形成了完整的论证报告和实施方案吧，贡献给我们吧。"

泡泡糖笑了笑："你呀，真鬼。就再送一个人情给你吧。"

泡泡糖立即把一份已经准备好的《香山镇小城镇建设构想》递给毕西。毕西翻了翻，资源调查，数据翔实，规划设想论证充分，实施步骤，切实可行。

毕西如获至宝，赶快藏进公文包，生怕泡泡糖要了回去似的，然后提出了个怪问："小唐，这样好的方案，你为什么不早交给章明传呢？"

泡泡糖："给他不是害他吗？"

毕西："小唐，给我不怕害我吗？"

泡泡糖："你年底就要分流离岗，不混官场了，害不了你。"

毕西："我不明白，他要继续混官场，需要这样东西增加光环啊。"

泡泡糖："毕哥，官场之中，忌锋芒毕露啊。你来之前，我都还在看香河县的地图。香山镇如果发展得好，辐射县东北角离县城最远的好几个乡镇约三十万人口，很可能成为香河县的副中心。在这份构想后面，我也做了假想和论证。那时这个地方很可能级别升格，盯住这个地方的人多，章明传光环大了，平安吗？"

毕西："懂了，我懂了。不过，你是不是把官场看得过分险恶了些啊？"

泡泡糖："但愿吧。"

毕西："我看，这么好的方案，还是由章明传在会上提出来好些。"

泡泡糖："这方案，只不过是一个局外人给你们的建议。只要你不出卖我，怎么处理，就是你们的事了。我表示什么都不知道。"

毕西："小唐，这是你的心血啊。"

泡泡糖："更重要的，这也是我的一份责任。"

毕西："责任？小唐，我的另外一个身份早就告诉了你，你什么时候告诉我你的另外那个政治身份呢？"

泡泡糖："你断定我有另外的政治身份吗？"

毕西："肯定有。不然，对香山镇为什么有那份责任？"

泡泡糖："好，你聪明。到时候再告诉你吧。"

第六十三章　妙策引发新契机

1

章明传得到白莲的启发，觉得小城镇建设的大政方针可以定下来了。毕西分管这项工作，应该跟他沟通一下，以便达成共识。于是，他便主动走进毕西办公室。

泡泡糖不让毕西出卖她，他只得大智若愚地装糊涂，以少有的热情给章明传敬上烟道："老章，你晓得我是个大老粗，要动笔比抬石头还恼火。这回你要大家在党委会上书面发言，可把我为难惨了。"

章明传："我只是想集中大家的智慧，有什么想法，写成条条就行了。"

毕西："喂，你主事的，先抛几条大家好围绕中心思考噻。"

章明传："我说实话，我就是没好主意，才逼大家动脑壳的。不过今天白莲说的土地换项目，倒是个好办法。"

毕西："对对对，土地换项目是个好办法。"

章明传："你分管这项工作，还是先听听你的想法吧。"

毕西："我有什么好想法啊。为了应付差事，昨天晚上偷偷溜回城里，找到我一个爱发奇谈怪论的臭文人小兄弟喝了一台，甩了一包烟给他，叫他帮我弄个方案。他受宠若惊，一晚上就给我弄了一个方案，我一看，什么争取成为全省小城镇建设试点呀，什么建设香河县副中心呀，什么请专家团队规划设计呀，嗨呀，真是书生之见，异想天开。"

章明传一听，大惊："快，拿给我看看。"

毕西把泡泡糖那份方案递给章明传："别看那臭文章，臭文人笔下生花，浪费时间哟。"

章明传一看，不断拍案叫绝："好啊，妙啊。毕书记，你又为香山镇立大功了，你这朋友称得上策划大师了。"

毕西："老章，莫把他吹那么玄，他能帮我交差就行了。"

章明传："他叫什么名字？应该重重感谢他啊。"

毕西："感谢，那倒用不着。你晓得文人都有臭德行，我那小兄弟说，千万不要让人知道他也弄这类文章，怕文友知道了说他也俗气了。他说有一瓶香河大曲酒，就满足了。我已经给了他两瓶了。"

章明传看完构想方案，叫焦点立即复印，散发到党委成员，晚上就召开党委会研究。

党委会从来没有这一次这样顺利，大家几乎异口同声称赞这个方案好。会上一致决定按照方案中提出的步骤实施。

第一步：立即用香山镇党委的名义，将方案文字稿上报县市有关部门。同时送唐书记征求意见。

第二步：通过县或市上规划主管部门，聘请省上权威规划设计单位的专家团队，进行科学论证和规划设计。在规划设计未经批准实施之前，冻结新开工项目。

第三步：由毕西会同人大刘主任、纪委杨书记，外出参观取经，制定土地换项目的实施细则。同时有目的地联系投资人，对土地换项目进行意向性谈判。规划方案批准后，立即进行基础设施施工，以便招商引资。

会议后，章明传放心地请假送李红去成都治病。

第二天一家人在高高兴兴地为李红收拾行装的时候，李红又犹豫了："明传，我说还是不去成都好些。"

章明传："李红，如果你还不领白莲的情，就会再伤害她的。你那腿骨髓炎已经发展得那么严重，成天流脓流水，看着叫人心痛啊，再不及时医治，安装假肢……"

李红："白莲的情我领了，只是我这腿跛了这么多年都过来了，再拖一段时间也没关系。可是你，混了这么多年，工作那么忙，都说组织部要来考察你，你陪我去成都耽搁，你不怕……"

章明传："怕什么？"

李红："怕别人暗中使坏呀。"

章明传："我是光明正大的，怕个啥？再说，别人要使坏，我在家里就防得住吗？我呀，对升不升官，兴趣没那么大，能当个镇长做点实事也就够了。"

李红："话是那么说，你当官当大点，我们一家人么也要有脸面些嘛。而且把小敏一个人丢在家里，我真放心不下。"

小敏："妈妈，你去成都吧，安了假肢，不用拐棍，别人就不会喊你是拐棍西施了。"

章明传："小敏别胡说，西施是美女，那就是说你妈妈很漂亮呀。"

白莲一路同行，送李红到成都。她要回海南处理公司事务，大家先送她到了机场，章明传和红桃 K 在办登机手续。白莲陪着李红说话。

李红："白莲，晓得要住多久的医院啊?"

白莲："截肢不会住多久医院，要适应假肢，肯定有个过程。"

李红："你又走了，我只担心小敏……"

白莲："你放心吧，小敏那样可爱，姑娘们喜欢小敏啊。"

李红："白莲，你没哄我吧，你真的还回来吗?"

白莲："李红姐，我把心都掏出来了。真没哄你，我这次回海南，是去处理一些公司里的业务。上次回海南，我不是过了春节就回来了吗? 国家搞西部大开发，这次去做些业务上的适应性调整，回来后就好安心在家乡发展了。"

李红："等你回来后，我也来跟你学点见识。"

白莲："我回来时你可能已经出院了。你就边养伤边跟小敏学电脑吧。"

李红："跟小敏学电脑? 她一个小娃娃家，才学几天啊，就能教我?"

白莲："刚回来时我不是说送小敏一台电脑嘛，你不让。这回派上用场了。小孩子学电脑快，你回去后，她肯定能当你的老师了。"

李红："哎，都怪我，耽误了娃儿学习。"

章明传和红桃 K 拿着登机手续走来。

红桃 K："董事长，开始检票了。"

他们朝检票口走去。

白莲："明传哥，手术后，你在这里多照顾李红姐几天吧。"

章明传："我知道，白莲，一路平安。"

白莲："小红，你留在这里护理你李红姐，一定要细心些啊。"

红桃 K："董事长放心，到了海口后，你一定打个电话回来报个平安啊。"

李红："白莲，你一定要回来啊。"

候机厅外李红等人仰望天空，大型客机渐去渐远，钻入白云。

2

焦点按党委会上的决定，立即将那份构想方案改成《香山镇小城镇建设规划实施方案》送唐书记，报县上城乡规划建设局。正赶上省市都发文要求各地上报小城镇建设规划的材料，县建设局分管规划的局长如获至宝。局长当即决定，由建设局负责，立即请省上主管规划的专家，把这个方案，做成一个样板方案上报省市。

省上的专家团队很快来到香山镇，采集新老镇区地形地貌及历史人文景观等基础资料。摄像机，照相机，各种精密的测绘仪器，长枪短炮不少，很是新奇，这让封闭的香山镇的干部群众很是兴奋了一阵子。泡泡糖那份完美的文字方案，不但为香山镇省去了许多麻烦，而且还为镇上省下了一笔不小的经费。

省上专家的到来，又一次点燃了群众对小城镇建设关注的热情。

大河滩王老板的西瓜地上，瓜苗一片葱绿，几个妇女为西瓜短尖授粉。王老板指挥民工，在化肥车边化肥。

王老板雇用当地劳力，受过黄爬海的卡，最担心几十万斤西瓜成熟后运不出去，一直不敢进行大的投入。交通局负责的公路动工后进展很快，西瓜成熟后就能通车，因此进了化肥，放心投入。

民工："王老板，如果西瓜还没长大，一河水来把你的西瓜冲了怎么办啊？"

王老板："你们这里常年都是六七月份才涨大水呀。"

民工："对，你怎么知道的？"

王老板："连这都不知道，我敢把这么多钱往河滩上甩呀？再说，我的西瓜是早熟品种，关键是头两茬瓜，只要收上了，我就赚稳了。所以这一次追肥很重要。"

民工："还是你们外乡人精，我们从来不知道这光河滩上还能种出西瓜来。"

王老板："喂，老兄，你帮我请的人呢？"

民工："工钱没说好呀。"

488 ·

王老板："十块钱一天，老规矩呀。"

民工："现在是农忙，十五块钱一天，有的人都不干哩。"

王老板："那就十五块钱一天吧。"

民工："好吧。"用手卷成喇叭高喊："狗儿，给大家说，十五块钱一天。"

远处传来应答声："要得！马上就来啊。"

田间，一群民工挑着粪桶，拿着粪瓢，朝大河滩走来。

民工："王老板，明年电站修起蓄水后，这里全淹在水里了，你还种西瓜吗？"

王老板："要种啊，大坝下面有那么多荒河滩，还不怕小洪水了，更好种西瓜了。省上的专家都来了，这里小城镇建设前途大。这一方的石材好，我家祖辈都是搞石雕的，我还想在这方买地办个石雕厂哩。"

民工："那好啊，你办起了石雕厂，我们都来给你打工哈。"

王老板："哈哈哈，中，中，我都欢迎啊。"

省上的专家团队一来，又煽起了街一村的群众对建街房的热情和关注。

傍晚，落地糍粑背着背篓回家。

幺吵吵："这个时候才回来。你晓不晓得，别人五百元的豆花店开张了，生意兴隆得很。"

熊三爷给五百元出策，用修的新房第一层开了一家豆花饭馆。小饭馆家常菜肴，美味实惠，老板娘人又漂亮，有说有笑，修综合市场的民工，把那里当成了食堂。省上的专家们都非常喜欢那用石磨磨出的豆花，生意非常火爆，幺吵吵羡慕得不得了。

糍粑："她的生意兴隆，关我屁事。"

幺吵吵："别人男人是哑巴，一个残废，过去比你还穷，现在人家洋楼都修起了，生意也做起来了，我看你那老脸往哪里搁？"

糍粑："等她哭天无路的时候，你就晓得我的脸往哪里搁了。"

幺吵吵："你说，别人凭啥要哭？"

糍粑："修市场的民工走了以后，鬼大哥跑到田坝里去吃她的豆花呀？"

幺吵吵："这，你一天到处去赶场耍，啥都不知道，省上的专家都来规划了，新街兴旺得起来。"

糍粑："傻婆娘，我是去要吗？我到周围的镇上赶场，是去考察。"

幺吵吵："考察，考察个啥？"

糍粑："到处都在搞小城镇建设，看那些修街房的到底划算不划算。如果划算，我们就先凑钱买宅基地。"

幺吵吵："肯定划算。先凑钱把宅基地买了再说。免得别人把好口岸占完了又来后悔。"

糍粑："屁，多少人都说小城镇建设一股风。好多地方都是老街尿巷子，生意兴隆挣票子，新街新房子，空着养耗子。修了水泥路的地方还好一点，没修水泥路，就根本没法做生意。"

幺吵吵："未必三老汉跟章明传是傻子？全村人都是傻子？好多人都买了地，我们还是买地吧。"

糍粑："镇上出了公告，买了地的都不准动工。如果当时依了你龟儿傻婆娘，还不是把钱陷起了。"

幺吵吵："就你龟儿聪明，上回吃了那么大的亏，你就忘记了？"

开春后那六家联建街房的村民毁约之后，落地糍粑证明了自己的正确，在家里又神气起来。他在桌子上一巴掌："你这狗日婆娘，打人不打脸，骂人莫揭短。一开口就要说上回那点事，你是不是又想打架？"

幺吵吵："好，我惹不起你。惹不起你！"

幺吵吵挎着篮子冲出小院。

3

毕西、杨书记、刘主任，带着征地、拆迁、补偿，及基础设施项目运作的相关部门，外出考察了几天。这一次考察，比上一次考察更具体，收集了那些地方相关文件和规章制度资料，拿回来汇总，选择，修改，迅速制定成了香山镇相关规章制度。制定了商住用地、工业用地、文化用地等各类用地的地价标准，准备实施。

毕西跟唐书记和杨书记有君子协议。

明天集团杨总来电话，要求尽快与香山镇及村社达成征地拆迁及补偿协议，以便适当时候开始前期搭建工棚和施工场地整理。毕西已经让汪局长跟县上谈了相关原则，准备好了谈判的相关方案和资料，只等总部派人前来跟地方谈判签字。

地方上的工程项目发包都是非常敏感的工作，毕西想回避这些事情，便去医院弄了一张入院治疗通知单，借口胸痛厉害，要请假住院治疗。完成了相关文件和规章制度之后，毕西就请刘主任和杨书记出面，主持一段时间项目发包及招投标工作。他建议先请一些有实力的建筑老板，包括香山镇之外的老板，在盘丝洞开个茶话会，重点宣传香山镇的投资前景，同时推出一些基础设施项目，欢迎洽谈，欢迎前来投标，参与香山镇的建设。

毕西刚刚住院，负责香河电站的副县长，便带着明天集团一干人来到香山镇。唐立行和杨书记都知道毕西害的什么病，他们曾经有君子协议，只得让他回避几天。

章明传送李红去成都，做了截肢手术，预定了假肢，不等李红断肢伤好，请红桃K留下帮忙护理李红，便急急忙忙地赶回了香山镇。他回到镇上的第二天，县上便下发了香河大桥立项批文，和香山镇小城镇建设规划的批文。

镇干部一听这两个好消息，都涌到办公室，热烈地议论。

"大桥立项了，小城镇建设规划批准了，真是大好消息啊。"

"我们就要苦出头了。"

"真该感谢县纪委、感谢吴书记和方主任，要不是他们出面去帮我们跑手续，肯定办不了这样快。"

"对，真该感谢他们。"

"章镇长，该给我们办招待庆贺啊。"

章明传："没问题，该庆贺！大家都出了很大的力，今天中午，食堂加餐。买两包好烟，拿几瓶香河大曲慰劳大家如何？"

众人齐声道："好，痛痛快快喝几杯。"

杜中德走来："啥好消息啊？"

焦点："老镇长，我们要翻身了，香河大桥立项了，小城镇规划批准了。新老镇区四平方公里，就是我们大显身手，画最新最美的图画的画纸了。"

杜中德："你这秀才开口，大不相同。这件事是得好好庆贺一下，我得先去把这好消息告诉陈经理，告诉工人们，再给他们鼓鼓劲。"

章明传："对，我们一起去。"

不几天，省上的规划专家，所做的图文并茂的规划方案完成了。同时制作了各类精美的图片，供宣传之用。县上相关部门及时批准方案执行。镇上很快完成了招投标工作，道路、排水及管线埋设等基础工程，很快在三十米香河大街干道工地上全面铺开。五百元豆花饭店的生意更加火爆，五百元不但请了掌灶师父，还请么吵吵也打工帮忙。

香河路工程铺开后，迎来了又一浪农民买地建街房的热潮。当然，按照新制定的规定，买地花的钱，就比原来多得多。

财政所围着不少人，有的在看新的规划图，有的询问哪里还有土地，有的在商量哪里口岸好，有的在缴款买地。镇干部们一个个眉开眼笑，忙着给大家解释。么吵吵也挤在人群中间这问那。

"才几天，一亩地就涨几万，涨得太快了。"

"谁叫你不早些下手呀！"

"都是那些狗日的包工头把地抢贵了的。"

"别人先拿钱出来修水泥街道，该占点便宜。"

"不抓快点，恐怕还要涨。"

"包工头把好口岸都占得差不多了。"

"现在那些口岸也不错，下手也不迟。"

"对，要不等天从包工头那里去买地，肯定价钱高得多。"

镇政府办公室门口，章明传看着这一切由衷地说："白莲建议用工程换土地这一招真是太妙了。毕西那个甘当无名英雄的朋友，给香山镇的贡献太大了，以后一定得好好感谢别人。"

杜中德："是啊，小城镇建设一下就火起来了，一分钱不花，街道工程就动了工。土地还在涨价。"

章明传："你说我们为啥就想不到？"

杜中德："白莲见多识广，你以后呀，要多向她请教啊。"

财政所门外，么吵吵听着众人的议论，越听越急，禁不住眼泪夺眶而出，哇地哭了。

"么吵吵这是怎么啦？他们街一村不是早规划了宅基地吗？"

"落地糍粑聪明又被聪明误了。"

"哈哈哈，活该！"

幺吵吵在众人的嘲笑声中跑回家，落地糍粑耷拉着脑袋抽闷烟。幺吵吵抓起东西就砸。

糍粑："吵吵，你打我一顿都要得，别砸东西好不好？"

幺吵吵："我这辈子跟着你，没出头之日了，大家都别想过安生日子……"她举起保温瓶"砰"的一声砸得粉碎，又抱起电视机。

糍粑赶紧护住电视机："吵吵，我给你认错行不行？都是我的错，都是我的错，你别砸东西了，别砸东西了呀！"

幺吵吵："老娘就是要砸，大家都不要这个家，老娘好拖儿带母去讨口。"

糍粑："吵吵，我也是为这个家啊。哎，人算不如天算，这回又吃了哑巴亏……"

幺吵吵："吃哑巴亏？别人真正的哑巴没吃亏，五百元的豆花店生意红火得很，街一村好多人都买地修街房，你龟儿连哑巴都不如，我替你害臊，替你羞人！吃铁吐火大男人一个，活得这么丢人现眼，大河没盖盖，夜壶没塞塞，各人扯根卵毛吊死嘛！"

糍粑："好，我没出息，我是个窝囊废。以后你当家，一切都听你的，我们马上就去买土地。总对了嘛？"

幺吵吵："土地涨价了，好口岸抢完了。还买地来捞屁。"

糍粑："土地虽然涨了价，我们换屋基，补的面积不大，添的钱也不多。现在要是不动手，越往后拖，土地价格越高，口岸越差，而且该分的土地款，也迟迟用不成。我们就先把土地买了再说吧。"

幺吵吵："钱呢？"

糍粑："嘿嘿，我怕有大事急用，私下存了点钱……"

幺吵吵一下又来了气，一把揪住糍粑的耳朵："吧！落地糍粑，你龟儿还敢背着老娘存私房钱啦，你存来哄野婆娘、讨小婆子、包二奶呀？你今天不给老娘说清楚，老娘跟你没完……"

第六十四章　提拔考察

1

香河电站跟地方的协议顺利签完，小城镇前期基础设施招投标基本完成，毕西便出了院。满面春风地回到香山镇，见人就发烟："嗨呀，医生先说得很神秘，原来我以为是癌症，担心见不到你们了哩。还好，虚惊一场。"

毕西在各办公室露面之后，直接来到泡泡糖办公室。

李红住院后，小敏吃住都在盘丝洞，此时正拿着泡泡糖拨通的电话跟成都通话："小红阿姨，我是小敏，爸爸叫我谢谢你帮我护理妈妈，我想跟妈妈说话……妈妈，你的腿好了吗……小唐阿姨向你问好。叫你安心医治……我可听话了，我学会电脑了，一分钟能打三十多个字了。我会拼音，不会写的字都能打了，我还会用电脑算账，好方便哟……嗯，你回来后我教你……嗯，嗯，你好久回来呀……嗯，嗯，我晓得爸爸很忙，我不会淘气的。妈妈再见。"

毕西："小敏，你学会了电脑，教教毕叔叔吧。"

小敏："毕叔叔，我才学会一点点，我骗妈妈的，好让妈妈放心治腿。你让唐阿姨教你吧。你们大人要说话，我练电脑去了。"小敏说完走出办公室。

毕西："多乖的娃娃。"

泡泡糖："毕书记请坐。今天怎么这样春风满面的？"

毕西："查出不是不治之症，当然高兴啊。"

泡泡糖："哈哈哈，毕哥这话骗得了别人，骗得了我吗？明明是为了回避签定香河电站用地协议和几项招投标敏感工作啊。你呀，真可以得诺贝尔滑头奖了。"

毕西："小唐，回避风险，是一种最好的自我保护。成都回来后我就

494　·

给你交了底，我是明天集团香河电站项目的筹备负责人，不能自己跟自己谈项目吧？为了以后说得清，还是避避瓜李之嫌好些，所以装了几天病。"

泡泡糖："因为你以后要在香山镇为明天集团工作，这种回避也能理解。"

毕西："另外，我拿走了你们最看好的电站项目，不骂我吗？"

泡泡糖："废话，董事长说，能够启动电站这样的骨干项目，对她的家乡真是功德无量。她很感谢你。你在城里住了几天，有些啥收获？不让我分享吗？"

毕西："唐书记让我带口信，他等天到香山镇来时，要拜访唐团长，请教文学创作上的问题。"

泡泡糖一惊："唐团长？你，你出卖了我？"

毕西："不，毕西绝不出卖朋友，是你自己出卖了自己。"

泡泡糖："我出卖了自己？"

毕西："是的。党委会上，我说你那方案是个臭文人小朋友帮我弄的，竭力贬低方案，大家信了。唐书记和焦点都知道香河县的文人没这等见识，焦点首先怀疑是你，我矢口否认。唐书记看了方案大惊，要我说实话，保证保密，我只得说了实话。他当过宣传部副部长，打电话去市委宣传部一问，才知道你的真实身份是市川剧团的副团长，国家二级编剧，挂职体验生活的大作家啊。"

泡泡糖："嗨！真是聪明反被聪明误啊，不过我也不需要隐瞒多久了，只要现在不现原形就好。"

毕西："这个你放心。还告诉你，你那构想让书记和县长赞不绝口。特别是后面提到建设香河县副中心的提法，引发了县委一班人对这个旧议题的极大兴趣。"

泡泡糖："旧议题？"

毕西："是的，香河县是个大县，香山镇东北角好几个乡镇离县城偏远，过去就有人提过分县，或者把香山镇建成县的副中心。那时香山镇基础太差，空议论了一阵子。从现在的发展趋势看，建立副中心的条件很快成熟了。"

泡泡糖："啊，纸上谈兵，书生之见，能引起当局重视，也是一种收获了。"

毕西："不过，这也会给官场带来一番血淋淋的争斗啊。"

泡泡糖："是吗？会吗？"

毕西："听说要建立香河县的副中心，这里要升格，不少人都盯着香山镇书记镇长的位置，开始抓紧活动了。年底进行老同志分流离岗，马上要考察预备干部，香山镇列为考察对象的有章明传、焦点和我，麻烦很快就会找上门了。"

泡泡糖："你不是不在乎吗？"

毕西："可我现在还得装着很在乎啊。占一个考查对象的位置，章明传也少一个竞争对手啊。"

泡泡糖："你打算什么时候跟章明传握手？"

毕西："现在时机不成熟，还得继续扮演章明传的政敌啊。"

2

毕西的情报非常准确。很快，焦点在镇办公室就接到组织部打来的电话。

焦点一听是袁科长的声音，有意把声音提得很高，希望在办公室的同志都能听见："喂，我香山镇党委办公室，你是……啊，老同学，是你呀，你好！你好！……给我道喜，我在这个容易被组织遗忘的角落，有什么喜啊？……什么？你们明天要来考察后备干部？这好啊。……考查的对象有哪些呀？有章镇长、毕书记，什么，还有我呀……哈哈哈，给他们两位领导作陪衬也光荣啊……那就感谢老同学了啊。"

焦点早已经知道电话的内容，前些天，他送泡泡糖撰写的那份报告进城，又专门去拜会了一次袁科长。袁科长就给他透露了最新准确消息，是年底一批年龄五十以上科级老干部离岗分流待退，给有学历、有培养前途的年轻干部挪出位置，组织部有大动作，消息面对年轻干部利好。各单位的领导要做重大调整，他刚参加的这一期区科班，就是为这次调整做准备的。焦点学历高，党校学习又表现突出，他已经比别人捷足先登，得了头筹。袁科长要他一定要把握住这个机会，争取一步到位。

焦点知道提拔的干部一般都是全县统一安排，升到镇长或书记可能问题不大，只是林可儿不愿意离开香山镇，他只希望能在香山镇就地升职。就香山镇的情况看，唐立行肯定要另作安排，章明传做书记顺理成章。他只希望甩掉"秘书"那个让人感觉是侍候人的称号，能做个副书记或镇长就不错了。

焦点接完袁科长的电话，盼望的日子就要到来，心中很是高兴。不过，袁科长还告诉他，被考察的人还有毕西，这让他有点不爽。

这次考察内容暂时保密，考察方式是全体乡镇干部都要参加，要搞民意测评，袁科长要他早做准备。

焦点并不担心民意测评。他本身各方面表现都不错，人际关系也好，在这穷乡僻壤，只要有机会，大家都巴不得多输送点人走，也给自己多一个挪动位置的机会，大家都会给被测评的人打满分。特别是年轻干部，更是如此。他估计除了毕西那一票之外，其他人都会投他一票。他想既然考察对象已经定了，他用不着去拉民意测评的选票。只不过对大家态度更好些，脸上的笑容更真诚些也就够了。

镇政府干部食堂，焦点和几个年轻镇干部在吃早饭。大家边吃饭边议论：

"组织部到我们香山镇来考察干部，几家欢喜几家愁啊。"

"组织部来是好事噻。"

"对，只要不是纪委来，你怕啥？"

"纪委来了我也不怕，想腐败你我都还没资格，混到怕纪委了，你我就不是天天吃这泡菜稀粥的日子了。"

"你也别激动，组织部来了，论资排辈，你我都只有抬轿子吹喇叭的份。好处也还轮不到你我的头上，只有替别人高兴啊。"

"难说，重用知识分子的时候，许多人做梦都没想到，就突然蟒袍加身。中央实施西部大开发战略，肯定要大干一番，提倡领导干部年轻化、知识化的调门可能更高，如果硬卡在某个年龄段上，说不定你我都……"

"对，年轻干部数量大，说不定要考虑调动这个层面的积极性哩。"

"你娃些做梦啊，别把那个玩意儿想长了，不好坐板凳。"

"心想才能事成嘛，如果哪位弟兄有好事，大家都扎起，能先推一个走就挪出了一个位置。大家排队就要短一些。"

"那是当然，我们都是一个阶级嘛。为着我们的阶级利益……"

"我们来给焦秘书算个命，看他连升几级？"

"焦秘书学历高，能力强，组织部又有人，我看呀，连升三级都有可能。"

"呃，很有可能哩。"

"焦老弟，你要不要经纪人？准备了几十万？我来给你运作。"

"不开玩笑，焦老弟，恐怕你要准备给我们办招待啊。"

焦点："如果我有那种好事呀，我请你们在盘丝洞喝酒。"

"喂，焦秘书，组织部袁科长不是你的老同学吗，透露一点信息吧。这回章镇长坐正不？"

焦点："不知道。"

"你一直稳起，肯定知道。"

焦点："不过据我估计，唐书记受伤后，章镇长代他主持党委工作，得到各方面好评，也应该给他正名了啊。"

众人又议论起来：

"对，这很有可能。"

"二号首长干得这么出色，也该挨班而进才公平。"

"你这样说，焦秘书要连升几级，只有异地提拔哟。"

"那我们都早些巴结好焦秘书，大家凑份子，今天晚上请他喝一台吧。为他提前祝贺吧。"

焦点："去啊，去啊，弟兄们说话怎么这样见外啊！"

3

组织部长亲自带队考察要提拔的干部，这在组织部来说是少有的事，这只能说明这次考察工作的重要，或者说这里岗位的重要。

组织部走到所管辖的哪一级都是最受欢迎的部门。又有焦秘书的精心安排，在香山镇受到了热情的接待。香山镇的干部都很淳朴，没有故意装怪出难题的，考察工作进行得十分顺利。

组织部长很少到这一方来，过去只知道这地方很穷，很差。省上专家根据泡泡糖的方案做的那份图文并茂的规划，引起了县委和县政府的高度重视。随着香河大桥的建成和连接省道公路修通，香河电站等骨干企业的入住，香山镇的条件将得到极大的改善。县委班子重议在香山镇建设香河县的副中心呼声很高。如果真要建一县之副中心，也得物色合适的人选。因此干部考察结束后，便主动提出到镇上各处走走。镇上的主要领导，都一起陪同。按规矩本来应当由章明传在部长身边后侧半步解说，章明传却让焦点导游解说。

能说会道的焦点，不失时机好好显露了一下自己的口才。他对那个方案很熟并且理解其精髓所在，便从政府大院说起。以现存的香姑祠、关帝庙、文昌宫等古建筑为主体的香山镇旧街核心区，古树荫笼，飞檐峭角，石板街道，通街长廊，古色古香，是日后发展旅游业的基础，为古镇风貌保护区原样保存，不准再动。出了镇子，又参观了正在兴建中的香料加工厂、综合市场和香河大道工地，把这些项目投产后的产值、税收、发展前景，以及给当地农民带来的好处，大大渲染了一番。

最后参观镇江寺。站在镇江寺前，介绍即将动工的香河电站，不但是香山镇工业的龙头项目，也是彻底改变香山镇环境的大项目，不久的将来，专家们绘制的湖光山色的香山镇效果图，将变成现实，将成为香山镇招商引资一张最亮丽的名片。

部长听罢介绍，连连称赞："好、好、好。有前途，大有前途。"

陪同的人不知部长说的是规划得好，还是焦点介绍得好，不知是说的香山镇大有前途，还是说的焦点大有前途，只得一齐鼓掌："感谢领导鼓励。"

袁科长赶紧向部长介绍道："我这位同学，读书时就是班上数一数二的笔杆子，香山镇的规划方案就是他的手笔。"

袁科长知道书记县长都称赞那规划方案，便要焦点一定说成是自己的手笔，焦点坚决不同意。想不到袁科长当众这么说，赶快否认："不不不，这不是我的功劳，这是……"他看了看章明传和毕西，飞快地转动了一阵眼珠，回答得非常得体："这是章镇长和毕书记的立意，是党委班子全体成员的集体智慧。"

袁科长哈哈笑道："老同学哩，集体智慧，也要你这个党政办大秘书变成文章嚓。谦虚啥啊，走，参观镇江寺去。"

众人陪着部长走进镇江寺山门，焦点有意落在后面，扯了扯袁科长。

焦点："老同学，情况怎么样？"

袁科长："你们这里的人很团结，票数很集中，三个人都是全票。座谈反应都好，部长很满意。"

焦点："毕西也是全票？"

袁科长："他就少你那一票，差不多该算全票吧。座谈反映他近半年很好，特别是小城镇建设。大家都给他摆功，不少人都认为，年终解决干部工资问题，可能是他在背后做了工作。"

焦点："嗯，收买人心，会抓时机。"

袁科长："这个呀，你也得学着点。"

焦点："那当然。很快就会有结果吗？"

袁科长："唐立行还在疗养，暂时还得维持现状，班子大换血，至少要等到年底了。"

焦点："唐书记残废了，以后怎么安排？"

袁科长："初步考虑，可能安排他当残联主席，再挂个社科联主席的头衔，升半格解决级别问题。"

焦点："好，领导考虑得周到。喂，估计我这次有戏吗？"

袁科长："今天表现得这么好，怎么没有？"

焦点："没有差距，章明传威望高，毕西上头的靠山硬，一二把手非他们莫属，你能帮我争取挪动一下，我就心满意足了。"他说的是真话。

袁科长："老同学，真诚点，你的野心有多大，我还不清楚？真人面前莫说假话啊，你我是啥交情，只挪动一下，哼哼……难道就没有想过取而代之？"

焦点："不可能，我也不那么想。"

袁科长："官场风云变幻，什么事情都可能发生。找准对手吧，机遇来了的时候，就看你怎样把握和运作了。"

焦点："找准对手？运作？"

袁科长："政治斗争的最高法则，就是导致对手犯错误，充分利用对手的错误。"

焦点："你的意思是……"

袁科长高深莫测地笑了笑。

焦点听出了袁科长的话外音，是要他把章明传作为对手。他摇了摇头："这，我，我干不出来。"

袁科长："不要你干什么，你不干扰别人干什么就行了。"

焦点："别人？"

袁科长："哈哈哈，关心他的人多啊。"又是一串高深莫测的大笑，"走，部长都进去了，我们都得跟紧些啊。"

第六十五章　章明传被"双规"

1

李红去成都治腿，第一阶段只能截肢，抗感染，对运动功能进行恢复治疗。创口愈合后，她便回家休养，要待几个月后才能去安装假肢。

李红回家养伤，红桃K按白莲的吩咐，立即给李红安了一台新电脑，并且手把手地教李红。李红趁着养伤坐在电脑前，笨拙地练习着指法。

乡亲们听说李红回来了，都纷纷拿着礼物来看望她，小圆桌上堆满了各种礼品和水果。

五百元和幺吵吵一人提着一只大红公鸡走进来。

五百元："李红姐，好些了吗？"

李红："好多了，你们坐哈。"

五百元："你都回来几天了，都没抽出空来看你。"

李红："你们来就是嘛，还送啥礼吗？"

幺吵吵："这叫啥子礼啊，没有去买礼品，自己养的土鸡。吃了大红公鸡生血，生伤才好得快。"

李红："好，多谢了。你们吃水果吧。"

五百元："我们自己来。李红姐，你都弄得来电脑了呀？"

李红："还在学。"

幺吵吵："农村头，学会有啥用啊。"

李红："用处多得很啊，写字算账都要用，白莲叫我学会了去给她坐办公室。"

五百元："白莲姐的心真好。"

幺吵吵："以前呀，我们都错怪她了。等她回来后，我们硬是要好好去给她赔个礼。"

李红："她呀，不会计较你们的。五百妹，都说你生意好得很，是不是呀?"

五百元:"是呀,还不是托章镇长的福,三爷帮忙才修起了街房。修街道的工人都要来吃,生意好得不得了。我们哑巴,在建筑队肯卖力气,三爷帮忙,打杂工改当砖工了,工钱是原来的两倍。他只有早晨晚上才能帮点忙。店里忙得很,今天要不是幺嫂喊糍粑哥也去给我帮忙呀,我都还来不了哩。"

李红:"请服务员嘛。"

幺吵吵:"她请了的,我就在给她打工啊。她的门面在综合市场附近,以后市场修起了,赶场的人多,肯定生意还要好哩。"

五百元:"唉,虽说贷了点债也想得下去。以前想去打工,哑巴是个残疾人,放心不下,还怕别人说我长得好,是出去卖肉哩。嘿,想不到现在我也当老板了啊。"

李红:"那好啊!幺嫂,你的热凉粉也有名得很啊。"

幺吵吵:"哎,都怪糍粑那死鬼,动手迟了,才买了地,多花了多少钱不说,都挨河边去了。门面不好,晓得生意做得起来不啊。"

李红:"幺嫂,滨河路好。听我们那个人说,电站修起后,滨河路是要人最多的地方。"

幺吵吵:"真的呀?"

小敏背着书包回来:"妈妈,妈妈。"

五百元:"哟,小敏回来了。"

小敏:"妈妈,今天还痛不痛啊。我倒水给你热敷。"

幺吵吵:"哟,你看,小敏多懂事,多孝顺啊。"

五百元:"李红姐,好好养伤,我们等天再来看你。"

二人起身告辞。

李红截肢手术后,章明传没能在身边照护,心中很是歉然。现在镇上的事,诸事都在有条不紊地按计划运行,心情很舒畅,回到家里就立即给李红按摩伤腿,李红心中也充满了幸福。

章明传:"刀口愈合得还好,还那么痛吗?"

李红:"不那么痛了,就是发痒。晓得好久才站得起来啊。"

章明传:"长新肉就是要发痒。等新肉长起来后就可以去安装假肢了。适应一段时间就可以站起来了。怎么,着急了?"

李红:"听说五百元的豆花饭店生意红火得很啊。"

章明传:"嗯,那里施工的工人多噻,怎么,你眼红了呀?"

李红:"我们把一楼收回来,也做个什么小生意吧。"

章明传:"哈哈哈,李红,你也想当老板了呀?你不是在学电脑吗?白莲说了要请你,佘老板也说请你去给他坐办公室。"

李红:"帮人,我怕受气。"

章明传:"你看,小唐那么能干都在帮人。市川剧团的刘团长,别人算是一个县团级干部了,比我这个镇长高几级啊,不是也在帮人吗?"

李红:"你说啥?那个常来跟你要的刘经理是剧团的团长?"

章明传点头:"最近他才跟我说他是市川剧团的团长。大桥修起剪彩时,他们剧团还要在这里唱几台戏,我才知道的。"

李红:"呃,白莲怎么跟唱戏的那么好呀。"

章明传:"白莲回来后,你去问她吧。"

2

枪打出头鸟,出头椽子先烂。

香山镇虽然是个穷镇,却是个大镇,大镇一把手交椅的含金量,远高于一般的乡镇,从管辖七八万人口的大镇党委书记,爬上副县级,排名要比其他正科级干部靠前许多。唐立行刚负伤时,就有不少人盯住这书记的宝座开始活动了。县委照顾唐立行的情绪,才维持现状到现在。

城边的灯桥镇是香河县的经济大镇,县委原来把灯桥镇作为重点,让灯桥镇的党委书记进了县委常委。灯桥镇窝案发生后,那一班人垮了。西部大开发后,灯桥镇定为了县上的开发区,升格成了副县级。最近,建香河县副中心争论不下,就有人提出让香山镇的书记进入县委常委的方案。眼看香山镇书记的宝座更加金光耀眼,争夺的人更多,不少人志在必得,都调动各种力量加紧了活动。

官场争夺战,谁最接近那把交椅,谁便成了众矢之的。

章明传临危受命,主持香山镇的工作,渡过了一个个难关。现在把工作搞得有声有色,各方面认可,坐上那把金交椅好像顺理成章,于是他便自然成了志在必得者必须打倒的对象。

而最早盯住这个位置的人,就是非常有战略眼光的袁其华。

袁其华的有利位置，使他最先知道香山镇党委书记进入县委常委的可能，便跟周老板密谋合作，志在必得。他非常热心，并且很认真地给焦点帮忙，倒不是什么同学之情，而是看中了焦点的利用价值，把焦点当作一枚非常有用的棋子来经营。他们选择焦点作为他的最得力的棋子，既看重焦点官场发展的潜质，此时施恩，回报很大，还因为焦点熟悉香山镇的情况，如果日后合作，会很省力气。

最近，香山镇可能升格的消息一出，袁其华就更抓紧了行动。不知通过什么渠道，终于找到了章明传的仇人，二村落马的村长黄爬海。黄爬海被神秘人物请到香河大酒店，在那里玩了几天洋格。白天好酒好肉好烟不说，晚上还有水灵灵的嫩妞任他发泄疯狂。几天之后，回到香山镇就焕然一新了，他穿着一身体面的行头，出入茶房酒店，好烟到处散，开账手也伸得直了，身后很快便又聚拢了先前那批小兄弟。

当然，从此以后，各级纪委、人大、政法部门，甚至报社，都收到了举报章明传的匿名举报信。内容无外乎贪污受贿、流氓恶霸土皇帝、增加农民负担之类，不少事情说得有鼻子有眼，让人不得不信。而且这些举报信，不全是打印，多是手抄，内容大同小异，字迹时常变化，而且寄自不同地点，上级部门天天收到。

本地的明眼人一看这些举报信，都知道是这次提拔干部前的考察惹的祸，是传说中香山镇的书记要进县委常委惹的祸。可上级纪委及相关部门却认为简直无法无天，民愤极大，应该严肃查处。

上级纪委和相关部门都把这些匿名举报信通通转到了县纪委。省、市纪委领导都做了批示，立即查处，限时汇报查处结果。

县纪委吴书记知道章明传，先是拖着不办，后来上级电话催问查办情况，而且催得甚急，只得通知章明传到县纪委说清问题。

章明传接到杨书记电话，匆匆走进纪委办公室："杨书记，你找我，有什么事吗？"

杨书记："章镇长，这个……"

章明传一见杨书记神色不对，说话欲言又止，预感到了什么："杨书记，你是个爽快人，有啥事？你说呀。"

杨书记不会撒谎，只得直说："刚才县纪委通知，要你今天上午赶到县纪委去……"

章明传一惊："通知我到县纪委?!"

杨书记："对。"

章明传："通知我一个人?"

杨书记："就你一个人。"

章明传："没说是啥事?"

杨书记："没说。"

章明传掏出烟来："这,怪了。纪委找我,是啥事呢……我犯了啥事呀……我把工作移交给谁?"

杨书记："没说。"

章明传："谁押送我,是你吗?"

杨书记："章镇长,你把事情想得太严重了。纪委通知你去,并不是说你一定有问题,你自己去就是了。"

章明传："杨书记,这种时候,难说啊。我现在求你两件事。一是我现在就把手机交给你。"拿出手机。

杨书记："没这个必要吧。"

章明传："免得说我和谁搞了串联,订了攻守同盟。再说,镇上就两部手机,如果我被双规了,先就要收掉手机,不如留给你们工作上好用。"

杨书记："章镇长,你太多虑了。"

章明传："不是多虑。另外李红正在养伤,拜托你跟小唐说一声,请她帮我照看一下。"

杨书记："这好,你放心,我亲自去看望李红。"

章明传走出纪委办公室,欲推摩托车,想了想,回身把摩托车钥匙交给杨书记。

杨书记："你骑摩托车进城噻。"

章明传："算了,万一我去了出不来,同志们要用就不好办了。我还是骑我的自行车吧。"

杜中德走来："老章,你要去哪里?"

章明传："杜镇长,县纪委通知我马上去接受审查。"

杜中德大惊："什么?你说什么?"

章明传："我走后,工作上的事只有靠你们了。"

章明传说着大步走出了镇政府,杜中德愣了片刻。他走进纪委办公室，杨书记在说电话。

杨书记："小唐啊，你好。想求你帮个忙，请你们刘经理送章镇长到县纪委去一下……具体情况还不清楚，我估计不会是好事。章镇长已经出门了。另外，一会儿你跟我一道去看看李红吧。"

杜中德："杨书记，这是怎么回事？章明传到底犯了啥事啊，为什么突然遭县纪委双规呀？"

杨书记："老镇长，纪委的规矩你是知道的，上级没有说，我们也不能问。再说，上级并没有说对他实行双规。"

杜中德："组织部刚刚考察了他，要提拔使用了，这种时候，纪委叫他去有好事吗？肯定是有人嫉妒他，告了他的黑状。"

杨书记："嗯，不排除这种可能。不过，我相信章镇长能够说得清楚。"

杜中德："等他说清楚的时候，人已经被弄得灰头土脸的了，提拔时机又错过了，我这辈子老不进步，就是吃了这种苦头啊！"

杨书记："唉，这已经成了一种风气，只有相信组织了。"

杜中德："杨书记，我求你了，求你一定把告黑状的查出来，不然，我杜中德要背黑锅啊。"

杨书记："杜镇长，你背啥黑锅啊？"

杜中德："你想想，有资格提拔的人，只有你没被考察。你的人品谁不知道，谁会怀疑你？另外就只有我没希望，而且哪个都知道我过去跟章明传有仇，怀疑我关键时候整人，顺理成章啊。杨书记，我杜中德堂堂正正一个人，背上一个搞阴谋诡计的小人名声，口水都会把人淹死啊！"

杨书记："老镇长，冷静些。大家不会怀疑你的。"

杜中德："杨书记，大家都很尊重你，希望你能保护大家的清白啊。我这个时候就进城去，找吴书记说清楚。"

杨书记："这事我也不放心，等一会儿，我去看看李红后，我们一道进城。"

渡口上，刘经理推摩托车上船。章明传推着自行车走来，支好车，帮着推摩托车上船。

刘经理假装不知："哟，章镇长今天要进城？"

章明传："对，刘经理也进城办事？"

刘经理："巧了，章镇长，就搭我的摩托车吧。"

章明传："好，看来我这人运气不错啊。每次进城，差不多都能搭你的车。"

刘经理："看来我们两个有缘，今天我们又好同路吹牛了。"

3

章明传被通知到县纪委说清问题，镇干部们在镇政府办公室里愤愤不平地议论着：

"想不到章镇长也会招来这种麻烦。"

"章镇长真命苦，刚才看到一点希望，又遭这么一闷棍。"

焦点已经估计到了是袁其华，义愤填膺地："干这种无耻的事，就不怕激起公愤呀！"

"谁能干出这种缺德事？"

"你们说他碍着谁了？"

"杜镇长不会做这种事。"

焦点生怕沾上这样的缺德事，赶紧声明："你我也绝不会干这种事的。"

众："我们当然绝对不会，哟，你焦大秘书吗？就很难说了。"

焦点："我？我会那么无耻吗？"

众："如果你想一步到位呢？"

焦点："哈哈哈，老兄真富于想象，我是章镇长的对手吗？我能一步到书记那个位置吗？"

"对，我相信焦老弟有这点自知之明。"

"谁是对手？谁能一步到位？"

众人都不约而同地想到毕西。

"这两天怎么没看到二号首长呢？"

"前天就进城忙去了。不会是他吧？现在他们的合作还是很扣手的啊。"

"唉，人心隔肚皮，难说呀。"

泡泡糖匆匆走进章明传家。杨书记已经坐在那里了。李红坐在电脑前哭作一团。

李红："天哩，章明传是老实人啊，惹到哪个舅子了嘛？哪个兴这么害人啊。"

杨书记："嫂子，别急，相信章镇长绝不会有啥不得了的事。"

泡泡糖："李红姐，别哭了，你相信杨书记吧。"

李红："我怎么不急啊，人咬人无药医，要是……"

杨书记："急也没用，你要相信自己的人。只要你……"

李红："我？我是啥样的人，杨书记，你还不晓得吗？啊，杨书记，是不是说我这几天收了别人的礼啊？你看，礼物都摆在那个桌子上的，都是左邻右舍送的，那下面最值钱的两盒补品，还是你送给我的啊。我心想，过去我送那么多礼，这回别人送来不收，又怕得罪人啊。杨书记，我全退，马上退，你要帮章明传说话啊……"

杨书记："嫂子，这些是正常的人情往来，用不着退。你这回收过其他人的钱没有啊？"

李红："钱？收过啊，二娘来看我，送的是一百块钱。"

杨书记："你的亲戚送你，那也是合法的。"

李红："杨书记，会不会是……"

泡泡糖："是什么？"

李红："是不是，我以前说过章明传跟白莲……"

泡泡糖："那更不可能。李红姐，别乱想，安心养伤。这两天，我派红桃K来跟你做伴。"

杨书记："对，你放心养伤。我跟杜镇长马上进城，一有消息，我就告诉你。"

喧闹的农贸市场。漆天棒的录音机仍然响亮地唱着川剧：

> 招聘官没后台腰杆不硬，
> 穷山沟跑田坎日晒雨淋。
> 说本事清炖鸭子嘴壳硬，
> 催粮款搞计生不认六亲……

看见人们在交头接耳地议论什么，漆天棒关掉录音机："你们说啥，哪个遭抓了？"

赶场人："章明传呀，章明传今天遭纪委抓起走了。"

漆天棒："老天有眼，他娃也有今天，弟兄们，我办招待！"给大家发烟。

赶场人七嘴八舌：

"你高兴啥嘛？人要讲良心，别个章明传主火以来，给镇上做了那么多实事摆起的啊。"

"那还不是为了他好升官。"

"当官的不想升官，是猪。老百姓谁愿意供蠢猪？"

"你两个别争了。章明传到底为啥遭抓呀？"

"纪委只抓贪官污吏，不是贪污受贿就是嫖婆娘嘛。"

"是啊，镇上搞了那么多工程，当官的不受贿才怪。"

"说章明传都是贪官的话，你把我脑壳矮五寸我都不信。"

"对，大桥是杜镇长在管，小城镇建设是毕西在管，章明传去受哪个的贿啊？"

"那就可能是嫖娼。"

"去年吵得那么凶都没事。"

"对，现在当官的没有一个好东西。"

"人家都说，现在的官：先枪毙，后审判，保证不会有冤案！"

漆天棒："你龟儿放屁！官也有清官和贪官，你一竹竿打一朝人。"

"是啊，天棒，你的舅舅杜镇长也是官，未必也该枪毙呀？"

中午，镇政府职工食堂。镇干部们在等着打饭，继续着办公室的话题：

张主任已经认定了是毕西："如果是我们的人干的。除了他还有谁？"

年轻干部："真要是他，我到组织部去收回我投的信任票。"

焦点："告黑状都是匿名信，即使是他，你有啥根据确认？"

众："对，保护举报人，又不可能让你去追查。"

钱所长知道大家都在怀疑毕西："你们别乱怀疑，别冤枉好人。"

中年干部："钱所长，年终冷县长拨那笔款，到底……"

年轻干部："嘘！"示意噤声。

毕西拿着碗筷，提着一瓶酒走进来："哟，今天食堂怎么这样兴旺啊？"

张主任率先敲打毕西："哟，毕书记在城里忙完了。正好，我们在一起好共同庆贺呀！"

毕西茫然："庆贺啥？"

张主任："香山镇揪出了章明传，反腐败取得了阶段性的成果，应该庆贺呀。怎么，毕书记还不知道？"

年轻干部："张主任，领导能不知道？你看别人毕书记把酒都买来了。"

张主任："啊！大家正愁没钱买酒，毕书记想得真周到。同志们，我们今天都敬毕书记一杯，向毕书记表示祝贺。"

年轻干部拿过酒瓶："来，我帮毕书记倒酒。"

部分人："好，我们早点向毕书记表忠心，以后步步紧跟，坚决按毕书记的指示办。"

毕西高深莫测地大笑着，含沙射影地把矛头引向焦点："哈哈哈，焦秘书，你站那么远干啥？你更该喝一杯啊。"

焦点听出了毕西的弦外之音，看穿了毕西是想把水搅浑，似乎不屑于与之争论："我？谢谢。"端着饭走出了食堂。

年轻干部："管他的，张主任，你唱一支祝酒歌助个兴吧。"

张主任："好，我唱。"她用筷子敲着碗唱起来：

> 月儿弯弯照高楼，
> 高楼本是穷人修。
> 诬告黑风平地起，
> 几家欢乐几家愁……

毕西："好，好，好啊！张主任，好一个诬告黑风平地起啊！"

毕西举起剩下的大半瓶酒，仰起脖子一饮而尽。

毕西几下拨完饭，走出食堂，径直来到泡泡糖办公室。

泡泡糖："你才从城里回来吗？"

毕西："昨晚就回来的。"

泡泡糖："章明传遇到麻烦了。"

毕西："这是预料中的事情啊。"

泡泡糖："他的麻烦会大吗?"

毕西在城里已经知道了一些消息："不大,也不小。唐书记已经做了很多工作,方主任主动承担了好多责任。但是,举报人很知内情,很会抓关键,是高手干的。"

泡泡糖："估计是谁?"

毕西："不敢肯定,现在,大家都把我当成了举报人,我到你这里来躲冷眼啊。"

泡泡糖："你还不现原形,就不怕继续背黑锅吗?"

毕西："我不怕背黑锅,就怕大家都盯住香山镇的人,忘记防范上头真正的黑手。我估计,对方或许还有更大的行动啊。"

泡泡糖："啊?!"

第六十六章　理解万岁

1

灯海,华街。

县城某餐厅雅室。席上坐着吴云、方主任、唐立行、章明传,杜中德、杨书记、李正齐、熊三爷和刘团长。气氛非常沉闷。

吴云在主人席上举着杯子："喂,你们别这样怒气冲天的好不好? 给我一点面子,把我敬这杯酒喝了吧。"

方主任："同志们,吴书记也很为难啊,举报信从省上、市上、县上,从纪检、人大、信访,各个渠道接二连三地转到县纪委,各级都要求限期查明,上报结果。许多事情我们都知道底细,纪委常委会上讨论了几次,一拖再拖,这也是不得已而为之啊! 再说作为一个县委副书记、县纪委书记,私人掏钱来宴请被他审查的对象,这也担着极大的风险啊……"

吴云："纠正一下,我不敢宴请被审查对象,章明传同志的审查已经结束,现在等候处理。同志们,请你们放心,保护党员干部的合法权益,是纪委的天职。你们今天都是为章明传同志的清白而来，我就一并请你们喝一杯。"

唐立行："好，同志们，感谢吴书记对我们的理解，干！"

众："好，干嘛！"

杜中德："吴书记，章明传辛辛苦苦才换来香山镇今天的局面啊！如果他只守旧摊摊，只当一个催粮催款、刮宫引产的镇长，会犯那些错误吗？再说，有的责任应该我们承担啊。"

李正齐："真是干的不如看的，看的不如捣乱的。"

刘主任："吴书记，许多决策都是镇人大通过了的。特别是农民负担这一块，我们比许多地方都低，谨防别有用心的人把自己打扮成农民利益的代表，达到不可告人的政治目的啊。"

吴云："方主任代表县纪委联系香山镇，在常委会上，香河大桥招标等重大问题，首先主动承担责任。请刘主任放心，我们纪委绝不做一些别有用心的人整人害人、玩弄政治阴谋的工具。"

熊三爷："吴书记，如果要处分章明传，这不公道！我们老百姓不服，我是县人大代表，我要去县人大反映。"

杨书记："吴书记，我是镇纪委书记，章明传同志即使有错误，也是我在那里没有把好纪律关，应该处分我。"

唐立行："不！吴书记，我再次提请组织考虑。我至今仍然是香山镇的党委书记，党委所做的决定都是给我汇了报的，一切责任都应该我来承担。"

章明传十分感动地："同志们，我实在没想到，我章明传受审查的时候，你们都赶进城来帮我承担责任，更没想到吴书记会在这种情况下，破例私人设宴招待我们。我们不要为难吴书记了。相信组织会做出公正的处分。吴书记，我只希望给我一些时间，能让我把大桥修起后再……"

吴云："老章，别说了，我理解你的意思。我希望你在宣布处分决定之前，能一如既往。来，我单独敬你一杯。干！"

章明传："谢谢，干！"

刘团长："吴书记，感谢你今天邀请我这个局外人参加这非同一般的宴会。我今天向大家坦白吧，我不是什么经理，我是市川剧团的团长，也是市人大代表，省政协委员，到香山镇是为了体验生活。和镇干部们交上了朋友后，才深知他们的甘苦，此时我很感动。我们的副团长兼剧团的专业编剧唐甜甜同志……"

吴云："你说啥，小唐是副团长，是剧作家？"

唐立行："对，我们也是刚知道不久。"

刘团长："她编了一个反映乡镇干部生活的大型川剧，我就用其中镇党委书记的一段唱词，来表达我此时此刻的感受吧。"

吴云："好，欢迎刘团长给我们唱一段。"

众人鼓掌："欢迎刘团长给我们唱一段！"

刘团长清了清嗓子：

刘团长（白）："吴书记，我们这乡镇干部不好当啊，你们上头知道吗？群众理解吗？"

刘团长（唱）：

　　　　上面千条线，
　　　　下面一根针。
　　　　硬任务硬指标排山压顶，
　　　　哪一家不要求按时完成？
　　　　催粮款搞计生六亲不认，
　　　　破旧习树新风苦口婆心。
　　　　求发展通关卡好话说尽，
　　　　找项目筹资金处处求人。
　　　　恨腐败又搞腐败恶气强忍，
　　　　赔笑脸请客送礼敬诸神。
　　　　大碗喝那违心酒不怕肝硬，
　　　　为摆平八方关系愿当龟孙。
　　　　到头来亲戚邻朋得罪尽，
　　　　挨批评受处分打落牙齿和血吞。
　　　　听众无不动容。有的抹泪。
　　　　吴书记呀——
　　　　共和国如同大厦巍然挺，
　　　　靠基石钢筋铁骨硬支撑。

乡镇官披肝沥胆香河做证，香河做证！

望领导多为他们除污去垢洗灰尘。

刘团长唱得声情并茂。一片掌声，一片叹息声。

吴云举着酒杯站起来，十分感动地："刘团长，我吴云转业回来也当过乡镇干部啊！我感谢小唐，我感谢你，你们唱出了我们乡镇干部的心声，乡镇干部确实如同基石，压在底层，默默献身，需要上级更多的关心，需要群众更多的理解啊！西部大开发需要干群一心，才能干出成就，你们这个戏，在干部和群众中架起了一座理解的桥梁，好啊！我这个县委副书记，一定向县委建议，请你们在大桥竣工剪彩时到香山镇演这个戏，一定请县上的领导们都来看。在香山镇演了之后，到全县都去演。来！我敬你一杯！"举杯一饮而尽。

章明传热泪盈眶："吴书记，有你这样的话，我们还说啥呢！"

众人举起杯子站起来："我们敬吴书记一杯，敬刘团长一杯！"

吴云："好！干杯！"

2

明丽的五月山乡。山青、树绿、麦黄。

江中，几座桥墩半出水面。升降机长长的吊臂在江面上空不停地转动，脚手架上弧光闪闪，机声隆隆。繁忙的大桥工地上，水泥、木料、条石杂陈；拖拉机声、指挥哨声、号子声和石工们叮当的锤声响成一片。

三十米宽的香河大道基础设施招投标结束后，几支队伍立即投入了紧张的施工。大道路基已经基本成型，路基两边，已经开始各种管线的埋设。大道一侧，原来买地的那六户农民，基本上都在商住区内，只做了些小的调整，经批准后也一齐开工。工程进展很快，都快要封顶了。

五百元的豆花店正处于香河大道上，生意兴隆。掌灶师在灶台上忙碌，幺吵吵忙着传菜收拾碗碟，五百元一脸灿烂，忙着收款迎送着客人。

黄爬海和几个不三不四的人，意气洋洋地走了进来。

章明传被纪委审查，黄爬海等人的举报信已经奏效，幕后导演立即派人来给黄爬海兑现原来的承诺，同时带来新的指令，要他再加一把劲，在上级即将来检查时好好闹腾一番，让章明传彻底完蛋。

黄爬海得到了丰厚的回报，心里乐开了花。他立即召集他那帮弟兄来论功行赏。这街上的馆子几乎都吃遍了，别人都在说五百元的豆花饭很有特色，今天便选到这里来快乐。还好，几个客人走后，这里没有闲杂人员了，正好商量他们的大事。

　　他们在屋角的一张桌子上坐了下来。五百元拿着菜单过来点菜，黄爬海气派地："五百妹，听说你的豆花宴做得好，今天海哥专门来照顾你，把你们的拿手菜都上起来。做得好，海哥每天都来照顾你。"

　　五百元脆嘣嘣地应道："好哩，保证海哥满意。"

　　支开了五百元，黄爬海从包里拿出一沓红包来，一人一个。众人都迫不及待地从红包里抽出钱来数，红包有大有小，得钱多的人都忙不迭地说："感谢海哥，感谢海哥。"

　　黄爬海："我们都是哥们，海哥说话算数，论功行赏，绝不亏待哪个，以后大家跑快些就是了。"

　　众人都道："没问题，有好事海哥不忘记我们就好，保证指到哪里，我们就冲到哪里。"

　　这时幺吵吵端菜上来。

　　黄爬海："来，弟兄们劳苦功高，我先敬弟兄们一杯。"

　　众人碰了一杯之后，便有人提议："来，我们都给海哥祝贺一杯。"

　　有人道："章明传撤黄哥的村长职务，这下他狗日的也遭抓了，该不该为黄哥祝贺！"

　　众："来，喝酒，为海哥庆贺一下。干杯！"

　　黄爬海："好！这口恶气老子忍了好久了。来，干杯！"

　　众："海哥，你今天叫我们来，有啥吩咐吗？"

　　黄爬海小声地："章明传的仇家要我们宜将剩勇追穷寇，他已经成了落水狗，再给他几棍子打死。"

　　黄爬海对众耳语，幺吵吵给五百元递了一个眼色。五百元悄悄靠近黄爬海。

　　众："好，趁机再给他加一把火！"

　　"海哥，你上头有人，怕个毬！"

　　"海哥，你说怎么办？"

　　黄爬海："熊三老汉是章明传的一条狗，从他身上下手。"对众人又是一阵耳语。

众："对，农历四月二十八是药王会，药王会那天，这一方的人都要到镇江寺去敬药王菩萨。"

五百元闻言一惊，走上前去："海哥，你们吃好了没有啊？"

黄爬海："吃好了，吃好了。"

一汉子戏谑地："嗨，海哥看到水灵灵的五百元妹仔呀，酒都要多喝几杯啊。以后呀，不光吃你的豆花宴，还想吃你这个嫩豆腐啊。"

五百元："海哥，看他说些啥啊。"

另一人："胡说些啥，别个都姓黄，罚酒。"

黄爬海："妹仔，来结账吧。"

五百元："海哥，算了嘛，我难得招待到你一回。"

黄爬海："做生意哪能不收钱，日子还长啊。以后海哥经常来照顾你的生意。"

五百元送众人出店："海哥，你们慢走哈。"

熊三爷对五百元家的大力帮助，使五百元家而今的日子越过越红火，五百元对熊三爷真是感恩戴德。听到黄爬海要对熊三爷下手，便赶紧去找熊三爷，谁知熊三爷上午跟李公安进城了。

熊三爷把新修的街房开了一家小茶楼，第二天半晌午熊三爷刚回到茶楼时，五百元便出现在茶楼门口。

五百元神色慌张地："三爷，我正在到处找你。"

熊三爷："五百元，进来坐啊。有啥事吗？"

五百元："到里边说。"拉着三爷走进里间。

三爷："五百元，啥事呀？慌慌张张、神神秘秘的。"

五百元对熊三爷一阵耳语，把昨天黄爬海等人商量的事情原原本本地告诉了熊三爷。

熊三爷疑惑地："黄爬海要在药王会时对我动手。怪了，我什么地方惹着黄爬海了？"

五百元："说你是章镇长的人，他正在到处串联人，要给章镇长火上浇油。"

熊三爷："啊，我明白了。五百元，你放心，香山镇这个地方，老子还怕他？谅他娃也不敢做个啥？"

五百元：“三爷，明天就是药王会了啊。小心点好些啊”

熊三爷：“他想整我，是对着章明传来的，五百元。你给大家说，章镇长没啥事，今天下午就要和唐书记一路回镇上来。”

五百元：“真的呀，我去告诉李红姐。”说着跑出了三爷的茶楼。

3

章明传的问题不属于腐败问题，县纪委很理解乡镇干部的艰辛，很快做出决定：章明传的问题清楚，等候处理，让他回镇上继续主持工作。回镇上之时，章明传和同志们都竭力想请唐书记回香山镇看看，唐立行离开香山镇很久了，也很想念大家，第二天便和章明传等人一起回了香山镇。

唐立行坐在轮椅上，章明传推着轮椅，走在香河路繁忙的工地上。人们都热情地招呼他们。

唐立行感慨万千地：“唉，老章啊，想不到，真想不到一下变化这么快啊。大桥十月能够按时完工，三十米宽的香河大街初具规模，连接省道公路的香河路工程快完工了，规划图就要变成现实。可惜我却出不上半点力，全靠你这个好镇长妙手空空，做成这样大的好文章，太难为你了，太辛苦你了。这大半年来，你人都瘦多了啊！”

章明传：“唐书记，没有西部大开发的机遇，没有你的果断决策和做出坐轮椅的牺牲，我章明传有天大的本事，也会一事无成啊！”

唐立行：“没有西部大开发的机遇不行，没有你这个敢敲硬核桃的好镇长也不行啊！”

章明传：“不，应该说大家都很拼命，杜镇长、焦秘书，特别是毕书记，小城镇建设和招商引资，他们都唱了主角。”

唐立行：“毕书记和同志们确实发挥了很大作用，但是老章，船重千斤，掌舵一人。没有你委曲求全，协调指挥，苦苦撑持，怎么能渡过一个又一个的难关呀？”

章明传：“我是不求有功，但求无过啊。现在看来连这点也难以做到了。”

唐立行：“这事呀，也要怪你。当初我一再向组织要求，免了我的职，让你尽快接替我，名正言顺地主持工作！你却一再反对。”

章明传：“唐书记，谁不想名正言顺啊。从感情出发，我能够接受吗？

从工作出发，不明确那个职务，大家都有个盼头，才好拼命。实际上你看到的这些，也是大家一起拼命拼出来的啊。"

唐立行："农民有句俗话，'砍了树子免得乌鸦叫'，历朝历代都是打江山时大家同甘共苦，排座次时争得头破血流。要是当时你不阻拦我，会有这次的麻烦吗？"

章明传："我呀，只要能干事就行了，争那些干啥？"

唐立行："老章，没有一定的权力，你能做啥啊？"

章明传："我只有认命了。"

唐立行："不！老章，别那么悲观。吴书记还在做最后的努力，现在工作正在火候上，闪不得火，你千万不能背包袱啊。"

章明传："唐书记放心，我已经做好了挨处分的思想准备，只希望这个日子来得晚一些，等到大桥竣工后最好。以后的事，恐怕就只有留给毕书记了。能者上前嘛，其实他也是很有能力的。"

唐立行："老章，你怀疑是毕书记举报的？"

章明传："是，除了他，那还会有谁呢？"

唐立行："老章，你冤枉毕西同志了。毕书记在成都护理我的时候，我才对他有了更多的了解，他很重哥们儿义气，很有点男子汉的味道。我肯定地告诉你，那事绝不是他干的。因为你不知道他现在的想法和打算。"

章明传："他现在的打算是啥？"

唐立行："我支持他的想法，也答应过为他保密，到了时候还是让他自己告诉你吧。"

章明传也不好再深问，推着唐立行朝前走去。

王老板带着人拉着一车西瓜，停在新街上的一个工地前。

王老板："弟兄们辛苦了，来吃一块瓜。"

一个姑娘端着切好的西瓜在叫喊："喂，都来尝鲜啊，王老板在香河滩上种出来的第一批香河西瓜上市了。"

工人们一下围住了西瓜车。

姑娘："来呀，先尝后买，不得出拐。"

工人们尝着西瓜。

"哟，好甜！"

"王老板，真是你在那光河滩上种出来的西瓜吗？"

"想不到，那样的光河滩上，还能种出这样好的西瓜。"

牛魔王走来："哟，王老板，西瓜都上市了。"

王老板："这是第一批瓜。今天拉去赶药王会，试销一下，牛老板，你尝尝。"

牛魔王尝瓜："哟，真甜。王老板，这一车瓜有多少斤，要多少钱，我全要了。"

王老板："你全要呀？"

牛魔王："全要，比给弟兄们发汽水、矿泉水好啊。"

王老板："那好，以后要瓜给我打个电话，我派人给你送来。"

牛魔王："弟兄们，一人抱一个走。吃了赶快干活。"

章明传推着唐立行走过来。

唐立行看着这一切，十分感慨地："奇迹，真是奇迹啊。"

牛魔王："唐书记、章镇长，你们视察工地来了。"

王老板："啊，是唐书记？"

章明传："好，我介绍一下。这是我们香山镇的唐立行书记，这位就是从河南来的王老板，这位是二村回乡的牛老板，他们对我们香山镇的发展贡献很大啊。"

唐立行与二人握手："太感谢你们对我们镇的支持了。等天空了，我想跟你们好好谈谈，交个朋友。"

牛魔王："啊，唐书记跟我们交朋友？! 那太抬举我们了。"

王老板："唐书记、章镇长，请尝尝我种出来的香河西瓜。"

姑娘立即送上瓜。二人尝瓜。

唐立行："好，香河西瓜，这西瓜不但很甜，而且硬是有一股特别的清香哩。"

章明传："王老板，黄爬海们那一伙人还来闹事吗？"

王老板："李公安亲自组织巡逻，打击了几次，规矩多了，偷瓜抢瓜的事少了。"

唐立行："老章，整顿投资环境，决不要手软。两位老板，有谁敢找你们的麻烦，不要怕，党委政府一定给你们撑腰！"

二人："谢谢。"

章明传："王老板，你的大批西瓜上市还有啥困难吗？"

王老板："刘经理在市上给我找了好销路，剩下就只有运输是个大问题了。"

章明传："王老板，运输问题你放心，河对岸公路已经快通了，我们为你组织劳动力运到对岸上车。"

焦点匆匆跑来："章镇长，刚才县上通知，今天市、县农民负担检查团，要对我们镇进行突击抽查。"

唐立行："对我们镇突击抽查？他们啥时候来？"

焦点："他们一早就从城里出发了，我们是抽查的重点。指定章镇长汇报，叫你在办公室等倒。"

唐立行："你是啥时候接到通知的？"

焦点："刚才。"

唐立行："是刚才吗？"

焦点早就从袁科长那里知道，可能要对香山镇进行突击抽查，但他不能提前泄漏这不确定的消息，只得说："是的，刚才。突击抽查，不先打招呼。"

章明传："唉，怕啥，今年已经检查三次了，汇报提纲我都背得了。别理他。到时候拼命陪他们喝酒就是了。"

唐立行："老章，这次不是陪着喝酒的问题，我有预感，来者不善啊。把我们作为抽查重点，肯定是冲着镇江寺的捐资而来的。你的罪状中不是有一条变相增加农民负担吗？"

章明传："别人要那么说，就由他说吧。焦秘书，你推唐书记到新修的综合市场去看看。"

焦点："好。"焦点很痛心自己已经被那伙人利用，过去无意中说了不少香山镇的事情，成了那些人攻击章明传的炮弹。他推唐立行走了几步又返回，压低嗓子："镇长，今天不少人气势汹汹地往镇江寺拥，会不会有人在背后……"

章明传："真的吗？我这就去看看。别让唐书记知道这些麻烦，让他在这里安心地玩两天。"

焦点："我知道，你也要小心些。"

第六十七章　镇江寺风波

1

香山镇大多数干部都很为章明传庆幸，可是针对章明传的另一个阴谋，又在实施过程中。跳在前台实施这个阴谋的主角，就是被撤掉村长职务的黄爬海。

农历四月二十八，正是药王会的会期。这一方传说，如果这一天下了雨，能驱瘟除病，如果涨了水，就不会天旱，五谷丰登。

镇江寺山门前，黄爬海和那几个在五百元店里喝酒的人在张望。

"海哥，今天赶药王会的人还真不少哩。"

"农民都盼风调雨顺，敬了药王菩萨，涨了药王水，今年不就不怕饿肚皮了，就少灾少病了。当然来的人多啊！"

"人越多，对我们越好！"

"变天了，今天可能有大雷雨。肯定要涨药王水。"

黄爬海："大雷雨？今天的雷大不大，雨大不大，药王水涨不涨得起来，就看你几爷子闹事的本事了。"

众："海哥，没问题。市、县联合检查团真的要来吗？"

黄爬海："肯定来，一早已经从县上出发了。检查团才是我们今天真正要敬的药王菩萨。"

众："好！检查团这个药王菩萨一定喜欢看热闹的。"

黄爬海："喂，检查团要来的事不准声张啊。"

众："为啥呢？"

黄爬海："别人问你是从哪里得来的消息，你哪个回答？"

众："啊！懂了。"

寺内传来一片吵闹声。

海哥："里面已经开始行动了。"

黄爬海："你们快去吧，随时注意看我脸色行事。"

众人匆匆进了镇江寺。

章明传匆匆来到镇江寺前。寺内闹声一片。熊三爷从寺侧的围墙上翻出来。

章明传大惊："三爷，你这是干什么？"

熊三爷："明传呀，我不翻围墙出得来吗！"

章明传："那些人到底闹什么？"

熊三爷："你们叫我当镇江寺旅游开发领导小组组长，批准镇江寺独家可以募捐，半年多香火钱捐了几十万，可是钱没用到庙子上。老百姓见修庙子没动静，特别是药王殿和地藏殿，还是那个破破烂烂的样子，他们就骂我行贿收买了你们，镇江寺垄断募捐，说我独吞了香火钱。今天几百人进庙来要我拿出募捐款，不拿出来就要进城示威游行！"

章明传一惊："啊！要进城示威游行？"香山镇的百姓都很淳朴，普通人是提不出这压力巨大的恶招的。预感到有高人藏在后面捣鬼，章明传不由得皱紧了眉头。

熊三爷："是啊。明传，镇江寺募捐是你一条罪状，这明显是冲着你来的。你就先拿点钱出来修庙，堵那些人的嘴，也让我给大家有个说法吧。"

章明传："三爷，你知道钱确实已经用了。大桥立项后，贷款还没办下来啊。"

熊三爷："章镇长，讨口么也要一根打狗棒嘛。你叫我帮你骗钱，连块遮羞布都不给。在乡亲们面前，你叫我这老脸往哪里搁啊？"

章明传："三爷，别发火，多向群众解释解释。"

熊三爷："解释！怎样解释？说你们把钱拿去修桥去了？"

章明传："这……"

寺内传来吵嚷声：

"熊三爷哪里去了？"

"肯定那老杂毛把钱拿起跑了！"

"走，去把熊三老头抓回来……"

愤怒的群众呐喊着从寺内拥出来。

熊三爷："明传，你快走，我去抵挡！"说罢气冲冲地迎着人群朝寺内走去。

章明传："三爷，三爷……"

熊三爷对吵嚷的众人："哪个狗日的要抓三爷？老子来了！"

人们面面相觑，不由自主地给他让开了路。"哼！有事来找我！"说罢径直朝寺内走去。

一部分人跟着熊三爷向寺内拥去，一部分人围住了章明传。七嘴八舌，嚷个不休。

熊三爷急忙走进了然大师禅房，大师正闭目打坐。

熊三爷只得求助于大师："大师，大师，外面闹得那么凶，你还坐得住？"

了然大师："阿弥陀佛，身是菩提，心如明镜，无欲无争，如何坐不住？"

熊三爷："哎呀，大师哩，我是俗人，懂不得你高僧的禅机，眼前火烧眉毛，我是来抱你这老神仙的佛脚的。当初跟你商量，先把镇江寺的募捐款拿去修桥，你也是赞成的啊！"

了然大师："修桥乃是善举，利益众生，老衲当然赞成。"

熊三爷："可是而今那些人硬说我把钱贪污了，逼我拿钱出来修庙子，我到哪里去拿钱出来呀，又不敢给他们说实话。"

了然大师："佛家不打诳语，如何不敢说实话？"

熊三爷："他们知道把钱用来修桥了，会闹得更凶。镇党委和镇政府怎么下台呀？呃，了然大师，那些人最听你的话了，你能不能出面给大家解释一下？"

了然大师："众生该有善念，党委和政府既是为民造福，说清原委，自然风平浪静。此即所谓天下事了犹未了，顺其自然，即可不了了之。"

熊三爷怀疑地："真的啊？"

了然大师："阿弥陀佛。"

2

泡泡糖和林可儿，早就约好今天来镇江寺赶药王会，好了解这一方的民情风俗。她听到有人串联今天到镇江寺闹事，更不放心，叫上刘团长一起到镇江寺看看。同时也电话告诉了李公安，叫他有所防备。

药王殿内，木鱼声声，钟磬悠扬。众僧端坐蒲团诵经祈雨。泡泡糖、刘团长和林可儿站在外面观看。

林可儿："甜甜姐，这属于宗教文化，还是民俗文化？"

泡泡糖："我看应该属于民俗文化。民间传说，这一天涨了药王水，能够除病消灾，风调雨顺。"

林可儿："药王到底是佛家的神，还是道家的神啊？"

泡泡糖："佛道两家都敬药王，只不过佛家供的是净眼如来和净藏如来。他们是两兄弟，二位都是以良药治除众生身心两种病苦的菩萨。道家供的药王，有的地方供的神农，有的地方供的是孙思邈，还有的地方供的是扁鹊。"

林可儿："啊，甜甜姐，药王不管雨水呀。"

刘团长："熬药要用水啊。"

林可儿："啊，原来是这么一回事呀。"

殿外传来吵闹声。

泡泡糖："外面闹得那么凶，我们去看看。"

她们走出药王殿，只见章明传被人们团团围住。章明传在声嘶力竭地劝说。

章明传："乡亲们，大家别闹，冷静些，有事好商量嘛……"

吵闹声中几个老人妇女跪在章明传面前："镇长，镇长，你要给我们做主啊！"

"熊三爷贪污募捐款啊！"

章明传："乡亲们，请起来，请起来。"

人群中传出高声呐喊：

"不交出募捐款，我们就跟熊老头拼命！"

"不交出募捐款，我们就上访，上北京告御状，告贪官污吏勾结村霸骗钱！"

"马上进城示威游行！"

黄爬海那伙人带着头呐喊："走！进城示威游行啊！"

有人就带着人往寺外走："走，进城示威游行！有种的都去！"

章明传一震："乡亲们，这件事与熊三爷无关，由我负责。"

漆天棒和几个不三不四的青年分开人群，闯进人圈。

漆天棒："你负责？"他挑衅地绕着章明传看了一圈，"你负得了责？

你是谁？"

    章明传尽量克制地："我是谁？我，我是镇长，章明传呀。"

    漆天棒："镇长？哈哈哈……镇长算个啥东西呀？弟兄们，你们都知道那个戏上是怎么唱镇长的吗？"

    众青年："知道，漆哥，给我们来一段吧。"起哄鼓掌。

    漆天棒："好！章明传。你给我听到——"阴阳怪气地唱：

> 麻雀子歇牌坊架子倒硬，
> 小镇长你算得哪路大神？
> 说是官纱帽太小不上品，
> 穿草鞋打领带跟我一样是农民。
> 舔不上肥屁股永远当招聘，
> 钻山沟跑田坎日晒雨淋。
> 说本事清炖鸭子嘴壳硬，
> 催粮款搞计生不认六亲。
> 完不成硬任务拿你是问，
> 得骂名得批评扣你奖金。
> 想腐败你没权没胆没得份，
> 受教育你规规矩矩坐倒听……

众青年不时起哄鼓掌中，最后一齐帮腔唱：

> 你陪客才能解酒瘾，
> 开会才能见荤腥，
> 抽烟各人抽劣等，
> 全靠骚话提精神哟，花儿红，花儿红！

众人爆发出一阵戏谑的笑声："哈哈哈……"

混在人群中的林可儿："甜甜姐，这可是你编的，罪过啊，罪过。"

泡泡糖："真没想被人用在这种时候。"

章明传亦自我解嘲地鼓掌："嘿嘿，谢谢你宣传乡镇干部。"

漆天棒："章明传，你别不知趣。既然你负责，镇江寺的募捐款几十万你就拿出来！"

3

镇江寺闹事的消息很快传遍大街小巷。镇上的人们都朝镇江寺拥去。

李正齐接到泡泡糖的电话后早有准备，得到派镇江寺值勤干警的报告后，立即率领干警出发。警用摩托长鸣着警笛，飞快地向镇江寺驶去。

正在参观香山综合市场的唐立行，也叫焦点立即送他到镇江寺。焦点推着唐立行在街上飞跑。

唐立行一个劲地催："快点！再快一点！"

一群检查团模样的人走来。见街上的人们交头接耳，议论纷纷。不少人都在朝镇江寺跑，便好奇地向人们打听。

"你们怎么都慌慌张张的啊？"

"镇江寺出事了！"

"章明传遭围住了。"

"为啥？"

"肯定是为修庙子捐款的事。前几天就有人在串联。"

"香山镇的刁民多，总爱闹事。"

"去年才伤了唐书记，章明传别又……"

"太无法无天了！"

检查团一听说群众闹事，都十分敏感。他们不知道今天这一出戏是专门导演给他们看的，带队的说："走！都去看看！"

检查团一行人来到镇江寺，只见哄闹的人圈中，漆天棒气势汹汹地呐喊："章明传，你把钱拿不拿出来？"

章明传仍然平静地："漆天棒，你吼得这么凶，今天这事与你有关吗？"

漆天棒："我是镇江寺的施主，我捐了好几百。你几爷子些，不把贪污的那几十万募捐款吐出来不得行！"

众人一齐嚷闹：

"我也捐了几百。"

"我们捐的钱是血汗钱，不能让大嘴老鸹吃了。"

"吐出来！吐出来！把我们捐来修庙子的钱通通吐出来。"

一妇女："镇长，熊三老汉说好捐钱来先修药王殿和地藏殿的。你看这药王殿是啥样子？他是党员，是支书，不能欺骗老百姓啊！"

一老者："镇长，你做做好事吧，叫熊三爷把钱退出来修药王殿吧。药王菩萨会保佑你一家老小没灾没病的。"

章明传："乡亲们，乡亲们，关于维修药王殿的问题……"

黄爬海得到幕后人的提示，知道检查团的人已经到了，立即向他的人示意。那些人便立即高喊："走啊！进城示威游行！"

有人附和："要得！进城示威游行，让他狗日些吃不了兜着走！"

人群汹汹，有人疑虑地："这？！不行吧？"

检查团人员站在人圈外，紧张地交换着眼色。

人堆里的黄爬海，看着检查团的人，悠然地点燃了香烟。

漆天棒："放屁！游行惹麻烦，管个屁用！"上前一把抓住章明传，"姓章的，说清楚！你今天把募捐款拿不拿出来？"

众人大惊，纷纷后退。

焦点这时推着唐立行匆匆挤进人圈。泡泡糖等也挤进人圈内。

焦点立即上前解开漆天棒抓住章明传的手："嘿，哥们儿，你这是搞啥哟？几个熟人。来，把烟抽起。"敬烟，"有话慢慢说说嘛。"

漆天棒挡开焦点敬的烟："焦秘书，你老弟少管闲事。他章明传今天不把钱拿出来……"顺手夺过一青年手中的钢钎儿，"老子今天要跟他拼命！"说着，举起钢钎一步步逼向章明传。

老人妇女们纷纷后退："天哩，这啷个要得啊。"

五百元和幺吵吵不顾一切地冲上前拉住漆天棒手中的钢钎。

幺吵吵："天棒兄弟，要不得啊。"

五百元："天棒兄弟，莫犯法呀！"

众："漆天棒，你要乱来，你自己负责！与我们无关啊！"

漆天棒："老子好汉做事好汉当！你们给我滚！"

漆天棒推倒五百元和幺吵吵，又逼向章明传。

漆天棒："章明传，你把钱拿出来！"

众青年："拿出来！拿出来！"

章明传"哼哼"一笑，面对逼来的钢钎毫不退让。

泡泡糖和刘团长看着失去理智的漆天棒，正欲上前制止。

唐立行一声断吼："站住！"急推车上前，挡在漆天棒和章明传之间，拍着胸膛，"漆天棒！来！有种的，钢钎朝我这里捅。我这一百多斤在香山镇残废了的，现在不值钱了。就甩在香山镇桥头，给你们守大桥也值得！"

漆天棒惊退："唐书记，你……"

唐立行："我，我怎么啦？来呀，朝这里捅呀！"

漆天棒："唐书记，香山镇的老百姓都恭维你是好人。这里的事与你无关！"

唐立行："胡说！我还是党委书记，怎么与我无关？"

漆天棒："唐书记，他章明传整得我，整得我……我，我今天跟他没完！"

漆天棒绕过唐立行又冲向章明传。

熊三爷冲进人圈，两手叉腰："漆天棒，你娃儿今天要干啥？"

漆天棒愣住："三爷，你？"

熊三爷："漆天棒，老子老二杆子还没死，你娃，小二杆子就想到这里来摆摊摊！想翻天啦！你娃晓不晓得，镇江寺募捐是三爷在掌教？跟章明传啥相干？"

漆天棒："三爷，我们晓得你不会贪污募捐款，都知道是章明传利用你在这一方的威信，欺骗大家……"

熊三爷："胡说！你娃今天敢动章明传半根汗毛，老子非把你捶扁不可！"转身对起哄的那伙青年，"熊二娃，你狗日些来干啥？是不是肉皮子发痒了？"说着拿起墙边一把扫帚，向众青年挥去。

众青年奔逃："三爷，我们是来看热闹的……"

杜中德突然出现在漆天棒面前，怒不可遏，狠狠地一耳光向漆天棒挥去。

漆天棒："舅舅，你！"

杜中德："你还认得我这舅舅？"夺下漆天棒手中的钢钎，"我好后悔啊！那年端阳涨大水，跟你爹妈过这香河翻了船，我为啥要死死抱住你这祸害，不去救你爹妈，留下你这样丢人现眼啊！姐姐，姐夫，我对不起你们呀，我没教养好这畜生，今天，我跟这畜生同归于尽，我来了！"说着

528.

高举钢钎，向漆天棒当头打去。

众人拉住杜中德，夺了钢钎。

漆天棒"扑通"一声跪下："舅舅，常言道'拉倒舅爷手，闻倒母亲香'。是你和舅妈把我养大的，章明传那样欺负你，争了你的镇长位置，还硬逼你牵我的肥猪，让我无脸见人，也是在往你的脸上吐口水呀，这口恶气我咽不下去啊！"

杜中德："你混账！舅舅当不当镇长，那是组织的决定，跟章明传啥相干？现在看来，他比舅舅强十倍、强百倍，舅舅服他！"

漆天棒："舅舅，难道贪污我们捐来修镇江寺的钱也对吗？"

杜中德："放屁！贪污，啥叫贪污？这是谁说的？"指向众人，"是不是你说的？"

众人后退，不敢面对他们的老镇长杜中德。

有人背后嘀咕："那我们修庙的钱呢？"

杜中德一阵海骂："修庙，修庙！修你妈个屁！共产党给你们吃肉，你们却只向泥菩萨磕头！喊你们捐钱修桥，你们哪个多捐了一分？杨老婆子，你男人和二娃子是不是那年翻船淹死的？你守寡守得不自在了呀？秦老汉，你两个女娃子被人贩子拐卖了，是谁给你解救回来的？是菩萨吗？山喳喳，你闹事十处打锣九处在，这会儿往后头退啥子？而今你穿金戴银了，就忘记向我要救济的时候了！你们不是要钱吗？报名来，谁捐了多少？我退！退不出来，我割身上的肉给你们添！说呀，怎么啦，都哑巴啦？"

众人解释："我们不是要钱，我们是……"

杜中德："你们是要围攻镇长！要游行示威！是不是？"此时传来急促的警笛声，"没有申请批准，擅自组织游行，这是犯法！你们懂不懂？是谁的主谋？是谁指使的？站出来！"

李正齐和干警们跳下警用摩托，威严地逼视着众人。

众人纷纷后退："不，不，我们只是想知道钱还在不在。"

唐立行："好，我告诉你们，钱，全部借来修桥用了。"

众："啊！全都用了？"

唐立行："对，全部用了。镇江寺的捐款和拆那几十座新庙子没收的钱，都用来修了大桥了。正是因为大桥能够修成，我们才留住了佘老板，香料厂才没夭折，酒厂也动工扩建了。四面八方的客商都涌来了。你们的辣椒再不愁销路，该多卖多少钱，你们不是都有人进厂受培训去了吗？该多挣多少钱？你们要算算账啊！"

熊三爷："你们不知道，为了修桥，章镇长把李红存来安装假肢的钱，都骗出来贴上了。"

众："啊！是这样？"

漆天棒为之一震，惊疑地望着焦点。

焦点："怎么，你还不信？为了凑钱修桥，不但镇长带头，唐书记把集资建房的钱退出来了，熊三爷把他的运沙船卖了，你舅舅把你孝敬你舅妈的那副棺材也卖了啊！"

漆天棒："舅舅，我，我不知道啊！"

众："我们也不知道啊！"

杜中德："你们不知道的事情还多。章镇长，你告诉大家吧。"

章明传："乡亲们，我们大桥的立项已经批下来了，镇江寺、贞节牌坊和香姑祠，已经规划为全市重点开发的旅游项目，要投入的资金是几百万、上千万啊……"

众人惊喜地："真的呀？"

唐立行："真的。到时候你们的捐资不但要一分不少地退出来，而且政府也要大量投入，还要多渠道地招商引资。"

众："好了，这我们就放心了。"

漆天棒愧悔地："章镇长，我，我……你处罚我吧。"

章明传："算了，知错能改就行了。"

杜中德："不行！家有家规，国有国法。他挟私行凶。李公安，你执法吧。"

漆天棒走到李正齐面前举起双手："李公安，来吧。"

李正齐举着手铐犹豫了。

第六十八章　检查团冲击波

1

市上综合检查团走后，焦点跑回自己的宿舍，把书架上《厚黑学》《阴谋家林彪》《权经》《孙子兵法》等阴谋学之类的书籍，通通撤下来，撕得粉碎，扔了一地。他想发疯、发狂，想大骂自己，然而他却骂不出声，便一口气跑到盘丝洞，要了一件啤酒，一间雅室。他把自己关在雅室里，疯狂抽烟，疯狂喝酒。

焦点一直把毕西当成举报章明传的罪魁祸首。可是检查团扭住章明传穷追猛打的时候，突然发生镇江寺风波，这才使他恍然大悟。原来一切都是因为有一只黑手在幕后操纵。他断定这支黑手是袁其华与周老板。

焦点每次见到袁其华，袁科长都很关心香山镇的事，焦点以为是老同学在关心自己，以便给他出谋划策，好给他的升迁铺路。他没把袁科长当外人，香山镇发生的事情，包括强收双提款、挪用救灾款等最要命的事，几乎都是他有意或无意间透露给了袁科长的。特别是借镇江寺的捐资款，他还把这作为自己的功劳来说。及至镇江寺风波，他才联想到考察那天袁科长要他："找准对手，机遇来了的时候，就看你怎样把握和运作了。"

香山镇党委书记的交椅含金量提高，袁其华志在必得，他有岳父做靠山，又有肯投资他这个官场潜力股、神通广大的周老板等人做后盾，把握机会进行运作，打倒章明传这个对手就轻而易举了。

焦点明白过来之后，自己居然无意间给这个丑类提供了炮弹，当了打击真正兄弟的帮凶。

袁其华不但毁了他的美好爱情，葬送了好友的前程，还委屈了毕西，使自己背上终身洗不掉卖友求荣的罪名。

焦点痛心疾首，追悔莫及。他关着门，默默地灌下一瓶又一瓶啤酒，大骂自己："我是罪人，我是笨蛋，我是帮凶，我是天下第一大傻瓜，我居然被那样的小丑利用，替他人做刀枪。我他妈的不是人！"

剧团的台柱子之一方便面，在市里也算靓女群中的有名头的人物，身边并不缺少追求者。然而五光十色中的那些油头粉面，并不能入她的法眼。到香山镇一见到焦点，焦点的俊朗和才气就让她失魂落魄，下定决心一定要把他追到手。可是很快就知道焦点是名士有主，她对林可儿可以说是既羡慕，又妒忌。论学历、论才情，自己都远远不是林可儿的对手，因此也就死了心。那次城中相遇，她做了露骨的试探，焦点对她并无反感。最近知道林可儿跟焦点分了手，她又萌生了追求之心，只是苦无接触的机会。

今晚焦点独自一人来盘丝洞，她便亲自前来服务。焦点把自己独自关房间里喝酒，她感觉到这很不正常。过了不久，便到门边探听动静，只听见焦点唉声叹气地喝酒，自言自语地骂人。敲门不开，突然听到砸碎啤酒瓶的声音，便打开门进去一看。一箱啤酒即将喝完，啤酒瓶扔了一地。只见他一手撑着桌沿，一手抓起一瓶开了盖的啤酒又要往嘴里灌，仰起脖子，人便站立不稳，眼看就要倒在砸碎的酒瓶玻璃碴上，方便面赶紧抱住焦点往沙发上拖。

方便面使劲把焦点拖到沙发上，摘下他手中的酒瓶，焦点抓酒瓶没抓着，顺手抓住了方便面，把方便面紧紧地揽在怀里。醉眼迷离的焦点，显然把方便面当成可儿了："林、林、林妹妹，我、我、我他妈的不是、不是人！我她妈的是、是笨蛋！是傻瓜！是、是猪狗不如的人渣，是……"

一直暗恋着焦点的方便面，曾经多么渴望这坚实的胳臂，宽广的怀抱，幸福来得这么突然，夏天都衣衫单薄，身体骤然接触的那一瞬，她触电般地晕眩了。伴着那股流遍全身的暖流，一个青春女子，全身该活跃的部位，都活跃起来了。那股令人陶醉，令人销魂的美好，也许是很短暂，也许很漫长。

当方便面从迷狂的状态中清醒过来后，试着挣脱焦点的怀抱，没挣脱出来。她看了看焦点，焦点已经睡着了。她看了看门外，门外没有来人，她没有计较焦点把她错当成林可儿，趁着焦点熟睡之机，轻轻咬了咬焦点那肥厚的耳垂，然后深深地吻了一下焦点的双唇。这才很不情愿地脱出焦点的怀抱。

方便面清扫完打碎的啤酒瓶，使自己平静下来，这才按了呼唤器，可乐立即赶了过来。

可乐跟方便面是好朋友，二人无话不说。她知道方便面暗恋焦点："今天是进攻的好机会啊，叫外人来干什么，进展顺利吗？"

方便面："鬼丫头，别胡说。"说着用嘴巴指了指焦点。

可乐："方姐真会劝酒哩，把他灌醉得像条死猪了，怎么办呀？"

方便面："快去叫人来把他送回镇政府。"

焦点第二天一早醒来，以为自己还在盘丝洞。揉了揉眼睛，居然躺在自己的床上。一看地上昨天撕烂的阴谋书，没了踪影，屋里整理得干干净净，正在纳闷地自问："这是怎么回事呢？"

方便面和可乐，提着甜点，捧着香茶，笑盈盈地走了进来。

可乐道："怎么回事，昨晚焦秀才在盘丝洞遇妖姬啊。"

焦点："对对对，昨晚我在盘丝洞喝酒，喝得很醉。"

可乐："焦秀才是装醉吧，抱着我们方姐直喊林妹妹。"

方便面是爱情快攻型选手。昨晚她跟可乐分享了她那一刻的幸福，可乐今天便来揭老底。她也乐得让焦点知道那个事实，传达她的爱意，佯怒道："鬼丫头，好羞人啊，别个焦秘书是喝醉了，又不是有意的。"

可乐是演戏的，添油加醋，夸张渲染，那是拿手本事，便笑道："哎呀，方姐哩，醒也好，醉也好，无意也好，有意更好。焦秘书跟林老师是一对多好的金童玉女，可惜玉女下不了凡，还怪金童哥哥凡心重，就为那丁点儿凡心，闪得我们的焦秘书呀——"可乐说着说着居然唱起来："赔不完的礼呀道不完的歉，骂自己蠢猪傻瓜大笨蛋。盘丝洞抱着妖姬当玉女呀，你说真假咋分辨……"

方便面："鬼丫头，还唱，我撕了你的嘴。"

焦点一听大惊，他似乎朦胧记得，酒醉之时林可儿来过，如果认错了人，那就笑话就闹大了，便问："真的吗？"

可乐："那还有假，要不是我掰开你的手，方姐恐怕还跑不脱哩。"

焦点："小方，真对不起，我不是有意的。"

可乐："方姐倒是巴不得你是有意的哩。"

方便面："这鬼丫头，今天疯啦，乱说些啥。"

可乐："啥乱说啊，我们方姐，也是明艳照人，活泼可爱，难道配不上焦秘书吗？是吧，焦秘书。"

方便面上去要打可乐："鬼丫头，我撕了你的臭嘴。"

可乐跑到门口："方姐别打，你们好好聊，争取一聊成功。"打着哈哈跑了。

焦点虽然失恋了，可是从来没对盘丝洞的女子多看一眼。今天可乐打趣他，他倒认真打量起方便面来。真如可乐所说明艳照人，活泼可爱，心里便有几分热起来。

方便面回头把那杯热茶送到焦点手上："酒醒了先喝一口茶吧。"

焦点接过茶心头热乎乎的："昨晚真不好意思。"

方便面："有啥不好意思，别说那了。焦秘书，你有啥对不起林老师吗？昨晚把自己骂得那么惨，是外头耍了女人吗？"

焦点摇头："唉，是我的野心。我的野心让她憎恶，赶走了她，野心也毁了我。我真不知道该怎么办了。"

方便面奇怪地望焦点："野心不好吗，没野心的人有用吗？没野心还是男人吗？"

方便面一连串的反问，使焦点惊呆了，定定望着方便面，好久才说："啊，你会这样看待野心？"

方便面留下来陪了焦点半天，他们聊得很投机。

2

毕西受不了同事们的冷眼，借口进城办事躲了两天，当得知镇江寺风波后，第二天又赶回了香山镇。他先去了杨书记办公室，对他不白眼相看的，只有杨书记了。就连一直替他说好话的钱所长，也对他起了疑心。因为他对钱所长说过："我还想进步，想当书记，看以后能不能弄个副县级干干啊。"

毕西从杨书记那里知道，检查团重点检查的是农民负担问题、救灾款使用问题、存在的不稳定因数问题。检查团指出挪用群众捐资款，是造成这次群众闹事的直接根源，要香山镇彻底自查一次，尽快消除一切不稳定因数，明确了责任后听候处理。

杨书记："毕书记，镇江寺闹事你躲得恰是时候，是不是之前有什么预感？"

毕西："对，我估计还会有人给老章找麻烦，想远离是非之地，免得血溅到自己身上。"

杨书记："你操滑头，知道吗？这回给章明传的麻烦找大了，几起下来调查的人，都抓着酿成群众闹事的责任不放。"

毕西："听说了，幸好中途杀出来个漆天棒，无意中挡住了示威游行，要不，老章的罪过就更大了"。

杨书记："漆天棒的本质不坏，肯定没有参与那个阴谋，成了半路杀出来的程咬金，无意中帮了章明传的忙，坏事倒变成了一件好事。"

毕西："现在是稳定压倒一切，这事也好不了哪里去啊。"

杨书记："对，毕书记，我很奇怪，这次重点检查的问题，怎么跟那些举报信上要命的问题如出一辙。"

毕西："这不是巧合，都是针对章明传的。这是有人看着香山镇书记的位置，在背后精密策划导演，而且其人能量很不小。"

杨书记："章明传到底碍着谁了？"

毕西："大家都把我当成坏蛋，我想躲开那种尴尬，才回城躲了几天。"

杨书记："我知道不是你，你看会不会是焦点。"

毕西："为什么？"

杨书记："焦秘书突然病了，病得很奇怪。"

毕西："什么病，什么时候病的？"

杨书记："检查团走的当天晚上，独自到盘丝洞喝酒，据说喝酒时不停地骂自己是蠢猪，是笨蛋，喝醉了，还是盘丝洞的人送回来的。回来就病了，同志们去看他，叫他去看病，他又不去，说只是累了，休息两天就好。你说他骂自己干什么？"

毕西："开初，我也怀疑是他，你说他醉后骂自己是笨蛋，这样看来肯定不是他了。"

杨书记："为什么？"

毕西："举报信不是一封两封，而是接二连三，无数人，无数封。焦点成天跟大家在一起忙得起火，没时间和精力去弄那么多举报信。再者，这次突击检查很蹊跷，如果检查和风波二者有联系，说明幕后有人操纵。焦点绝对没有那样的通天能量。"

杨书记点了点头："嗯，你的分析得很有道理。不过，举报信为什么对我们的内情那么清楚?"

毕西抽了一阵烟："这一点原来也让我也很疑惑,焦点骂自己是笨蛋只有一种可能,他或者卷入了某个利益集团,负责提供炮弹,或者无意间被某个利益集团利用。"

杨书记："很有这种可能,几次进城他都有单独活动。但愿是后者吧。如果不是他玩阴谋,只是被人利用,也就不那么可恶了。"

毕西："杨书记,不管他对我个人成见有多深,而且这次一再把祸水往我身上引,说句公道话,焦秘书这人能力还是很强的,他跟章明传的友谊还是很真的。应该说是一个可以原谅的人。"

杨书记："嗨,别说他人了,看着你为人背黑锅,难受死了。你打算什么时候才现出原形为自己洗涮清白啊?"

毕西："快了,市上机构改革人员分流政策已经出台了,县上已经在制定实施意见了。按我的条件要得到副县级待遇,工龄有余,年龄还差几个月。干了这么多年公务员,退下来之前,还是想把社会主义的优越性享受够。等到年底再说吧。"

杨书记"那你还得替他人背恶名啊。"

毕西："杨书记,就几个月时间了,洗涮清白对我有什么意义?如果我洗涮清白了,祸水就可能引向焦点。章明传要坐正看来希望渺茫,焦点很有能力,他当书记,比其他派来的任何人都强,即使干不上书记当个镇长也好,大家开创的局面就能很好地延续,对我们今后在这里的发展有益无害。为了不破坏他在公众中的形象,就再背一段时间吧。"

杨书记："也好,现在看保章明传上书记位置很难,你就早点给章明传交底吧,让他也好受些。"

毕西："他对我误会很深,能够坐到一起么?"

杨书记："要不要我做点什么工作?"

毕西："暂时不必,时机成熟后再说吧。"

杨书记："好,我依旧装糊涂吧。"

3

欣赏自己的成功,大概是每一个人的天性。杜中德负责组织全镇的辣椒生产,他没少费唇舌。余老板的香料厂按时开张,今年辣椒大丰收,他说不出心里多高兴。他负责的大桥工地一切正常，给他配的副手对工程都比他内行，用不着他操多少心，眼下正是辣椒的收购季节，因此一有空他就喜欢到香料厂来看乡亲们的笑脸，接受乡亲们由衷的感谢。尽管不少镇干部都怀疑是毕西告了章明传的黑状，很不屑跟他来往，而且杜中德过去也跟焦点一样对毕西成见很深，但是现在不知怎么他对毕西不那么讨厌了。这一天他反而主动邀了毕西一道去香料厂看看。

杜中德邀毕西还有另外一个目的。那就是盼望已久的人事分流政策终于出台了，其中一条与他有关，就是凡是到了一定工龄，有一定任职年限的老同志，可以自愿申请离岗待退，即等到退休年龄时再正式办理退休手续。优惠条件是可以提升一个级别，连续提高几级工资。杜中德这辈子只求混个正科级退休，在县这一级就可以享受退休老干部待遇，就有资格参加县老干局组织的活动，这对他来说是求之不得的好事。但是忙了一辈子的人，身体又这么健康，退下来无事可做，他又怕不习惯，因此至今很犹豫还没有报名。杜中德知道毕西虽然年龄不到，但是也离此不远，他又是个很有门道和很有见解的人，他想趁此机会让毕西帮他出点主意，他好决策。

杜中德和毕西走在去香料厂的路上，一车车、一担担鲜艳的红辣椒源源不断地向香料厂涌来，满脸喜悦的椒农们说说笑笑，见了他们不用说有多热情，不少人还歇下担子给他们说一阵感激的话，给他们敬烟。农民们的烟虽然不好，但那份情很真，所有人敬来的烟他们都收下，没走多远，手中便抓了一大把。

这时六村的支部书记牛莽子拉着一大车辣椒走来。

牛莽子："老领导，你这几天躲到哪里去了？"

杜中德："我躲你干啥？不就是欠你娃一瓶香河大曲酒吗？"

牛莽子："算了，你在我们六村蹲点，抓辣椒种植逗硬，大家都托你的福，今年我们六村人平增收两三百元没问题，提前进入小康村行列，该我出血。我找你就是想请你喝酒。今天碰到你们两位领导，一起请，时间定在今天中午，地点就在盘丝洞。"

杜中德："这怎么行？男人一诺千金，要喝酒就让我请客。"

牛莽子："莫推，莫推！说句良心话，毕书记到我们镇两年了，连烟都没抽过我一根，看到他抽的是好烟，我怕拿不出手。今天正好敬杯酒。"

杜中德："好，毕书记，我们今天吃这狗日的一回。"

毕西也很爽快："好，吃牛支书一回。"

他们走到壮观的香料厂门前，门脸上粘着一张招聘广告。杜中德被广告吸引，细看广告。广告是"招聘辣椒生产部经理，有组织协调能力者优先"。

毕西看完广告冲着杜中德笑："嘿，杜镇长，怎么样？你来揭榜应聘如何？"

杜中德一愣："我？我来应聘？"

毕西："这个职位最适合你。在这一方组织协调辣椒生产的能力，谁也比不过你。"

杜中德看见广告本来心动，他要找毕西拿主意正找不到合适的话题启齿，想不到毕西这么说，便说："毕书记，你取笑我啊。"

毕西："杜镇长是信不过我？不过我倒是说的真话。分流政策那么优惠，为啥不退呢？退了后，你就不想找个事情干吗？"

杜中德顺水推舟："毕书记，说真话，退不退至今我拿不定主意，就是想请你帮我参谋参谋。不退吧，那条件太优惠了，退吧，退下来干啥呢？去帮人吧，又实在抹不开面子，怕别人笑话。"

毕西："老兄，你那观念太陈旧了。现在谁会笑话你？请你别多我的心，你别以为你那个副镇长就是一个了不起的官，你看别人唐甜甜，大学生，堂堂正正的副县级干部，论职务，你也不如她吧？论知识，你不如她吧？可是别人都在打工啊！"

杜中德感慨地："老弟说得对，我服你了，我去申请退休。"

毕西："好，杜镇长，我这就去跟佘老板推荐你，这个职务非你莫属，保证他不会亏待你！"

杜中德："还是先让他在外面招聘吧，找不到人的时候再说。"

毕西："你这又是观念问题，而今讲究寻找机遇，推销自己。机遇来了你就当仁不让，免得过后又来后悔。反正他是为明年的原材料做准备，你还有的是时间。"

杜中德："好吧，那就请老弟帮忙推荐吧。"

他们说着高高兴兴地走进了香料厂。

毕西和杜中德从香料厂出来后直接来到盘丝洞，走进唐甜甜的办公室。

泡泡糖："毕哥们儿请坐。这些天跑哪去了，有事吗?"

　　毕西："干部分流后，以后香山镇是我长期工作的地方，对香山镇今后的发展格外关心。你是智者，你当过乡镇干部，旁观者清，所以，想请你站在乡镇干部的角度，多为香山出点策。"

　　泡泡糖沉吟了一下："毕书记，我也没什么好主意。根据香山镇的情况，你看，你能不能来个牛鬼蛇神闹香山?!"

　　毕西："什么'牛鬼蛇神闹香山'?"

　　泡泡糖："是啊，毕书记，我一直在想，先富起来的人应该是农村发展的带头人和主力军，他们都是大能人，可他们多数都经历过波折和坎坷，好多人没有好名声。"

　　毕西："说得好，说得妙。比如，回香山镇来发展的老板中有牛魔王牛老板坐过牢，你们的董事长是'还魂'的鬼老板……外地来香河发展的老板恰巧姓佘，蛇老板。"

　　泡泡糖："还有你，神老板，好像混官场也不顺，名声也不好。"

　　毕西："我现在还不是老板，怎么算神老板啊?"

　　泡泡糖："你暗中是香河电站的老板，表面是分管招商引资的副书记。神通广大啊，当然就是神老板了。"

　　毕西笑道："哈哈哈，算吧，也算吧。小唐，我服了你!'牛鬼蛇神闹香山'，一语破的，把我点醒了。这是一个政治家的眼光，应该像唐书记的'人贩子工程'一样，成为我们香山镇以后的发展战略。只怕其他人难以接受这提法。不管怎样，我现在是分管副书记，你就为我们这些牛鬼蛇神好好导演一下，把这台'牛鬼蛇神闹香山'的发展大戏闹出点名堂吧。"

　　泡泡糖："放心吧，我早已经上了董事长的方舟，会尽力的。"

　　两双手再次握在了一起，二人都露出了会心的笑容。

　　毕西："小唐，白总什么时候回来呀?"

　　泡泡糖："可能就在月底吧。怎么啦?"

　　毕西："好!白总很有号召力，她回来后，就请白总承头搞个什么协会，把牛鬼蛇神闹香山，轰轰烈烈地闹起来啊。"

　　泡泡糖："我曾经跟她商量过这事，她说你们明天集团是省内最有实力的财团，香河电站将是香山镇最大的投资项目，你是明天集团的代表，应该由你来承头。考虑到你暂时没公开身份，还是等一等好些。目前你完全可以用分管领导身份协调工作。"

毕西:"好,小唐,白总对我投靠明天集团有啥看法?"

泡泡糖:"吃惊、感慨、赞赏。"

第六十九章　泡泡糖

1

市川剧团是一个县级事业单位。谁也没想到泡泡糖那样一个看起来很不严肃的年轻女子,居然是市川剧团的副团长,而且她还是一个才华横溢的女作家。香山镇的干部谁也没有她的级别高。漆天棒经常唱的那一段川剧,就是她几年前当乡镇干部时编的一个小戏中的一个唱段,还得过省上的大奖。她的真实身份一暴露后,大家都对她另眼相看,格外尊重。她倒觉得反而没有过去自由了。

泡泡糖之所以要隐瞒自己的身份,那也是不得已而为之。

泡泡糖是市上为数不多的专业作家之一。市委宣传部下派她体验生活,因此去当了两年挂职副镇长,那期间她收获不少,对乡镇干部的艰难有了很深的感受。

国家虽然给川剧团保了工资,但是,奖金、福利和艺术生产的钱,却要剧团自己去挣。现在川剧很不景气,常常是台下观众没有台上的演员多。剧团演得越多,就赔得越多。演职人员没有事干,与其大家受穷,剧团研究不如派一些人出去挣钱。她在领导班子中最年轻,只好自己带头。凭她的学历资本和能力,就近找个事做并不困难,可是她丢不起作家和副团长的脸,而且南方是中国改革开放的前沿,为了感受更多改革开放的时代气息,于是便隐瞒身份跑到了海南。她先在一家报社当了一段时间副刊部主任,后来就投奔了白莲,又叫去了她平时最喜欢的年轻演员红桃 K。于是红桃 K 便成了白莲最贴身的助手。

泡泡糖跟白莲处得很投机,不只是看重她是个可能有很多故事的女人，是她观察体验生活最值得重点研究的人物，她更看重的是白莲的事业和人品。为了能够走进她的内心世界，所以她一直对白莲隐瞒着自己的身份。白莲委托她到香山镇办酒楼，为自己回乡做准备，泡泡糖对农村生活比较熟悉，她酝酿了许久要写一部有深度的反映农村生活的作品，正需要补充生活，也需要环境和时间，因此十分乐意地到了香山镇。

到香山镇新办一家当地最高档次的酒楼，需要不少人手，她便趁机把方便面等那帮年轻演员带了出来。这样既能为剧团减轻经济压力，增加演员的收入，同时也便于管理演员坚持练功，不荒废技艺，还能让演员体验生活。

去年下半年，市委提出了文化兴市的口号，市委宣传部给剧团下达了创作一部有分量的川剧，参加今年全国戏剧节的任务。剧团把这作为一项重要工程来抓。她在香山镇写的这部作品，就是为全国戏剧节准备的。他们既希望通过这个作品给市委宣传部和市文化局的领导有个交代，让市上的领导们看到剧团在文化兴市中的重要作用，给予必要的投入，同时更希望通过一部有影响的作品，为剧团打造一个品牌产品，从而在困境中为剧团杀出一条活路。

这是一项巨大的工程，也是一项艰苦的工程。市委宣传部曾经要她挂职香山镇的副书记，以便她能更好地体验生活，被她坚决拒绝了。她的理由是暴露身份后，那一帮演员不好继续留下，增加剧团负担，同时旁观者清，更有利于对题材的思考和提炼，不当副书记，一样可以给香山镇出力。领导只好依了她。

泡泡糖知道，随着娱乐方式的改变，垃圾文化的泛滥，传统艺术生存天地越来越小。弘扬民族优秀传统文化的口号很好，但措施不力，只能成为业内人士的一厢情愿。川剧是四川人的骄傲，称得上是国粹和优秀文化。但是振兴川剧多年，仍旧是振而不兴，像一个等待死亡通知书的晚期癌症病人。老百姓形容川剧不景气说"打扑克输了，就罚你去看川剧"。而今走进苟延残喘的川剧剧场，捧场的差不多是清一色的拐棍族，台上的锣鼓声压不住台下的咳嗽声。

在这样严峻的市场背景下，泡泡糖要抗衡大趋势，实在勉为其难。她知道"剧本剧本，一剧之本"，成败的关键就在于剧本了。除了对剧团的责任心之外，还要有信心，自己有那本事吗？

泡泡糖呕心沥血完成了剧本。剧团的内行们都很认可,但这是不够的。在香山镇,林可儿无疑是她的作品的第一个读者。特别是这个剧本,不只因为林可儿是她的师妹,林可儿毕竟是很现代的青年,古老的剧种,能不能征服年轻人,是她必须求证的问题。同时,受焦点之托,还想再劝一次林可儿。

这个剧本的前几稿林可儿都读过,林可儿曾经说过:"你的人物都是有问题的人物,都很鲜活,都很生动形象。但是,我总觉得,作家似乎自己也没有弄清楚,该怎样定位和评判自己的人物。"

这确实是一直困扰泡泡糖的问题。直到章明传被纪委审查后,一下打开了她的思路,这一稿时又做了一次较大的修改。她急于听到林可儿的意见,剧本交给林可儿的第二天,她走进林可儿画室,林可儿正捧着剧本流泪。

泡泡糖:"小林,读完了吗?"

林可儿:"甜甜姐,你成功了!我祝贺你,祝贺你啊!"

泡泡糖:"小林,你说的是真话吗?"

林可儿:"你没看见我还泪流满面吗?甜甜姐,你这个修改稿淡化了个人命运,集中笔墨,描写西部大开发前后这一特定历史背景下乡镇干部这个特殊群体,他们上头压、下边骂、手边穷、志气大的无可奈何的生存状态。结构更谨严了,主题也更鲜明了,一口气读下去,真叫人荡气回肠啊!"

泡泡糖:"章明传被审查,一下打开了我的思路。这次修改,我希望通过这个戏,为乡镇干部架起一座沟通上下和各界的桥梁。"

林可儿:"你的目的完全达到了。甜甜姐,读你的剧本,时而让人笑,时而让人哭,是一种折磨,更是一种享受啊!"

泡泡糖:"说实话,写这个本子,我自己也流了不少泪。但是不知道能不能感动其他人,刘团长带着这个本子去参加省上的剧本讨论会,至今还没有消息。等待也是一种煎熬啊。"

林可儿:"放心吧,人心同然嘛。"

泡泡糖:"难说,这次是选拔确定省上参加今年全国戏剧节的作品,省上的王牌作家那么多,别人都是久负盛名,出手不凡,竞争激烈啊。再说,省上一些专家对原稿的意见,我根本没有采纳,而且某些方面还离经叛道，有点出格。"

　　林可儿："啥叫出格，艺术创作贵在标新立异嘛。喂，你是剧作家，为啥不去参加剧本讨论会，据理力争呢？"

　　泡泡糖："我们舞台戏剧创作，最荒唐的就是无休止的剧本讨论会，到会的仿佛人人都是专家，扼杀灵感和个性，我忍受不了那种折磨。刘团长的修养好，如果有有价值的建议，他会给我带回来的。喂，小林，你对剧本还有些啥意见呀？"

　　林可儿："最大的意见是没有鞭挞像焦点那样的丑类。"

　　焦点进党校期间，林可儿跟焦点的关系已经有所好转。她到焦点的寝室去，见自己送焦点的那幅画没了，追问之下，焦点先支吾，后来只得说了实话。因为那是父亲认可焦点后把获奖之作交给可儿的，林可儿一直把那幅画当作她跟焦点的定情之物，感情受到极大的伤害，伤心至极。从此之后，她就把焦点当作卑鄙可耻的小人，谁也劝不转，跟焦点的关系彻底破裂。

　　泡泡糖："什么丑类，就因为他把那幅画送人了吗？"

　　林可儿："那只是一幅画吗，那是家父颁发给我的准婚证，那是我的定情物。把定情物去换乌纱帽，还不是丑类吗？"

　　泡泡糖："这样说来，你跟他的关系已经没有挽回的余地了？"

　　林可儿："我跟他没有任何关系了。"

　　泡泡糖："小林，他爱你是真诚的，你是不是太草率了些？"

　　林可儿："他又叫你来给他当说客？"

　　泡泡糖："不，只是我对焦点的看法跟你不一致。"

　　林可儿："有啥不一致，典型的政治流氓，十足的卑鄙小人！"

　　泡泡糖："小林，在这一方，除了白莲姐，就你最知心了，称得上古人说的闺中密友吧。我把你当成小妹妹，真心希望你幸福啊。"

　　林可儿："甜甜姐，跟那样可耻的小人相处，我能幸福吗。"

　　泡泡糖："小林，你太求全了。人们常说'水至清则无鱼'人也不能至察至明啊，郑板桥的'难得糊涂'是很有生活哲理的。你还是多看一些他的长处吧。"

　　林可儿："他的长处就是阴险。那天镇江寺那场风波明明就是他在背后导演的，在人面前还要那样表演，那样作秀，太虚伪，太让人恶心了。"

泡泡糖："小林，我断定焦点不是幕后导演，他最多有可能只是被利用了。再说虚伪、作秀，那既是人生自我保护的甲胄，也是占领和巩固人生舞台的手段，是一种必不可少的生存能力啊。"

林可儿："为了自己生存，就可以对他人下毒手吗?"

泡泡糖："就因为怀疑他举报了章明传吗?"

林可儿："不是怀疑，我敢断定。"

泡泡糖不相信是焦点干的，只好说："就算他举报了章明传，这说明他心黑手狠脸皮厚，适宜官场生存，以后前途无量。小林，官场的成功也是成功啊。对于一个女人来说，你需要的是一个有作为而又尊重感情的丈夫，只要他真心爱你，这对于你个人而言，那也不一定是坏事吧?"

林可儿："甜甜姐，你居然说得出这种话?"

泡泡糖："小林，章明传算得上光明磊落吧，可是没有自我保护的能力，能有多大的作为呢? 官场中的人才和人品兼得者少。现在是社会风气不好，用人制度毛病多，乡镇干部本身就够窝囊了，对焦点的行为也应该理解，因此我不鞭挞他们。再说，即使焦点有你所说那么坏，但他坏得有限，他很有能力，当官不会是昏官。利民也多于损人啊。小林，才女们多半都没有美满的婚姻，为啥呢，就是因为她们太苛刻、太求全、太理想化了。我真诚地告诫你，还是现实些，糊涂点好。"

林可儿："甜甜姐，你至今不谈婚论嫁，是不是也该降低人品标准，现实点，糊涂些啊?"

泡泡糖："小林，你?"

2

刘团长在省上开完剧本讨论会回来，对剧团的工作稍作安排后，就立即赶回香山镇。

泡泡糖也从林可儿那里回到盘丝洞，走进办公室，刘团长已经坐在那里喝茶了。

泡泡糖："团长回来了，这回辛苦你了。"

刘团长："不辛苦，你到哪里去了啊?"

泡泡糖："听我师妹林可儿谈对剧本的看法，顺便跟熊三爷和漆天棒商量综合市场的工作。"

刘团长："我先向你报喜哟，小唐，祝贺你，也感谢你啊。"

泡泡糖："感谢我啥？你那天电话上给我说的是真的吗？"

刘团长："你这个剧本这回给我这个团长拿了脸啊。真遗憾，你没去享受那种成功的喜悦。后期，我简直成了风云人物。我们省上那位大专家说，'主人公明明白白犯错误，为戏剧人物画廊，添加了一个崭新的人物形象。'领导和专家给我敬酒祝贺，出谋划策，那太爽了。这回我们肯定成功了。"

泡泡糖："呃，阻力大吗？"

刘团长："顺利，相当顺利。到会的都是一些老戏油子了，要赚到他们的笑声和眼泪不容易啊。可是我朗诵剧本，特别是朗诵到老校长喝酒、镇长筹款那些段落时，不但不少人哭了，而且还赢得了满场经久不息的掌声，这太少见了。得到了鼓励，后面有些唱段，我索性扯开喉咙唱起来，那效果你可想而知了。"

泡泡糖："我最担心的是'报告川剧'的提法通不过，有人发难吗？"

刘团长："专家们才拿到剧本时，确实一片唏嘘，只听说过报告文学，谁听说过有报告川剧，读完剧本时，这反而成了一大优点。都说用川剧这种古老的艺术形式，来反映西部大开发的真人真事，这是一种大胆的探索。"

泡泡糖："你这个表演艺术家朗读本子读得好，也功不可没啊。"

刘团长："头功是你，回来后我立即做了汇报。市委宣传部和文化局的领导非常重视，他们正为我们八方奔走呼吁，争取经费。我回来后，就立即把剧本发给大家了，角色也安排下去了，这里你手下这几个人，全都要上阵。"

泡泡糖："好，她们练功也从来没荒废，都有生活积累了。排练的日程安排出来了吗？"

刘团长："我的想法，现在大家先熟悉剧情，背台词，练唱段，八月下旬集中排练，这样能够节省一些开支。"

泡泡糖："好，你走的时候再给大家开个会吧。"

刘团长："白总那里还没给她交底吧？"

泡泡糖："我一直在等你在省上的消息呀。她回来过后，我们就向她坦白交代吧。"

月底时白莲又回到了香山镇。她走进盘丝洞时。门厅内冷冷清清，大客堂内传出嘤嘤的哭声。

白莲诧异地走进大客厅，几个服务员见白莲回来了，都抹着眼泪，忙着藏手中的剧本。只有方便面还在嘤嘤啜泣。

红桃K端来茶："董事长回来了。先喝口水，我这就去给你准备洗漱的热水。"

白莲："别忙，小方，你怎么啦？"

方便面赶紧止住哭声，不好意思地："没，没什么。是，是董事长回来高兴的。"

白莲："撒谎都不会，还说没什么？你们一个个都……啊，是不是小唐训你们了？"

众："没，没有。"

白莲："小唐呢？"

泡泡糖和刘团长走进大客堂。

泡泡糖："董事长回来了……"

白莲一脸的严肃："小唐，不是我回来就训人，我给你说过多次，我们这些员工不是普通的打工妹，她们是艺术人才，能把服务工作做得这样好，已经很不容易了，不要委屈了她们。你今天把她们……"

泡泡糖莫名其妙地："我把她们怎么啦？"

众服务员破涕为笑："董事长，我们……"

刘团长看看服务员手中的剧本恍然大悟："啊，董事长，你误会了。好，小方，你们去做事吧，我们跟白总商量点事情。"

方便面等走出大客堂。

白莲："刘经理，你这是……"

泡泡糖："啊，董事长，我正想向你坦白交代一件事。"

白莲一怔："小唐，你们今天这是怎么啦？"

泡泡糖："董事长，我对你隐瞒了我的真实身份。"

白莲："你的真实身份？！"

泡泡糖："我是，还是先介绍我的领导吧。你手下的这位刘经理，是市川剧团的团长、国家一级演员、享受国家津贴的著名表演艺术家、市人大代表……"

刘团长："小唐，你就说唱戏的吧。董事长，我们为了体验生活，不是恶意欺骗，请你原谅。"

　　白莲："啊！我原来只以为刘经理可能也是剧团的，但没想到是团长，是专家。对不起了，刘团长，委屈你了。"与刘团长握手："喂，刘团长怎么是她的领导呀？"

　　刘团长："董事长，小唐是我们市川剧团的副团长，省内知名的女剧作家。"

　　白莲不由得大吃一惊："什么，什么！小唐是市川剧团的副团长，剧作家？小唐，你不是说你原来是乡镇干部吗？"

　　泡泡糖："董事长，市委宣传部派我到乡镇挂职体验生活，我确实当过两年副镇长。后来剧团很困难，为了给团里节约一份工资，也为了体验打工妹的生活，我就到海南投奔了你。把你那里作为了我的生活基地。董事长，你待我那么好，我却隐瞒……"

　　白莲："哎！想不到相处两年多的小唐，居然是团长和剧作家。原来看见你每天晚上坐在电脑前熬夜，时而在哭，时而叹息，时而又无故发笑，只以为年轻人精力过剩，感情丰富，没想到你是在写作啊。小唐，啊，唐团长……"站起来欲跟泡泡糖握手。

　　泡泡糖缩回手："白莲姐，董事长，我一直不敢说真话，就怕你对我生分，不让我继续打工啊，你看……"

　　白莲："继续打工？"

　　刘团长："我们非常感谢你给我们剧团的同志提供了打工的机会。如果她们没有影响工作，从体验生活出发，从减轻剧团经济压力出发，我们都希望白总仍然给唐团长以信任。"

　　白莲："刘团长，说实话，刚才我好紧张啊，我实在离不开小唐了。只要不影响她的事业，我欢迎她留下，以后我会给她提供更多更好的条件的。"

　　刘团长："那我们就感谢你了。另外还向白总报个喜，小唐写了一个反映西部大开发前后乡镇干部生活的大型川剧。这个剧本很感人，省上已经正式通知，这个戏参加全国十月份举办的国家戏剧节。"

　　白莲："国家戏剧节，这可是最高荣誉啊！小唐，你是我们集团的人，也为我们集团增了光，我祝贺你，更感谢你啊！"

泡泡糖："谢谢。董事长，刘团长是为了体验生活而来的，他现在要回市上去抓这个戏的排练，请同意他辞去综合市场经理职务，小方她们几个演员也要回去参加这个戏的演出，八月下旬开始请假，接替她们的人我已经做了安排，你看……"

白莲："小唐，只要你不走，一切我都委托你了。另外，今天晚上用我的名义请一下镇上的领导和几个朋友，给刘团长送行。"

泡泡糖："好，我立即办。"

白莲："啊，刚才小方她们几个在哭什么，是不是遇到什么困难了，需要我帮忙吗？"

刘团长："不，董事长，她们在读小唐写的剧本，都被剧本感动得哭了。"

白莲："读剧本都读哭了？小唐，能让我看看吗？"

刘团长："白总，这是专门送你的剧本。"递上剧本，"我们不但想请你多提意见，而且还想特邀你给我们唱其中的幕前曲《幺妹幺》，希望你支持。"

白莲："我唱《幺妹幺》，行吗？"

第七十章　觉悟

1

镇江寺风波之后，尽管上头不断派人来调查，但章明传的心境却一直很不错。他的问题早就竹筒倒豆子，一五一十地说清楚了，挨处分是注定了的，急也没用。

章明传的家庭关系比任何时候都好，李红截肢后恢复得不错，已经安装了假肢，开始适应和练步。工作上也一帆风顺。被人举报后，大家反而更齐心，更尊重他了。资金问题，县纪委帮忙找了两笔数额可观的短期使用资金，大桥工程有县交通局张罗，进展很快。小城镇建设自从街道工程开工后，一天一个样，形势喜人；河对岸连接省道公路的那段公路，动工后进展很快，路基工程基本完成，正做路肩和路面，已经可以勉强通大货车，国庆前可以通车。成都明天集团投资建香河电站已经签订了正式协议。这个项目，在全县都要算招商引资的大项目，已经在做开工准备工作了。

这一天章明传走进办公室，他刚燃起一支烟，电话就响了。现在他不怕接电话了。他拿起话筒，果然又是好消息：

"喂，我章明传嘛。啊，是黑牛啊，你们好吗？请你代我向在浦东打工的乡亲们问好……请大家放心，家里一切都好，有啥事吗……什么？你们要联合买八个好门面，十九个农转非户口呀……门面价格涨了啊，而且香河路和滨河路都卖完了，现在最好的地段是牌坊路了，你们商量一下吧……春节时我还劝过你们，现在确实卖完了。黑牛啊，电站修起后呀，牌坊路热闹啊……电站十月份肯定动工……好！我跟毕书记说说，你叫你们家里的人马上来办理手续吧。"

镇江寺风波的阴谋，超越了焦点人格承受能力的极限，把他的幻梦击了个粉碎。就在他即将崩溃的时候，命运阴差阳错地把方便面推给了他。

焦点一向自视甚高，他眼中，他心中都只有他那天仙般完美的林妹妹。尽管盘丝洞的方便面等妖精们一个个都花枝招展，风情万种，他何曾对这些他认为的庸脂俗粉的戏子正眼看过一眼。

焦点怕听到同事们对举报者的谴责和咒骂，自觉无脸见人，便让自己躲在寝室里"病"了两天。这两天方便面差不多都陪在他的小屋里。他从愧疚、别扭，找不到话说，很快发展到忘情倾诉、滔滔不绝、无话不说。

方便面除了不许他唉声叹气之外，他说的一切都赞成，一切主张都拥护，一切打算都支持。他说混官场尔虞我诈，不如去打工。她说能干人去打工，不定会像泡泡糖那样成为打工皇帝。他说想下海去经商，就是没本钱，她说给他凑本钱，小本钱做小生意，说不定也像白莲那样成为大富翁。他说辞职下海丢掉铁饭碗，又怕气坏父母。她说对，父母都望子成龙，要是袁其华真心是要帮你，你又失去一次机遇。

要说是方便面水平低没主见吗，她说的好多话又让他都震惊。

焦点始终为被人利用痛心疾首，自责自骂，方便面说："聪明人，我真不明白，被人利用有什么可耻，有什么值得大惊小怪，我们每个人哪一天不被人利用，哪一天不利用人？一个人连利用价值都没有了，不是一个废物吗？"

焦点无言以对。

不知是哪位成功人士说过，他最大的财富就是老婆是傻子，他成功的秘诀就是老婆百依百顺。难怪古人说女子无才便是德啊。

林可儿很美，美得像月亮，可是清冷的月亮永远高高挂在天上。他的凡心太重，生不出飞上高天的翅膀，攀云摘月，只是凡人梦想。庸脂俗粉的方便面，实实在在就在眼前，那麻辣香鲜，既饱肚肠，又暖心房，才是他这凡夫俗子现实之所需。他很快就爱上了方便面。

爱情真是一剂灵丹妙药，很快愈合了他心灵创伤，他跟没事人一样，很快又恢复了常态。

焦点拿着一大摞信件走了进来："镇长，形势大好。今天又收到几封信。"

章明传："什么信？"

焦点："多数是要求买好门面的，还有要求投资的。"

章明传："要求投资，好啊，谁呀？"

焦点递上信："你看，四村在东莞打工那个李琴琴，她说他先生想投入资金，问香河酒厂能不能搞成股份制公司。"

章明传："她投入资金扩大酒厂规模，好啊。你去跟毕书记汇报，商量个方案，给李琴琴回话吧。"

焦点："好。我这就去找他。"

从此，焦点再也没说过毕西的坏话了。

2

镇政府院内黄桷树下，一圈会议桌蒙上了毯子。桌上摆上了高档香烟、水果和瓜子。

镇干部和各部门、各单位头头走进院子惊诧地议论开了：

"哟，今天太阳从西边出来了。"

"对，这是我们第一次在香山镇坐这样排场的台台。"

"莫非是哪个办喜事啊。"

杜中德："香山镇的喜事，大家先解馋吧。大家边吃边看会议材料，准备发言。"带头拿起一个大香蕉吃起来。

"香山镇的喜事？"大家也跟着吃起来。

章明传走进来，焦点立即敬上烟。

章明传："今天召开一个党委扩大会议。请各办事处、各部门和各单位的领导同志列席。首先，宣布两条好消息……"

"两条好消息？"

章明传："对，第一条，县上发来通知和祝贺：香山镇被省上列为重点建设小城镇，享受相关优惠政策和上级重点扶持。各种媒体都要宣传报道。市、县各奖励我们五万元，具体评奖方案，由焦秘书主持制定下发。今天中午在盘丝洞庆贺。"

众人叫好，一片掌声。

章明传："第二条好消息，香河大桥全部手续补办完毕。国家拨款一百万已经到账。一百五十万的贷款额度已经批下来了。这是财政所关于资金的使用和贷款归还计划。请大家发表意见。"

众人边看文件边议论：

"对了的，先归还临时借款和保大桥的后续资金。"

"维修镇江寺，也该列入议事日程了。"

"三年还完贷款，我们有那个能力吗？"

钱所长立即解释："完全有能力。大桥的后续资金，一是来自小城镇建设的土地经营效益；二是来自镇上的财政收入。不算其他新增税源，只是香料厂和即将开业的香河综合市场，按现有规模，一年就可增加税收百余万……"

"啊，百余万？香山镇要翻橇了。"

"对，苦日子要出头了。"

"这两条好消息要是早点来，也不会出镇江寺的风波嘛。"

"唉，章镇长命苦啊。"

章明传："有意见吗？"

众："没意见。"

刘主任："提个建议，许多乡镇都买了汽车，主要领导都有摩托车。现在河对岸省道公路已经连通，我们的财政已经开始正常运转，为了工作，建议再添置几辆摩托车，几部手机。"

众："应该应该！"

章明传："好。第二件事，大桥能够在国庆前按时完工，根据毕书记建议，应该隆重庆祝，借此机会广邀朋友，广泛宣传，提高我们全省重点小城镇的知名度，扩大招商引资成果，进一步加快小城镇建设的步伐。这是庆典安排意见，请同志们发表意见。"

众："没意见！"

章明传："没意见鼓掌通过。"

众人一齐鼓掌。

章明传："大家难得轻松一下，请焦秘书和张主任安排大家联欢，我先回去做家庭作业，一会儿给大家敬酒。"说罢离开了会场。

下午白莲跟泡泡糖一起去看望李红。她们来到李红家小院，章明传扶着丢掉挟杖的李红，正在练步。

李红："你这几天回来这么早陪我练步，不怕耽误你的大事啊?"

章明传："现在你的腿就是大事。练了这么长的时间了，你坐下来休息一会儿吧，我去做晚饭。"

白莲在院门外看到这场景，很受感动："李红姐……"

李红："哟，白莲回来了？啥时候回来的呀，我每天都在望你回来啊。小唐给我说快了，快了，就是不见你回来。"

李红没说假话，这段时间泡泡糖常来看她，一见面就问白莲啥时候回来。

泡泡糖："董事长刚回来一会儿，就来看你来了。"

白莲："李红姐，我真为你高兴。都能丢掉拐杖走路了。"

李红："也难得，小敏她爸爸一有空就回来陪我练走路，只是现在还不大走得稳。"

白莲："现在我回来了，以后我每天来陪你练走路。"

李红："要不得，别耽误了你的大事。"

白莲："我有啥大事啊，生意上的事，海南安排得很好，运作得也很好，这边大小事情都有小唐。"

李红："小唐很能干。"

白莲："李红姐啊，我一个人在外面苦啊，回来后就是想像现在这样，跟亲人们在一起，亲亲热热地摆摆龙门阵。也希望你早一天丢掉挟杖，帮着明传哥，给乡亲们多做一点好事。"

李红："哎，你走后他还被纪委弄去理抹过，虽说把人放出来了，可是镇江寺闹事后，又来了几批人调查，晓得以后会不会坐牢啊？"

白莲："我都知道了，上头至今都还让他主持工作，肯定不会坐牢的。"

李红："难说，人咬人没药医啊。毕西想当那个书记得很。要想整人，随便栽诬点啥罪状，都叫你难得说清啊。"

白莲："李红姐，毕书记肯定不会去告黑状。"

李红："不是他是谁？这里的人谁是啥心肠，我清楚得很。杜老头虽说过去恨明传争了他的位置，我晓得他做不出那种缺德事，杨书记是人人都敬重的正派人，焦秘书更不会，对明传比亲弟兄还亲。"

白莲："李红姐，外头的事情复杂啊。"

章明传从厨房里出来，见白莲回来了，先有点不自然，咳了一声："白莲，到屋里坐吧。"

李红："看我只顾说话。白莲，走，进屋去坐，今天晚上就在这里吃饭。你吃惯了山珍海味，说不定吃点章明传煮的农民的家常便饭还香些。"

白莲和泡泡糖都没推辞，那天的晚饭的确吃得很香。

3

白莲、泡泡糖、林可儿，三人并立香山嘴观星亭上。石凳上放着三杯红酒。黄绢帕上摊着那支玉镯，在秋日的阳光下那样润泽生光。

白莲自从那天晚上在弥勒佛前，李红跟她抱头痛哭之后，就决心从此永久关闭跟章明传那份儿女私情的闸门。在灵与肉搏杀的过程中，道德的砝码往往就这样突然增加重量，主宰着她的人生行为的选择。下了决心后的她，始终把林可儿绘的那幅《佛祖舍身饲虎图》带在身边，回海南后独坐书房时，往往就对着这幅画出神。她似乎得到了许多感悟，那就是佛的伟大的牺牲精神。她是生意人，从成本角度考虑，佛祖为了"利益众生"的信念，投入的成本达到了极限，那就是舍身。她虽然没有佛祖那么伟大，但是命运已经有意无意地把她雕刻成了一个佛祖的信徒，一个道德的奴仆。那么她就得接受命运的安排，无可奈何地扮演下去。做出那种割舍的选择，虽然牺牲太大，成本太高。那既是应该的，也是值得的。

白莲过去为了压抑自己的情感，曾经把玉镯藏起来，但一直都舍不得扔掉。她知道那其实是内心深处还在给自己留后路。这次如果再不把情感闸门的钥匙彻底报废，那么说不定什么时候又会旧病复发。昨天看见章明传和李红的那份恩爱，她觉得时机到了。回到盘丝洞，她终于跟泡泡糖交了心，泡泡糖就别出心裁地给她安排了今天这个活动。

　　白莲燃起一炷香对天一拜。

　　泡泡糖："白莲姐涅槃仪式开始，告别寄情物。"

　　泡泡糖拿起玉镯传到林可儿手上。

　　林可儿："白莲姐，甜甜姐说得对，这确实是烦恼的根源。"恭敬地双手捧给白莲。

　　白莲凝视着玉镯，思绪万千，眼眶里不由自主地凝满泪花。

　　泡泡糖："白莲姐，你是虔诚的佛教徒，佛说：自觉觉他，自度度他，既然已经自觉，赶快就此自度！扔掉这沉重的十字架，让心灵与时代自由飞翔吧！"

　　白莲看了看泡泡糖和林可儿二人鼓励的目光。

　　白莲看了看手中的玉镯，包好玉镯，庄严地朝前跨出一步。

　　山嘴下漩涡汹涌，涛声震耳。

　　泡泡糖："佛说：有漏皆苦，涅槃最乐！"

　　白莲闭了眼睛把玉镯抛向香河。

　　黄色的花朵在空中飘飞，滚滚波涛，没入天际。

　　泡泡糖："祝贺白莲姐获得新生，干杯！"

　　她们一齐举起杯子："干杯！"

　　林可儿："哈哈哈。"

　　泡泡糖："小林，你笑啥？"

　　林可儿："甜甜姐，你看，三个最现代的年轻女人，一场这样的仪式，你不觉得你导演得有些滑稽可笑，不伦不类吗？"

　　泡泡糖："仪式只取其在心理学上的作用。既然我们都现代，何必套陈规？"

　　白莲："小林，小唐说得很深刻：要释放灵魂，我需要朋友，也需要仪式。我们这些人共同的毛病，都是能够自觉，不能自度。"

　　林可儿："能够自觉，不能自度？"

白莲："小唐，现在我很轻松了。请你告诉毕书记，我同意出任'香河实业家联谊会'会长，请他安排个时间召开成立会吧。"

泡泡糖："好。"

白莲："另外，李红姐的腿基本上好了，我真心希望在她的腿站起来的同时，帮她恢复自信心，让她的人格也来一次脱胎换骨，凤凰涅槃，彻底站起来。你的点子多，等她能够彻底丢掉拐杖的时候，也给她组织一个类似的庆祝活动吧。"

泡泡糖和林可儿一齐叫好，而且都说最好是用章明传的名义。

第七十一章　李红站起来了

1

镇干部们都很关心他们引进的第一家沿海企业。佘老板确实给他们传递了不少信息，带来了很多新的理念。今天下午章明传和焦点又一同来到香料厂办公室。

佘老板立即起身相迎，握手敬烟。

章明传坐下后开门见山："佘老板，还有啥困难需要党委政府协助解决吗？"

佘老板："没什么困难了，试生产的第一批产品已经上市，反映很好。你看，这是我们这几天收到的本地订单。"

章明传："啊，需求量这么大？"

佘老板："现在我最担心的是原料供应不足，完不成外贸合同。"

焦点："原料不会有问题吧？"

佘老板："我们调查过，有几个村没按年初下达的计划种植辣椒，原料还有较大的缺口。"

章明传："这……喂，周边乡镇还有不少辣椒啊。"

佘老板："各乡镇种植分散，我们现在很缺人手，这收购起来，恐怕相当困难吧。"

　　章明传："佘老板，我听小唐说，准备让熊三爷和漆天棒负责综合市场，委托他们综合市场到周边乡镇去设收购站怎么样？"

　　佘老板："嗨呀，这太好了。你看，我简直忙昏了头，怎么忘记了熊三爷是综合市场的经理啊。章镇长，我们到车间去看看吧。"

　　章明传："车间我们就不看了。你说缺人手，你需要啥样的人啊。"

　　佘老板："主要是综合素质较高的管理人员。啊，章镇长，听说李红嫂子的腿康复了。她能不能早点到我这里来上班啊？"

　　章明传："她原来答应好了后帮白莲呀。"

　　佘老板："我急需一个会电脑的会计，白总手上的人才多，她肯定会支持我。"

　　章明传："她那电脑水平，行吗？"

　　佘老板："行！首先是她的人品我信得过，她又是高中生，懂账，学电算法快得很。"

　　章明传："这……你还是给她本人说吧。"

　　这时章明传的电话响了，电话是白莲打来的。白莲给他建议："女人都希望男人记住她，重视她，当男人的细心些好些。李红已经真正站起来了，这种时候，最好给她庆祝一下……"

　　章明传听了很感动，连说："好，好。白莲，你的心真细，想得太周到了。感谢你对李红的关心，也感谢你提醒我，我确实该给她庆贺一下。这样吧，今天晚上就在你那里给我安排一席吧，我这就告诉她。"

　　章明传知道泡泡糖跟李红在一起，挂机后又拨了泡泡糖的电话，叫李红说话："喂，李红吗，你今天晚上请几个客吧……请客干啥呀，我祝贺你康复，祝贺你重新站立起来了呀……地点当然在盘丝洞啊，客人吗，今天完全由你做主，你愿请谁就请谁。好，再见。"

　　佘老板："好，章镇长，祝贺嫂子康复，今天晚上不管你请不请我，我都要来讨一杯酒喝。当面跟嫂子商定到我这里来上班的事。"

　　章明传："也行，不过，佘老板，如果她答应来帮你，千万不要因为我是镇长，你就对她特殊啊。"

　　佘老板："对所有员工一视同仁，这个请章镇长放心。"

　　半下午的时候，章明传被泡泡糖请到了盘丝洞茶室。杨书记也在茶室里。他还以为杨书记是来宣布纪委处分的，便道："啥处分，你宣布吧。"

泡泡糖哈哈笑道："啥处分，罚你今晚请客。这个客由杨书记亲自给你请。"

章明传："杨书记帮我请客，谁呀？"

杨书记已经拨通了毕西的电话："喂，毕书记吗，今天晚上章镇长请你来喝一杯……庆祝李红独立的宴会呀……你想到哪里去了，怎么可能是离婚啊，李红康复，重新站起来了……当然是小唐经理导演的啊！唐书记和我都认为你该现出原形了，该给章镇长交底了，这是个极好的机会啊。章镇长嘛，已经坐在我这里了。请你立即就过来。"

章明传听完杨书记跟毕西的通话，真是一头雾水，不免有些紧张，连问："什么露出原形，什么交底？"

杨书记只好把毕西跟唐书记商量的事，以及毕西暗中帮章明传所做的一切，原原本本地告诉章明传，并且告诉他，这一切只有唐书记、泡泡糖和她知道。章明传一直蒙在鼓里，听完之后大为震惊，大为感动："杨书记，你们怎么不早点告诉我啊，我误会毕书记了，委屈他了啊！"

章明传见毕西走进茶室，立即迎上前去，紧紧握住毕西的手："毕书记，想不到，真想不到啊，我太感谢你了，太感谢你了！"

毕西："老章，有些事情，我应该向你解释，只是时机不成熟，现在应该是时候了。"

章明传："我今天晚上一定要多敬你几杯！"

泡泡糖："男人们喝酒机会多。别忘了你的第一主题是讨好你的夫人，别辜负了董事长的一番苦心。好，你们慢慢谈吧。我去打扮你夫人去了。"说罢走出了茶室。

章明传对毕西的感激之情非常真诚。杨书记也代表唐书记感谢。毕西感到当之有愧。

毕西这大半年来确实为香山镇做了不少事情，关键时刻为章明传分了忧，解了难，但他知道并不是因为自己的觉悟一下提高了多少，也不完全是因为唐立行致残而内疚，利己不损人，始终是他为人的宗旨。他更多的还是在为自己着想，在为自己做事。

直到今天章明传才知道，毕西早已经决心离岗告退，根本没有与他争位置的意思。原来他已经受聘明天集团高薪兼职很久了，省下的工资，都被他从杨书记那里拿出来救急了。他一直回避电站谈判，扮演他的政敌，是避日后公开身份后的瓜李之嫌。

章明传不解地问："这样的好事，唐书记为什么不给我交底，让你被同志们误会和委屈啊？"

毕西道："不告诉你，这就是唐书记最令人敬佩的地方啊。你想想，虽然不少单位让干部停薪留职出去发展，省下一份工资来改善职工福利，上面明明知道，很少进行追究。但这毕竟只能睁只眼闭一只眼，是不能公开的事，一当认真，就要承担责任。他的书记没撤，我是由他批准的，他就对这件事就承担了全部责任，既保护了你，又保护了我啊。"

章明传："唐书记这种牺牲精神，真是太伟大了。"

毕西："唐书记考虑得更多的是香山镇的发展。他认为乡镇干部太闭塞，缺少市场经济观念和与外界的联系。我能在明天集团那样大的公司里历练，跟他们关系那样密切，说不定会给家乡的经济发展带来好处。如果把原来想都不敢想的电站项目弄成功，他就对得起香山镇了，他担任何政治风险都值了。"

章明传："唉，毕书记，为了香山镇，你跟唐书记也一样啊，而且你是千方百计掩盖大功，甘心受辱啊。"

毕西："老章，论格别说我不能跟唐书记相比，比你和杜中德都差远了啊。我短时间忍辱，可我一个月的兼职工资相当于你一年的工资了。再过几个月我正式公开身份，出任电站总经理，年薪是二十万啊。我不像你们一心为公，我是公私兼顾啊。"

章明传："可是这次我和同志们怀疑是你举报的，你没必要再背这个黑锅了啊。"

毕西："我不背黑锅难道把祸水引向焦点。他对我再有成见，说句公道话，他能力比你我都强，前途无量，关键时刻保护一下，给他搭一步梯子，也是为大家好，为香山镇好啊。"

章明传不理解了："这是什么意思？"

毕西："老章，香山镇就考察就我们三个人。我如果公开表明撤出竞争，其他人势必削尖脑袋来争。你已经被人盯上了，前途未卜；焦点再损形象，香山镇就全军覆没了。我到快定时候再撤退，你两个就安全多了。他如果能实现平稳上升，我这个未来的香河电站总经理就好当多了。"

章明传："毕书记真是深谋远虑，我是只有敬佩和感激了。"

毕西之所以现在要跟章明传交底，既因为解决香河交通问题即将大功告成，更重要的是他对章明传的政治前途感到担忧。尽管章明传曾经是他的政敌，但是章明传确实是一个干实事的拼命三郎。自己跟章明传现身说法，是想让章明传在遭遇不测时，多一个参照，多一手准备，多一种选择。他甚至对章明传说："有句古话，太平只有将军定，不许将军太平。打江山的是一批人，坐江山的又是另外一批人。香山镇这个桃子快熟了，想摘这个桃子的大有人在。应该有心理准备，有条退路。"他甚至以未来香河电站的总经理表态："万不得已时，到香河电站来干，许你年薪十万。"

杨书记也说："万不得已，这也是一条出路。"

2

泡泡糖安顿好毕西跟章明传交底后，领着方便面和红桃K拿着礼盒走进章明传家小院。李红独自在练步，她的残腿已经比较自如。

众："李红姐！今天怎么样？"

李红："越来越好了，每天都麻烦白莲和你们来陪我练步，我真不知道怎么感谢你们啊？小唐，我今天晚上在你们那里请客，你们这个时候来干啥呀？"说着引大家进屋。

泡泡糖："我们先来祝贺你康复啊。"

红桃K："我还要祝贺你，电算法考试合格，得了满分。我把阅卷结果发在你电子邮箱里的，你没看见？"

李红："还没来得及读邮件。小红啊，真感谢你这个好老师啊，我笨，打字还不快，每分钟才打三四十个字。"

众："熟能生巧嘛，你的电脑水平，完全可以胜任一般企业的办公室工作和会计工作了。我建议你，适当的时候，到劳动部门去考一个技术等级证书，走遍全国，都可以应聘。"

李红："真的呀？"

红桃K："真的。"

李红："好！那我更要抓紧练习了。你们吃水果吧。"

泡泡糖："我们先完成董事长交给我们的特殊任务吧。"

李红："啥特殊任务？"

方便面示礼盒："你看，这是啥？"

李红："衣服，化妆品？啊，这么贵的东西，你们拿来干啥？"

泡泡糖："董事长叫我们来认认真真地打扮你啊。"

李红："哈哈哈，小唐啊，你们别出嫂子的洋相了啊，我一个农村妇女，就像电影上打官司那个秋菊。别让人笑掉了牙啊。"

方便面："农村妇女又怎么啦？我们几个也是农村姑娘啊。"

红桃K："佛靠金装，人靠衣装，秋菊换了戏装，不是一个大美人吗？"

李红："人家年轻，哪个装出来都有理。"

方便面："嫂子，你比我们董事长才大几岁啊？"

泡泡糖："嫂子啊，董事长就是怕你说这种没志气的话。"

李红不解地："没志气的话？"

泡泡糖："是啊，你人长得这么漂亮，年龄不大，为啥总要觉得自己低人一等？为啥人没老心就老了？董事长的苦心，就是叫我们先来帮你恢复自信心，现在腿站起来了，精神上更要站起来！随时想到，我还年轻，我有文化，我有能力，抬起头来，扬眉吐气，气气派派地活人！这样，你就会对章镇长放心，家庭生活就会永远和谐幸福了。"

李红："唉，白莲说得对，我确实有点自卑啊。"

红桃K："嫂子，别自卑，你现在又学会了电脑，是企业急需的人才啊。"

方便面："我们今天就是要把你打扮成个坐办公室的职业女性，陪你到大街上去走一转。你李红姐一打扮出来，那气质呀，就比我方便面强到哪里去了啊。"

红桃K："算你有自知之明。来动手吧。"

李红："好！嫂子今天就跟你们学穿衣打扮吧。"

泡泡糖："嫂子，今晚我和杨书记一起帮你请了毕书记……"

李红："请他，请他干啥？那种小人……"

泡泡糖："嫂子，许多事情你根本不知道。今天晚上呀，你最应该给他多敬几杯酒，你应该好好感谢他啊！"说着走出了小院。

李红不解地："我多敬他的酒？我还该感谢他？"

方便面和红桃 K 都说："你已经是我们的好嫂子了，我们唐团长未必还哄你。你不晓得，毕书记暗中帮了章镇长多少大忙啊。"

李红一脸的疑惑。

打扮完李红后，白莲邀上放学后的林可儿牵着小敏来到李红家。她让方便面回盘丝洞去准备晚上的营业，便硬拉着李红，在香山镇街上来了一次美女大游行。

李红一身浅色的职业女性的秋装，雅致入时，十分得体。使人一时难以想到会是那个成天拖着挟杖的跛女人。当人们认出李红后，都无不惊异和感叹，人是桩桩，全靠衣裳，谁想到过李红还会这么漂亮啊。

李红自己请的客人不多。除了熊三爷、李正齐，邻居中就是幺吵吵和五百元。

黄昏的时候，幺吵吵、五百元陪着这一行人说着话缓缓朝盘丝洞酒楼走来。

幺吵吵："李红，你今天不该请我们两个啊。"

五百元："是啊，我们灰头土脸的，去盘丝洞那么高档的地方，那里进出的都是些有头有脸的人，我们去手脚都没放处。"

李红："你们俩帮了我不少忙，就是想请你们一回，还个礼嘛。"

幺吵吵："过去我们还打得拢堆嘛。现在你看，我们跟你走在一起都不配了啊。"

五百元："就是。"

李红："我不还是我吗?"

幺吵吵："哟，你变了啊，起初我隔了好一阵才把你认出来。"

五百元："你们到我豆花店来时，我也是先没认出来啊。呃，幺嫂，让她们几个走在一起，保证章镇长也认不出来。"

幺吵吵："对，看章镇长出洋相。"

二人退后，把李红推到白莲林可儿的中间："小敏，你先别给你爸爸说破啊。"

小敏："妈妈今天真漂亮。就是要爸爸也认不出来。"

泡泡糖趁打扮李红之时，又赶回了盘丝洞。推开章明传、毕西的茶室，杨书记已经走了，一屋的烟雾，一地的烟蒂："你们哪来那么多话说，佘老板都来了好一阵了，怎么主人还不到场?"

章明传和毕西两双大手无言地再一次紧紧地握在了一起。

他们跟着泡泡糖走进了餐厅。雅室内摆好酒席，佘老板、熊三爷和李正齐等人已经入座。

方便面把一束鲜花送到章明传手上："章镇长，她们来了，这是给你准备的鲜花。快去给你夫人献花吧。"

章明传："你们城里人的板眼真多，我看，这个就免了吧。"

方便面："不行，你当镇长的，要有点绅士风度嘛。"

众："对，今天祝贺李红康复，你应该去献花。"

方便面推着章明传来到门口，他望了一下走到面前的白莲等人，没认出李红："白莲，李红呢？"

众人一阵开心的大笑："哈哈哈。"

章明传："你们笑啥呀？"

李红也笑得红了脸，扯了一下章明传。

章明传："小姐，你……啊，天啦，李红，这是你吗？这是你吗？"

又是一阵更响亮，更开心的笑声。

笑声中，白莲微笑着，表情复杂，眼神中不知是欣慰、是祝福、还是哀怨。

3

床上，一张毯子，半遮着光着身子的李红和章明传。

李红为章明传抹着汗："老夫老妻的了，看你……"

章明传："李红，今天你真美。"把李红揽在怀里。

李红："他爸，五百元要扩大店面，想租我们的新房子。"

章明传："不是租给牛老板他们了吗？"

李红："牛老板他们是临时租用，施工队要随时换地点，以后房子空了就不好租了。"

章明传："好，你定了就是。"

李红："我拿不定主意。镇长的老婆还推个烟摊车遍街转，实在丢你的面子，想开个什么店子，又怕人家冲着你的面子来照顾生意，给你招来议论。"

章明传："李红啊，你能这样想，好得很啊。要经商我们都不是那块料，白莲和佘老板都在争着请你，你去打工，比开店强得多。"

李红："你看，我是帮白莲还是帮佘老板呢？"

章明传："你的想法呢？"

李红："帮白莲，她对我太好了，我怕挣钱不硬气。"

章明传："那你明天就到香料厂上班吧。"

李红："好。我想白莲不会多我心的。"

章明传："她手上的人才多得很，不会多你的心的。"

李红："喂，我问你，小唐为啥叫我多给毕西多敬几杯酒啊？而且后来你两个不声不响地喝那几杯酒，我看你感动得眼泪都快掉下来了。"

章明传："哎，李红呀，毕书记是一个好人啊。我们一直都错怪他了。他是一直明面上装成我的政敌，暗里拼命帮我啊。"

李红："是吗？你们今天下午摆了那么久，都说些啥啊？"

章明传："李红，他现在根本没有当书记的想法。等到年底的时候，他就申请离岗待退。"

李红："啊，还那么年轻，退了后干啥呀？"

章明传："他是投资香河电站的明天集团老总的表叔，在成都护理唐书记的时候，他就接受了明天集团的兼职聘请，月薪一万。负责修建香河电站，以后电站修起后，当总经理，年薪二十万。"

李红："天啦，兼职都一个月挣一万？当你挣一年啊。年薪二十万你挣十年都挣不到啊。"

章明传："佘老板给你开的工资不是都比我高得多吗？"

李红："这样说来那匿名信不是他写的了。"

章明传："肯定不是。"

李红："那么多人说他，他为啥不声不响地背着？"

章明传："毕书记想大事，就是比我们想得远。你知道吗？启动综合市场，牛魔王借钢材水泥给大桥救急、几个老板借三十万保大桥复工，都是凭他的面子暗中办成的。特别是年终那笔救命钱，更是他在额头上贴块膏药，直闯冷县长办公室硬要来的……"

李红："啊，这样说来，你的一次次难关，都是他暗中帮你渡过的啊！"

章明传："是啊，我们都错怪他了。"

李红："他爸，想不到，真到想不啊，他对你那么大的恩，我们还一直把他当成死对头，好冤枉别人哟，我们呀，欠别人一辈子的人情啊。"

章明传："记住别人的好就够了。你今晚上好懂事，不理解也主动敬他的酒，你看他得到你的理解好感动。"

李红："我不会说话，小唐说该感谢，就只有说感谢了。"

章明传："理解比啥都宝贵，有感谢这两个字就够了。记住，毕书记的事还要保密，为了保护焦秘书，他还得背一段时间的黑锅。"

李红不解地："别人是告的你，又没告焦点，怎么要保护啊。"

章明传："这些你就不懂了。干部都恨举报人，不怀疑他了，就会怀疑是焦秘书举报的，就要给焦秘书找麻烦，影响他的提拔。他说焦秘书能力强，有前途，可以成为一个好官，应该好好保护。"

李红："官场好深沉啊。"

章明传："毕书记分析，焦点不至于坏到要举报我，要整我的另有其人，即使那件事中他被人利用了，叫我也别恨焦点，仍然把他当好兄弟。"

李红："毕书记这人，心好细，好善啊。"

章明传："他呀，不光看得远，还结交了一批高人。你知道吗，他看准了小唐，好多事都依靠小唐出谋划策，暗中支持，才成功帮我渡过难关的。我们应该感谢的人，还不要忘记小唐啊。"

李红："嗯，你说是怎么回事，过去怎么看小唐都不顺眼，现在一想好糊涂，人家那么一个姑娘家，怎么那么大的本事啊。"

章明传："唉，我们呀，还是知识少了，经历少了啊。毕书记还劝我想开些，要我做好最坏打算，干不下去也可以考虑辞职下海，去他的香河电站工作。"

李红："对，你是啷个打算的呢?"

章明传："哎，到时候再说。睡吧。"

第七十二章　实业家联谊会

1

香山嘴上白莲扔了那支玉镯后，既得到了一种解脱，又感到了一种失落。她需要用忙碌来耗费精力，用繁杂的事务来挤走随时都可能复活的旧梦。因此她答应出任"香山镇实业家联谊会"的会长。庆祝李红的独立宴会之后，白莲把自己的日程安排得很紧。她一边在筹备联谊会，一边跟泡泡糖探讨自己的企业在香山镇怎样发展。

白莲首先考虑的是香山镇的资源。开发香河的水能资源，明天集团即将实施。眼下最能吹糠见米的应该是香妃泉了。因为那个美丽的传说，流浪在外这些年，她不止一次猜想过那可能不是一股普通的泉水。佘老板办香料厂的时候，水样送有关部门化验，果然对人体有益的微量元素含量很高，是难得的高品位优质矿泉。香料厂用水量不大，大量的泉水白白流走太可惜，那时她就萌生过办一个矿泉水厂的想法。现在条件成熟了，她便叫泡泡糖去跟熊三爷商量，由她出资，村上以土地和资源作价入股，联合办矿泉水厂。熊三爷自然喜出望外，双方一拍即合。佘老板知道消息后，也争着要来投资入股。三方已经签订协议，这个项目很快就可以实施。

至于想买香姑祠的事，现在即使提出，章明传不便做主，其他人对它的文物价值和开发价值似乎认识不够，好在政府已经决定尽量保存现有面貌，不会损毁，只有等待时机了。

白莲和泡泡糖对于抓机遇都是十分敏感的人。香山镇最大的资源，无疑是农业资源，这也是最不为一般投资者所重视的资源。特别是中国加入世贸已经指日可待，他们都认识到，加入世贸后，中国农业受到的挑战和压力最大，现有的农业经营模式不能和世界接轨，如果现在直接投资农业，既可以充分发挥资本优势和经营优势，科学地整合资源，探索适应未来竞争的经营模式，又可以让更多的乡亲们能够直接参与到这些项目中来，分享最新的科技成果，信息成果，和市场运作所带来的经济效益。她们决定，联谊会成立大会后就立即出发，去和几所农业大学与相关的省市主管部门和科研单位建立联系，集聚人才，把目光集中到种养殖的项目、新的经营理念和经营模式的考察论证上。

白莲还对泡泡糖说："小唐，我们的乡镇干部太优秀了，可是他们好多人都是有力无处使，退了休不知去干什么。这些人却可以成为我们实现目标最有经验和有威性的组织者啊。我希望他们能在我们的项目中发挥巨大作用，充分显示他们的人生价值。"

泡泡糖虽然在城里长大，那两年副镇长可没白当，她对农村、农民和农业都有一种特殊的感情，对许多问题都有自己颇为独到的见解。她始终认为，劳动力是丘陵地区一种非常重要的资源，学者们虽然在理论上说得热闹，但拥有这些资源的乡镇干部们，却只知道两手向上，端着金碗讨口哭穷。她认为唐立行很聪明，在最困难的时候首先启动"人贩子工程"，每年输送几千人外出务工，挣回上亿的现金，让不少家庭从此摆脱了贫困。但是香山镇出去务工的人多数都只能在建筑工地或服务行业中，从事一些苦、累、脏、险的工作，廉价地出卖力气，没有专业技能，不能在其他行业中去摘更肥硕的果子。

务工挣钱不应该是唯一目的，学到自身发展的本事更为重要。如果把每年加入劳务大军的初高中毕业生进行必要的技能培训，不但他们的就业范围更为广阔，劳动力大大增值，而且历练的空间更为精彩，成长为人才的机会更多。这些在外面历练出来的能人，才是建设家乡，完成对西部持续开发和深度开发的主力军。

泡泡糖知道带领和支持乡亲们致富，白莲既有那个能力，更有那种执着和热情。她们做出投资农业的决策后，她建议白莲支持职业教育。当时正是快放暑假的时候，不少家长都为孩子上高中和职业中学的学费发愁。有的到处找门路，要立即把孩子送出去打工。新修的街一村小学有多余的校舍和设备，特别是配备很好的电教室是许多正规职业学校都不能相比的，使用效率很低。她建议去邀请县职中派人来这里联合办分校。除了培养自己用得着的农业科技人才外，也可以办电脑班和会计班。海南的业务伙伴，多数都需要这样的人才，不愁给他们找到较好就业门路。

泡泡糖说得头头是道，林可儿也一个劲地支持，白莲是心有灵犀一点即通，便立即拍板行动。白莲决定，把办学纳入自己企业人才培训的开支，凡是读农业技术班的学生一律免费。读其他专业的学生，愿意以后在她的企业就业的也可以签订协议免费读书。

街一村和教育主管部门都十分支持。泡泡糖把这件事委托给香山镇教办主任老校长，老校长迅速请来了县职中的领导，这么优厚的条件，一谈即妥。香山镇县职中分校很快便办了起来。

2

白莲同意出任"香山镇实业家联谊会"的会长，泡泡糖立即通报了毕西。并和毕西一道联络老板，准备工作迅速完成。

毕西在党委会上及时汇报了成立"香山镇实业家联谊会"的事，老板们对香山镇的贡献有目共睹，依靠这批能人促进香山镇更快发展，已经成了所有领导和干部的共识。为他们创造发展条件，为他们服好务，跑好腿义不容辞。决定把这作为一件大事办好。

大街上各单位都挂出了热烈祝贺的标语。

章明传坚持会场设在镇政府大院，各单位和各村都派代表前来祝贺。白莲认为企业家们的事，不应该带上浓厚的政府色彩，大家都支持她的意见。成立大会会场就设在盘丝洞酒楼大厅。横标上写着"香山镇实业家联谊会成立大会"。党政领导只请了章明传和毕西。与会人员除了老板们外，还有熊三爷和漆天棒。

漆天棒做梦也没想到过在这么体面的会场中会有自己的座位。章明传费了好大的力，才把他请到座位上。他坐下来后一直显得很拘谨，茶不敢喝，烟也不敢抽，似乎手脚都没有放处。

毕西眼前不能暴露他的另一个身份，仍然扮演分管民营经济的副书记主持会议。他说了几句该副书记说的开场白后站起来宣布："欢迎白莲会长讲话。"并带头鼓掌。

白莲在掌声中站起来："感谢老板们的信任。我愿意为大家服好务。刚才佘老板和王老板说，要把香山镇作为第二故乡，我很感动。党中央西部大开发的号召和建设家乡的热情，把我们聚到了一起。我们在座的实业家朋友，应该当仁不让成为今后香山镇经济发展的主力军。"白莲借这个机会，给大家传递了不少市场信息，同时也谈了自己的发展打算，到会的不少老板对许多事情闻所未闻，很受启发。最后她还明确表态："经营中有啥困难，互相帮助，联谊会就是朋友们的家，需要我出力的地方，我一定尽力……"

她的讲话赢得了热烈的掌声。

众："对，把联谊会办成我们的家，共同为家乡出力。"

牛魔王感慨地："树活一张皮，人活一张脸，我们这几个，过去都不是规矩老实的农民，被人瞧不起。回来后做了一点点好事，领导和乡亲们都给面子。现在能和白总、佘老板这样受人尊敬的老板们一起，我们也要学个人样子。保证不给联谊会丢脸！"

众老板："对，保证不给联谊会丢脸！"

章明传带头鼓掌："好！我们欢迎老板们把资金和技术带回家乡发展，你们有什么投资计划，我们都大力支持。"

佘老板："我除了还增加一条香料生产线外，已经跟白总和三爷签订了联合办矿泉水厂的协议。按小唐的话说，这是香山镇的第一家股份制企业，我们应该把它办成样板，引导好民间资金的使用。"

王老板："我打算明年再租一百亩土地来搞养殖。另外，还利用香山镇优质的石料资源，办一家石雕厂，让石头也变成宝贝。"

姜老板："我们想把手头的土地用来搞房地产开发！"

章明传："好，我们保证为老板们服好务。"

佘老板："章镇长，温州几个朋友要组织一个西部大开发考察团，打算到这里来寻找商机。什么时候来最好？"

章明传："欢迎，欢迎他们国庆节来参加大桥剪彩典礼。"

毕西："三爷，天棒，你们怎么不发言啊？"

章明传："三爷，你不只是街一村支部书记，你还是香河矿泉水厂的副董事长，香河综合市场总经理。而且马上跟佘老板就有辣椒生意啊。"

熊三爷对这些头衔还很不适应，觉得很遥远，他很感慨："三爷虽不算官，在农村也要算一个会贩子，参加的各种会不少，可是跟你们这些腰缠万贯的老板们坐在一起开老板会，这是我没想到过的。一下头上有那么多头衔，我还很不习惯。总之，做生意我是外行，白莲和小唐信任我，叫我跟天棒给她们负责综合市场，我怕干不好。只有以后虚心向大家学习了。市场经济讲究利润和回报，你们帮了我们街一村的忙，也不要你们白帮，以后各位老板在香山镇有啥要我跑腿的地方，打个招呼就是了。三爷会对得起你们，街一村的老百姓会对得起你们的！"

熊三爷一席话说得大家哈哈大笑。

泡泡糖："天棒哥，今天怎么这样拘束啊？不发言，罚你给大家发烟。"

漆天棒："嘿嘿，我，我。"站起来发烟。

3

"香山镇实业家联谊会"成立大会的第二天，毕西被白莲请到了熊三爷新开的"三爷茶楼"。

毕西："白总不是要跟小唐去拜访省农林部门和几家农业院校吗？怎么还没出发？"

白莲："三爷有点急事，想跟你商量一下。"

毕西："三爷有啥事，尽管吩咐就是了。何必劳烦白总啊。"

白莲："我也很关心这件事，想知道结果后才好放心出门。"

毕西："好，说吧。"

白莲："你们明天集团的电站很快要开工了，你虽然还没暴露身份，但我知道这件事是你在实际负责。所以打搅你了。"

毕西："白总，说啥打扰，现在我首先是香山镇的党委副书记，三爷的事，首先是我的事嘛。"

白莲拿着合同："对，你们明天集团跟镇上签订的这个协议，对于淹没和占用集体耕地和非耕地这部分，还能不能做些调整？"

毕西："说实话，对这个协议我最不满意的也是这一点。本来我们明天集团原意是按政策实行造地还耕，基本做到征占平衡。但老杜和焦点要求全部进行一次性现金补偿。我当时为了避以后的嫌疑在请假装病，没办法发表意见啊。"

泡泡糖："一次性现金补偿，这没有远见。可能他们一是没想到形势变化这么快，二是迫于其他村的愿望。"

熊三爷："大家穷怕了，都想拿到现钱，我们当时也是那样想的。形势发展这么快，土地越来越金贵，现在我才醒悟了。"

白莲："三爷醒悟得好，街一村淹没的土地大部分是季节性耕种的非耕地和芭茅草场，补偿不了多少钱。对街一村今后的发展很不利。"

毕西："现在你们是啥意思？"

白莲："我建议请防洪和水利部门规划一下，筑一道几百米长的大堤，造地还耕。这对你们来说不会增加多少投资，这不但合乎政策要求，也有利于香山镇的防洪和城镇景观建设，使街一村得到更多城镇建设可供开发的商品用地，让群众得到更多好处。而且也更有利于你们电站库区的安全管理。"

毕西："好，我完全赞成白总的意见，杨总那里也没问题。只是其他村恐怕不会同意，同时这件事是杜镇长和焦秘书定的，我一个副书记去改变他们的决定，也不合适。最好由三爷直接找杜镇长和焦秘书，由他们去请明天集团来人协商。"

熊三爷："这没问题，我立即去找他们。"

毕西："其他村怎么办呢！"

熊三爷："他们不同意，我们街一村就单独跟你们签协议。"

白莲："毕书记对香山镇是有感情的。就支持三爷吧。"

毕西："好，就这样办。"

泡泡糖："提醒你，如果我们投资农业的项目上得快，大家认识到土地的金贵，说不定其他村也会改变主意的。"

毕西："到那时再说吧！"

白莲："另外，大桥剪彩，温州的'西部考察团'和你们明天集团都要来，这是一个好机会。我想用联谊会的名义请一次客，搞一次座谈会，让大家进一步开阔眼界，广交朋友，增加对外界的了解和联系，怎么样？"

毕西："这个主意好，这次招待不必使用会费，就由明天集团出吧。"

众："好，香山镇的龙头企业，选中这个好机会，正式在香山镇闪亮登场！"

第七十三章 丰收时节

1

> 幺妹幺哟，幺妹幺，
> 香河幺妹哟摘辣椒。
> 左摘绿翡翠，
> 右摘红玛瑙，
> 远方的哥哥来看妹哟，
> 哥吔哥……
> 你可有胆量吃辣椒？……

转眼就到了国庆前夕，那支清脆的山歌，和着香山嘴电站工地隆隆的机器声，把奋斗和丰收的喜悦传遍了香山镇的山山水水，山乡更美。古老的香山镇，到处生机勃勃。

已经竣工的香河大桥，宛如彩虹横跨香河之上。桥头，古树，雕栏，巨碑。立着"香河香料厂"醒目的指路牌。

焦点和镇干部们忙碌着给大桥披红挂彩，为剪彩典礼搭台。

大桥上，人们扶老携幼，游人如织。年轻人忙着在拍照，老年人在观景。儿童们在嬉戏打闹。一派欢乐的节日庆典气氛。

章明传推着唐立行的轮椅，杜中德伴着漫步在大桥上，不时地和人们打着招呼。

挑辣椒的人们三三两两地从他们身边走过。郑二哥和几个挑辣椒的农民走过来，他们议论着，赞叹着：

"好长的大桥啊！"

"这下，我们赶场，再也不怕过河涨水了。"

"原来听说修桥，还以为当官的又想骗老百姓出钱；没想到毽钱没有，这些当官的啊，还硬是把大桥修起了。"

"这要感谢唐书记。是他硬拍的板。"

"别人杜老头没日没夜地守在大桥工地上，人都老了好多。"

"我说没有章镇长呀，这大桥肯定修不起。"

"对，听说把他逼惨了。"

"做了这么大的好事，听说还要遭处分，硬是不公平。"

"肯定是他没给上头当官的塞包袱……啊，你们看——"

众人放下担子："啊，唐书记，是你们啊?!"忙着敬烟。

"我们正在念叹你们的大功大德啊。"

"你们是好官，都是好官。"

"老百姓都说，再这么搞几年呀，我们的日子就好过了啊。"

章明传："你们今年辣椒还卖得好吗?"

众："卖得好啊! 别人佘老板有多少收多少，价钱也好。"

"可惜我们今年种少了。"

"牛支书他们六村的人搞肥了啊，都是按镇上下达的计划种的，听说好多人卖辣椒都卖成了万元户了哟。"

杜中德："那好啊，唐书记，老章，我给牛莽子说了的，他们村提前实现小康，我请他喝香河曲酒。今天我请客，你也来出陪吧。"

唐立行："好，这种酒我一定要喝。"

章明传："好，老镇长得了奖金，我们吃你的招待。"

章明传和杜中德推着唐立行，过了香河大桥，上了初具规模的香河路大街。毕西和熊三爷从茶楼上走了过来，合在一起。

牛魔王喊着口令，在训练着装整齐的建筑队伍队形。几个老板走在各方阵的前头。

牛魔王等人停下操练围了上来。

牛魔王："章镇长，我们正来找你。"

章明传："啥事啊?"

牛魔王："大桥剪彩，我们搞建筑的都是五大三粗的汉子，拿不出啥好节目……"

唐立行："你们几个这个队伍很提劲嘛。"

章明传："牛老板，你们是建设家乡的有功之臣，只要你们这支队伍，雄赳赳气昂昂地参加游行，给大家提点神就行了。"

牛魔王："不，大桥剪彩，家乡的大喜事，我们还想出点血。这回市川剧团来演戏，几场戏所有的开销我们几个想全部包了。"

众老板："对，几场戏我们全包了。"

杜中德："不行，我们不背个增加私营企业负担的罪名。"

章明传："唐书记，你说呢？"

唐立行："这事应该由毕书记决定。"

毕西："牛魔王，你龟儿把你们的阴谋说完嘛。"

唐立行等："阴谋？老板们的好心，怎么是阴谋？"

牛魔王："嘿嘿，毕书记给我们出的点子，叫我们把工程换的土地，立即进行房地产开发，一能盘活我们的资金；二能加快家乡小城镇建设的速度；三能方便群众买房。我们包戏，是买下几场演出的广告权。借这个大好机会，在剧场外悬挂我们房地产开发宣传广告啊。"

唐立行等："好！好啊！毕书记，你这个点子太好了。"

毕西："牛魔王，你龟儿出卖我干啥。"

唐立行："出卖，怎么是出卖？"

牛魔王："唐书记呀，毕书记做的许多事情，都不让说出去。"

章明传："牛老板借钢材和借钱给我们，都是毕书记联系的。年终县上拨的那笔钱，也是毕书记去硬要的。"

唐立行："这些事吗，差不多我都知道。"

章明传："那你为什么不告诉我们啊？"

唐立行："我们有君子协议啊，君子一诺千金嘛。"

章明传一拍脑门，会意地："啊，君子协议，我险些儿忘了君子协议。"

杜中德感动地握住毕西的手："我不管你们打啥哑谜。毕书记，我们大家都该感谢你啊！"

毕西："杜镇长，我也是党委副书记嘛。"

2

香料厂院内坝子中锣鼓喧天。四周围着担空箩筐的人。

一条用辣椒扎成的巨龙摇头摆尾地走来。佘老板举着龙头，甩掉挟杖的李红举着彩球，引导着辣椒龙翻腾飞舞。接着是一队整齐的女工举着辣椒灯，踏着鼓点舞蹈，最后是一队西瓜灯舞。

唐立行："啊，辣椒龙！别致，新鲜，气派。不愧是有实力的大企业啊。"

佘老板举着辣椒龙头走过来停下，与众人握手："几位领导，你们审查节目来了。看我们香料厂的辣椒龙夺得到彩不？"

唐立行："佘老板，这个点子妙啊，准夺头彩。"

众："对，准夺头彩！"

毕西："这，既合乎佘老板的本行，又新奇。"

章明传："佘老板，是哪位高人给你出这么绝的点子啊？"

佘老板大笑："哈哈哈，在辣椒上大做大文章，这确实是高人指点。这个高人呀，就是我们财会部经理李红嫂子啦。"

杜中德："哟，李红，你当经理啦？"

李红："今天才任命，明天才上任。"

章明传："她呀，只宜当小工，真正要做好辣椒这篇大文章，舞好我们香山镇的辣椒龙，还要靠你这个大老板啊！"

众："老章说得对，要舞好我们的辣椒龙，还要靠佘老板啊！"

佘老板："不，今天赶来参加大桥剪彩庆典的温州西部大开发考察团的老总们，他们才是真正的实力派啊。"

唐立行："这也靠你牵线搭桥啊。"

章明传："李红，你来舞啥龙呀？"

李红："你忘了，我是香山镇女子龙灯队的老队长啊。这么多年没舞过了，想过一把瘾嘛。"

章明传："你那假肢才安两个月，这样不顾惜自己……"

李红顿感腿疼："哎哟，你不说还不觉得，你一说就……"

章明传心疼地："该背时，谁叫你逞能？还不快来，我给你揉揉。"说着扶李红坐下来，为李红揉腿。

王老板走来，取下头上的西瓜胖头娃娃面具："几位领导，你们好啊。"

杜中德："王老板，你怎么在这里呀？"

王老板："我将就佘老板的锣鼓队，把节目跟他们伙在一起了。喂，杜镇长，我免费给大桥剪彩用的秋西瓜，你们要帮我宣传啊。"

毕西："王老板，你真有商品意识啊。"

一旁的几个胖头娃娃冷不防推李红压在章明传身上，姑娘们取下面具哈哈大笑：

"哟，李红嫂子，你在干啥呀？大白天都跟老公亲嘴。"

"哈哈哈，嫂子慰问老公啊。"

李红："鬼女娃子些。"

又是一片开心的笑声。

3

市川剧团今天晚上要在香山镇礼堂演出唐甜甜新编的大型川剧《香河作证》。白莲唱的幕前曲《幺妹幺》的甜美歌声，把唐立行一行人引向礼堂走来。

众人来到镇政府礼堂外。礼堂门口挂着"香山辣椒收购站"醒目的牌子，贴一张停止收购辣椒的通告。两边摆满了牛魔王等人的房地产广告。

门外排队等着疲惫、愤怒的椒农们。他们有的拖娃带仔，倚着辣椒筐或站或坐，有的看着通告咒骂：

"他妈的，为啥不收购？镇上发动种辣椒时给我们做了保证的；不收购，我们种这么多辣椒来干啥？"

郑二哥等几个卖辣椒的混在其中。四周还围着不少看热闹的人。

杜中德突然紧张地："郑二哥，你们这是怎么回事？"

郑二哥一脸笑容："杜镇长，剧团说他们人手少，请我们来帮他们演群众。"

杜中德："演戏，演戏有这种演法？"

毕西："杜镇长，小唐编的这个戏呀，就是不分场内场外、台上台下。好看啊，我在市上连看了几场。"

杜中德："啊，是这样？不是晚上才演吗？怎么这会儿……"

一个衣着不整的少妇，牵着一个泥糊糊的小男孩："杜镇长，剧团每到一个新的剧场都要熟悉一下舞台方位……"

唐立行："他们的行话叫作走台。"

杜中德："啊，这不是小红吗？你都叫我认不出来了啊。"

一阵紧锣密鼓。

戏中的收购站站长站在门口高喊："乡亲们，你们把辣椒挑回去吧。你们别再等了，我们实在没有能力收购……"

话音未毕，只听见有人高喊："走啊，到镇上去！找唐立行、章明传算账！找杜中德、毕西算账……"

人们呐喊着冲进剧场，唐立行等人也跟着进了剧场。

椒农们冲上了舞台。

台上剧中的镇干部和派出所的干警们在劝解："乡亲们，冷静些。党委和政府正在想办法啊！不要砸东西啊！别挤了呀！"

"轰隆"一声巨响，舞台上腾起一阵烟雾。

传来一声惊叫："不好了！唐书记栽下楼了！"

"砰砰"两声枪响。舞台上静下来。

"把带头闹事的给我抓起来！"

……

剧情把唐立行等人带回了去年那场风波。众人眼里立即盈满了眼泪。

剧场外。

毕西接电话："啊，知道了，我们马上就来。"对章明传："老章，温州的客人、明天集团的客人都到了。"

章明传："杜镇长，你陪唐书记到其他地方走走吧，我和毕书记去迎接客人去了。"

唐立行："好，我们到其他地方走走。"

杜中德推着唐立行走远。

毕西："老章，今天杜镇长对下海应聘都动心了啊。"

章明传："对，我也看出来了。"

毕西："上次给你的建议，考虑得怎么样了？"

章明传："毕书记，我很感谢你，我反复考虑过了。我和你们不同，你满五十岁退，可以享受副县级待遇。杜镇长是年龄到点了，早点找个事做对身体很有好处。我呢，一辞职就成了闹情绪了。"

毕西："你打算怎么办？"

章明传："如果处分不一撸到底，就只有服从安排了。"

毕西："不会一撸到底的。"

章明传："吴书记通知了，他晚上到，全体干部开个短会，肯定是宣布对我的处分的。最迟，今晚上就清楚了。"

第七十四章　《香河做证》

1

　　镇政府会议室。人们心情沉重，专注地望着台上。

　　台上，唐立行主持会议，吴云正在宣读文件。他喝了一口水，望了一下台下的干部："章明传同志的错误，事实清楚，性质严重，经研究决定，给予党内严重警告处分，行政降级安排，调任白云乡做副乡长……"

　　章明传："新任的党委书记什么时候到任？"

　　吴云："明天剪彩典礼仍由章明传同志主持，县委组织部长将在大桥竣工庆典结束后，宣布香山镇新班子名单，然后移交工作。"

　　短暂的沉默后，干部们一片哗然。

　　杜中德："吴书记，我们实在想不通。难道这就是你们对一个拼命为老百姓做实事的乡镇干部的回报吗？你们看到香山镇翻天覆地的变化没有？章明传受尽气、受尽逼、受尽难、受尽委屈、担尽风险。到头来落得这么个下场，众望所归的党委书记当不上，还要降级贬到边远地区去，这不公道，不公道啊！"

　　众人都在呐喊：

　　"这不公道！"

　　"新任的党委书记是哪个？"

　　不少人愤怒地看着毕西，毕西平静地抽着烟。

　　章明传看了一眼焦点，焦点红着脸低下了头。

　　"章镇长遭了冤枉！"

　　"我们为章镇长鸣不平！"

　　"不能处分章镇长！"

"我们强烈要求重新考虑对章镇长的处分！"

吴云："同志们，我们跟你们的心情也一样啊！教育和保护干部，是我们纪委工作的第一职能，我可以告诉你们，处分老章是我们做的最艰难、最不情愿的处分决定。我们做过不少工作，但是挪用救灾款、发生了镇江寺恶性闹事事件，我们也回天无术啊！"

章明传："同志们，领导已经尽力了。纪律是铁的，功不能抵过。我擅自挪用救灾款；收双提款牵农民的猪，当摩托车、电视机；大桥工程严重违规；特别是借镇江寺之名欺骗群众捐资，变相增加农民负担，酿成镇江寺群众闹事的恶性事件；这些都是事实，性质都十分严重。我感谢组织对我的从轻处理，我愿意服从组织安排，到白云乡去工作。唐书记，你看……"

唐立行："唉！散会！"

镇政府礼堂，市川剧团正在演出新编的现代报告川剧《香河做证》。礼堂里里外外挤满了人，毕西来到剧场东张西望找人。

舞台上，刘团长扮演的镇长章明传，望着欣欣向荣的小镇感慨万千地唱：

> 同样的山水同样的土，
> 今昔对比好悬殊。
> 往昔无人肯光顾，
> 能干人纷纷出外找前途。
> 搞发展低眉求人千般苦，
> 一年来劳碌奔波白头颅。
> 看而今凤凰争栖梧桐树，
> 八方客前来投资谈项目。
> 打工仔带回资金和技术，
> 一批批纷纷回乡展宏图。
> 当镇长这才扬眉把气吐，
> 有人求、有人敬、我底气十足胆壮路宽好幸福。
> 可叹我呀——
> 可叹我冲锋陷阵犯错误，

戴罪身等处分前途未卜。

台下看戏的不少人都在揩泪。

2

剧场外。泡泡糖、白莲、李红、熊三爷等人来到毕西面前。

毕西："怎么不接电话?"

泡泡糖："没听见。有结果吗?"

毕西："党内严重警告,降级调白云乡当副乡长。"

泡泡糖："章镇长表态了吗?"

毕西："接受处分,服从安排。"

李红："不干! 不干! 我要去找吴书记。"

熊三爷："走! 找吴书记!"

他们来到礼堂外阶梯下。

唐立行、杜中德、刘主任、杨书记、李正齐、张主任、老校长等人都在那里围着吴书记说情。章明传蹲在一旁抽烟。

杜中德："吴书记,这样整乡镇干部寒心啊!"

李正齐："吴书记,老章的处分简直不能更改了吗?"

张主任："吴书记,你晓得李红是残疾人,小敏还小啊,让他就留在香山镇吧。"

杨书记："张主任,吴书记已经力争过了。"

吴云："老章,你还有啥要求?"

李红怒冲冲地来到吴云面前。

李红："要求? 哪里都不去,不干了,辞职,坚决辞职!"

小敏："爸爸,你不去白云乡嘛。"

章明传："辞职?"他抱起小敏,轻轻地揩着小敏的眼泪,似乎有些心动。这时剧场里传来了《乡官号子》豪壮的歌声,那歌声越来越强烈、激昂。他最后叹了一口气:"唉,算了,大厦离不了基石,乡镇干部总是要人当的。我还是到白云乡去当副乡长吧,大小也是一个长,多少也能做点实事啊。"

李红:"不去,不去! 我不准你去!"

杜中德："老章，那个'长'的咸味硬是大得很啦？"

章明传："老镇长，要说咸味，当镇长一个月才几百块钱，还不如李红一个残疾人摆个烟摊摊，更不如她现在给佘老板当会计。可是要不当镇长，这大桥、这大街、这小城镇建设……"

李红："你干得再多又得个啥？婆娘残废了你顾不倒，娃儿正读书你顾不倒！自己整一身病还挨处分，有啥想头？各人退休，退职。回来干啥都活得了人！还不对人点头哈腰，像龟儿子那么下贱。吴书记，我求求你，我给你磕头。"说着便艰难地挪着假肢跪了下去。

吴云急忙扶起李红："李红，别这样，别这样呀。"

小敏："爸爸，你不走吧。吴叔叔，我要爸爸，我要爸爸。"

李红："吴书记，我求你了，你就看在小敏的份上，你准他退职吧，要不，你就开除他吧。他的肝脏那么不好，一个人到那穷山沟里头去，天天喝那腐败酒，醉死了连祭文都不好做啊！明传，你也不忍心看到我守寡，看到小敏不成才，误她一辈子吧？呜呜……"

熊三爷："明传，李红说得对，辞了职来领导我们街一村，说不定能在香山镇干出一个华西村来。要不就搞个体，或者帮人也行。佘老板还在到处高薪请人哩。"

唐立行："老章，三爷的主意好，这也是一条路啊。"

章明传："唐书记，什么都别说了。我感谢你们的理解和支持。你们陪唐书记看戏吧，我就不陪了，回去收拾东西去了。"说着与众握手。

章明传说完，抱着小敏，和李红、白莲等人一道离开了剧场。

强烈的川剧锣鼓声中。吴云等人坐在剧场前排看戏。

舞台上刘团长扮演的章明传正在与同志们握手道别：

戏中章明传："唐书记，同志们呀——！"

戏中章明传唱：

> 章明传今天虽然挨处分，
> 我无怨无悔心气平。
> 党的纪律如铁硬，
> 吴书记曾经告诫亮红灯。
> 错误事实难否认，

对我的处分量纪尚偏轻。

莫为我不平牢骚甚，

要记取我急于求成教训深。

我明日要离香山镇，

此时刻我难割难舍同志情。

难忘记，山山水水留脚印，

难忘记，风风雨雨并肩行。

难忘记，争过推功担责任，

难忘记，应付八方一条心。

望你们，更上层楼求上进，

切莫忘啊！

切莫忘唐书记是咱香山大功臣。

年头岁节多慰问，

疗伤治病要关心，

共担他壮岁致残深遗恨，

勿忘记风雨同舟同志情。

戏中众人："章镇长，你放心，我们会常常去看望唐书记，也会来看望你的。"

台下一片饮泣之声。

吴云揩了揩眼泪："感人肺腑，感人肺腑啊。"

3

不少人都来到章明传家，议论着，咒骂着，劝慰伏在小圆桌上哭泣的李红。

白莲："李红姐，想开些。明传哥是个有事业心的人，他决心去白云乡就让他去吧。"

泡泡糖："他走之后，我和白莲姐会经常帮助你的。"

熊三爷、漆天棒在帮着收拾行礼。

毕西抱着小敏："小敏，别哭了。好孩子，告诉叔叔，你长大想做什么呀？"

小敏："毕叔叔，我长大了不当镇长。"

章明传端来一盆热水。小敏立即取来毛巾送到章明传手上。

章明传把毛巾浸在水里，缓缓地挽起李红的裤管。

章明传深情地："李红……让我，让我再……"泪水突眶而出。

此时的舞台上，正演出眼前这一幕

舞台上刘团长扮演的章明传满面泪流。他卷起方便面扮演的李红的裤管，轻轻地热敷着，泪珠滴答落下。

幕后合唱：

> 莫道男儿轻弹泪，
> 男儿弹泪天地昏。
> 天昏，天为人遗恨，
> 遗恨，遗恨多情总无情。

戏中章明传唱：

> 李红呀——
> 章明传我扪心自问，
> 此一生我无愧天、无愧地、无愧道德和良心，
> 我单单愧对，愧对妻子，愧对女儿，
> 我不是一个好丈夫，
> 我不是一个好父亲。

戏中李红："明传！"

戏中小敏："爸爸！"

戏中章明传："李红，小敏啊——"

戏中章明传唱：

> 你们跟我苦受尽，
> 你们为我操碎心，
> 你们没享我的福，
> 你们少得我温存。

李红呀，小敏，

　　此生我欠你母女太多情，

戏中李红："明传，别说了，你，你放心去白云乡吧。"
戏中小敏："爸爸，我长大了。"
戏中章明传唱：

　　李红啊，

　　小敏还稚嫩，

　　你假肢刚装成。

　　肩上担子万斤重，

　　你体弱身残我难放心。

　　希望你自顾寒温与生冷，

　　莫要强心太逞能，

　　断肢处勤做热敷血脉顺，

　　免得感染又伤身。

　　原谅我不能尽丈夫责任，

　　负罪男儿铁心挥泪赴征程。

戏中李红："明传！"
戏中小敏："爸爸！"
…………

　　第二天清晨，小镇一派节日的缤纷景象。热闹的锣鼓声，欢乐的唢呐声，嘀嘀的汽车喇叭声，此起彼伏，响成一片。

　　欢乐的人群随着龙舞、狮舞、扇舞、彩绸舞等舞队走出街巷，向香河大桥剪彩会场涌去。学校的鼓号队、佘老板的女子辣椒龙舞、王老板的胖头西瓜灯舞队，格外引人注目。

　　香河大桥张灯结彩。

　　桥上停满披红挂彩的长长的车队。

　　桥头高搭彩棚。高悬"香河大桥竣工典礼"横幅。

礼仪小姐捧着红绸和剪刀横在桥上。

台上站着党政要员、贵宾和功臣。

吴书记："喂，老章呢，快请章镇长主持剪彩典礼呀！"

广播里立即传出喊声："章镇长，请赶快上台！"

人们放眼四处寻找着，呼喊着："章镇长！"

呼喊声中，章明传背着被盖，漆天棒挑着行李，走在云雾蒸腾的山间小路上。

李红、白莲、泡泡糖、林可儿、熊三爷、五百元、幺吵吵等相关的人，站在香山镇通向深山的路口，向着大山挥手。

"章镇长……"广播里传来更多人更急促的呼喊声。

云雾深处传来章明传粗犷的《乡官号子》的歌声。

那歌声引来了乡镇干部们气势磅礴的合唱。

赘语

　　组织部袁科长当上了香山镇的党委书记，补选为县委常委，各项经济指标成倍上升，政绩突出，不久当上了县委副书记，两年后贪腐案发被判刑入狱；组织上找焦点谈话让他担任香山镇镇长，焦点拒绝镇长职务，与方便面不知去向；杜中德离岗待退后当了佘老板辣椒生产部经理；毕西离岗享受副县级待遇，正式出任明天集团香河电厂总经理；唐立行当了县残联主席，一部描写残疾人奋斗的小说即将出版；泡泡糖的报告川剧在省上得了大奖，在全市各乡镇巡回演出，异常火爆。市川剧团很红火了一阵子，但是戏外原因复杂，没参加成全国戏剧节，泡泡糖发誓不再编剧，当了市文联专职副主席，改行玩小说；白莲的第一个农业大项目从香山镇搬到了白云乡，由李红出任总经理。章明传在白云乡干得很不错，一年后当上了乡长，上级正考虑把他调回香山镇当书记时，据说又遇到了麻烦，原因是维修镇江寺地藏殿时，老百姓把地藏菩萨塑成了他的模样。罪名是"共产党人把自己当成救世主"，又有人告到了各级纪委。

（部分情节已在与周光宁先生合作的川剧《琼江做证》中使用过）

2016 年 12 月 15 日改毕于龙凤古镇老九客栈